11.03.17

Ciao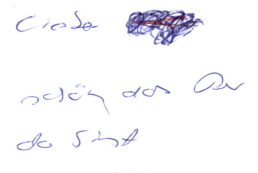

odéy dos Ou
do Sint

D1640922

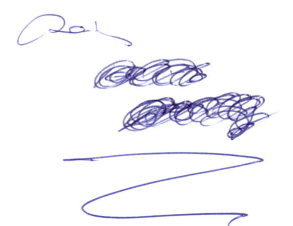

Hans Kohlmann

Anlauf

novum
VERLAG

Bibliographische Information der Deutschen Nationalbibliothek:
Die Deutsche Nationalbibliothek verzeichnet diese Publikation in der Deutschen Nationalbibliographie. Detaillierte bibliographische Daten sind im Internet über http://www.d-nb.de abrufbar.
ISBN-10 3-902536-03-9
ISBN-13 978-3-902536-03-7

© 2006 novum Verlag GmbH, Neckenmarkt · Wien · München
Lektorat: studio-text-art, Bianca Kuhfuss; Mag. Ulrike Bruckner
Printed in the European Union

Gedruckt auf umweltfreundlichem, chlor- und säurefrei gebleichtem Papier.

www.novumverlag.com

Man konnte nicht gut sagen, dass die Verhandlungen erfolgreich verlaufen waren. Nachdem sie das Hotel verlassen hatten und der Herbstwind die schwüle Muffigkeit des Verhandlungszimmers, die ihre Köpfe umwölkte, weggeblasen hatte, versicherten sie einander, dass es freilich noch schlimmer hätte kommen können. Simmonds, der Leiter des Teams, meinte, alles müsse erst analysiert werden, ein Gemeinplatz, der willkommenen Abstand zu den Dingen verschaffte. An der Kreuzung zum Bahnhof verabschiedete Arno sich kurz und formlos. Er war der Einzige der Gruppe, der mit der Bahn unterwegs war. Das ohnehin eher zögernde Angebot Simmonds', er könne doch mit den anderen im Auto zurückreisen, hatte er, so höflich es gegangen war und unter Vorwänden, abgeschlagen. Zu sehr war er sich seiner Rolle, im Verhandlungsteam gerade noch geduldet zu sein, bewusst. Als er während der Konferenz das Wort ergriffen hatte, was ohnehin nur zweimal der Fall gewesen war, war Simmonds sofort dazwischengefahren und hatte dasselbe oder auch etwas ganz anderes besser oder auch schlechter, jedenfalls selbst zum Ausdruck gebracht. Gewiss war das nicht geschehen, weil Simmonds ihn etwa persönlich nicht mochte, sondern nur, weil jener genau wusste oder auch nur spürte, was in der Firma gerade lief, und es lief nicht gerade für Arno. Wortmeldungen Arnos mussten Simmonds bei einer für die Firma so wichtigen Verhandlung daher

5

bereits unangebracht, ja wie eine Einmischung erscheinen, je richtiger sie waren, umso eher.

Schon den Kopf ans kühle Fenster des ansonsten leicht überheizten Eisenbahnabteils gelehnt, kam ihm wellenförmig ein Gemisch aus Wehmut und fast ebenso wohligem Selbstmitleid. Hatte er selbst und selbstverschuldet die Fähigkeit, sich mit dem Firmengeist zu identifizieren, verloren? Oder war sie ihm einfach im Dienste einer abgekarteten Nützlichkeit abgesprochen worden? Wurde jetzt nun immer deutlicher auch ihm das grausame, alte Lied gesungen? Also, Erfahrung war nun synonym mit altmodisch, Firmentreue ein Zeichen mangelnder Flexibilität, wahrscheinlich auch der Ausweis der Angst, woanders nicht bestehen zu können. Zu gut wusste er, wie man Mitarbeiter auszubooten pflegte. Die Anzeichen seine Person betreffend waren nicht zu übersehen. Man würde als nächstes einen Bericht über die heutigen Verhandlungen von ihm anfordern, dann ihm vorhalten, der Bericht sei, wie jeder deutlich sehen könne, ungenau, unvollständig, gar unverständlich, in jedem Falle unterscheide er sich ganz wesentlich von allen anderen Berichten, mündlich oder schriftlich, sodass man sich fragen dürfe, ob er entweder alles falsch verstanden hätte, intellektuell oder akustisch, oder ob er auf einer anderen Tagung, einem anderen Dampfer, in einem anderen Film gewesen wäre.

Er könnte jetzt fragen, ob er die anderen Berichte denn sehen könnte, worauf man ihm pikiert zur Antwort geben würde: Das können Sie uns schon glauben. Und weiter: Ob er denn vielleicht überlastet wäre, überarbeitet, ob er sich, Hand aufs Herz, nicht doch schon ein klein wenig überfordert fühle. Geschickt, mitunter aber durchaus auch plump, würde man so genannte Killerphrasen in den so genannten amikalen Gesprächstext einschmuggeln. Ja, ja, mein Lieber, die Zeit bleibt nicht stehen, es gibt eben neue Anforderungsprofile oder: Im Leben gibt es eben von Zeit zu Zeit Phasen der Veränderung und, was dann gerne bei solchen Anlässen Verwendung fand: Wir werden sicher mit Ihrem Verständnis rechnen können.

Arno war das alles wohl bekannt, bloß das es ihn gerade jetzt und bereits jetzt treffen sollte! Es erinnerte ihn an jenen selbst erlebten Autounfall, als ihm der Wagen von der glatten Fahrbahn über die Böschung schoss und ihm in diesem unendlich langen Moment klar wurde, dass er, auch als alles schon längst unwiderruflich seinen Lauf zu nehmen begonnen hatte, es nicht wahrhaben wollte, dass er die Herrschaft über das Fahrzeug jemals so kläglich verlieren könnte. Zugleich Staunen, Empörung fast, dass das in seiner Möglichkeit heftig wetterleuchtende physische Ende so einfach und banal sein sollte. Und wie leicht hätte es damals schon das Ende sein können.

Nicht abzuschütteln war indessen jetzt wie damals dieses Gefühl von im Körper vibrierenden Wellschliffschärfen, und aufgefordert, es zu orten, hätte er es dem Raum zwischen den Schulterblättern zugeordnet.

Den Zeitung lesenden älteren Mann und das unentwegt flüsternde, bisweilen auch kichernde Pärchen im Abteil nahm er nur am Rande wahr. Er hätte sie schon im nächsten Augenblick unter zehn nummerierten Personen auf einem Polizeikommissariat allesamt nicht wieder erkennen können. Er wollte jetzt rauchen. Während all der Verhandlungen, auch während der Pausen, hatte er nicht geraucht. Er wusste, dass es als Schwäche ausgelegt worden wäre. Gartner freilich hatte wohl geraucht und ihn, Arno, dabei hämisch angesehen, denn Gartner wusste, dass Arno zu rauchen pflegte und er wusste auch, warum er es gerade jetzt unterließ. Die Enge des Abteils wurde unerträglich. Arno erhob sich.

Der Speisewagen war schwach besucht. Arno fand mühelos einen Tisch für sich alleine, bestellte ein Bier und zog gierig an der ersten Zigarette seit längerem.

Draußen dunkelte es und im Fenster spiegelte sich sein Gesicht. Mitte vierzig, nicht schreiend modisch, aber ganz gut gekleidet. Nicht ganz schlank, aber nicht unsportlich, etwas wässrige Augen, Tränensäcke im Frühstadium. Im Übrigen geschieden, halbwüchsige Tochter (im Haushalt der Mutter lebend), leidlich gutes Einkommen. Wechselnde Frauengeschichten, derzeit nichts Ernstes. Zwei, drei trinkfeste Freunde. Ausstrahlung von gesellschaftlicher Akzeptanz, nichts Gröberes prima vista auszusetzen an ihm. In Wirklichkeit: Mit dem Verlust des Arbeitsplatzes, jedenfalls mit erheblichen Einkommenseinbußen ist bei diesem Mann zu rechnen, beruflich keine echten Alternativen in Sicht. Perspektiven mithin grau bis schwarz, man denke nur an das für eine Stellenbewerbung einen Personalchef nicht gerade in Verzückung versetzende Alter. Soziales Umfeld unsicher, bisweilen oberflächlich, fragwürdig. Ohne Zweifel ist immer mal wieder Alkohol im Spiel. Spirituelle Interessen, das mag man beurteilen, wie man will, gehen über den Besuch von Tibetfilmen und Weihnachtsmetten nicht wesentlich hinaus, jedenfalls vordergründig nicht, und ein Herz hat schließlich jeder, da ist nichts Besonderes dran. Sportliche Interessen: einmal wöchentlich Tennisspielen, meist im Doppel, anschließend gemischte Sauna, danach Abendessen beim Italiener, wo freilich und natürlich auch wieder Bier zum Ausschank gelangt, mitunter reichlich. Früher Fußball, natürlich nur unterklassiger Verein, zuletzt solide Bekanntschaft mit der Ersatzbank. Politische Grundhaltung, sagen wir mal, sozialliberal, regelmäßiger Leser der diese Gruppe bedienenden Nachrichtenmagazine. Für einen in der freien Marktwirtschaft Tätigen müssen sich da zwangsläufig immer wieder Identifikationsprobleme ergeben. Er wird gewiss nicht der Einzige sein, den das betrifft.

Das Bier wurde gebracht, glucksend aus der von Kälte beschlagenen Flasche ins Glas geschenkt, Arno bei der zweiten Zigarette. Wie üblich, wenn er zu zechen begann, verspürte er Sicherheit und Trost. Das zu erwartende Katergefühl, die Angst, die Scham, das verdammte, schmutzige Morning-after-Gefühl, all das lag außerhalb der Vorstellung des weltmännischen Augenblicks.

Schräg vis-a-vis saß eine Frau. Sein Blick streifte sie, wanderte die Tischlämpchenreihe der hier und dort etwas befleckten Speisewagenlandschaft entlang, kehrte zu ihr zurück, schweifte umher, traf sie erneut, schon nur noch im schlecht kaschierten Schein der Beiläufigkeit. Er musste allmählich seine Blicke zügeln, denn sie gefiel ihm. Jetzt wollte er doch länger sitzen bleiben, als es seiner ursprünglichen Absicht, nämlich bloß ein wenig in halbwegs ansprechendem Ambiente zu rauchen, entsprochen hätte. Die Speisekarte kam ihm zu Hilfe, er wählte eine Kleinigkeit zu essen.

Ihre Blicke berührten sich, blieben schon bald kurz aneinander hängen und legten Kunstpausen ein, um sich danach erneut, immer noch wie zufällig, zu treffen. Schließlich lächelte sie. Arno war kurz etwas klamm zu Mute. Seine fragende Geste wurde mit einer halbwegs einladenden Handbewegung erwidert. Es war fast zu schnell gegangen.

Das Gespräch bricht zügig aus. Zögern, Schweigen gar, wären jetzt, kontraproduktiv und peinlich. Also: wohin und woher, das gleiche Reiseziel, und sie kommt von einem Kongress. Die Hände streichen da und dort und immer wieder über das Tischtuch, nervös, vielleicht auch gelangweilt, natürlich weit davon entfernt, einander zu suchen. Sie mag, nur zum Beispiel, fünfunddreißig sein oder auch vierzig, oder auch fünfundvierzig, denn andrerseits scheint sie ihm ohne Alter. An ihrem Gesicht ist etwas Spitzes, jedoch fernab von Zynismus. Ist der Blick stechend, muss sich Arno jetzt fragen. Nein, aber wachsam, gibt er sich zur Antwort.

Unvermeidlich für Arno, jetzt im Plauderton anzumerken, dass er gern im Speisewagen sitzt. Über das Reisen selbst lässt sich viel Konversation führen, gerade während einer Reise. Möglicher, im Zug gern gewählter Einleitungssatz: Die Vorzüge der Bahn liegen im mehr oder weniger ungestörten Erleben der Landschaft. Inzwischen ist es freilich draußen dunkel geworden, ein Herbsttag. Sie meint, und wenn's schon finster ist, dann bleiben immer noch die Geräusche, das Lied der Schiene, und beide lachen erleichtert.

Und wie ist das mit dem Nachhausekommen? Freudige Erwartung, die Angst vor der kalten Wohnung? Es ist viel Gewohnheit, Vertrautheit. Sie ist verheiratet, ein Sohn, elf Jahre alt. Arno setzt jetzt nach, wie ein Archäologe versucht er,

9

Schicht um Schicht von ihr freizulegen, beides soll für sie erkennbar sein: Zielstrebigkeit und Zurückhaltung. Abschweifenden Themenwechsel lässt er zu, sucht ihn sogar, ihr Zweifel an seinem Interesse an ihr und an ihrer Wirkung auf ihn soll nicht gänzlich verhungern. Anästhesistin ist sie also, ein interessanter Beruf. Stress, Aufregung, Verantwortung? Sie erklärt ihm, was Routine ist. Und wie ein Zwischenfall abläuft, Ereignisse, die innere und äußere Alarmglocken auslösen können, und dass es Vorahnungen gibt, Sicherheiten, Monitoring und Risikogruppen. Und Restrisiko. Er nennt sie eine Pilotin über den Ozean des Schlafes, des Schmerzes und des Todes. Sie muss lachen, in Wirklichkeit ist es doch meistens Routine, vorwiegend Routine.

Gott sei Dank Routine.

Arno bestellt sich noch ein Bier zu den Berner Würsteln, die er zuvor geordert und schon fast wieder vergessen hatte, die aber jetzt aufgetragen werden. Sie heißt Tonia, verschweigt den Familiennamen, trinkt ihr Glas Orangensaft aus und lässt sich ein Stifterl Rotwein kommen. Ob sie nie raucht? Früher schon, ihr Mann raucht immer noch, wenn auch nur gelegentlich. Seit sie sich, es sei von heute auf morgen gewesen, entschlossen habe, regelmäßig laufen zu gehen, verachtet sie sich mit Vorsatz, falls sie rauchen würde. Etwas Strenges, Zielstrebiges zieht in ihrem Gesicht auf. Arno überlegt, ob sie auch ihren Mann wegen des Rauchens verachtet, es aber vielleicht duldet, ja sogar fördert, um ihn besser verachten zu können. Arno zündet sich jetzt trotzdem eine Zigarette an, auf die Gefahr hin, auch selbst verachtet zu werden. Tonia lächelt, als könnte sie Gedanken lesen, nein, bei ihm, Arno, störe es sie merkwürdigerweise nicht.

Arno überlegt kurz: Sie geht also laufen und zwar regelmäßig, so drückt sie sich aus, und zwar seit einem bestimmten Zeitpunkt. Zuvor hat sie geraucht. Ein Zeitpunkt, den auszuleuchten sich lohnte. Das will er sich jetzt merken. Schließlich will auch er immer wieder einmal mit dem Rauchen aufhören.

Im Übrigen sind auch Sporterfahrungen ein gutes Gesprächsthema zwischen einander unbekannten Reisenden, Arno hakt nach. Jetzt öffnet Tonia ihr Herz: Laufen als Wohlgefühl, nicht nur als Befreiung, nicht nur als Meditationsform, nicht nur. Tonia wird leidenschaftlich. Sie schildert, wie man einen schlechten Tag, Ärger mit der Chefin, mit Kollegen, mit dem Kind, natürlich auch mit dem Mann umpolen kann, eine Dreiviertelstunde laufen genügt. Eine hohe Telefonrechnung, ein Korb voll Bügelwäsche, ein Blechschaden, alles lässt sich leichter ertragen nach einem Lauf unter alten Parkbäumen.

Arno lauscht und kann sich Tonia ziemlich schlecht bügelnd vorstellen. Eher hat sie eine Bedienerin aus Bosnien oder aus dem Weinviertel. Eine hohe Telefonrechnung scheint jedenfalls zum Gipfel der Sorgen zu zählen, nicht wegen des Geldes, sondern wegen der mangelnden Disziplin, sich auf Wesentliches zu beschränken, ja, genau so zu empfinden, schätzt er sie jetzt ein. Und spürt, dass das seinen Wunsch, sie irgendwie und sozusagen halbwegs zu erobern, verstärkt. Ein wenig Chaos in ihr geordnetes Leben hineinzuschmuggeln.

Aber Tonia ist jetzt in Fahrt. Nicht nur vom Wein, nein, vor Begeisterung glühen ihre Wangen, es ist ihr Lieblingsthema. Arnos Einfühlungsvermögen genügt, um zu erkennen, dass sie vom Laufen spricht wie von einem Heimatland. Wie befreiend, erlösend dieser Sport für sie wäre, wie reinigend für Geist und Körper, wie frei ihr Kopf dabei werde für die klügsten, einfachsten, aber auch wundervollsten Gedanken, wie sehr sie dieses Gefühl schätze, allem, was dann auf sie zukommen wolle, gewachsen zu sein. Arno hat mittlerweile das Gefühl, der Angehörigen einer obskuren Sekte gegenüberzusitzen, die angesetzt worden ist, um an ihm das Werk der Bekehrung zu vollführen. Er glaubt, dabei unsympathische Züge an ihr erkennen zu können. Dennoch, er war sein Lebtag lang halbwegs Sportler genug, um zu wissen, was sie meint, wenn sie von der meditativen Wirkung der Droge Dauerleistung spricht, ein Ausdruck wohl, der die Ärztin in ihr enthüllt.

Just jetzt muss Arno wieder rauchen, aber sie übergeht es, als wüsste sie insgeheim, denkt Arno, von, sagen wir, Emil

11

Zatopek, er wäre ein verstohlener Gelegenheitsraucher gewesen, vielleicht daher der Spitzname die „tschechische Lokomotive". Arno muss lächeln und erzählt ihr, warum. Schließlich muss er, zu seiner Überraschung, erklären, wer Emil Zatopek ist, kommt auf den Prager Frühling, die Charta 77 und das Manifest der Tausend Worte zu sprechen, schließlich darauf, dass er vor nicht allzu vielen Jahren Vera Caslavska schon als etwas fülligere Matrone beim Volksstimmefest erkannt haben will, muss also weiter erklären, wer Vera Caslavska ist und kommt nicht umhin, sich als stolzes und bekennendes Mitglied der Achtundsechziger-Generation auszuweisen, wiewohl er sogleich, um bei der Wahrheit zu bleiben, bloßes Mitläufertum eingesteht. Nichtsdestotrotz schwärmt er ihr, jetzt auch er in Fahrt, vom Volksstimmefest vor, vom Budweiser Bier, wirklich aus Budweis, und vom Cuba libre vom Solidaritätsdorf, bei aller kritischen Distanz zur Kommunistischen Partei selbstverständlich.

Instinktiv merkt Arno, jetzt eventuell etwas falsch gemacht zu haben. Aber andrerseits, warum soll er etwas verhehlen. Wenn schon nichts anderes, so hat er ihr jetzt seine Fähigkeit, sich auch für etwas begeistern zu können, demonstriert. Wenigstens, dass es in der Vergangenheit so gewesen sein könnte.

Sie aber hält ihr Glas mit beiden Händen halb erhoben und sagt über seinen Rand hinweg verständnisvoll und spöttisch: Nostalgie.

Die Lust, von ihrem etwas spröden Scharm entwaffnet worden zu sein, lässt Arno bei schiefer Kopfhaltung ein hingebungsvolles „So ist es" verströmen. Fast eilfertig lenkt er jetzt wieder das Gespräch aufs Thema Laufen. Besser, den Gegner kommen lassen und selbst auf Konter spielen. Viel Zeit ist nicht mehr, der Zug nähert sich St. Pölten, bis Wien-West ist es dann noch eine knappe Dreiviertelstunde. Arno zündet sich wieder eine Zigarette an, inzwischen bald schon die zehnte. Wo sie denn üblicherweise laufen ginge?

Ob er dann auch dort laufen würde, will sie wissen, und lässt dabei unklar, ob das als eine Aufforderung oder eine Verteidigung ihres Territoriums zu verstehen ist. Arno spürt sofort, dass das Gespräch einen kritischen Punkt erreicht hat.

Es wird ihm ganz kurz heiß, aber er will die Spannung auf jeden Fall noch aufrechterhalten, unbedingt bis nahe der Endstation, denn bräche sie jetzt schon ab, wäre es schwierig, die Zeit bis dorthin mit halbwegs flüssiger Konversation durchzutauchen. Schon spürt er den berühmt-berüchtigten Knödel im Hals.

Nicht ganz ungeschickt zieht er sich aus der Affäre: Falls er dort, wo ihre Strecke wäre, jemals laufen ginge, dann würde es ihn allerdings sehr freuen, sie zu treffen. Dann, sagt sie und gibt ihr Geheimnis preis, brauche er nur in den Schlosspark von Schönbrunn zu kommen, sie dort zu treffen, laufenderweise, diese Chance bestünde.

Das könne ja sogar ihn, lacht Arno, zum Laufen verlocken und spricht sofort über seine bescheidene Fußballerkarriere und dass er ja tatsächlich wieder mehr Sport betreiben sollte, einmal Tennis die Woche sei zweifellos zu wenig. Selbst in seinem Alter, merkt er kokett an.

Sie wisse zwar nicht, wie alt er sei, aber sooo alt auf keinen Fall, dass er nicht wenigstens wöchentlich ein, zwei Mal auch laufen gehen könnte. Wäre es nicht auch schön, wenn er dann, so wie übrigens sie selbst vor zwei Jahren, auch das Rauchen aufgäbe, nur eine Frage. Natürlich, natürlich, ruft Arno aus, ja, dieser Weg klinge viel versprechend.

Wie schön sie auf sowas lachen kann, halb ungläubig-mütterlich, halb verschmitzt-kumpelhaft, und gäbe es noch eine dritte Hälfte, dann sinnlich-konspirativ.

Jetzt steht sie auch noch auf, um aufs Klo zu gehen, was in österreichischen Speisewagen nicht ohne körperbetonte Verrenkungen möglich ist. Arno sieht ihr in seinem inzwischen etablierten Bierdusel nach: enger Pullover, den BH-Verschluss sieht er genau sich abzeichnend, dunkelgrauer Rock und, Himmel, der Slip schneidet ziemlich scharf in den prächtigen Arsch ein.

Läuft es gut? Läuft es schief? Arno denkt, es läuft gut, so wie es schwebt, als wär' es im Stadium Nascendi. Andrerseits spürt er, dass er sich nur zu bereitwillig einer Illusion hingibt, es ist ein netter Plausch, nicht mehr, und doch von der Art, dass ein wenig Platz zum Träumen bleibt.

Nichtsdestotrotz kommt sie zurück, setzt sich ziemlich unbekümmert lächelnd hin und meint mit dem ihr eigenen missionarischen Eifer, wenn sie ihn wenigstens (tatsächlich sagt sie wenigstens!) zum Laufen verführt haben sollte, wäre das einiges für sie. Vielleicht aber wäre es überhaupt ein Anlass für ihn, seinen Lebensstil zu ändern, ein Satz, der Arno plötzlich scharf-unangenehm berührt, denn entweder ist das jetzt eine Überlegenheits- und daher Machtdemonstration oder sie hat seine Schwächen komplett durchschaut, sieht ihn als Fall und platziert einen Therapieansatz, was auf erotischer Ebene nahezu aufs gleich Unerfreuliche hinauskäme.

Arno bleibt gar nichts anderes übrig, als sie jetzt mit Frau Doktor anzureden und anzumerken, er habe sich schicksalshafterweise keine bessere Gesundheitsberatung wünschen können.

Sie aber blickt ihn, so vermeint er wahrzunehmen, tiefer an, als es der Augenblick erfordern würde, um dann zu sagen, genau so hätte sie es gemeint und trotzdem ganz anders, und dann lacht sie auch noch ganz unverschämt, wie Leute lachen, bei denen schon ein Stifterl Rotwein irgendwie wirkt.

Arno muss auch lachen, und etwas Drittes umarmt sie beide und macht wenigstens für eine Augenblick aus ihnen eine innige, wohltuende Gemeinschaft. Sofort aber denkt Arno, geschult und erfahren, das kann eben nur der Alkohol sein, bei beiden, und hofft zugleich, sich dabei zu irren.

Inzwischen fliegen Lichter vorüber, der Zug braust durch den Bahnhof Tullnerbach-Pressbaum. Die Fahrt neigt sich also dem Ende entgegen. Arno nimmt sich ein Herz: Ob sie abgeholt werde? Tonia sagt ja und sieht in dabei scharf an, ein Blick wie im Seziersaal. Und er?, will sie wissen Nein, er werde nicht abgeholt. Schon lang nicht mehr, das sagt er aber nicht, er weiß, das wäre jetzt ein grober Fehler, dem Schwebezustand sehr abträglich. Dennoch, die Reise ist gleich zu Ende, Taktik allein ist jetzt zu wenig. Also: In welchem Spital sie arbeitet, will er noch hören, nur für den Fall, er würde, gottbehüte, krank werden und so weiter. Sie nennt das Spital, ein ziemlich großes. Sie nennt nicht ihren Familiennamen, noch immer nicht, und sonst auch nichts. Arno spürt eine unsichtbare Mauer aufsteigen und weiß, sie ist eine verheiratete Frau, das Gläschen Wein hat ihrer Klarheit keinen Abbruch getan. Sie weiß genau, wie weit sie gehen will. Nur er, keinesfalls sie, war da von einem Schwebezustand verhext.

Arno ist froh, erst jetzt diese Fragen gestellt zu haben. Die letzten Minuten sind schwer zu ertragen, gut, dass es nur wenige sind. Der Kellner kommt, um zu kassieren. Alles zusammen? Ehe Arno noch überlegen kann, ob es nicht eher peinlich, weil distanzlos wäre, sie einzuladen, hat sie schon auf getrennter Rechnung bestanden und ihren Teil bezahlt.

Die Bremsen rauschen, schräg fallen die Lichter des Bahnhofs Wien-Hütteldorf herein. Arno hat sein Gepäckstück in einem anderen Wagon. Es ist Zeit, Abschied zu nehmen. Wie nett die Fahrt war. Alles ist jetzt irgendwie hölzern, das Wort angenehme Gesellschaft fällt, anregendes Gespräch und Ähnliches. Aber hat sie nicht doch seine Hand um denen einen gewissen Augenblick länger gehalten als nötig? Und ist ihr Blick bloß spöttisch oder ist da noch was anderes? Egal, Arno zieht wie aus der Hüfte seine Brieftasche und gibt ihr eine Visitenkarte. Für den Fall, dass sie einmal mit ihm auf einen Kaffee gehen möchte. Irgendwann einmal, wenn es ihr passt. Danke, sagt sie und sieht die Karte und dann ihn noch einmal an. Und wieder etwas länger, als es die Situation verlangt hätte, und lächelt dabei. Sie entfernt sich in die andere Richtung, als in die Arno gehen wird, Gott sei Dank. Arno will ein Blitzen in ihren Augen gesehen haben, oder war es bloß die Reflexion des Leuchtens in seinen eigenen? Sicherlich sah man ihm schon eine leichte Alkoholisierung an, nicht Blitzen also, sondern Feuchtigkeit in den Augen. Eine Bierfahne hatte er wohl auch. Und den abgestandenen Geruch nach Zigaretten.

Er sah ihr nach, aber sie drehte sich nicht mehr um. Der zwielichtige Gang des Wagons hatte sie verschluckt und die automatische Schiebetür schloss sich mit einem dumpfen Geräusch. Er hielt die Brieftasche immer noch in der Hand. Zwei Arten von Visitenkarten führte er bei sich. Eine von der Firma gedruckte, da war alles drauf, Firmennummer, Firmenadresse, Firmenlogo, seine Privatnummer, seine Handynummer. Und eine zweite Sorte, älteren Datums, von der er nur noch zwei oder drei besaß. Da waren nur sein Name, seine Privatadresse und Privatnummer abgedruckt. In angenehmem Design, wie er fand. Eine solche hatte er ihr gegeben. Er bereute es einen Augenblick lang. Er hätte jetzt erreichbarer sein wollen für sie.

Bis Wien-West sind es nur wenige Kilometer. Arnos Wagon lag mehr im hinteren Zugteil. Das war günstig, denn da Wien-West ein Kopfbahnhof ist und alle Passagiere in Richtung Lokomotive und an ihr vorbei den Bahnsteig verlassen müssen, würde er sie oder wen auch immer unauffällig beobachten können.

Um nichts zu versäumen, drängelte Arno, was sonst nicht seine Art war, zur Wagentür. Der Zug hielt. Die Säulen des Bahnsteigs entlang ging Arno zügig bis nahe an den Speisewagen. Noch war sie nicht ausgestiegen, wie es schien. Halb hinter einer der mächtigen quadratischen Säulen hielt er inne und zündete sich, um Zeit zu gewinnen, etwas umständlich eine Zigarette an.

Sie stieg aus, ohne sich umzusehen. Arno folgte ihr den Bahnsteig entlang in angemessenem Abstand. Die anderen zum Ausgang strömenden Menschen boten ausreichend Deckung. Aus dem lockeren Spalier einiger Wartender löste sich ein Mann und trat auf sie zu. Sie küssten sich flüchtig und gingen nebeneinander Richtung Empfangshalle. Er war groß und ernst, schien jetzt eindringlich mehr vor sich hin- als auf sie einzureden, schüttelte dann den Kopf, während sie mit den Achseln zuckte, so viel konnte man sehen. Erst jetzt nahm er ihr die freilich nicht allzu große Reisetasche ab, die sie sich, ohne ihn anzusehen, aus der Hand nehmen ließ. Bei den Glastüren zur Halle stockte der Menschenstrom vorne etwas, traubenförmig, und Arno lief mit den Nachfolgenden ein wenig auf, wodurch sich der Abstand zwischen ihr und ihm verringerte. Genau in diesem Moment warf sie den Kopf wie zufällig kurz zurück, sah ihn an und presste für eine Sekunde beide Augen zu. Dann wandte sie sich wieder nach vorne.

Als sie ihm, was er nun zuließ, in der menschendurchströmten Bahnhofshalle aus den Augen geraten war, kaufte er sich, es war samstagabends, die Sonntagmorgenausgabe einer guten Zeitung und ein Paket Zigaretten und nahm auf dem

Weg in ein Stammlokal ein Taxi. Er hatte schon genug getrunken, um diesem Anfall von Verschwendungssucht widerstandslos Folge leisten zu müssen. Die „Bannmeile" war noch gut gefüllt, es war aber schon spät genug, um bereits einen freien Tisch zu bekommen. In der Luft schwebten reichlich Rauch, Küchengerüche und die übliche Musik. Obwohl Arno hier häufig verkehrte, gab es mit der Kellnerin nichts zu plaudern. Mit deren Vorgängerin war das anders gewesen, die war aber, wie er gehört hatte, über Nacht verschwunden, angeblich nach Mexiko. Von der Neuen wusste er nicht einmal den Namen. Sie war sehr hübsch, trug knallenge schwarze Lederhosen und war kühl, korrekt und abweisend. Arno war damit völlig einverstanden. Schon ehe das Bier auf dem Tisch stand, sog er mit einer Gier, die ihn selbst fast erschreckte, an einer Zigarette, der nächsten. Er schlug die Zeitung auf, fand sich aber zwischen Zeilen, Bildern und Buchstaben irgendwie nicht zurecht, denn seine flüchtige Reisebegleiterin tauchte wieder und immer wieder in seinen Gedanken auf. Ein unbefriedigendes Gefühl, nicht weit genug gegangen zu sein, quälte ihn. Die kühle Begrüßung, die ihr Mann, wenn er das gewesen war, und sie einander auf dem Bahnsteig geliefert hatten, hätte ihn retrospektiv gesehen zu mehr berechtigt als den kleinen Unverbindlichkeiten, bei denen es letztes Endes geblieben war. Außer ihrem Vornamen und dem Spital, in dem sie arbeitete, wusste er praktisch nichts von ihr. Statt er die ihre, hatte sie seine Telefonnummer. Damit hatte er sich ausgeliefert. Das Gesetz des Handelns lag bei ihr, und bei realistischer Betrachtung war nicht zu erwarten, dass sie davon Gebrauch machen würde. Hatte er sich nicht auch denkbar schlecht präsentiert, als ein dem Alkohol und dem Tabak Verfallener?

Ob er auch etwas essen wollte, schreckte ihn die Frage der Kellnerin hoch. Nein, Arno wollte nur saufen und rauchen, sagte es ihr auch so und entlockte ihr damit wenigstens ein leicht spöttisches Lächeln. Das Publikum hier war im Durchschnitt deutlich jünger als er. Was die Kleidung betraf, überwog modisches Schwarz. Nur an der Theke lehnten neben einer Traube ausgelassen feiernder junger Leute zwei oder drei Männer in seinem Alter oder vielleicht sogar noch etwas darüber, die aus ganz demselben Grund wie Arno hier waren. Einer war schon deutlich heruntergekommen, die anderen zwei schienen sich noch zu halten. Das, was sie hierher geführt hatte, hätte zur Not noch als schlimmer Abend, den man sich ab und zu vergönnt, durchgehen können. Der dritte aber war zweifellos nicht mehr zu retten. Triefäugig und unrasiert gemahnte er an Richard Burton oder Mickey Rourke in der steil abschüssigen Ästhetik der Trunksucht. Arno aber wollte gar nicht wissen, ob dieser Mann, der rinnäugige Höllenhund, nun einmal ein erstklassiger Chirurg gewesen war, der den Krebstod seines besten Freundes nicht verarbeiten hatte können und zuletzt in einem von einem Gegenspieler angezettelten Kunstfehlerprozess von einem halben Fehlurteil getroffen worden war. Oder ob es sich bei ihm um einen ehemaligen Jagdflieger handelte, der sich nur mit knapper Not mit dem Schleudersitz hatte retten können, als sich seine Maschine trotz aller fliegerischen Tricks im unaufhaltsamen Absturz auf eine Waldrandsiedlung befand und drei unschuldige Kinder den Tod fanden. Oder ein dem Bauernschnaps zugegebenermaßen von vornherein nicht abholder Landmaschinenvertreter, dem seine Frau mit dem stellvertretenden Firmendirektor durchgegangen war, was ihm nebst der Kündigung auch noch einen untilgbaren Schuldenberg hinterlassen hatte. Oder ein langzeitarbeitsloser Metallarbeiter aus einem der benachbarten Gemeindebauten, der sich in der traurigen Tradition des Freitagabendbesäufnisses in dieses Lokal begeben hatte, wo sich seinesgleichen üblicherweise nicht aufhielt, um sich heute die Hänseleien seiner Bekannten im ansonsten besser vertrauten Eckbeisel schräg vis-a-vis anlässlich eines schlechten Gebrauchtwagenkaufes, den er vor kurzem getätigt hatte, zu ersparen.

Arno wollte das alles nicht wissen. Der Anblick war abstoßend, ölig und anziehend zugleich. Das durfte kein Spiegelbild sein. Arno wusste, dass er sich in jenem Stadium befand, in dem man sich nicht für einen Alkoholiker hielt und auch noch hoffen durfte, nicht für einen solchen gehalten zu werden. Trinkfest, das war man, ja, trinkfreudig vielleicht noch, aber nicht trinksüchtig, das denn doch nicht, das auf keinen Fall. Und dennoch war es, als stünde man an einem Abgrund mit jenem wundersamen, unheimlichen Gefühl, von der Schwindel erregenden Tiefe wie von magnetischen Kräften angezogen zu werden. Arno zog an der Zigarette und genoss es zu spüren, dass sie eine Verbündete, jawohl, des Todes war. Es war ein schlimmer Abend geworden. So pflegte Arno das zu nennen.

Am nächsten Morgen fand sich Arno mit dem bekannten Gefühl, gesteinigt worden zu sein, in seinem zerwühlten und verschwitzten Bett. Gott sei Dank war Sonntag. Bis zur Handlungsunfähigkeit hatte er sich gelähmt und alle Gefühle betäubt. Der Tag würde vorübergehen, in dieser Gewissheit lag halber Trost. Jede Verrichtung, aufs Klo gehen, Zähneputzen, Orangensaft aus dem Kühlschrank in ein Glas schenken und trinken, wieder zu Bett gehen, war mühsam, und Arno verbuchte es jeweils als so etwas wie eine Leistung, auf die er irgendwie stolz war, was besonders fürs Zähneputzen galt. Andrerseits glaubte er, in diesem jämmerlichen Katerzustand das Gefühl des Nicht-tiefer-fallen-Könnens zu erkennen, also des perfekt gelungenen Sich-fallen-gelassen-Habens, den Aufprall auf den untersten Grund. Gerade darin verspürte er Hoffnung, als ob es von dort, ja, nur von dort, möglich wäre, wie ein Gummiball jetzt wieder in die Höhe springen zu können, hoch, hoch hinauf und mit einem Male es geschafft zu haben. (Wenn die Nacht am dunkelsten ist, ist der Tag am nächsten.)

Im abklingenden Rausch konnte Arno das wichtigste Gefühl einer katholischen Kindheit wieder finden, immer noch und verlässlich, das Gefühl, es ist dir verziehen worden und du darfst wieder neu anfangen. Und so würde sich Arno wieder das Berglein hinanschleppen, bis die Sucht ihn wieder eingeholt haben würde. Aber davon, daran zusammenhängend denken zu müssen, fühlte er sich in seinem Hangover von einer höheren Instanz dispensiert.

Als er wieder aufwachte, war es gegen Mittag. Er hatte Kopfschmerzen und einen Druck auf der Blase. Die übliche Zeit verstrich, bis er neuerlich aufs Klo gegangen war und anschließend ein Glas Aspirin C Brause bis auf den bröseligen Grund geleert hatte. Neuerlich schlief er ein und erwachte gegen zwei

Uhr. Jetzt fühlte er sich doch besser, jedenfalls begannen seine Gedanken Richtung zu nehmen. Tonia also.

Der Mann fiel ihm ein. Ob es ihr Ehemann gewesen war oder ein Freund, ein Liebhaber, ihr Bruder? Arno entschied sich für den Ehemann. Dann freilich war es allem Anschein nach eine schon ziemlich und über die gängige Norm hinaus abgekühlte Angelegenheit, in dem dargebotenen Eindruck angesiedelt zwischen kopfschüttelnd-schweigend bis zynisch-zischelnd, ja, diesen Eindruck hatte man gehabt. Arnos Geister wurden lebhafter. Und dann fiel ihm ihr letzter Blick ein, als sie jäh den Kopf umdrehte und für diesen einen Moment dieses eine Signal zusandte, ein Blick und das kurze, feste Schließen der Lider. Das konnte doch nur heißen: Du bist mein Verbündeter, mach zwar jetzt nichts, halt jetzt noch still, aber unsere Zeit wird kommen.

Arno spürte wie sein Schweiß ausbrach, was für ihn in diesem Zustand aber nichts Ungewöhnliches war, und er warf sich auf seinem Lager herum, die Decke jetzt zwischen die Schenkel gepresst.

Konnte es nicht auch das Zeichen eines klaren Abschieds sein? Mit herzlichem Nachdruck? Gewissermaßen: Und mach bloß keine Dummheiten. Nein, und abermals nein. Arno folgte entschlossen der Theorie, wonach der erste Eindruck, die erste Interpretation die richtige wäre, auch wenn sie im konkreten Fall zweifellos seiner Wunschwelt entgegenkam. Schritt für Schritt versuchte er, sich zu erinnern, an jede Kleinigkeit. Die Art, wie sie gelacht hatte, sich mit den Fingern durchs Haar gefahren war, gedankenverloren, das Spiel ihrer Finger überhaupt. Sie hatte keinen Ehering getragen, überhaupt keinen Ring, aber kommt das nicht vor bei Ärztinnen? Desinfektionsmittel, Sterilität und so?

Viel weiß er ja nicht von ihr. Eine Anästhesistin namens Tonia, von Antonia wahrscheinlich. Während der entscheidenden Momente gestern im Zug hatte ihn offenbar sein Mut im Stich gelassen, sonst wüsste er mehr, ihren Familiennamen zum Beispiel oder dieses und jenes über ihre Lebensumstände. Immerhin wusste er das Spital, in dem sie arbeitete. Verheiratet, ein Kind. Aber sonst nichts von Belang. Stattdessen durfte er jetzt die nächsten Tage, ja Wochen mit frustranem Warten auf einen Anruf von ihr zubringen, wie fein. Freilich, freilich, irgendwann sodann würde die Erinnerung verblassen, ein zartscharfer Hauch nur von Wehmut, das sollte es dann und nebstbei wieder einmal gewesen sein.

Arno drehte sich zur Wand, schloss die Augen und döste ein wenig ein. Später, immer noch im Bett, sah er sich einem roten Faden folgen, der sich wie von selbst gefunden hatte: Spezielle Laufschuhe besaß er ja keine, nur gewöhnliche Sportschuhe, aber natürlich könnte man damit laufen gehen. Auch einen Trainingsanzug hatte er, wenn auch nicht gerade einen topmodischen, aber bitte. Dann fuhr er im Geiste mit dem Auto nach Schönbrunn, variierte die Route und sann über die Frage nach, was wohl günstiger wäre, das Haupttor oder das Hietzinger Tor benutzen, um in den Park zu gelangen. Er erkannte, dass es sich dabei nicht um eine Frage geografischer Zweckmäßigkeit, sondern bloß von Gewohnheiten handelte: Als Kind hatte er den Schlosspark mit seinen Eltern immer vom Hietzinger Tor aus betreten, ganz einfach, weil man von dort am besten in den Tiergarten kam. Also würde er auch jetzt das Hietzinger Tor wählen.

Es wäre das einzige, was er tun könnte, um vielleicht, vielleicht diese Frau wieder zu sehen. Er würde dutzende Male zu möglichst verschiedenen Tageszeiten dort herumtraben müssen und sie vielleicht trotzdem nie zu Gesicht bekommen, etwa weil sie immer am Vormittag laufen ginge, nach ihren Nachtdiensten, sagen wir mal. Und an den Vormittagen war er in der Firma.

Arno wurde jetzt unangenehm heiß: die Firma. Wer wusste, ob er nicht früher, als ihm lieb sein würde, auch an Vormittagen laufen würde gehen können. Wahrscheinlich war seine Kündigung längst beschlossene Sache. Und wenn er überlegte, wie die Kündigungen bei Svericek oder bei Bracht vorbereitet und durchgeführt worden waren, hatte es da Anzeichen gegeben, die man jetzt ganz gut auch bei ihm herauslesen konnte, so wie sie sich alle zuletzt verhalten hatten, nein eigentlich schon seit Wochen verhielten.

Feuer ist am Dach und er liegt im Bett, bereits mitten am Nachmittag, verschwitzt, unrasiert und zweifellos immer noch nach Alkohol und Zigaretten stinkend, statt sich wenigstens den einen Aktenordner, auf den es morgen ankommen würde, durchzusehen.

Arno betätigt die Taste für den Autopiloten, und wie selbstverständlich geschieht das Wundersame. Schon hat er alles beisammen, Unterwäsche, Socken, Trainingsanzug, Sportschuhe. Das kurze Duschbad hatte ihn zusätzlich belebt. Jetzt geht alles von selbst, Arno braucht es eigentlich nur zu beobachten: Wie er sich Unterhose und Leiberl anzieht, sich wegen des kühlen Herbstwetters noch für eine weitere lange Unterhose, ein zweites langärmeliges Shirt entscheidet, den Trainingsanzug, wirklich schon ein ziemlich altvaterisches Stück, überstreift, mit einiger Mühe in die durch lange, unsachgemäße Lagerung in eigenwilliger Form etwas eingesteiften Schuhe schlüpft. Das wär's, „ready for runnig". Arno steht vor dem Spiegel, muss lachen und kopfschütteln zugleich, irgendwas passiert da mit ihm, irgendein Teufel reitet ihn da.

In diesem Aufzug würde er nicht nach Schönbrunn fahren können, das war sofort klar. Gesetzt den Fall, sie sähe ihn, dann würde sie sich denken: Der Kerl muss ja total verschossen sein in mich, dass er gleich am nächsten Tag und dann in diesem Kostüm, also ohne Rücksicht auf sein Outfit(denn wo soll man denn am Sonntag so schnell neue Sportkleidung herbekommen?), hier in den Schlosspark kommt. Nein, in diesem Ausmaß wollte sich Arno nicht der Lächerlichkeit preisgeben. Schon überlegte er kurz, alles wieder sein zu lassen und sich in sein schweißdunstiges Bett zurückzuverkrümeln, da ließ ihn sein Autopilot nach Fahrzeugpapieren, Auto- und Wohnungsschlüsseln greifen und schubste ihn hinaus in den unwirtlichen Herbstsonntagnachmittag.

Arno fuhr vorsichtig, ganz nüchtern war er ja wohl noch nicht. Für seinen ersten Laufversuch hatte ihm sein Autopilot jetzt die Praterhauptallee gewählt, ein Ort, von dem er wusste, dass dort gerne gelaufen wurde. Ja, das war gut so, und seine Laune gewann an Volumen: Falls er ihr je in Schönbrunn begegnen sollte, dann besser in trainiertem Zustand, nicht etwa krebsrot bis zwetschkenblau im Gesicht, mit hechelnder Zunge, rinnäugig und über jeden physiologischen Rahmen hinweg schweißtriefend.

Außerdem würde er sich neu einkleiden, dezent, mit Understatement, aber up to date.

Und echte Laufschuhe müssten her, solche mit imaginären Flügeln hinten dran. Im Auto waren keine Zigaretten zu finden, weder auf den Ablagen noch im Handschuhfach. Stehen bleiben und welche kaufen wollte er aber jetzt auch nicht. Nichtraucher aus Schlampigkeit, dachte er sich und kämpfte noch eine Zeit lang damit. Gleichzeitig grauste ihm auch davor, besonders vor dem Gedanken, unmittelbar vor dem Laufen geraucht zu haben, Kratzen im Hals, Druck auf der Brust und, schlimmer noch, auf der Seele.

Als Arno seinen Wagen am Praterstern einparkte, war es schon dämmrig. Unter der Schnellbahnbrücke, an einem Würstelstand, lehnten zwei Betrunkene, unrasiert wie Arno übrigens auch, mit aufgedunsenen Gesichtern, die Hände Bierdosen umklammernd. Sie musterten Arno halb gleichgültig, halb belustigt. Erst als er die beiden Typen außer Sichtweite wusste, begann er zu laufen. Bald schien ihm, als müssten bei ihm zittrige Storchenbeine einen monströsen, schwankenden, fassförmigen Leib über trügerischen Boden trippelnden Schritts dahinbalanzieren. Sein Atem zog heftig und bedrohlich dünn. Druck und Stechen überall, vor allem jetzt doch in der Brust, im Hals, im Kopf, wo es auch noch dumpf klopfte. Bin ich zu schnell, was bekanntermaßen ein häufiger Fehler beim Laufen ist, fragte sich Arno und bemerkte sogleich, dass er weder langsamer noch schneller laufen konnte, es war nur ein einziges Tempo, eben dieses, das er jetzt lief, in diesem Augenblick in seinem Körper verfügbar. Er konnte dieses eine Tempo laufen oder gar nicht. Arno verließ sich auf seinen Autopiloten, der es trotz allem laufen lassen wollte. Nach einer Weile begann ein Schuh zu drücken, dann der zweite, aber an einer anderen Stelle. Arno beobachtete, wie der Druck da zunahm, dort sich verlagerte, blieb kurz stehen, um sich die Socken stramm zu ziehen, bemerkte, dass es nicht so leicht war, wieder in den Rhythmus zu finden, beobachtete zwei entgegenlaufende Burschen, die ein beachtliches Tempo vorlegten

23

und sich dabei anscheinend noch angeregt unterhielten. Er hatte die Bowlinghalle erreicht und querte die Straße zum Messegelände. Die Straßenbeleuchtung wurde eingeschaltet, am Boden lag braunes Laub. Immer wieder begegnete er Laufenden. Eine ziemlich dicke Frau in weißem, wogendem Trainingsanzug und ein langbeiniges Mädchen, ganz in dunkelblau gehalten, das mehr flog als lief, würdigten ihn keines Blicks. Ein drahtiger Graukopf, braun gebrannt, kein Gramm Fett unter der Haut, hob im Vorüberlaufen, er überholte Arno spielerisch, zum Gruß den Zeigefinger, wie der Lokführer des Orientexpress vor der Durchfahrt durch Unterpurkersdorf den Schrankenwärter grüßt, mit gönnerhafter Barmherzigkeit.

Arno kreuzte inzwischen die Stadionallee. Obwohl es kühl war, schwitzte er beträchtlich, aber er genoss es auch, als würde sich sein Körper mit dem Schweiß auch aller Giftstoffe entledigen, deren es wohl auch reichlich sich zu entledigen gab. Die Hälfte der Allee war geschafft und man konnte sich fragen, ob das jetzt nicht ein guter Punkt zur Umkehr war. Schließlich würde er jeden Meter, den er da lief, auch wieder zurücklaufen müssen. Aber Arnos Ehrgeiz war erwacht. Er fühlte sich jetzt erstaunlich gut, warm gelaufen gewissermaßen, es lief einfach, und das zu stören, wodurch auch immer, hatte er nicht im Sinn.

Tiefste Herbstallee, alles war betroffen: die Menschen unterwegs, die vergilbenden Blätter auf den schwarzen Ästen, das Licht – alles passte.

Bei der Autobahnbrücke spürte Arno mit einem Mal und aus heiterem Himmel das Verlangen aufzuhören. Die Strecke zum Lusthaus begann sich ins Unermessliche zu dehnen. Und das alles war auch wieder zurückzulaufen! Mit einem Mal kam Arno zum Stillstand, drehte nach kurzer Pause auf dem Absatz um und ging langsam, die Hände in die Hüften gestemmt, zurück. Er war mit einem Mal triefend schweißüberströmt und außer Atem. Beim Stadionbad fiel er, ohne genau zu wissen, warum, wieder in Trab. Tatsächlich gelang ihm jetzt ein langsameres Tempo. Dieser Rhythmus würde zu halten sein. Die Lust war freilich verflogen, alles war nur noch so etwas wie gedankenentleerte Pflichterfüllung. Dann wieder fragte er sich, warum er vorsätzliche Wegstrecken genauso wie vorgenommene Aufgaben so schwer abändern konnte, ohne sich dabei als Versager zu fühlen. Für Durchhalteparolen war er anfällig. Irgendjemand hatte da einen Ehrencodex schon vor langem in seine damals wohl noch kindliche Seele geschmuggelt.

Ja, er hätte die ganze Hauptallee hinunter- und hinauflaufen wollen, und es war nicht gelungen. Er könnte jetzt eigentlich genauso gut aufhören, denn gescheitert ist gescheitert. Bei der Bowlinghalle aber spürte er, dass es ihm möglich sein würde, wenigstens die verkürzte Strecke bis zum Ende durchzulaufen. Wer hätte denn heute in der Früh gedacht, dass er überhaupt noch kriechen würde können? Und jetzt das, er lief! Es mussten fünf oder sechs Kilometer gewesen sein, und mit einem Mal wusste er gar nicht, wann je in seinem Leben er so eine Distanz gelaufen war.

Der Lichterschein vom Wurstelprater verdichtete sich, ein schmusendes Pärchen lehnte versunken an einem Alleebaum, flanierende Hundebesitzer kreuzten das Asphaltband. Schwer, aber nunmehr unbeirrt, trabte Arno dem Ausgangspunkt und Ziel seines kleinen Abenteuers entgegen.

Kein Mensch, gottlob, mehr am Würstelstand, als Arno die feuchte Mauer der Unterführung entlang zu seinem Auto schlich, heftig atmend, mit fliegendem Puls, aber fähig, sich von der aufsteigenden Freude an seinem Erfolg tragen zu lassen.

Auf der Heimfahrt musste laute Musik spielen, seine Finger am Lenkrad trommelten im Takt. Das wäre also der erste Schritt gewesen, sich dieser Frau zu nähern. Alles mühsam im Aufbau, denn um vor ihr als Läufer bestehen zu können, würde es noch etlicher Trainingseinheiten bedürfen. Aber, warum nicht? Natürlich würde sie ihn nicht anrufen, sie, eine verheiratete Frau, er für sie bloß eine Zufallsbekanntschaft im Zug, aber zugleich würde das fürs Erste auch gut sein, denn um ihr unter die Augen zu treten, müsste und wollte er ja einen Trainingszustand erreichen, den er herzeigen konnte. Würde sie ihn aber, sagen wir, morgen zum Laufen einladen, müsste er absagen oder eine Ausrede finden, um nicht das jämmerliche Bild, zu dem er derzeit nur fähig war, zu bieten. Er war noch nicht so weit. Es lag harte Arbeit vor ihm, Arbeit an sich selber. Und zugleich eine unbestimmte Wartezeit auf ein unbestimmtes Wiedersehen, in einem schweren Abhängigkeitsverhältnis von Zufällen. Wenn es aber keine Zufälle, sondern sehr wohl Schicksal gäbe, dann wäre eine Wartezeit gut zu ertragen, und er wollte sie nützen.

Mehreren Zigarettenautomaten hatte er im Vorbeifahren bis jetzt die kalte Schulter gezeigt. Es wühlte in ihm: gleich in einem Aufwaschen auch mit dem Rauchen aufzuhören, noch dazu, wo er sich durch das heftige Atmen beim Laufen an kalter Luft im Rachen wund fühlte? Doch blind und ohne Gesinnung waltete der dunkle Autopilot seiner Seele. Bei der nächsten Gelegenheit angehalten – und flugs wanderten die Münzen schon in den Schlitz, mochte der Wagen derweilen auch im Halteverbot stehen.

Die Frage war also vertagt. Arno zog gierig an der Zigarette und lenkte den Wagen wieder in den anschwellenden Abendverkehr. Nicht alles auf einmal. Kein Alkohol heute, das sowieso, und das wäre dann schon viel, sehr viel.

Zuhause angekommen ließ sich Arno ein heißes Bad ein, trank ein Glas Orangensaft, den er reichlich und gut gekühlt für postalkoholische Zustände bereitzuhalten pflegte, und zündete sich sogleich die nächste Zigarette an. Da bemerkte er am Anrufbeantworter das grüne Licht blinken. Er drückte die Taste, aber es war nur ein Besetztzeichen zu hören. Jemand hatte angerufen, sich Arnos Sprüchlein angehört und, ohne eine Nachricht zu hinterlassen, wieder aufgelegt. Das war schon lange nicht mehr vorgekommen. Er empfing nur wenige Anrufe und dann zumeist von Menschen, die doch kurze Meldungen aufs Band sprachen. Unmöglich, jetzt nicht zu denken, es könnte Tonia gewesen sein.

Genau so etwas vermochte in ihm sofort die Lust nach einem Bier zu wecken. Im Kühlschrank war keines mehr. Hätte er sonstwo eines gefunden, hätte er es ins Tiefkühlfach gelegt und eine kurze Weile zugewartet. Blieb indessen nur der Weg in ein Wirtshaus. Es war sonntagabends, jenes an der Ecke hatte geschlossen, das nächste, das um diese Zeit offen zu halten pflegte, war doch nicht ganz so nah. Freilich gab es da noch die

Tankstelle. Einerseits: Ohne Bier würde ihm die nächste Zigarette gar nicht richtig schmecken, andrerseits ließ ein zweiter, ein heller Autopilot ihn inzwischen, als ob es mit seinen Biergedanken gar nichts zu tun hätte, die verschwitzten Sportkleider ablegen und nach einem ganz kurzen Zögern einfach in die Badewanne steigen.

Und Arno gab sich jetzt dem Bad ganz hin und beobachtete seinen Atem im aufsteigenden Dampf. Seine Arme auf den Wannenrand gestützt, den Kopf zurückgelegt lieferte er sich den reinen Freuden des Atmens aus, das ihn heute schon in so mannigfaltiger Form begleitet hatte, auch brennend, kratzend, hechelnd, jetzt aber ziemlich frei. Mehr bedurfte es in diesem Augenblick nicht.

Bei schon leicht abgekühltem Wasser fiel ihm wieder der Anruf ein. Wenn es Tonia gewesen war, und das schon am nächsten Tag, einem Sonntag noch dazu, hätte das schon etwas zu bedeuten, höchst unwahrscheinlich also, dass sie es gewesen war. Er blätterte in seinem geistigen Adressbüchlein, es wollte ihm aber niemand so recht einfallen, der für diesen Anruf in Frage kam. Zwei, drei Nummern hätte er zwecks Aufklärung anrufen können: Schon lang nichts mehr gehört voneinander, du bist mir einfach gerade eingefallen, da hab' ich mir eben gedacht, einfach so, du weißt schon, spontan und so weiter, bis der andere dann vielleicht sagen würde: „Na, so ein Zufall! Den ganzen Tag hab' ich an dich denken müssen, frag mich nicht, wieso. Einmal hab' ich sogar angerufen, aber du warst nicht zuhause."

Dann freilich wäre es wiederum nicht leicht, das Gespräch zu einem ersprießlichen Ende zu bringen, denn es ist gar nicht so schwer für den Betreffenden, bei einem Anruf zu erkennen, dass er ihm selbst gar nicht gilt. Keinesfalls muss aber vom Anrufer so ein Anruf, wo der Anrufbeantworter nicht benützt worden war, zugegeben werden, das könnte ja auch als Schwäche ausgelegt werden, zum einen, weil herauskommt, dass man sich nicht traut, Nachrichten zu hinterlassen und damit irgendwie verbindlich zu werden, zum zweiten, schlimmer noch, weil man dann als derjenige dastünde, der eine längst eingeschlafene Beziehung wieder zum Leben erwecken will, wenn vielleicht auch nur ansatzweise, in Form eines Versuchsballons, egal, der also jedenfalls an dieser Beziehung noch hängt, womöglich noch kiefelt und wahrscheinlich auch noch immer keinen neuen Partner gefunden hat, auch irgendwie blamabel.

Aus den gleichen Gründen muss jemand, den Arno jetzt anriefe, mit der nunmehr direkten Frage „Hast du mich heute angerufen?" keinesfalls zwangsläufig mit der Wahrheit herausrücken, aber für Arno selbst wäre es noch kompromittierender, so als würde er versteckt, gesprächsweise, indirekt, gleichsam harmlos und von hinten herum draufkommen wollen. Denn die direkte Methode enthüllt das wahre Desinteresse am Befragten noch deutlicher, möglicherweise unter Hinterlassung irreparabler Schäden.

Also einmal einfach weitersehen. Jeden Augenblick könnte das Telefon läuten und sein Geheimnis preisgeben. Ab jetzt würde jedes Mal, wenn das der Fall wäre, kurze Spannung entstehen, Arnos Leben war um eine Fassette des Reizes reicher geworden. Und als hätte er es geahnt, läutete in diesem Moment das Telefon.

Aus der Badewanne rausspringen, klitschnass durch die Wohnung zum Telefon? Nein, wozu gab es den Anrufbeantworter. Sollte sie, falls sie es war, ruhig etwas draufsprechen. War sie es aber nicht und würde auch keine Nachricht hinterlassen werden, so blieb die Illusion dennoch intakt. Arno blieb also im Wasser. Das Telefon verstummte, ohne dass Arnos Text überhaupt loslegen hätte können, also schon vor dem vierten Mal Läuten. Arno begann zu überlegen, ob das für oder gegen Tonia als Anruferin sprach. Aber hätte sie als verheiratete Frau denn so einfach die Möglichkeit, eine Telefonnummer zwecks Rückrufs zu hinterlassen? Ausgenommen natürlich eine Handynummer. Aber war es nicht verständlich, dass sie auch eine Handynummer nicht unbedingt einer so flüchtigen Bekanntschaft verraten wollte? Die hätte sie ihm ja dann gleich im Zug geben können. Hatte er also eine Chance versäumt, weil er in der Badewanne hocken geblieben war? Vielleicht sogar schon die letzte Chance? Arno fröstelte im erkaltenden Badewasser.

Jedenfalls war es wahrscheinlich, dass der zweite Anrufer mit dem ersten identisch war, dafür sprach der geringe Zeitab-

stand der beiden Anrufe, jedenfalls war es höchstwahrscheinlich, dass der zweite Anrufer von der Existenz eines Anrufbeantworters wusste, sonst wäre er wahrscheinlich in dessen
einsetzenden Spruch geraten. So aber, schon wissend, dass dieser erst nach dem vierten Mal läuten und dann erst nach einer
etwas längeren Pause anfängt, konnte er in Ruhe auflegen,
ohne dass sein Anruf möglicherweise registriert wurde, je nach
Beschaffenheit des Apparates.

Es gibt ja verschiedene Anrufbeantworter: solche, die jeden
Anruf, egal wie oft es läutet, speichern, und solche, die es erst
mit dem Signalton, der zum Hinterlassen einer Nachricht auffordert, tun. Ganz zu schweigen von ISDN-Anschlüssen und
CLIP-Boxen, auf denen nicht nur der Anruf und die Uhrzeit
registriert werden, sondern auch die Nummer, von der angerufen wird. Wie bei Handys. So etwas wäre natürlich jetzt hilfreich, denn dann wüsste Arno sofort, welche obskure Person
hinter den beiden Calls stand. Aber er besaß weder das eine
noch das andere. Rasch, fast fieberhaft kontrollierte Arno auf
seinem Mobiltelefon, ob irgendwelche Anrufe eingelangt
wären, aber es gab keine. Arno spürte Erleichterung und es gab
ein vages freudiges Blicken nach vorne, denn der Anrufer blieb
unklar, und so tappte er im Dunkeln, was den wohligsten Spekulationen Tür und Tor öffnete.

Schon abgetrocknet und im Bademantel bereitete er sich
eine Dosensuppe und ein paar belegte Brote. Er fühlte sich
müde, aber wohl. Was das Telefon betraf, konnte er nur weiter
warten. Alles schien so wohlmeinend schicksalshaft. Er aß
bedächtig, aber mit Appetit. Ganz von selbst hatte er in dem
Firmenordner zu blättern begonnen und es gelang ihm, sich
tatsächlich in die Materie zu versenken. Einen Anruf gab es an
diesem Abend keinen mehr.

Am nächsten Tag in der Firma sah es zunächst aus, als wollte
alles seinen gewohnten Gang nehmen. Irgendwann im Laufe
des Vormittag fragte Anita, die Sekretärin: „Wie war's denn in
Salzburg?", und Arno verspürte eine unangenehme Hitzewal-
lung. Es gelang ihm trotzdem, die Frage, wie er glaubte, unauffällig mit einem schlichten „Na ja" abzuwimmeln.

Gegen Mittag erschien Simmonds an Arnos Schreibtisch und erklärte ihm, dass die Firmenleitung, genauer gesagt Höpfner selbst, einen Bericht über Salzburg von Arno erwarte, bis übermorgen.

Ob denn nicht der eine, der von Simmonds selbst, genüge, wollte Arno wissen. „Sie wollen von dir auch einen", sagte Simmonds, und Arno vermeinte dabei ein kleines Seufzen zu hören, jedenfalls legte ihm Simmonds, der stand, während Arno saß, ganz kurz die Hand auf die Schulter.

Als Simmonds draußen war, sah Anita zu ihm herüber, über die Ränder ihrer modisch bunten Brille. „Was wollen die?", fragte sie. Und Arno war wieder nur zu einem „Naja" fähig, diesmal garniert mit einem Achselzucken.

Schon von vorneherein fehlten Arno ein paar Unterlagen für diesen Scheißbericht. Das wusste er. Er hatte genug zu tun und stand jetzt unter zusätzlichem Zeitdruck. Er musste sich auf den Weg machen, von Zimmer zu Zimmer. Gartner behauptete, die Unterlagen nicht zu haben, und Arno wusste, dass das nur eine glatte Lüge sein konnte. Von Gartner hatte er das aber fast erwartet. Als aber auch Wischnewski und Loimerich in Abrede stellten, sie zu besitzen oder wenigstens irgendeinen gleichwertigen Zugang dazu zu haben, verspürte Arno so etwas wie aufkeimende Panikstimmung. Er hielt, so gut er konnte, an sich und tat das Einzige, was noch möglich war, um an diese Papiere heranzukommen: Er ging zu Simmonds selbst.

Simmonds war aber inzwischen bei einer Besprechung, seine Sekretärin konnte nicht sagen, wie lange das dauern würde, Simmonds würde ihn dann anrufen. Zu Mittag ging Arno in die Kantine, aber Simmonds war nicht da und Arno kehrte, ohne gegessen zu haben, in sein Büro zurück. Eine Mittagspause konnte er sich jetzt nicht leisten. Er wollte auch gar nicht. Da saßen Wischnewski, Gartner und die anderen, auch die hübsche Wieger, auf die Arno, freilich nicht nur er, irgendwie ein Auge geworfen hatte, was er sich jetzt wohl abschminken konnte. Und auf einmal wusste er gar nicht, zu wem er sich hätte setzen, was er denn hätte reden können. Und schweigend dazusitzen und das Kantinenmahl für sich allein einzunehmen, wäre ebenso peinlich gewesen. Freiwillig und vorauseilend die

Rolle des Aussätzigen zu übernehmen, nein, so weit war er noch nicht. So blickte er auf seine Uhr und tat, sich auf die Stirne tippend, so, als fiele ihm gerade ein wichtiger Termin, ein dringendes Telefonat ein, weswegen er mit schwungvoller Drehung die Kantine wieder verließ. Verräterisch genug, was er dem Publikum da bot.

Anita war jetzt überhilfreich, ob aus echter Loyalität oder gespielt, darüber hätte Arno keine Wette abschließen wollen. Nicht immer hatte er sie wirklich gut behandelt, oft hatte er sie unter Druck gesetzt, und nicht immer war das wirklich sachlich begründet gewesen, etwa weil knappe Fristen zur Eile gerufen hätten. Nein, da waren auch Machtspielchen in Szene gegangen, Arno als Regisseur und Hauptdarsteller, Typus „väterlicher Tyrann", polternd, aber im Grunde ja nur „das Beste" wollend. Sie: ein-, zweimal auch den Tränen nahe. Das konnte sich jetzt rächen. Arno biss sich immer wieder auf die Lippen, es war schwierig.

Simmonds rief und rief nicht zurück. Also ging Arno noch einmal hinüber. Er sei schon weg, sagte seine Sekretärin. Aber er, Arno, hätte doch dringend um Rückruf gebeten, Kruzitürken! Ja, was solle sie denn machen, Simmonds habe eben plötzlich dringend wegmüssen, sie könne ihn ja nicht ankleben. Arno musste tief Luft holen.

Na gut, sagte er, ob er dann wenigstens Simmonds eigenen Bericht über Salzburg sehen könnte? Arno bemerkte, dass die Frau errötete. Sie habe nicht das Passwort zu Simmonds Computer, sagte sie, und dort sei der Text. Das musste man ihr jetzt abnehmen, das war Arno klar. Aber die Unterlagen, er brauche nur die Unterlagen, vielleicht auf Simmonds Schreibtisch?

Die Sekretärin erhob sich seufzend. „Das wird Herrn Simmonds nicht sehr recht sein", merkte sie spitz an. Gemeinsam gingen sie zum Schreibtisch, der gut aufgeräumt war, sehr gut, für einen so überraschenden Aufbruch. Nichts zu finden.

„Er hat es wahrscheinlich weggesperrt", sagte die Sekretärin, und ihr Tonfall war jetzt eher bedauernd. „Macht er das immer?", wollte Arno wissen. „Doch", sagte die Sekretärin, „meistens" und sah ihn etwas besorgt an, wie eine Krankenschwester, die wissen will, ob die Beruhigungstablette, die sie dem kritischen Patienten verabreicht hat, schon wirkt.

Es half nichts, an die Unterlagen war heute nicht heranzukommen. Arno arbeitete dennoch und immer zügiger, um alles so weit wie möglich voranzutreiben. Anita war längst gegangen, die Putzbrigade bereits am Werke, als Loimerich erschien. Mit einer dünnen Mappe. „Das suchst du, nicht wahr?" Loimerich hielt ihm die Mappe hin. Arno war aufgesprungen, blätterte die Papiere kurz durch, ja, das war es.

„Jeder hat sie bekommen, nur du solltest sie nicht kriegen", sagte Loimerich.

„Das habe ich inzwischen bemerkt", sagte Arno. „Mir wäre es aber entschieden lieber, du verrietest nicht, woher du die Unterlagen hast", sagte Loimerich. „Das ist doch lächerlich", sagte Arno, „es kommen doch nur vier Leute in Frage, außerdem war ich ja selbst in Salzburg, sie stehen mir zu."

„Im Prinzip ja", meinte Loimerich, „aber trotzdem wär's mir recht, wenn du das nicht an die große Glocke hängen würdest, sonst kannst du sie mir gleich wieder zurückgeben."

„Um Gottes Willen, nein, ich sage es nicht. Und vielen Dank. Es ist sehr anständig von dir."

„Gerne", sagte Loimerich und wandte sich zum Gehen.

Arno fasste ihn am Ärmel.

„Wieso wollten Sie nicht, dass ich diesen Wisch kriege?", fragte Arno und konnte etwas Raues in seiner Stimme bemerken.

„Sie sagten, du bräuchtest es nicht."

„Sagten Sie ‚nicht' oder ‚nicht mehr'?"

Loimerich entwand sich dem Griff. „So, wie ich es gesagt habe: Du brauchst es nicht. Es fällt ja auch gar nicht so richtig in deinen Aufgabenbereich."

Arno schlug kurz die Mappe auf und sah hinein. „Wenn man will, hast du Recht."

Alles also nur Einbildung?

„Warum hilfst du mir, Peter?" Arno sah Loimerich jetzt offen an.

Loimerich senkte und wiegte den Kopf: „Weil du mir auch schon geholfen hast."

Arno wusste nicht genau, was da gemeint sein konnte, aber sie hatten immer ein faires Verhältnis zueinander gehabt, und er gab sich willig mit dieser Antwort zufrieden.

Er befand sich nun endgültig in einer Alarmstimmung. Der Muskelkater vom Laufen störte ihn nicht, im Gegenteil, er trug das Seine dazu bei, Arno wach zu halten. Längst war es dunkel, als er heimkam. Kein Anruf auf dem Anrufbeantworter, Gott sei Dank. Die nächsten Tage würden nicht gut geeignet sein, mit Tonia in Kontakt zu geraten. Er aß im Stehen einen symbolischen Imbiss, trank Orangensaft und rauchte anschließend. Er hatte an diesem unangenehmen, möglicherweise verhängnisvollen Tag fast nichts geraucht. Schwäche zu zeigen oder jedenfalls Wirkung, diesen Gefallen wollte er ihnen nicht machen. Auch wollte er sich eventuelle Restchancen nicht vermasseln. Restchancen in dieser Firma, für die er 14 Jahre gewerkt hatte. Vielleicht spielte sich doch alles nur in seinem Kopf ab. Arno setzte sich vor seinen Laptop und begann, die ominösen Papiere in seinen Bericht einzuarbeiten. In Wirklichkeit stand da nichts Weltbewegendes drinnen, nur ein paar Zahlen, auf die es freilich ankommen konnte. Denn es kam denen ständig auf Zahlen an, egal von wo sie stammten. Verkappte Mutmaßungen mit Kommastellen zählten mehr als Vermutungen, die als solche wahrheitsgetreu etikettiert waren. Zahlen waren denen im Management immer willkommene Landmarken, so falsch konnten sie gar nicht sein, um alles dorthin zu bringen, was sie absichtlich oder in Fehleinschätzung als den Boden der Wirklichkeit bezeichneten.

Er spürte, dass er sich jetzt keinen Fehler würde leisten dürfen. Seinen Bericht korrigierte er sorgfältig und fand ihn gut. Da und dort eine originelle Anmerkung, aber nicht witzig um jeden Preis. In der Distanz richtig dosiert, in der Sache schnörkelfrei, aber nicht zu trocken. Wie man es von einem Mitarbeiter erwarten darf, der Kreativität mit Sachkompetenz, Fantasie mit Urteilskraft, Takt mit Humor vereinigen kann.

Insgesamt stand die Sache um das betreffende Geschäft nicht gerade rosig, was aber ohnehin allen klar war. Um das Geschäft ging es aus seiner Sicht sowieso nicht mehr, es ging um ihn, Arno. Der ganze Wisch hatte für die Firma nur noch einen

Wert, nämlich Arno im Umgang damit zu evaluieren, wie sie gerne sagten. So viele Kommunikationsseminare hatte Arno aber besucht, um zu wissen, dass er, jetzt verknüpft, sozusagen assoziiert mit einer so gut wie verlorenen Sache, selbst in einem verlorenen Licht zu stehen kam, mochte er mit der Sache selbst noch so wenig zu tun haben, er war plötzlich mit ihr in einer Art Schicksalsgemeinschaft.

Dennoch, seine Trotzkraft war erwacht, wenigstens für diesen Augenblick, er wollte die Sache durchstehen, zu welchem Ende sie auch käme. Sein müdes Kämpferherz straffte sich. Das Leben mit der Ungewissheit des Ausgangs dieses und jenes, ja irgendeines Kampfes war ja genau das Leben an sich. So hatte er es gelernt, so konnte man sich trösten.

Es war gegen neun. Sollte er noch seinen Freund Franz anrufen und ihn auf ein Bier verschleppen? Gegessen hatte er ja auch noch nicht richtig. Kurz wogte es in ihm hin und her. Dann rief er an. Franz hatte Zeit, wie meistens.

Im Stammbeisel hockte das übliche Publikum. An einem Montagabend war es leicht, im Jablonsky einen freien Tisch zu bekommen. Mit dem ersten Schluck schon entwölkte sich der Himmel, der den Tag über so finster ausgesehen hatte. Arno rauchte jetzt in Kette, Franz auch, aber wie üblich weit langsamer. Arno schwadronierte, dass er einen tollen Bericht abgefasst und drohende Schwierigkeiten für sich damit wohl abgewendet hätte. Er wusste, dass er durcheinander sprach, in halben Sätzen, von der Mühe des Tages jetzt und hier zu größter Ungenauigkeit ermächtigt, nur noch der Welt des Bierdunstes verpflichtet, wo aufgeschnitten und geprahlt werden darf, dass sich die Balken biegen, wo Lässigkeit gegenüber jeder Bedrohung bis zur Unverwundbarkeit vorgeschützt werden darf, wo mit Schulterklopfen und Zuprosten sich im Übrigen jeder folgenlos das Mäntelchen der guten Freundschaft umhängen darf. Franz zum Beispiel war überhaupt der Meinung, dass eine Firma, die einen Mann wie Arno auf die Straße setzen wollte, auf dem Markt nichts mehr zu suchen habe. Sie wetteiferten in gegenseitigen Komplimenten. Franz war freilich pragmatisierter Postbeamter in einer stellvertretenden leitenden Funktion an der Peripherie ohne Ambition auf mehr, und was hätte sich sein Chef, eine väterliche Figur übrigens, denn auch mehr wünschen können als einen Stellvertreter wie Franz. Seine Energie verbrauchte er bevorzugt im Durchleben einer obsessiven Beziehung zu einer launischen jungen Frau, die ihn wiederum nur zum Anweinen als treu verfügbaren Grabstein benutzte, für die häufigen Fälle schräg verlaufender sonstiger Männerbekanntschaften ihrerseits, was aber bei Franz stets jene Illusionen wieder und wieder zu neuem Leben erweckte, deren Rätselhaftigkeit auch ein eintöniges Beamtendasein für ein, zwei Wochen in einem Anflug von magischem Licht zum Schimmern bringt.

Schinkenfleckerl und Knödel mit Ei wurden aufgetragen, nichts Außergewöhnliches also, sondern in diesem Ambiente etwas Bewährtes. Auch dem Muskelkater tat das Bier gut, man war schon beim zweiten. Tonia erwähnte Arno nicht. Er wusste zwar nicht genau, warum, denn einerseits hätte er darüber nicht ungern philosophiert, schon auch über die Sache mit den zwei Anrufen, andrerseits aber war alles zu luftig und vage, der zu erwartende enttäuschende Ausgang wäre leichter zu ertragen, wenn es ohne Zeugen und ungestört blieb.

Wenn Arno zu trinken anfing, konnte er nicht unter 4 Krügel Bier bleiben, das war wie das Amen im Gebet. Er wusste, dass das im Prinzip kein gutes Zeichen war. Es war auch der Grund, warum er zu Mittag nie trank, selbst wenn Gelegenheit, etwa bei Außendiensteinsätzen, dazu bestand. Die Gefahr, sich dann wie zwangsläufig am helllichten Tag, eventuell sogar vor den pikierten Augen eines Geschäftspartners, zu besaufen, war zu groß. Diese Hemmschwelle schützte ihn noch, und er wusste, dass das wiederum gerade noch ein gutes Zeichen war.

Jedenfalls hatte Arno nach diesem Abend mit Franz, nach diesem ganz gewöhnlichen Wirtshausabend, wieder einmal die besagten 4 Krügel intus. Plus einem Seidel, um korrekt zu sein. In dementsprechendem Zustand begab er sich nachhause. Nicht schwankend, lallend und am Rande der Übelkeit, aber doch solide alkoholisiert.

Es war so um Mitternacht. Er betrat die dunkle Wohnung und aus irgendeinem Grund, vielleicht weil er den Briefkasten erst jetzt entleert hatte und die Post in der Hand, ohnehin nichts als Rechnungen und Prospekte, ihn behinderte, fiel die Tür hinter ihm ins Schloss, bevor er das Licht anknipsen konnte. Da nahm er in der Dunkelheit ein Pulsieren wahr. Es war weder zu hören noch zu spüren, und doch war es da. Es besaß einen Zauber und Arno ließ, falls er wirklich Post in der Hand gehalten hatte, diese auf einen Sessel, eine Ablage, vielleicht auf den Boden gleiten, um mit vorgestrecktem Kopf wie ein einsamer Wolf einer zarten Fährte, die gut auch Täuschung sein konnte, beizukommen. Durch die Fenster drang fahles Straßenlicht. Das Pulsieren hatte, ohne dass man es wirklich sehen konnte, etwas Blassgrünes an sich in der gelblich getönten Dunkelheit.

Arnos Sinne in Bezug auf den Anrufbeantworter waren so geschärft, dass wann immer derselbe zum Leben erwacht war, Arno den Lockruf des grün pulsierenden Lampenherzens von weitem, selbst vor der noch geschlossenen Wohnungstür wittern zu können glaubte.

Er knipste die Schreibtischleuchte an, die neben dem Telefon stand, setzte sich in den Korbsessel, von dem aus er üblicherweise telefonierte, zündete sich eine Zigarette an und starrte auf das blinkende Licht. Der Schein der Schreibtischlampe tat der Wirkung keinen Abbruch. Unbeirrt blinkte das grüne Lämpchen: Ich hab' eine Botschaft für dich, Arno, ich hab' eine Botschaft für dich! Erst nach geraumer Zeit fiel es Arno ein, auf das Display zu gucken: 22.22 Uhr stand da zu lesen. Das war also fast halb elf. Keine ganz selbstverständliche Zeit für einen Anruf. Eine Zeit, in der Anrufe allmählich in zwei Kategorien, nämlich in eine sehr romantische und, was freilich häufiger vorkommt, in eine sehr unangenehme eingeteilt werden können. Liebeserklärungen oder Nachrichten über einen Unfall, über einen Todesfall gar. Smalltalk ist um diese Zeit schon eher die Ausnahme. Der Gedanke, seiner Tochter könnte etwas zugestoßen sein und er hockte einfach vor der Fernmeldemaschine in süß verträumter Erwartung, ernüchterte ihn jäh und mit ruckartiger Bewegung drückte Arno die Taste. Es folgte ein langes Schweigen. Gute zehn Sekunden, mindestens. Dann das übliche Piepsen, dann erst hielt die Wiedergabe an. Abermals drückte Arno die Taste und hörte dann wieder das Schweigen. Arno drückte erneut, legte sein Ohr ganz an den Apparat, vermeinte Atem-, dann wieder leise Hintergrundgeräusche zu vernehmen, immer wieder ließ er das Schweigen ablaufen. Im Grunde blieb es aber Schweigen. Sein Handy hatte er die ganze Zeit bei sich getragen, hier war kein Anruf erfolgt.

Arno lehnte sich zurück: Es gab also jemanden, der ihn um diese Zeit anrief, der es auf sich nahm, das ganze übliche Maschinensprüchlein ablaufen und über sich ergehen zu lassen, nur um dann doch eine beträchtliche Weile in die Leitung hineinzuschweigen. Nahm man die Anrufe des gestrigen Tages hinzu und nahm man an, die anrufende Person sei immer dieselbe gewesen, konnte man zusammenfassend sagen, es müsste sich also um eine Person handeln, der an einem Kontakt mit ihm gelegen war, auch zu Zeiten, zu denen man nicht unbedingt jeden anruft. Und zwar um eine Person, die ihn entweder nicht auf dem Handy anrufen wollte oder die die Handynummer nicht kannte. Denn im Telefonbuch stand diese Nummer auch nicht.

Das gab der Sache Reiz und Spannung. Zudem: Es war seinen Angehörigen offenbar nichts Schlimmes widerfahren und natürlich hätten sie ja die Mobilnummer versucht. Beides zusammen gab dem Tag einen angenehmen Ausklang und half ihm über das aufkeimende schlechte Gewissen wegen seines Standardrausches hinweg, den er da wieder einmal vom Jablonsky heimgetragen hatte.

Am nächsten Morgen in der Firma, Arno war naturgemäß nicht ganz auf der Höhe, wenngleich in akzeptablem Zustand, erschien zeitig schon Loimerich bei ihm, nicht ohne sich, lächerlich es zu schildern, mehrmals umzusehen. Ob er die Mappe wieder zurückhaben könne. „Aber selbstverständlich", sagte Arno, „und nochmals vielen Dank."

„Hast du es am Ende schon durchgearbeitet?", fragte Loimerich fast entsetzt.

Arno war durch dieses auffällige Verhalten nahezu belustigt und genüsslich sagte er: „Ja, natürlich!"

Kaum war Loimerich draußen, begann es in Arno mit alles überdröhnender Uhrwerkhaftigkeit zu arbeiten. Da stimmt was nicht, sagte ihm eine nicht übermäßig freundliche innere Stimme. Wieso holt er sich das jetzt schon ab, was soll das ganze Heimlichgetue, ja wieso hätte er, Arno, die Unterlagen von vorneherein gar nicht bekommen sollen? Das hatte doch Loimerich so gesagt, oder? Arno hätte ihn sofort fragen sollen, von wem diese Order wohl stammte. Es fiel ihm auf, dass sein eigenes Untertanengehabe in dieser Firma inzwischen so weit gediehen war, dass er diese Frage nicht sofort, und zwar mit angemessener Empörung gestellt hatte. Natürlich, einerseits sollte er einen Bericht abfassen, und zwar außer Simmonds offenbar als Einziger, und andrerseits hatte man ihm, ebenfalls als Einzigem, die Unterlagen vorenthalten.

Während Arno alle möglichen Zusammenhänge, auch immer verstiegenere, in seinen Gedanken konstruierte, erschien Simmonds, offenbar ähnlich wie Loimerich von einem schlimmen Geist gepeinigt, um sofort pikiert anzumerken, dass er es nicht schätze, wenn man auf seinem Schreibtisch herumstöbere. Arno bemerkte sofort, dass Simmonds ihn per Sie anredete und es wurde ihm hilflos heiß. Er bemühte sich, so gut es ging, zu erklären, wie er wegen der Unterlagen versucht hatte, Simmonds zu erreichen, wie dieser nicht zurückgerufen habe, wie er dessen Büro aufgesucht habe, er, Simmonds, aber schon über alle Berge gewesen sei. Schließlich, wie Arno eben in seiner Verzweiflung – diesen Ausdruck allerdings nicht wörtlich nennend – ein Auge auf den Schreibtisch, selbstverständlich mit, wenn auch widerstrebender, Billigung der Sekretärin geworfen habe.

Nachdem sich aber Simmonds all diese Erklärungen nur ständig kopfschüttelnd angehört hatte, um zu räsonieren, dass dies alles nicht die physische Annäherung an seinen Schreibtisch rechtfertige, so, als wäre dieser nicht bloß Firmeneigentum, wurde Arno zornig, klopfte, wenn auch dosiert und schaumgebremst, mit der flachen Hand auf die Schreibtischplatte und fragte laut, warum denn er, Arno, als Einziger die Unterlagen nicht von vorneherein bekommen hatte.

„Wie, was?", fragte Simmonds, der sonst so ruhig und umgänglich zu sein pflegte, merkwürdig und, wie sich Arno jetzt einbildete, künstlich erregt. Jeder habe die Unterlagen erhalten, jeder. Und wenn er, Simmonds, jeder sage, dann meine er jeden, also auch ihn, den Herrn Ziegler, womit er vom Vornamen auf Arnos Familiennamen gewechselt hatte. Distanz schien ihm jetzt ein großes Anliegen zu sein.

Wann denn das gewesen sein solle, wollte Arno wissen, denn es war klar, dass er jetzt nachsetzen musste, wollte er halbwegs wieder zu sich selbst halten.

Ja, vor der Konferenz, ob sich Arno denn an gar nichts mehr erinnern könne, im Foyer des Hotels, unweit der Rezeption sei das gewesen. Arno vermeinte, auf Simmonds Stirn kleine Schweißperlen wahrnehmen zu können.

Nein, er habe nichts erhalten, es müsse wohl ein Irrtum, ein Missgeschick passiert sein, vielleicht sei er, Arno, in diesem Moment gerade auf der Toilette gewesen oder er habe eventuell auch telefoniert.

Nein, sagte Simmonds, er könne sich ganz genau erinnern, er habe jedem Einzelnen die Mappe persönlich in die Hand gedrückt, und selbstverständlich auch ihm. So viele seien sie ja nicht gewesen. Und dann hob sich seine Stimme nach einem wiederum künstlich wirkenden Anlauf, ob er denn die Mappe verschmissen, am Ende irgendwo liegen gelassen habe, die Mappe, mit diesem wichtigen, firmeninternen, vertraulichen Inhalt!

So wichtig sei der Inhalt ja gar nicht gewesen, entrutschte es Arno, der nun seinerseits einen Schweißausbruch auf der Stirn verspürte, denn Simmonds war offenbar entschlossen, irgendetwas Unangenehmes durchzuziehen.

„Ah, da schau her", sagte Simmonds, „Sie kennen ja ohnedies den Inhalt und mir wollen Sie unterstellen, ich hätte Ihnen die Mappe vorenthalten!"

„Um Gottes Willen, ich habe Ihnen doch gar nichts unterstellt", Arnos Stimme begann leicht zu beben. „Ich habe nur die Mappe, aus welchem Grund auch immer, einfach nicht bekommen. Aber ich habe sie mir gestern ausgeborgt, nachdem ich Sie selbst nicht mehr erreichen konnte, wie Sie ja von Ihrer Sekretärin wissen."

Immer wieder mit erhitztem Erstaunen und doch im Gesprächsfluss bloß wie nebenbei registrierte Arno das Sie-Wort, das ohne Korrektur oder Erklärung, von Simmonds initiiert zwischen ihnen ausgebrochen war.

„Ausgeborgt? Von wem haben Sie sich die Mappe ausgeborgt?" Simmonds schien irritiert und erregt zugleich. Jetzt war Arno in der Bredouille, denn er konnte entweder die Antwort verweigern, was möglicherweise unberechenbare Konsequenzen hatte, zumal Simmonds nicht mehr ganz Herr seiner selbst zu sein schien, oder er würde Loimerich verraten müssen, was nicht minder in seiner Folge unkalkulierbar war. Letzteres war freilich für Arno mit dem Verlust seiner charakterlichen Reputation verbunden, weswegen er sich für Ersteres entschied und so gleichgültig wie möglich sagte, das sei ja nicht so wichtig, von wem er die Mappe bekommen habe.

„Na, wenn's nicht so wichtig ist, dann können Sie mir's ja sagen." Simmonds? Tonfall wirkte zynisch-freundlich, man befand sich ziemlich hoch auf emotionalisierter Ebene.

Arno wusste, dass er sich selbst unendlich verachten würde, falls er jetzt die von einem gehorsamen Untergebenen zu erwartende Antwort ablieferte. Er würde nicht nur Loimerich, sondern vielleicht auch den letzten Eckpfeiler von Integrität seiner in Auflösung geratenen Persönlichkeit preisgeben. Es war existenziell scharf zu spüren. Und so hatte er keine wirkliche Wahl und sagte daher: „Das möchte ich einfach nicht sagen."

Arno gelang es jetzt sogar, Simmonds fest in die Augen zu sehen, und Simmonds murmelte nach einem Moment ratlosen Schweigens etwas wie „Na gut", freilich nicht ohne heftig den Kopf zu schütteln, und schickte sich an zu gehen, überrascht von der Ohnmacht, in die er sich selbst hineinmanövriert hatte, und entsprechend ratlos. Arno sprang auf und drängte sich mit Simmonds auf den Gang. Von seiner im Überraschungsmoment des nämlichen Augenblicks wiedererlangten Standfestigkeit mit einem leichten Überlegenheitsgefühl belohnt, nahm er Simmonds am Ellbogen und fragte ihn außer Reichweite von Anitas spitzen Ohren, was denn wirklich los sei, dass er, Simmonds, derart ruppig mit ihm umginge, und Arno benützte pointiert wieder das Du-Wort. Von solcher Direktheit verblüfft, entfuhr es Simmonds gesenkten Blicks: „Man macht mir Schwierigkeiten wegen Ihnen, wegen dir." „Wer, wieso, warum?", wollte Arno sofort wissen.

Simmonds wand sich wurmartig. „Na, wer schon, da oben natürlich." Ob sie ihn loswerden wollten, setzte Arno halbwegs forsch nach, denn jetzt war Sich-Ducken fehl am Platze.

Simmonds zuckte mit den Schultern, wiegte den Kopf, nickte schließlich irgendwie und bot ein Bild des Jammers. Arno, objektiv in der wesentlich schlechteren Lage, war fast versucht Simmonds zu umarmen, widerstand aber, denn als was, wenn nicht als billigen Fraternisierungsversuch hätte wohl das wieder ausgelegt werden können. Stattdessen fragte er Simmonds: „Und da lässt du dich als Hinausekler instrumentalisieren?"

Simmonds straffte sich, wurde leicht ärgerlich und begann, alles in kurzen, hervorgestoßenen Sätzen zu bagatellisieren. Gegen jeden habe es schon Stimmung gegeben, jeder habe phasenweise auch schlechtere Karten gehabt, da müsse man durch, er, Simmonds, werde schon auf Arno schauen, er habe immer auf seine Leute geschaut, er habe ihm nur einen leichten Tritt geben wollen, ein Signal setzen wollen, Arno müsse sich jetzt eben eine Zeit lang mehr anstrengen. So zu handeln sei schließlich seine Pflicht als Vorgesetzter, auch seine menschliche Pflicht. Schließlich hob er die Hand, was Gruß und Stoppsignal gleichzeitig bedeuten konnte, und eilte davon.

Langsam ging Arno in sein Büro zurück. Morgen würde er den Bericht abgeben müssen. Er las ihn durch, korrigierte da und dort und druckte ihn aus. Er würde ihn Höpfner persönlich geben, denn der hatte ja diesen Bericht verlangt. Den Bericht sperrte er in die Lade, die Diskette würde er mit nachhause nehmen. Er konnte jetzt kein Risiko eingehen.

Als Anita einmal kurz das Zimmer verließ, rief er Loimerich an und sagte ihm, er habe ihn vor Simmonds nicht verraten, er habe gewissermaßen die Mappe von anderer Seite erhalten, die unter Garantie ungenannt bleiben werde. Und legte auf. Eine Antwort von Loimerich wollte er nicht abwarten, vielleicht war Simmonds schon bei ihm gewesen und hatte ihm die Wahrheit abgepresst, vielleicht hatten sie ihm in heimlicher Absprache die Mappe zuspielen wollen, sei es, um Höpfner auszutricksen, was ein Akt der Solidarität wäre, sei es, um seine Charakterfestigkeit zu prüfen, nämlich ob er Loimerich ausliefern würde.

Dann rief er Höpfners Sekretärin an und fragte, ob er morgen einen kurzen Termin bei ihrem Chef haben könnte. Sie war etwas erstaunt und erwiderte, er habe ja schon einen Termin, um 9 Uhr 30.

Arno war wie von den Socken. Da hatte also jemand einen Termin für ihn beim Chef ausgemacht und er wusste gar nichts davon. Hatte man es darauf angelegt, dass er einen solchen Termin versäumen sollte oder, zumindest erst in letzter Minute davon in Kenntnis gesetzt, verspätet und zerzaust erscheinen und eine ungünstige Darstellung seiner selbst an dieser, wie man hier mit leichter Ironie so sagte, höheren Stelle liefern würde?

Die Sekretärin wirkte gestresst und kurz angebunden. Arno unterließ zunächst die wichtige Frage, wer denn diesen Termin für ihn ausgemacht habe. Es wurmte ihn aber sogleich dermaßen, dass er eine Viertelstunde später, Stress hin oder her, nochmals anrief und sie danach fragte. Sie aber antwortete, leicht angewidert, wie es schien, daran könne sie sich nun wirklich nicht erinnern, wenn er es denn nicht ohnehin selbst gewesen sei, unmissverständlich erkennbar, dass sie mit Wichtigerem beschäftigt war. Ob er nun diesen Termin wahrnehmen wolle oder nicht, wollte sie noch wissen, und Arno bejahte, selbstverständlich.

Wenig später erhielt er einen Anruf von Simmonds, wieder per du, dass er morgen um 9 Uhr 30 den Bericht bei Höpfner abliefern solle. Arno dankte und verbiss sich jeden Kommentar.

Danach nahm der Tag einen vielleicht trügerisch-normalen Verlauf. Arno verließ die Firma pünktlich.

Er hatte den Tag über vielleicht acht Zigaretten geraucht, nicht extrem viel für seine Verhältnisse, freilich doch genug, um irgendwie auch davon geschlaucht zu sein. Etwas Besonderes stand nicht auf dem Programm. Der Anrufbeantworter stellte sich tot. Ja, natürlich, laufen könnte er jetzt gehen. Fast eine absurde Vorstellung, noch dazu, wo ihm der Muskelkater vom ersten Mal noch spürbar war. Andererseits, wenn er schon damit begonnen hatte, was lag näher als gleich heute die zweite Nummer abzuziehen. Ein eigenartiger, unangenehmer Kampf setzte in ihm ein: Sollte er, sollte er nicht. Argumente ohne Substanz führten in seinem Kopf Scheingefechte und zogen vorüber wie abgerissene Wolkenfetzen im Sturmwind. Plötzlich machte irgendetwas „Klack" und Arno sah sich, wie er sich umzuziehen begann, automatisch, wie ferngesteuert. Der Autopilot hatte seine Tätigkeit aufgenommen. Alles, was sich in ihm noch dagegen sträubte, empfand er nun als lästig und er entwand sich fast mit schraubenartiger Bewegung. Er wollte die Drift, die ihn von selbst die Laufschuhe schnüren ließ, volle Wirkung entfalten lassen. Verquere Gedanken schossen dennoch immer wieder vorbei, z. B. was, wenn Franz jetzt anriefe, um ihn zum Jablonsky oder in die „Bannmeile" auf ein Bier zu verführen, was naturgemäß 4 Krügel und damit das Ende des nutzbaren Teils des Tages bedeuten würde? Ob er dann, im Falle des Anrufs, gleich wieder aus dem Laufgewand schlüpfen und sich der Geborgenheit des Beiselzaubers in die Arme werfen würde? Ein Gedanke, der schon im Erstarken war und Arno ernsthaft zusetzte. Sollte er nicht selbst gleich die Initiative ergreifen und Franz seinerseits diesen Vorschlag machen? Freilich, es war dafür extrem früh, um 5 am Nachmittag trafen sie sich üblicherweise noch nicht, es sei denn, es hätte irgendeinen besonderen Anlass gegeben. Der eigentlich Anlass wäre aber, das war Arno sogleich klar, das Laufen zu verhindern, und während er noch über dieses Paradoxon, wofür er das jetzt doch hielt, mit einigem Unbehagen nachsann, stand er schon im Laufdress vor der Haustür, den Autoschlüssel in der Hand und spähte nach dem Wagen. Er wusste, er hatte sich selbst überrumpelt, in seiner derzeitigen Lage vielleicht der einzige Weg.

Unschlüssigkeiten, wo er überhaupt laufen sollte, ließ er nicht zu, denn er spürte, auch hier, im Überlegen technischer und geografischer Fragen von in Wirklichkeit marginaler Bedeutung, lag die Gefahr, alles gleich gänzlich bleiben zu lassen.

Also fuhr er, wenn es auch etwas umständlich war, wieder zur Praterhauptallee. Sozusagen automatisch.

Es dunkelte schon, wie beim ersten Mal, aber es waren etliche Läufer unterwegs. Arno fiel es ungleich schwerer als zuletzt. Schon nach wenigen Schritten merkte er, dass ihn seine Gelenke schmerzten, seine Oberschenkel waren wie aus Blei und in seinem Kopf stimmte es schon gar nicht. Er trottete dahin wie ein schwermütiger Zirkuselefant. Aber er trottete, das konnte er immerhin sagen. Ja, nach einer Weile musste er kopfschüttelnd lächeln. Irgendetwas von seinem Willen hatte sich gegen Instinkthaftes ausgetauscht. Etwas, das ihm schon beim Umziehen und Verlassen der Wohnung hilfreich gewesen war. Etwas, dem man sich anvertrauen konnte, das von innen kam. Nicht wirklich zu unterscheiden von jenem, welches ihn so oft zum Zigarettenautomaten und ins Beisel zum Bier getrieben hatte. War es ein und dasselbe, zwei Seiten einer Münze, ein janusköpfiger Geist? Oder doch die gezielten wechselseitigen Eingriffe von Schutzengel und Verführer in seine willensschwache Lebensführung, vorgetragen mit den gleichen Waffen? Oder einfach nur hormonelle Ungleichgewichte und Stoffwechselschwankungen?

Körperliches Missbefinden meldete sich da und dort. Immer noch. Wie weit würde er heute laufen? Nur die halbe Strecke? Noch weniger? Er merkte das unangenehme Verhandeln mit sich selbst, wie sich Kompromisse, Abstriche, letztlich Resignation anzubiedern begannen.

Dennoch, seine Gelenke liefen jetzt frei. Auch die gestockte Masse in seinen Muskeln schien sich allmählich zu verflüssigen. Nur im Kopf spießte sich noch etwas. Arno wusste, dass er jetzt einfach etwas anderes denken musste, etwas, das ihn nicht beschwerte, sondern ihm Beine machen konnte. Die Firma war das nicht. Schon den ersten Ansatz eines Gedankens daran empfand er wie eine Last, die ihn im nächsten Augenblick zum Stillstand bringen würde. Auch Gedanken an seine Tochter, stets mit einem Hauch von schlechtem Gewissen umflort, warum auch immer, schienen jetzt ungeeignet. Sogleich wusste er, dass er damit die Welt seiner Pflichten abgehakt hatte. Von hier kam kein positiver Kräftefluss zu Stande. Ein schlechtes Zeichen, und er beneidete sogleich jeden, dessen Pflichtenwelt zugleich auch Quelle der Freude und Energie war.

Er könnte vielleicht an eine seiner Frauenbekanntschaften denken, verflossene, halbverflossene, vergessene und halbvergessene, sporadische, im Ansatz obsessive. Tonia konnte man nicht gut unter dieses Kapitel einreihen, eine Bekanntschaft im engeren Sinn war sie ja gar nicht. Eine Reisebekanntschaft, das vielleicht schon, aber nicht mehr. Arno wusste, dass er sie unbedingt mit den merkwürdigen Anrufen in Verbindung bringen wollte, und empfand ein Wohlbehagen bei dem Gedanken, sie könnte es wirklich gewesen sein. Aber was sollte sie denn veranlassen, ihn anzurufen, und wenn, warum dann zu diesen teilweise exzentrischen Zeiten? Aber selbst dann: Warum hatte sie, wenn sie es also gewesen sein sollte, nichts aufs Band gesprochen? Sich nicht getraut? Nicht gewusst, was sie hätte sagen sollen? Keine unverbindlichen Floskeln hinterlassen wollen und natürlich auch nichts Verräterisches? Vielleicht rechnete sie, immer vorausgesetzt, sie war es gewesen, einfach damit, dass er ihre Nummer ablesen konnte, ISDN oder CLIP oder was es da an elektronischen Möglichkeiten geben mochte.

Wenn dem so wäre, würde er sich wohl glatt so etwas installieren lassen müssen. Dann aber würden sich banale, enttäuschende Lösungen solcher Anrufe sogleich entlarven. Das Geheimnisvolle, Rätselhafte, wenn das Telefon läutet, wäre einer glanzlosen Gewissheit geopfert, und es würde zum Beispiel herauskommen, dass sie mit keinem dieser Anrufe das Geringste zu tun hatte. Die Winkel der Ungewissheit, in denen sich noch Wünsche einnisten könnten, unbarmherzig mit digitaler Zahlenanzeige ausgeleuchtet, mit Telefonnummern ohne jedes Geheimnis. Natürlich, wer von einer Telefonzelle anruft oder durch eine bestimmte Tastenkombination seine Nummer unterdrückt, bleibt dem Rätsel noch erhalten, aber es sind nur schäbige, irgendwie nicht vollwertige Reste einer Zeit, als das Telefon schon mit dem ersten Läuten, wenn oft auch nur für Augenblicke, alle Sehnsüchte zu wecken vermocht hatte, unübertrefflich in der Situation, wo es gar nur ein einziges

Mal anschlug und dann, bevor man dazukam abzuheben, wieder verstummte.

Während Arno über das Für und das große Wider einer Rufnummernanzeige nachdachte, hatte er den Punkt, an dem er vor zwei Tagen umgedreht hatte, erreicht. Er lief vielleicht hundert Meter weiter und wendete dann ebenfalls. Er wusste, dass es gut tat, sich sagen zu können, schon etwas weiter gelaufen zu sein als beim ersten Mal und konnte sich nun vorstellen, das nächste Mal das verbliebene Stück bis zum Lusthaus durch- und wieder zurückzulaufen und damit die ganze Praterhauptallee gelaufen zu sein.

Der Rückweg begann sich zu ziehen. Alle möglichen belastenden Zustände kündigten an, wenn sie nicht schon da waren. Arno konzentrierte sich wieder auf die Fragen um Tonia. Es waren die kurzweiligsten Gedanken von allen. Ob er nicht selbst irgendwie aktiv werden sollte? Er wusste von ihr den Vornamen, den Beruf und den Arbeitsplatz. Wenn das Spital auch groß war, Anästhesistinnen namens Tonia konnte es dort doch nicht so viele geben. Also einfach anrufen und eine Anästhesistin namens Tonia verlangen? Wahrscheinlich würde die Telefonistin eine Begründung verlangen, weswegen er denn bloß nur den Vornamen wüsste. Er könnte natürlich eine Geschichte erfinden, zum Beispiel, dass er vor kurzem eine Operation und daher auch eine Narkose gehabt und dabei ihren Vornamen gehört hätte und sich jetzt, wenn auch verspätet, bei ihr bedanken wollte. Ja, das klang irgendwie plausibel.

Was aber, wenn nun die Telefonistin einfach nach seinem Namen fragte oder gar nach der angeblichen Operation? Dann könnte es gut passieren, dass sie nach kurzer Rückfrage bei Tonia, und dort auf Befremdung stoßend, den Anruf gar nicht durchschalten würde. Und selbst wenn, dann bestünde für ihn immer noch die Gefahr, extrem ausgedrückt, als Lügner dazustehen, der sich unter Vorspiegelung falscher Tatsachen Zugang zu Personen verschafft, die an ihm gar nicht interessiert sind und dann auch noch in die unangenehme Lage gebracht werden, ihn abweisen zu müssen. Die ganze, durchaus zauberhafte Geschichte, deren diskreter Hauch sich unsichtbar, aber spürbar durch sein gegenwärtiges Alltagsleben zog, stürbe augenblicklich eines ausgesprochen schmachvollen Todes. Nein, so wollte er das nicht.

Einerseits. Andrerseits hatte er aber immerhin einen Weg gefunden, den er immer noch gehen würde können, falls ihm denn gar nichts Besseres einfiele. Das war doch fürs Erste beruhigend. Er würde immer wieder darüber nachdenken können, ohne Zeitdruck, bis die Sache reif sein würde.

Einerseits. Andrerseits würde er sich nicht endlos viel Zeit nehmen dürfen, denn dann hätte sie ihn vielleicht schon gänzlich vergessen, und ein Anruf bekäme den Charakter einer Offenbarung seiner verlorenen Seele auf der verzweifelten Suche nach Erlösung, gut erkennbar daran, dass eine beiläufige Reisebegegnung ihn noch Wochen später zu beschäftigen vermochte. Definitiv uncool, wie seine Tochter sagen würde. Also ein Zeithorizont musste eingerichtet werden. Zwei Wochen? Drei? Sechs?

Arno entschied sich fürs Erste für drei Wochen. Falls sie ihn also bis dahin nicht kontaktiert haben würde, dann wollte er es machen. Wenn nichts Besseres zu finden wäre, dann eben mit der Methode des direkten Anrufs. Es gab ja in Wirklichkeit nichts zu verlieren.

Wirklich nichts? Doch, natürlich. Also wieder von vorn: Die Illusion, sie könnte jederzeit anrufen, hinter jedem unklaren Anruf stehen, jederzeit in sein Leben treten und vielleicht sogar voll, diese Illusion gab es zu verlieren. Eine glatte Absage würde den Anrufbeantworter für lange Zeit seiner grünblinkenden Aura berauben.

Einerseits. Andrerseits würde genau diese Illusion mit der Zeit verblassen, an Unterernährung zu Grunde gehen, wenn sie nicht durch irgendetwas von Zeit zu Zeit genährt würde. Ohne zerstört zu werden, ohne ihn zu zerstören. Ein Vorgang, stets mit dem Risiko der Letztmaligkeit behaftet, vergleichbar einer Löwenfütterung. Es gab also, egal wie man es betrachtete, die Zeitfrage. Es einfach so stehen zu lassen, wie es war, bis es von selbst verblassen und schließlich einschlafen würde, war ein so unangenehmer Gedanke, dass Arno, ihm folgend, sofort ein lähmendes Schweregefühl im ganzen Körper wahrnehmen konnte und der Wunsch, sofort den Lauf abzubrechen, in ihm unüberhörbar wurde. So kraftraubend war das. Also, wenn schon der Illusion nicht zum Durchbruch in die Realität geholfen werden konnte, so sollte sie doch, so lange wie möglich, am Leben gehalten werden.

Die Lichter des um den Praterstern kreisenden Verkehrs waren vorne schon erkennbar, und er war bereits auf Höhe der Meierei. Er sagte sich, hier gibt man nicht mehr auf, hier hält man durch, ja es kam ihm vor, als ob sich sein Schritt beschleunigen würde, ein Endspurt gewissermaßen. Die Zeit war im Fluge seiner Gedanken vergangen. Halb in Trance waren die erwarteten Mühen erträglich geblieben. Jetzt erst spürte er, wie stark er schwitzte, obwohl es ausgesprochen kühl war. Ja, er setzte tatsächlich Tempo zu und sein Atemrhythmus beschleunigte sich. Im Ausatmen vibrierten seine Lippen und versprühten schaumige Speichelbläschen.

Die Lichter vom Praterstern kamen näher und näher, und seine Beine flogen über den Asphalt. Er stellte sich vor, wenn er nachhause käme, wäre eine Botschaft von ihr auf dem Band, könnte ja sein. Die Luft war schon scharf, der Boden feucht und es lag reichlich Laub. Vielleicht noch hundert, zweihundert Meter. Da ließ sich Arno auslaufen, schließlich verfiel er in Gangschritt. Jetzt erst fühlte er in seinen Beinen das Aufkommen eines ziehenden Gefühls der maßlosen Beanspruchung.

Zuhause angekommen, machte Arno im Vorzimmer sofort Licht. Dennoch spürte er es deutlich. Aber ganz bewusst ließ er sich Zeit, zog die feucht-verschmutzten Sportschuhe und die verschwitzten Socken aus, das ganze Laufgewand, ging ins Badezimmer, um einen Schlafrock überzuwerfen, und erst dann ging er bedächtig zum Telefon. Ein Anruf auf dem Anrufbeantworter. Blinkt Herzklopfen grün? Arno drückte die Taste. Es war seine Tochter. Nächste Woche hätte sie Mathematikschularbeit und noch einige offene Fragen. Ob er ihr in den nächsten Tagen, spätestens am kommenden Wochenende helfen könnte? Arno rief sie sofort an, sie plauderten kurz und vereinbarten einen Termin zum Mathematiklernen für Freitagabend. Schließlich sprach Arno mit Karin, seiner Ex-Frau, noch ein paar Worte. Sie würde ein Abendessen hinstellen, werde aber selbst nicht anwesend sein, denn sie hätte schon eine Einladung. Es war nicht üblich bei ihnen, in solchen Fällen nach Details zu fragen.

Erschöpft legte Arno den Hörer in die Gabel. Vor anderen hätte es ihn einige Mühe gekostet, nicht seine Enttäuschung zu zeigen. Er war aber allein. Er fand noch ein Päckchen mit zwei Zigaretten und rauchte beide hintereinander. Jetzt spürte er alles: die Schwäche nach dem durchzechten letzten Abend, ein Ausgelaugtsein vom Arbeitstag, der ihm viel Konzentration abverlangt hatte, Erschöpfung vom Laufen und die Leere der unerfüllten Hoffnung am Telefon. Die Wärme, die er für seine Tochter empfand, wog das nicht auf. Er duschte, aß eine Kleinigkeit, allerdings mit Appetit, überlegte, sich doch noch anzuziehen, um Zigaretten zu holen, verwarf aber diesen Gedanken. Schon im Bett verspürte er dann doch großes Wohlbefinden. Er hatte nichts getrunken, wenig geraucht und war körperlich tief ermattet. Das Telefon – konnte es nicht jederzeit läuten? War nicht der bloße Gedanke, die Möglichkeit beruhigend? Im Einschlafen stellte er sich vor, immer wenn er den innerlichen Zug ins Wirtshaus verspürte, stattdessen laufen zu gehen, und zwar bis zur völligen Erschöpfung laufen zu gehen, so lange, bis er einfach keine Kraft mehr haben würde, den Wirt aufzusuchen. Er schlief rasch ein.

Arno war so zeitig schlafen gegangen, dass er noch in der völligen Dunkelheit erwachte. Er fühlte sich so wohl wie schon lange nicht, obwohl er bei jeder Bewegung seine Beine spürte. Sein Atem ging frei und leicht, und dieser Zustand war so unerträglich gut und von Übermut begleitet, dass er geradezu nach einer Zigarette schrie. Aber Arno hatte keine mehr, und der Gedanke, aufzustehen und jetzt, um halb fünf in der Früh, zum Automaten zu gehen, verflüchtigte sich wieder. Jetzt erst fiel ihm ein, dass er bei Höpfner einen Termin hatte, und verschiedene Szenarien begannen, ihn zusehends in rollenden Angriffen weit mehr zu quälen als der Zigarettenwunsch. Als die Zeit zum Aufstehen gekommen war, hätte Arno gern mehr als die nun tatsächlich verfügbaren Kräfte gehabt.

Höpfner ließ ihn antichambrieren. Der Sekretärin, der Arno in dem großen Vorzimmer schräg gegenübersaß, schien seine Gegenwart ziemlich unangenehm zu sein, denn sie gab sich offensichtlich beschäftigter, als sie vermutlich war. Jedenfalls vermied sie jeden Blick zu ihm hinüber. Endlich öffnete sich die Polstertür.

Höpfner gab sich aufgeräumt und jovial. Sein Verhalten war irritierend und verhieß nichts Gutes. Arnos Bericht überflog er, wobei er unablässig an seiner Brille herumzupfte, was er, sofort nachdem er den Bericht beiseite gelegt hatte, wieder unterließ. Sodann faltete er die Hände auf der schweren Tischplatte und fragte in scheinbar gönnerhaftem Ton, aber jede einzelne Silbe bedeutungsschwanger betonend: „Wie geht es Ihnen?"

Arno wusste, dass man auf diese Frage praktisch mit jeder Antwort ausgeliefert war.

„Warum fragen Sie mich das?", erwiderte Arno, eine halbwegs ehrenhafte Parade.

Höpfner lachte gar nicht einmal unsympathisch auf, wurde aber gleich wieder mit wahrscheinlich gespielter Väterlichkeit ernst und sagte: „Wir haben den Eindruck, es geht Ihnen nicht immer so gut, wie wir es uns bei einem so langjährigen Mitarbeiter gewünscht hätten." Arno spürte sofort Schmetterlinge im Bauch, Totenkopffalter.

Steigender Konkurrenzdruck, neue Technologien, Motivationsschub, schlanke Strukturen und ähnliche Begriffe sprudelten Höpfner aus dem Mund und schwirrten dann wie ein Hornissenschwarm über Arnos Kopf. Jetzt, und jetzt spricht er die Kündigung aus, dachte Arno bei sich und wollte gefasst bleiben. Aber Höpfner schwadronierte dahin, Begriffe wie neue Herausforderungen und Nutzen von Erfahrungspotenzial mischten sich in das dunkle Gewölk, ohne dass man ganz sicher sagen konnte, was das jetzt wieder zu bedeuten hatte. Innerlich begann Arno, ein Ende des Geschwafels herbeizusehnen, gleich welches. Schließlich sagte Höpfner: „Sie sind einer der wenigen, die auf der technischen wie auf der kaufmännischen Seite gleich stark sind." Arno spürte geradezu physisch, dass Höpfner in Wirklichkeit „gleich schwach" meinte, wo doch Höpfner Generalisten bekanntermaßen wenig schätzte, zumal er selbst ein solcher und keinesfalls ein hoch qualifizierter Spezialist war. Und geht man nicht mit dem, was man für einen eigenen Fehler hält, wenn man es bei anderen entdeckt, besonders gnadenlos um? Um also ihn, Arno, nicht mehr ständig an der vordersten Front zu verschleißen – schließlich sei er ja auch nicht mehr der Jüngste –, wolle man ihm grundsätzlich auch alternative Aufgabengebiete, das heißt zunächst die Einführung und Ausbildung einer neuen Praktikantin aus Tschechien anvertrauen, die später in ihrer Heimat, wenn es sich so drechseln ließe, im Interesse der Firma eingesetzt werden könnte. Hier könne er sich doch noch einmal bewähren und sich dabei vielleicht generell Schulungskonzepte, ein firmeninternes Weiterbildungsprogramm und Ähnliches durch den Kopf gehen lassen. Höpfner fügte noch zwei, drei Sätze hinzu, die er offenbar für das hielt, was man ihm bei Mitarbeiterführungsseminaren unter „positiver Motivation" eingetrichtert hatte. Und schon hatte die Polstertür sich wieder hinter Arno geschlossen und er stand vor der Sekretärin, deren musternde Blicke zwar verstohlen, aber spürbar kamen. Wenigstens noch nicht gefeuert, dachte sich Arno und sagte es ihr auch mit angemessener Lautstärke. Dann verließ er den Raum, erhobenen Hauptes, wie er sich das auch für den Fall einer Kündigung vorgenommen hatte.

Schon wenig später wurde er zum Personalchef gerufen und stand Suzie gegenüber. Sie war eher klein, schlank, schien sportlich, und wenn sie lächelte hatte sie entzückende Grübchen auf den Wangen. Neben ihr kam sich Arno ziemlich müde, schäbig und angefettet vor.

Der Personalchef gab ihm einige Anweisungen und eine Mappe, in der das Ausbildungsprogramm von Frau Vymazal, wie sie mit Familiennamen hieß, detailliert enthalten war. Arno spürte sofort, dass er, eine ziemlich attraktive junge Frau an seiner Seite, von nun an erst recht unter Beobachtung stehen würde. Einen Fehler würde er sich nicht leisten dürfen. Es war alles etwas undurchsichtig. Das Getue um die Tagungsunterlagen, das Simmonds aufgeführt hatte, und Loimerichs Verhalten, auch das mit dem Termin bei Höpfners Sekretärin. All das jetzt im Lichte der neuen Aufgabe. Vorauseilende Bemühungen, ihn, das Jagdwild, abschussgerecht vor den Schießstand einer hochleistungsbezogenen Personalpolitik zu treiben? Agierten sie, wie sie glaubten, dass es der Führung genehm wäre? Und hatten sie dennoch, im Nachhinein betrachtet, nur irrtümliche Verrenkungen produziert? Oder war die Praktikantin nun der letzte Stolperstein, den sie für ihn vorgesehen hatten? Aber wozu die Mühe, Höpfner hätte den Tagungsbericht einfach in der Luft zerreißen können und dann noch eine halbe Minute über die schlechte Auftragslage jammern können, und schon wäre es vollbracht gewesen.

Arno führte die Praktikantin durch die Firma, stellte sie vor, erklärte, was sofort erklärt werden musste, wiederholte wichtige Sachen und war bemüht, weder aufdringlich noch unterkühlt zu wirken. Sie sprach, man konnte sagen, perfekt Deutsch und hatte gewisse Branchenkenntnisse. Sie lachte viel, wann immer sich eine Gelegenheit dazu bot. Arno kämpfte hingegen mit widrigen Gedanken. Sie konnte, dachte er, der Firma nicht allzu willkommen sein, wenn ausgerechnet er die Einführung vornehmen sollte, ein Mann, der ganz eindeutig auf der Abschussliste stand. Oder sie wurde einfach nicht wichtig genug genommen, da reichte er als Betreuer vollkommen aus. Es tat ihm weh, so etwas zu vermuten, angesichts ihres offenherzigen Interesses. Seine Sympathie für sie wuchs. Dass er sie hübsch fand, stand auf einem anderen Blatt geschrieben, er wusste, dass man diese Dinge getrennt halten sollte, auch wenn die Neigung besteht, das zu vermischen oder zu verwechseln. Gleichzeitig merkte er, wie schwer es ihm fiel, sich noch mit dieser Firma zu identifizieren. Gerade wenn er über die Verkaufserfolge und das ausgeklügelte Servicesystem sprach, kam ihm alles unendlich fern vor, als hätte er es hinter Höpfners Polstertür gelassen. Dabei wurde ihm immer wieder leicht übel und schwindlig, ein Gefühl, das er kannte, als seine Frau ihm mitgeteilt hatte, sie wolle ihn verlassen. Eine Übelkeit von einem leicht metallischen und elektrischen Charakter, der ihn an das Summen eines Transformators erinnerte. Wenn er mit jemandem Dritten, wie das so hieß, in der letzten Zeit über die Firma sprach, und sie war so jemand, verspürte er es, und noch nie war es in diesem Zusammenhang deutlicher gewesen als jetzt.

Es ließ sich im ganzen Körper spüren, das Epizentrum lag aber merkwürdigerweise in den Oberschenkeln, hier fühlte es sich fast schon wie Ameisenlaufen an und war die Ursache einer, wie er hoffte, von niemandem außer ihm zu bemerkenden Gangunsicherheit.

Schließlich gelangten sie in sein Bürozimmer. Beide waren sie etwas erschöpft. Arno ging zur Kaffeemaschine, und als er sah, dass kein Kaffee fertig war, machte er sich zu schaffen, um frischen Kaffee zuzustellen. Öfter als zweimal im Jahr machte er das üblicherweise nicht. Als er an der Schachtel mit den Filtern herumnestelte, nahm ihm Anita die Sache aus der Hand, nicht ohne ihn dabei spöttisch anzulächeln. Es war diskret entlarvend. Arno konnte sich den uralten Witz nicht verkneifen und sagte: „Schade, dass es in dieser Firma keine ordentlichen Kaffeemaschinen gibt." Suzie lachte, Anita schüttelte dünn lächelnd den Kopf. Dann sagte sie zu Suzie: „Jetzt wird er ihnen gleich noch den Witz von der Frau Palmers, der bei einer Vernissage eine Strumpfmasche läuft, und der Familie Blausiegel mit ihren 8 Kindern erzählen." Da Suzie den aber nicht kannte und Arno sich jetzt mit gespielter Empörtheit weigerte, musste Anita das Erwähnte selbst zum Witz komplettieren: Dass der Frau Palmers das mit der Masche so peinlich war und dass ihr Mann sie mit dem Hinweis auf die 8 Kinder vom Blausiegel trösten wollte. Suzie lachte erneut und im Nachfragen konnte sich Arno beruhigen, dass man Suzie weder erklären musste, dass Palmers eine Strumpf-, noch dass Blausiegel ein Kondommarke war. Als sie dann zu dritt Kaffee tranken, überließ Arno den beiden Frauen die Konversation. Zu erschöpft war er von diesem Vormittag, der ihm ohne Pause volle Konzentration und Selbstbeherrschung abverlangt hatte, ohne ihn wirklich zu entlohnen. Die Gegenwart Suzies empfand er, trotzdem sie ihm gefiel, als unangenehm fordernd.

Als sich die beiden Frauen Zigaretten anzündeten, steckte auch Arno sich eine an. Eigentlich hatte er vorgehabt, nicht zu rauchen, um sich vor der jungen Frau keine Blöße zu geben.

Aber jetzt, wo sie selbst rauchte, war ihm das natürlich egal. Die Erleichterung des Augenblicks kennt keinen Preis, sagte er sich.

Die Frauen unterhielten sich über Suzies Lebensumstände. Sie wohnte bei einer Freundin, die in Wien studierte und besuchte selbst irgendwelche Lehrgänge an der Wirtschaftsuniversität. Sie war also schon länger in dieser Stadt. Arno wusste nicht, ob er den aufmerksamen Zuhörer, der er zweifelsfrei war, zu erkennen geben, was nebstbei auch höflicher gewesen wäre, oder ob er sich weiter vor dem Computer beschäftigt geben sollte. Sein gespieltes Desinteresse konnte aber letztendlich auch als ein reales fehlinterpretiert werden. Schließlich mischte sich Arno doch in Anitas Konversation mit der Praktikantin ein, so unaufdringlich wie möglich. Suzie Vymazal begann schließlich, Arno zu fragen und zu fragen, alles Mögliche die Firma betreffend. Arno wurde zweimal von Telefonaten unterbrochen. Letztendlich vereinbarten sie unter Anitas schrägem Blick einen Termin nach der offiziellen Bürozeit zwecks weiterer Vertiefung in die Firmenmaterie und, da Suzie nicht anders Zeit fand, für den übernächsten Tag, am Nachmittag. Sie wollten sich in ungestörter Atmosphäre, am besten in einem Kaffeehaus treffen.

Als Arno gegen vier Uhr die Firma verließ, hatte er kein ganz schlechtes Gefühl, freilich auch kein ganz gutes. Körperlich ging es ihm besser als seelisch. Ohne Zweifel war das auch der letzten, weil rauschfreien Nacht zu verdanken. Sollte er wieder laufen gehen? Arno spürte jedoch noch deutlich einen Muskelkater und ein Gefühl sagte ihm, dass er heute nicht allzu weit käme und dann vielleicht frustriert die ganze Sache sausen lassen würde. Aber er konnte den Tag trotzdem dem Sport nützlich machen! Er fuhr in ein Sportgeschäft. Neues Laufgewand muss her, aber natürlich nichts hauteng Grelles, schillernd Schreiendes. Arno will nicht daherkommen wie ein Formel-1-Wagen auf zwei Füßen. Dezent, aber modisch. Dass Kleider Leute machen, ist eine Binsenweisheit, speziell im Sport. Die Fußballmannschaft, die in missfärbig verwaschenen Dressen aufs Feld kommt, hat gleich zu Anpfiff so etwas wie mindestens ein Tor Rückstand, wenn das Sein das Bewusstsein macht. Arno nimmt einen zweifärbigen Trainingsanzug, Bluse hellgrau, Hose dunkelbraun, etwas weit und pludrig, aber eine gute Marke, in Schnitt und Farbkombination Understatement, aber nur bei flüchtigem Hinsehen. Er hat einen sicheren Griff, muss nicht viel durchprobieren. Und neue Laufschuhe, wirkliche Lauf- und keine Allroundsportschuhe braucht er. Eine ganze Wand, auf der Dutzende Schuhe raffiniert beleuchtet präsentiert werden, lockt und verwirrt zugleich. Kleine Kärtchen beschreiben die Eigenschaften des jeweiligen Schuhs. Die Texte variieren nur in Details. Pronation, Überpronation, Stützung, Dämpfung. Ein Verkäufer, ein Mann von Arnos Alter, jedoch schlank und braun gebrannt, bietet Beratung an. Er laufe selber regelmäßig, auch Marathon, lässt er schon im zweiten oder dritten Satz wissen. An seiner Kompetenz ist kein Zweifel denkbar. Arno möchte einen wirklich guten Schuh, nichts Sündteures, aber gehobene Qualität, denn, so denkt er, wer eine gediegene Sportausrüstung kauft, ist doch ziemlich verpflichtet, sie auch zu benützen. Der Verkäufer fragt Arno sehr bald und umstandslos irgendwie peinliche Sachen, Körpergewicht und Größe, das ginge ja noch. Aber auch Details über Arnos Laufstil will er wissen, exakt eine Selbstdarstellung über sein Pro- und Supinationsverhalten und Ähnliches, was Arno, unversehens in eine stammelnde Stellungnahme stolpernd, sofort als völligen Laien des Laufsports entblößt. Schließlich wird er von dem Experten auch noch aufgefordert, im Geschäft, naturgemäß vor den anderen, gottlob nicht allzu zahlreich erschienenen Kunden, eine Länge zu laufen. Das zu verweigern ist unmöglich, und Arno muss den Kasperl zum Besten geben. Der Verkäufer wiegt sein Haupt kritisch, hebt aber dann den Zeigefinger – ich hab's! – und bringt Arno zwei Modelle. Die und nur die kämen in Frage, unter Hunderten anderen, wie es scheint, er möge probieren. Arno fühlt sich überrollt und halbwegs befreit zugleich, auf den Preis zu achten wäre jetzt ein Infragestellen der Sachkenntnis des Meisters, undenkbar in dieser, Sag-was-du-willst-, urpeinlichen Situation. Arno wird aufgefordert, mit dem anprobierten Schuh wieder im Geschäft zu laufen. Der Boden schwingt, das Publikum ist im Wesentlichen jedoch mit sich selbst beschäftigt, Arno gewöhnt sich bereits an die Exhibition seines Trabens. Aufgefordert, sich echt Zeit zu lassen bei der Wahl, entscheidet sich Arno sofort für das erste der beiden Modelle, gewissermaßen für den erstbesten Schuh. Dass ihm der Verkäufer auch noch zwei Paar Laufsocken mühelos andreht, nimmt Arno – erleichtert darüber, die Prozedur in erträglicher Zeit hinter sich gebracht zu haben – ohne mit der Wimper zu zucken in Kauf.

Wieder auf der Straße hat Arno das Gefühl, einen wichtigen Schritt getan zu haben, jedenfalls bedeutsamer, als wenn er sich etwa ein neues Auto gekauft hätte. Auch Feigheit vor dem Verkäufer, redet er sich ein, könne man ihm nicht wirklich nachsagen, wo er doch den ihm beinahe aufgedrängten zusätzlichen Kauf eines Fußbalsams mit den Worten, er habe da zuhause etwas Besseres, mit dem glanzlosen Anstand einer Notlüge abwehren hatte können.

Endlich zuhause war Arno ziemlich ermattet. Gerade so viel Energie hatte er noch, um den Trainingsanzug und die neuen Laufschuhe auszupacken und auf das Tischchen zu stellen, das vor dem Lehnsessel stand, in den er sich anschließend sinken ließ. Arno rauchte kontemplativ, die Füße auf dem Tischchen, und die Ereignisse des Tages zogen an ihm vorbei. Es hätte schlechter sein können, viel schlechter. Höpfner war möglicherweise wirklich gesonnen, ihm eine faire Chance zu geben. Wenn nicht, musste er zumindest große Hemmungen haben, ihn rauszuschmeißen. Simmonds hatte sich anscheinend irgendwie verspekuliert, Strömungen in der Chefetage falsch gedeutet, das Gras wachsen gehört und – vielleicht – vorauseilend falsche Schlüsse gezogen, dabei Loimerich irgendwie instrumentalisiert. Alles natürlich nur eine Hypothese, es konnte auch ganz anders sein. Und die Vymazal? Spielte sie eine Rolle in dem Dramolett oder war sie bloß eine zufällige Randfigur? Vielleicht wollte Höpfner einen Lehrbetrieb aufziehen, um konzernintern mit etwas Besonderem zu glänzen, und das war eben der erste Versuch, wiewohl es stets auch früher irgendwelche Praktikanten gegeben hatte. Aber die waren meist jünger und Schüler technischer und berufsbildender Schulen.

Da läutete das Telefon. Arno fasste sich. Am frühen Abend ruft ja noch am ehesten jemand an. Bevor er abhob, hielt er kurz noch einmal inne. Was ihn zurückhielt, war die Magie der Ungewissheit, die einem läutenden Telefon innewohnt. Mehr als das Läuten erfüllen die Pausen dazwischen den Raum. Man kann auf das nächste Läutsignal warten, auf das übernächste, mit steigendem Risiko, dass es das letzte ist. Arno griff zum Hörer. Es war Bracht. Arno musste sich sofort setzen. Die Enttäuschung machte ihn knieweich. Bracht war vor einigen Monaten von der Firma gegangen, eigentlich halb und halb gefeuert worden. Bracht war umtriebig und schlau, aber nicht so schlau, wie er von sich selbst glaubte. Er hatte Verbindungen, kannte unzählige Leute, aber nach Arnos Einschätzung solche, die nicht so wichtig waren, wie Bracht dachte. Es reichte alles, wie es schien, bei Bracht um eine Spur nicht hin.

Nach den üblichen Begrüßungsfloskeln legte Bracht los: „Da tut sich ja einiges bei euch, wie man so hört, jetzt sieht's aus, als wärest du dran, oder?"

Arno spürte sofort eine Schwere in der Magengrube. Wie, was, wieso wollte er sagen, kam aber ins Kleinlaute und musste sich von Bracht die unangenehmste Deutung der Geschehnisse, die ihn so hautnah betrafen, anhören. Woher er, Bracht, denn das alles so genau wissen wolle, es könne doch auch anders sein, versuchte Arno zaghaft einzuschränken. Ach, er habe noch immer gute Drähte zur Firma. Und er sei weiterhin in der Branche geblieben. Und genau deswegen brauche Arno nicht zu verzagen, es gäbe interessante Sachen zu besprechen, Arno werde Augen machen und die Firma könne sich brausen gehen, allen voran Simmonds, „dieses Arschloch". Bracht wirkte, als wollte er Klartext reden. „Und ich sage dir noch eines, Arno, alle haben sie die Hosen voll. Es wird Fusionen geben und der ganze Kleinkonzern wird zerfallen, es wird vielleicht noch der Name überbleiben, wenn überhaupt, wenn ihn jemand kauft. Wenn ich ihn zum Beispiel kaufe." Bracht lachte unangenehm brusttönend.

Arno war überrollt. Nichts war bewiesen, alles roch nach Dampfgeplauder, überhitzter Fantasie, Omnipotenzträumen einer gedemütigten Seele. Aber es war so schwungvoll serviert, dass Arno nur zu hilflosem Gestammel, nicht aber zu einer

Stellungname fähig war. All das, was Bracht da gesagt hatte, kannte er freilich, als Latrinengerüchte. Und ehe es sich Arno versehen hatte war, er schon mit Bracht zum Abendessen verabredet und zwar in einer Stunde.

Also blieb Arno nichts anderes übrig, als sich einen starken Kaffee zu kochen und ein Duschbad mit einem langen, kalten Abschluss über sich ergehen zu lassen. Geistig und körperlich halbwegs gestrafft ging er dem mäßig willkommenen Treffen entgegen. Mit den Worten, es werde für ihn sehr wichtig sein, hatte Bracht jeden Rückzug verunmöglicht.

Das Lokal, in dem sie verabredet waren oder, besser, in das ihn Bracht bestellt hatte, war immerhin mit einer Haube ausgezeichnet. Arno wusste das von den Feinschmeckerseiten seines Nachrichtenmagazins. Nicht, dass er sich wirklich für Feinschmeckerlokale interessierte, die Bannmeile oder der Jablonsky genügten seinen Ansprüchen vollauf. Aber er las die Gourmetspalten gern, sie waren stets launig-flüssig geschrieben und vermittelten dem Leser das Gefühl, am ein wenig wichtigtuerischen kritischen Genuss krausester kulinarischer Kreationen teilhaben zu können, als gäbe es den limitierenden Faktor Brieftasche nicht. Ganz ähnlich war es ja um die Autotests auf den Motorseiten bestellt, die einem – unsereinem – den Glauben vermitteln konnten, man fahre einen bestimmten Sportwagen nur deswegen nicht, weil er im Fahrwerk doch etwas zu weich abgestimmt war.

Bracht saß schon da, stämmig, füllig, umtriebig. Kurz gestutzt das blonde Haar, zur Hälfte schon kahl, mit feinen Schweißperlen auf dar Glatze, wie immer. Karierter Blazer, ein heller Rollkragenpullover, alles von guter Qualität, sein üblicher Stil. Seine Begrüßung fiel herzlich aus, was Arno etwas peinlich anmutete, denn es war wie ein „Willkommen an Bord" eines dunklen Dampfers, der allerlei Schiffbrüchige auffischte, um deren Seelen nach niemand weiß wohin zu verfrachten. Aber er hatte auch jenen kumpelhaften Scharm, der das Rüstzeug für Männerseilschaften knüpft, hemdsärmelig, augenzwinkernd, verschwörerisch. Die Kenntnis von Gesetzeslücken als Ausweisleistung von paradoxer Seriosität. Arno hätte ihm jederzeit einen frauenfeindliche oder rassistischen Witz zugetraut, und schlimmer noch, von jener Art der Präsentation, bei der Arno wie paralysiert mitgelacht hätte. Allerdings hatte Arno tatsächlich nie so einen Witz aus Brachts Mund zu hören bekommen. Bracht erzählte, so weit sich Arno erinnern konnte, überhaupt keine Witze. Was er sonst, aus dem Leben nämlich, erzählte, war meist witzig genug, sodass er auf vorgefertigte Humorkonserven nicht angewiesen war. Bracht hatte kleine, wachsame Augen und konnte seinen Sätzen fein abgestimmte, bedeutungsschwangere Blicke schon derart vorausschicken, dass der Zuhörer in seinen Bann geschlagen und in ihm für alles Folgende eine fast hilflose Empfänglichkeit erweckt wurde.

Mochte Bracht in der Firma – bei Simmonds etwa – als leicht dummdreist gegolten haben, so hielt ihn Arno doch für gefährlich, und genau das war es, weswegen er sich dem Reiz dieser Begegnung nicht entziehen konnte. Und da zu Brachts Kommunikationsrepertoire auch eine unverblümte Direktheit gehörte, waren sie nicht nur sogleich beim ersten Bier sondern auch schon mitten in internen Firmenbelangen. Eigentlich gingen Bracht diese Dinge ja gar nichts mehr an, und Arno wusste, dass er mit einem inzwischen Firmenfremden dieses oder jenes, wäre er korrekt und loyal, gar nicht besprechen sollte. Aber Bracht würde jeden Abwehrversuch ohne Zweifel mit einer Handbewegung vom Tisch wischen, einfach mit Hinweisen, er wüsste ja selbst dreimal mehr über die jeweilige Sache, er könne ja weitaus eher Arno darüber aufklären als Arno ihn. So floss die Information aus Arno wie Blut aus einer offenen Wunde, unter die Bracht seine Schüsseln hielt. Dazwischen gustierte man die Speisekarte. Bracht war mit dem Haus vertraut, führte mit dem Kellner Schmäh, verfiel vertraulich vorgeneigt beinahe in eine Art Flüsterton, um Arno die eine oder andere Empfehlung zuzuraunen, bestellte letztendlich für Arno und schloss alles ab, indem er Arno vergewisserte, dass dieser, wenn angerichtet sei, noch Augen machen werde. Dann sprachen sie über Restaurants, und Bracht inszenierte sich, wie denn auch sonst, als Kenner der Szene. Er erwähnte Lokalnamen, auch in München und Mailand, die Arno ebenso unbekannt sein mussten wie die von Bracht jeweils dort angeblich verkosteten Rotweinjahrgänge. Noch vor dem Essen brachte der Schankbursche das nächste Bier.

Beim Essen schließlich kam Bracht zum Kern der Sache. Er vermied zwar, verständlich für einen schlauen Fuchs wie ihn, allzu genaue Einzelheiten, aber so weit Arno folgen konnte, ging es um den Aufbau einer Firma, die nach Möglichkeit flächendeckend überall kleine Kaffeestationen aufstellen und warten sollte. In jedem Geschäft, ob nun Greißlerei, Putzerei, Lederwarenhandel oder Blumengeschäft, sollte so eine Kaffeestation installiert werden. Kein Automat mit Münzeinwurf und Plastikbechern, sondern eine wirkliche Kaffeemaschine in aufregendem Design mit jenem funktionalen, ästhetischen und technischen Flair, durchaus zischelnd und dampfend, welches das italienische Espressogefühl ausmache. Das Design der Maschine sei das Wichtigste: entweder ultracool oder etwas altvaterisch kesseltechnikbetont, die Wasser- und Dampfleitungen außen tragend, ein unentwirrbares und zugleich hochästhetisches Konvolut von Leitungsrohren. Dazu gehören natürlich die üblichen kleinen schweren Tassen, ovale Tabletts und beschlagene Wassergläser. Alles auf einem Podest, in dem sich die Versorgungseinrichtungen zu befinden hätten. Auf der Straße ein Fähnchen oder Ähnliches, da müsse man noch nachdenken, das dem Kunden anzeigt: Hier kriegst du einen kleine Mocca, die Abrechnung über den Kaufpreis der sonstigen Ware, ein kleiner, zu vernachlässigender Aufschlag. Nein, beim Gemüsehändler wolle er das nicht aufstellen, aber in Wäschegeschäften, Modeboutiquen, Schuhgeschäften und dergleichen.

Arno hörte seinem mit immer mühsamer verhaltener Begeisterung schwärmenden Gegenüber mit gespielt freundlicher Aufmerksamkeit zu. Bracht hatte tatsächlich „Konvolut von Leitungsrohren" gesagt. Und Arno fiel dazu ein, diese Maschine könne „Convoluta" heißen, und sagte es auch gleich, Bracht in den Redestrom fallend, um dessen Aufmerksamkeit von dem vielleicht schon ins Gesicht geschriebenen Unbehagen, das Arno befallen hatte, abzulenken. Die Art, wie Bracht sich da hineinsteigerte, zählte für Arno zu den Gründen, warum jener über ein gewisses Maß an Erfolg nie hinausgekommen war, sie war unprofessionell. Plötzlich standen seine Kenntnisse über

Spitzengastronomie und Rotweinsorten im Lichte aufgeklebter Dekoration. Arno hatte das Gefühl, der Position des Unterlegenen entschlüpfen zu können.

„Alles gut und schön, aber die Idee ist doch, so muss man wohl sagen, nicht neu. Denk bitte an Aroma Latina, die sind doch vor Jahren mit sowas Ähnlichem gescheitert. Und auch davor hat es das schon gegeben. Da war noch die Konzessionsfrage." „Ja, eben", sagte Bracht, „bei uns" – er sagte tatsächlich bei uns – „nimmt sich der Kunde selbst den Kaffee, die Kaffeestation ist so aufgestellt, dass die Verkäufer damit gar nicht in echte Berührung kommen." „Ja, aber was ist, wenn der Kunde sagte, der Verkäufer solle ihm doch bitte einen Kaffee servieren?"

„Nein, nein", sagte Bracht, „das läuft anders, es muss einfach uncool sein, sich nicht einen Kaffee selbst zu nehmen, so wie es uncool ist, sich nicht mit Bankautomaten auszukennen. Es muss einfach einen trendigen, beiläufigen Schick haben, sich en passant im Blumengeschäft, während man auf den fertigen Blumenstrauß wartet, einen kleinen Espresso zu machen.

Brachts Wangen begannen zu glühen. Er war ins Schwärmen gekommen. Aus den kleinen Kaffeestationen sollte eine trendige Kultmarke werden, mit eigenen Kaffeesorten. Schließlich sollte es dann möglich sein, genau dieselben Maschinen auch zu Privatzwecken zu verkaufen, sodass man sich auch zuhause so eine Kaffeestation aufstellen konnte und das Wohnzimmer dadurch den Touch einer todschicken Boutique bekäme. Die Marke sollte sich so entwickeln, dass schließlich und endlich, sozusagen auf tausendfachen Wunsch, da und dort eine exklusive Cafébar dieser exklusiven Marke in prominenter, mithin exklusiver Stadtlage eröffnet würde, vielleicht auf Franchisebasis.

Im Ganzen war das alles nichts wirklich Neues, dachte Arno, mit enormem Geldeinsatz und dem Nachdruck irgendeines Großkonzerns vielleicht zu verwirklichen, aber nichts für Leute wie Bracht und ihn.

Aber Bracht wischte Arnos leise vorgetragene Skepsis beiseite. Was er wollte, rundheraus, war, dass Arno in seine Firma einsteigen sollte, mit zunächst bloß 2 bis 3 Hunderttausend, und am Aufbau dieser Idee mitarbeiten sollte. Selbstverständlich habe er, Arno, Bedenkzeit, aber natürlich auch nicht allzu lange, so eine Idee dränge auf rasche Verwirklichung, ein unvermeidliches Gorbatschowzitat purzelte, vom Zuspätkommen und der dann strafenden Geschichte. Arno wand sich hin und her. Er habe ja, auch wenn er gerne mitmachen wollte, gar nicht so viel Geld, nicht annähernd. Kein Problem für Bracht. Er wusste natürlich auch sofort, bei welcher Bank Arno am günstigsten einen diesbezüglichen Kredit aufzunehmen hätte. Bracht sprach darüber, als handle es sich um geradezu geschenktes Geld. Offenbar hatte er schon im Vorfeld alles abgecheckt, sodass Arno geradezu dumm dastünde, würde er ablehnen.

Aber Arnos Widerstand begann sich zu versteifen und Bracht bemerkte offenbar, dass es für ihn ratsam war, jetzt den Druck nachzulassen. Mit der nächsten Runde Bier wechselte er abrupt das Thema. Statt des fortgesetzten Frontal- nun ein Umgehungsangriff, leicht zu durchschauen, aber schwer zu parieren. Wie es denn eigentlich, na ja, privat so ginge, wollte er wissen, begann aber dann sogleich von sich, quasi um mit gutem Beispiel, was das Outing betraf, voranzugehen, das heißt, von seiner neuen Freundin zu erzählen, und es schien, als wolle er jetzt von dieser Flanke her so etwas wie Aufbruchsstimmung verbreiten. Aufbruchsstimmung, die Conditio sine qua non jeder Firmenneugründung, natürlich. Neue Freundin, daher neue Firma, so als ob da ein Zusammenhang bestünde. Arno fühlte sich tatsächlich erleichtert, dass er den Abwehrkampf gegen Brachts dubioses Geschäftsangebot wenigstens fürs Erste einstellen konnte und fast aus Dankbarkeit dafür war er gesonnen, nun auch selbst eine Privatgeschichte beizusteuern, und da ihm sonst nichts Herzeigbares einfiel, begann er von seiner Begegnung im Speisewagen zu berichten. Nichts von dem geschäftlichen Teil der Reise, der vorausgegangen war, nein, das vermied er. Zu ungünstig war das Licht, in dem er da zu stehen käme. Aber die letzten Endes harmlose Begegnung im Zug, damit konnte er doch ein wenig Rouge auf das blasse Bild, das er den ganzen Abend insgesamt geliefert hatte, zaubern. Über die angeregte Unterhaltung erzählte er, das einladende Lächeln anfangs, die zunächst etwas verhaltene, bald aber ins Laufen gekommene Konversation, das leicht Rätselhafte an dieser Person. Arno merkte, dass ihm der Alkohol die letzte Kontrolle über das, was er erzählte, genommen hatte.

Bracht, durchaus als Frauenfreund bekannt, lauschte aufmerksam.

Dass sie Ärztin war, schien ihn zu beeindrucken. Was denn das Wesen ihres Reizes ausgemacht habe, wollte er nun wissen. Ihre Figur? Ihr Gesicht? Ihre Augen? Ihre Stimme?

Nichts von alldem oder alles zugleich. Arno nahm immer wieder tiefe Züge aus Glas und Zigarette. Das kalte, beschlagene Bierglas in seiner Hand erinnerte ihn jetzt mit Intensität an das Bierglas im Speisewagen, an das Geschehen im Zug, dessen Magie mehr von dem, was nicht geschehen war als von dem Tatsächlichen bestimmt worden war. Auch im Speisewagen hatte seine Hand Halt und Kühlung am Bierglas gefunden. Und erst die Wirkung der Zigarette! Ja, gerade die Palette der mit dem Rauchen und Trinken verbundenen Empfindungen entfaltete vor ihm das Bild der Fahrt im Speisewagen. Das spulrunde Gefühl der Zigarette zwischen Zeige- und Mittelfinger, er sah das leicht fleckige Tischtuch, den mit einem Emblem versehenen Speisewagenaschenbecher, das Tischlämpchen und den etwas speckigen Kellner vor sich, und in der an ihrem freien Ende sich in Wirbel und Mäandern kräuselnden Rauchfahne entstand Tonias Bild. Tonia, von deren Nichtpräsenz jetzt eine Schärfe ausging, die Brachts Gegenwart fern und ungefährlich wirken ließ.

Bracht musste wohl bemerkt haben, dass Arno zu träumen angefangen hatte. Er sah ihn ein Weilchen gönnerhaft an, dann fragte er sanft, aber konsequent weiter. Und Arno konnte erneut die Fassung nicht bewahren, und so floss es nur aus ihm, als hätte man erneut ein großes Blutgefäß angeschnitten.

Ja, diese Frau sei einfach interessant und natürlich auch deswegen, weil er von ihr so wenig wusste. Aber nicht die Menge an Informationen, die wir über einen Menschen haben, sondern die Struktur dessen, was wir über ihn wissen, gibt unserem Bild über diesen Menschen Gewicht, Arno begann vor sich hinzuphilosophieren. Abschnittsweise war seine Sicht klar, wie über eine Landschaft an Tagen unmittelbar vor Schlechtwettereinbruch. Der drohende alkoholische Absturz konnte nicht mehr weit sein. Und nun also, die Struktur seiner Information über Tonia, erstmals ließ er ihren Namen fallen, sei so beschaffen, als sei da mit wenigen Federstrichen auf einem weißen Blatt Papier etwas entstanden, das in seiner Unvollständigkeit an Faszination und Kraft jedes flächendeckend detaillierte Bild nur übertreffen konnte.

„Aha", sagte Bracht, „Tonia heißt also die geheimnisvolle Fremde. Und wie seid ihr verblieben, wenn ich fragen darf? Ich darf doch, nehme ich mal an, wenn du mir schon so viel erzählt hast."

„Ich hab ihr meine Telefonnummer gegeben." Arno wurde irgendwie kleinlaut.

„Die ihrige hast du nicht?!"

„Nein, hab ich nicht", gestand Arno.

„Ja, das ist aber ein kapitaler Fehler! Wieso denn nicht?"

Schritt für Schritt musste Arno Dinge preisgeben, die Bracht einen feuchten Dreck angingen.

„Ich habe ihr ganz zum Schluss erst meine Visitenkarte in die Hand gedrückt, besser, wie soll ich sagen, aufgenötigt. Es war mir einfach nicht möglich, sie um ihre Telefonnummer zu bitten. Nein, ich weiß schon, ich wollte mir die Hoffnung, die Illusion nicht nehmen lassen, dass sie vielleicht, vielleicht doch anrufen würde. Und wenn ich sie darum gebeten und eine Abfuhr bekommen hätte, dann wäre mir weniger als jetzt, weniger als nichts geblieben, weniger als diese vage Illusion."

„Ja, und wieso hast du mit einer Abfuhr gerechnet, wenn man fragen darf?"

„Sie ist verheiratet."

„Das sagt nichts. Glaube einem erfahrenen Mann."

„Ich weiß, ich weiß", rief Arno, den das Gespräch nun immer mehr peinigte, und bestellte sich noch ein Bier. Bracht war mit dem Auto da – so weit Arno wusste, war er immer mit dem Auto da – und daher schon beim Mineralwasser. Arno solle sich aber davon nicht stören lassen.

Nach einem tiefen Schluck fuhr Arno fort, er habe selbst schon öfter etwas mit verheirateten Frauen gehabt, natürlich, aber Tonia habe einfach so gewirkt, als sei da auf jeden Fall nur eine Absage zu erwarten. Er wisse selbst nicht, warum. Oder er habe doch diese kleine Illusion, sie könne tatsächlich anrufen, einfach nicht aus der Hand geben wollen.

„Ich nehme an", Bracht beugte sich leicht vor und sah ihm fast streng in die Augen, „sie hat nicht angerufen, oder?"

„Nein", seufzte Arno, „hat sie nicht. Obwohl …"

„Was, obwohl?"

„Da waren ein paar so merkwürdige Anrufe, wo sich niemand gemeldet hat, und wieder einmal ist der Anrufbeantworter einfach gelaufen und nichts war drauf."

„Passiert das öfter bei dir?"

„Nein", sagte Arno, „selten, sehr selten."

„Hmm", Bracht grübelte gewichtig. „Glaubst du also, sie könnte das gewesen sein?"

„Ja. Vielleicht. Im Grunde: Wer denn sonst, ich kriege diese Anrufe erst, seit mir diese Begegnung im Zug widerfahren ist. Fast ist mir lieber, das geht so weiter und ich erfahre nie, wer dahinter steckt, als es gibt eine ganz banale Erklärung dafür."

„Damit willst du dich begnügen? Bescheiden, bescheiden! Nein, du hast weder Alter noch Aussehen, um dich mit so einer traurig-romantischen Obsession auf Schmalspursparflamme zurückzuziehen. Wart einmal." Bracht lehnte sich breit und schief in den Sessel zurück, stützte seinen Kopf auf die Hand, sah schräg zur Decke und gab sich etwas Gottväterliches.

„Also, was wissen wir denn nun wirklich von dieser Person?", fuhr er nach einer bedächtigen Weile fort, gerade, dass er nicht „Weibsperson" gesagt hatte. „Was hast du gesagt, sie ist Anästhesistin? Alter?"

„Vierzig, plusminus."

„Weißt du, wo sie arbeitet?"

Arno nannte das Krankenhaus. Bracht schlug mit der flachen Hand auf die Tischplatte. „Und Tonia heißt sie? Antonia mit Sicherheit. Bitte, das muss sich doch ganz leicht eruieren lassen."

„Ja, sicher, irgendwie vielleicht. Aber es ist mir peinlich, da einfach nachzuschnüffeln, dann kommt sie womöglich dahinter und sagt dann Sachen wie: Sind Sie denn von Sinnen, was

65

fällt Ihnen ein, wenn mir was daran gelegen wäre, hätte ich Sie ja längst angerufen, Sie Knallkopf! Nein, so was will ich nicht riskieren."

„Also brauchen wir zunächst Hintergrundinformation!" Dass Bracht mit diesem „Wir" und diesem „Zunächst" so mir nichts, dir nichts in Arnos Intimsphäre eingebrochen war, dass er selbst es so weit hatte kommen lassen, würde Arno sich wohl tagelang nicht verzeihen können, so betrunken konnte er jetzt gar nicht sein, um das nicht zu registrieren.

„Nein, ich bitte dich, lass es. Lassen wir dieses Thema, es ist ja nur ein Spiel von mir. Eine von diesen Episoden, die den Alltag auflockern. Mehr kann es ja wohl nicht sein."

Aber Bracht überhörte das und beugte sich vor, ganz vertraulich.

„Ich kenne da jemanden bei der Stadtverwaltung, der ist mir noch etwas schuldig. Der kommt an alle Daten dort ran. Auch an die der Krankenhäuser. Der kann dir sicher was besorgen. Ich wette, kein Problem. Du wirst bald mehr wissen über sie."

„Nein, nein, um Gottes Willen, das ist nicht notwendig!" Aber andrerseits packte Arno doch die Neugierde und er ließ Bracht der noch ein wenig zu dem Thema herumschwadronierte, gewähren, auch weil ihm plötzlich alles in die Ferne zu entgleiten schien. Arno wusste, dass er jetzt betrunken war. Bracht wusste das wahrscheinlich schon lange. Arno hörte, wie seine Zunge schwer wurde. Er sagte etwas, wusste nicht genau was, nur dass die Wörter auf den Schienen der Sätze da und dort zu entgleisen begannen. Von Ferne auch nur sah er, wie der Kellner auf einem Teller die Rechnung brachte, wie Bracht mit ihm scherzte und ganz beiläufig ein paar Scheine auf den Teller legte.

Ehe man es sich versah, saß man in Brachts Auto und glitt durch die nächtliche Stadt. Es war ein teurer Wagen, natürlich, und Arno redete irgendetwas darüber, ohne zu wissen, was. Bracht war im Begriffe, ihn nachhause zu bringen. Plötzlich sah Arno den Westbahnhof, der unweit seiner Wohnung lag, und verlangte klipp und klar, als wäre er völlig nüchtern, dass Bracht anhalten möge und ihn aussteigen lassen solle. Er wolle sich noch an der frischen Luft die Beine vertreten und das letzte Stück des Weges zu Fuß nachhause gehen.

Bracht war so perplex von Arnos überraschendem Aufkommen, dass er tatsächlich anhielt und es mit einem kurzen Überredungsversuch, ob er Arno in diesem Zustand nicht doch besser mit dem Auto bis zur Haustür führen sollte, bewendet sein ließ. Wahrscheinlich befürchtete er auch, Arno könnte ihm das schöne Auto voll kotzen. Arno bedankte sich, so gut er noch konnte, und auch irgendetwas von „Man werde bald voneinander hören" sagten Arno oder Bracht oder beide.

Arno stand ein kurzes Weilchen da, und der schon deutlich ausgedünnte, aber umso wilder dahinjagende Verkehr auf dem Lerchenfeldergürtel brauste vorüber. Der Lärm und die kühle Luft ließen ihn weiter zu sich kommen. Schließlich machte er sich auf den Weg.

Er nahm das Stakkato seiner Schuhe auf dem Pflaster wahr. Seine Fersen setzten hölzern, aber noch rhythmisch auf dem Asphalt auf. Jeder Schritt setzte sich durch die Wirbelsäule bis ins Genick fort, und doch war ihm, als gehörte ihm das alles nicht: Fersen, Wirbelsäule, Genick. Sein Atem war das, was am ehesten zu ihm gehörte, und je länger er ging, umso mehr wurden er und sein Atem eins. Mit jedem seiner heftigen Atemstöße schien sein Kopf klarer zu werden. Die tanzenden Bilder des heutigen Abends ordneten sich zu einer sinnhaften Folge.

Arno fühlte sich schon auf dem Heimweg von Brachts dubiösem Angebot und seiner durchdringenden Art angekleckert, vom bloßen Zuhören schon. Und es betraf alle Richtungen: Tonia, die Firma, ihn selbst. Ein Schritt nur und er würde, als habe er mit dem Ärmel an der stachligen Walze einer riesenhaften Maschine angestreift, von ihr erfasst werden, und ehe er sich des Ernstes der Situation noch voll bewusst würde, von ihr in ihr höllengleiches Inneres gezogen werden, in ein labyrinthartiges Reusensystem, unentrinnbar und tausend Qualen verheißend. Alles hatte er diesem Menschen erzählt: Vertrauliches aus der Firma, Intimitäten aus seinem Privatleben, und die Zeche hatte er ihn auch begleichen lassen.

Arno überkam Panik. Er hielt im Schritt, in diesem rauschgedämpften Stakkatoschritt jäh inne, zückte sein Mobiltelefon und rief Bracht an. Die Batterie war leer, es funktionierte nicht. Das Licht war auf der Straße schlecht, denn spät war es zudem natürlich auch schon. Arno hastete in die nächste Telefonzelle. Aber der Hörer war abgerissen, die Telefonbücher waren zerfleddert, pappige Klumpen. Arno eilte mit wehendem Mantel und voller Schaudern und Grauen über das, was da von ihm in Gang gesetzt worden war, nachhause. Der Anrufbeantworter war tot, das war ihm recht so jetzt. Für Träume aus blinkenden Lämpchen und piepsenden Tönen war jetzt kein Platz mehr. Bei brauchbarem Licht schlug Arno sein Notizbüchlein auf und wählte Brachts Nummer: Mobilbox. Die andere Nummer: Anrufbeantworter. Die dritte Nummer: Niemand hebt ab.

Es wird also nichts anderes übrig bleiben, als den morgigen Tag zu erwarten. Vielleicht besser so, jetzt mitten in der Nacht kann alles nur überstürzt, angsthasenhaft, wie von Furien gehetzt wirken, total unprofessionell.

Er hat Bracht nicht erreicht, Bracht hat sich nicht erreichen lassen, vielleicht ein Glück sogar, wer weiß? Aus irgendeinem, jetzt noch verborgenen Grunde.

Im Bett schämt sich Arno in schweißig anflutenden, heißen Wellen. Seine Haut wird ihm drückend eng und eklig. Warum hat er auch diesem Unheilmaschinisten die an sich belanglose Toniageschichte erzählt? Ja, diese wirklich belanglose, wahrscheinlich langweilige Allerweltsgeschichte. Jetzt hat Bracht den Eindruck, er, Arno, würde von so einer nebensächlichen, nicht einmal amüsanten Anekdote wie ein Kaninchen von der Schlange in den Bann gezogen. Bracht würde glauben dürfen, Arno sei ein Getriebener, ein Ausgelieferter, auch für Bracht eine leichte Beute. Und während das Einschlafenkönnen sich im Fangerlspiel gut- und bösartiger Gedanken scheu zurückzog, warf sich Arno auf der Matratze hin und her, nichts ließ sich abschütteln, alles war pelzig und klettenhaft: horrende Kreditschulden, Gefängnis und Selbstmord, Schande in jedem Fall, erlebte und hinterlassene, fristlose Entlassung aus der Firma, zerbrochenes Vertrauen und hundertfach bestätigt das Misstrauen der anderen, wie berechtigt es doch gewesen war!

Schließlich gewann Arno doch so etwas wie Fassung. Also, Bracht würde er anrufen und ihm eine Absage an das dubiöse

Geschäftsprojekt erteilen und seine Hilfe, was das Aufspüren dieser Frau betraf, würde er dankend ablehnen. Am besten auf dem Anrufbeantworter oder einer Mailbox, da war keine Widerrede möglich. Und außerdem würde er Tonia selbst ausfindig machen. Wie, war noch nicht klar, aber mit drei Informationen, Vorname, Beruf, Arbeitsplatz, musste etwas anzufangen sein. Immer wieder sagte er sich, jetzt sei ja alles wieder in Ordnung, und es gelang ihm, sich in der Hoffnung, den Entschluss zur Eigeninitiative bis morgen nicht etwa vergessen zu haben, von dem aus allen möglichen Ecken zurückkriechenden Einschlafenkönnen in die Arme nehmen zu lassen.

Am nächsten Morgen fühlte sich Arno hundeelend. Natürlich hatte er zu viel getrunken. Ja, richtig, Bracht hatte gezahlt. Hatte nach dem Essen immer wieder nachbestellt, 2 oder 3 weitere Biere, mit den Worten, Arno sei sein Gast. Und Arno hatte getrunken, wie es ihm von Bracht nahe gelegt und vorgesetzt worden war. Arno das Bier, Bracht Mineralwasser. Vielleicht zwischendurch einmal die schwache Stimme eines Protestes, aber, leicht erkennbar, nur der Form halber. Damit seine Neigung zu alkoholischen Getränken nicht allzu offensichtlich war.

Die Erinnerung kam bruchstückhaft, aber überschattete alles. Arno wusste, während er aufstand, sich rasierte, duschte und einen Kaffee trank, dass es ein für alles Wesentliche verlorener Tag sein würde. Das einzige Ziel hieß heute: lebend durchkommen.

Arno hatte schon viele solche Tage bewältigt. Tage, an denen er sich, wenn er von der Firma heimgekommen war, ein erlöstes „Geschafft!" sagen hatte können. Jetzt aber war alles schwieriger, undurchschaubarer geworden. Die Firma war ein scharfgemachtes Minenfeld. Torkelnde Gangunsicherheit konnte nur allzu leicht tödlich sein. Bracht würde er heute auf keinen Fall anrufen können. Dazu war ein klarer Kopf vonnöten, denn brüskieren würde er ihn auch nicht wollen. Bracht war ja ohne Zweifel nicht ganz ungefährlich. Und wenn es der Teufel wollte, würde sich nicht die Box, sondern Bracht selbst melden. Selbst wenn Arno auflegte, würde Bracht wissen, wer der Anrufer war, selbst bei verdeckter Telefonnummer, und zwar spätestens, wenn Arno vielleicht doch im zweiten Anlauf die Box erreicht haben würde. Und zum Feind wollte er Bracht nicht haben wollen. Fraglich war freilich, ob das im Falle einer Absage an das Projekt für Arno überhaupt noch vermeidbar war. Bracht würde es höchstwahrscheinlich als persönlichen Affront nehmen. Aber genau das wollte Arno jetzt nicht abwägen, genau das wollte er auf einen klaren Tag aufschieben. Aber die Gedanken an Bracht, so wenig Arno sie festmachen konnte, huschten wie Fetzengespenster immer wieder über seinen Bewusstseinsstrom.

Arno musste an diesem Tag wohl gute Sterne haben, denn er verging ohne größere Karambolage. Die Praktikantin Vymazal hatte er in die Rechenabteilung abgeschoben. Hier schien sie ihm gleich für einige Tage gut aufgehoben. Er hatte, wie er das an solchen Tagen längst praktizierte, reichlich Aftershavelotion und Eau de Toilette aufgetragen und lutschte ein Pfefferminzbonbon, um jeglichen Alkoholgeruch zu kaschieren. Freilich, wer ihn kannte, hätte ihn an der Intensität dieser Drogeriegerüche leicht entlarven können, Anita zum Beispiel. Sie hatte aber nie etwas in der Richtung getan, nicht einmal andeutungsweise, nicht einmal im Scherz. Das konnte daran liegen, dass Anita selbst dem Trinken nicht immer ganz abhold zu sein schien. Es konnte gut möglich sein, dass zwischen ihnen ein stilles Einverständnis diesbezüglich bestand.

Simmonds hatte kurz vorübergeschaut mit irgendeinem nebensächlichen Akt und dabei so getan, als wäre nie etwas gewesen. Ohne mit der Wimper zu zucken, verwendete er wieder das Du-Wort. Wenn das auch nicht zwangsläufig ein gutes Zeichen sein musste, so war Arno doch sehr versucht, es für ein solches zu halten. Der Tag schaukelte wie ein leeres Boot vorüber. Als Arno knapp nach vier den Wagen startete, konnte er erleichterter noch als sonst „Geschafft!" seufzen.

Auf dem Heimweg besorgte er sich ein politisches Magazin und eine Pizza. Zuhause angekommen, erkannte er, welches Chaos ihn da empfing. Wäschestücke am Boden, unabgewaschenes Geschirr da und dort. Poststapel, zumeist Werbeprospekte und Rechnungen. Eine Welt voll Hilflosigkeit und Resignation, aber aus deren Mitte lachten Arno der neue Trainingsanzug und die Laufschuhe an. Arno fasste sich ein Herz und begann aufzuräumen. Die Pizza stellte er ins Backrohr, um sie warm zu halten. Mit ihr wollte er sich belohnen für die Mühen des Ordnungmachens.

Zunächst einmal hatte er diesen Arbeitstag ohne gröberes Anschrammen hinter sich gebracht, trotz dieses beschissenen, versoffenen Abends mit Bracht gestern. Zweitens hatte er sich vorgenommen, Bracht heute nicht anzurufen, da er sich indisponiert fühlte, eine Erleichterung, wenn auch nur für heute, aber immerhin. Ein von der Vernunft gebotener Aufschub. Drittens war für morgen das Rendezvous mit der Vymazal ausgemacht. Auch wenn größte Korrektheit und Wachsamkeit angebracht waren, so konnte Arno dem Ganzen inzwischen doch eine erfrischend-prickelnde Note abgewinnen. Da läutete das Telefon.

Arnos erster Gedanke war: Die Vymazal sagt das Treffen ab. Und dann der zweite Gedanke: Höpfner ruft an und fragt ihn, was ihm da eingefallen sei, sich mit der Vymazal privat treffen zu wollen, derartig Vertrauensmissbräuchliches habe er befürchtet. Dritte Möglichkeit: Bracht, jeder nur denkbare Grund seines Anrufs wäre gleich unangenehm.

Nicht abheben? Feigling! Einmal lässt Arno es noch läuten, auf die Gefahr und, zugegeben, Hoffnung hin, dass es abschnappt. Dann meldet er sich. Am anderen Ende der Leitung kurzes Schweigen. Dann fragt eine Frauenstimme: „Sind Sie der Herr, der neulich im Speisewagen von Salzburg nach Wien gesessen ist?"

Arno wird leicht schwindlig und er muss sich sofort setzen. Ja, dass könne er gewesen sein. Jetzt nicht zu früh aus der Deckung gehen, sagt ihm sein Instinkt. Seine freie Hand umklammert die Sessellehne, dass die Fingerknöchel ganz weiß werden.

„Ich heiße Tonia", sagt die Frau am anderen Ende, und es klingt wie in der Adidasreklame „Ich heiße Emil Zatopek." So sonnenklar, mit wem man es zu tun hat, und doch so bescheiden, als müsste man es ja gar nicht wissen.

„Hallo", sagt Arno, und es klingt selbst ihm wie „Challo". Heiser klingt gut, schießt ihm beruhigend durch den Kopf.

„Ich habe Sie schon mehrmals zu erreichen versucht, aber Sie sind anscheinend nie zuhause", sagt sie. Sie war es also, das Geheimnis der eigenartigen Anrufe ist gelüftet, Arno wird heiß. Er spürt, dass er zu schwitzen anfängt. Gut, dass sie ihn nicht sieht. Als Ärztin würde sie jetzt wahrscheinlich auf ein Alkoholentzugssymptom bei ihm tippen. Aber es ist nicht das, zumindest nicht allein.

Ja, das sei möglich, denn er wäre beruflich viel unterwegs. Arno muss gleichen denken, dass das ja gar nicht stimmt, aber egal jetzt. Wirkt vielleicht besser. Aber natürlich, da sei noch etwas. Es sprudelt jetzt aus ihm, von Deckung keine Rede mehr. Sie werde es nicht glauben, aber er habe ihren Ratschlag ernst genommen und mit dem Laufen angefangen.

„Sehen Sie", sagt Tonia, „genau das ist der Grund meines Anrufes. War einfach neugierig. Ich wollte wissen, was daraus geworden ist."

„Sie sehen, Ihre Saat ist auf fruchtbaren Boden gefallen."

„Das freut mich natürlich. Bei Ihnen habe ich mich ja ganz schön ins Zeug gelegt, um Ihnen die Sache schmackhaft zu machen. Normalerweise bin ich nicht so fanatisch."

„Wirklich nur bei mir? Darf ich das als eine Ehre verstehen?"

„Na ja, offen gestanden, so genau weiß ich das nicht. Irgendetwas an Ihnen hat mich diesen missionarischen Eifer entwickeln lassen. Und genau das ist es, was mich so drängt, Sie anzurufen. Ich meine, da gibt es ja auch eine Verantwortung, wenn man jemanden zum Laufen überreden will. Sie sind ja immerhin ein starker Raucher. Um konkret zu werden: Haben Sie sich schon einer sportärztlichen oder internistischen Untersuchung unterzogen?"

Arno muss kurz schweigen. Nur deswegen also ruft sie an? Schwer, jetzt die Enttäuschung zu verbergen. Aber ruhig, es könnte auch das nur ein Vorwand sein.

„Nein", sagt er dann, „sollte ich etwa?"

„Natürlich, Sie rauchen doch sicher schon viele Jahre, Jahrzehnte wahrscheinlich. Vielleicht trinken Sie auch mehr, als

Ihnen in Wirklichkeit gut tut. Verzeihen Sie, es geht mich alles nichts an. Und doch: Wenn ich Sie wirklich zum Laufen animiert haben sollte, bin ich eigentlich auch verpflichtet, Sie zu einer entsprechenden Voruntersuchung zu überreden. Schließlich bin ich selbst Ärztin. Es wäre furchtbar für mich, wenn Sie, gottbehüte, zum Beispiel einen Herzinfarkt erleiden würden."

„Aber das würden Sie ja gar nicht erfahren, wie denn auch."

„Vielleicht würde ich wieder einmal bei Ihnen anrufen, etwa um mich nach Ihren läuferischen Fortschritten zu erkundigen."

„Wenn ich tot bin, werden Sie mich schwerlich erreichen."

„Wenn ich es aber wieder und wieder versuche, bis es mir komisch vorkommt, dass Sie sich nicht melden?"

„Das glaube ich nicht, dass Sie sich einer derartigen Mühe unterziehen würden!" Arno hatte das Gefühl, die Sache könnte Oberwasser bekommen.

„Da kennen Sie mich aber schlecht, Herr Arno, wenn ich Sie so anreden darf. Ich kann sehr konsequent sein."

„Lassen Sie bitte das ‚Herr' weg, Tonia. Also gut, und wenn ich mich nach, sagen wir, fünf oder auch zehn Anrufen nicht melde, was täten Sie dann?"

„Sie scheinen vergessen zu haben, dass ich im Besitz Ihrer Visitenkarte bin. Da steht auch Ihre Adresse drauf. Ich würde hinfahren und den Hausmeister, die Nachbarn oder sonst wen fragen, falls Sie auf mein Läuten die Tür nicht öffnen würden. Vielleicht hinge auch ein Partezettel im Hausflur."

„Ich bin baff. Das alles würden Sie meinetwegen tun?"

„Ob gerade Ihretwegen, ob man das so sagen kann, weiß ich nicht. In erster Linie täte ich es meinetwegen. Um beruhigt zu sein, dass Ihnen nichts zugestoßen ist. Genauer gesagt: dass Ihnen nichts beim Laufen zugestoßen ist." In leicht amüsiertem Unterton fügte Tonia hinzu: „Sie sehen also, ich wüsste mir zu helfen."

„Sie haben also, wenn ich Sie richtig verstanden habe, die Absicht, sich um meine läuferische Karriere zu kümmern? Ein bisschen natürlich nur, meine ich."

„Das habe ich so nicht gesagt, aber es könnte sein. Irgendwie."

Arno holte tief Luft. Jetzt musste er nachsetzen, das war klar.

„Wissen Sie, dass mir dieser Umstand ein sehr großer Ansporn wäre. Ich würde glatt für den Stadtmarathon trainieren."

„Jetzt ist Herbst. Wenn Sie also dranbleiben, könnte sich das ausgehen. Der Marathon ist im Mai. Aber warum um Himmelswillen wollen Sie den Marathon rennen?"

„Das wäre irgendwie ein Ziel, ein weiterer Anreiz, was soll ich sagen. Aber, Tonia, wie ist das denn mit Ihnen? Sie laufen doch auch und schon viel länger und sicher auch viel besser als ich?"

Tonia schien sich zu räuspern. „Na ja, wissen Sie, Arno, tatsächlich habe ich dafür schon trainiert, ganz unverbindlich. Jedem, der läuft stellt sich irgendwie einmal die Frage, wie wär's mit einem Marathon. Auf die Motive will ich jetzt gar nicht eingehen. Aber dann ist mir etwas dazwischengekommen, und so musste ich es aufgeben."

Arno war in Fahrt: „Ja, aber dann besteht eben diesmal Gelegenheit. Was wäre, wenn wir es gemeinsam machten?"

„Nein, Arno, diese Gelegenheit besteht auch heuer nicht. Ich gehe wahnsinnig gern laufen, das wissen Sie. Aber einen Marathon werde ich auch heuer nicht laufen können."

„Beruflich überlastet? Oder fordert die Familie so viel von Ihnen?"

„Natürlich, aber in Wirklichkeit ist weder das eine noch das andere der Grund. Aber fragen Sie mich nicht weiter danach. Es ist auch nicht so wichtig. Versprechen Sie mir lieber eines, nämlich, dass Sie sich auf Ihre Sporttauglichkeit untersuchen lassen. Sie würden mich sehr beruhigen."

„Na gut, wenn Sie es unbedingt wünschen. Aber könnten Sie mich da nicht selbst untersuchen, gegen Honorar versteht sich?"

„Ich bin doch Anästhesistin, das geht doch nicht. Ach, Arno, quälen Sie mich jetzt nicht."

„Schon gut, schon gut. Aber können Sie mir wenigstens so einen Sportmediziner empfehlen?"

„Sehen Sie im Telefonbuch nach, Sie werden schon einen finden. Verzeihen Sie, ich bin plötzlich so müde, ich hatte Nachtdienst, ich muss jetzt aufhören."

Sie hatte trocken und ohne Umstände aufgelegt. Arno hielt den Hörer ungläubig in der Hand. Er hatte nicht einmal die Möglichkeit gehabt, sie nach ihrer Telefonnummer zu fragen.

„Scheiße!", schrie er in die tote Leitung. Aber es half nichts. Vielleicht hatte er sie genervt und sie würde nie mehr wieder anrufen.

Arno musste sofort eine rauchen. Bier war keines im Haus, sonst hätte er sich umstandslos eines eingeschenkt. Das Hemd klebte am Leibe, so schwitzte er jetzt.

Er war angenehm überrascht und enttäuscht zugleich. Zunächst überwog die Enttäuschung: sportärztliche Untersuchung! Andere Sorgen hatte sie offenbar keine! Der professionelle Abschluss ihres Speisewagengesprächs. Wahrscheinlich konnte sie jetzt endlich die Sache für sich abhaken, ohne ein schlechtes Gewissen haben zu müssen, nämlich einen chronischen Lebensstilsünder in den Sekundenherztod getrieben zu haben.

Dann aber, schon bei der nächsten Zigarette, begann Arno den Hintergrund des Telefongesprächs auszuleuchten. Es schien ihm, auf der Suche nach Anzeichen für Hoffnung fündig zu werden. Denn immerhin hatte sie ja mehrmals versucht, ihn zu erreichen, auch, wenn der Schein nicht trog, zu unkonventionellen Zeiten. Sie hätte sich ihrer vermeintlichen medizinischen Pflicht auch vermittels einer Nachricht auf dem Anrufbeantworter bequem entledigen können. Nein, persönlich hatte sie das machen wollen. Manches schien auf mehr als medizinisches Interesse hinzuweisen. Wollen wir es doch so sehen, sagte sich Arno.

Aber das Ende des Gesprächs, war das nicht desaströs gewesen? War er nicht zu drängend, zu indiskret geworden? Was ging ihn das an, warum sie nicht Marathonlaufen gehen wollte? Und er selbst: Hatte er da nicht leichtfertig eine Ankündigung gemacht, die einzulösen kaum möglich sein würde? Warum aber auch einlösen, war doch eh egal, sie würde sicher nicht mehr anrufen.

Wenn aber doch? Und er hätte den Plan mit dem Marathon wieder fallen gelassen? Wie stünde er vor ihr da? Als Großmaul, angeberisch und unseriös. Um nicht so dazustehen, wäre es immerhin ein Motiv, weiter laufen zu gehen. Und natürlich doch zu einem Internisten zu gehen, zwecks sportärztlicher Untersuchung. Arno griff sofort zum Telefonbuch. Es war früh am Abend. Er suchte in seinem Bezirk und schon bei der zweiten Nummer hatte er Glück. Für nächste Woche war ein Termin ausgemacht. Eine Durchuntersuchung konnte auf alle Fälle nur gut sein, auch wenn Arno bemerkte, dass ihm dabei zugleich auch irgendwie mulmig wurde. Wer weiß, was da womöglich gefunden wurde. Irrationaler Schwachsinn, sagte er sich sogleich wieder. Aber die Lust auf weitere Zigaretten vergällte es ihm für den heutigen Abend doch. Natürlich bis auf die eine, die er sich nach dem Abendessen zugestehen würde. Oder höchstens zwei bis drei.

Am nächsten Morgen fühlte er sich wieder auf dem Berg. Tonias Anruf war ihm ein Begleiter beim Einschlafen und beim Aufwachen gewesen. Sie hatte ihm eine Aufgabe gestellt, und er war gesonnen, sie zu erfüllen. Damit anzufangen, sie zu erfüllen, denn es war eine Aufgabe für etliche Monate. Wenn auch unklar blieb, ob und wann er von ihr wieder hören würde, es schien ihm eine Ehrensache zu sein. Sein Leben hatte wieder eine Seele und seine Seele wieder Leben gefunden.

Im Laufe des nächsten Vormittags sah Arno in die Rechenabteilung, um Suzie zu besuchen. Dort hatte er sie ja für einige Tage postiert. Er erkundigte sich bei Wischnewski nach ihren Fortschritten und bei ihr, ob es ihr gefiel. Er steuerte die eine oder andere Erklärung bei und scherzte in aller vor dem anwesenden Publikum gebotenen Harmlosigkeit. Heimlich freilich verspürte er leichtes Herzklopfen bei der Vorstellung, sie jetzt wohl nach dem halb und halb ausgemachten Treffen im Kaffeehaus fragen zu müssen. Aber sie kam ihm in ihrer offenen und fröhlichen Art zuvor. Unkompliziert und doch in einem unbeobachteten Moment fragte sie ihn, was denn damit wäre. Er nannte sofort ein Ringstraßenkaffee und die Uhrzeit. Es war Freitag und die Arbeit endete schon am frühen Nachmittag. Arno schrieb schnell auf einen Zettel den Namen des Lokals auf und die Uhrzeit. Umstandslos und rasch nahm sie den Zettel an sich. Sie werde schon hinfinden, er brauche die Lage nicht zu erklären. Natürlich hätten sie auch ausmachen können, gleich gemeinsam von der Firma hinzufahren, aber es war sofort so etwas wie ein stilles Einverständnis zwischen ihnen da, dass solch ein Verhalten unnützes Gerede auslösen könnte. Das konnte keiner von ihnen brauchen.

Den Rest des Arbeitstages verbracht Arno in einem leicht beschwingten Zustand. Die Arbeit endete freitags um 13 Uhr 30. Das Treffen war für 15 Uhr 30 ausgemacht. Es blieb genügend Zeit, nachhause zu fahren, eine Dusche zu nehmen, zuvor vielleicht noch ein wenig zu ruhen. Entspannt und erfrischt würde er im Café erscheinen.

Bis zum vereinbarten Zeitpunkt wollte ihn das Treffen, genauer gesagt Suzie, in seinen Gedanken nicht mehr loslassen. Es waren nicht nur angenehme Gedanken. Hatte er sich da nicht wirklich zu weit vorgewagt? Speziell in seiner gegenwärtigen Situation? Ein Rendezvous mit der Praktikantin in privatem Rahmen, auch wenn Geschäftliches besprochen werden sollte, wie sah das aus? Natürlich, es musste ja niemand draufkommen. Aber sie selbst, wie würde sie sich verhalten? Eines war klar: Es durfte nichts passieren, nichts, was auch nur im Entferntesten an Intimitäten erinnern konnte. Arno musste sich auf sich selbst hundertprozentig verlassen können. Keine zufälligen Berührungen, kein Blick in die Augen länger, als es sich ziemte, keine fließenden Töne in der Stimme, keine allzu persönlichen Fragen. Konnte sie am Ende gar von Höpfner auf ihn angesetzt worden sein, um ihn auf schlüpfrig-abschüssiges Terrain zu locken und ihn dann zu einer Unbedachtheit zu verleiten? Konnte er nicht als leichte Beute gelten für eine attraktive, junge Frau, die wusste, was sie wollte? Seinen Kopf würde man dann Höpfner auf silbernem Tablett servieren können, mit einem Apfel im Mund und Petersilie im Ohr, der Lächerlichkeit wie dem Ruf der unbeherrschten Unzuverlässigkeit gleichermaßen preisgegeben. „Gib Acht, alter Junge!", sagte Arno, schon unter der Dusche stehend, mehrmals zu sich.

Das Kaffeehaus hatte hohe, große Fensterscheiben und war im Stil der frühen sechziger Jahre eingerichtet: fahlgelbliche Polstersessel, da und dort ein Gummibaum vor Spiegelflächen. In den hohen Räumen verflüchtigten sich der Zigarettenrauch und die Konversationsstimmen der Gäste. Es war ziemlich voll, denn es war ja auch Freitagnachmittag. Suzie saß schon da, an einem der guten Tische am Fenster. Auf dem Sessel neben ihr ein Stapel von Zeitungen, offenbar war sie schon länger zugegen. Ja, natürlich, sie habe sonst nichts Besonderes zu tun gehabt, sagte sie, und sei gleich von der Firma hierher gefahren. Sie liebe Kaffeehäuser und dieses hier sei ein besonders schönes. Arno nahm neben ihr Platz und bestellte einen großen Braunen. Suzie deutete auf die Mehlspeisvitrine. Er müsse unbedingt etwas davon probieren. Sie selbst habe schon einen Zwetschkenfleck gegessen, der sei köstlich gewesen. Eher, um nicht unhöflich zu sein, als wegen des Appetits stand Arno auf, ging zur Vitrine, wo Mohn- und Karottentorten, Marillen- und Apfelkuchen auf hungrige Gäste warteten, und bestellte sich einen Topfenstrudel.

Suzie schien besonders guter Laune zu sein und plauderte sogleich über die tschechische Küche im Allgemeinen und deren berühmte Mehlspeisen im Besonderen, sodass Arno fast ermahnend um ihre Aufmerksamkeit bitten musste. Unter Mühe hatte er bereits die ersten Arbeitsunterlagen auf dem sehr begrenzten Kaffeehaustisch ausgebreitet. Aber Suzie konnte ansatzlos sofort umschalten und war mit derselben Begeisterung wie zuvor bei den Mohnnudeln auch bei den Gastgewerbemaschinen, die die Firma im Vertrieb hatte.

Nach konzentrierten zwei Stunden klappte Arno die Arbeitsmappe zu und gab einen tiefen Seufzer von sich. Suzie erwiderte mit einem ebensolchen und sie mussten beide lachen. Ohne es auszusprechen, waren sie sich einig: Mehr geht heute nicht. Es war ein sonniger, warmer, fast föhniger Herbsttag, und Arno fragte das Mädchen, ob sie nicht noch Lust auf einen kleinen Spaziergang hätte. Sie seien lange genug gesessen. Nachdem Arno gezahlt und sie das Kaffeehaus verlassen hatten, schlenderten sie die Ringstraße unter den alten Alleebäumen entlang. Die Lichter der Großstadt, deren bunte Augen erwachten, noch blinzelnd vom zur Neige gehenden Tage und unmerklich. Bald würde die Nacht zu pulsieren beginnen. Und sie sprachen über die Stadt und das Leben hier. Sie verglich sie mit Prag, jetzt und in ihrer Jugend. Arno konnte es nicht lassen und musste das Jahr 68 erwähnen, da war Suzie noch nicht geboren, 1989 hingegen, im Jahre der Befreiung, war sie schon eine junge Frau gewesen. Sie erzählte von ihrer Großmutter, die unbedingt gewollt hatte, dass sie Deutsch lernte und sie auch zu einer ebenfalls alten Dame, die eine pensionierte Sprachlehrerin war, zu Privatstunden geschickt hatte. Die hatte in einem alten Haus gewohnt. Die alten Häuser in Prag und Wien seien sich oft ganz ähnlich. Der Modergeruch, ja manchmal Uringeruch in den Toreinfahrten, der verwitterte, bröckelnde Putz, die rußgeschwärzten Stuckaturen an den Fassaden. Hier gäbe es freilich nur noch wenige Häuser dieser Art, aber da und dort hätte sie noch welche entdeckt. Sie schlenderten dahin. Der warme Wind wehte durch alles hindurch, die Haare, die offenen Mäntel, die Sätze und Wörter. Staub, loses Laub und der Straßenlärm verdichteten sich und schwollen wieder ab. Es war nicht so wichtig, was sie miteinander sprachen, alles war leicht und flüchtig. Wie zwei Tennisspieler, die sich beim Aufwärmen, beim Einschlagen gut aufeinander einstellen können und den zwanglosen Spielfluss nicht abreißen lassen, pendelte das Wort zwischen ihnen hin und her. Der Wirbel des einsetzenden Abendverkehrs trieb sie schließlich in eine kleine Bar.

Zwei Gläser Rotwein an einem kleinen Tisch, Chrom und Glas, sie stießen an. „Haben Sie einen Freund?" Arno war selbst überrascht, wie leicht ihm die Frage über die Lippen kam.

„Nein", sagte Suzie, „schon länger nicht. Und Sie, haben Sie eine Freundin? Oder eine Frau, wahrscheinlich haben Sie eine Frau."

„Nein", erwiderte Arno, „ich bin geschieden. Und Freundin, nein, zumindest nichts Fixes."

„Nichts Fixes?", fragte Suzie da, oder wiederholte sie bloß?

„Nichts Fixes, ja, so sagt man, wenn sich die Dinge höchstens im Vorfeld bewegen."

„Im Vorfeld?" Suzie dehnte das Wort so, dass Arno erklären musste: „Ja, ein Bereich, in dem noch das meiste offen ist, unverbindlich, man kann noch alles zurücknehmen. So, als wäre nie was gewesen."

„Wenn etwas gewesen ist, ist immer was gewesen!", rief Suzie und schüttelte lachend und doch halb mahnend den Kopf.

„Nur lose Bekanntschaften, nichts Ernstes."

„Was ist der Unterschied zwischen ‚nichts Ernstes' und ‚im Vorfeld'?", wollte Suzie wissen.

„Also, das ist ganz einfach: Nichts Ernstes bleibt nichts Ernstes. Und im Vorfeld könnte was Ernstes werden."

„Ja. Dann widersprechen Sie sich ja. Also, was ist es dann jetzt bei Ihnen: nichts Ernstes oder im Vorfeld?"

„Vielleicht irgendwo dazwischen, das ist doch oft so. Man weiß es nicht genau."

Sie nahm einen kräftigen Schluck, setzte das Glas ab und fragte, Arno in die Augen sehend: „Sind wir im Vorfeld?"

Arno spürte, wie ihm ein Hauch von Röte über die Wangen huschte, von dem er innig hoffte, dass er unbemerkt bleiben möge. Zugleich spürte er einen heißen Stich oder etwas, das einem solchen gleichkam, dort, wo sich die Rippenbögen treffen, in der Körpermitte. Sie ist also doch von der Firma auf dich angesetzt, sie soll dich ausheben, musste Arno sofort denken. Aber ihr angenehmes Äußeres ließ ihn angesichts der Verlockung eines kleinen Spielchens, das ja eben erst angefangen hatte, die Bedenken hintanstellen. Ein bisschen wenigstens wollte er die Sache noch weitertreiben.

Er drehte also sein Glas zwischen Daumen und Mittelfinger hin und her, sah dann zu ihr und setzte sein Lausbubenlächeln auf.

„Das weiß man eben nie ganz genau", sagte er schließlich.

„Doch", sagte sie, „das weiß man. Wenn man sich selber gegenüber ehrlich ist, weiß man das immer sehr genau."

„Na, wenn Sie also so gescheit sind", musste Arno wohl jetzt nachsetzen, „wo sind wir zwei dann also jetzt?"

„Sie wissen das also nicht?"

Arno schürzte schelmisch die Lippen und schüttelte den Kopf.

„Das glaube ich Ihnen einfach nicht", sagte Suzie. „Aber so gern ich mit Ihnen flirten würde, es fällt mir im Augenblick sehr schwer und ich hoffe, ich enttäusche Sie nicht. Ich bin im Moment sehr unglücklich."

Suzies Gesichtsausdruck, ob gespielt oder echt, wurde ernst, und sie begann in ihrer Handtasche zu kramen, offenbar auf der Suche nach Zigaretten. Arno fuhr in seine Manteltasche und bot ihr von den seinen an. Die größte Schwierigkeit war jetzt, die Enttäuschung zu verbergen. Zugleich war er über dieses so direkte Geständnis, das ohne Zweifel den Rahmen sprengte, erstaunt. Unmöglich für ihn, jetzt nicht auch selbst zu rauchen, was zu vermeiden ihm den ganzen Nachmittag über gelungen war. Genauso unmöglich war es jetzt auch, nicht nach dem Grund des Unglücklichseins zu fragen, natürlich nicht ohne die höflich beteuerte Einschränkung, dass es ihn in Wirklichkeit ja nichts anginge.

„Doch", sagte sie, „warum nicht? Ich habe Vertrauen zu Ihnen."

Sie nahm von ihm Feuer an, tat in kurzen Abständen zwei, drei tiefe Züge, blickt ins Leere, auf das Chrom der Theke.

„Rauchen Sie eigentlich viel?", fragte sie ihn plötzlich.

Arno war von diesem Ablenkungsmanöver sofort erneut enttäuscht. Sie wollte das Gespräch, wie es schien, in die seichten Gewässer der Belanglosigkeiten steuern. Das Spielchen stand vor dem Abbruch. Arno war stark irritiert.

„Nein, nicht besonders viel. Oder doch, ja, bisweilen wieder zu viel. Ich weiß es nicht. Eigentlich sollte ich weniger rauchen. Oder gar nicht. Warum fragen Sie das jetzt?"

Sie gab keine Antwort, lächelte ihn halbdunkel an, stand auf und ging auf die Toilette. Die angerauchte Zigarette glimmte am Aschenbecher.

Arno war gezwungen, seine Ratlosigkeit zu kaschieren. Er nahm einen kräftigen Schluck aus seinem Glas, rauchte professionell, ruhig und mit der gebotenen Intensität weiter, spielte mit der anderen Hand auf der kühlen Tischplatte, beobachtete das Spiel seiner Finger, warf dann wieder den Kopf herum, um durch die Scheiben das Irrlichterspiel draußen auf der belebten Straße zu beobachten, und musterte immer wieder mit dem Anschein des Gleichmuts die wenigen, anderen Gäste.

Suzie kam zurück, offensichtlich frisch gemacht und frisiert. Ob sie schon gehen müsse, wollte er wissen. Nach kurzer Pause, aus einer kleinen Abwesenheit herausgerissen, sah sie ihn für einen Moment mit großen Augen an, gewann sofort wieder Fassung, lächelte, nein, sie habe noch Zeit. Und sogleich hatte sie wieder eine Zigarette, jetzt von den eigenen, zwischen den Fingern und gab Arno Gelegenheit, ihr Feuer anzubieten.

„Sagen Sie mir doch, warum Sie unglücklich sind!" Wenigstens einen Versuch wollte Arno noch machen.

Suzie neigte den Kopf zur Seite, sah ihn an, sah an ihm vorbei, durch ihn hindurch und ihn dann wieder an. Und sagte nichts, rauchte nur mit Hingabe. Auch sie hatte die ganze Zeit nicht geraucht. Aber das, um was es jetzt ging und über das sie nun sprechen würde oder auch nicht, schien ihr das Rauchen nahe zu legen.

„Na gut", sagte sie schließlich, „es ist aber auch wirklich nichts Besonderes. Es ist ganz banal. Es ist ganz gewöhnlicher Liebeskummer. Ich weiß gar nicht, warum ich Sie damit überhaupt belästige. Na ja, wir haben von einem Vorfeld – stimmt das? – gesprochen. Also, insofern ist es vielleicht gut, Ihnen das zu sagen. Denn Liebeskummer verhindert Vorfeld, oder?"

„Ich habe ja gar nicht behauptet, dass wir in einem Vorfeld sind, ich meine wir beide, Sie und ich. Aber Ihr Liebskummer, wenn Sie ihn mir schon mitteilen, interessiert mich doch. Darf ich noch ein bisschen weiterfragen?"

„Fragen Sie ruhig. Es tut mir gut, wenn Sie fragen."

„Weil ich eine väterliche Figur für Sie bin, wenn ich schätzen darf?"

„Wieso sagen Sie so was? Sehen Sie sich selbst so?"

„Nein, nein, aber es liegt doch irgendwie sehr nahe, dass Sie das so sehen."

Suzie musste lachen. „Nein, auf diese Idee bin ich nicht gekommen. So wirken Sie nicht auf mich. Eher wie ein guter Freund. Ja, älter sind Sie natürlich, stört Sie das?"

„Hm, ja, nein, ich weiß nicht."

„Also mich stört es nicht, damit wir das klargestellt haben." Sie zwinkerte ihm fast zu.

„Gut", sagte Arno, „dann frage ich. Jemand in Prag?"

„Ja, richtig geraten. Zehn Punkte."

„Hm, dann darf ich also weiterfragen?"

Suzie nickte.

„Also, dann würde ich mal sagen: verheiratet?"

„Sehr gut geraten, schon zwanzig Punkte."

„Ist das viel, gibt's da schon einen Preis?"

„Nein, bei zwanzig Punkten kriegen Sie nur die Teilnahmegebühr zurück."

„Dann bleibt mir ja gar nichts anders übrig als weiterzufragen. Kinder?"

„Wie viele? Sie müssen sich festlegen!"

„Oh Gott! Na ja, sagen wir eins."

„Sehr gut, dreißig Punkte!"

„Was gibt's denn für dreißig Punkte?", wollte Arno wissen.

„Für einen kleinen Kuss sind dreißig Punkte noch zu wenig, Sie müssen ansparen. Weiterfragen."

„Also leicht machen Sie mir's nicht. Aber ich weiß ja schon alles. Keine leichte Situation für Sie. Wie alt ist denn das Kind?"

„Sie sollen raten."

„Also, dann sage ich fünf Jahre."

„Falsch, drei. Zwei Punkte Abzug. Sie haben nur noch achtundzwanzig Punkte."

„Drei Jahre ist noch klein. Trinken wir noch etwas?" Ihre Gläser waren leer und Suzie nickte. Arno bestellte nach. Morgen war Samstag, kein Arbeitstag also, einen kleinen Rausch würde er sich leisten können. Ob Suzie mit Höpfner, Simmonds oder sonst wem im Bunde war, schien inzwischen unbedeutend.

„Und er? Wie alt ist er?", setzte Arno nach.

Suzie sah ihn an, fest in die Augen. „Gar nicht", sagte sie.

„Was heißt: gar nicht?"

„Na, was haben Sie gefragt?"

„Wie alt er ist."

„Na, und ich sage: gar nicht."

„Was heißt das?"

„Denken Sie nach, junger Mann!"

„Das hieße ja, er wäre noch gar nicht geboren. Oder wie sonst soll man das verstehen?"

„Wenn Sie weiter so ungeschickt fragen, gibt's weitere Punkteabzüge."

„Ja, was kriegt man denn für, sagen wir, hundert Punkte?"

„Für hundert Punkte kriegen Sie alles. Aber Sie haben leider erst achtundzwanzig. Sie müssen sich mehr bemühen, wenn Sie weiter kommen wollen."

„Alles? Das klingt aber gut! Und ich frage Sie nun also, wie alt er ist, und Sie sagen gar nicht. Also gibt's ihn gar nicht."

„Richtig!", rief Suzie aus. „Sie sind bei, sagen wir, achtunddreißig Punkten."

„He, das ist ja dann schon mehr als ein Drittel, wenn man für hundert alles kriegt."

„Stimmt. Also nur Mut." Das Spielchen schien ihr zusehends Spaß zu bereiten.

„Aber er ist doch verheiratet und hat, wie wir inzwischen wissen, ein dreijähriges Kind. Und dann soll es ihn gar nicht geben?"

„Sie haben von ihm geredet, nicht ich. Sie müssen ein bisschen besser aufpassen, sonst schaut's nicht gut aus mit Ihren Punkten."

Der Kellner stellte frisch gefüllte Gläser auf den Tisch. Sie stießen erneut an.

„Auf das, was dann bei hundert Punkten passiert!", sagte Arno. Suzie lachte, und ihre Wangengrübchen vertieften sich für einen Augenblick abenteuerlich.

Arno nahm eine Zigarette, stützte beide Ellbogen auf die Tischplatte und rauchte mit beiden Händen. Da fiel es ihm ein.

„Ist es also eine Frau?"

„Fünfzig Punkte." Suzie blickte – man wusste nicht: War es gespielt? – ernst drein.

„Dann sind Sie also …" Arno hielt im Satz inne.

„Lesbisch? Wollten Sie lesbisch sagen?"

„Um ehrlich zu sein: Ja, das wollte ich sagen."

„Gratuliere: sechzig Punkte." Arno war bemüht, seine Überraschung nicht zu zeigen. Sie hätte ja auch als Intoleranz ausgelegt werden können. Dennoch war sie ihm offenbar anzusehen, denn Suzie lächelte ihn spöttisch an.

„Schlimm, was?", sagte sie.

War das ein Bestandteil des Spiels oder war das Ernst? Arno war sich ziemlich unsicher. War es gar eine Prüfung? Seine Liberalität, Toleranz, gesellschaftliche Offenheit betreffend?

„Nein", sagte er, „was soll da schlimm dran sein?"

„Manche Leute sind schockiert oder zumindest unangenehm berührt. Sie nicht?"

„Nein, wofür halten Sie mich. Ich bin allerhöchstens überrascht und vielleicht …"

„Enttäuscht?"

„Ja, ein bisschen enttäuscht. Ich wäre, ich muss es zugeben, gerade jetzt, wo Sie so offen waren, gern mit Ihnen in einem Vorfeld gestanden, wenigstens in einem Vorfeld."

„Aber nichts Ernstes, so meinen Sie das jetzt?"

Arno spürte, wie er sich von der Situation in die Offensive treiben ließ und dass dies nur schlecht für ihn ausgehen konnte. Aber wie sonst beim dritten Krügel Bier hatte er, jetzt eben beim Wein, die Herrschaft über die Lage irgendwie verloren. Das mit dem Vorfeld hätte er einfach nicht sagen dürfen.

„Ernst? Ja, ich habe Ihnen schon gesagt, dass man das eben nicht immer so genau weiß. Aber", setzte er fort, „was mich noch wundert, ist, dass Sie mir das so bereitwillig gestanden haben. Sie kennen mich doch kaum, und in unserer Gesellschaft wird das doch immer noch nicht ganz so gesehen, wie es eigentlich gesehen werden sollte."

„Da gebe ich Ihnen schon Recht, aber gerade deswegen sollten diejenigen, die es sich leisten können, damit heraustreten. Es war aber keine Heldentat von mir. Ich kenne Menschen. Ihnen zum Beispiel vertrau ich. Sie haben selbst genug Probleme, Sie werden niemandem anderen schaden. Mit ihrer letzten Bemerkung haben Sie sich übrigens auf siebzig Punkte gebracht, ich meine wenn Sie noch Wert darauf legen."

Arno war perplex und überging das mit den Punkten. „Wieso glauben Sie, dass ich Probleme habe?"

„Sie arbeiten in einer Firma, die Probleme hat. In ihrem Alter und in Ihrer Position hat man dann ganz automatisch auch Probleme. Schon allein deswegen, weil Sie sich mit der Firma identifizieren. Das ist zwar schön, aber altmodisch. Sie sollten sich mehr mit sich selbst identifizieren als mit der Firma, aber Sie haben das nicht gelernt. Außerdem sind Sie, wenn es wahr ist, allein stehend. Das tut einem Mann in ihrem Alter auch nicht gut. Die meisten saufen, fressen, rauchen. Einsamkeit macht krank. Vielleicht sind Sie gar nicht einsam, aber Sie wirken so. Verzeihen Sie, ich will sie nicht kränken. Sie sind mir sympathisch, und deswegen bin ich so offen zu Ihnen. Darf ich das?"

Diese kleine, freche Rotznase konnte nun doch wirklich nicht von Höpfner in Marsch gesetzt worden sein. Sonst würde sie so nicht über die Firma reden. Andrerseits konnte das natürlich eine geschickte Provokation sein, um aus ihm alles mögliche Unvorteilhafte über den Betrieb herauszulocken. Was etwa Bracht auch ohne besondere List gelungen war, sieht man einmal vom Bier ab. Aber Bracht war unzweifelhaft ein Insider, wenn auch mit wahrscheinlich unlauteren Absichten. Was aber wusste Suzie? Ihre Offenheit war jedenfalls ungewöhnlich für hierzulande.

„Sagen Sie mal", entgegnete Arno, nachdem er Luft geschöpft hatte, „wieso glauben Sie, dass die Firma Probleme hat?"

„Sie hat keine Strategie. Es ist ein Gemischtwarenladen, teilweise produzieren sie ja noch selbst Kaffeemaschinen. Und diese entzückend veralterten Fleischwölfe zum Beispiel. Und gleichzeitig wird mit Konkurrenzprodukten gehandelt. Aber einen wirklich starken Partner haben sie nicht in ihrem Sortiment. Es ist alles Mittelklasse, Mittelweg. Ich kann nicht so gut Deutsch, aber meine alte Deutschlehrerin hat mir alle möglichen Sprüche beigebracht oder Sprichworte, so sagt man hier, glaube ich. Eins davon hieß: In Gefahr und in der Not bringt der Mittelweg den Tod. Die Firma hat Vorzüge, sie kann überleben, aber sie muss sich entscheiden, was sie will. Nicht den Mittelweg."

Das konnte Arno nicht auf der Firma, nicht auf sich sitzen lassen. Die Praktikantin, der die Rolle der aufmerksamen Zuhörerin besser angestanden wäre, redete Tacheles.

Arno verteidigte sich, seine Firma, die ihn wahrscheinlich schon auf die Abschussliste gesetzt hatte, mit Tapferkeit und ritterlicher Loyalität. Ja, so hatte er es gelernt. Wie ganze Männergenerationen. Gefolgsmann sein dem schlitzohrigsten Fürsten. Ihn nicht zu verraten, ihn, der mit dem umgekehrten Verrat nicht zögern würde, wäre es nur gerade opportun für ihn. Suzie aber zeigte alles auf, Schritt für Schritt. Die Konstruktion der Firma, die innere Konstellation Arnos. Sie mache die Ausbildung zur Unternehmensberaterin. Fehler aufspüren, Schwachstellen ausleuchten, ganz neue Denkansätze anbieten, das sei ihr eigentliches Territorium, nicht dampfende Kaffeekocher. Es habe viel mit Psychologie zu tun, nein, einfach mit Menschenkenntnis. Sie habe nichts davon, diese Firma zu kritisieren. In ein paar Wochen sei sie wieder fort. Sie sage bloß, was sie denke.

Arno sprach von der gewachsenen Struktur, dem Vertrauen der Kundschaft, dem inneren Zusammenhalt der Mitarbeiter. Natürlich, natürlich, da gebe es auch Ausnahmen, aber andrerseits wurde das Gespräch heftig. Eine weitere Runde Wein wurde bestellt, sie brauchten Gläser zum Anhalten, volle. Mit spitzen Lippen und zugekniffenen Augen bliesen sie den Zigarettenrauch über den Kopf des jeweils anderen hinweg.

Der Abend war von einem Augenblick zum nächsten gekippt. Er wollte hässliche Züge in ihrem Gesicht erkennen, etwas Peinigendes in ihrer Stimme, in ihrem fremdländischen Tonfall. Ihre sexuelle Orientierung war ihm jetzt irgendwie recht, jetzt suchte er wieder nach Distanz, notfalls mithilfe von Vorurteilen.

Allmählich aber wurde sie wieder sanfter, sie, nicht Arno, ruhiger, lenkte ein wenig und ganz behutsam ein. Sie war die Herrin des Gesprächs. Arno wusste jetzt genau, dass er von Anfang an ihre Überlegenheit gespürt hatte, die in ihrer Ungezwungenheit und Offenheit, nicht nur in ihrer Intelligenz begründet war. Was sie vielleicht zu verlieren hatte, schien ihr gleichgültig, das Eigentliche an ihr schien unveräußerlich. Um diese Eigenschaft begann Arno sie zugleich zu bewundern und zu beneiden.

Sie hatten eine gute Stunde gestritten und es machte sich wohl auch eine gewisse Erschöpfung an ihrem Tische breit. Plötzlich nahm sie seine Hand und sagte: „Ich mute Ihnen aber viel zu, sind Sie mir böse?"

Ihre Hand war nicht besonders warm, eher feuchtkalt, wahrscheinlich vom Rauchen und Streiten. Dennoch war, als er sie spürte, jede Schärfe in ihm verflogen. Arno legte seine Hand auf die ihre, seufzte, senkte den Kopf und sagte:

„Nein, natürlich bin ich Ihnen nicht böse. Vielleicht war ich auch so heftig, weil sie in so vielem Recht haben. Sehen Sie zum Beispiel, da sitze ich hier mit Ihnen und was mache ich? Genau das, was die problembeladenen Männer meines Alters machen: Ich rauche und saufe. Ist das nicht furchtbar?"

„Das mache ich ja, wie Sie sehen, auch."

„Ja, aber Sie sind viel jünger, bei Ihnen ist das eine lässliche Jugendsünde. Wenn Sie über dreißig sind, nicht mehr unglücklich, sondern dann wieder glücklich verliebt sind, vielleicht, wie auch immer, ein Kind haben werden, eine Karriere voller Perspektiven, dann werden Sie zu jenen erfolgreichen, jungen, schönen, selbstbewussten Frauen zählen, die ein straffes, gesundes Leben fern aller Laster und Schwächen führen."

Suzie sah ihn an, ohne zu widersprechen. Es war wohl das Bild, das sie von sich selbst haben mochte.

„Sehen Sie", fuhr Arno fort, „vor einigen Tagen habe ich zu laufen begonnen, ich wollte mein Leben irgendwie ändern, zumindest verbessern. Und, noch einmal, was mache ich jetzt?" Seine Hand wies auf die schon wieder fast leeren Gläser und den vollen Aschenbecher.

„Sie laufen? Interessant, ich nämlich auch. Wo laufen Sie denn?" Den Anklang von Selbstmitleid überhörte sie einfach.

„Bis jetzt war ich nur in der Prater Hauptallee. Wo laufen Sie?"

„In der Lobau."

„In der Lobau. Bemerkenswert. Und wie kommen Sie darauf?"

„Ganz einfach. Als ich nach Wien kam, habe ich den Stadtplan studiert und überlegt, wo man da vielleicht ganz gut laufen könnte, denn ich laufe schon seit längerem. Wenn Sie wollen, es gehört zu dem Bild einer erfolgreichen, jungen Frau, das Sie vorhin gezeichnet haben. Genau so habe ich es probiert und entdeckt. Jetzt hat es mit diesem Bild nur noch entfernt zu tun. Bei mir ist es fast umgekehrt wie bei Ihnen: Ich laufe, um mir ein bisschen ein lasterhaftes Leben leisten zu können. So könnte man sagen, wenn man es auf die Spitze treiben will. In der Lobau ist fast unberührte Natur, gibt es ebene, gute Wege, beliebig lange Strecken, ich laufe gerne dort."

„Und wie lange laufen Sie dann jeweils?"

„Zwei Stunden, plusminus."

„So weit bin ich noch lange nicht. Ich schaffe mit Mühe fünfzig Minuten."

„Auch nicht schlecht. Sie haben ja erst angefangen. Wollen wir einmal zusammen laufen gehen?"

Es war die nächste Überraschung, die dieses Mädchen Arno bereitete, unmöglich, solch ein Angebot abzuschlagen.

„Ja, aber Sie laufen doch viel besser, länger, sicher auch schneller. Wann wollen Sie denn mit mir laufen gehen?"

„Morgen erholen wir uns von diesem kleinen Exzess, aber Sonntag wäre ein guter Tag, am Vormittag, was sagen Sie dazu?"

„Hm, nicht schlecht, und wo?"

„Natürlich in der Lobau!"

„Aber ich schaffe nicht mehr als, sagen wir, maximal eine Stunde."

„Gut. Ich werde eine entsprechende Strecke auswählen. Ich gebe Ihnen meine Telefonnummer. Holen Sie mich um zehn Uhr ab?"

Sie versuchte die Nummer auf eine Serviette zu kritzeln, was aber nicht richtig gelang, das Papier war zu zerreißlich. Also begann sie, in ihrer Handtasche zu wühlen, fischte ein Notizbuch hervor, riss eine leere Seite heraus und schrieb ihre Telefonnummer und Adresse darauf.

„Sonntag, zehn Uhr. Nicht vergessen!"

„Sicher nicht!", sagte Arno und steckte den Zettel, ohne ihn zu betrachten, ein. Eine weltmännische Haltung erforderte dies, wie ihm schien. Nicht erst hinsehen, sondern blind annehmen. Sie hatte ihm, das spürte er, so viel voraus, aber er wollte wenigstens eine gute Figur neben ihr machen. Schon deswegen, um ihr zuvorzukommen, sagte er: „Kommen Sie, gehen wir jetzt. Wir schlafen uns morgen aus, um für übermorgen fit zu sein."

„Bleiben Sie noch fünf Minuten, rauchen wir noch eine, trinken wir noch aus." Sanft drückte sie seinen Unterarm auf die Tischplatte. „Es war ein schöner Abend mit Ihnen." Sie lächelte ihn an.

„Ja", erwiderte Arno, und um die halbwegs wieder gewonnene Kontrolle über die Situation nicht jetzt am Schluss zu verlieren, fügte er etwas trocken hinzu: „Vor allem ein interessanter Abend."

„Wir können miteinander streiten, das kann man nicht mit jedem."

„Ja", sagte Arno. „Aber eigentlich hätte ich gerne etwas über Ihre unglückliche Beziehung zu dieser Frau erfahren. Wenn ich ehrlich bin."

„Sie sind neugierig!"

„Ist Neugier eine Tugend oder ein Laster?"

„Eine Tugend, natürlich, ein starkes Lebenszeichen zumindest."

„Werden Sie mir darüber erzählen?"

„Ja, aber ich werde den Zeitpunkt bestimmen."

„Einverstanden!"

„Und weil das so ein interessanter Abend war, kriegen Sie noch zehn Punkte!"

„Was? Dann habe ich ja schon achtzig!"

„Na, sehen Sie, wie schnell das gegangen ist."

„Aber die fehlenden zwanzig sind wahrscheinlich nicht zu erreichen."

„Da wäre ich mir nicht so sicher, lassen Sie sich überraschen."

Sie lachte und die Freude am Spiel war ihr anzusehen. Arno wiegte den Kopf hin und her, skeptisch und staunend.

Sie erhoben sich. Ob er sie heimbegleiten dürfe. Das sei nicht nötig, nein, sie wäre jetzt lieber allein, er dürfe nicht böse sein. Der Abschied fiel kurz und trocken aus und Arno wusste auf einmal nicht recht, wie ihm da geschehen war, als er sich alleine auf dem Heimweg befand. Doch schon ziemlich betrunken, wie sich versteht.

Ehe er noch die Wohnungstür geöffnet hatte, spürte er das Blinken des Anrufbeantworters. Die intuitive Kommunikation zwischen ihm und dieser Maschine wurde in letzter Zeit immer intensiver. Wollte ihn ein geheimnisvoller Anruf dafür, dass er wieder einmal seinen Schwächen nachgegeben und sich leicht vergiftet hatte, entschädigen? Doch mit einem Mal überkam es ihn heiß. Er stürzte in die Wohnung und drückte die Taste. Karins Stimme war zu hören, bemüht ruhig und kühl. Ob er schon so verkalkt sei, dass er auf das Mathematiklernen mit Tina, seiner Tochter, vergessen hätte? Sie habe morgen Schularbeit und es gäbe noch einige Fragen. Sie habe versucht, ihn am Handy zu erreichen, das sei aber auf Mailbox geschaltet gewesen. Es sei jetzt halb sieben, wenn er in der allernächsten Zeit noch heimkäme, solle er wenigstens zurückrufen.

Arno sank in den Sessel. Er kam sich mit einem Mal ganz schäbig vor. Er hatte seine eigene Tochter versetzt. Er hatte einfach auf sie vergessen. Wenn sie einen Fünfer bekäme, wäre er Schuld daran. Sie war keine schlechte Schülerin, immerhin, aber trotzdem.

Arno sah auf die Uhr, es war knapp vor zehn. Er könnte noch anrufen, gerade noch. Und er tat es. Karin hob ab. Ihre Stimme war sanft. Er habe einfach vergessen, er schäme sich dafür. Ob er wieder einmal saufen war, wollte sie nur wissen. Ja, er habe wohl etwas getrunken, aber nur sehr wenig. Es sei ein Arbeitsgespräch gewesen, im Kaffeehaus zwar, aber es habe mit der Firma zu tun gehabt. Ob Tina schon schliefe? Ja, natürlich, sie habe ja morgen Schularbeit, das wisse er doch. Deswegen sei auch sie, Karin, selbst zuhause geblieben, entgegen ihrer ursprünglichen Absicht, damit das Kind rechtzeitig zu Bett ginge. Aber er könne ja sein Leben führen, wie er wolle, merkte sie an, offenbar es auch sukzessive zerstören. Ihre Stimme klang nicht vorwurfsvoll, sondern traurig. Nicht einmal, als wollte sie sagen „Oh Gott, mit diesem Mann war ich verheiratet", sondern viel eher „der arme Teufel".

Arno bat sie, Tina in der Früh alles Gute von ihm zu wünschen und ihr auszurichten, er bitte sie um Verzeihung. Wenn sie wolle, habe er morgen den ganzen Tag Zeit für sie. Sie könnten aufs Rapidmatch gehen und dann ins Kino.

Nein, sie interessiere sich nicht mehr für Fußball, auch das habe er nicht bemerkt, habe sich wahrscheinlich nie richtig dafür interessiert, höchstens ihm zuliebe und wahrscheinlich nur so getan. Egal, morgen habe sie schon was vor. Aber er solle sie um eins, wenn sie von der Schule heimkäme, anrufen. Dann könne er ihr das ja alles selbst sagen. Sie wünsche ihm eine gute Nacht und er solle auf sich Acht geben, endlich einmal Acht geben.

Arno fühlte sich unendlich mies. Im Grunde war die ganze Woche schief gelaufen. Die dunklen Wolken, die sich in der Firma über ihm zusammengebraut hatten und sich nicht wirklich entladen wollten.

Der Abend mit Bracht, dem er sich so widerstandslos ausgeliefert hatte.

Der Abend mit Suzie, die ihn so schonungslos alt aussehen hatte lassen. Das im Grunde enttäuschende Telefonat mit Tonia, die ihn offenbar mehr als Fall denn als Mann gesehen hatte. Dazu kamen ein paar mittelschwere Räusche und so zirka hundert mittelschwere Zigaretten. Und jetzt, als Krönung, das Vergessen auf seine Tochter, der einzige Mensch, der ihn vielleicht noch liebte. In ihrer Noch-Kinderseele würde eine Wunde bleiben und niemand konnte sagen, ob sie, wie so viele Wunden der Kinder, überraschend spurlos und rasch verheilen würde oder wie andere Kinderwunden mit dem Großwerden mitwachsen und für immer schmerzhaft bleiben würden. So etwa: Nur einmal hätte ich ihn gebraucht, meinen Vater, ein einziges Mal, er hatte es mir versprochen und dann hatte er vergessen und war, wie ich später erfahren musste, mit einer jüngeren Frau, die ihm übrigens, wie sich später herausgestellt hat, gar nicht so freundlich gesinnt war, saufen gegangen. Wahrscheinlich in der Hoffnung, mit ihr zu bumsen. Aber auch daraus soll nichts geworden sein.

Eine schlimme Woche. Einzig das bisschen Laufen schlug positiv zu Buche, eine künstliche, nutzlose Tätigkeit, zumindest vordergründig ohne Bezug zum wirklichen Leben. An ihn herangetragen durch zwei unerreichbare Frauen, Engel, Hexen, beides in Personalunion, wer vermochte das schon so genau zu sagen.

Arno ging zu Bett und dachte daran, dass er, was sonst auch immer, für übermorgen zugesagt hatte, eine volle Stunde laufen zu gehen.

Am nächsten Tag schlief er lange. Als er aufwachte, las er ein wenig in einem Roman, schlief aber bald wieder ein. Zwei-, dreimal wiederholte sich dieses Spiel. Gegen elf stand er auf, rasierte und duschte sich, trank Kaffee und rauchte die letzten beiden Zigaretten, die noch in der Packung waren. Er ging einkaufen, Zeitung, Obst, Brot, Mineralwasser, aber keine Zigaretten. Auch um das Bierregal machte er einen Bogen.

Um eins rief er Tina an. Nein, sie sei ihm ganz sicher nicht böse, könne ja passieren. Die Schularbeit? Ach, nicht so schlimm, sie habe eigentlich ein ganz gutes Gefühl. Ja, schade wegen heute Nachmittag, aber sie sei schon mit Freundinnen verabredet. Morgen müsse sie wieder lernen. Alles kein Problem, wir rufen uns wieder zusammen.

Nachher musste Arno weinen. Es ekelte ihn zwar vor ihm selbst, wenn er weinte, aber er konnte jetzt nicht anders. Wie lieb und bemüht, ihm keine Schwierigkeiten zu bereiten, seine Tina doch war. Oder hatte sie bloß aufgegeben, mit ihm zu rechnen? Und war das nur routinierte, leere Freundlichkeit? War ihr Vater nicht in Wirklichkeit nur mehr eine Randfigur in ihrem Leben? Hätte er aber nicht mehr werden können, hätte er die Spielräume, die ihm Karin fairerweise wohl eingeräumt hatte, ausgenützt? Oder welche Rolle spielte da Karins neuer, eigentlich nicht mehr ganz so neuer Freund? Statt die eines Onkels die Rolle eines besseren Vaters? Alles schien inzwischen unbeeinflussbar, und wo er es hätte beeinflussen können, hatte er versagt.

Den Nachmittag vertrödelte er. Räumte auf, las Zeitung, ging spazieren, fuhr mit der U-Bahn schließlich in die Innenstadt, ging in ein Nordseerestaurant und aß ein leichtes Fischmenü, landete schließlich am frühen Abend in einer Kinovorstellung und sah einen Film mit Juliette Binoche. Wieder zuhause aß er nur noch einen Apfel und ging zeitig zu Bett. Er las noch ein wenig in dem Roman, vier oder fünf Seiten, und wurde dann vom Schlaf übermannt. Er hatte an diesem Tag bis auf die zwei Zigaretten in der Früh weder geraucht noch getrunken. Unterwegs hatte es ihn zwar immer wieder einmal gejuckt, auf eine Seiterl zu gehen und sich ein Packerl zu kaufen, doch dann hatte er an den nächsten Tag, an Suzie im Lauf-

dress, an die stillen Wege der Lobau unter alten, hohen Au-
bäumen denken müssen, an die heftigen Atemstöße, die ihm
das Laufen verursachen würde, und daran, dass er das alles
unmöglich absagen konnte. Und in der Vorstellung eines solchen Laufes, mit Suzie an der Seite, verblasste der Wunsch
nach den Zigaretten und dem Bier und er vergaß ihn wieder
für eine Weile. So hatte er sich durch den Nachmittag ge-
schwindelt. Und schon zuhause angekommen, ließ er die Müdigkeit, die Faulheit über den Wunsch, sich doch noch etwas zu
besorgen, siegen. Und natürlich auch wieder die Vorstellung
des Laufens. Er ging zu Bett. Wenn Suzie ihrerseits absagen
würde freilich, dann wusste er, sein erster Weg würde zum
Zigarettenautomaten führen. Dieser Gedanke suchte ihn immer wieder heim, auch am nächsten Morgen, beim Aufwachen, er ärgerte ihn, er spiegelte seine Abhängigkeiten so
schonungslos wieder. Er stand noch in der Dunkelheit auf, ging
auf die Toilette, trank in der Küche ein halbes Glas Multivita-
minsaft, legte sich, etwas weniger irritiert, wieder hin und las
ein paar Seiten.

Es war „Die Römerin" von Alberto Moravia, und es tröstete
ihn, etwas zu lesen, das auch andere Männer das Erleben der
Marionettenfäden, an denen sie hingen, quälte.

Schließlich war es Zeit zum Aufstehen. Er duschte, aber rasierte sich nicht, das vertrug sich mit dem Schweiß beim Laufen nicht. Das Wetter war brauchbar. Bewölkt mit sonnigen
Abschnitten, hörte er im Radio, schon beim Frühstückskaffee.
Leicht windig. Es war ja Herbst, um die acht Grad. Das geht,
sagte Arno zu sich.

Es wurde halb zehn und er rief Suzie an. Er wählte die
Nummer zum ersten Mal in seinem Leben und es war ihm
etwas klamm zu Mute.

„Schon auf?", rief sie. „Sie sind aber tüchtig!"

„Ich mache mich jetzt auf den Weg zu Ihnen, ist Ihnen das
recht?"

„Wie lange werden Sie brauchen?"

„Zwanzig Minuten?"

„Woher kommen Sie?"

„Aus dem fünfzehnten Bezirk."

„Lassen Sie sich ruhig Zeit. Und klingeln Sie unten. Bei Hofmann. Ja?"

„Bei Hofmann. Gut, ich mache mich auf die Socken."

Arno trug seinen neuen Trainingsanzug, natürlich, und vergewisserte sich mehrmals, dass nirgends mehr ein Preiszettel hing. Er sollte gepflegt, aber nicht funkelnagelneu aussehen. Sie sollte nicht glauben, er hätte ihn womöglich ihretwegen gekauft.

Sehr bald merkte Arno, dass der Sonntagvormittagsverkehr so schwach war, dass er zu früh bei Suzie anlangen würde, und er fuhr irgendwo an den Straßenrand, um für einige Minuten zu parken. Er wollte keinesfalls zu früh erscheinen. Schräg gegenüber sah er eine Tabak-Trafik mit Zigarettenautomaten und eine große Lust zu rauchen überkam ihn. Er begann im Auto, auf der Konsole, im Handschuhfach herumzukramen auf der Suche nach Münzen. Er bekam einige zusammen, aber nicht genug. In den Autopapieren hatte er nur Scheine. Ob der Automat auch Scheine annahm? Er blickte unter die Sitze, wo der Eisschaber, ein alter McDonald's-Karton und eine leere Zigarettenschachtel herumlagen, aber kein Geld. Er stieg aus, öffnete den Kofferraum und fand schließlich zwischen Schneeketten, Verbandspäckchen und Tennisschläger eine weitere Münze, immer noch nicht genug. Schließlich ging er über die Straße und stellte fest, dass der Automat tatsächlich Scheine annahm. Er hatte welche bei sich. Feuer wäre dann im Auto. Während er schon nach einem Geldschein fingerte, kam ein Mann seines Alters, triefäugig, verschlafen, unrasiert, eine halbniedergebrannte Zigarette im Mund, in einem glänzenden Trainingsanzug und mit Badeschlapfen. Die Augen und die Lippen waren gerötet, die Gesichtsfarbe ging ins Bläuliche über. Er hatte zweifellos bis spät in die Nacht hinein gezecht. Mit leicht zittriger Hand bediente er den Automaten. Kurzes Warten auf das Flopgeräusch, welches das Päckchen verursachte, als es in das Entnahmefach fiel. Der Mann schlurfte davon. Arno konnte auf einmal nicht anders, als sich umzudrehen und zum Auto zurückzugehen, ohne Zigaretten. Gerettet, sagte er zu sich.

95

Es war ein großer, gelbgrauer Wohnblock aus den siebziger Jahren und er brauchte einige Zeit, bis er auf der Anzeigetafel Hofmann fand.

„Ich komme!", rief Suzie. Es dauerte dann aber doch noch eine Weile, bis sie erschien. Sie schlenderten den kleinen Vorpark, die niedrigen Hecken entlang zu der Stelle, wo Arno das Auto geparkt hatte. Suzie trug hautenge, schwarze Hosen und eine hellblaue, locker geschnittene Windbluse. Sie duftete sportlich frisch, hatte aber leicht dunkle Ringe unter den Augen. Ob er ausgeschlafen sei, wollte sie von Arno wissen. Schon, das konnte er reinen Gewissens bejahen, und sie?

„Nein", sagte Suzie, „ich war mit Freunden aus, in einer Bar in der Innenstadt, bis zwei oder so. Aber das macht nichts, es wird schon gehen. Sie wollen doch ohnehin nur eine Stunde laufen, oder?"

„Ja", sagte Arno, „auf keinen Fall länger. Sie werden mir trotz Übernächtigsein davonrennen."

Da sei sie sich aber nicht so sicher, lachte sie und stieg in den Wagen ein. Suzie wohnte im zwanzigsten Bezirk und es war nicht weit über die Donau und zum Ölhafen.

Stadtautobahn, Zu- und Abfahrten, der Kaisermühlener Tunnel, seine Lichter, Galerien von Verkehrsschildern, Fahrstreifenwechsel, nach links, nach rechts, Gasgeben, wieder nach links. Die Fahrt war kurzweilig. Schon waren sie auf der Zufahrtsstraße zum Ölhafen, den Hubertusdamm entlang.

„Vorsicht, hier ist nur ein Fünfziger erlaubt. Hier gibt es Radarfallen."

Wie Suzie Fünfziger sagte, war ein neuerlicher Beweis ihres außergewöhnlichen Sprachtalents, musste Arno denken und sagte es ihr auch.

„Ach", sagte sie, „ich bin ja schon lang genug hier und habe vorher lang genug Deutsch gelernt. Ist alles kein Kunststück."

Arno lobte dennoch erneut ihre Sprachfertigkeit, denn sie war in der Tat faszinierend. Beim Tanklager des Ölhafens bogen sie ab und Suzie wies ihn zu einem versteckt gelegenen, aber großen Parkplatz ein.

Sie liefen zuerst auf der asphaltierten Straße, die durch das Öllager führte, links und rechts gesäumt von mächtigen Tanks.

Arno nahm sich ein Herz: „Sollten wir nicht eigentlich per du sein, wenn wir schon gemeinsam solche Sachen, Strapazen hätte ich fast gesagt, machen?"

„Aber in der Firma bleiben wir besser per Sie, oder?"

„Wenn ich mit Ihnen, ich meine also mit dir per du bin, dann stehe ich auch dazu! Auch in der Firma!" Arno spielte ein bisschen den Helden.

„Es ist besser, wir trennen privat und Firma so gut es geht, glaubst du nicht? Es ist für uns beide besser so!"

Suzie war klar und bestimmt und wieder einmal die Stärkere. Und dennoch verspürte Arno ein großes Gefühl der Dankbarkeit. Immer weniger konnte er sie für eine Agentin Höpfners oder von sonst wem halten.

Sie ließen Tanklager und Hafengelände hinter sich und kamen in den eigentlichen Auwald, linker Hand vom alten Donau-Oder-Kanal begleitet. Auf dem Boden lagen braune Blätter, das Laub, das sich noch auf den Bäumen befand, war bunt und schon etwas gelichtet. Sah man auf, konnte man zwischen den Ästen viel vom wolkigen Himmel sehen. Es gab Pfützen in den Fahrrillen, und der Boden war dunkel und rutschig. Stellenweise mussten sie hintereinander laufen. Stets gab Arno der überraschend ortskundigen Suzie den Vortritt.

Sie kamen zum Ende des Kanals, durchliefen eine Lichtung und folgten nun einer guten Fahrstraße, die durch dichten Herbstwald führte. Ein einzelner Radfahrer kam ihnen entgegen. Dann war alles wieder menschenleer, kühl und feucht. Wie es ihm so gehe, wollte Suzie wissen. Sie schwitzte beträchtlich. Auch Arno schwitzte, aber er war selbst erstaunt, wie gut es ging.

„In deiner Gesellschaft", rief er, „wie soll's mir anders gehen als gut!"

Sie lachte. Wie es ihr gehe, wollte er nun wissen.

„Es geht, ich spüre die lange Nacht. Aber es geht."

„Bin ich dir zu langsam?"

„Nein, nein, das Tempo ist gut, sehr gut, jedenfalls für heute schnell genug."

Arno war irgendwie stolz auf sich, dass er das junge Mädchen offenbar nicht unterforderte. Ja, er merkte, dass er unwillkürlich beschleunigte und musste das Tempo gleich wieder etwas drosseln, denn er wollte keinesfalls den Eindruck besonderen Ehrgeizes hinterlassen.

Sie kamen zu einer Orientierungstafel und hielten kurz an. Arno ließ sich von Suzie erläutern, was sie schon bisher gelaufen waren und was sie noch vor sich hatten. Sie hatten knapp die Hälfte geschafft. Die Zeit war im Fluge vergangen. Sie waren warm gelaufen, der schwarze Boden des Waldwegs, da und dort weiß gekiest, trug ihre flinken, lockeren Schritte fast geräuschlos. Die Luft war sauber und ihre Atemstöße kamen ruhig und sicher. Sie waren nicht im gleichen Rhythmus, aber doch passte alles zusammen.

Links wurde der Weg nun von Herbstfeldern gesäumt, rechts von Buschwerk im Wechsel mit Wald. Schließlich bogen sie in eine breitere Allee ein und gelangten zu einer kleinen Forstsiedlung: zwei Wohnblocks, Scheunen, Garagen, Holzstapel. Hinter einem Feldstreifen Auwald, dahinter sah man schon die Öltanks. Die Runde, die sie gelaufen waren, neigte sich dem Ausgangspunkt entgegen. Arno hatte das wunderbare Gefühl, nicht an seiner Grenze, aber gut ausgelastet zu sein. Suzie schien die Spuren der Nacht weggeschwitzt zu haben und lief jetzt unglaublich locker.

„Gleich sind wir da!", rief sie, als wollte sie ihn beruhigen.

„Von mir aus könnte es noch länger dauern!", rief er zurück.

„Nicht übertreiben, junger Mann!", rief Suzie.

„Danke für den jungen Mann!", entgegnete Arno.

Sie kreuzten ein einsames Gleis, das zu einem abgelegenen Teil des Öllagers führte, durchquerten ein Föhrenwäldchen und setzten auf einem offenen Feldweg Richtung Parkplatz zu einer Art Endspurt an, den Arno für sich entschied, sei es, weil ihn männlicher Ehrgeiz nun doch zu diesem Mittelding zwischen Scherz und Unsinn trieb, sei es, weil Suzie ihn einfach gewinnen lassen wollte. Jedenfalls kamen sie außer Atem beim Auto an. Suzie legte ihm beide Hände auf die Schultern und sagte: „Das hast du alles sehr gut gemacht!", und gab ihm einen leicht hingehauchten Kuss auf den Mund. Er widerstand der Versuchung, sie an sich zu drücken, und so blieb es damit bewendet.

Auf der Heimfahrt lobten sie das Wetter, die Landschaft, die Beschaffenheit der Wege, alle weiteren Umstände und sich gegenseitig selbst.

Auch die Rückfahrt verflog im Nu, obwohl sie auf der Brücke in einen kleinen Stau gerieten. Arno hielt schließlich vor Suzies Wohnhaus und bedankte sich für den wundervollen Vormittag.

Suzie sagte: „Und nächsten Samstag wieder?"

„Gerne!", rief Arno. Suzie sprang aus dem Auto, drehte sich zu ihm um, sandte ihm ein Handküsschen und war wie ein Wirbelwind dahin. Arno starrte noch viele Sekunden lang auf das Haustor, das sich sogleich hinter ihr geschlossen hatte.

Er fuhr heim, ziemlich langsam. Die Einsamkeit des Sonntagnachmittags, an die es kein Gewöhnen gab, umschloss ihn. Musik aus dem Autoradio half da nicht. Und doch: Er fühlte sich wohl und für nächsten Samstag hatte er etwas ausgemacht. Es gab etwas, worauf er sich freuen konnte. Natürlich konnte er jetzt versuchen, Franz anzurufen, aber dann konnte es leicht passieren, dass der Rest des Tages im Alkohol versank. Und Arno wollte das nicht. Er hatte nichts gegen einen ruhigen Nachmittag. Er duschte, aß eine Kleinigkeit, legte sich hin und las ein paar Seiten Alberto Moravia, döste ein wenig. Manchmal lauschte er in die Stille der Wohnung und hörte dem Telefon beim Schweigen zu, manchmal stellte er sich das Klingelzeichen vor, aufgeregt und geheimnisvoll, aber es blieb aus. Es gab nichts zu rauchen, und er konnte sich vorstellen, einfach nie mehr zu rauchen. Dann wieder überkam ihn unbändige Lust, er versuchte zu lesen und nach einer Weile ebbte das Verlangen ab. Es schien, man bräuchte nur stillhalten, und es ging von allein vorüber. Schließlich fand er sich vor seinem Computer sitzend und mit Ruhe und Genauigkeit eine Firmenangelegenheit bearbeitend wieder. Es lief wie von selbst und er ließ es laufen. Er befand sich in jener Stimmung, in der man sein eigener, distanzierter Beobachter ist. Bald dunkelte es, und als der Abend schließlich schon etwas fortgeschritten war, stellte er fest, dass ein Tag ohne Rauchen und Trinken zur Neige ging. Seine Stimmung war so kühl, dass er nicht einmal stolz auf sich war. Wie ferngesteuert ging er wieder zu Bett. Im Grunde war er traurig.

Es war noch völlig dunkel, als er aufwachte. Der Wecker zeigte 4 Uhr 07. Arno lag da und spürte seinen Atem. Der war so frei, als würde er nicht ein- und aus-, sondern durch sich hindurchatmen. Immer wieder tauchten Bilder vom Lauf durch die Auenlandschaft auf, Suzie selbst nur verschwommen, aber er hatte das Gefühl ihres Tempos, ihres Rhythmus neben sich, dann atmete er wieder, auf dem Rücken liegend, die reine Dunkelheit. Ganz langsam begann es zu dämmern.

Später, in der Firma, nahm alles seinen gewohnten Gang. Mit Suzie, die er mit der Serviceabteilung und dem Ersatzteillager bekannt machte, war er per Sie, aber augenzwinkernd. Mehr bedurfte es im Moment nicht, das war Vertraulichkeit genug, um sich ein wenig zu wärmen.

Er sollte irgendwann Bracht anrufen, aber er schob schon den bloßen Gedanken daran von sich weg.

Irgendwann am Nachmittag, der Arbeitstag war schon fortgeschritten, lief er Suzie im Gang über den Weg. Sie sagte: „Moment mal!", und fingerte in einer Seitentasche ihrer knallengen Jeans herum, zog einen mehrfach gefalteten Zettel heraus, reichte ihn Arno und war schon verschwunden.

Mit einiger Mühe entfaltete er das Papierchen, auf dem wohl eine Botschaft zu erwarten war: eine gute, eine schlechte? Endlich konnte man lesen:

Du bist super gelaufen, du hast jetzt fünfundachtzig Punkte. S.

Arno wurde ganz warm ums Herz. Er drehte sich um, aber niemand war mehr zu sehen, am allerwenigsten Suzie. Ein langer Gang, eine Flucht von Bürotüren. Und doch war das Neonlicht von der Decke wie von Sonnenstrahlen.

In seinem Büro begann er, den Tag abzuschließen, den Schreibtisch zu ordnen, aus dem Computer auszusteigen und was sonst noch dazugehörte. Auch eine Abschlusszigarette war jetzt unvermeidlich. Es war die vierte oder fünfte an diesem Tag, die Gelegenheit, gänzlich aufzuhören, die sich seit dem Vortag geboten hatte, war wohl ungenützt geblieben, aber es gab doch einen relativen Erfolg. Er war guter Laune, der kleine Zettel hatte genügt.

Als Arno heimkam, musste er an jenes winzige Detail aus dem Gespräch mit Suzie denken: Die Wiener und Prager Hauseingänge. Der Eingangsflur seines Wohnhauses passte gut dazu. Dunkel, ein schmales, aber hohes Gewölbe, der Verputz blätterte von den Wänden, verstaubte Plastikkübel für Altpapier und zwei nie benützte Fahrräder, zersprungene Bodenkacheln. Blau, gelb und schwarz, stilisierte Blattmotive.

Wenn man das Brieffach entleerte und eine andere Person ging vorbei, war es immer sehr eng. Das kam aber nur selten vor, denn es wohnten nicht viele Menschen in diesem Haus. Arno erhielt nie viel Post, schon gar nichts wirklich Persönliches. An diesem Tag fand sich im Briefkasten überhaupt nur ein Zettel. Ein gelbes Formular von der Post: Er hatte einen Einschreibbrief bekommen. Dieser wäre auf dem Postamt abzuholen. Arno sah auf die Uhr: Das ging sich noch aus. Er machte sich auf den Weg. Einschreibbriefe hatten nichts Gutes zu bedeuten, schon gar nicht solche, die für Arno bestimmt waren. Als Absender war noch dazu seine Firma angegeben. Das sah schlimm aus. Dann fiel ihm auf, dass das Aufgabepostamt ein anderes war, als jenes, auf dem die Firmenpost üblicherweise aufgegeben wurde. Auf dem Weg zum Postamt sann Arno nach, was das bedeuten konnte. Es gab wohl nur eine Erklärung: Eine Sekretärin hatte den Brief auf dem Heimweg mitgenommen und dann irgendwo unterwegs oder bei ihrem Wohnort eben auf jenem fremden Postamt aufgegeben. Es musste sich wohl um die Kündigung, den berühmten blauen Brief handeln. In einer gewissen Weise verspürte Arno Erleichterung: Alles Hoffen und Bangen hatte ein Ende. Nicht wäre es mehr nötig, sich zwar besonders, aber letztendlich vergeblich für irgendwelchen kaffeeassoziierten Kram anzustrengen und sich den Kopf zu zerbrechen. Zwar stünde er auf der Straße, aber Höpfner und Simmonds und wie sie alle sonst noch hießen wären nur noch blasse Figuren in seinem Leben, keine Quälgeister mehr. Freilich, was dann käme, an das war kaum zu denken. Er wäre also binnen kürzester Zeit arbeitslos, in seinem Alter naturgemäß schwer vermittelbar, bald ein so genannter Notstandshilfefall. Das Auto wäre wohl das erste, das er veräußern würde müssen, schon wegen der Fixkosten. Die Wohnung würde er halten können. Wie er freilich die Zahlungen für seine Tochter bestreiten sollte, konnte nur der Himmel wissen. Also Jobsuche um jeden Preis. Qualvolle, fruchtlose Vorstellungsgespräche, wenn es überhaupt dazu käme. Annoncen mit Filzstift anstreichen, jeden Tag, so wie jetzt, sich auf den Weg zur Post begeben, allerdings mit einem Stapel Bewerbungsbriefe. Jeden Tag der ungeduldige Blick in den Briefkasten. Ist eine Antwort gekommen? Und wieder nichts und wieder nichts! Schließlich würde er sich doch an Bracht wenden müssen. Dieser würde ihm dann nach Belieben seine Bedingungen diktieren. Nein, das nicht, nur das nicht, so weit wollte er es nicht kommen lassen. Er würde kämpfen müssen.

Auf dem Postamt stand eine kleine Schlange vor dem betreffenden Schalter, und Arno fühlte sich in unerträglicher Weise auf die Folter gespannt. Endlich hielt er das Poststück in Händen. Es war aber kein blauer Brief, sondern ein verhältnismäßig dickes, gelbes DIN-A4-Kuvert. Der firmeneigene Briefkopf fehlte. Stattdessen war die Firmenadresse mit der Hand geschrieben. Arno begab sich an eines der Pulte und umhüllt von der geschäftigen Geräuschkulisse des Amtsraumes, in dem ein Kommen und Gehen herrschte, riss er das Kuvert auf und zog etwa zwanzig bedruckte Blätter heraus.

Das Schriftbild, das sich ihm bot, war ihm völlig unvertraut, und er musste ins Detail gehen. Das erste Blatt schien eine Art Personalbogen der Städtischen Krankenanstalten zu sein. Von Vorrückungsstichtag und Dienstjubiläen war die Rede, und erst auf den zweiten Blick stieß er auf den Namen der Person, über die das Dokument angelegt worden war. Dr. Antonia Remhagen stand da zu lesen. Geburtsdatum, Wohnadresse, nicht einmal so weit weg, aber eine feinere Gegend, dreizehnter Bezirk. Verheiratet mit Siegfried Remhagen, ein Kind: Markus, 12 Jahre alt. Arno wurde heiß und kalt. Dinge, die in Erfahrung zu bringen er die vertracktesten Pläne ausgeheckt hatte, hielt er plötzlich wie vom Himmel gefallen in seinen Händen. Er überflog die restlichen Blätter: alles spitalsbezogen, Befundberichte und ähnliches. Er schob alles ins Kuvert zurück und verließ das Postamt. Den Rest wollte er zuhause studieren, wenn das überhaupt noch Bedeutung hatte, denn das Wesentliche hatte er offenbar schon gesehen. Das war Brachts Werk. Computerausdrücke, so schnell, so präzise. Auf dem Heimweg, Arno befand sich in einem Zustand höchster Erregung, es dämmerte ihm aber: Das war eine schlimme Indiskretion, ein unerlaubter Zugriff in eine verbotene Datenbank. Deswegen hatte Bracht nicht sich als Absender genannt, sondern, um niemanden Dritten hineinzuziehen, einfach die Firma. Hätte Arno es nicht abgeholt oder aus sonst irgendeinem Grund nicht erhalten wäre es eben über die Firma dann doch auf seinem Schreibtisch gelandet. Niemand Unautorisierter hätte es geöffnet. Nur freilich: Er war ja auch nicht autorisiert, in den Besitz solcher Dokumente zu gelangen. Arno wurde heiß und kalt. Immer wieder musste er sich selbst beruhigen und sagte sich: „Was ist denn schon dabei, du wirst es ja nicht für irgendwelche finsteren Zwecke missbrauchen!"

Auf dem Heimweg kam ihm etwas merkwürdig vor. Ja, da waren doch Befundberichte, Arztbriefe, ein CT-Befund, mithin eine Krankengeschichte. Noch auf der Straße hielt er inne, öffnete das Kuvert erneut und zog die Papiere hervor. Da fand sich ein Arztbrief: Onkologische Abteilung stand da im Briefkopf. Sehr geehrter Herr Kollege, sehr geehrte Frau Kollegin. Und weiter: Wir berichten von unserer gemeinsamen Patientin, Frau Doktor Antonia Remhagen, welche sich an unserer Abteilung in stationärer Behandlung befunden hat. Es folgte ein Datum, nicht ganz ein halbes Jahr alt. Arno wurde ganz heiß. Wir dürfen die Vorgeschichte als bekannt voraussetzen, stand da zu lesen. Zustand nach Ablatio mammae dext wegen Neoplasma, Chemotherapie. Dann folgte etwas über das Tumorstadium und es waren komplizierte Namen zu lesen, anscheinend von Medikamenten, die verabreicht worden waren. Die Chemotherapie sei gut vertragen worden, nur zweimal sei wegen Übelkeit und Erbrechen irgendetwas als Kurzinfusion verabreicht worden. Kontrolle zwecks Abnahme von Tumorbluten, Oberbauchsonografie und Thorax CT in 3 Monaten an der onkologischen Ambulanz erbeten. Gezeichnet Oberarzt Gerald Silbernagel.

Es fanden sich weitere Briefe dieser Art, die früheren Datums waren.

Arno blieb, schon wenige Meter vor seinem Haustor, mitten auf dem Gehsteig stehen. Schweiß perlte auf seiner Stirn, das spürte er. Kein Zweifel, das war eine Krankengeschichte, Tonias Krankengeschichte. Und soweit er da mitkam, ging es da um eine Krebserkrankung. Mammae? Das war doch Brustkrebs, oder? Irgendwo hatte Arno das schon einmal gehört.

Rasch lief er zurück zum Wirtshaus an der Ecke, eine üble Spelunke, keinesfalls eines seiner Stammlokale, und kaufte zwei, nein, drei Flaschen Bier. Auch ein Päckchen Marlboro, die starken Roten, nahm er mit. Der überhöhte Preis von beidem war ihm jetzt egal. Derart mit Giften aufmunitioniert lief er, immer zwei Stufen auf einmal nehmend, hinauf in seine Wohnung.

Gleichwohl außer Atem zündete er sich sofort eine Zigarette an und goss sich ein Glas Bier ein. Anders war das nicht zu ertragen. Dann setzte er sich an seinen Schreibtisch und begann die Papiere zu studieren. Allmählich war alles klar und geordnet: Tonia war vor etwas mehr als zwei Jahren an Brustkrebs erkrankt. Man hatte ihr die rechte Brust entfernen müssen, eine kleinere Operation war wegen besonderer Bösartigkeit, wie die Gewebsuntersuchung, die noch während der Operation vorgenommen worden war, ergeben hatte, nicht zu verantworten gewesen. So liest es sich im Operationsbericht. Man hätte auch mehrere befallene Achsellymphknoten gefunden. In der Folge war sie bestrahlt worden und hatte sich mehreren Chemotherapien unterziehen müssen. Irgendwo stand der Satz: Derzeit rezidivfrei. Das klang beruhigend und bedrohlich zugleich.

Arno wusste nicht, wie ihm geschah. Dass er heute alkoholisch abstürzen würde, schien ihm angemessen. Dass er einer solchen Belastung anders nicht gewachsen war, störte ihn im Augenblick nicht. Er rauchte mehrere Zigaretten hintereinander, bevor er sich den restlichen Papieren widmete. Da war vor allem ihre Dienstbeschreibung. Soweit Arno das entnehmen konnte, musste sie eine ausgezeichnete Anästhesistin sein. Man konnte aber, wenn man wollte, zwischen den etwas blumigen Zeilen auch lesen, dass sie gewisse Schwierigkeiten mit ihrer Chefin zu haben schien. Jedenfalls stand da etwas von „keinesfalls immer gerechtfertigter Kritik gegenüber Vorgesetzten" und auch „Frau Dr. Remhagen wird sicher weiterhin bemüht sein, ihre bereits zufrieden stellende Pünktlichkeit noch etwas zu verbessern."

Gesamtnote: sehr gut. Ganz unten auf dem betreffenden Blatt war ein Notenschlüssel, es gab auch ein Ausgezeichnet.

Arno spürte Wärme für sie aufkommen. Ja, das mit der kritischen Haltung gegenüber Vorgesetzten konnte er sich gut vorstellen. Sie war etwas spitz. Wach. Ironisch. Da flackerte aus diesem winterkalten Gebirge Papier, das mit schneebedeckten Buchstaben bis zur Unwirtlichkeit bewaldet war, der Feuerschein ihrer wahren Person hervor. Nur ein, zwei Eigenschaften und doch für Arno etwas, das er sich bei ihr gut vorstellen konnte. Ja, das musste sie sein! Tonia. Plötzlich war sie ihm ganz nah, näher noch als im Zug. So nah wie in dem Moment, als sie auf dem Bahnsteig neben ihrem Mann gehend den Blick kurz zu ihm zurückgewandt hatte. Und sie, genau sie hatte also Brustkrebs gehabt, Operation, Bestrahlung, Chemotherapie überstanden und wohl noch viel, viel mehr: Angst. Arno war fassungslos und zugleich fast stolz, diese Frau kennen gelernt zu haben, diese Frau, die ihr Geheimnis so perfekt verbergen konnte.

Dann wieder fiel ihm ein, dass hier ein schwerer Verstoß gegen das Datenschutzgesetz vorliegen musste, und er war da mitbeteiligt. Nein, er konnte doch gar nichts dafür. Dann aber wiederum: nirgends der wahre Absender. Er konnte das Ganze nicht einmal an Bracht zurückschicken, ohne dadurch womöglich erpressbar zu werden. Irgendjemand hatte aus dem Spitalscomputersystem alles, was über sie verfügbar war, also nicht nur ihren Personalakt, sondern ihre vermutlich davon gänzlich unabhängige Krankengeschichte ausgedruckt. Es musste also jemand sein, der zu zwei wahrscheinlich unabhängigen Netzwerken Zugang hatte oder jedenfalls elektronische Schutzmauern durchschreiten konnte, denn es war nicht gut vorstellbar, dass Leute etwa, die mit der Lohnabrechnung zu tun hatten, zugleich einen Zugriff auf Krankengeschichten hatten. Wenn das aufflöge, wäre der Personenkreis der Verdächtigen wahrscheinlich stark eingeschränkt. Und der Täter stand offenbar in einer gewissen Abhängigkeit zu Bracht. Arno konnte das alles nur vernichten, und er beschloss, das sofort zu tun. Er zerriss die Krankengeschichte, die Ultraschall- und die CT- und die Blutbefunde, die Arztbriefe und den Operationsbericht, den Personalbeschreibungsbogen und was es da sonst noch an Verständlichem und Unverständlichem gab in kleine Stücke. Jedes Blatt überflog er freilich noch einmal, bevor er es vernichtete. In einem Protokollblatt der onkologischen Ambulanz war da zu lesen, dass die durch die Chemotherapie ausgefallenen Haare bereits wieder am Nachwachsen wären oder dass der Patientin auf Wunsch zwecks begleitender Hypnose- und Mentaltherapie Dr. Borek namhaft gemacht worden sei. Arno konnte trotz des schnell angefluteten Alkoholspiegels erkennen, wie ausufernd Tonias Probleme gewesen sein mussten. Bevor er auch das erste Blatt zerriss, notierte er sich auf einem kleinen Schmierzettel: Remhagen, Adresse, Telefonnummer. Diesen Zettel legte er in jene Küchenlade, in der er auch Taschenlampe, Reserveschlüssel, Spielkarten, Sonnenbrillen und die Stadtpläne von München, Paris und Graz aufbewahrte. Dann zerstückelte er auch dieses Blatt. Die Papierschnitzel tat er in den Sack für den gewöhnlichen Hausmüll und mischte den Inhalt durch, als ob das noch notwendig gewesen wäre. Dann trank er die letzte Flasche Bier aus, rauchte und sann in sich gebeugt nach, was jetzt wohl getan werden konnte, ohne fündig zu werden. Am liebsten hätte er sie sogleich angerufen, und es fehlte nicht viel. Aber dann sagte er sich, das könne er ja jederzeit tun, das wolle er sich für einen passenderen Moment aufheben. Schließlich ging er zu Bett, nach drei Flaschen Bier nicht wirklich betrunken.

Er erwachte noch bei tiefster Dunkelheit, aber sofort setzte ein tickendes Gedankenuhrwerk, kein Bewusstseinsstrom also, sondern etwas Präzisionsmaschinenhaftes ein. Rasch war klar, warum sie nicht Marathonlaufen gehen wollte oder konnte. Einer solchen Extrembelastung wollte sie sich wohl nicht aussetzen. Aber moderates Laufen musste wohl gut in ein Lebensprogramm wie ihres passen.

Er verspürte wieder große Lust, sie sofort, jetzt gleich, also noch in der Nacht anzurufen und ihr zu sagen, dass er alles über sie wisse, dass sie mit seiner Unterstützung, wenn sie nur irgendwas davon bräuchte, rechnen könne, dass er ganz auf ihrer Seite stünde.

Dann wurde ihm klar, wie wenig er von ihr wusste. Nichts über ihre Familie, nichts über ihre Ehe. Natürlich, wenn der Mann am Bahnhof ihr Ehemann gewesen war, nicht etwa ihr Bruder oder sonst wer, dann war die Szene kühl gewesen. Aber was sagte das schon? Eine Momentaufnahme, wie sie gelegentlich auch in der allerliebevollsten Beziehung vorkommen konnte. Daraus war kein sicherer Schluss zu ziehen. Sie liebte ihren Mann wahrscheinlich, nach ihrer Erkrankung sicher mehr denn je. Sie war wohl geneigt, ihm alle Eskapaden, die er, gut aussehend wie er war, wahrscheinlich hatte, zu verzeihen, wenn er nur bei ihr blieb. Durch nichts würde sie ihre Ehe, wenn sie auch in Wirklichkeit schlecht, abgestumpft, voller Missgunst sein mochte, aufs Spiel setzen wollen. Sicherheit, auch nur vermeintliche, standen für sie wohl ganz hoch oben.

Da Arno aber tatsächlich nichts darüber wusste, war jeder Gedanke in dieser Richtung Spekulation.

Dann fiel ihm wieder Bracht ein. Musste er ihm nicht dankbar sein? Wusste er nicht doch mit einem Mal mehr über Tonia, als er sonst je in Erfahrung hätte bringen können? Aber war es nicht zugleich verbotenes Wissen? Sollte er sich dafür nicht geradezu schämen? Es war nicht gut vorstellbar, dass es Tonia recht sein konnte, dass er über ihre Krankengeschichte Bescheid wusste. Oder über ihre Dienstbeschreibung. Konnte Bracht erwarten, dass er für dieses im Grunde völlig nutzlose Material, denn was mehr als Gedankenspielmaterial konnte das für ihn schon sein, einen hohen Kredit aufnehmen und durch einen Eintritt in Brachts dubiose Firma seine Existenz gefährden wollte? Großes Unbehagen von ernüchternder Wirkung erfüllte Arno und bescherte ihm ein qualvolles Morgengrauen.

Der Arbeitstag verlief erträglich. Suzie hatte sich kurzfristig freigenommen. Als Praktikantin stand ihr das jederzeit zu.

Bracht rief nicht an, um die Wirkung seiner Briefbombe zu überprüfen. Arno seinerseits konnte sich ebenfalls zu einem Anruf nicht aufraffen. Nach der Arbeit hatte er seinen Termin beim Internisten. War ihm das zuerst lästig gewesen, so freute er sich jetzt geradezu darauf, denn nachdem er Tonias Geschichte erfahren hatte, schien ihm ein Arztbesuch geradezu als Akt der Solidarität.

Das Wartezimmer war klein und nüchtern. Eine Hydrokultur unter einer Spezialleuchte rankte sich neben dem Tischchen mit den üblichen Zeitschriften empor. Arno saß allein da, aber es dauerte doch eine Weile, bis der Patient vor ihm den eigentlichen Behandlungsraum verließ und die ältliche Ordinationshilfe ihn aufrief. Der Behandlungsraum selbst war groß und hell. Eine Art Zimmerfahrrad war zu sehen, eine Liege, verschiedene Geräte, einen EKG-Apparat konnte Arno erkennen. Er wurde gebeten, am Schreibtisch Platz zu nehmen. Gleich darauf erschien der Arzt aus einem Nebenraum, vermutlich einem Waschraum. Er mochte knappe vierzig sein, war groß, schlank, blass und schon grauhaarig. Den weißen Mantel trug er offen, darunter etwas abgenutzte Jeans und ein helles, längs gestreiftes Hemd. Um den Hals baumelte ein Stethoskop. Sein Händedruck war für den Anlass etwas zu fest, auch blickte er Arno dabei etwas zu tief in die Augen. Die Praxis bestand offenbar noch nicht allzu lange und der Arzt war bemüht, ein Patientenklientel aufzubauen.

Was ihn denn in seine Praxis führe, wollte der Arzt, nachdem auch er am Schreibtisch Platz genommen hatte, von Arno wissen. Arno erzählte wahrheitsgemäß, dass er mit dem Laufen begonnen und eine Bekannte ihm angeraten habe, sich internistisch begutachten zu lassen.

„Sehr vernünftig, sehr vernünftig", hob der Arzt hervor, während er sich schon seine ersten Notizen machte. Dann begann er sehr ausführlich weiterzufragen. Beruf und Lebensumstände, ob Arnos Eltern noch lebten beziehungsweise, woran sie gestorben seien. Es zog sich hin. Arno hätte gern alles deutlich abgekürzt. Frühere Erkrankungen. Arno konnte mit einer Mandel- und einer Gallenoperation dienen, bei letzterer sei auch der Blinddarm entfernt worden. „Der Wurmfortsatz", korrigierte der Arzt aber leise, denn er wollte anscheinend didaktisch und unaufdringlich zugleich wirken.

Rauch- und Trinkgewohnheiten? Arno schwindelte ein klein wenig und sagte: „Fünfzehn Zigaretten am Tag." Dr. Barelli, so hieß der Arzt, sah ihn mit leicht gespielter, väterlicher Strenge an: „Jeder, aber wirklich jeder, der fünfzehn Zigaretten angibt, raucht in Wirklichkeit ein Paket. Glauben Sie mir, es sind sehr viele, die fünfzehn angeben. Nun ja, wer will sich da auch schon so gern die Wahrheit eingestehen, sind wir uns doch ehrlich. Also, wie ist es nun bei Ihnen mit diesen ominösen fünfzehn Zigaretten: Hand aufs Herz, es sind doch zwanzig, oder?"

Arno, auch um das Verfahren zu beschleunigen, gab sofort klein bei. Dr. Barelli hingegen ließ nicht locker. „Oder meinen wir vielleicht mindestens zwanzig? Zwei Packerln vielleicht im Klartext?" „Ab und zu, Herr Doktor, aber wirklich nur ab und zu." Was blieb Arno auch schon übrig. Der Arzt, über seinen kriminalistischen Erfolg sichtlich befriedigt, nickte schwer, während er sich laufend Notizen machte. So würde er seine Ordination nie zum kommerziellen Erfolg führen und sich eine Stammpatientenschaft verschaffen können, dachte Arno. Die Frage nach etwaigen Geschlechtskrankheiten hingegen war rasch abgehakt, denn Arno hatte hier seines Wissens nichts vorzuweisen, und dem Arzt, der bei der Frage leicht errötet war, schien sie peinlich, sodass er von weiteren investigativen Schritten diesbezüglich Abstand nahm.

Schließlich musste Arno den Oberkörper frei machen und wurde untersucht. Dr. Barelli maß den Blutdruck, 145 zu 85, maß auch auf dem anderen Arm, es kam aber anscheinend in etwa dasselbe heraus, meinte, das sei grenzwertig und bedürfe einer Kontrolle. Er werde Arno einen Termin geben. Er horchte ihn und klopfte ihn ab, sagte nur scheinbar zu sich: „Ja, ja, das Rauchen", forderte Arno auf, sich hinzulegen und betastete seinen Bauch, genauer gesagt anscheinend die Leber, was Arno physisch und psychisch in Verlegenheit brachte. Auch war er leicht kitzlig. Der Arzt aber schüttelte den Kopf, als wollte er sagen: nicht so schlimm, meinte aber, Blutproben wären doch erforderlich. Arno hatte immerhin zwei Bier pro Tag gestanden, womit Dr. Barelli anscheinend zufrieden zu stellen gewesen war, was die Glaubwürdigkeit anbelangte. Jedenfalls hatte er nicht weitergebohrt.

Nachdem auch ein EKG geschrieben worden war, an dem es offenbar nichts auszusetzen gab, verließ Arno die Ordination, ausgestattet mit einem Zuweisungszettel für ein Blutlabor und ein Lungenröntgen sowie mit einem Kontrolltermin in einer Woche. Im Prinzip könne, ja solle Arno laufen gehen, natürlich nicht übertreiben, vor allem was das Tempo beträfe, und natürlich solle er vor allem seinen Lebensstil ändern. Mit dem Rauchen solle er sofort aufhören, was das Trinken beträfe, gelte im Prinzip das gleiche, er wolle sich aber noch die Leberwerte ansehen, hatte Barelli gesagt.

Auf der Straße war es kalt und windig. Die Herbstluft schnitt in den Bronchien, so empfand es Arno wenigstens nach dem Arztbesuch. Er war gut gelaunt. Vorbehaltlich der Blutbefunde lag anscheinend noch kein gröberer Schaden vor. Arno hatte das Gefühl einer intakten Lebenschance. Er fühlte sich jung und leicht und war entschlossen, diese Chance wahrzunehmen. Ab sofort nicht rauchen, nichts trinken. So wollte er es ab nun halten. Von einzelnen, sporadischen Anlässen abgesehen natürlich.

Auf dem Heimweg verspürte Arno immer stärker werdende Lust, Tonia anzurufen. Ihr mitzuteilen, dass er beim Internisten gewesen war und der keinen Einwand gegen das Laufen hatte. Tonia hatte doch das Ganze mit der Vorsorgeuntersuchung angezettelt, warum sie nicht vom Vollzug informieren? Aber wie sollte er ihr erklären, auf welchen dubiösen Wegen er an ihre Nummer geraten war? Er könnte einfach sagen, dass sei sein Geheimnis. Aber ob das wirklich einen guten Eindruck machen würde? Eher im Gegenteil, sie konnte ihn dann geradezu als Bedrohung empfinden. Arno spielte mit dem Gedanken, ihr einfach zu sagen, er habe einem Bekannten erzählt, er habe im Eisenbahnzug eine Anästhesistin namens Tonia aus dem besagten Spital kennen gelernt, und dieser Bekannte habe sie zufällig gekannt, als Patient, ehemaliger Kollege oder Krankenpfleger, sie werde sich nicht mehr an ihn erinnern, jedenfalls habe Arno von ihm den Familiennamen und dann einfach die Nummer aus dem Telefonbuch. Nicht so schlecht, diese Variante, dachte Arno. Allerdings fiel ihm, gottlob, musste man sagen, ein, dass die simple, aber unabdingbare Voraussetzung für eine solche Vorgangsweise war, dass sie überhaupt im Telefonbuch stand. Nicht auszudenken die Peinlichkeit, wenn das gar nicht der Fall war und Arno dies in Unwissenheit einfach behauptete. Bei dem Gedanken wurde ihm gleich ordentlich heiß.

Er wollte sofort nachsehen. Ganz unweit von seinem Wohnhaus befand sich eine Telefonzelle. Ja, richtig, und falls sie eine Rufnummernanzeige des Anrufers besitzen sollte, wäre es gleich besser von der Telefonzelle aus anzurufen. Arno wusste zwar die Kombination, die man vorwählen musste, wollte man diese Anzeige unterdrücken, aber ganz sicher war er sich nicht, ob das immer zuverlässig funktionierte, und für den Fall, dass ihr Mann oder ihr Sohn – Markus! – abheben würde, war es besser aufzulegen und in jeder Hinsicht unerkannt zu bleiben. Von einem öffentlichen Fernsprecher konnte da keine Panne passieren. Eine Art Jagdfieber erwachte in Arno und er konnte es kaum erwarten, die Telefonzelle zu erreichen.

Sie roch wie die meisten nach Urin und Zigarettenrauch, die Telefonbücher waren, wie ebenfalls zu erwarten war, zerfleddert. Indessen der Buchstabe R war vorhanden, aber unter Remhagen fand sich keine Eintragung. Also eine Geheimnummer! Macht aber nichts, denn Arno war ja im Besitz derselben. Aber anrufen, einfach so, anonym anrufen wollte er dort jetzt unbedingt. Blöderweise hatte er die Nummer nicht am Mann. Ein Aufschub der Aktion kam freilich nicht mehr in Frage. Das musste jetzt durchgezogen werden! Arno musste also heim, die Nummer holen und wieder zurück zur Telefonzelle, am besten auch ausreichend Münzen mitnehmen, falls sich doch aus irgendeinem Grund ein längeres Gespräch ergeben sollte. Arno flog geradezu heimwärts. Wer sich wohl melden würde? Und wenn sie, mit welchen Worten? Oder bekäme er einen Anrufbeantworter zu hören? Was der wohl sagen würde? Sollte er was draufsprechen? Etwa: „Hier Arno, rufen Sie mich bitte zurück!" Oder besser etwas Originelleres von der Art: „Hallo Frau Doktor, hier ist Ihr Patient, dem Sie das Laufen erst nach einem Arztbesuch gestatten wollten, und was glauben Sie ist da herausgekommen? Wenn Sie mich zurückrufen, verrat ich's Ihnen." Oder einfach, so wie das neulich auf seinem eigenen Anrufbeantworter der Fall gewesen war, lange und anhaltend schweigen? Wenn sie nämlich daraufhin zurückriefe, wäre das ein Indiz dafür, dass sie sich in Gedanken mit ihm beschäftigte. Ja, das konnte man fürs Erste versuchen. Sich melden konnte er später ja immer noch, falls die Methode des In-die-Leitung-Schweigens nicht den gewünschten Erfolg brachte. Arno betrat die Wohnung und blickte sofort auf seinen Anrufbeantworter. Nichts drauf. Na gut, heute würde er aktiv werden. Er nahm den Zettel mit der Nummer aus der Schublade. Da fiel ihm ein, dass er ja nur diesen einen Zettel hatte. Nichts leichter für einen Zettel, als verloren zu gehen. Rasch ging Arno zum Schreibtisch und schrieb die Nummer auf zwei weitere Zettel (mehr wäre ihm übertrieben vorgekommen) und legte den einen in die Schreibtischlade, den anderen in seine Dokumentenmappe, die sich im Kleiderschrank befand. Aus der Küchenlade schob er sich noch einige Münzen in die Manteltasche und eilte treppab zum Telefonautomaten. Als er die Münzen in den Schlitz warf, merkte er, dass seine Finger zitterten. Endlich ertönte das Signal. Zweimal, dreimal. „Remhagen", sagte plötzlich eine Frauenstimme, und Arno war so perplex, dass er sogleich auflegte. Er stand da wie ein begossener Pudel. War das überhaupt ihre Stimme gewesen? Er merkte, dass er genau darauf am wenigsten gefasst gewesen war. Ihren Mann, ihren Sohn, den Anrufbeantworter, eine bosnische Bedienerin, alles ja, aber sie selbst, das war zu überraschend gewesen. Auf der Straße zündete sich Arno zunächst eine Zigarette an. Anders war das nicht zu ertragen. Hatte er jetzt versagt? Na gut, sagte er sich, dass aufgelegt wird, kommt ja vor. Allerdings, den nächsten Anruf würde er frühestens in ein paar Tagen tätigen dürfen, sicherheitshalber von einer ganz anderen Telefonzelle aus. Langsam schlenderte er heimwärts. Ob er von zuhause Bracht anrufen sollte, schon um sich selbst zu beweisen, dass er kein völliges Weichei sei? Ihm zwar für die zugesandten Unterlagen danken, ihm aber zugleich klipp und klar absagen, was das Geschäftsprojekt betraf. Oder sich überhaupt empört geben, dass er ihm derart illegal beschafftes Material zugemutet hatte? Arno schob die Gedanken an Bracht wieder beiseite, denn er wollte sich die Laune nicht verderben. Er dachte lieber daran, zeitig zu Bett zu gehen, um morgen einen Lauftag einzulegen, denn er wollte am kommenden Wochenende vor Suzie keine schlechte Figur machen. Auch die Meinung des Arztes lud zum Laufengehen ein. Nicht rauchen hatte er gesagt. Aber die abebbende Nervosität nach dem Anruf ließ das jetzt einfach nicht zu. Noch nicht zu, sagte sich Arno. Zuhause zog er sich aus, warf den Schlafmantel über und stellte sich ein Schnellgericht in die Mikrowelle. Er goss sich ein Glas Mineralwasser ein und steckte sich die nächste Zigarette an. Vielleicht sollte er sich die Fernsehnachrichten ansehen. Da läutete das Telefon. Arno fasste sich, und um nicht enttäuscht zu sein, sagte er sich, das könne nichts Besonderes sein. Als er abhob, wurde am anderen Ende der Leitung aufgelegt. Man hatte gerade noch gewartet, dass er sich meldete. Vorsätzlich aufgelegt, das konnte man sagen. Arno hielt den Hörer ein Weilchen in der Hand, ehe er ihn sehr behutsam auflegte. Gedankenversunken setzte er sich zu Tisch. Das konnte sie doch wohl gewesen sein! Jedenfalls, wer immer da angerufen hatte, sofort aufzulegen, das war mit Sicherheit vorsätzlich geschehen. Sollte er vielleicht nochmals bei ihr anrufen und dann wieder auflegen? Wenn nämlich dann bei ihm erneut ein solcher Anruf einging, wäre es dann nicht wirklich höchstwahrscheinlich, dass sie das wäre? Pinpong-artig. Ja, schon, musste er sich sagen. Aber konnte das Ganze nicht dann umgekehrt auch funktionieren, allerdings als böse Überraschung? Nämlich indem sie dann zwar nochmals anrufen, aber sich diesmal melden würde, um ihn erbost zur Rede zu stellen, er solle solche Spompanadeln gefälligst unterlassen, sie nicht mehr belästigen et cetera.

Nein, dieser Möglichkeit wollte er sich nun auch wieder nicht aussetzen und so wollte er es dabei bleiben lassen.

Dann aber, denn die Sache wollte ihn nicht loslassen, fiel ihm ein, dass sie ja gar nicht wissen konnte, dass er im Besitze ihrer Telefonnummer war. Wenn sie also nun tatsächlich diesen anonymen Rückanruf getätigt hatte, dann doch aus einem sehr, sehr vagen Verdacht. Aber vielleicht bekam sie nie oder so gut wie nie anonyme Anrufe, war im Kopf eine Liste durchgegangen, wer aus ihrem Bekanntenkreis dafür in Frage käme, hatte vielleicht in erster Linie an eine heimliche Geliebte ihres Mannes gedacht, sei aber dann auch auf ihn gestoßen und wollte, bevor sie den Gedanken mit der Geliebten wieder aufnahm, zunächst seine Täterschaft ausschließen oder zumindest sehr unwahrscheinlich machen. Würde er jetzt ihr Telefon schweigen lassen, hätte sie keinen Anlass mehr, auch nur im Geringsten ihn diesbezüglich zu verdächtigen. Aber er wollte, dass sie ihn verdächtigte. Arno nahm sich ein Herz, wählte den Code, um seine Nummer unerkannt bleiben zu lassen, nahm auch das neurotische Angstgefühl, seine Nummer könnte dennoch bei ihr auf dem Display aufscheinen, in Kauf und horchte mit nicht unterdrückbarem Bangen in die Tiefe des Hörers. Es läutete und läutete und läutete. Mit jedem Läutsignal mehr verspürte Arno Erleichterung: Sie ist nicht zuhause. Schon, nach dem siebenten oder achten Mal, wollte er auflegen. Da wurde abgehoben. Irgendetwas knisterte. Es dauerte wenige, endlose Sekunden. „Remhagen", sagte sie, ja sie selbst, und ihre Stimme klang heiter. Jetzt wartete Arno zwei, drei Sekunden. Sie schwiegen sich an. Dann legte Arno auf. Er ließ sich in den Sessel zurücksinken und stieß die Luft mit vollen Backen aus. „Puh, geschafft", sagte er zu sich. Rasch eine Zigarette, wann, wenn nicht jetzt. Nun wäre ja sie wieder dran, natürlich immer vorausgesetzt, sie wäre das gewesen, vorhin, und er wäre nicht das Opfer einer bizarren Selbsttäuschung. Wäre eine Flasche Bier oder Wein im Hause, er hätte sie jetzt ohne Zweifel geöffnet. Aber das war nicht der Fall. Er wusste, dass er diese Barriere nicht überspringen durfte. Also lagerte er keinen Alkohol zuhause bis auf zwei oder drei Schnapsflaschen, Firmengeschenke, die er aber nicht antastete. Er rauchte dafür jetzt mehrere Zigaretten hintereinander, ging auf und ab, setzte sich dahin und dorthin, auf den Tisch, auf den Boden, den Rücken an die Wand gelehnt, öffnete dann wieder das Fenster und blies den Rauch in den herbstlichen Abend. Ihre Stimme hatte erwartungsfreudig gewirkt, so als sei sie bereit, ein Telefonspielchen, ganz gleich welcher Art, mit ihm zu

spielen. Jedenfalls war nun sie dran. Arno wartete und rauchte. Das Telefon aber schwieg.

Schon in den letzten Tagen war die Atmosphäre in der Firma
von einer Mischung aus Lähmung und Nervosität geprägt
gewesen, von der niemand sagen zu können schien, wo sie her-
rührte. Im Grunde bewegte sich nichts weiter, Entscheidungen
blieben aus, Papiere stapelten sich, nicht nur auf Arnos Schreibtisch, nur das Selbstverständlichste ging voran, mit kaum erträglicher Zähigkeit. In Gesprächen stieß man auf gereizte
Freundlichkeit, wer konnte, versuchte sich aus dem Weg zu
gehen, standen aber zwei oder drei beisammen, bildete sich
rasch eine Traube: Keiner wollte ein Gerücht versäumen, und
Gerüchte gab es genug. Die Firma sei pleite, schon die nächsten
fälligen Gehälter würden nicht mehr ausgezahlt werden können, von Rettungsprogrammen war die Rede, verbunden mit
drastischen Maßnahmen, Kündigungen in erster Linie. Nicht
dass die Gerüchte neu waren, periodisch nahezu seit Jahren war
davon immer wieder die Rede gewesen, aber diesmal schien es
irgendwie anders. Nicht bloß Gedankenspielerei zwecks Be-
lebung des Alltags, sondern das kollektive Gefühl einer unbe-
stimmten Veränderung, genährt aus unsichtbaren Quellen, zog
schwadenartig durch die Räume.
    In einer gewissen Weise störte das Arno nicht, denn nun
war nicht er allein exponiert, jeden konnte es nun treffen. Dennoch, wenn es Abschusslisten gab, stand sein Name wohl ziemlich weit oben. Aber noch konnte alles eine bloße Stimmung
sein, die alle ergriffen hatte und in der sich gegenseitig auf-
zuschaukeln die meisten fiebrige Lust empfanden. Vielleicht
lag alles nur am Wetter oder einer bestimmten kosmischen
Konstellation.
    Arno versuchte die Geschäfte ruhig und routiniert am Lau-
fen zu halten. Zu Initiativen war auch er in dieser firmen-
atmosphärischen Konstellation nicht im Stande, er schon gar
nicht. Aber Ruhe bewahren, Übersicht behalten, das Gewöhnliche administrieren, das war ihm möglich. Das hatte er an seinen zahlreichen verkaterten Tagen gelernt, sich über die Distanz zu schwindeln. Jetzt aber war er gar nicht verkatert, er war

tags zuvor laufen gegangen und hatte abends, was eine noch höher zu bewertende Leistung war, der Einladung Franzens mit ihm zum Jablonsky, also saufen zu gehen, widerstanden. Er würde sich gar nicht über die Distanz schwindeln müssen. Ein solider Arbeitstag schien vor ihm zu liegen. Die Vorfreude auf Samstag, mit Suzie einen Lauf hinzulegen, trug ihn über all die Niederungen des Alltags, auch der Gedanke, sie dann vielleicht zum Essen einzuladen, wobei er eine Ablehnung ihrerseits durchaus einkalkulierte, denn sie würde es mit Scharm machen, es würde kaum wehtun. Aber auch der Gedanke, es könne sich da vor kurzem wirklich und nicht nur in der Einbildung um ein kleines Spielchen am Telefon mit Tonia gehandelt haben, belebte ihn. Ob und wie das weitergehen würde, war offen. Er konnte jederzeit einen weiteren Schritt machen, denn er hatte ja nun ihre Nummer, ihren Namen, ja ihre Adresse. Andrerseits hatte sie ihn ja eben schon selbst einmal angerufen, wenngleich der Abschluss des Gesprächs unbefriedigend gewesen war. Nichts hatte auf einen weiteren, zu erwartenden Anruf ihrerseits hingedeutet.

Am folgenden Samstag befand sich Arno jedoch keinesfalls in guter Stimmung. Er hatte die letzten Tage keinen, absolut keinen Alkohol getrunken und nur sehr wenig geraucht. Franz hatte er eine zweite Einladung zum Jablonsky unter dem Vorwand, er fühle sich leicht krank, abgeschlagen. Aber zugleich schien im alles leer und sinnlos. In der Firma lief es oberflächlich ganz gut. Das hing wohl auch mit dem jetzt seit einigen Tagen klaren Kopf zusammen, den Arno da einsetzen konnte, wenn ihm auch eine spürbare innere Unruhe, von der er nicht genau wusste, woher sie kam, zu schaffen machte. Es herrschte allerdings auch in der Firma weiter eine leise Unruhe, die nicht zu einem Ende kommen wollte, wenngleich sich die meisten an sie zu gewöhnen schienen. Es war wie das Brummen eines Transformators, so beschrieb es Loimerich, dem es ebenso damit ging wie Arno. Zu der Sache mit dem Bericht und den Unterlagen dafür, die man Arno anscheinend vorenthalten hatte, waren sie nicht mehr ins Gespräch gekommen. Niemand sprach mehr darüber, auch Simmonds nicht. Es war allen wahr-

scheinlich irgendwie peinlich. Hatte man versucht, Arno abzu-
schießen, dann aber im nächsten Moment den Plan verworfen,
sodass die Kollaborateure jetzt leicht bekleckert dastanden?
Oder, raffinierter: Wollte jemand sehen, wer der Kollaboration
gegen einen Kollegen fähig sei, um vielleicht den Kollaborateur
bei Gelegenheit dann selbst auszuhebeln? Wie auch immer, an
der Oberfläche lief die Sache wieder ganz normal und unspek-
takulär, „business as usual".

Suzie war ihm irgendwie aus der Hand geglitten. Sie war
einmal da, dann wieder dort, stellte sich selbst in anderen Abteilungen vor, vergaß zwar anscheinend nie, auf Arno als ihren
Mentor zu verweisen, gestaltete sich aber ihr Praktikum mehr
und mehr nach ihrem eigenen Gutdünken. Arno ärgerte das
mitunter, er trug es aber nach außen hin gelassen, als liberalen
Stil eines väterlich großzügigen Praktikumsanleiters. Er fragte
sich freilich, ob sie die privaten Kontakte zu ihm nicht einfach
ausnützte. Er nahm sie einmal sogar zur Seite, um mit ihr darüber zu reden, aber ehe er das noch zur Sprache bringen konnte, sagte sie ihm, fast vor Begeisterung sprudelnd, wie gut es ihr
hier gefalle, wie nett die Leute hier alle seien und dass das Be-
triebsklima viel besser sei, als sie sich beim ersten Hinsehen gedacht habe. Und wie froh sie sei, von ihm geführt zu werden,
wie angenehm und offen sein Führungsstil sei. Schließlich
flüsterte sie ihm ins Ohr: „Ich freu mich schon auf Samstag, 11
Uhr, holst du mich ab?"

Das war natürlich irgendwie entwaffnend. Was Suzie betraf,
so kam es ihm vor, war er nur Zuseher. Das Kommando hatte
sie übernommen, was für ihn nicht unbedingt ein Quell des
Wohlbehagens war.

Aber auch von jenen mysteriösen Anrufen hatte es keine
mehr gegeben. Immer mehr hatte Arno das Gefühl, es wäre
eher Bracht gewesen, der sich auf diese Art in Erinnerung hatte bringen wollen. Das schien plausibel und ernüchternd zugleich. Es sprach natürlich auch einiges dagegen. Wieso sollte
ein zielstrebiger Mensch wie Bracht solche Kinderspielereien
unternehmen? Aber dennoch: zuzumuten war es ihm!

Einen Abend hatte Arno bei Tina und Karin verbringen
wollen. Karin hatte aber etwas vorgehabt. Sie hatte sehr gut

ausgesehen, war toll geschminkt und bester Laune abgerauscht, während Tina zwar lieb aber unverbindlich gewesen war, wie sie überhaupt ihm gegenüber immer unverbindlicher wurde, was wahrscheinlich eine natürlich Antwort auf seine beinahe grundsätzliche Abwesenheit in ihrem Leben war. Sie habe leider zu lernen, lächelte ein bisschen verlegen und war in ihr Zimmer verschwunden. Nur das Scheinlebewesen Fernsehapparat war vis-a-vis zur Verfügung gestanden. So war er also bald wieder abgezogen. Sein Wunsch nach dem Gefühl erfüllter Vaterpflichten war unbefriedigt geblieben.

Immerhin war er einmal laufen gegangen, die Prater Hauptallee über die ganze Länge und ohne besondere Probleme. Die anschließenden zwei Stunden hatte er ein gutes Gefühl gehabt, wenngleich Intensität und vor allem die Dauer dieses Gefühls letzten Endes enttäuschend gewesen waren. Aber der Lauf selbst war einfach gut gewesen, er konnte nicht genau sagen warum, entweder weil es leicht war oder schnell, die Atmung frei, der Kopf unbeschwert? Egal, es war ein guter Lauf gewesen, und so fuhr er zu Suzie nicht mit leeren Händen. Er würde mit ihr mithalten können. Das Laufen mit ihm würde sie nicht als Belastung empfinden müssen.

Was ihn bedrückte, hatte nichts mit dem Laufen zu tun. Es war etwas anderes. Sie hatten seit jenem leicht alkoholischen Abend im Café praktisch kein persönliches Wort miteinander gewechselt. Nichts war geschehen, dass sie einander näher gebracht hätte, auch das Laufen in Wirklichkeit nicht. Das war zu technisch gewesen. Und so waren sie nun einander fast fremder als vor jenem Abend. Suzie war irgendwie nicht zu fassen, quirlig und glatt, eine lebensfrohe Forelle, der kein Bach reißend genug sein konnte. An einem der letzten beiden Tage freilich hatte sie angespannt und nervös gewirkt, sodass sich Arno fragte, ob da nicht gar etwas mit Drogen im Spiel war. Gleichzeitig hatte er das Gefühl, dass sie ihm auswich, wegblickte, ihn nicht ertrug. Aber auch er hatte sie zuletzt gemieden, auch aus Angst vor einer Absage, was das Laufen betraf. Solang er sie nicht zu sehen bekam, war alles noch aufrecht. So irritierend ihre Präsenz im Augenblick für ihn war, so unerträglich war freilich auch der Gedanke an eine Absage.

Aber es war bis zuletzt zu keiner Absage gekommen. Freitagmittags war sie gegangen, indem sie kurz ins Zimmer zu Arno und Anita hineinschaute und ihnen „Schönes Wochenende!" zurief. Und schon war sie verschwunden. Unter solchen Umständen anzunehmen, die Abmachung mit dem Laufen sei noch aufrecht, war fast kühn, aber Arno hatte beschlossen, einfach zu ihr zu fahren, ohne vorher bei ihr anzurufen. Elf Uhr hatte sie gesagt. Um elf, pünktlich würde er unten bei Hofmann läuten. Im Falle einer Absage hätte sie ihn ja auch anrufen können.

Dennoch war sich Arno unsicher und verspürte ein ganz klein wenig so etwas wie Herzklopfen, als er den Wagen abstellte, über die kleine Grünanlage zur Haustüre ging, unter den vielen Schildchen doch kurz suchen musste, um schließlich den Knopf zu drücken. Nach einer unangenehm langen Zeitspanne fragte eine Frauenstimme: „Ja?" „Ich bin's, Arno", sagte er, ohne zu wissen, ob das jetzt sie gewesen war. „Ich komme", rief die Stimme, und es schien die ihre zu sein.

Sie sah wieder verkatert aus. Erneut, wie schon das letzte Mal, hatte sie Ringe unter den wässrigen Augen, die jetzt auch gerötet waren, die Wangen schienen blass, da halfen auch die schicke hellblaue Windbluse und die knallenge Hose nichts, sie wirkte ziemlich mitgenommen. Also doch Drogen?

Sie fuhren los. Arno fragte erst gar nicht nach dem Weg. Er nahm einfach an, dass sie in die Lobau fahren würden. Zur Begrüßung hatte sie nur „Hallo" gesagt, kein Küsschen etwa, gar nichts. Sie war vor ihm zum Auto gegangen und eingestiegen.

„Wie geht's?", fragte er nach einer Weile.

„Es geht", erwiderte sie leise.

Arno konnte das nicht so stehen lassen. „Was ist los mit dir?"

„Ach", kam es aus ihr, und sie drehte den Kopf von ihm weg und sah beim Seitenfenster hinaus, wo die Ränder der Stadtautobahn vorbeiflitzten.

Dann drehte sie jäh den Kopf zu ihm und sagte: „Ich war mir nicht sicher, ob du kommen würdest."

„Wieso nicht?" Arno gab sich verwunderter, als er war.

„Ich war sicher nicht in Ordnung zu dir in der letzten Zeit."

„Nein, nein, das war schon noch okay. Du bist sicher schwer beschäftigt. Es gibt ja genug zu sehen und zu tun für dich."

„Aber irgendwie hast du es schon auch so empfunden. So irgendwie, dass da was nicht stimmt, oder?"

„Ja. Vielleicht. Wenn ich ganz ehrlich bin. Aber das hat schon gepasst, kein Problem. Du siehst ja, ich bin da."

„Das ist schön von dir", sagte sie leise und sah wieder zum Fenster hinaus.

Nach einer Weile konnte sich Arno es nicht mehr verkneifen, auf ihren Zustand anzuspielen. „Ausgeschlafen?", fragte er.

„Nein, ich habe fast gar nicht geschlafen. Das sieht man mir wohl an?"

„Ich war mir nicht ganz sicher", erwiderte Arno. „Mit Freunden gefeiert?"

„Nein, nein." Und nach einer kurzen Weile fügte sie hinzu: „Alleine gesoffen."

„Etwas passiert?", fragte Arno.

„Leider ja." Arno wandte den Kopf zu ihr und sah eine Träne auf ihrer Wange. Jetzt drehte auch sie ihr Gesicht zu ihm: „Hast du nachher Zeit?"

„Nach dem Laufen?"

„Ja, das meine ich."

„Ich habe den ganzen Tag Zeit."

„Willst du ihn mit mir verbringen?"

„Gerne!"

Den Rest des Weges schwiegen sie. Arno war warm ums Herz. Es war ziemlich lange her, dass ihn eine Frau gefragt hatte, ob er einen Tag mit ihr verbringen wolle. Es war zu erwarten, dass sie den Grund ihrer miesen Verfassung dann schon erzählen würde. Das Schweigen war stille Übereinkunft, ein Sichsammeln im Vorfeld der Zeit, die sie nun füreinander ausgemacht hatten. Es baute jedoch auch eine Spannung auf, die auf den ersten zwei, drei Kilometern ihren Lauf unrund und verkrampft machen würde.

Und so war es dann auch. Arno hatte den Anfahrtsweg problemlos gefunden und den Wagen an der gleichen Stelle wie vor einer Woche abgestellt. Sie liefen los, die Tanklagerstraße entlang. Es war nicht klar, ob sie nebeneinander oder hintereinander laufen wollten, und wenn hintereinander, was notwendig wurde, wenn ein Tankwagen entgegenbrauste, hatten sie Abstimmungsschwierigkeiten, wer vorne und wer hinten laufen sollte. Jeder wollte dem anderen den Vortritt lassen und so kam es zu unangenehmen Tempobrüchen. Erst später, schon im Wald, begannen sie sich zu entspannen, liefen leichter, fanden, wie es schien, jeder für sich seinen Rhythmus.

Nach einer Weile fiel sie zurück, erst nur eine Schrittlänge, dann ein, zwei Meter. Arno versuchte sein Tempo zu drosseln, musste aber bemerken, dass das alles andere als leicht war. Arno blickte Suzie an und sah, dass sie weiß wie ein Leintuch war und schweißbedeckt.

„Machen wir eine Pause?"

Sie nickte und fiel sofort in Gangschritt.

„Leg dich ein bisschen hin!", sagte Arno und zeigte auf einen dicken Baumstamm, der zufällig unweit vom Wegrand lag. Widerspruchslos folgte sie seinem Rat. Der Boden war zu feucht und zu kalt zum Hinlegen. Auch der Baumstamm war nicht gerade bequem und auch nicht trocken. Suzie lag eine Weile wortlos auf dem Rücken da, ein Bein aufgestellt, das andere ausgestreckt längs des Stammes gelegt, die Unterarme über die Augen. Arno saß auf einem Baumstrunk daneben. Auch sein Atem ging schnell und dampfte in der kühlen Luft. Auch er schwitzte, und auch sein Schweiß war kalt. Auf einmal war auch ihm nicht ganz wohl. Schließlich musste auch er sich auf den Baumstamm legen, Kopf an Kopf zu ihr. Sie hörten einander atmen.

Sie hatte bemerkt, dass auch ihm nicht wohl war.

„Geht's wieder?", fragte sie.

„Ja. Und du?"

„Ja, schön langsam. Der kürzeste Weg zurück dauert zwanzig Minuten. Schaffen wir das?"

„Wenn wir nicht übertreiben, sicher."

Langsam setzten sie sich auf den Stamm. Noch eine gute Weile saßen sie da nebeneinander. Schließlich mussten sie sich ins Gesicht sehen und lächeln. Es tat gut. Dann, wortlos, erhoben sie sich.

Suzie deutete mit einer Handbewegung und nahm einen leichten Trab auf. Bald hatten sie ein moderates Tempo gefunden. Arno kam es vor, als liefen sie auf einer dünnen Eisschicht über einen tiefen, dunklen, schwarzen See. Wenn sie ihrem inneren Gefühl nur immerzu folgten, würde das Eis sie tragen können. Sollten sie forcieren, würde es brechen. Er fühlte sich so aufgeweicht, dass es leicht schien, nach diesem inneren Gefühl zu laufen.

„Geht's dir gut?", fragte er.

„Ja, und dir?"

„Auch."

Das waren die einzigen Worte, die sie wechselten, bis sie das Auto erreicht hatten.

Schon im Auto, auf der Rückfahrt, sagte Arno: „Das muss ein Warnschuss gewesen sein, für uns beide."

„Das war es wohl."

Sie rollten durch den Kaisermühlener Tunnel, da sagte Suzie: „Kann ich zu dir kommen?"

Arno spürte seinen Pulsschlag und eine Hitzewelle durch den Körper laufen.

„Ja, natürlich, wenn dich das Chaos, das bei mir in der Wohnung herrscht, nicht stört."

„Hast du eine Badewanne?"

„Ja, das ganze Badezimmer ist zwar etwas baufällig, aber es funktioniert. Auch die Badewanne."

„Badest du mit mir?"

„Natürlich. Wenn du das möchtest. Wie könnte ich so ein Angebot ausschlagen."

„Dann fahren wir aber erst bei mir vorbei. Ich muss mir etwas zum Anziehen für nachher holen. Ich habe auch noch eine Flasche Sekt im Kühlschrank, glaube ich. Die können wir im Bad trinken. Machen wir uns noch einen schlimmen Tag, einen noch, bevor wir gesund leben. Was hältst du davon?"

„Eine gute Idee", sagte Arno, obwohl im sofort klar war, dass alles in eine Sauferei ausarten würde. Aber das war ihm jetzt und unter den gegebenen Umständen sofort recht.

Er bog in die Straße, wo sie wohnte und stellte das Auto vor ihrem Haus ab.

„Bin gleich da!", sagte sie und verschwand hinter der geriffelten Glastür.

Es dauerte dann doch eine gute Viertelstunde, bis sie wieder erschien. Sie hatte eine Sporttasche umgehängt und wirkte jetzt fröhlich, fast ausgelassen.

„Ich habe noch eine zweite Flasche gefunden, wir geben sie am besten ins Tiefkühlfach. Sie ist nämlich noch warm, und bei Sekt dauert das sonst ewig."

„Ich sehe, du möchtest dort anschließen, wo du letzte Nacht aufgehört hast."

„Ganz offen gesagt: ja! Du musst mir dabei helfen. Um später, falls uns danach ist, keine störenden Fragen in der Luft zu haben: Ich nehme keine Pille, aber heute kann nichts passieren."

Arno war perplex, das Mädchen war ziemlich direkt. Er fing sich aber wieder, denn das war er sich schon als erfahrener Mann schuldig.

„Wie viele Punkte habe ich denn schon?", fragte er hauchweise und schelmisch.

„Hundertzehn. Höchste Zeit sie einzulösen. Sonst verfallen sie womöglich."

„Hundertzehn? Wieso hundertzehn? Wieso überhaupt so viele?"

„Weil du so diskret, so tapfer, so zurückhaltend warst. Das ist nicht jeder."

„Und die Punkte muss ich rasch konsumieren, sonst verfallen sie, sagst du?"

„Das könnte schon sein."

„Ich dachte, du bist lesbisch?"

„Na ja, irgendwie bin ich bi. Vielleicht war ich nur vorübergehend lesbisch."

Der Asphalt war feucht und schwarz, stellenweise spiegelte er. Alle fuhren mit Licht. Irgendetwas war mit einem Schlag wieder anders. Arno sah bei der nächsten roten Ampel zu ihr. Er sah, wie ihr wieder Tränen über die Wangen liefen.

„Suzie, was ist denn los? Ist es aus mit deiner Freundin?"

Sie nickte nur. Die Ampel wurde grün. Arno fuhr weiter. Er merkte, wie konfus er auf einmal war. Sie war doch die ihm anvertraute Praktikantin, maximal ein kleiner Flirt, hatte er sich immer wieder gesagt, aber so weit hatte er nicht gehen wollen. Genauer gesagt: gewusst, dass er nicht gehen sollte. Aber jetzt, wo sie sich ihm anvertraute? Sollte er es tatsächlich so weit kommen lassen oder gerade jetzt erst recht nicht?

Aber zwischen den Eckpunkten Saufkumpan, Liebhaber und väterlicher Freund fühlte er sich jetzt letzterem am nächsten.

„Also erzähl doch, was da passiert ist", sagte Arno.

„Später."

Dann legte sie ihre Hand auf die seine, die gerade auf dem Schaltknüppel ruhte. „Da vorne ist eine Traffik, halt doch bitte an, ich möchte Zigaretten kaufen. Soll ich dir auch welche mitbringen?"

Sie einigten sich rasch auf eine gemeinsame Sorte. Suzie kam gleich mit vier Päckchen zurück. „Für alle Fälle!", sagte sie, und es schien, als sollte an diesem Samstag das Jüngste Gericht mit all seinen Feuern in ihren Körpern Einzug halten. Und noch dazu waren sie beide in einer Stimmung, es sehnsüchtig willkommen zu heißen.

Als sie an einer Ankerbrotfiliale vorbeifuhren, kauften sie auch noch ein paar Sandwichs, denn Arno hatte an Essbarem eigentlich nur Konserven zuhause.

Bei ihm angekommen ließ sich Suzie auf ein Sofa fallen und steckte sich sogleich eine Zigarette an. Arno begann mit leichter Hektik halbwegs Ordnung zu machen. Da ein Teller, dort ein Glas, herumliegende Kleidungsstücke, ein voller Aschenbecher, lose verstreute Zeitungen und Magazine. Es war kühl in der Wohnung und er drehte die Heizung voll auf. Er wusste, dass er nervös war.

„Ich lass das Bad ein", sagte sie, stand auf und streifte ihn im Vorbeigehen leicht. Dann hörte er, wie sie das Wasser aufdrehte, und das blecherne Geräusch, wenn der volle Strahl in die noch leere Wanne sprudelt.

„Hast du manchmal Probleme mit Frauen, du weißt schon?", fragte sie und lehnte sich an seine Seite. Sie musste seine Nervosität bemerkt haben.

„Ja, manchmal schon, vor allem anfangs. Ich bin auch nicht mehr zwanzig."

„Macht nichts", sagte Suzie, „ich hab auch manchmal Probleme mit Männern, ganz ähnliche. Glaubst du nicht, dass wir uns gut verstehen könnten?"

Sie begann, ihn zu streicheln, und er umfasste ihre Taille.

„Ich bin auch nervös", sagte sie. Sie küssten sich mehrmals, kurz, stoßartig, fast als wollten sie sich gegenseitig ihre einbekannte Nervosität beweisen. Dann löste sich Suzie und zog sich aus, weder hastig noch betont langsam, vielmehr so, als hätte sie sich schon hunderte Male vor ihm ausgezogen. Auch Arno zog sich aus. Sie waren beide nicht erregt. Suzie gab Arno die warme Sektflasche und er legte sie ins Tiefkühlfach. Er brachte aus der Küche zwei Wassergläser mit, denn Sektflöten besaß er keine. Sie war schon dabei, die andere, also die kalte Flasche zu öffnen, und war sichtlich geübt darin. Der Stöpsel machte „Flop!", und vorsichtig schenkte sie aus. Es schäumte kaum daneben. Nackt, verschwitzt und in der noch kühlen Wohnung fröstelnd stießen sie mit den sektgefüllten Wassergläsern an.

„Danke, dass du für mich Zeit hast!", sagte sie und lächelte auf einmal wie aus der Seele, und auch ihre Wangengrübchen lächelten wieder mit. Sie zündeten sich Zigaretten an, während das Badewannengeräusch immer vollmundiger klang und der Durchlauferhitzer leise dazu röhrte. Arno nickte nur und ließ seine halb ausgestreckte Hand langsam über ihre Schultern zu ihren kleinen Brüsten, deren Warzen wegen der Kälte hart waren, gleiten. Auch sie hatte die Hand mit der Zigarette auf seine Schulter gelegt. Schweigend standen sie sich gegenüber, unterbrochen nur von den hörbaren Zügen, die sie von ihren Zigaretten, und den auch fast hörbaren Schlucken, die sie aus ihren Gläsern nahmen.

Dann stiegen sie in die Badewanne. Flasche, Gläser und Rauchutensilien hatten sie mitgenommen und auf einem Hocker neben der Badewanne abgestellt. Sie setzten sich ins heiße Wasser, und mit etwas Mühe gelang es ihnen, ihre Beine in einer halbwegs angenehmen Stellung zu verschränken.

„Jetzt musst du mir aber endlich deine Geschichte erzählen!", sagte Arno.

„Wird sie dich nicht langweilen?"

„Nein, ganz sicher nicht."

„Also gut. Du darfst dir jetzt nichts Besonderes erwarten, nichts Sensationelles. Es ist eine ganz gewöhnliche Geschichte, kommt jeden Tag hundert Mal vor."

„Das hast du schon im Kaffeehaus betont. Trotzdem ist es deine Geschichte. Also, was ist nun damit?"

„Sie heißt Eva. Sie ist älter als ich, fünfunddreißig. Sie ist mit einem Straßenbauingenieur verheiratet. Sie haben ein Kind, drei Jahre alt, das weißt du ja. Ich habe sie im Tennisklub kennen gelernt. Wenn ich zuhause bin, gehe ich immer in meinen Tennisklub. Die Prager spielen gerne Tennis. Wir lieben Tennis und wir Tschechen haben große Tennisspieler hervorgebracht, Ivan Lendl oder Martina Navratilova, nur zum Beispiel. Ich habe übrigens Martina Navratilova 1990, glaube ich, zusammen mit Alexander Dubcek auf dem Balkon am Wenzelsplatz gesehen, damals, als es die ersten freien Wahlen gab. Wir haben geweint vor Freude. Ach ja, das fällt mir eben so am Rande ein, ich war damals beinahe noch ein Kind."

„Die tschechischen Sportler waren oft über den Sport hinaus große, mutige Menschen. Emil Zatopek zum Beispiel."

Suzie richtete sich begeistert in der Badewanne auf, sodass Arno das schaumige Wasser von ihren kleinen Brüsten abrinnen sah.

„Du kennst Emil Zatopek?"

„Wer kennt Emil Zatopek nicht, die tschechische Lokomotive?"

„Ja", rief Suzie, „trinken wir auf Emil Zatopek! Wir sind Läufer und er soll unser Schutzpatron sein."

Arno schenkte nach und sie stießen mit ihren Gläsern an. Dann stellten sie die Gläser vorsichtig auf den Badezimmerhocker ab, auf dem auch der Aschenbecher stand. Mit einem Handtuch trockneten sie sich die Hände und zündeten sich Zigaretten an. Der Rauch verlor sich rasch in der feuchtdunstigen Badezimmerluft. Der Spiegel über dem Waschbecken war beschlagen, ebenso wie die Lampe darüber, und die immer noch kühlen Wandfliesen waren triefend feucht geworden.

„Wo war ich stehen geblieben? Ach ja! Der Tennisklub. Sie, ich meine Eva, hatte damals noch kein Kind. Immer war sie mit ihrem Mann dort, der ist ein ganz begeisterter Tennisspieler. Sie saß meistens beim Klubhaus und hat ein Soda Zitron getrunken. Und Bücher gelesen. Sie wirkte freundlich, aber introvertiert. Man merkte, dass sie alleingelassen werden wollte. Ich zum Beispiel kenne viele Leute im Tennisklub, die meisten nur oberflächlich. Aber ich mag diese Oberflächlichkeit in einer bestimmten Weise. Sie strengt mich meistens nicht an. Ich gehe ja nicht dorthin, um zu philosophieren. Ich will Tennisspielen, lachen und vielleicht manchmal ein bisschen flirten. Eva schien das alles nicht so angenehm zu sein. Die Tennisklubgesellschaft. Nicht, dass sie ausgesprochen abweisend oder unfreundlich war, aber sie ließ niemanden so wirklich an sich heran. Sie war nur wegen ihres Mannes dort, als perfekte, unaufdringliche Begleitung. Er war stets im Zentrum des Geschehens. Er kannte die Leute dort, auch beruflich, geschäftlich, wichtige Kontakte, was weiß ich. Sie spielte, wenn überhaupt, meistens nur mit ihm, kaum je eine volle Stunde, dann zog sie sich an den abgelegensten Tisch vor dem Klubhaus zurück und las. Wenn es sein musste, stundenlang. Auch jene klubtragenden, voll integrierten Mitglieder, die sich aus Corpotate Identity verpflichtet fühlten, sie anzusprechen, erkannten bald, dass eine solche Verpflichtung bei ihr nicht bestand. Und ließen sie in Ruhe. Auch ihr Mann hatte seine gelegentlichen Anwandlungen, sie gesellschaftlich einzubeziehen, immer halbherziger und sporadischer vorgetragen.

Ach ja! Das Klubhaus war ein altes Holzhaus aus der Kaiserzeit mit Schnörkeln und Säulchen und so, alles schon ziemlich vergammelt. Grün und braun gestrichen, aber die Farbe blätterte schon ab. Sie haben schon davon geredet, es abzureißen. Um das Gebäude herum haben Sträucher gewuchert und ein paar alte Bäume gab es, es war schattig. Davor und zwischen den Sträuchern, es gab auch einen Rosenstrauch, standen kleine, runde Blechtischchen mit Stahlrohrsesseln. Die Lehnen waren mit Plastikschnüren bespannt. Alles ein bisschen vernachlässigt, obwohl es kein schlechter Klub war. Nein, im Gegenteil, der Klub war eher ein Geheimtipp, es kamen zwar keine wirklich Prominente, aber wichtige Leute aus der zweiten Reihe, wenn ich so sagen kann. Leute, die wichtige Fäden in der Hand halten und dabei Diskretion suchen, Understatement. Leute, die mit Sorgfalt noch einen Karrieresprung vorbereiten. Ja, dieser Klub war für diese Leute genau das Richtige. Ich sage war, denn ich gehe schon lange nicht mehr hin, na klar, du wirst gleich sehen.

Ich selbst bin in den Klub über meinen Onkel gekommen, eine etwas komplizierte Geschichte, egal, er hat es gut gemeint mit mir, ich meine in punkto Karriere. Ich wollte einfach Tennisspielen. Ich war sowieso selten zuhause und dann wollte ich einfach in einen Klub gehen können und auf dem nächsten freien Platz spielen. So habe ich die Möglichkeit ergriffen, noch dazu hat mein Onkel mir die Mitgliedschaft gezahlt. Er war um meinen Sozialstatus bemüht, aus verschiedenen Gründen, die hier zu weit führen.

Einmal kam ich hin und hatte keinen Partner. Das ist normalerweise kein Problem, aber an diesem Tag war einfach niemand frei. Das Wetter war nicht besonders, überhaupt waren nicht viele Leute im Klub. Es gab eine Menge freier Plätze. Aber sie saß da, im Trainingsanzug, und las, wie praktisch immer, ein Buch. Keine Ahnung, wo ihr Mann war. Sicher spielte er auf einem der Plätze. Ich dachte, warum nicht?, und ging auf sie zu. Und da bemerkte ich bei mir so etwas wie Herzklopfen. Ich sagte mir: Suzie, bist du blöd? Was ist los mit dir? Mir war ganz knieweich. Wie wenn ein Junge zum ersten Mal ein Mädchen zum Tanzen auffordert. Ich sagte mir, nur weil die so introvertiert ist, brauchst du doch kein Herzklopfen zu haben. Aber da war noch mehr, wie mir später klar wurde. Aber ich ließ mich davon nicht einschüchtern. „Ahoi", hab ich gesagt, „magst du mit mir spielen, eine halbe Stunde, und wenn's Spaß macht, auch ein bisschen länger?"

Sie sah auf und sah mich lange an. Sie ist ein dunkler Typ als ich, mit dunklen, glänzenden Augen, dichtem dunklen Haar und ein bisschen stärker als ich, fast ein bisschen pummelig, nein besser ist kurvig.

Kann man kurvig sagen?"

Arno musste lachen: „Ja, man kann kurvig sagen!" Das Wasser in der Wanne war heiß, immer noch, die Fliesen an der Wand kühl und der Sekt in den Gläsern fast noch kalt. Sie hatten sich erneut nachgeschenkt und die Flasche hielt die Temperatur, denn sie stand auf dem kalten Fliesenboden. Arno spürte ihn schon ein wenig, sie waren ja auch vom Laufen empfänglich für seine perlende Wirkung.

„Ach ja", setzte Suzie fort, „Eva sah mich also lange an. Dann lächelte sie und sagte: ‚Mit dir spiele ich gerne'. Da merkte ich, wie ich mich freute, sehr freute, verstehst du? Weißt du, wie mein Herz einen solchen Salto gemacht hat, und dabei wollte ich nichts als ein bisschen Tennis spielen. Und auf einmal so ein Gefühl! Ich hatte damals gerade für ganz schön schwere Prüfungen zu lernen und wollte nur Abwechslung, körperliche Bewegung, einfach schwitzen, rennen und so. Und dann habe ich furchtbar schlecht gespielt. Also, normal spiele ich eine Klasse besser als sie. Mindestens. Ich wusste das, denn ich hatte sie natürlich schon dann und wann spielen gesehen. Sie spielt so was wie gepflegtes Klubtennis für Damen, nein, eigentlich nicht einmal das. Ich selbst geh da beim Tennis mehr ran. Ich hab eine ziemlich harte Forehand und ich geh auch gleich nach vor. Ich kann aggressiv spielen, und die Männer spielen gerne mit mir. Aber mit ihr hab ich gespielt wie der letzte Mensch. Ganz weich und dann auch gleich sehr oft ins Netz. Spielst du Tennis, ja? Na, dann weißt du ja, was ich meine. Ich war unmöglich. Schließlich hab ich ihr vorgeschlagen, wir sollten einen Satz spielen. Ich wollte die verklemmte Situation irgendwie retten. Und dann hab ich drauflosgedroschen. Mir war die Situation wie verhext. Ich hatte eine Wut im Bauch, ich wollte das nicht. Ich kam mir albern vor, verstehst du? Also hab ich ganz aggressiv gespielt. Zuerst ging das meiste ins Netz. Aber meine Konzentration wurde besser. Und auf einmal lief es. Es hat mir plötzlich Spaß gemacht, sie rennen zu sehen. Ich wollte ihr nicht mehr ein schönes Spielchen vermitteln. Ich wollte sie schwitzen sehen und keuchen hören. Und durch Kampf bin ich wieder ins Spiel gekommen. So sagt man doch bei vielen Sportarten, oder?

Ich hatte wirklich eine Wut, auf mich und auf sie. Ich wollte sie vom Platz fegen. Und ich wurde immer besser, bis nahe zu meiner Standardform. Und es lief. Bei 6:0 habe ich gedacht, so, das reicht. Weißt du, was sie gesagt hat: Das war wunderbar, spielen wir noch einen Satz. Ich war baff. Die hat das glatt gebraucht.

Meine Wut war mit einem Mal weg. Jetzt konnte ich frei und locker spielen und sie kam auch besser hinein. Bei 4:0 hab ich sie ein Game gewinnen lassen, meine Grausamkeit war verraucht. Aber kaum hatte sie ihr Game gewonnen – und ich schwöre dir, aus eigener Kraft hätte sie das nie geschafft –, sagte sie, sie hat genug und möchte aufhören. Kommt ans Netz macht ein Shakehands und geht. Ganz verträumt und in den Gedanken irgendwo, wie es scheint. So als hätte sie mühelos alles gewonnen, ohne richtig bei der Sache gewesen zu sein. Während ich noch die Bälle aufklaube. Wir waren beide verschwitzt, aber ich war verärgert und irritiert. Das war unsportlich und egoistisch von ihr. Ja, genau so ist sie. Sie macht einfach nur das, was ihr Spaß macht. Die Gefühle anderer Menschen sind ihr scheißegal. Sie ist sozusagen nie für etwas verantwortlich. Und auch nicht für sich selbst. Ach, es ist einfach beschissen! Gib mir noch einen Sekt!"

Sie wechselten die Beinhaltung, tranken Sekt und steckten sich neue Zigaretten an. Suzie blies den Rauch zur Decke und sah ihm nach. Arno beobachtete sie eine Weile, man sah ihr eine leichte Verbitterung an. Wenn sie im Erzählen war, schien sie weitaus gelöster, als wenn sie grübelte. Arno kannte diese Zustände nach verlorenen Liebschaften, wenn die Gedanken nicht aufhören wollen, im Kreis zu gehen, wie Häftlinge im Gefängnishof. Er legte eine Hand auf Suzies Knie, das aus dem schaumigen Wasser ragte, und bat sie weiterzuerzählen.

„Ach ja", sagte Suzie, denn sie sagte gerne „ach ja". „Ich komme also zum Klubhaus. Es sitzen ein paar Leute herum, auch ihr Mann, mit einem frischen Glas Bier, angeregt plaudernd. Sie ist nicht dabei, auch ihr üblicher Platz etwas abseits ist leer. Es ist schon dämmrig, nicht mehr ganz warm. Sicher, eine Partie ginge sich noch aus, aber die Leute die da vorhanden sind, kenne ich kaum und ich habe auch keine Lust mehr. Ich bin, wie gesagt, irritiert und gehe also in die Damengarderobe, um zu duschen und mich umzuziehen. Du musst dir vorstellen, es ist dort alles ziemlich alt und vergammelt. Alles aus Holz, auch die Kästchen, wie in den alten Schwimmbädern. Es riecht nach Holz und Harz und irgendeinem Imprägniermittel. Auch nach Schweißfüssen, faulendem Laub und Mäusekot. Die Fenster sind weit oben, und es ist ziemlich finster. Das Licht fällt mehr auf die Balken als auf den Boden. Kein Mensch da, nur auf einer Bank steht eine offene Sporttasche, ihre Sporttasche. Eine ziemlich schicke natürlich, wie es sich für so eine Dame gehört. Meine ist schäbig gewesen, ich war ja nur eine Studentin. Sie selbst ist wohl schon in der Dusche. So sieht es aus. Ich öffne mein Garderobekästchen und hole mein Handtuch und das Duschgel heraus und ziehe mich aus. Mir fällt ein, dass ich sie noch nie in der Garderobe angetroffen habe und schon gar nicht in der Dusche. Wenn sie in der Dusche ist, werde ich sie jetzt nackt sehen – und sie mich. Und wieder habe ich dieses Gefühl. Du weißt schon, was ich meine. Herzklopfen zu sagen ist so unvollständig und doch treffend, findest du nicht?"

Arno musste nicken. „Weiter", sagte er.

Suzie nahm einen tiefen Zug von ihrer Zigarette, bevor sie ihre Erzählung fortsetzte.

„Ach ja, und dann bin ich also hineingegangen. Ich war ja auch noch immer verärgert über sie, diese Intimität in der Dusche war mir andrerseits also gar nicht willkommen. Ich fühlte mich zerteilt. Ich war nicht aus einem Guss, so sagt man doch? Ich war nicht ich, ich ging neben mir. Du weißt, was ich damit sagen will! Im Duschraum war es dunstig, so wie hier, vom heißen Wasser. Er war weiß verfliest, die Fliesen hatten schon Sprünge und in den Fugen war es da und dort schwärzlich, ich glaube, das ist ein Pilz. Also auch etwas vergammelt. Es gab vier Duschen nebeneinander, keine Trennwände. Ganz hinten stand sie. Wir nickten uns zu. Ich wollte weder neben ihr duschen noch ganz entfernt. Das hätte nach beleidigt ausgesehen. Also nahm ich die zweite Dusche. Ich ließ das heiße Wasser auf mich niederprasseln und es benebelte mich. Ich fuhr mir mit den Händen übers Gesicht und durch die Haare. Ich kann mich an jedes Detail erinnern. Und dann musste ich zu ihr hinübersehen. Sie stand da, die volle Front mir zugewandt, die Beine leicht gespreizt, und so wie ich fuhr sie sich mit langsamen Bewegungen mit den Händen immer wieder über den Kopf, die nassen Haare immer wieder nach hinten streichen, ins Gesicht hängen lassen und dann wieder nach hinten streichen. Ich hatte das nicht erwartet, dass sie so dastand, und wandte meinen Blick wieder ab. Aber nach wenigen Augenblicken musste ich wieder nach ihr sehen und sie stand unverändert da. Sie sah mich von meiner Seite. In der dampfigen Luft sah ich ihr dunkles Dreieck und ihren Bauch. Über ihre Brüste wanderte mein Blick hinauf. Ich bildete mir ein, das Glänzen ihrer dunklen Augen zu sehen, und ihr Mund schien halb offen. Sie sah mir nicht ins Gesicht, sondern starrte auf meinen Körper. Dann sah sie mir doch kurz in die Augen, um gleich wieder auf meinen Hintern zu starren, der ist ganz schön knackig, als wollte sie, dass ich sie dabei beobachtete, wo sie hinstarrte, wie sie hinstarrte. Ich hatte bis dahin noch nie eine Frau so schauen gesehen. Und ich wusste, dass ich genauso schaute."

Suzie hatte von der Hitze des Bades Schweißperlen auf der Stirn. Sie hatte ihre Hand langsam unter der Oberfläche des trüben Badewassers Arnos Oberschenkel entlangwandern lassen und begann mit seinem Schwanz zu spielen. Auch er tastete nach ihr und fühlte, dass auch sie erregt war.

„Erzähl weiter", sagte Arno.

„Ach ja. Und dann habe ich mich ihr zugewandt, ich wollte, dass sie mich genauso sah, meine Schamhaare, meine Brüste und so. Dann habe ich mein Duschgel genommen und begonnen, mich einzuseifen, ganz langsam und überall. Und sie hat es genauso gemacht, und wir haben uns ununterbrochen angestarrt. Der weiße Schaum ist über unsere Körper geronnen. Es war sehr aufregend. Wir haben kein Wort verloren. Plötzlich hat sie sich aus ihrem Stand gelöst, ist auf mich zugegangen und hat gesagt, ich soll mich umdrehen. Ich habe mich umgedreht und sie hat mir ganz langsam den Rücken eingeseift. Ihre Hände sind ganz langsam hinuntergewandert und ich wollte schon schreien: ‚Greif endlich fester!' Dieses Hinunterwandern ihrer Hände über meinen Rücken war quälend langsam und zugleich herrlich, denn es waren ja ihre Hände. Verstehst du, es hätte jederzeit jemand hereinkommen können, es waren noch ein zwei andere Frauen am Platz, glaube ich, oder die Frau des Platzmeisters hätte kommen können, um den Duschraum zu reinigen. Es war verrückt. Jederzeit hätte wer kommen können!

Und sie fährt mir dann einfach zwischen die Arschbacken und ich fange an zu stöhnen. Nicht unwillkürlich, sondern absichtlich, um sie anzufeuern, verstehst du? Dann bricht sie ab und sagt: Seif mich auch ein. Und dann alles umgekehrt. Und sie stöhnt auch, genau bei derselben Stelle wie ich. Ach ja."

Arnos Schwanz stand in der Umklammerung ihrer Finger, und über den seinen war sie angeschwollen.

„Schließlich standen wir einander zugewandt und sie gab mir einen Kuss, ganz zart und schüchtern, nach alldem, was schon passiert war, plötzlich wieder ganz schüchtern, verstehst du, es war alles wie elektrisch, und dann fragt sie mich, ob sie mich nachhause bringen darf. Na klar sag ich ja. Ich hatte nur eine winzig kleine Wohnung, aber egal. Ich schwöre dir, wir sind auseinander gegangen und haben fertig geduscht, als wäre nichts gewesen. In der Garderobe hat sich jeder für sich die Haare frottiert und geföhnt und all das ohne ein Wort. Nicht einmal angesehen haben wir uns. Aber was hätte ich sagen können. Verstehst du? Aber wir haben uns so was von nicht angeschaut, dass ich schon Angst bekommen habe, es ist alles schon wieder vorbei."

Arno nickte. Da läutete das Telefon. Sie ließen einander los. Arno überlegte: sich aus der Badewanne winden, klitschnass ins Wohnzimmer laufen oder sich vorher zwar abtrocknen, aber dann zu spät zum Telefon kommen. Jedenfalls alles in Hast, und dabei war er schon beduselt. Es hätte ihn auch hinschmeißen können in der Eile. Aber wer konnte das jetzt auch schon sein? Samstagnachmittags? Tina, jetzt, wäre besonders ungelegen gewesen, Tonia allerdings auch. Aber das war natürlich unwahrscheinlich.

„Willst du nicht hingehen?", fragte Suzie. Arno winkte ab. Nach dem vierten Mal Klingeln schaltete sich das Band ein. Dann hörte man, vom Badezimmer aus, sehr undeutlich, dass jemand kurz eine Nachricht sprach. Dann schwieg der Apparat.

„Eine Frauenstimme", stellte Suzie fest und hob vielsagend die Augenbrauen. Arno zuckte mit den Achseln, als sei ihm das gleichgültig. Es war nicht Tina gewesen, so viel hatte er vom Sprachrhythmus erkannt. Jetzt bemerkten sie beide, dass das Wasser in der Badewanne kühl geworden war. Sie öffneten den

Zuflusshahn und ließen heißes Wasser ein. Gleichzeitig öffneten sie für kurze Zeit den Stöpsel des Abflusses und ließen Wasser ab, um nicht eine Überschwemmung zu verursachen. Dazu bedurfte es einiger Verrenkungen. Dann verteilten sie den restlichen Inhalt der Sektflasche auf die beiden Gläser und stießen noch einmal an.

„Und?" Arno griff die Geschichte wieder auf.

„Schon fast angezogen hat sie mich dann doch plötzlich gefragt, wo ich wohne. Und ich soll auf dem Parkplatz auf sie warten. Ich war überglücklich, es war doch kein Traum gewesen. Ich ging also langsam zum Parkplatz, während sie noch zu ihrem Mann ging, der anscheinend auf einem der Plätze war, um das übliche Abenddoppel zu spielen. Es stellte sich heraus, dass sie und ihr Mann jeder mit seinem eigenen Wagen gekommen waren. Er hat ziemlich viel Geld, glaube ich. Jedenfalls sind wir zu mir gefahren. Schweigend. Nachdem sie zuerst die Initiative ergriffen hatte, war jetzt ich dran. Ich wollte während der Fahrt die Hand auf ihren Oberschenkel legen, ihre Nackenhaare kraulen, irgend so was. Aber ich war nicht im Stande. Ich war paralysiert. Ich hatte das Gefühl, das geht jetzt schief. Aber es ging nicht schief. Obwohl wir nichts miteinander sprachen, bis wir bei mir waren. Als wir in meinem Zimmer standen, hat sie zu mir gesagt: ‚Zieh dich aus' und hat sich in demselben Abstand zu mir aufgestellt wie in der Dusche. Und begonnen, sich selbst auszuziehen. Schließlich waren wir wieder nackt und standen uns gegenüber. Die Kleider lagen am Boden. Und alles war wieder so wie in der Dusche. Nur noch viel, viel aufregender. Denn wir wussten, dass niemand kommen konnte und wir alles miteinander tun würden können, was wir nur wollten. Ach ja."

Suzie nahm sich eine Zigarette und begann, wieder rauchend, zu grübeln. Arno wollte nicht, dass sie in einen bösen, jenseitigen Raum abglitt und drängte: „Na, und weiter?"

„Ach ja", sagte Suzie, „was soll ich dir sagen: Es war wunderbar. Nicht, weil sie eine Frau ist und es für mich eine neue Erfahrung war. Nicht, weil sie – wie sagt man – so gut im Bett ist. Nein, nur weil sie sie ist, ich meine sie selbst. Es hat nichts damit zu tun, dass sie eine Frau ist. Verstehst du mich? Oder

doch? Nein, wenn ich ihr zwischen die Bein.
egal, was ich da finde, Hauptsache, es gehört ih.,
weißt du, ihre Stimme, ihre Bewegungen, ihre h.
ihre unentschlossene Art, durchs Leben zu gehen. Da
ihre bis jetzt unentschlossene Art, denn jetzt hat sie sich ja
schlossen."

„Was heißt das?", wollte Arno sofort wissen.

„Moment mal, ich erzähl noch weiter. Also, von da an haben wir begonnen, uns regelmäßig zu treffen. Ich hatte damals in Prag einen losen Freund, der war zum Beispiel prima im Bett und unkompliziert. Seine Abwesenheit war ebenso unbelastend wie seine Anwesenheit. Natürlich war das auch ein bisschen langweilig. Aber wir haben uns, kann man so sagen, ausreichend selten gesehen, sodass wir uns nie wirklich auf die Nerven gegangen sind. Manchmal habe ich mir sogar gedacht: Der ist der ideale Mann. Ich bin eine Zeit lang parallel gefahren, so sagt man doch, oder? Ach ja. Aber Eva hat mich geradezu hypnotisiert. Mein Freund ist mir rasch gleichgültig geworden. Oder noch gleichgültiger, als er mir vielleicht schon war. Schlimm in Wirklichkeit irgendwie, oder? Aber umgekehrt hatte Eva auch nicht viel Zeit für mich, nämlich als verheiratete Frau. Und ihr Mann ist von der besitzergreifenden Art. Immer muss er wissen, wo sie ist, was sie macht und vor allem mit wem. Und wann sie endlich nachhause kommt, auch wenn er selbst gar nicht zuhause ist, schrecklich. Ich glaube, das war der Grund, warum er ihr ein Mobiltelefon geschenkt hat. Es war eines der ersten in ganz Tschechien, kommt mir so vor. Na, mal sehen, dachte ich mir. Ach ja. In dieser Zeit hat mein Freund ein anderes Mädchen kennen gelernt, sehr verständlich. Ich war ja wirklich nicht mehr voll bei der Sache. Aber verlieren wollte ich ihn auch nicht. Aber als er dann so halb und halb mit mir Schluss machen wollte, habe ich um ihn zu kämpfen angefangen. Ich weiß heute nicht, warum, es war ein Reflex. Ich habe mich nicht besonders gut gefühlt dabei, jedenfalls habe ich Eva kaum noch gesehen. Zunächst schien die Sache nur auf Eis zu liegen. Als sie mich aber dann wochenlang nicht mehr angerufen hat, wusste ich es: Ich will nicht ihn, ich will sie!"

Sie tranken den letzten Rest aus ihren Gläsern, ließen erneut etwas heißes Wasser ein und rauchten sich Zigaretten an. Die Luft war inzwischen dementsprechend, dem Wasser war die Kraft eines frischen Bades längst abhanden gekommen, und beide spürten, dass sie nicht mehr lange darin verweilen wollten. Also, noch eine letzte Zigarette.

„Es war für mich eine schlimme Zeit. Der Kampf um meinen Freund war sinnlos, denn ich hätte ihn gewinnen können, aber in dem Maße, in dem mir das klar wurde, verlor ich endgültig das Interesse daran. Vielmehr begann mich Evas Schweigen zu quälen, und ich erkannte, dass alles nur eine Inszenierung von mir war. Ich hatte Eva gewinnen wollen, indem ich mich von ihr scheinbar abwandte. Es war alles unbewusst, ich schwöre es. Und es hat nicht funktioniert. Zum Schluss hatte ich alles verloren. Mein Freund war weg und Eva auch. Ich war also allein. Das heißt, ich habe mir die Nächte um die Ohren geschlagen, ja, so sagt man, das weiß ich, stimmt's oder nicht?"

Arno nickte.

„Gut", fuhr sie fort. „Zuletzt wusste ich, ich würde sie sicher irgendwann anrufen, aber ich wollte es hinauszögern. Ich beschloss, jetzt alles für sie und für diese Beziehung zu tun. Ich hörte auf, zu rauchen und zu saufen. Gleichzeitig beendete ich alle diese halben Sachen, die ich da laufen hatte, verstehst du? Gut, einige waren das, aber egal. Ich begann zu laufen. Ich wollte total fit sein. Ich konzentrierte mich wieder auf mein Studium. Ich studierte damals an einer privaten Wirtschaftshochschule in Deutschland. Ich hatte ein Stipendium, den Rest finanzierte mir mein Onkel, du weißt schon, der so ehrgeizige Pläne mit mir hat. Er hat selber keine Kinder, das ist einer der Gründe. Ich hatte alle Hände voll zu tun, um die Kriterien für das Stipendium noch zu erfüllen, ich hatte ja wochenlang nichts getan, war mehr in Prag als auf der Uni und musste schauen, dass ich zurecht kam. Es vergingen etliche weitere Wochen. Von Eva kam keine Nachricht. Endlich hatte ich meine Ziele erreicht: Das Semester war gerettet, ich war fit und clean, ich fühlte mich gut. Ich war so weit. Ich nahm Urlaub und fuhr heim. Ich rief sie nun immer wieder mit verdeckter Nummer auf ihrem Handy an, aber es war abgeschaltet. Eine

Nachricht auf der Box wollte ich noch nicht hinterlassen. Was ist, wenn sie auch darauf nicht antworten würde? Das kam für mich nur als allerletzte Möglichkeit in Betracht. Aber normalerweise schaltete sie ihr Handy nicht ab, ihr Mann wollte sie ja immer erreichen können. Eine Gewohnheit war durchbrochen. Irgendetwas war passiert.

Ich fuhr also zum Tennisplatz. Es war ein Tag, an dem sie üblicherweise oft dort waren. Als Ehepaar, ach ja. Ich musste natürlich mit peinigenden Fragen meiner Bekannten dort rechnen. Na klar, wo ich so lange geblieben war und so weiter. Aber mein Auslandsstudium war immer eine komfortable Erklärung. Ach ja, also das war zu schaffen.

Gut, ich komme also hin, mit Herzklopfen, du verstehst? Ja, Herzklopfen, und wie! Du bist doch nicht fünfzehn, sage ich mir mal. Komm, wir müssen jetzt aber wirklich aus der Wanne."

Arno verließ das erkaltende Bad als Erster und holte Handtücher. Er besaß auch einen zweiten, wenn auch nicht gerade modischen Bademantel, aber auf Äußerlichkeiten kam es jetzt nicht an. Die Heizung hatte die Wohnung inzwischen fast in ein Glutnest verwandelt und konnte durchaus zurückgenommen werden. Während sich Suzie die Haare föhnte, räumte Arno im Wohnzimmer den Tisch ab, trug die Sandwiches vom Anker auf und legte eine CD von Kruder und Dorfmeister ein. Schließlich fand sich auch eine Kerze. Er zündete sie an, ließ das Wachs auf eine Untertasse tropfen und stellte sie auf den Tisch. Der Herbst und der Nachmittag waren schon fortgeschritten, der Himmel verhangen, es gab nichts, was drängte. Sie hatte ihn immerhin schon einmal erregt erlebt und das gab ihm ausreichend Ruhe und Sicherheit. Aber das Gespräch hatte sie ja schon viel weiter getragen, als dass männliche Ängste noch einen Platz im Vordergrund zu suchen gehabt hätten. Dass sie sich aus dem Hintergrund nicht immer ganz verscheuchen lassen würden, das wusste Arno inzwischen.

Suzie erschien duftend, rauchend und die Haare halbfeucht. An ihrem Körper, den Gürtel fest geschnürt, bekam der alte, viel zu große Bademantel in seinem für ihn wohl ungewohnten Faltenwurf einen exquisiten Schick.

„Ahoi, wo ist der zweite Sekt?" Ohne eine Antwort abzuwarten, ging Suzie zum Kühlschrank und fischte denselben aus dem Tiefkühlfach.

„Hoffentlich müssen wir ihm nicht mit einem Pickel zu Leibe rücken", sagte Arno.

„Mit einem was?", fragte Suzie, und er bemerkte, dass es das erste Wort war, das sie nicht verstanden hatte. Arno, der in seiner Jugend ein bisschen Bergsteigen gegangen war und es als eine Ehrensache ansah, noch immer bei seiner Alpenvereinssektion einen ansonsten ungenützten jährlichen Mitgliedsbeitrag zu zahlen, kramte im Vorzimmerkasten und konnte ihr nicht ohne Stolz sogar einen echten Eispickel zeigen, während sie, ohne Zweifel schon beschwipst wie er natürlich auch, die Zigarette zwischen den Zähnen, die Flasche entkorkte. Gefroren war der Sekt noch nicht.

Sie saßen in ihren Bademänteln einander gegenüber, prosteten sich zu und rauchten noch, bevor sie zu essen begannen. Sie scherzten kurz über dieses und jenes, vorwiegend über sich selber, und fanden da auch mühelos Stoff zum Scherzen. Kichernd und mit Heißhunger verschlangen sie die Brötchen und lutschen sich die Ei- und Tomatenreste von den Fingern. Zum Schluss mussten sie sich Gesichter und Finger abwaschen, umarmten sich dabei und küssten sich mit zunehmender Leidenschaft. Und dennoch zog es beide mehr zum Tisch, wo der Sekt und die Zigaretten warteten, als ins Bett. Wahrscheinlich, dachte Arno, und das wusste wohl jeder für sich, dass das kein gutes Zeichen war, aber ebenso versuchte vermutlich jeder sich im Stillen zu beruhigen: nur heute noch, ein letztes Mal rauchen, saufen.

Und so saßen sie sich wieder gegenüber, die nächsten Zigaretten zwischen den Fingern. Nichts stand auf dem Tisch, was die Geradlinigkeit ihrer Laster störte, denn für die Kerze traf das ja nicht zu.

„Also", begann Arno, „du kommst nun zum Tennisplatz, mit Herzklopfen verständlicherweise. Und?"

„Ach ja", Suzie nahm einen tiefen Zug von ihrer Zigarette, „sie ist nicht da. Ich bin erleichtert und enttäuscht zugleich. Eigentlich ist niemand da, den ich gut kenne. Aber ich finde drei

Herren, die wen vierten für ein Doppel brauchen. Keiner unter fünfzig, aber gute Tennisspieler. Scharmant und zuvorkommend. Ich denke mir, Tennis ist besser als nichts. Einmal fliegt ein Ball über den Zaun. War ein sehr verwegener Lop. Ich renne raus, um ihn zu holen, und sehe auf einem etwas entfernteren Platz ihren Mann spielen, den Ingenieur. Natürlich gucke ich noch, mit wem er spielt. Es ist irgendwer, ein anderer Mann, kenne ich nicht. Gut, ich spiele also weiter, wieder mit Herzklopfen. Als die Stunde um ist, sehe ich ihn Richtung Klubhaus gehen. Ich erkläre meinen älteren Herren, ich sei zu müde, um eine zweite Stunde anzuhängen. Ich will auch nur zum Klubhaus."

„Wusste der Ingenieur von eurer Beziehung?", unterbrach Arno.

„Nein, natürlich nicht. Er glaubte damals, dass wir nur lose befreundet wären, das schon. Das war ja auch für unsere Treffen wichtig. Sie hat alles getan, um ihn in jeder Richtung in Sicherheit zu wiegen. Auf dem Weg zum Klubhaus war mir ganz knieweich, so sagt man auch, nicht wahr? Ich hatte vor, ihn so ganz nebenbei nach ihr zu fragen. Aber nicht notwendig! Da steht sie schon. Nicht im Tennisdress. Und ich sehe auf den ersten Blick, sie ist schwanger."

„Und? Was hast du empfunden?"

„Am liebsten war mir in diesem Moment, ich wäre auch schwanger gewesen. War ich aber nicht. Ich weiß nicht, ich war verwirrt. Dann erblickte sie mich und alles war wieder da, mit einem Schlag. Auch bei ihr, das sah ich sofort. Ach ja."

„Wie ging es weiter?"

„Ja, wie ging es weiter? Als schwangere, verheiratete Frau war sie über jeden Verdacht erhaben. Sie kam noch am selben Tag zu mir und wir liebten uns wie nie zuvor. Kann man das so sagen? Ich kam wieder nach Prag, sooft ich konnte, und wir trafen uns dann, sooft sie konnte. Wir küssten uns auch in der Öffentlichkeit und gingen Arm in Arm auf der Straße. Sie war ja schwanger, und jetzt hatte das einen ganz anderen Anschein. Wir haben das total genossen, verstehst du?"

Arno nickte.

„Hinter den Kulissen liebten wir uns mit Leidenschaft und Zärtlichkeit. Und ich freute mich mit ihr auf das Baby. Ihrem

Mann war diese Sache wohl schon damals nicht ganz geheuer. Sie schlief nämlich nicht mehr mit ihm, natürlich zunächst unter Vorwänden, die mit der Schwangerschaft zu tun hatten. Als das Baby kam, war ich in Deutschland und die folgenden Monate auch. Das junge Mutterglück vertrug sich doch nicht ganz mit unserer Beziehung. Ich hatte das selbst so eingerichtet, ich wollte dem Ereignis und dem ganzen Rundherum dann doch lieber aus dem Weg gehen. Ach ja, zu ihrem Mann wurde es für sie wieder enger, nicht wirklich sexuell, aber emotionell. Es war das Familiengefühl. Da war ich natürlich jetzt ausgeschlossen. Aber damals war ich klug genug, das so zu akzeptieren, wie es war. Ich war selten in Prag und arbeitete an meinem Studium und an meinem Weiterkommen. Wenn ich aber nach Prag kam, trafen wir uns, oft nur für ein, zwei Stunden, und liebten uns heiß. Es hatte eine Selbstverständlichkeit angenommen, und jeder von uns war im Stande, sein Leben darauf einzurichten."

Die Geschichte erforderte eine gewisse Konzentration, und sie ließen jetzt von ihren Genussmitteln ab. Arno saß seitlich leicht über die Sessellehne gebeugt, das Kinn in die Handfläche gestützt, Suzie zurückgelehnt, ein Bein angezogen, die Arme darüber verschränkt.

„Ein stabiler Zustand, oder?", bemerkte Arno.

„Ach ja, schon. Eine Zeit lang. Aber was hatten wir für Perspektiven? Wir konnten nun nicht mehr so vertraut tun in der Öffentlichkeit, ganz abgesehen davon, dass ihre Zeit wegen des Babys sehr knapp war. Und ihr Mann wollte nun ein zweites Kind. Ich denke, er wollte es, auch um endlich wieder mit ihr zu schlafen. Ist doch normal, oder?"

„Wie ist er denn sonst?"

„Sagen wir, ein netter Kerl. Alles andere wäre gelogen. Jedenfalls oberflächlich betrachtet. Sicher, er ist karrierebewusst, aber das bin ich ja auch. Und er hat ein ganz konventionelles Bild von seinem Leben, von seiner Beziehung, von Evas Rolle in seinem Leben. Sie mit Kindern zuhause, sie wartet auf ihn, wenn er aus der großen, weiten Welt zurückkommt. Sie soll ihn mit offenen Armen empfangen. Das Essen dampft auf dem Tisch, und über das Leintuch sind Rosenblätter gestreut. Und:

Wer hat nicht oft genug Augenblicke, wo er sich so etwas nicht auch in seinem Leben wünschen würde? Du nicht? Ich habe solche Momente, ach ja, ich gestehe, Herr Kommissar."

Suzie blies die Luft lange und gleichmäßig mit vibrierenden Lippen und geblähten Backen wie ein Barockengel heraus, die Luft, den Nachgeschmack des Alkohols, des Rauchs und einer schwierigen Zeit, eines Kampfs an der Kippe.

„Wir haben immer mehr und mehr geredet, zerredet, die knappe Zeit, die wir miteinander hatten. Immer weniger im Bett, immer mehr in Kaffeehäusern. Es wurde immer theoretischer, trockener. Das Kind, mit seinen natürlichen Ansprüchen, der fordernde Mann, ihr Beruf, den sie wieder aufgenommen hatte, was blieb da für mich übrig? Zuletzt ist unsere Liebe daran zerbrochen. Und es war eine große Liebe, glaubst du mir?"

Plötzlich begann Suzie, hemmungslos zu weinen. Arno, zunächst hilflos, stand auf, ging um den Tisch, beugte sich zu ihr und begann, sie etwas hölzern zu streicheln. Sie drehte sich zu ihm, warf ihre Arme um seinen Körper, presste ihr Gesicht dagegen und schluchzte bitterlich. Auch Arno spürte, wie ihm das Wasser in den Augen stand. Er schämte sich ein bisschen. Seine Hände glitten immer wieder, fast mechanisch, über ihr Haar.

Nach einer Weile wurde sie ruhiger und hob ihren Kopf, ihr verweintes Gesicht zu ihm, und sie küssten sich. Dann ging Arno wieder auf seine Seite des Tisches, setzte sich und zündete sich eine Zigarette an. Suzie stand gleichfalls auf, ging auf die Toilette und kam zurück mit Klopapier in der Hand, mit dem sie sich offenbar die Augen getrocknet hatte. Dann schnäuzte sie sich damit und steckte es in die Seitentasche des Bademantels. Sie wirkte hinreißend und unerreichbar auf Arno. Auch sie steckte sich jetzt wieder eine Zigarette an, und sie tranken weiter Sekt. Es war noch genug in der Flasche.

„Und jetzt?", nahm Arno den Faden wieder auf.

„Jetzt? Jetzt ist es aus. Sie hat Schluss gemacht."

„Wann?"

„Vor ein paar Tagen."

„Wie?"

„Ich habe sie angerufen, denn ich wollte nächstes Wochenende nach Prag fahren, und natürlich wollte ich sie treffen. Das ist nicht immer so einfach, schon allein wegen des Babys. Es bedarf einer gewissen Vorbereitung. Im Prinzip kein Problem, schaffen wir schon, haben wir immer schon geschafft. Ich darf nur nicht enttäuscht sein, wenn es nur eine Stunde ist. Reine Frage der Selbstdisziplin. Ich ruf sie also an. Beide waren wir nicht so gut drauf. Plötzlich knüpfen wir an einen früheren Streit an und sind schon mitten drin. Keiner will das. Und keiner findet im Moment raus. So denke ich zumindest. Da wird sie ganz kühl, ganz anders, und es bleibt mir nichts übrig, als zu fragen, ob sie am Ende jetzt Schluss machen will. Sagt sie glatt, ja. Ich sag, na gut, und leg auf. Das war's fürs Erste. Zwei Tage später hab ich es nicht mehr ausgehalten. Solche Szenen hatten wir schon zweimal, ich habe gehofft, es sei wieder nur so was. Umso schöner wird die Versöhnung werden. Ich ruf sie also noch einmal an, aber sie bleibt dabei. Sie sagt: Jetzt geht es ihr besser, kein schlechtes Gewissen mehr, keine Lügen, sie kann sich jetzt voll auf ihren Mann konzentrieren. Und das will sie jetzt auch. Endlich, sagt sie noch, stell dir vor, sie sagt: Endlich kann sie sich jetzt auf ihren Mann konzentrieren."

„Sie wollte dir wehtun damit."

„Ja, kann sein."

„Aber dann hat sie noch Gefühle für dich."

„Wird schon so sein." Suzie blies den Rauch schräg hinauf und versuchte, sich einen abgeklärten Gesichtsausdruck zu verpassen.

„Und du?"

„Na, was glaubst du?" Arno war fast entfallen, wie bitterlich sie zuvor geweint hatte.

„Aber schau mal", sagte Suzie, und zum ersten Mal erkannte er in ihrer Stimme etwas leicht Verwaschenes, Stolperndes. Der Sekt. „Sie hat ihr Kind, einen Mann, der sie liebt, auf seine Art, den sie vielleicht liebt, auf ihre Art, natürlich, anders geht's ja nicht, ihre Welt. Soll es ihm so gehen wie mir? Ich kann ihm das nicht wünschen. Ich kann es ja genau genommen niemandem wünschen. Und so ist es das Beste, ich werde alleine damit fertig." Sie zog das Klopapier hervor und schnäuzte sich sehr feucht und grobblasig. Dann zog sie wie ein kleiner Clown für einen Augenblick die Mundwinkel in die Höhe und zuckte mit den Schultern. Dann erhob sie sich, öffnete ein Fenster und stand, die Arme verschränkt, da im feuchtkalten Luftzug, den Blick ins Unbestimmte gerichtet.

Die frische Luft tat ihnen gut. Nach geraumer Zeit, eigentlich als sie schon zu frösteln begannen, schloss sie das Fenster.

„Wir müssen unseren Lebensstil ändern", sagte sie, setzte sich wieder hin und rauchte sich eine an. „Du auch. Wenn wir so weiter machen, sind wir in einem Jahr tot."

„Ich früher, weil ich älter bin", entgegnete Arno.

„Dafür vertrage ich weniger, weil ich eine Frau bin. Wenn ich so weiter mache, hole ich den Altersunterschied spielend auf." Beim Wort „spielend" verhaspelte sie sich und schaffte es erst im dritten Anlauf. Sie mussten beide lachen.

„Aber heute ist noch heute, oder?"

Arno nickte.

„Dann brauchen wir noch eine Flasche, sonst sind wir nur halbbesoffen, und das ist das Schlimmste!", rief Suzie.

„Um die Ecke, nicht weit, ist eine Tankstelle", sagte Arno, „ich hol uns noch eine."

„Du bist ein Engel, wird sie kalt sein?"

„Mal sehen", sagte Arno und checkte die Zigaretten.

„Ein Päckchen mehr kann nicht schaden", meinte Suzie. Arno war schon beim Anziehen.

„Hast du Fotos von deiner Tochter? Und von deiner Ex?"

Arno nickte.

„Ich mag sie sehen!" Arno fand nach kurzem Suchen zwei Fotoalben im Bücherregal und reichte sie Suzie. Sie setzte sich an den Tisch und schlug eines auf. Schon im Gehen wandte er sich noch einmal zurück, blickte ihr über die Schulter und erläuterte ein wenig, was gerade zu sehen war: Urlaubsbilder aus Spanien vor fünf oder sechs Jahren. Dann gab er Suzie einen Kuss.

„Pass auf dich auf", sagte sie.

Der Weg zur Tankstelle, wo Arno tatsächlich eine Flasche kalten Sekt bekam, Zigaretten natürlich auch, gestaltete sich für ihn zu einem kleinen Spaziergang an Deck bei spürbarem

Seegang. Als er zurück war, saß Suzie da und starrte rauchend vor sich hin. Die Alben hatte sie offenbar nur überflogen.

„Ahoi!", rief sie, „ist die Flasche kalt?"

„Ja, genau richtig."

„Super!", rief Suzie. Arno stellte den Sekt in den Kühlschrank, denn noch hatten sie die zweite Flasche nicht ganz ausgetrunken. Dann zog er sich aus. Suzie beobachtete ihn mit leicht glasigem, aber unverhohlenem Blick. Er spürte, dass er auf diesen Blick Wirkung zeigte. Aber dennoch zog es ihn wieder mehr zur Flasche an den Tisch als ins Bett, und er schlüpfte in den Bademantel, der achtlos am Boden lag.

Sie verteilten sorgfältig den Rest der zweiten Flasche, und Arno rauchte sich eine Zigarette an.

„Warum ich saufe, weiß ich", begann Suzie, „aber du?"

„Saufe ich? Na ja, jetzt schon, aber sonst?"

„Doch, du säufst, ich habe dich beobachtet, ich kenne mich da aus, glaub mir."

Arno war unangenehm berührt, wenn auch bereits nur von fern, aber er war es doch. Er wusste, dass sie Recht hatte.

„Nur heute noch!"

„Natürlich, gilt ja auch für mich. Prost!" Sie stießen auf den guten Vorsatz an.

„Aber du hast mir noch immer nicht gesagt, warum du säufst." Sie beharrte. „Auch so ein Kummer?"

„Nein", erwiderte Arno, „so einer nicht. Ich weiß es nicht, eine schlechte Gewohnheit wahrscheinlich."

„Einsamkeit?"

„Ach Suzie, bohr da nicht herum. Ich glaube mein Alter ist für Männer jenes, in dem sie mehr trinken als sonst. Man glaubt, man kann es sich jetzt erlauben. Man hat schon was geleistet, schon genug geleistet. Man hat es sich verdient, sozusagen. Es gehört einfach dazu. So glaubt man. Reden wir ruhig einmal darüber, aber nicht jetzt. Jetzt noch nicht."

Suzie sah ihn ernst an, aber nur kurz. Dann legte sie ihre Hand auf die seine und begann, hellauf zu lachen. Schließlich musste auch er lachen.

Wieder begannen sie, über sich selbst zu scherzen. Arno bekannte sich spaßeshalber zu seiner Trunksucht, Suzie ebenso, und sie malten sich schaurige Verläufe derselben aus, was man so als „in der Gosse landen" bezeichnet.

Bald war die dritte Sektflasche geöffnet. Zwischendurch hatte Arno eine Flasche Grappa, die im obersten Küchenregal verstaubte, aufgestöbert. Schnaps trank er normalerweise nicht, aber jetzt war alles egal, und sie kippten also zur Abwechslung auch von dem Grappa. Das erinnerte Suzie wiederum an einen Wochenendtrip mit ihrer Eva nach Italien, den einzigen, zu dem sich einmal die Gelegenheit ergeben hatte. Und weitere Erinnerungen sprudelten aus ihr, es musste so vieles heraus. Immer wieder lobte sie jetzt Arno, dass er ein so guter Zuhörer sei. Einmal kam sie noch darauf zurück, wie schade es wäre, dass er so gar nichts von sich erzählen wolle, aber sie schränkte auch ein, dass sie selbst jetzt wohl auch nicht mehr sehr empfänglich für anderes sei. Arno bestärkte sie darin, nur frei weg von der Leber über ihren eigenen Kummer und alles, was damit zusammenhing, zu reden. Schließlich, schon mit sehr schwerer Zunge, beschworen sie eine Wende. Ja, eine solche würde kommen, und sie listeten einander alles auf, was nur so für diese Wende zu Suzies Gunsten sprach, ja im Entferntesten nur irgendwie dafür sprechen konnte. Je fantastischer die Spekulationen wurden, umso wahrscheinlicher erschienen sie ihnen jetzt. Suzie überraschte Arno, sofern sein Zustand noch Überraschungen zuließ, mit genauen Kenntnissen über Sternzeichen und Horoskope und damit, wie Evas und ihr Sternzeichen zusammenpassten und was von Evas und ihrem Jahreshoroskop zu erwarten wäre. Es belebte sie beide derart, dass sie erst im Aufstehen, als sie wieder das Fenster zum Lüften öffnen wollten, merkten, wie betrunken sie schon waren.

Arno hätte etwas Essbares vom Shop in der Tankstelle mitnehmen sollen, so fand sich aber nur schon ziemlich vergammeltes Salzgebäck, das sie aber mit Gier und Genuss verschlangen.

Der Spiegel in der Grappaflasche war im Sinken, was vom Sekt noch vorhanden war, floss beim Ausschenken schon etwas daneben, und dass der Inhalt des Aschenbechers sich häufte, störte nun nicht mehr.

Irgendwann landeten sie im Bett, küssten sich in einer schlampigen Leidenschaft, die ihre Versprechen nicht mehr einlösen konnte, und mussten sich bald aus ihrer versuchten Umarmung lösen, denn sonst hätten sie beide keine Luft mehr bekommen. Sie atmeten beide schwer, wie sie so dalagen, jeder in seinem eigenen, einsamen Karussell, den Druck von hundert Aschenbechern auf der Brust.

Irgendwann gegen fünf musste Arno aufs Klo. Anschließend wusch er sich und putze sich die Zähne. Das für solche Zustände übliche Grausen vor sich selbst hatte sich noch nicht eingestellt. Dazu war er noch zu betrunken. Er ging in die Küche und goss sich ein Glas Orangensaft aus dem Kühlschrank ein.

Als er so dastand, mit einem Arm schwer auf den Herd gestützt, und in Absätzen den viel zu kalten Saft trank, hörte er die Klospülung. Bald darauf stand Suzie neben ihm. Vorsichtig nahm sie ihm das Glas aus der Hand und nahm ein paar Schlucke. Dann stellte sie das Glas ab, fasste ihn bei der Hand und sagte: „Komm!"

Als Arno wieder aufwachte, konnte er sich nur bruchstückhaft erinnern. Er wusste, dass es schön gewesen sein musste und es lange gedauert hatte, weil sie sich wie in konzentrischen Kreisen bewegt hatten. Er drehte sich um, aber der Platz neben ihm war leer. Er lag lange auf dem Rücken und lauschte. Außer fernem, sporadischen Straßenlärm war nichts zu hören. Schließlich stand er auf. Sie war nirgends mehr zu finden. Auf dem Tisch im Wohnzimmer lag ein Zettel: Danke für alles! Bis nächsten Samstag? Aber keinen Alkohol und keine Zigaretten bis dahin! Bussi! Suzie.

Arno musste schmunzeln. Es tat gut. Nun, er wollte sich, so gut es ging, daran halten. Er begann, sich einen Kaffee zu kochen und mit nicht immer gerichteten Handbewegungen zusammenzuräumen. Neben dem Aschenbecher lag noch eine offene Zigarettenschachtel mit fünf Zigaretten. Gut, die sollten die letzten sein. Mit einem vollen Häferl Kaffee setzte er sich an den Tisch und rauchte sich die erste an. Suzies leerer Sessel stand ihm gegenüber und etwas zur Seite gedreht. Beim Aufstehen hatte sie ihn wohl in diese Stellung verschoben, wahrscheinlich mit ihrem Hintern. Arno versuchte, den vergangenen Abend Revue passieren zu lassen, und bemerkte, dass er ohne eine Aspirin-C-Brausetablette an diesem Tag wohl nicht auskommen würde. Erst dachte er, es sei sein Kopf, als er merkte, dass es im Raum pulsierte. Dann fuhr er reflexartig herum: der Anrufbeantworter! Jetzt fiel ihm wieder ein, als sie in der Badewanne gesessen hatten, hatte es einen Anruf gegeben. Er setzte sich neben das Telefontischchen und drückte den Knopf. Es war Tonia.

„Hallo, Herr Arno! Ich hoffe sie genießen den Laufsport und waren aber auch beim Arzt deswegen. Alles Gute weiterhin!" Aus.

Arno hörte sich den Spruch vier, fünf Mal an. Ihre Stimme klang fröhlich, fast ausgelassen. Und zugleich endgültig. Nichts ließ auf weitere Anrufe schließen. Höflichkeitshalber, so klang es, hatte sie sich noch einmal gemeldet. Irgendwie war es ziemlich enttäuschend. Dann fiel Arno der Anrufszeitpunkt in den Sinn, Samstagnachmittag. Hatte das was zu bedeuten? Weil sie gerade ungestört war? Oder saß ihr Zeitung lesender Mann ohnehin daneben? Oder hatte sie sich erwartet, ihn gerade zu diesem Zeitpunkt zu erreichen? Oder umgekehrt, ihn nicht zu erreichen, um ungestört eine kurze Botschaft auf dem Band platzieren zu können?

Unter dem Strich blieb, dass sie angerufen hatte. Sie hatte also an ihn gedacht. Durch nichts, nicht einmal wirklich aus Höflichkeit, war sie gezwungen gewesen anzurufen.

Was sollte er tun? Zurückrufen? Aber dann würde er erklären müssen, woher er die Nummer hatte. Natürlich könnte er irgendwas daherschwafeln, aber gerade bei ihr wäre ihm das zuwider: lügen. Und er konnte nicht sagen, wieso das so war. Er beschloss, nur ein einfaches Signal zu schicken. Er holte den Zettel mit ihrer Nummer, und im Papierstapel unter den Telefonbüchern fand er die kleine Broschüre mit dem Code, den man zu wählen hatte, wollte man als Anrufer nicht auf dem Display, so ein solches vorhanden war, erkannt werden. Diesmal hatte er keine Bedenken mehr, es könnte irgendwie nicht funktionieren und er könnte erkannt werden. Wenn das der Fall wäre, bitte, dann würde das Schicksal es so gewollt haben.

Er wählte den Code und dann ihre Nummer. Niemand hob ab. Sonntagvormittag, Kirche, Museum, Konzert, Laufen, was immer, niemand da. Arno beschloss, es am Abend nochmals zu versuchen, und wusste, dass er nun etwas hatte, auf das er sich den ganzen Tag freuen würde.

Dann rief er Tina an. Ob sie Lust hätte, mit ihm am Nachmittag ins Kino zu gehen? Wie durch ein Wunder hatte sie Zeit. Sie machte auch gleich einen Vorschlag. Es gab einen neuen Harrison-Ford-Film und sie mochte diesen Schauspieler sehr. Sie verabredeten sich zur Vieruhrvorstellung.

Arno zog sich an, ging hinunter und holte sich eine Sonntagszeitung. Dann legte er sich erneut für ein paar Stunden ins Bett. Später, auf dem Weg zum Kino, kreisten seine Gedanken um Suzie. Er fragte sich, ob sie sich wohl ineinander verlieben würden können. Der Altersunterschied war schon beträchtlich und er wünschte es sich nicht mit Eindeutigkeit. Ob es damit auch schon ausgeschlossen war, vermochte er nicht zu beantworten. Die Brausetablette hatte ihm das Hirn aufgeräumt, in dem Maße, dass es jetzt leer schien. Was da noch an Gedanken auftauchte, war äußerst kurzstreckig.

Der Film entsprach erwartungsgemäß dem, was man Hollywood Main Stream nennt, und war für diesen postalkoholischen Nachmittag genau das Richtige. Anschließend gingen sie noch Pizzas essen, die erste warme Mahlzeit für Arno seit längerem. Immer häufiger tauchte der Gedanke an den Anruf auf, den er noch machen wollte. Als er sich von Tina verabschiedet hatte, überlegte er, ob er Zigaretten kaufen sollte. Der kalte Herbstwind aber half ihm und trieb ihn ohne Umwege nachhause.

Er setzte sich wieder ans Telefon und überlegte, ob er zuerst Suzie anrufen sollte. Das schien ihm aber dann gegen die unausgesprochene Konvention und er ließ davon ab. Nach einer kurzen Pause wählte er wieder den Code und Tonias Nummer.

„Remhagen, hallo?", meldete sich eine Männerstimme, so tief, dass man spürte, wie reichlich Brusthaar mitvibrierte. Arno, der, falls sie sich gemeldet hätte, etliche Sekunden in den Hörer zu schweigen sich vorgenommen hatte, legte sofort auf. „Puuhh!", sagte er hörbar zu sich.

Wenn er nicht schon gesessen wäre, hätte er sich jetzt setzen müssen. Und natürlich hätte er eine rauchen müssen, doch war keine Zigarette mehr vorhanden. Er dachte an Suzies Brieflein, und die Versuchung zu rauchen war bald verscheucht. Er ging früh zu Bett und las Verschiedenes. Natürlich hoffte er auf einen Anruf, und am liebsten wäre ihm einer gewesen, bei dem sich niemand melden würde. Auch sein Handy hatte er überflüssigerweise eingeschaltet, obwohl sie ja die Nummer gar nicht kannte. Es gab aber weder da noch dort einen Anruf.

Am nächsten Vormittag in der Firma musste er Suzie zu sich rufen, denn er hatte das File über die zu durchlaufenden Stationen ihres Praktikums abgeändert, schon weil sie sich an den ersten Entwurf nicht richtig gehalten hatte. Er wollte Plan und Wirklichkeit wieder zur Deckung bringen, diesmal, indem er den Plan der Wirklichkeit anpasste. Er wollte wissen, ob ihr das jetzt entsprach oder ob sie etwas geändert haben wollte.

Sie kam, wie es schien, künstlich beschwingt herein.

„Na, wie viele Zigaretten haben wir denn jetzt schon geraucht?"

„Heute noch keine", erwiderte Arno.

„Und gestern?"

„Vier oder fünf, den Rest, der noch da war. Aber nichts mehr getrunken. Und du?"

„Null. Ich habe sogar ein ungeöffnetes Paket weggeschmissen."

„Du bist eine Heldin. Und sonst?"

„Ich habe die Zeit bei dir sehr genossen." Es klang fast nach Abschied. Arno fragte nicht weiter, er wollte, dass die Illusion, es gäbe eine Fortsetzung, noch eine Zeit lang wenigstens am Leben blieb. Er begann, ihr die neue Version des Files darzustellen. Es gab kein Problem, sie gab sich beinahe begeistert, was ihm doch übertrieben vorkam. Es bestärkte ihn in seinem Zweifel, ob es zwischen ihnen noch weitergehen würde.

Aber schon das letzte Mal hatten sie praktisch nie darüber geredet, und doch war es aufrecht geblieben. Arno versuchte, sich das immer wieder vor Augen zu halten, schon um an dem guten Vorsatz festhalten zu können, was Alkohol und Nikotin betraf.

Immer wieder überlegte Arno, ob er Bracht anrufen sollte. Aber den Erhalt des Materials über Tonia wollte er ihm einfach nicht bestätigen. Er hatte eine innere Barriere. Er wollte nicht an diesem Gesetzesbruch anstreifen. Sollte er das nicht überhaupt zur Anzeige bringen? Aber andrerseits, wie wollte er das Bracht nachweisen? Sich gar nicht zu rühren, schien zwei Vorteile zu haben: ein, wenn auch stummer, Protest gegen diesen illegalen Datentransfer und zweitens, damit verbunden, eine gleichfalls stumme Absage an Brachts unternehmerisches Himmelfahrtskommando.

Andrerseits, dass Bracht selbst nicht anrief, war auch irgendwie verdächtig. Erst dieser beträchtliche Aufwand, wen immer er für den Datenklau eingespannt haben mochte, und dann kein Follow-up? Arno ließ die Sache auf sich beruhen, weil es der bequemste Weg war …

Am Dienstagmorgen ging Arno zur von Dr. Barelli verordneten Blutabnahme und zum Lungenröntgen. Es kam ihm vor, als hätte er dabei nichts zu befürchten.

Nachdem er also zwei Tage weder geraucht noch getrunken hatte, bemerkte er am dritten Tag, am Mittwoch, ein unglaublich leichtes, freies Gefühl. Zugleich flüsterte ihm eine innere Stimme zu, er könne sich heute dafür belohnen. Heute dürfe er, nur als Ausnahme, ausgehen, rauchen und zwei, vielleicht drei Bier trinken. Dieser Einflüsterer war im Laufe des Tages immer schwerer zu verscheuchen. Er wusste, dass er, sollte er nachgeben, dies vor Suzie vertuschen würde wollen. Er würde sich vor ihr schämen. Wäre es nicht auch ein Schauspiel männlichen Versagens, dass er ihr dann böte? Aber die leise, eindringliche Stimme hatte sofort Bilder zur Verfügung, mit denen sie konterte. Humphrey Bogart, Yves Montand, Alain Delon, Sean Connery, alle das Whiskyglas in der einen, die Zigarette in der anderen Hand, wenn nicht im Mundwinkel. Am frühen Nachmittag rief Arno Franz an.

Sie waren für halb acht im Jablonsky verabredet. Den Zigarettenkauf hatte Arno erfolgreich verschieben können. Erst auf dem Weg zum Gasthaus bediente Arno den Automaten, an dem er, einen kleinen Umweg in Kauf nehmend, vorüberkam. Als er allerdings das Päckchen unter der federnden Klappe hervorzog, gab es kein Halten mehr. Das Feuerzeug hatte er schon beim Weggehen vorsorglich und irgendwie heimlich eingesteckt. Rauchend schlenderte er Richtung Stammbeisel. Er fand, nach zweieinhalb Tagen, scharfen Genuss an der ersten Zigarette. Auch verstärkte sie seine Lust auf das Bier. Und natürlich auf Franz, der dann zu allem dazugehörte, was ein solcher Abend zu bieten hatte.

Arno verspürte starken Gusto auf Schweinsbraten mit Kraut und Knödel. Franz bestellte die Rindsroulade mit Teigwaren, welche im Jablonsky üblicherweise Spiralen waren. Franz war das Treffen besonders recht, denn seine Freundin Kathi hatte seit Tagen nichts mehr von sich hören lassen, war auch am Handy nicht erreichbar, und man ging wohl nicht fehl in der Annahme, wenn man eine ihrer typischen Männergeschichten dahinter vermutete. Franz stellte alles mit bereits routinierter Ironie dar, obwohl er natürlich wusste, dass es, wie jedes Mal, mehr als eine Laune, nämlich sehr wohl das Ende sein konnte. Ein Ende, das für Franz, wie Arno betonte, objektiv wünschenswert erschien und eine Erlösung wäre. Aber Franz wollte alles lieber, als von dieser Frau erlöst werden.

Sie konnten unter Freunden offen darüber sprechen. Eine andere Frau etwa, mit allen nur erdenklichen positiven Eigenschaften, ohne Allüren und unberechenbaren Launen, würde Franzens Postbeamtenleben perfekt zu dem abrunden, was es ohne Kathi im Wesentlichen schon war: anheimelnd langweilig. Kathi war das einzige Abenteuer, das ihm vergönnt war. Es gab für Franz und damit auch für Arno genug Gründe, auf und gegen sie anzustoßen. Sie orderten die nächste Runde.

Als Arno zweieinhalb Stunden später zu Bett ging, hatte er ein unglaublich schlechtes Gefühl. Er hatte die unvermeidlichen vier Bier getrunken, aber nicht die waren es, sondern die Scham, die ihn vor Suzie und, mehr noch, vor sich selbst befiel. Gäbe es eine Art Bulimie für Alkohol und Nikotin, er würde all das Bier und all die Zigaretten herauskotzen wollen. Aber sie hatten sich schon in seinem Körper verteilt, in die feinsten Aufzweigungen seiner Adern, hatten von allen seinen Organen

Besitz ergriffen, setzten ihr zerstörerisches Werk fort: ließen die Leber anschwellen, erweichten die Knochen und das Gehirn, machten Blut- und Luftwege eng und brüchig, ließen gar in irgendeinem verborgenen Winkel irgendetwas Unheimliches sich wüst verselbstständigen. Arno befielen zum ersten Mal Ängste, die er, jedenfalls in dieser Intensität, noch nicht gekannt hatte. War es die Ernsthaftigkeit Tonias, mit der sie ihn zum Internisten geschickt hatte, oder die schulmeisterliche Beflissenheit des Internisten, der als Verwalter körperlicher Verfallszustände im Begriff war, sich auch in Arnos Leben einzuschleichen? Er würde ihm wohl erklären können, in welchem Ausmaß die giftdunstige Selbstvernichtungsmaschinerie von ihm schon Besitz ergriffen hatte, die sich so gerne Männer seines Alters bemächtigte, die irgendwie ins Straucheln gekommen waren.

Am nächsten Tag scheute er keine Mühe, Suzie aus dem Weg zu gehen. Weder sollte sie seine leicht geröteten Augen noch sein übermäßig appliziertes Eau de Toilette und schon gar nicht den verräterischen Geruch der Pfefferminzbonbons, die er unablässig lutschte, wahrnehmen müssen. Es genügte Anitas leicht spöttischer Blick, als er zur Tür hereinkam. Es war einer jener defensiven Tage, die er schon so gut kannte, so gut einstudiert hatte, um halbwegs über die Runden zu kommen.

Am späten Nachmittag, als der böse Zauber des Vorabends im Abklingen war, hatte er einen Termin bei Dr. Barelli. Er holte die Bilder und Befunde beim Röntgenfacharzt beziehungsweise im Labor ab und begab sich mit gemischten Gefühlen zum Internisten. Was ihn beruhigte, war der Umstand, dass er Tonia, sollte sie noch einmal anrufen, mitteilen würde können, er hätte alles so gemacht, wie sie es empfohlen hatte. Er überlegte, was dann besser wäre: normale oder krankhafte Befunde aufweisen. Ihre Krankengeschichte kam ihm in den Sinn, und in einer gewissen Weise wünschte er sich beinahe, auch nicht ganz gesund zu sein.

Bei Dr. Barelli musste er diesmal ziemlich lange warten. Mehrere ältere Damen füllten das kleine Wartezimmer bis auf den letzten Platz, sodass er anfänglich sogar stehen musste. Dr. Barellis an Pedanterie grenzende Genauigkeit zog alles in die

Länge, bis endlich die nächste an die Reihe kam. Er konnte sich jetzt wenigstens setzen. Im Zeitschriftenstoß fanden sich gehäuft die Jacht Revue und Ähnliches. Dr. Barelli war offenbar Segler. Arno vertiefte sich in einen Bericht über die Kieler Woche vom letzten Sommer. Obwohl er vom Segeln keine Ahnung hatte, fand er es faszinierend. Wer sich für eine Sportart interessiert, kann auch jeder anderen irgendetwas abgewinnen. Schließlich wurde er aufgerufen.

Dr. Barelli studierte alles genau. An der Lunge könne man noch keine grobmorphologischen Schäden feststellen. Mit dem Rauchen aufzuhören lohne sich wirklich noch. Bei dieser Bemerkung schwang leiser Spott mit. Er sah vom Röntgenschirm über die Ränder seiner Brille hinweg auf Arno. Dann setzte er sich und widmete sich den Laborwerten. Die Gamma-GT sei etwas erhöht. Arno müsse unbedingt mit dem Alkohol aufhören. Wie es aussähe, sei noch nichts Schlimmes passiert, aber gleichzeitig sei ein Anlass gegeben, den Lebensstil zu ändern.

Anschließend bat der Arzt ihn, den Oberkörper frei zu machen und sich aufs Fahrradergometer zu setzen. Der Blutdruck war etwas niedriger als zuletzt, was Barelli anerkennend protokollierte. Arno bekam von der Ordinationshilfe ein Gummiband mit Elektroden umgeschnallt und musste nun, den Anweisungen des Arztes folgend, eine geraume Zeit lang auf dem Gerät strampeln. Aus einem Apparat quoll ein Papierstreifen wie zähe Zahnpasta aus einer Tube. Dr. Barelli führte inzwischen Telefonate und kam immer wieder herüber, überflog den Streifen, gab neue Anweisungen und telefonierte wieder. Endlich durfte Arno absteigen, das Gummiband wurde entfernt und er zog sich an. Dr. Barelli studierte den Papierstreifen. Schließlich sagte er: „Na ja, im Prinzip in Ordnung, noch in Ordnung, möchte ich aber betonen. Sie können laufen gehen. Übertreiben sie aber nicht. Männer in ihrem Alter neigen dazu. Haben Sie eine junge Freundin?"

Was ging den das an? Arno spürte, wie er errötete.

„Nein, nicht wirklich", antwortete er.

„Also doch. Na, es geht mich ja nichts an, aber falls Sie eine hätten, seien Sie doppelt vorsichtig. Jedenfalls sollten Sie aufhören zu rauchen. Es gibt da Möglichkeiten, Nikotinpflaster, auch ein Medikament. Wollen sie eine entsprechende Beratung und eine Verordnung? Ich bin dafür ausgebildet."

Arno zögerte kurz. „Nein, danke", sagte er, „ich glaube, ich schaffe es so. Aber wenn nicht, komme ich gerne darauf zurück."

„Na, Sie haben ja meine Telefonnummer, ich stehe Ihnen jederzeit zur Verfügung." Barelli erhob sich und entließ Arno mit dem für ihn typischen Händedruck. Die Ordinationshilfe reichte ihm wortlos einen vorausgefüllten Erlagschein. Arno war froh, als ihn die kalte Herbstluft draußen in Empfang nahm.

Die nächsten Tage gelang es Arno, den Anweisungen seiner Mentoren, als da wären: Dr. Barelli, Tonia und letzten Endes auch Suzie, Folge zu leisten. Irgendwann ergab es sich, dass er mit Suzie allein in seinem Büro war, unmöglich so zu tun, als wäre gar nichts gewesen. Also fragte er sie, ob es was Neues aus Prag gäbe. Suzie lehnte sich kurz zurück, sah ihn an und schüttelte traurig den Kopf.

„Und Samstag, bleibt's dabei?", musste Arno wohl oder übel und auf die Gefahr einer Absage hin fragen.

„Natürlich. Und bei dir?"

„Ja, sicher!" Sie lächelten sich an und ein flüchtiges Strahlen huschte über den Schreibtisch.

Im Übrigen verharrte Arnos Anrufbeantworter hartnäckig im Tiefschlaf. Arno spürte, das Tonias letzter Anruf Wegzehrung für eine lange Strecke sein würde, wenn nicht überhaupt für immer. Die Männerstimme neulich war nicht angetan, ihn selbst zu einem baldigen Anruf seinerseits zu ermutigen. Freilich, er könnte an ihrem Arbeitsplatz anrufen, aber das wollte er sich noch lange durch den Kopf gehen lassen. Immerhin, die Möglichkeit bestand. Hier wäre auch eine plausiblere Begründung, wie er in den Besitz der Nummer geraten wäre, denkbar. Mit dieser Option würde Arno eine gewisse Zeit über die Runden kommen. Und vielleicht rief sie inzwischen doch wieder an.

Er war auch immer wieder froh, dass er ihr nicht seine Handynummer gegeben hatte. Andernfalls wäre das eine permanente Quelle der Beunruhigung, noch dazu mit Rufnummernanzeige, ganz zu schweigen von der Möglichkeit, SMS zu schicken, darauf zu antworten, gleich, verspätet, gar nicht, in Rätseln. Das Handy in Rufbereitschaft zu halten, einen Anruf bei erkannter Nummer des Anrufers nicht anzunehmen, auf die Sprachbox zu schicken, gleich, später oder gar nicht zurückzurufen. Weiters: Das Handy meistens abgeschaltet zu halten, also bei möglicher permanenter Erreichbarkeit unerreichbar zu sein, warum wohl nur, muss sich dann der Anrufer fragen. Arno war froh, dass er sich diese Funkfolter erspart hatte und sein Handy ein verhältnismäßig harmloses Alltagsrequisit geblieben war, sofern ein Telefon das überhaupt sein kann. Theoretisch konnte Tonia ja seine Handynummer, auch wenn diese nicht im Telefonbuch stand, irgendwie, irgendwo ausfindig gemacht haben, und so blieb auch jedes Mal, wenn das Handy anschlug, ein leichtes Kribbeln zu verspüren.

Freitag um zwei zu Büroschluss steckte Suzie ihr Köpfchen bei der Tür herein: „Schönes Wochenende", rief sie, und als sie sah, dass Anita gerade nicht da oder überhaupt schon gegangen war, sagte sie zu Arno in etwas gedämpfterem Ton: „Bis morgen, alles klar?"

Arno verspürte für den Rest des Tages große Wärme, ein Gefühl, das selten bei ihm zu Gast war. Der Grund dieses Gefühls: Es gab etwas, das allen Anschein von Sicherheit hatte: Der morgige Tag mit Suzie. Also eigentlich zumindest das Laufen, denn über mehr, über Details hatten sie ja nicht geredet. Was ganz wichtig war: Arno hatte seit dem Ausrutscher mit Franz vor ein paar Tagen wieder ohne Bier und Zigaretten auskommen können, bis morgen war das durchzuhalten. Er würde Suzie etwas vorweisen können. Jetzt, wo das so war, würde er ihr auch ebendiesen Ausrutscher beichten können. Mit der Möglichkeit einer kurzfristigen Absage wollte er sich nicht mehr quälen, auch wenn er damit seinen Hang zum Zweckpessimismus vernachlässigte.

Zu seiner Überraschung rief ihn Suzie sogar um 20 nach neun an. Ob er wieder Lust hätte, den Tag mit ihr zu verbringen, nur damit sie wüsste, ob sie wieder ihre Sachen mitnehmen solle.

„Natürlich will ich das!", rief Arno voll Freude, und sein Herz hüpfte. Er fühlte sich wohl, wie schon lange nicht. Suzie erzählte ihm dann auf der Fahrt in die Lobau, dass sie am Vortag schon um halb zehn im Bett gelegen sei und nach einer Viertelstunde Lesen hätte sie das Licht abgedreht, und die Augen seien ihr sofort zugefallen. Sie war also ausgeschlafen, und einem gelungenen Lauf stand diesmal nichts entgegen.

„Und sonst?", fragte sie, „kein Bier und keine Tschick?"

Arno musste lachen über das wienerische Wort aus ihrem Mund. Woher sie das wohl hatte? Wie er es sich vorgenommen hatte, gestand er den Sündenfall mit Franz im Jablonsky. Suzie rollte strafend mit den Augen und verzog gespielt streng den Mund. Tatsächlich: Sie war standhaft geblieben. Und um nicht so zu versumpern wie das letzte Mal, schlug sie vor, am Nachmittag ins Kino und dann Abendessen zu gehen. Dann könne man ja über ein Bier oder höchstens zwei reden.

Und wirklich, sie liefen beide gut. Arno fühlte sich für seinen Geschmack zwar schwerfällig, aber Atmung und Brustkorb waren frei und der leichte Widerstand in den Beinen, das etwas schwere Aufsetzen der Fersen, schienen sich gewissermaßen wegatmen zu lassen.

Es war bereits so kalt, dass sie Handschuhe tragen mussten und die Atemstöße als deutliche Wolken sichtbar waren. Der Boden zeigte scharfe Spuren von Frost. Im Geäst der Aubäume fand sich nur noch schütteres Laub, braun und vertrocknet, das meiste davon lag schon auf dem Boden.

Tendenziell gab Suzie das Tempo vor. So lief sie eine halbe Schrittlänge oder etwas mehr vor Arno, anfangs wechselnd, später konstant. Arno konnte sie gut beobachten, wie federnd leicht und frei sie lief an diesem Tag. Über Astwerk am Boden und kleinere Pfützen sprang sie wie die Göttin Diana, hinter einer flüchtenden Gazelle jagend, großen Pfützen wich sie aus mit dem Schwung der Selbstsicherheit, die nichts aufhalten kann. Ihre sichtbare Freude am Laufen übertrug sich ohne Widerstand auf Arno. Das war nicht selbstverständlich, Suzies Leichtigkeit hätte Arno auch die eigene Schwerfälligkeit doppelt spüren lassen können. Es war ihre im Laufen aufblühende Lebensfreude, die ihn ansteckte. Er empfand nicht den

Mangel an Leichtigkeit, an Jugend, sondern das Gefühl des Einklangs mit sich selbst: Er war nun einmal älter und männlich. Wie er lief, entsprach ihm, er zog mit ihr mit, aber auf seine Weise. Es passte alles zusammen, wenn er nur nicht etwas anderes sein wollte, als er war, als es in seiner Möglichkeit lag. Er spürte, dass er diese Einstellung auch vertreten, zur Schau tragen konnte, vor Suzie, vor beliebigen Zuschauern, falls es welche gegeben hätte, aber vor allem natürlich vor sich selbst.

Suzie hatte eine längere Runde gewählt, gute eineinhalb Stunden, und Arno hatte die letzte Viertelstunde doch mit konditionellen Problemen zu kämpfen, war aber motiviert genug, um das gut durchzustehen. Am Ende, als sie wieder den Parkplatz erreichten, war er aber froh, alles gut überstanden zu haben. Suzie wirkte unbekümmert frisch, auch wenn ihre Backen gerötet und verschwitzt waren.

„Super!", sagte sie. „Ich war nicht langsam und du also auch nicht!"

„Na ja", sagte Arno, „aber immer einen Schritt hinter dir. Hinterherjappeln nennt man das."

„Hinterherjappeln, so, so. Aber trotzdem nicht schlecht."

Sie lachten. Beiden ging es so gut, wie schon lange nicht. Sie fuhren zu Arno nachhause und machten sich bei jeder Trafik, jedem Zigarettenautomaten unterwegs lustig, ob und wann sie schwach werden würden und wer zuerst. Auf diese Weise gelangten sie ans Ziel, ohne wirklich schwach geworden zu sein. Arno hatte schon beim Weggehen die Heizung vorsorglich aufgedreht, und die Wohnung empfing sie behaglich warm. Schon im Auto hatten sie beschlossen, wieder gemeinsam zu baden, und so warfen sie die verschwitzten Kleider, kaum hatten sie die Wohnung betreten, ab. Sie begannen, sich zu umarmen und zu küssen, und statt im Badezimmer landeten sie im Bett.

Erst später stand Arno auf und ließ das Wasser in die Wanne ein. Schon im Bad tranken sie statt Sekt Apfelsaft. Ein Zustand, an den man sich gewöhnen konnte.

„Ach ja", sagte Suzie, „ich habe dir eigentlich so viel über mich erzählt und du über dich in Wirklichkeit gar nichts. Jetzt, wo wir in der Badewanne sitzen, fällt mir doch ein, der Anruf vorige Woche, die Frauenstimme auf dem Anrufbeantworter, wer war das?"

Arno spürte zu seiner Überraschung, dass er errötete, und hoffte, dass dieser Umstand Suzie infolge Dampf, Hitze und schräger Badezimmerbeleuchtung entgehen möge.

„Ja, wie soll ich sagen, es war, na ja …" Arno ärgerte sich im Stillen über sich, denn es gab ja im Grunde zwischen ihm und Tonia nichts, was er Suzie gegenüber hätte verbergen müssen. Ja, es gab eigentlich überhaupt nichts, was er ihr nicht hätte erzählen können, Firmenbelange höchstens. Also fasste er sich ein Herz.

„Na ja, es war eine gewisse Tonia. Ich habe sie vor einigen Wochen im Zug kennen gelernt. Ich bin von jenem unerquicklichen Treffen mit den Leuten von Café Competence zurückgefahren. Simmonds und die anderen, du kennst sie ja, sind im PKW gereist, aber ich habe den Zug genommen, egal. Im Speisewagen sind wir uns begegnet. Erst haben wir Blicke ausgetauscht, schließlich habe ich sie gefragt und mich dann zu ihr gesetzt. Ja, und so sind wir ins Gespräch gekommen. Sie ist Ärztin, Anästhesistin, ein interessanter Beruf, aus vielen Gründen, würde ich sagen."

„Aus welchen Gründen zum Beispiel?"

So direkt befragt kommt Arno in eine gewisse Verlegenheit, aber ein echter Argumentationsnotstand ist es ja noch nicht. Er beginnt, vor sich hinzuphilosophieren.

„Die Anästhesie ist doch eine Disziplin in der Medizin, die, im Gegensatz zu den anderen, nicht Körperfunktionen wiederherstellt, sondern vielmehr außer Funktion setzt. Ich meine das Bewusstsein, die Reflexe, den Schmerzsinn und so weiter. Natürlich nur vorübergehend, aber immerhin. Sie versetzt den Menschen in den Zustand der Wehrlosigkeit. Sie nehmen ihn für einen bestimmten Zeitraum aus der Zeit heraus. Es ist nicht wie Schlaf, denn im Schlaf gibt es Träume, Gefühle, man hat das Empfinden, wenn man will, kann man aufwachen, und wenn man will, kann man vielleicht auch wieder weiterschlafen. Aber in der Narkose? Es ist eine Zeit, die sie dir einfach wegnehmen, eine ungeheure Macht."

„Glaubst du, dass das auch die Anästhesisten so sehen?"

„Tja, das weiß ich nicht, wahrscheinlich ist das alles so weit Routine, dass sie sich gar nichts dabei denken."

„Denkst du dir sehr viel, wenn du eine Kaffeemaschine verkaufst?"

„Nein, natürlich nicht, nicht mehr ab der hundertsten, was sage ich, ab der fünften."

„Na eben. Die Anästhesisten sind genauso Menschen wie du und ich. Und denk mal: Wer greift nicht alles in unser Bewusstsein ein: Werbeleute, Medienleute, jeder Weinbauer, jeder Sektfabrikant im Grunde, da kennen wir zwei uns doch ein bisschen aus."

Arno sah, dass Suzie nicht besonders zum Schwadronieren über die Einmaligkeit der Anästhesie zumute war. Und er fragte sich kurz, warum er das so angesetzt hatte. Vermutlich wollte er Tonia das Etikett des Besonderen anheften, wahrscheinlich um sich vor Suzie für diese im Grunde ziemlich lächerliche Geschichte irgendwie zu rechtfertigen.

„Na egal", setzte Arno fort, „Anästhesie hin oder her." Er war jetzt entschlossen, nicht mehr weitschweifig, sondern in knapper Form die Story über die Bühne zu bringen. „Sie geht auch laufen und wir haben viel über das Laufen gesprochen. Sie hat mir geraten, mich bei einem Internisten oder Sportarzt untersuchen zu lassen, und jetzt erkundigt sie sich, ob ich das auch getan habe."

„Und? Hast du es getan?"

„Ja, es ist bei mir alles in Ordnung, ich habe die ärztliche Erlaubnis, laufen zu gehen. Da schaust du, was?"

„Und hast du ihr das schon mitgeteilt?"

„Nein."

„Wieso nicht, wenn sie sich solche Sorgen um dich macht, dass sie dich sogar am Samstagnachmittag anruft?"

„Ich habe ihre Telefonnummer nicht."

„Wie bitte? Wieso hast du sie nicht? Sie hat doch deine!"

„Im Zug, beim Abschied, habe ich ihr meine Nummer gegeben und einfach nicht nach der ihren gefragt."

„Was hast du gesagt, als du ihr die Nummer gegeben hast?" Suzie wusste, worauf es bei solchen Sachen ankam.

„Falls sie einmal mit mir auf einen Kaffee gehen möchte oder so ähnlich."

„Wie oft hat sie dich schon angerufen?"

„Letzten Samstag war es das zweite Mal."

„Und jetzt hat sie dich also zweimal angerufen. Also, wann gehst du mit ihr auf diesen Kaffee?"

„Wir haben ja nur einmal richtig gesprochen, da war sie sehr kurz angebunden, ich konnte sie nicht einmal fragen."

„Komisch. Da ruft sie dich an und ist dann kurz angebunden. Passt irgendwie nicht zusammen."

„Sie ist verheiratet."

Suzie richtete sich auf und breitete ihre Arme so weit auseinander, wie es in der Badewanne ging, mit den Handflächen nach oben. Das schaumige Wasser rann von ihren Brüsten und ihren Armen.

„Na bitte!", rief sie. Dann ließ sie sich kopfschüttelnd wieder nach hinten gleiten und versank bis zum Hals im Wasser. Die Arme legte sie wieder auf den Rand der Wanne.

„Was heißt da, na bitte? Da ist nichts, wir haben nur übers Laufen geredet." Erst jetzt kam Arno der Verdacht, Suzie könnte eifersüchtig sein. „Bist du am Ende eifersüchtig?"

„Ein ganz kleines bisschen schon. Aber das ist normal, ach ja. Ein Reflex, ich kenne ja keine Anästhesisten, die mir Reflexe ausschalten können, ich muss damit leben. Aber es ist kein Problem, wirklich nicht, glaub mir." Sie legte ihre Hand überzeugend auf Arnos Oberarm. „Du weißt, wohin mein Herz will. Und du bist mir auch nicht böse deswegen? Das sind doch unsere Bedingungen."

Arno nickte.

„Unsere bis jetzt unausgesprochenen Bedingungen?", wiederholte sie. Arno nickte erneut. Sie ließ ihre Hand jetzt beruhigt auf seinem Arm ruhen.

„Aber reden wir weiter von dir", fuhr sie fort. „Wenn sich so eine verheiratete Zugbekanntschaft bei dir zweimal meldet, nach Wochen, wie du sagst, was ist das dann? Hat sie Kinder?"

„Einen Sohn, elf Jahre alt."

„Noch dazu. Ach ja, also was will sie von dir?"

„Mich bekehren zu einer gesunden Lebensweise."

„Ich glaube, sie will mehr." Als Suzie das sagte, verspürte Arno eine heiße Welle in der Magengrube.

„Wenn das so wäre, wieso hat sie mich nicht nach einem Treffen gefragt oder mir zumindest ihre Telefonnummer vom Arbeitsplatz, vom Handy, was weiß ich, gegeben?"

„Vielleicht will sie, dass du sie ausforschst?"

„Unsinn, wir sind doch nicht im Kindergarten!"

„Manchmal schon!", rief Suzie, und sie mussten lachen.

Das Wasser war inzwischen am Erkalten, und sie beschlossen, das Bad zu beenden. Sie ließen das Wasser aus und duschten noch kurz kalt. Suzie widmete sich ihrer Haarpflege. Arno, schon angezogen, durchstöberte das Filmprogramm im Internet. Bei einem Film von Wong Kar Wai waren sie sich einig. Auf dem Sofa wartend verspürte Arno große Lust zu rauchen. Im Badezimmer lief der Föhn. Am Liebsten hätte er Suzies Handtasche, die auf dem Tisch stand, geöffnet und nach Zigaretten durchsucht. Er hatte sie einfach im Verdacht, heimlich welche mitzuführen. Plötzlich stand sie in der Zimmertür, das große Badetuch hoch um den Körper geschlungen.

„Ahoi, ich weiß was du denkst!", rief sie. Dann zeigte sie mit gestrecktem Zeige- und Kleinfinger, als wollte sie einen bösen Zauber beschwören, auf die Tasche, die scheinbar so harmlos auf dem Tisch stand.

„Da drin sind Zigaretten."

Arno sah sie an. Sie zuckte mit den Achseln, blickte zur Decke und verschwand wieder in Richtung Badezimmer. Arno beschloss, standhaft zu bleiben. Aber sogleich erschien Suzie wieder, die Jeans noch offen. Ein leicht glänzendes, schwarzes T-Shirt spannte sich um die Rundungen ihres schlanken Oberkörpers. Sie fingerte das frische Päckchen aus der Tasche und öffnete es. „Die Erste seit einer Woche, aber jetzt will ich eine. Ganz ohne komme ich noch nicht durch. Ich bin noch nicht so weit."

„Ritsch" machte das Feuerzeug. Dann sah sie Arno provokant an.

„Gib mir auch eine!", sagte er. Sie reichte ihm ihre Zigarette, deren Rauch sich dabei in einer langen Spirale zur Decke kringelte, und nahm sich selbst eine neue. Arno machte Kaffee, und sie plauderten über Arnos Wohnung, den Film, das Kino, wo sie den Film sehen wollten, in einem dunklen Cineastentempel, und einfach nur darüber, wie sie hinkommen würden. Sie beschlossen, öffentlich zu fahren, denn es war nicht ganz ausgeschlossen, dass sie nachher, beim Abendessen, etwas trinken würden. Beide waren sie erleichtert, dass sie das Regime diesbezüglich nicht so streng zu halten gesinnt waren, wie es ausgesehen hatte.

Der Film handelte von der unglücklichen Beziehung zweier nicht miteinander Verheirateter, und Suzie musste zum Schluss weinen. Auf dem Weg zum Restaurant hängte sie sich bei Arno ein und lehnte den Kopf an seine Schulter. Die Tränen auf der linken Wange trocknete Arnos Mantel, die auf der rechten der scharfe Herbstwind. Sie gingen in die Bannmeile. Gott sei Dank war das Lokal nicht gerade überfüllt, was an einem Samstagabend durchaus hätte der Fall sein können.

Sie speisten deftig, und Suzie trank wie Arno Bier. Das Lokal war verraucht, und sie trugen das ihre dazu bei. Suzie war mit dem Herzen abgestürzt und gab sich ihrem Leid hin. Was half es, an der Entscheidung ihrer Freundin Eva würde es wohl nichts mehr zu rütteln geben. Wahrscheinlich schlief sie auch wieder mit ihrem Mann. Wenn sie nicht überhaupt schon mit dem zweiten Kind schwanger war. Die Sache mit Suzie betrachtete sie wohl inzwischen als eine Art verspätete Jugendsünde, obwohl man durchaus noch hätte darüber streiten können, wer da wen verführt hatte. Was hätte sie denn da nicht auch in letzter Konsequenz alles aufgeben müssen, noch dazu für eine lesbische Beziehung: Mann, Haus, das Kind womöglich, die durchaus netten Schwiegereltern sicher, viel Geld, Ruhe und Routine, soziale Stellung, wer weiß, was noch. Alles für die Liebe zu einer jüngeren, nicht gerade wohlhabenden Studentin, die sie vielleicht eines Tages ihrerseits wegen einer anderen, jüngeren verlassen würde. Denn wie lange würde die heiße Liebe, selbst wenn es noch einmal eine solche werden sollte, halten? Konnte es nicht gut eines Tages so sein, wie sie es jetzt schon mit ihrem Mann hatte, nur eben mit hundert Nachteilen behaftet, am Rande der Gesellschaft angesiedelt? Immer wieder tropften Tränen in Suzies Bier. So aber sei alles besser für Eva. Sie, Suzie, werde das ertragen müssen, in einem letzten, tapferen Liebesbeweis.

Plötzlich, ansatzlos, wischte sie mit dem Handrücken über die feuchten Wangen und wechselte das Thema. „Wir finden die Telefonnummer von deiner Anästhesistin heraus!", rief sie so kämpferisch, dass sich die Leute am Nebentisch umdrehten, womöglich waren es Anästhesisten.

„Ich habe sie schon" musste Arno gestehen.

„Was? Wie? Wie hast du sie bekommen?"

„Ein Freund von mir, eigentlich nur ein Bekannter, hat sie ausfindig gemacht."

„Und da hast du sie nicht angerufen?!" Suzie wurde fast schrill. Auch der Nebentisch zeigte erneut Wirkung.

„Wozu hätte ich sollen? Ich will nichts von ihr. Sie ist verheiratet und hat ein Kind. Kommt dir das bekannt vor? Nein, ich will so was nicht! Denk an den Film! Das mit Tonia ist eine absolut begrenzte Geschichte. Es geht ja nur um Laufen und Lebensstil. Da hat sie ja nicht Unrecht." Arno deutete auf den inzwischen vollen Aschenbecher und die Biergläser.

Suzie sah ihn lange und schließlich spöttisch an. „Und wieso hast du dann einen Freund bemüht, ihre Nummer ausfindig zu machen?"

Arno wusste einen Moment nicht genau, was er sagen sollte.

„Das war kein Freund, nur ein Bekannter."

„Umso merkwürdiger, dass du ihn gebeten hast, das zu tun."

„Er hat sich angeboten."

„Einfach so? Das glaube ich nicht. Wie hast du ihm denn die Geschichte erzählt, dass er sich anbietet, ihre Nummer, ach ja, aufzustöbern." Suzie war sichtlich und hörbar stolz auf das Wort „aufstöbern".

„Ganz normal, so wie dir."

„Und warum hat er sich angeboten, die Nummer herauszufinden?"

„Er wollte einen anderen Gefallen von mir. Ich wollte die Nummer gar nicht haben."

„Und? Jetzt mal ehrlich: Hast du sie nicht doch angerufen?"

Arno stockte. Das Mädchen war unverblümt und direkt.

„Nein, natürlich nicht", erwiderte er, „das heißt, einmal schon."

„Aha! Und?"

„Ich habe gleich wieder aufgelegt."

„Hast du dich gefragt, wieso du so was machst?"

„Langeweile?"

Suzie dämpfte ihre halb gerauchte Zigarette aus. „Komm, wir gehen.", sagte sie und rief nach dem Ober, um zu zahlen.

Auf der Straße hängte sie sich wieder ein. „Es kann nicht weit sein zu dir, gehen wir zu Fuß." Es war doch deutlich mehr als eine halbe Stunde, und es hatte wohl knapp unter null Grad. Der Boden war stellenweise glatt und Arno spürte immer wieder, wie Suzie sich an ihn festklammerte, denn die Sohlen ihrer Schuhe hatten kein Profil. Wie sie sich an ihm festhielt, sich an ihn drückte, war, als gehörten sie zusammen. Sie wies ihm, ohne zu fragen, mit der Kraft ihrer Selbstverständlichkeit eine Rolle zu, begrenzt nach allen Richtungen, aber er nahm sie dankbar an.

Unterwegs, an einer Straßenecke, hielt Suzie plötzlich inne, öffnete ihre Handtasche, holte die Zigaretten hervor – sie hatten sich inzwischen ein neues Paket gekauft und angebrochen – und warf sie in den Papierkorb, der an einem Verkehrszeichen montiert war.

„Das brauchen wir nicht mehr!", sagte sie, neigte den Kopf zur Seite und sah ihm länger in die Augen. Bei ihm zuhause fielen sie müde ins Bett und einander mit beginnender Vertrautheit in die Arme.

Am nächsten Morgen war Suzie wie schon das letzte Mal verschwunden. Auf dem Tisch lag wieder ein Zettel. „Danke für den schönen Abend! S." stand darauf zu lesen.

Arno war nur mäßig bis gar nicht verkatert. Nach der Morgentoilette entschloss er sich zu einem ausgedehnten Spaziergang in die Innenstadt, frühstückte dort in einem gediegenen Kaffeehaus, las die Morgenzeitungen und ließ sich von dem Ambiente inspirieren. Er erinnerte sich an Bracht und dessen Vorstellungen einer Kaffeeservicelinie, Tribute an die Wiener Kaffeehäuser, an die italienischen Espressiketten, an die amerikanischen Coffee Shops, die sich gerade in der letzten Zeit bemerkbar machten. Er dachte an das Gespräch in Salzburg und an die Strategie, die Café Competence verfolgte. Sie wollten den Kaffeebereich aus dem Gastronomietechnikunternehmen herausbrechen und das gute Servicenetz, die guten Kontakte zu den vielen Bars und Kaffeehäusern nutzen, um eine neue Linie aufzubauen. Mit zwei, drei Flaggschiffen in der Innenstadt, auf der Mariahilferstrasse oder an sonst guten Standorten. Die übrige Marke in der normalen Gastronomie. Keine besonders originelle Idee, aber es sollte eine Wiener Marke werden, etwas, das Wiener Kaffeehausatmosphäre transportierte, etwas, das sich von der strengen italienischen Geometrie abhob. Plüsch hatten sie gesagt, und Schnörkel. Simmonds hatte den Auftrag gehabt, die eigene Firma zu verteidigen, auch die niedlichen Fleischwölfe. Das Unternehmen stand in einem Mischkonzern, war selbst ein Mix und hatte Traditionen und Verknüpfungen. Man wollte sich nicht ein Filetstück herausschneiden lassen, Höpfner jedenfalls nicht, er sei, so sagte er, sogar zitierbar. Jedenfalls war er das einen Monat vor Salzburg.

Warum aber war Höpfner in so einer wichtigen Frage nicht selbst gefahren? Simmonds war streng genommen nicht einmal in der zweiten Reihe, höchstens ein Anwärter darauf. Es sei nur ein Vorgespräch, hatte es geheißen. Aber Flury zum Beispiel, wahrscheinlich einer der kommenden Leute, hatte die Vorstellungen von Café Competence sehr direkt und in seinem wahrscheinlich absichtlich möglichst naturbelassenen Schweizer Akzent vorgetragen. Er war an der Grenze der Verständlichkeit spaziert, und als Simmonds zum zweiten Mal „Wie bitte?" fragen musste, war ihm und seinen Leuten das Anlass genug zu herzlichem Gelächter gewesen. Sie mussten dann wohl oder übel unter der Führung von Simmonds selbst, freilich in deutlich abgestufter Herzlichkeit, mitlachen. Es war peinigend. Simmonds war zu hölzern, um in so einer Situation treffend zu kontern. Und schon war die Optik irgendwie schief. Je länger Arno darüber nachdachte, umso mehr gelangte er zu der Ansicht, dass Höpfner Simmonds in eine Sache, die längst gelaufen war, geschickt hatte. Er hätte sonst einfach selbst fahren müssen. Es lag tatsächlich etwas in der Luft: eine Übernahme durch Café Competence.

Na, prost Mahlzeit, dachte Arno, wenn er den Flury als Chef bekäme, könnte er sich brausen gehen. Einen Kotau wollte Arno auf keinen Fall machen. Wenn sein Abgang unausweichlich wäre, dann wollte er in Würde gehen. Wenn er schon mit dem Rücken zur Wand dastand, dann wollte er nicht deren Vaterunser stammeln, bevor sie ihn niedermachten. Nein, sie sollten wenigstens sehen, wen sie da feuerten: nicht den Jüngsten, nicht den Schnellsten, aber einen der wenigen mit Charakter.

Er hätte gerne mit Suzie darüber geredet, aber wusste er denn so genau, welche Rolle sie da womöglich spielte? Das war jedoch nicht seine eigentliche Sorge, denn er hatte das sichere Gefühl, ihr vertrauen zu können. Es war etwas anderes. Wenn dieses drohende Ereignis der Übernahme noch während ihres Praktikums, also in ihrer Anwesenheit, stattfände, und er, womit zu rechnen war, als einer der Ersten gefeuert würde, dann würde er sich vor ihr schämen. Er konnte sich hundertmal sagen, man muss sich nicht für eine Kündigung genieren, das kann jedem passieren, auch Simmonds, auch Höpfner, und das wird es vielleicht auch, aber es half nichts, er würde sich schämen, vor Suzie und natürlich auch vor seiner Tochter Tina, wahrscheinlich auch vor Karin. Und, absurderweise, vor Tonia. Einen Internisten ohne Kassenvertrag zwecks sportärztlicher Untersuchung würde er sich wohl nicht mehr leisten können. Falls sie nicht mehr anriefe, würde er sich wenigstens Peinlichkeiten ihr gegenüber ersparen, das wäre ein Trost.

Aber gerade, um sich so wenig wie möglich schämen zu müssen, würde er einen aufrechten Abgang auf die Bühne bringen. Es war ein weiterer Grund, endlich mit dem Saufen und Rauchen Schluss zu machen. Er musste zuverlässig fit sein. Wenn ihn das Ereignis an einem seiner typischen Katertage träfe, würde er wohl nicht die Kraft für die nötige Würde aufbieten können.

Schon auf dem Heimweg ließ er sich allerlei Szenarien durch den Kopf gehen und überlegte, welche Taktik von ihm jeweils einzuschlagen wäre. Er bemerkte, dass immer wieder Suzies Präsenz bei diesem Ereignis eine Rolle spielte, ja, dass er sein Verhalten auf das, wovon er glaubte, es könnte ihr gefallen, abstimmte. Anfangs ärgerte ihn diese Erkenntnis, dann aber musste er sich eingestehen, dass es eine gute, brauchbare Triebfeder war, und wehrte sich innerlich nicht mehr dagegen.

Schließlich fiel ihm ein, dass es vor Jahren schon einmal eine ähnliche Stimmung, ein ähnliches Gerücht in der Firma gegeben hatte und er, damals fest im Sattel sitzend, mehr spielerisch als im Ernst ein Konzept für den Kaffeebereich entwickelt hatte, das gewisse Parallelen zu der Vorstellung von Café Competence aufwies, aber in einem wichtigen Punkt gänzlich abwich. Zu irgendeiner Veränderung war es aber damals nicht gekommen und so musste er dieses Konzept auch niemandem präsentieren, wollte es auch gar nicht, denn es war schon damals aus Trotz gegenüber den firmenüblichen Usancen entstanden, und als der große Knall ausgeblieben war, hatte er es selbst als spätpubertäre Aufwallung abgetan und still und heimlich in einer einsamen Schublade abgelegt. Jetzt aber schien es plötzlich brandaktuell. Vor allem aber schien es ihm, dass es Suzie gefallen könnte.

Beschwingt eilte er nachhause und fand das Papier rascher als befürchtet. Auch die Diskette war noch vorhanden. Sogleich machte er sich daran, die Sache zu überarbeiten. Bis weit in den Abend hinein saß er vor seinem Laptop.

Arnos Vorahnung hatte ihn nicht im Stich gelassen. Er war ein alter Fuchs in der Branche. Der merkwürdige Wechsel von eisiger Ruhe und Unruhe, der die Firma seit Wochen heimsuchte, demaskierte sich schon am nächsten Tag, am Montag. Tatsächlich: Die Übernahme durch Café Competence war eine abgemachte Sache, nur in welcher Form genau, wusste niemand, höchstens Höpfner, und der schwieg. Für Mittwoch, 11 Uhr, war eine Versammlung vorgesehen, zunächst nur für die Kaffeeleute. Gezeichnet war die Einladung von Höpfner und Flury, tatsächlich Flury.

Im Laufe des Vormittags rief Arno ungeniert in Höpfners Büro an und verlangte ihn, „nur ganz kurz", wie er sagte, zu sprechen, vor wenigen Tagen noch ein undenkbares Vorgehen. Aber Arno spürte, dass die Dinge jetzt anders lagen. Und tatsächlich wurde er von der Sekretärin nach kurzer Rücksprache verbunden.

„Ach, Ziegler, Sie sind es. Was gibt's?" Der Tonfall klang, als hätte Höpfner seinen Sessel schon freiwillig geräumt.

„Nur eine Frage: Bei der kommenden Versammlung, Sie wissen schon, am Mittwoch, kann da Frau Vymazal, Sie wissen, die Praktikantin, auch teilnehmen? Ich glaube, für ihre Ausbildung wäre so was von besonderem Interesse."

„Also normalerweise bin ich der Ansicht, dass es für Praktikanten selbstverständlich Tabuzonen gibt. Aber in diesem Fall gebe ich Ihnen Recht, sie soll nur teilnehmen. Wissen Sie, ganz im Vertrauen gesagt, mir ist das auch schon egal. Sie machen sich keine Vorstellung, was ich in den letzten Wochen erleben musste. Ich sollte es ja bis Mittwoch nicht ausplaudern, aber so viel kann ich Ihnen sagen: Es wird alles anders, die wollen alles auf den Kopf stellen. Ziegler, wir werden uns die Ohrwascheln anschnallen müssen."

„Das kann ich mir denken", erwiderte Arno.

„Also dann, bis Mittwoch, und nehmen Sie die junge Dame ruhig mit, ist ja auch ein angenehmer Anblick, und so viel Angenehmes wird dort nicht sein."

Arno hatte das Gefühl, dass Höpfner sich bereits mit einem Abstieg vertraut machte, der ihn in kollegiale Nähe sogar zu ihm selbst bringen konnte. Sicher war er jetzt bereit, sich mit seinen Untergebenen zu fraternisieren, um im Notfall Unterstützung und im Extremfall wenigstens Mitleid zu erhalten. Schade um ihn, würde man dann sagen, er war ja eigentlich nicht so übel, zu mehr, dachte Arno, würde es wohl nicht reichen.

Zu Mittag rief er Suzie zu sich ins Büro. Sie tranken Kaffee, und Arno sprach sie einfach, obwohl sie im Büro waren, per du an. Anita im Hintergrund sah kurz von ihrem Computer auf, nicht mehr, aber ausreichend für ihr Bedürfnis, erkennen zu geben, dass sie verstanden hatte. Natürlich hatte Suzie von der Sache mit Café Competence schon erfahren, das war ja Tagesgespräch. Die Leute redeten und redeten, alles an Anspannung und Angst der letzten Zeit musste heraus, ein Auswechseln nur, denn neue Spannungen, neue Ängste klopften schon an alle Türen, das wusste man. Suzie war überrascht und erfreut über Arnos Absicht, denn sie hatte nicht damit gerechnet, dass sie an dieser Versammlung teilnehmen würde dürfen, noch dazu mit Höpfners Sanktus. Für sie als praktisch Außenstehende war das alles in erster Linie einfach spannend.

Dienstag ging Arno nach dem Büro laufen und zeitig zu Bett. Es war ihm gelungen, sauber zu bleiben. Die Atmosphäre in der Firma war inzwischen von Kollegialität, ja geradezu von Kameradschaft gekennzeichnet. Alle versuchten, die Reihen zu schließen. Noch wusste niemand, wer die Verräter- und wer die Opferrolle spielen würde oder würde spielen müssen.

Mittwoch, zehn vor elf, ging Arno mit Suzie und Anita in den Sitzungssaal. Sie waren nicht die Ersten. Arno setzte sich an den großen Tisch. Neben Loimerich, unweit des riesigen Philodendrons, war noch frei. Es waren keine Namenskärtchen aufgestellt, die Hierarchie war der einsetzenden Auflösung und verstohlenen Neuordnungskräften preisgegeben. Suzie und Anita nahmen halbwegs hinter Arno in der längs der Wand aufgestellten Sesselreihe Platz. Soweit war die Rangordnung noch intakt.

Simmonds wieselte herum und gab sich bester Laune, wozu sein flackernder Blick aber schlecht passte. Gartner grinste ironisch und schräg in die Runde, die meisten blätterten mehr oder weniger nervös in den verschiedensten Mappen und Unterlagen, die sie, wahrscheinlich völlig überflüssig, mitgenommen hatten. Ein Getränk, Kaffee oder Mineralwasser vom Erfrischungspult im Vorraum hatten die wenigsten vor sich stehen. Manche wohl schon deswegen nicht, um Harndrang zur Unzeit zu vermeiden. Die Versammlung war für eine Stunde anberaumt. Was ihre Bedeutung betraf, war das sicher zu kurz, aber es sollte wohl auch signalisiert werden: Hier wird zur Sache geredet.

Eins nach elf erschienen Höpfner, Flury und noch ein Typ in Begleitung eines jungen Pärchens, Sekretär und Sekretärin. Wer davon zu wem gehörte, war nicht ganz klar. Auch diese beiden nahmen an der Wand Platz, hinter dem Triumvirat. Höpfners Sekretärin saß schon da, ganz vorne, denn sie hatte für die nötige Ordnung am Kopfende des langen Verhandlungstisches ein vorsorglich wachsames Auge zu halten. Alles verstummte.

Höpfner leitete ein, vor allem begrüße er Herrn Matters, der „uns hier die Ehre" gäbe. Aha, so sah der aus. Matters war die Nummer zwei bei Café Competence. In diesem Zusammenhang hatte Arno den Namen schon gehört. Er trug ein hellgraues Sakko und einen schwarzen feingerippten kragenlosen Pullover. Flury und Höpfner glänzten in Krawatten, der schlechtere Geschmack Höpfners sprang ins Auge. Dafür war Flury für diesen Anlass eindeutig zu braun gebrannt, was auch seine Fleischigkeit gegenüber den ins Asketische weisenden Zügen Matters, der zudem auch blasser war, betonte. Hätte Matters' Kleidung nicht derart gediegen gewirkt, hätte man sie auch als Affront gegen alle auslegen können. Arno trug selbstverständlich Krawatte.

Bei Höpfners Begrüßung nickte Matters mit kurzem, angedeutetem Lächeln, während Flury, „den einige von Ihnen kennen zu lernen schon das Vergnügen hatten", in breitem Grinsen sein gepflegtes Gebiss zeigte. Dann legte er los. Synergie schien sein liebstes Wort zu sein. Versteckte Potenziale wollte er mobilisieren, alles war markt- und kundenorientiert. Anfangs werde man behutsam vorgehen, sehr rasch aber Klarheiten schaffen. Den Großküchen- und Gastronomiebereich werde man zunächst weiterlaufen lassen, um zu sehen, inwieweit man ihn als Transportvektor, was die Pläne im Kaffeebereich betreffe, benützen könnte. Mittelfristig freilich sei eine Ausgliederung unumgänglich. Bevor man sie aber an den Mann brächte, würde man die Braut entsprechend aufputzen.

Was die Kaffeemaschinen betreffe, werde es eine Bereinigung der anzubietenden Palette geben. Auf die Zusammenarbeit mit einigen Zulieferern werde man wohl verzichten müssen. Die Gesamtstrategie werde aber nach außen hin nicht unbedingt auf Anhieb erkennbar sein. Die Firma werde für Café Competence so etwas wie ein Trojanisches Pferd sein, um zügig in den hiesigen Markt eindringen zu können.

Hauptstoßrichtung werde, „einige von Ihnen konnten sich mit unseren Ideen schon ein wenig vertraut machen", eine Kaffeehauskette sein, ein wienerischer Gegenpol zu den Italienern und Amerikanern. Man werde bewusst den Plüsch und die Stuckatur suchen, aber als Designherausforderung. Es werde demnächst eine entsprechende Ausschreibung geben. Natürlich habe man schon informelle Gespräche mit namhaften Designern und Architekten geführt. Ideen seitens der Mitarbeiter würden natürlich noch jederzeit angenommen, das sei auch als Impuls für die Aufbruchstimmung, die man hiermit implementieren wolle, gedacht.

Ob die Kette jetzt Café Rokoko, Café Schubert oder Café Klimt heißen werde oder sonst wie, sei noch unklar.

„Café Sigmund Freud", platzte Gartner heraus, der es offenbar gar nicht erwarten konnte, in Erscheinung zu treten.

„Sie meinen, ein Café, das statt mit Sesseln mit Couchen ausgestattet ist?", erwiderte Flury, wandte sich aber sofort zum übrigen Auditorium: „Gibt es irgendwelche Fragen?", womit Gartner einer gewissen Peinlichkeit preisgegeben war.

Beranek stellte die Frage nach der maschinellen Ausstattung, an die da gedacht war, womit man aber rasch bei der Qualitätsfrage des Kaffees war. Flury stellte fest, dass man in einem Wiener Kaffee auch Kaffeehauskultur transportieren müsse, also müsse auch der Kaffee von der Qualität her im oberen Segment angesiedelt sein, das hieße natürlich, auch die maschinelle Ausstattung. Stoiber brachte die quälend langweilige Debatte Arabica versus Robusta aufs Tapet und geißelte die Schärfe der üblichen Espressi. Eine neue Linie müsse sich am scheinbaren Widerspruch von Leichtigkeit und Vollmundigkeit der berühmten Wiener Melange orientieren. Man solle bewusst einen Schwerpunkt setzen und nicht alles anbieten. Wundersam, dass Flury die etwas langatmige Ausführung tolerierte, während Höpfner, der sich für seine Mitarbeiter ein wenig zu genieren schien, nervös auf seinem Sessel herumwetzte. Matters saß da wie aus Stein.

Arno war sich sicher, dass es da auf keinen Fall um irgendwelche Sachinhalte ging. Die Kaffeekompetenzler, wie man sie inzwischen in der Firma nannte, wollten einfach das Team checken, die Ehrgeizigen und Selbstinszenierer vorneweg.

Die Wieger zeigte kurz mit dem Kuli auf. Ihr war offenbar daran gelegen, gegenüber ihren männlichen Kollegen zu kontrastieren, die der Reihe nach Unterwerfungsgesten in Form so genannter guter Fragen und konstruktiver Beiträge produzierten. Wenn sie richtig verstanden habe, sei also Plüsch gefragt. Wie man denn ein urbanes Publikum mit Plüsch anlocken wolle, wo postmodernes Design angesagt sei. Oder welches Klientel, bitte sehr, wolle man denn da überhaupt ansprechen.

„Ich bin Ihnen für diese Frage sehr dankbar", begann Flury seine Antwort, mit einem samtigen Unterton in der Stimme, denn die Wieger hatte das gewisse Etwas, und er war wohl auch nur ein Mann. „Ja, das mit dem Plüsch!" Genau das sei die Herausforderung an die Designer. Keine Imitate des Café Sacher oder Imperial, kein Zuckerbäckerstil, vielmehr: der postmoderne Umgang mit Plüsch und Stuck.

Steigenhammer, der mit für die Grafik verantwortlich war, fühlte sich bei dieser Frage bemüßigt, seinen Senf dazuzugeben. Es sei nicht primär die Frage des Stils, sondern des Materials. Die zeitgenössische Innenarchitektur habe sich die Materialien nur teilweise dienstbar machen können: Glas, Stahl, Beton, Holz. Aber zu Gips und Textilien sei ihr noch zu wenig eingefallen. Das sei eine Gelegenheit, mit dem Neuen zu punkten. Flury nickte heftig. Steigenhammer machte es sich in seinem Sessel um eine Nuance bequemer.

Beranek, Techniker, der er war und der noch nicht richtig gepunktet hatte, wollte nochmals zur maschinellen Frage zurück. Flury nannte nun doch etwas widerwillig zwei Hersteller, die seines Erachtens in Frage kämen, jedoch sei das nur eine Vorstellung, keinesfalls eine Vorentscheidung. Da man natürlich nicht nur mit stilistischen Komponenten, sondern auch mit der Technik sowohl in den Franchise- als auch in den bereits eingeführten Bereich gehen wolle und gerade dort das Geschäft zu lukrieren wäre, sei die maschinelle Frage natürlich eine wichtige. Café Competence habe aber klare Vorstellungen, die man sehr bald präsentieren werde.

Jeder wusste, wo Café Competence beteiligt war, und man konnte sich leicht ausrechnen, wer da den Zuschlag kriegen würde. Es konnte aber auch einen internen Kampf in der Zentrale geben, denn soviel Arno wusste, hatte Café Competence

172

bei mehreren Espressomaschinenherstellern die Finger im Spiel.

Höpfner, der einen bestimmten Zulieferer, bei dem nämlich einer seiner Jagdfreunde das Sagen hatte, halten wollte, meldete sich jetzt zu Wort: „Wie Sie sehen, ist die Frage der Technik eines, aber im Fall des Café Rokoko, so lautet der Arbeitstitel, ich darf es ja verraten, geht es mehr noch, würde ich jetzt einmal sagen, ums Design. Hier können wir durchaus versuchen, mit zwei Herstellern ans Ziel zu kommen: einen für das Gehäuse und einen für das Innenleben."

Flury, der diesen Vorschlag offenbar kannte, wiegte den Kopf, als wollte er sagen: „Na, ob das gehen wird?" In Wirklichkeit war das natürlich als Absage zu verstehen. Flury war aber doch auf Höpfner vermutlich noch so weit angewiesen, dass er ihn nicht gleich am ersten Tag in aller Öffentlichkeit brüskieren wollte. So hörte er sich also mit moderat abweisender Körpersprache das an, was er tatsächlich für Schwachsinn hielt. Höpfner aber schien das Wahrnehmungsorgan dafür zu fehlen, denn er fügte zur Qual Flurys noch zwei, drei nicht zu knappe Erläuterungen an.

Schließlich, nach einigen weiteren Wortmeldungen aus dem Team, die Flury mit etwas gespielt wirkendem Interesse entgegennahm, ergriff er wieder selbst das Wort: „Wie Sie sehen, liegt uns genau an der Coffee-Shop-Kette sehr viel. Wir stehen unter leichtem Zeitdruck. Wir wissen, was die Konkurrenz plant. Die Italiener, noch mehr die Amerikaner mit ihren Pappbechern. Und wir haben nicht vor, uns einen Flop zu leisten. Noch Fragen?" Das klang scharf. Wahrscheinlich war Flury beim Schweizer Militär mindestens Hauptmann der Reserve.

Natürlich lag alles Mögliche in der Luft. Vor allem die Personalfragen, das bedrückte insgeheim wohl jeden am meisten, aber gerade dazu wurde geschwiegen. Nach einem kurzen Disput zwischen Steigenhammer und der Wieger zum Firmenlogo, den Höpfner jetzt offenbar im Einvernehmen mit Flury abwürgte, sah Arno seinen Moment gekommen. Er zeigte auf. Im Augenwinkel sah er, wie Simmonds, der sich bisher völlig zurückgehalten hatte, die Augen leicht verdrehte. Dennoch erteilte ihm Flury das Wort. Simmonds und Höpfner sahen sich an.

Arno begann: „Wenn also eine neue Coffee-Shop-Kette etabliert werden soll, warum erlaubt sich ein so wichtiger Player wie Café Competence nicht Folgendes: Das urbane Kaffeehauspublikum und jenes, das es noch werden kann, ist kritisch und nicht alles, was Stil ohne Inhalt ist, wird immer angenommen. Das kleine, intime Kaffeehaus hat gegenüber der globalen Kette seine Chancen und wird sie immer haben. Wenn schon eine Kette etabliert werden soll, warum nicht einmal eine, die ausschließlich Kaffee, der zu, wie man so sagt und wie Sie wissen, fairem Preis von Bauernkooperativen gekauft wurde, dokumentierterweise, und der dann auch natürlich seinen Preis in der Schale kosten soll. Dazu eine kleine Speisekarte mit ein paar abgestimmten exotischen Leckerbissen. Das ganze in einem Ambiente, das sparsam mit allem, nur nicht mit der Atmosphäre ist. Glatte, sandfarbene Wände, einfaches, aber bequemes Mobiliar, aber dennoch keine deklarierten Ethno-Zitate. Eine steinerne Theke und darauf möglichst nichts als eine Kaffeemaschine, die an die Frühzeit der Espressomaschinen gemahnt, verchromt, geschwungenes Chevy-Impala-Barock, es gibt da so Beispiele, Wurlitzer des Kaffees. Warum das? Um einen Versöhnungsversuch zwischen dem vermeintlich harmlosen Kaffeegenuss und der brutalen marktwirtschaftlichen Wirklichkeit anzudeuten. Also Kaffeegenuss mit dem entsprechendem Glamour, ja, aber zu fairen Preisen, was die übrige Ausstattung der Lokale signalisieren soll: schmucklos, die Wirkung durch sehr warmes, gelbes Licht. Aber natürlich bin ich kein Designer.“

Simmonds runzelte schmerzhaft die Stirn, für ihn war klar, Arno beging Harakiri, aber warum musste er das in seiner Gegenwart tun! In Höpfners Mundwinkeln zuckte ein spöttisches Lächeln in den Startlöchern, das er aber auf keinen Fall zu früh loslassen wollte, denn als er zu Flury blickte, war er sich doch nicht ganz sicher, ob dieser eine Bruderschaft im Spott angesichts eines solch naiven Outings, das Arno da bot, mit ihm eingehen würde wollen.

Arno fuhr fort.

„Damit ich nicht missverstanden werde: Es soll da keine Dritte-Welt-Laden-Atmosphäre geboten werden, sondern urbane Stimmung. Es muss schick sein, einen Kaffee zu fairen Preisen zu trinken. Mag sein, dass es für manche ein Feigenblatt sein wird, mit dem sie ihr schlechtes Gewissen besänftigen, aber für andere wird es ein permanenter Anstoß sein, darüber nachzudenken, was wir in Wirklichkeit alles auf dieser Welt an Problematischem, sage ich jetzt einmal, anstellen."

Flury wollte die Hand heben, um, wie es Höpfner schien, der schwer erträglichen Gutmenschenrede Arnos Einhalt zu gebieten. Da geschah etwas Unerwartetes: Matters, dessen Gegenwart schon niemandem mehr auffiel, legte seine Hand kurz auf Flurys Unterarm und schüttelte leicht den Kopf. Flury sah Matters an und senkte dann den Blick und den Arm.

Arno setzte unbeirrt fort: „Ich weiß, wir stellen uns damit ein bisschen auch selbst in Frage, aber werden wir dadurch nicht auch interessant und lebendig? Keine Lösung des Problems, aber vielleicht ein Schritt in die richtige Richtung. Auch ein Sympathieeffekt für uns, vorausgesetzt, die Einkaufspolitik, was den Kaffee betrifft, ist absolut sauber, also glaubwürdig. Ich habe auch an ein Logo gedacht: Es könnte gewissermaßen ein Boot mit einer stehend rudernden Figur auf einem Tropenfluss sein, ähnlich wie eine der Drahtdekorationen, die man sich in den fünfziger Jahren an die Wand gehängt hat. Es soll an die Menschen erinnern, die den Kaffee in den Tropen erzeugen. Und noch ein zweiter Grund, der dafür spricht: Ich schlage als Namen für so eine Kette Blue Nile Coffee vor, deswegen das Boot. Danke."

Arno setzte sich. Flury sah ratlos zu Matters. Auch andere wirkten entgeistert. Matters blickte versonnen vor sich hin. Als er bemerkte, dass Flury ihn anstarrte, sagte er zu diesem mit einer Handbewegung: „Ach bitte, machen Sie weiter!"

Flury überging Arnos Vorschlag komplett. Auch sonst wollte niemand etwas dazu sagen. Matters Reaktion ließ nicht erkennen, ob ihm an dem Vorschlag etwas gefiel oder nicht. Flury betonte, wie sehr man sich auf eine gute Zusammenarbeit freue, dass sehr bald Schriftliches ergehen werde, Arbeitskreise eingerichtet würden und Café Competence im Übrigen die neuen Mitarbeiter zu einem Buffet bitte. Im Vorraum sei angerichtet.

Man erhob sich erleichtert.

Die Doppeltüre öffnete sich. In der Mitte des Vorraums sah man auf einem großen Tisch Köstlichkeiten auf glänzenden Platten um eine geschwungene kelchartige Schale vorgelegt, in der bunte Früchte mit einer Riesenananas auf der Spitze aufgeschichtet waren. Auf den Seitentischen, die weiß gedeckt waren, funkelten Gläser mit Sekt und Orangensaft. Auch Blumengestecke fehlten nicht. Servierpersonal einer renommierten Cateringfirma stand bereit.

Loimerich hatte fluchtartig seinen Sitz verlassen, um nicht von Arno zu irgendeiner Stellungnahme genötigt zu werden. Höpfner sah über die polierte Tischplatte hinweg und war fast daran, Arno den Vogel zu deuten, ertrug aber dann Arnos Blick, der ihn mit ausreichender Festigkeit traf, keine Zehntelsekunde und wandte sich zur Doppeltür. Flury war bereits mit der Wieger im Gespräch, beide lachten auch schon kurz auf. Anita stand noch halb hinter Arno. Als er sie kurz ansah, deutete sie, dass sie schon mal zum Buffet gehen wolle. Auch ihr war in Arnos Nähe unbehaglich zumute. Dann sah Arno zu Suzie hin, und sie sagte leise, aber vernehmlich: „Super."

Arno schob seine Unterlagen, ohnehin nur ein paar Blatt, in die Klarsichtmappe. Er merkte plötzlich, wie seine Hände zitterten. Er würde im Vorraum nicht gleich eine Zigarette rauchen dürfen, wie sehr ihm auch danach war, denn das würde sein Zittern noch verstärken. Er würde jetzt ein Glas Sekt brauchen.

„Herr Ziegler?", sagte eine Stimme. Matters stand plötzlich neben ihm.

„Ja?" Arno sah auf. Ihm wurde doch etwas klamm. Er wusste nicht, was er mit seinen Händen machen sollte.

„Zwei Dinge interessieren mich, zu dem, was Sie da gesagt haben. Erstens: Welche Maschine haben Sie denn da mit Chevy-Impala-Barock gemeint?"

„Es gibt einige, aber wenn ich mich für eine bestimmte entscheiden müsste, dann für die Rapido II von C. E. S. Milano."

„Ich habe eine gute Vorstellung davon, was Sie meinen. Aber diese Firma gibt es schon lange nicht mehr. Glauben Sie, dass Sie ein Bild, aus einem Katalog etwa, auftreiben könnten? Noch besser wäre natürlich ein Original der Maschine selbst."

„Ein Bild sicher. Hier."

Arno zog eine Seite aus seiner Mappe hervor. Aus einem alten Katalog hatte er ein schwarz-weißes Bild in seine Aufzeichnung gescannt. Flury, ein Brötchen mampfend, blickte kurz in den Raum. Außer Arno und Matters befand sich niemand mehr hier. Auch Suzie hatte sich diskret hinausbegeben. Arno war natürlich froh, dass er zusammen mit Matters gesehen wurde. Matters betrachtete die Espressomaschine.

„Das Gehäuse ist wirklich toll. Ich weiß jetzt genau, was Sie meinen."

„Sie können die ganze Mappe haben. Ich kann es mir ja jederzeit ausdrucken."

„Sehr gut", erwiderte Matters. „Aber noch was: Blue Nile Coffee. Sie haben doch nichts dagegen, wenn wir diesen Namen gleich einmal schützen lassen?"

Arno spürte ein flaues Gefühl in der Magengrube. Matters holte sich, unterstützt durch das Unwiderstehliche in seinem Auftreten, ungeniert die Rosinen aus dem Kuchen. Als er sah, wie Arno stutzte, setzte er nach: „Ich meine, Herr Ziegler, ihre Grundidee ist ja nicht schlecht, aber das bedarf natürlich noch ausgiebiger Überlegungen. Umso wichtiger ist, dass wir den Namen schützen lassen. Ich finde ihn gut. Stammt er von Ihnen?"

„Ja."

„Wunderbar." Er drückte Arno kurz am Oberarm, nickte kurz und ging hinaus. Arno sah, wie er die Mappe wortlos der jungen Sekretärin gab. Arno stand allein da. Hatte er gewonnen oder verloren? Die wenigen Sekunden mit Matters, denn mehr war es nicht gewesen, hatten ihn jedenfalls völlig ausgelaugt. Langsam begab er sich in den hell erleuchteten Vorraum. Ein Kellner, der auf einem Tablett Gläser mit Sekt und Sekt Orange vor sich hertrug, kam ihm entgegen. Am liebsten hätte Arno zu ihm gesagt, er solle bei ihm stehen bleiben, damit er ein Glas nach dem anderen leeren könne. Er wusste aber, dass gerade jetzt größte Beherrschung am Platze war. Das eine Glas, das er nahm, kippte er allerdings immer noch zu rasch. Plötzlich stand Suzie neben ihm mit einem Teller mit Brötchen.

„Komm, iss!", sagte sie.

„Hast du nachher Zeit?", fragte er.

„Natürlich!"

Gartner kam vorbei, rempelte Arno leicht an, zwinkerte vertraulich und sagte: „Nicht schlecht für den Anfang. Denen werden wir schon zeigen, wo's lang geht." Es schien nicht das erste Glas Sekt zu sein, das er in der Hand hielt. Dennoch wusste Arno, es war nur Spott.

Er war froh, als sich bald darauf seine Bürotür hinter ihm schloss. Er war der Erste, der von der Versammlung zurück war. In der Kanne war noch genug Kaffee für eine Tasse. Er schenkte sich mit fahrigen Bewegungen ein und stellte mit ebensolchen, von einer inneren Hetzjagd getrieben, eine neue Kanne zu. Dann ließ er sich in seinen Drehsessel fallen und endlich, endlich konnte er eine Zigarette rauchen. Er hatte bis zum letzten Augenblick von sich nicht geglaubt, dass er, was er getan hatte, tun würde. Nun war er doch, sozusagen, gesprungen. Wo er landen würde, lag nicht mehr in seiner Macht. Er rauchte gleich noch eine und noch eine. Irgendetwas zu arbeiten, war er nicht im Stande. Als Nächste erschien Anita. Arno vermochte nicht zu sagen, wie viel Zeit inzwischen verstrichen war. Anita war sichtlich beschwipst.

„Na, Sie haben mir da was angetan mit Ihren Ideen!", rief sie und kicherte. „Gibt's frischen Kaffee?" Arno deutete auf die Maschine.

„Eine seltene Kostbarkeit, Kaffee von Ihnen! Schenken Sie mir eine Zigarette?" Arno hielt ihr die offene Schachtel hin, sie bediente sich, er gab ihr Feuer. Seine Sorte war stärker als die ihre.

Arno wollte auf keinen Fall mit Anita ein Gespräch über das Vorgefallene führen und vertiefte sich in seinen Computer, ohne im Geringsten wahrnehmen zu können, was sich auf dem Bildschirm abspielte. Am liebsten hätte er sich jetzt angesoffen.

Gottlob, Anita nahm sich spontan eine Gutstunde. Der Tag war nach dieser Sitzung zu konzentriertem Arbeiten ungeeignet geworden, offenbar für alle. Arno harrte dennoch im Büro aus. Knapp vor regulärem Arbeitsschluss erschien Suzie. Sie habe mit den Leuten vom Technischen Service ein bisschen rumgealbert. Ob Arno mit ihr Abendessen gehen wolle?

Sie landeten in der Bannmeile. Noch war die Dämmerung nicht zu Ende, der Himmel hatte noch die matte Blässe des ausklingenden Tages, und es gab im Lokal Zwielicht und erst wenige Gäste. Sie waren beide von den Brötchen ziemlich angebampft, sodass sie sich lediglich Mozzarella mit Basilikum bestellten. Suzie trank einen Gespritzten, Arno Bier. Dass sie beide wieder rauchten, ließen sie unkommentiert. Müdigkeit lag über ihnen, obwohl es ja noch nicht einmal richtig Abend war. Nach einer Weile erst kam ein Gespräch in Gang, das aber dann rasch immer lebhafter wurde. Noch einmal ließen sie den Tag, die Sitzung, Revue passieren. Was Arno erhofft hatte, schien eingetreten zu sein: Suzie war angetan von seinem Auftritt. Was hätte er mehr erhoffen können? Und noch etwas: Matters. Der wenigstens hatte ihn bemerkt. Und er war auf ihn zugegangen und eingegangen. Kurz zwar, aber gezielt. Wenn das auch Arnos Untergang sein mochte, er würde wenigstens nicht als Arschkriecher in die Firmenannalen eingehen.

Arno hatte befürchtet, Suzie würde ihm vorwerfen, eine so gute Sache, das mit dem Kooperativenkaffee, für seine Interessen und für die Interessen der Firma opfern zu wollen. Da sie das nicht tat, begann er, selbstkritisch darüber zu reflektieren. Aber Suzie ließ es nicht gelten. Sie wollte nicht daran herumkratzen, so sehr das auch die nötige Oberfläche dafür geboten hätte. Sie wollte Arno einfach gut dastehen lassen, und das tat ihm, jetzt gerade, unendlich wohl. Er badete in Bier, Rauch und ihren sanften Worten. Als sie einmal kurz auf die Toilette gegangen war, sagte er probehalber halblaut zu sich: „Sie ist ein Engel in meinem Leben." Das klang wirklich gut.

Als sie zurückgekommen war, nahm sie ihr Handy und sagte irgendjemandem einen Termin ab. Dann fragte sie Arno, ob sie heute bei ihm übernachten dürfe.

Eben als er eine weitere Runde bestellen wollte, fasste ihn Suzie am Arm: „Moment", sagte sie. „Hast du die Nummer von dieser Anästhesistin bei dir?"

„Hier?", fragte Arno. „Nein, natürlich nicht."

„Zuhause?"

„Ja, wo sonst?" Arno war irritiert.

„Aus, wir zahlen und fahren sofort zu dir. Wir rufen sie an!"

„Nein, auf keinen Fall! Was soll das!"

Aber Suzie hatte schon dem Kellner gewunken und zahlte alles.

„Ich habe eine tolle Idee. Einfach nur ein Spaß. Vielleicht kann ich sie ein bisschen ausfragen oder so. Ich rufe an und sage, ich bin eine Patientin, habe eine Operation vor mir, möchte mich in einem schicken Privatspital operieren lassen und möchte sie fragen, ob sie mich narkotisieren könnte. Sie ist mir von einer guten Freundin empfohlen worden. Ja, das machen wir!"

Suzie sprang auf, warf sich in ihren Mantel und schupste Arno vom Sessel, in dessen Überjacke und aus dem Lokal. Sie war in Fahrt. Ein Taxi, das zufällig vorbeikam, hielt sie sofort an und bugsierte Arno hinein, schob sich neben ihn und gab dem Fahrer zu Arnos Erstaunen exakte Anweisung bezüglich seiner Adresse. Ob er Sekt zuhause habe, und da er verneinte, musste das Taxi zur Tankstelle, wo sie kurz hinaussprang, um sich sogleich wieder mit der Flasche im Arm in den Wagen zuwerfen, der nur noch einen kurzen Weg vor sich hatte.

Während Arno teils widerwillig, teils schon aufgeregt die Nummer hervorsuchte, hatte Suzie schon den Sekt entkorkt, Gläser eingeschenkt und zusammen mit dem Telefon auf den Tisch gestellt. Schließlich saßen sie einander gegenüber, das Telefon wie einen Sonntagsbraten in ihrer Mitte. Arno hatte noch alle möglichen Einwände parat, Suzie wischte sie allesamt vom Tisch.

„Wir krönen den heutigen Tag mit diesem Anruf. Du brauchst gar nichts zu machen. Ich verspreche dir, deinen Namen nicht zu erwähnen. Sie wird keinen Verdacht haben, dass es irgendetwas mit dir zu tun haben könnte. Nur ganz entfernt höchstens. Ein ganz, ganz kleines bisschen muss sie das schon denken. Okay?"

„Ist es nicht schon zu spät?", warf Arno als letztes, schon rein formales Bedenken ein.

„Es ist zehn vor acht. Da kann man so was noch machen. Aber wir dürfen nicht mehr länger warten. Gib mir endlich die Nummer. Wie ist der Familienname?"

„Remhagen."

Suzies Wangen leuchteten. Als ihr Arno den Zettel hinüberschob, zog sie hörbar an ihrer Zigarette. Mit kurz zugekniffenen Augen überflog sie die Nummer. Arno verspürte ein flaues Gefühl in der Magengrube, zum zweiten Mal an diesem Tag.

Sie hatte gewählt, presste den Hörer ans Ohr und sah ihm scharf in die Augen. Das immer wiederkehrende Signal verschärfte all das Schweigen.

Dann kam es abrupt.

„Ach ja", begann Suzie mit einem für Arno ungewohnten Tonfall, „entschuldigen Sie bitte, das ich so spät noch anrufe. Kann ich Frau Doktor Remhagen sprechen? – Sie sind es selbst? Freut mich sehr. Mein Name ist Dolezal. Ja richtig. – Nein, können Sie auch gar nicht. Ich habe ihre Nummer von einer Freundin. Sie sind mir empfohlen worden. Ich möchte mich nämlich operieren lassen, eine Knieoperation. – Nein, nein, im Rudolfinerhaus, ich habe eine private Krankenversicherung. – Genau weiß ich das noch nicht, im Februar oder März. – Ja, nicht gleich, ich möchte nur vorplanen. – Eine Frau Zatopek, aber das war nicht sie, sondern ihre Tante. – Nein, den Namen kenne ich leider nicht. Aber sie war so begeistert von Ihnen. –Ja, aus Tschechien. – Danke für das Kompliment, ich spreche von klein auf viel deutsch. – Ach ja. – Ach so. – Ach, das tut mir Leid. Und, darf ich fragen, warum? – Nein, nein, es geht mich natürlich nichts an. – Eine Chemotherapie? Sie, Frau Doktor? – Ja. – Ja. – Ja. – Ich verstehe. – Aber bis Februar oder März. Das ist doch noch relativ lange. – Ja, doch. – Nein. – Dann eben erst im März. – Eine Kreuzbandplastik oder so etwas. – Der Operateur? Das weiß ich noch nicht. Aber ich habe vor der Narkose mehr Angst, verstehen Sie? Die

Anästhesistin ist mir wichtiger! – Ja, Sie auch? Interessant! – Aha. – Aha. – Ja, das denke ich mir auch. – Nein, also wenn, dann nur Sie. Jetzt sind Sie mir erst so richtig sympathisch geworden."

Bei dem Namen Zatopek wäre Arno am liebsten unter den Tisch gesunken. Dabei hatte er Suzie gar nicht erzählt, dass er auch mit Tonia über den tschechischen Marathonmeister gesprochen hatte. Was der diskrete Hauch einer Andeutung unter Läufern hätte sein sollen, entfaltete jetzt womöglich eine Holzhammerwirkung. Nein, vielleicht doch nicht. Er war jedenfalls erleichtert, als Suzie jetzt mehrmals und immer herzlicher lachte. Offenbar verstand es Tonia, Humor auch dort zu zeigen, wo es schwierig war.

„Ich würde mich melden. – Unter dieser Nummer? – Ja, gerne. Wann müssen Sie denn ins Spital? – Schon? – Aha. – Aha. – Natürlich. – Ja, selbstverständlich. – Im Jänner. Ja. Anfang? – Sehr gut, mache ich. Wenn ich mich zu der Operation entschließe. – Ja, ich mache jetzt Physiotherapie. Mal sehen. Aber wenn! – Ja, danke Frau Doktor. Und vor allem Ihnen alles Gute! Wirklich, von ganzem Herzen. – Ja, dann rühre ich mich. Und vielen Dank. Und Entschuldigung nochmals für die Störung! Schönen Abend noch!"

Im Laufe des Gesprächs hatte sich Suzie immer mehr von Arno weg und zur Seite gedreht, den Kopf leicht zum Boden geneigt, und war etwas leiser geworden. Beim Wort Chemotherapie musste Arno zusammenzucken, er wusste, was gemeint war.

Nachdem das Gespräch beendet war und Suzie den Hörer in die Gabel gelegt hatte, lehnte sie sich weit zurück, verschränkte die Arme und sah Arno mit einem tiefen Seufzer an.

„Sie ist sympathisch."

„Ja, und?", fragte Arno ungeduldig. Und beunruhigt. „Was meinst du?"

„Was heißt da Chemotherapie?"

„Sie hat eine Chemotherapie. Nächste Woche."

„Und warum?" Arno stellte sich unwissend.

„Irgendeine Krebserkrankung, so genau hat sie mir das auch nicht gesagt. Irgendetwas stimmt nicht ganz, und sie wollen eine neuerliche Chemotherapie machen. Sie hatte schon einmal eine Serie. Jetzt wird das bis gegen Weihnachten gehen. Ende Februar will sie wieder im Einsatz sein. Irgendwie, ich bin nicht ganz mitgekommen. Hast du das gewusst?"

„Was?"

„Dass sie Krebs hat."

Arno zögerte. „Ja."

„Hat sie dir das gesagt?"

„Nein, das hat auch mein Bekannter herausbekommen."

„Ein Spion, was?"

„So ähnlich, ja, das kann man irgendwie so sagen."

„Was für ein Krebs ist das?"

„Brustkrebs, glaube ich."

„Sie haben noch einen Lymphknoten gefunden und entfernt, und jetzt kriegt sie noch eine Chemotherapie. Sonst soll alles in Ordnung sein. Vielleicht wollte sie mich nur beruhigen."

„Und sich selbst vielleicht auch."

„Du solltest sie anrufen."

„Aber ich habe doch offiziell gar nicht ihre Nummer! Das sieht doch zudringlich aus."

„Das ist doch jetzt egal. Ruf sie an. Nicht jetzt gleich, aber morgen, allerspätestens übermorgen."

„Sie ist verheiratet."

„Na und? Ist das nicht auch egal bei so was?"

Arno nickte. Er wusste noch nicht was, aber irgendetwas würde er tun.

Als Erstes füllte er jedenfalls die Gläser nach. Suzie war aufgestanden und ging im Kreis. Arno fühlte sich hilflos und nahm daher zwischen Zeige- und Mittelfinger Druck mit einer neuen Zigarette auf. Suzie öffnete das Fenster, und die eisige Luft schlug wie eine Faust in den Raum und auf seine Insassen, Arno und Suzie. Nachdem sie kurze Zeit später das Fenster geschlossen hatte, setzte sie sich wieder Arno gegenüber an den Tisch.

„Ich muss Eva anrufen. Darf ich?"

Arno stutzte kurz. „Deine Freundin?"

„Ja. Ich weiß, es ist ein furchtbarer Unsinn. Es wird mir wahrscheinlich nachher sauschlecht gehen. Aber ich muss einfach. Es ist wie eine innere Stimme. Vielleicht ist es doch der richtige Moment. Vielleicht ist diese innere Stimme ein Signal. Wenn ich es jetzt tue, kann ich alles gewinnen. Wenn nicht, habe ich alles verloren. Kennst du das?"

Arno nickte. Als er jung war, jedenfalls damals, freilich, hatte er so etwas erlebt, Blendwerk der unerfüllten Wünsche, wie er sich später gesagt hatte. Zu glauben, jetzt, jetzt, jetzt wäre der alles entscheidende Zeitpunkt, jetzt, jetzt, jetzt könne man dem Verlauf der Dinge die so lange ersehnte Wendung geben, der andere würde nur noch auf dieses kleine Zeichen warten, sehnsüchtig und seit Tagen, Wochen, um sodann unverzüglich aufzubrechen, sich eiligst auf den Weg zu machen, dieser alles verheißenden Umarmung entgegen. Ein Trugbild im Alkoholspiegel.

„Es ist vielleicht Gedankenübertragung", fuhr Suzie, deren Hand schon auf dem Telefon ruhte, fort. „Vielleicht will sie genau jetzt, dass ich sie anrufe. Sie selbst kann nicht, aus irgendeinem Grund, ich muss es tun, das sagt sie mir jetzt in Gedanken, verstehst du? Telepathie."

Arno nickte. „Was ist?", fragte Suzie, die Hand den Hörer schon am Lüften. Ihr war an Arno irgendetwas aufgefallen, Falten auf der Stirn, die verschränkten Arme, irgendwas.

„Ich glaube, es ist ein Fehler."

„Ich kann einfach nicht anders. Darf ich?"

„Natürlich."

Suzie hob voll ab und wählte. Sie hatte die Nummer im Kopf. Wieder ertönte das Signal mit seinen dunklen Pausen. Es wurde abgehoben.

Suzie sprach Tschechisch, natürlich. Offenbar hatte sich nicht Eva, sondern jemand anderer, wahrscheinlich ihr Mann gemeldet. Es dauerte, bis das Gespräch fortgesetzt wurde. Suzie vermied den direkten Blick auf Arno. Plötzlich durchflutete ein Strahlen ihr Gesicht, ihre Stimme wurde anders, als alles von Arno zuvor von ihr gehörte. Arno wurde bei diesem Schauspiel heiß und kalt. Suzie plapperte aufgeregt vor sich hin, lachte hellauf, drehte und wendete sich auf ihrem Sessel, und so ging es eine Weile. Plötzlich erschienen rote Flecken auf ihrem Hals. Dann ergab sich eine kleine Pause, und Suzie holte tief Luft. Dann wurde ihre Stimme etwas leiser, tiefer, langsamer. Ihr Gesicht wurde ernst. Arno starrte wie hypnotisiert auf sie. Er sah, wie sie konzentriert auf die Tischplatte schaute, auf der ihr Zeigefinger langsam, aber auf eine merkwürdig unbeirrte Weise arabeske Figuren zeichnete, und wie sie atemlos auf die Antwort wartete. Dann sah er, wie ihr Gesicht einfror und blass wurde. Die Antwort schien eine Weile gedauert zu haben, wie eine gut aufgebaute, hieb- und stichfeste Erklärung und auch die sie einrahmenden Pausen eben dauern. Am anderen Ende der Leitung wurde jetzt geschwiegen und auch Suzie schwieg. Ihr Zeigefinger schien zu ruhen, nur daran, dass sich der Nagel blass verfärbte, war der Anpressdruck auf die Tischplatte wahrzunehmen. Es musste geradezu schmerzhaft sein. Arno stockte der Atem. Schließlich ergriff sie wieder das Wort. Ihre Stimme war gefasst und bemüht, nicht leer zu klingen, nicht allen Ton zu verlieren. Sie stellte noch zwei, drei Fragen. Zu den Antworten nickte sie leise. Dann atmete sie tief durch, ihr Körper straffte sich, sie richtete sich in ihrem Sessel voll auf und sagte etwas, das nach freundlichem Abschied, geordnetem Rückzug klang, um Panik und Flucht wenigstens notdürftig zu verschleiern. Dann legte sie auf.

Über ihre Wangen rollte einzelne Tränen. Arno reichte ihr seine offene Hand über den Tisch, sie bettete die ihre hinein, und Arno deckte sie mit der zweiten zu. Dann schwiegen sie eine Weile.

„Und?", brach Arno die Stille.

„Sie ist zufrieden mit ihrem Leben, so wie es jetzt ist." Suzie sprach ganz leise, fast unhörbar. „Sie ist froh, dass sie kein Doppelleben mehr führt, keine Lügen mehr, kein schlechtes Gewissen, keine Ängste. Sie braucht mich nicht mehr."

Noch einen Moment, dann warf Suzie ihr Gesicht in die vier Hände, die sich inzwischen auf der Tischplatte gefunden hatten, und begann, haltlos zu heulen.

Es gab keinen Trost in diesem Augenblick, das wusste Arno. Sein Blick verlor sich in ihrem leicht zerwühlten Haar, während sich über seinen Handrücken die nasse Wärme ihrer Tränen ausbreitete. Arno dachte, dass Schmerzen Zeit und Ort auslöschen können. Und doch gab es etwas, um das er sie beneidete.

Schließlich stand sie auf und zog sich an. Sie erklärte knapp, dass sie lieber allein sein wolle, gab ihm einen Kuss auf die Wange und war dahin. Arno setzte sich, goss sich den restlichen Sekt aus der Flasche ein, nachdem er auch den Inhalt ihres Glases getrunken hatte, und rauchte vor sich hin. Es war zeitig genug, um ins Jablonsky zu gehen und sich endgültig vollrinnen zu lassen. Aber selbst dazu fühlte er sich zu schwach. Die Firma, sein selbstmörderischer Auftritt, Matters' Reaktion darauf, das alles war weit weg. Suzie war ihm näher, sie hatte wahrscheinlich seit Wochen alle Hoffnung in diesen Augenblick gelegt. Sie hatte geglaubt, eben jetzt ein inneres Signal zu empfangen und hatte reagiert, mutig, entschlossen und gleichzeitig fair und diszipliniert, wie eine Lady. Nur nachher, in seiner stillen Gegenwart, wusste sie, dass sie sich gehen lassen konnte. Allein das sollte für ihn ein Geschenk bleiben, das war ihm bewusst. Und doch war es ein Geschenk, über das er sich nicht richtig freuen konnte.

Und Tonia? Sie hatte ein gravierendes Problem und nichts davon hatte sie ihm mitgeteilt. Eher noch erzählte sie es einer vermeintlichen, gleichwohl wildfremden Patientin, als dass sie ihn angerufen hätte. Oder schämte sie sich dafür? Arno überflutete das panikartige Gefühl, sie anrufen zu müssen. Aber schließlich siegte in ihm die Einsicht, ein solche überfallsartige Anteilnahme könnte eher abstoßend wirken, und er beschloss, alles zu überschlafen. Immer wieder auch führte er sich ihren Mann, den er ja vermutlich am Bahnhof gesehen hatte, vor Augen. Die kühle Begrüßung nach ihrer Ankunft besagte gar nichts. Vielleicht war er eher ein introvertierter Typ oder er hatte gerade zu diesem Zeitpunkt ein wichtiges berufliches Problem, das für kurze Zeit alles andere überschattete. Und gerade darin konnte er vielleicht mit Tonias Verständnis rechnen.

Er begann mit langsamen, müden Bewegungen wegzuräumen den gehäuften Aschenbecher, die pickigen Sektgläser und die Flasche, deren fingerhohen Rest er in den Abfluss schüttete. Dann stellte er das Telefon, dessen Zauber erloschen war, zurück auf das angestammte Tischchen. Er nahm einen feuchten Lappen und wischte über die Tischplatte, über die feuchten, kreisförmigen Spuren, die die Gläser hinterlassen hatten und die an olympische Ringe erinnerten. Wie ein kurzer Stich durchfuhr ihn der Name Emil Zatopek. Er beschloss, am nächsten Tag, was immer sonst noch wäre, wieder laufen zu gehen.

Bevor er zu Bett ging, rief er Suzie an. Er konnte sie am Handy erreichen. Ja, es gehe schon wieder. Aber für morgen würde sie sich gerne einen Tag frei nehmen, wenn er einverstanden sei. Samstag? Ob er sehr böse wäre, wenn sie diesen Samstag ausfallen ließe? Eine Woche darauf wieder, das könne sie sich vorstellen, aber diese Woche besser nicht mehr, okay? Das war es.

Arno befand sich in einer Position ohne Spielraum. Fluchtwege gab es nur, wenn er die Augen schloss und sich von all den Bildern, die dann auftauchten, unberechenbar, unzuverlässig, unerklärlich, in ferne Welten entführen ließ, die aber doch so knapp unter der Oberfläche zu schlummern, zu lauern schienen. Aber auch das wollte heute nicht gleich gelingen. So machte er also das Licht wieder an und las, bis ihm die Augen zufallen wollten, was erst weit nach Mitternacht geschah.

In der Firma gab es am nächsten Tag schon weitere Neuigkeiten. Das Gebäude sollte in absehbarer Zeit renoviert werden, in der Nachbarschaft würden Ausweichräumlichkeiten angemietet werden. Das war gut vorstellbar, denn es gab ein Bürohochhaus, das erst kürzlich eröffnet worden war und noch teilweise leer stand. Es war wahrscheinlich das Geringste, an das man sich würde gewöhnen müssen. Ansonsten lief die Routine weiter wie gewohnt. Niemand sprach ihn auf den gestrigen Vorfall an, niemand wollte auch nur in die Nähe dieser Peinlichkeit kommen. Arno aber fühlte sich besser als sonst, egal ob da noch Folgen kommen sollten oder nicht.

Am späten Nachmittag fuhr er nach Schönbrunn und absolvierte einen Lauf. Es war schon bitterkalt. Handschuhe, Pudelhaube und warme Unterwäsche waren unerlässlich. Tonia unmittelbar vor einer Chemotherapie würde er wohl jetzt nicht begegnen. Dennoch hielt er die Augen offen. Auch jetzt, bei Kälte und Dämmerung, trabten Läufer die Parkalleen entlang. Arno ließ nicht nur seinen Beinen, sondern auch seinen Gedanken freien Lauf. Immer mehr entdeckte er diese Zusammenhänge. Es bedurfte keiner Mühe, die über die Mühe des Laufens selbst hinausging, um das zu erkennen. Es war keine großartige, keine neue Erkenntnis. In jeder Illustrierten, auf den Wellnessseiten, konnte man dergleichen immer wieder nachlesen. Aber zu lesen war eines, es selbst zu erleben ein zweites. Gleichzeitig spürte Arno die giftigen Reste des vergangenen Abends. Er nahm sich vor, zum wievielten Male wohl, seinen Lebensstil zu ändern.

Noch eine dritte Doppellänge, hin und zurück, vom Hietzinger zum Meidlinger Tor, hängte er an. Mit einem Mal wusste er, was er tun würde. Nichts Großartiges war ihm eingefallen, eine lächerliche Kleinigkeit eigentlich nur, aber die wollte er tun, gleich wenn er zuhause war.

Er lief die geplante Strecke mit frischem Schwung. Natürlich konnte es sein, dass sie nicht zuhause war, dass also wieder ihr Mann abheben würde. Andrerseits, es war früh am Abend, nächste Woche wäre sie im Spital, gut möglich, dass sie da gerne zuhause blieb, während ihr Mann vielleicht – wie auch immer. Wenn er aber abheben sollte, dann würde er es morgen nochmals versuchen, am frühen Nachmittag vielleicht. Aber so eine Aktion, das wollte er noch einmal tun, jetzt gerade, vor ihrer Chemotherapie. Wenn sie an der Strippe wäre, auflegen zwar, aber erst nach längerer Pause, genauso wie neulich.

Zuhause drehte er die Heizung auf, warf sich in den Bademantel, ließ aber Strumpfhose und Socken an. Er war wegen der Kälte nur mäßig verschwitzt. Dann holte er wieder Tonias Nummer hervor, setzte sich ans Telefon, wählte den Code, der ihn unerkannt lassen sollte, und dann ihre Nummer. Jetzt konnte er sich nicht mehr wehren, er hatte sich ausgesetzt, dem Signal, den Pausen dazwischen, seinem überraschend heftigen Herzklopfen.

Dann ging es Klick, „Remhagen?" Es war ihre Stimme.

Arno schwieg. Sie auch. Erst nach einer Weile sagte sie dann leise: „Hallo?" Er aber legte behutsam auf, nach ein paar weiteren, unendlichen Sekunden. Alles lief nach dem kleinen, bescheidenen Plan.

„Puuh!", sagte er wieder hörbar zu sich. Es war geschafft. Ein wirklich gutes Gefühl hatte er nicht bei solchen Sachen, würde es auch nie haben und er nahm sich vor, es dabei bewenden zu lassen. In der Schachtel waren noch drei Zigaretten. Er rauchte zwei hintereinander, nach kurzer Pause auch die dritte. Auch geschafft, sagte er sich, auch dabei wollte er es bewenden lassen. Er hatte keine Zigaretten mehr im Hause und er würde sich auch keine mehr kaufen, überhaupt keine mehr.

Dann ging er duschen. Als er sich anschließend eine Kleinigkeit in der Küche zubereitete, klingelte das Telefon. Sofort ließ er alles liegen und stehen, aber dann hielt er inne: es läutete nicht weiter. Es hatte nur ein einziges Mal geläutet. Er lauschte in die Stille der Wohnung. Hatte es denn überhaupt geläutet?

Er machte sein Essen fertig, trug es zum Tisch und aß gedankenverloren. Das konnte er so nicht belassen. Er wählte erneut den Code und ihre Nummer. Dann ließ er es einmal läuten und legte auf. Wenn sie es gewesen war, musste sie es verstanden haben. Ihr stand mehr Gewissheit zu als ihm, jetzt jedenfalls. Dann rief er Suzie zuhause an, um ihr das zu erzählen, aber sie meldete sich nicht. Einen Anruf am Handy, um eventuell eine Nachricht auf die Box zu platzieren unterließ er. Vielleicht würde sie eine solche Geschichte, so substanzlos sie auch war, nur traurig stimmen.

Er telefonierte etwas später mit Karin und Tina, dann mit Franz. Dessen Freundin hatte sich wieder telefonisch gemeldet, um alsbald erneut unterzutauchen, ein ewiges Spiel. Arno hörte sich die Geschichte, eine Wiederholung der Geschichte, mit gut verhaltener Ungeduld an. Einer Aufforderung von Franz, das Ganze im Jablonsky und einem – wieso nur einem? – Bier weiter zu erörtern, widerstand er, Freundschaftsdienst hin oder her.

Arno ging zeitig zu Bett und las nur kurz, denn ihm fielen bald die Augen zu.

Plötzlich erwachte er. Das Telefon, hatte es nicht geläutet? Er lauschte in die Dunkelheit, um sofort aufzuspringen und hinzueilen. Aber es blieb still. Hatte er geträumt? Er war plötzlich putzmunter, also hatte es wirklich geläutet, aber eben nur einmal? Wieder nur einmal? Er sah auf die Uhr: 23 Uhr o4. Sollte er das Spiel fortsetzen? Nein, das konnte er nicht, wenn es denn wirklich nur ein Traum gewesen war. Er lag lange auf dem Rücken und konnte nicht anders als lauschen. War er so weit, dass er sich alles nur noch einbildete? Irgendwann schlief er ein.

In der Woche darauf fiel der erste Schnee, spät genug. Trotzdem ging Arno jeden zweiten Tag laufen. Er rauchte fast nichts und trank auch keinen Alkohol. Franz wich er aus, er wusste, dass ein klassischer Besuch im Jablonsky nicht ohne Folgen bleiben konnte, die er dann am nächsten Tag bereuen würde. Auch Suzie hielt sich offenbar an das Konzept, keine Gifte also. So wäre es ja auch nicht weiter gegangen. Sie wolle einfach alles, sagte sie, was sie unötiger- und schädlicherweise belaste, hinter sich lassen. Arno musste daraufhin nur halb im Scherz fragen, ob er denn auch dazugehöre. Da musste Suzie lachen, den Kopf schütteln und fragen, ob das mit Samstag in Ordnung gehe. Arno war erleichtert.

In der Woche darauf fand er ein Mail von Matters' Büro in seinem Computer. Das war das erste Follow-up auf seinen Auftritt nach jener Firmenversammlung. Matters ließ schreiben:

„Sehr geehrter Herr Ziegler.
Bezug nehmend auf unser Gespräch nach unserer gemeinsamen Sitzung teile ich Ihnen mit, dass das Bild der Espressomaschine Rapido II von C. E. S. Milano leider nicht ausreicht, um eine Replika herzustellen, wie mir von zuständiger Seite mitgeteilt wurde. Vielleicht gelingt es Ihnen doch, ein besseres Bild oder, wenn es geht, eine Originalmaschine beizubringen. Bezüglich Ihrer dies betreffenden finanziellen Aufwendungen wollen Sie mit Herrn Höpfner Kontakt aufnehmen. Gruß, W. Matters."

Es war ihm also irgendwie ernst, wenigstens dem Anschein nach. C. E. S. Milano existierte schon seit mindestens zwei Jahrzehnten nicht mehr. Als er in der Firma angefangen hatte, gab es noch etliche Serviceverträge im Gastgewebe und einen Ersatzteillieferanten in Mailand, der die Lagerbestände von C. E. S. aufgekauft hatte. Dieses Unternehmen gehörte einem gewissen Zanetti, schon damals nicht mehr der Jüngste. Arno war einmal bei ihm gewesen, auf der Durchreise, von einem wichtigeren Lieferanten kommend. Er erinnerte sich noch dunkel an einen lang gestreckten Hinterhof, der mit einzelnen hohen Bäumen bestanden war, längs dazu rechter Hand ein einstöckiges Gebäude, auch war ihm eine schmutziggelbe bis schwarze Fassade noch in Erinnerung. Mailand war im Nebel gelegen und die hohen Fenster des Gebäudes waren alle hell erleuchtet gewesen. Im Hof standen Lieferwagen, die Firma lebte, das war zu spüren. Arnos Erinnerungen formten sich. Zanetti hatte mit ihm natürlich einen Kaffee getrunken, in einem Büro im ersten Stock, die Treppe war sehr eng gewesen, aber das Büro voller geschnitzter und gedrechselter Möbel. Zanetti hatte eine Brille getragen, mit kräftigem, schwarzen Rahmen, die damals gerade aus der Mode gekommen war. Er selbst war schlank und grau gewesen. Sie hatten darüber gesprochen, wieso C. E. S. in Konkurs gehen hatte können, und Zanetti hatte ihm erzählt, dass die Firma unbedingt einen Gegenentwurf zu der berühmten, ubiquitären Espressokanne von Bialetti auf den Markt hatte bringen wollen. Allein in Italien seien damals 5 Millionen Espressokannen pro Jahr zu verkaufen gewesen, die meisten aus Aluminium. C. E. S. habe versucht, zuerst mit einer Stahlkanne auf den Markt zu kommen, aber da sei für gehobene Ansprüche bei Alessi die Espressokanne aus Stahl von Richard Sapper erschienen. Diesem Modell gegenüber sei der C. E. S.-Kanne einfach kein Erfolg beschieden gewesen. Man hätte es zwar noch mit Kupfer und Messinggehäusen versucht, sei aber auch damit gescheitert. Zum zweiten hätten auch die großen Maschinen chronische Probleme gehabt. Das Umrüsten auf die elektrischen Pumpen sei einfach technisch und kommerziell nicht ausreichend gut geglückt, anders als bei Gaggia etwa. Und die Zeit der alten Dampffederpumpen sei vorbei gewesen, speziell im Gastgewerbe, wo es auf Schnelligkeit ankommt. Obwohl der Espresso, der aus diesen Maschinen kam, besonders cremig gewesen sei, was jedenfalls Zanettis Meinung war, dessen Alter ihn bereits die typischen Vorbehalte Innovationen gegenüber hegen ließ. Heute war Arno so weit, dass er selbst gegen solche Gemütsverfassungen mehr und mehr anzukämpfen hatte. Damals, er konnte sich erstaunlich gut erinnern, war es noch anders gewesen. Über Zanetti hatte er heimlich lächeln müssen, auch weil er einer jener älteren Männer war, die gerne viel redeten.

C. E. S. habe einem gewissen Tozzo gehört, dessen Vater das Unternehmen zwar aufgebaut hatte, der aber selbst kein großes Interesse daran gehabt haben soll. Jedenfalls war plötzlich sein einziges Bestreben, die Firma C. E. S. loszuwerden, bevor die Verluste sein Privatvermögen in Mitleidenschaft hätten ziehen können. Es sei von dem Unternehmen nichts mehr übrig geblieben. Wohl sei es schade darum gewesen, aber ähnlich wie mit manchen Automarken, an die sich heute nur noch Kenner erinnern, nur schärfer noch, war es um das Schicksal von C. E. S. Milano bestellt.

Arno sah in seinem Firmen-Computer nach. C. E. S. war nirgends zu finden, auch in den Lagerbeständen nicht. Also rief er nun Krupka, den Lagerleiter an, ob irgendwo noch irgendetwas für C. E. S.-Maschinen vorhanden sei.

Krupka war hörbar gerade im Stress und wusste im ersten Moment gar nicht, worum es ging. Erst nach kurzem, bärbeißigem Gebrummel änderte sich seine Stimme schlagartig, und er musste kurz auflachen.

„Ja, die C. E. S.! Jetzt weiß ich, was Sie meinen. Milano, nicht wahr?" Das habe man vor Jahren schon gelöscht, aber im hinteren Lager, da könnten noch zwei, drei Kartons vorhanden sein mit Dichtungen und Sieben und so Kleinzeugs. „Ich werde nachsehen, ob noch was da ist, Herr Ziegler, ich rufe Sie zurück."

Arno wusste sofort, was das alles in Wirklichkeit zu bedeuten hatte: Ins Archiv gehen, vor Regalen voller Ordner stehen und nach C. E. S. Ausschau halten, Staub nicht nur im hinteren Lager, Staub im Archiv, zu Staub gewordene Information: längst aufgegebene Adressen, erloschene Telefonnummern, Namen längst Verzogener, Verschwundener, Verstorbener.

Irgendwo, weiß Gott wo, mochten sich noch Verkaufslisten finden, auch von der Rapido II. Vielleicht stand heute noch in irgendeinem Vorstadtbeisel, bei irgendeinem Branntweiner, bei irgendeinem Dorfzuckerbäcker so eine Maschine, im Keller wenigstens oder, wenn man ganz großes Glück hatte, auf einem trockenen Dachboden. Er hatte sich selbst vor aller Augen eine unlösbare Aufgabe gestellt, sich öffentlich bei dem Meeting exponiert, ein Beispiel für einen Vorschlag, den ein guter, vorausschauender Mitarbeiter in dieser unausgegorenen Form einfach nicht machen darf.

Wenn er die Aussichtslosigkeit der Suche nach dieser Maschine jetzt, leider erst jetzt, nicht so plastisch vor Augen gehabt hätte, könnte augenblicklich sein Jägerinstinkt erwachen, er könnte beispielsweise im Mailänder Telefonverzeichnis nachsehen, ob Zanetti oder Tozzo aufzuspüren wären. Arno sprach leidlich gut Italienisch, und um eine Auskunft zu bekommen, hätte es gereicht. Die Chance, in Italien so eine Maschine noch aufzutreiben, war ohne Zweifel größer als hier. Ein echtes Nachfolgeunternehmen für C. E. S. gab es nicht, die Firma war filetiert worden, und das ganz rasch. Ein Prozess, der ohne Zweifel auch hier und jetzt mit dieser Firma passieren würde. Arno versuchte eine Nachschau im Internet, musste aber einsehen, dass es vergeblich war.

Matters in der Zentrale von Café Competence hatte ohne Zweifel ganz andere Möglichkeiten, die Rapido II zu finden, sei es als Bild, im Konstruktionsplan oder in echt. Entweder hatte er längst seine Kanäle damit beauftragt und wollte nur wissen, um wie viel länger ein gewisser Ziegler, ohnehin schon auf der Abschussliste, benötigen mochte, um ebenfalls zu einem halbwegs brauchbaren Resultat zu kommen. Er wollte wahrscheinlich wirklich nichts anderes, als eben diesen Ziegler zu testen, ein Wunsch Flurys etwa, ohne selbst an der Rapido das geringste Interesse zu haben, im Grunde ein Spielchen, Arno auf der Prüfstrecke. Das Resultat, diesen Ziegler betreffend: quod erat demonstrandum.

Aber zunächst musste er die eigene Tagesarbeit erledigen und erkannte bald, dass die Zeit für die Suche heute einfach nicht vorhanden war, denn selbst um mit der Routine fertig zu werden, würde er mindestens zwei Überstunden anhängen müssen.

Schließlich rief er Bracht an. Die Überwindung war nur zu schaffen, indem er sich selbst überrumpelte. Kaum hatte Anita das Büro um vier verlassen, griff er zum Hörer, ohne weiter darüber nachzudenken. Bracht hob sofort ab.

Arno, in gewissen Erklärungsnotständen, war gegen den eigenen, nun sprudelnden Wortschwall machtlos. Wie nett der letzte Abend gewesen sei, man sollte sich ja wirklich öfter treffen, unbedingt. Das mit Brachts prospektiver Firmengründung sei freilich schwierig, er, Arno sei sich leider noch immer nicht sicher, das eingeforderte Kapital dafür sei schon sehr hoch, jedenfalls für ihn, etwas an weiterer Bedenkzeit wäre vielleicht doch noch gut. Bracht wisse ja sicher, was sich hier inzwischen so abspiele, mit Café Competence und so weiter, ja, Arno konzediere ihm gerne, er, Bracht, habe so etwas vorausgesehen, ohne Zweifel ein echter Branchenkenner, wirklich ein echter nämlich. Arno beneide ihn um dieses Gespür, diesen Riecher, die Fühler, die er da überall habe. Und deswegen rufe er ihn ja auch an, er, Arno, habe nämlich ein Problem, Matters – ob er Matters kenne? – natürlich werde er Matters kennen, dem Namen nach, gewiss, ja Matters also, bei den Kaffeekompetenzlern, natürlich, der sei, wie man ja wisse, mehr im Hintergrund, freilich, freilich, jedenfalls, Matters habe ihn beauftragt, einen Plan, ein gutes Foto oder am besten ein Original einer Rapido II von C. E. S. aufzutreiben. Warum und wieso, egal, so sei es jetzt. Ob ihm Bracht einen Hinweis, eine Hilfestellung, was immer geben könne?

„Matters will eine Rapido II von C. E. S. Milano? Ein Museumsstück also? Sehr interessant? Und warum?"

„Sie wollen eventuell eine Replika bauen lassen."

„Interessant." Es entstand eine kurze Pause. Arno spürte ein flaues Gefühl in der Magengrube. Schon wieder ein Fehler.

„Wirklich interessant", fuhr Bracht fort. „Ich weiß genau, was gemeint ist, ich habe die Rapido vor mir. Die Front war eingelassen in den verchromten Rahmen, geschwungen, blau oder rot und abenteuerlich beleuchtet, Goldschrift dazu. Die Maschine konnte jedem Dorfwirtshaus ein verruchtes Flair verleihen. Und Matters, sagst du, will das? Na, ich werde sehen, was sich machen lässt."

„Danke übrigens für die Unterlagen", stammelte Arno dann doch hervor. Irgendwie fühlte er sich verpflichtet, das jetzt anzusprechen, es schien im überfällig, so peinlich es auch war, denn diese illegale Manipulation hatte ihn letzten Endes in den Besitz von Details über Tonia gebracht, nicht zuletzt von deren Telefonnummer.

Zu Arnos Erstaunen überging Bracht diese Bemerkung. Eigentlich wäre von ihm zu erwarten gewesen, dass er von selbst die Sache apostrophiert hätte, aber nichts dergleichen. Gut möglich, dass er fürchtete, Arno könne das Gespräch heimlich aufzeichnen, um dann irgendeine Handhabe gegen ihn zu haben. Stattdessen setzte Bracht bruchlos mit einer weiteren, kurzen Betrachtung über die Rapido fort und entschuldigte sich plötzlich, er sei unter Zeitdruck und wünsche im Übrigen noch einen schönen Tag. Keine weitere Bemerkung etwa der Art, er werde sich rühren, Arno würde von ihm hören oder Ähnliches.

Arno war sofort klar, dass er höchstwahrscheinlich eine kapitale Dummheit begangen hatte. Bracht war ohne Zweifel zuzutrauen, eine Rapido in kürzester Zeit aufzutreiben und sie Matters unter Umgehung jeglichen Anstands zu präsentieren. Das konnte für Bracht und seine eigenen Absichten, welcher Art sie auch waren, kein Nachteil sein, was immer er im Schilde führte. Arno wusste, dass er jetzt selbst die Jagd auf diese obskure Maschine aufnehmen würde müssen. Er fühlte sich müde, ausgelaugt und ungeschickt.

Schnee fiel und schmolz und fiel und schmolz. Für wenige Stunden war die Stadt weiß, dann wieder schmutzig und nass-schwarz. Über den großen Geschäftsstraßen hing Weihnachtsbeleuchtung, die Auslagen glitzerten und um die unvermeidlichen Punschhütten roch und dampfte es zwischen Webpelzmänteln und Lederjacken nach Rum und Gewürzen.

Arno war mit Krupka, der die Sache vergessen zu haben schien, ins hintere Lager gegangen, und tatsächlich hatten sie zwei Kartons, auf die jemand irgendwann mit Kreide CES geschrieben hatte, gerade noch leserlich nach so langer Zeit, und in denen alles – verchromte Rohrleitungen, Dichtungen auf Drahtringen aufgereiht, Sechskantmuttern in Nylonsäckchen, Armaturenteile und dergleichen – zusammengeworfen war. Der einzige brauchbare Anhaltspunkt war eine kleine Schachtel mit einem originalverpackten Manometer, auf der ein Aufdruck zu lesen war, Zanetti S. A. und eine Mailänder Adresse, immerhin. Arno notierte sie und glaubte sich zu erinnern, das es jene war, die er vor langer Zeit anlässlich einer Geschäftsreise selbst aufgesucht hatte.

Im Mailänder Telefonverzeichnis aber fand sich nichts, die Spur ließ sich nicht weiterverfolgen, die Firma schien nicht mehr zu existieren. Auch im Firmenarchiv fand sich zu Arnos Enttäuschung kein Hinweis mehr, keine Verkaufszahlen, keine Kundenlisten, keine Lieferpapiere, keine Ersatzteilkataloge.

Schon bei Dunkelheit, zuhause, warf er sich in sein winterliches Laufgewand. Arno ging laufen, wann immer das Wetter es zuließ. Er hatte sich einen Regenanzug gekauft und ließ sich auch von Schnee und Schneeregen nicht abhalten. Und ab jetzt, wenn er lief, versuchte er sich die Rapido II vorzustellen und sich auch vorzustellen, wo er eine solche noch leibhaftig gesehen hatte. Und plötzlich, und dann immer wieder, sah er es auftauchen, im Ganzen schemenhaft, im Detail aber scharf, eine Wirtsstube, die Mauern ums Eck verlaufend und ebenso, an der Innenseite, eine Theke, auch mit weichem Schwung ums Eck, konisch sich nach oben verbreiternd, unten Holz, oben Nirosta, eine verspiegelte Bar dahinter, ein Scharlachbergleuchtbalken darüber, und im wuchtigen Sockel, eingelassen hinter Glas, ein kleines Buffet mit Mannerschnitten, Soletti, Gurkenglas und hart gekochten Eiern. Und darauf, just an der Biegung, stand sie, die Rapido II C. E. S. Milano, so in kühner Goldschrift zu lesen, leuchtend in rot wie die Todsünde. Nahe der Tür musste ein Wurlitzer gestanden haben, und Paul Anka schmachtete nach „Diana". Wo zum Teufel mochte das nur gewesen sein?

Suzie schmiss auch den nächsten Samstagtermin, sie habe keine Lust, laufen zu gehen, sie habe zu gar nichts Lust, nicht derzeit, Arno müsse das verstehen. Franz war plötzlich wieder unabkömmlich, seine obsessive Flamme hatte kurz nach ihm geleckt und er stand, nichts anderes war zu erwarten gewesen, wieder in loderndem Brande, verzehrend, ein Fluch, den er jetzt wieder für einen Segen hielt.

Auch in Familie gelang an diesem Samstag nichts. Tina war beschäftigt, Karin sowieso. Arno setzte sich ins Auto und fuhr, statt in die Lobau zum Laufen, die B 7 Richtung Weinviertel, eine Gegend, die man gut für ein heimliches Rückzugsgebiet der Rapido II halten konnte. Über Mistelbach kam er letzten Endes nicht weit hinaus. Er hatte in sieben, acht Lokalen da einen kleinen Braunen, dort ein Mineralwasser stets im Stehen konsumiert, ab dem dritten Lokal regelmäßig und bei dieser Getränkekombination zwangsläufig die Toiletten besucht. Allein, was er insgesamt dabei an Espressomaschinen zu Gesicht bekommen hatte, war weit entfernt vom glühenden Zauber einer Rapido II gewesen.

So war das Problem nicht zu lösen. Auch ein Abstecher über eine Nebenstraße führte die Schatzsuche nicht zum Erfolg. An Musik war bestenfalls Madonna zu hören. Die Straßen waren am Spätnachmittag glatt, nicht nur im Verkehrsfunk. Arno ging zeitig aber nüchtern zu Bett. Er gab sich einsamen Fantasien hin. Das Telefon schwieg dazu in bescheidener Harmonie.

Auch die nächsten Tage gelangen ihm in der verordneten Disziplin. Tonia musste jetzt wohl im Spital liegen, um die Chemotherapie über sich ergehen zu lassen. Irgendwie half das Arno, sich in allem zurückzuhalten. Manchmal dachte er daran, sie einfach besuchen zu fahren, ins Spital, ohne dass er genau wusste, wo sie war, er würde sie schon finden, mit einem Blumenstrauß in der Hand. Aber: War sie vielleicht isoliert, nicht fähig, nicht ermächtigt, Besuch zu empfangen? Ein Schulfreund hatte einmal eine Chemotherapie gehabt, Hodenkrebs, Arno hatte noch vage Erinnerungen. Wäre er da nicht womöglich eine gänzlich unwillkommene Überraschung? Was, wenn er hineinplatzte, während ihr Sohn neben ihr saß, ihre Hand haltend, von ihrem Mann ganz zu schweigen? „Sie?!“, würde sie sagen, „Was machen denn Sie da? Haben sie denn nun wirklich nicht das geringste Einfühlungsvermögen?“

Und wirklich: Wie hätte er denn sein Erscheinen rechtfertigen können?

Mitte der Woche kippte er, schon nach der Arbeit trank er in einer schäbigen Bar um die Ecke zwei große Bier. Dann, im Supermarkt, knapp vor Geschäftsschluss, bunkerte er für einen schlimmen Abend einige Dosen Bier, für alle Fälle auch zwei Flaschen Sekt. Auch mit Zigaretten hatte er sich versorgt.

Zuhause verstaute er alles sogleich im Kühlschrank, bis auf eine Dose, die er gleich öffnete. Rapido II, ein Phantom, das nur Spott für ihn übrig hatte. Matters, der Hexenmeister dazu, Flury dessen willfähriger Henkersknecht. Tonia? Wenn es Bedeutungsloses für sie gab, dann konnte nur er es sein. Und wenn nicht, war das nicht erst recht Grund für einen schlimmen Abend, bei dieser Unerreichbarkeit? Er wusste, dass er bereits jedes Maß verloren hatte. Sollte er sich allein besaufen? Er schwankte.

Warum jetzt nicht Suzie anrufen? Gegen jede Konvention. Arno ist beschwipst, Suzie ist trinkfest. Arno hat schon geraucht, riecht zweifellos danach, Suzie ist eine starke Raucherin, ob gewesen oder nicht, na also! Beide Umstände helfen, Arno ruft an, es ist drei viertel acht, auch um halb zwölf würde er es jetzt noch tun, also, warum nicht gleich? Ein kleines Wunder, sie hebt ab, ein größeres, ja, sie hat Zeit, sie kommt, er rennt offene Türen ein. „Gern", sagt sie. Keine Berührungsängste, unprätentiös. Hastig und beschwingt zugleich räumt Arno, aber nur ein bisschen, die Wohnung auf, soll ja alles nur beiläufig wirken. Soll er schnell was holen, vom Türken, Italiener, Chinesen? Die Zeit reicht nicht. Irgendwas ist schon da, im Tiefkühlfach. Selbst zum Duschen ist nicht wirklich Zeit. Arno setzt sich hin, raucht sich eine an, die nächste, da läutet es schon und sie ist da. Schnell ging das! Stellt eine Flasche Rotwein hin, lacht, umarmt ihn, sie küssen sich, seine Hand fasst ihren Knackarsch. Alles andere hat kein Gewicht, die Firma schon gar nicht. Er möchte noch duschen. Ja, sagt sie, duschen wir, das hätte sie auch noch wollen. Gleich sind sie sich nackter als je vermutet. Auch der Wasserstrahl ist heißer, als die Vernunft will, macht nichts, dafür ist das Duschgel schön üppig und glitschig.

Vielleicht wollen sie nichts weiter voneinander, nichts Spezielles, nur Vertrautheit. Er ist wie das einsame Bahnwärterhäuschen, sie der Schnellzug, der vorüberbraust. Sein Signal ist grün, ordnungsgemäß und gewissenhaft abgecheckt, sie kann ihm vertrauen, die Stecke ist frei, frei in dem kurzen Blockabschnitt, den er zu betreuen hat, zwischen, sagen wir, Pressbaum und Rekawinkel, frei für den Schnellzug, sagen wir, Wien–Paris. Mehr, als den ihm zugeordneten Streckenabschnitt frei zu halten, kann er gar nicht, will er gar nicht, kann er gar nicht wollen, das aber mit Anstand. Siehe da, es wird gelingen.

Noch lange liegen sie eng umschlungen. Und wie der Bahnwärter auf einsamem Posten noch den Rauch der Lokomotive des großen Schnellzugs, der längst vorübergerauscht ist, in der Nase hat, wenn er inzwischen schon wieder in seinem Häuschen vor dem Kreuzworträtselheft sitzt, atmet Arno noch jetzt einen Hauch ihres zartscharfen Geruchs ein, den Geruch der großen, wilden Welt, den Frauen verströmen können. Und so wird es noch sein, wenn sie dann gegangen sein wird.

Schließlich finden sie sich in der Küche wieder, zaubern gemeinsam mit wenig Vorhandenem ein kleines Festmahl auf den flüchtig gedeckten Tisch, denselben, der ihnen vor kurzem mit dem Telefon in der Mitte ein fordernder Altar gewesen war. Sind sie nicht für hungerstillende Augenblicke ein trautes Paar, und ist das nicht was? Ja, es ist was, bei Leibe, bei Gott.

In der Nacht wachen sie wechselseitig und auch zugleich immer wieder irgendwann einmal auf, greifen nacheinander, suchen immer wieder den breitflächigen Kontakt, greifen auch mit Ziel, wie auch immer, es ist jetzt, jetzt und jetzt, morgen schon können sich ihre Wege trennen, wer weiß, oder spätestens übermorgen, der Hinterkopf, nicht ganz zu verscheuchen, flüstert es leise.

Das Weihnachtsfest glitzerte sich heran. Auch in der Firma zierten Tannenzweige und Christbaumkugeln die wichtigen Türen. Es roch dann und wann nach Punsch, Bäckerei, Weihrauch und, natürlich wie immer, nach Kaffee. Auch in stürmischen Zeiten vermochten Frauen wie Anita den Lauf des

Jahres zu markieren, mit Faschingslampions, Osterzweigen, bunten Herbststräußen oder eben Weihnachtsengeln. Eine Lebenslinie, die auch einem forschen Management gegenüber standzuhalten schien.

Natürlich gab es eine Weihnachtsfeier in der Firma, schon zwei Wochen vor Weihnachten, in einem Innenstadtrestaurant. Das neue Management ließ es sich was kosten. Arno gelang es, wenig zu rauchen, wenig zu trinken und früh zu gehen. Suzie blieb noch und flirtete sich durch die Mannschaften der Werbe- und der EDV-Abteilung. Arno fuhr heim und trank, halb nackt auf dem Sofa sitzend und qualmend, drei Dosen Bier in der Hoffnung, sie würde nachkommen. Leicht alkoholisiert zu bleiben, war er außer Stande. Wie auf Knopfdruck musste er sich vollrinnen lassen. Als er das Licht löschte, drehte es sich dennoch nur leicht und er konnte seinen Gedanken noch über kurze sich wiederholende Wegstrecken folgen. Tonia war wohl noch oder schon im Spital. Chemotherapie, er versuchte sich das vorzustellen, es stimmt etwas nicht, noch nicht ganz, wir müssen noch eine Serie machen, das kriegen wir schon hin, Kopf hoch, Frau Kollegin.

Arno stellte sich vor, wie es wäre, selbst Krebs zu haben, Lungenkrebs zum Beispiel. Nach einigen Voruntersuchungen bei Pontius und Pilatus säße er in Dr. Barellis Wartezimmer. Endlich ginge die Tür auf. Schon die Miene der Ordinationshilfe wäre irgendwie komisch, und dann erst Barelli selbst. Überfreundlich, zugleich bemüht sachlich, hypernervös und auf die Frage, ob es was Ernstes sei, errötend. Wortreiche Erklärungen, Schweißperlen auf der Stirn. Genau deswegen mochte Arno Dr. Barelli. Er selbst würde den Arzt beobachten, als wäre es jener, dem eine solche Diagnose mitgeteilt würde. Für Arno wäre es ein Moment größter Gelassenheit. Würde er nicht dem Arzt zeigen wollen, wie gefasst er so etwas hinnehmen konnte? Erhobenen Hauptes, ungebrochen würde er die Ordination verlassen. Aber dann? Es war nicht wirklich vorstellbar. An was konnte man da denken? An den Kampf, an den Sieg über die Krankheit, an die Waffen der modernen Medizin? Oder schon an die Niederlage? Ausmalen konnte er sich nur sein Begräbnis, ja, das schon, das offene Grab und nur

Tina stand da, in ihren schwarzen Jeans, schwarzer Pulli, ein kurzes, offenes schwarzes Mäntelchen, seine Tochter, ein Blumensträußchen in der Hand. Sonst war niemand gekommen. Nur zwei, drei Totengräber standen abseits und rauchten. Bei Tina hatte er das meiste versäumt, aber sie hatte ihm alles verziehen. „Vati", sagte sie und warf das Sträußchen in die Grube.

Arno flossen plötzlich die Tränen, betrunken von einem Gebräu aus Bier und Selbstmitleid. Zugleich mit den Tränen stieg aber auch wie aus den Löchern eines Kanaldeckels, aus der seelischen Unterwelt, der Ekel vor sich selbst empor, die Scham, versagt zu haben, dort, wo es am selbstverständlichsten gewesen wäre, nicht zu versagen. Dennoch, Arno ließ alles herausfließen, wälzte sich auf dem Bett, und es schüttelte ihn, so musste er schluchzen. Schließlich, mit einem Mal, schlossen sich die dunklen Quellen, mit einem Mal war alles trocken und eine völlige Leere erlöste ihn. Er lag wach, aber es war, als könnte er ebenso gut schlafen. Er brauchte den Schlaf nicht zu suchen, es war gleichgültig. Und da bemerkte er, dass da noch etwas war, dass er nicht bloß um sich selbst geweint hatte, nein, er hatte auch um Tonia geweint, er hatte Angst um sie, eine Angst, die ihm aber zugleich einen Rest von Ehre zurückgab. Er hatte nicht nur sein, sondern auch ihr Leben, nicht nur seinen, sondern auch ihren Tod beweint. Vielleicht hatte sie gerade jetzt, in dieser Nacht, einen Anfall heftiger Todesangst und dieses starke Gefühl hätte er genau jetzt mit ihr geteilt. Sie in einem Spitalszimmer, dessen schwaches Notlicht sich an ihrer Infusionsflasche spiegelte, sich an den regelmäßigen, Rettung verheißenden Tropfen brach, und er in seinem Bett, über dem das Licht einer Straßenlaterne und die verzerrten Schatten der Fensterbalken sich fast unmerklich zum leisen Wind der Frühwinternacht wiegten. Vielleicht starrten sie beide wie Kinder, jetzt gerade, mit weit geöffneten Augen in diese Nacht, in ihre Unendlichkeit.

Der nächste Tag in der Firma verlief schaumgebremst. Die Wirkung der Weihnachtsfeier war unverkennbar. Mild-säuerliches Lächeln, läppische Witzeleien und Schachteln mit Kopfwehtabletten machten ihre verhaltene Runde. Nichtsdestotrotz platzte Suzie gegen elf gut gelaunt in Arnos Büro, von einer langen Nacht gezeichnet und zugleich aufgekratzt. Es sei ihr etwas ganz Wichtiges eingefallen, sie müsse unbedingt mit Arno reden. Sie gingen also auf den Gang, denn es war offenbar etwas, was nicht für Anitas Ohren bestimmt war, egal, was sie sich jetzt auch denken mochte.

„Blue Nile Coffee!", begann Suzie. „Du musst diesen Namen schützen lassen. Als Marke!"

Arno verstand zunächst nicht recht.

„Der Name ist gut. Du kannst was verlangen dafür. Es ist deine Idee, verstehst du nicht? Ach ja! Sonst werden sie dir diesen Namen klauen, das darfst du nicht zulassen."

„Was soll ich da tun?" Arno kam sich hilflos vor und Suzie war ganz zappelig.

„Kann ich eine Stunde weg? Ich fahr aufs Patentamt und hole die Formulare. Es geht ganz schnell. Wir machen das. In dem Moment, wo es eingereicht ist, ist der Name geschützt. Es ist dann eine Marke, deine Marke."

Arno starrte sie an.

„Tschüss!", rief sie und gab ihm mitten auf dem Gang einen Kuss. Nachdenklich kehrte Arno in sein Büro zurück. Anita sah ihn fragend an und er zuckte mit den Achseln.

Suzie war zurück, als Anita in der Mittagspause war. Das war günstig. Sie warf ihren Mantel über eine Lehne und setzte sich ganz nah neben Arno, egal wer jetzt hereinkommen mochte, und breitete die Formulare vor ihm aus.

Neben dem eigentlichen Anmeldeformular hatte Suzie ein vielseitiges Merkblatt für Markenanmelder und eine Gebührenliste nebst Erlagschein mitgebracht. Arno überflog die Tarife und musste anmerken, dass die Sache nicht ganz billig werden würde, aber bitte. Es kam auch bei Arno Stimmung auf, Suzie stand sowieso unter Strom. Sie suchten in der Klasseneinteilung für Waren, was für Kaffee zutraf, und Dienstleistungen, was einen Coffeeshop anging oder gar eine ganze Kette davon. Sie überlegten, ob sie schon ein Logo sicherheitshalber als Vorentwurf beifügen sollten, da fiel Arno unter den Papieren eine Notiz auf. Es stand darauf eine Telefonnummer, unter der man nachfragen konnte, ob nicht schon eine solche oder ähnliche Marke existierte.

Sie riefen sofort an, Arno hing an der Strippe, Suzie an seinen Lippen.

„Grüß Gott, Ziegler", begann Arno, „ich hätte mich gerne erkundigt, ob es eine Kaffee- oder auch eine Kaffeehausmarke namens Blue Nile Coffee gibt."

Es entstand ein Pause. Die Beamtin am anderen Ende hatte die Suche aufgenommen.

„Sie ist freundlich", flüsterte Arno Suzie zu, die Grimassen schnitt.

Nach einer kurzen Weile meldete sich die Patentamtsstimme wieder.

„Ich habe da Blue Mountain Coffee, ist in Jamaica registriert, aber das meinen Sie ja nicht. Wie sagten Sie?"

„Blue Nile Coffee", Wiederholte Arno.

„Doch, ja, habe ich, Blue Nile Coffee."

„Wie?!", rief Arno aus, „Sie haben Blue Nile Coffee als registrierte Marke?"

Suzie riss Mund und Augen auf und runzelte dazu die Stirn, es war echt, keine Spaßgrimasse mehr.

„Ja", sagte die Stimme, „erst vorige Woche angemeldet worden. Das Verfahren läuft also noch, aber die Marke ist bereits geschützt."

Arno war sprachlos. Entweder hatte Matters wirklich die Sache ernst genommen und sofort reagiert, oder es gab die Marke schon, vielleicht schon seit vielen Jahren. Arno und Suzie, die alles mitbekommen hatte, sahen sich entgeistert an. Suzie fasste sich rascher.

„Frag, wer das angemeldet hat!", rief sie ihm zu. Arno nickte.

„Kann man erfahren, wer diese Marke registrieren hat lassen?"

„Selbstverständlich. Der Anmelder ist eine Gesellschaft, selbst eine Marke. Sie heißt Café Competence."

„Danke", sagte Arno tonlos und legte behutsam auf.

„Sie haben es wirklich geklaut!", schrie Suzie, sprang auf und tanzte vor Arno wütend hin und her.

203

„Matters", sagte Arno. „Er hat es ja angekündigt, eigentlich keine Überraschung."

Suzie war in Rage, so wie sich die Fans einer Fußballmannschaft, die in Rückstand gerät, mehr aufregen als die Spieler selbst. Arno starrte vor sich hin. Er hatte nicht erkannt, dass er eine so gute Karte in der Hand gehabt und sie unvorsichtig verspielt hatte. Auch die zweite Karte in seinem sonst trostlosen Blatt, die Rapido II, war höchstwahrscheinlich gestochen worden, von Bracht.

„Damit du dich als mein Fan gleich noch einmal ärgern kannst, erzähle ich dir noch eine Geschichte." Und Arno erzählte Suzie die Sache mit der Rapido II und Bracht. Es war ihm peinlich, ihr, gerade ihr, seine stümperhafte Naivität zu offenbaren, mit der er seine Möglichkeiten veräußert hatte, aber es war auch erleichternd.

Suzie hatte sich auf die Schreibtischkante gesetzt und hörte mit ernstem Gesicht, dessen Züge mit Fortgang der Geschichte zärtlicher wurden, zu. Ihre Jeans spannte sich um ihre Schenkel.

Zuletzt strich sie ihm wie einem kleinen Buben über den Scheitel.

„Ach ja", sagte sie, „mach dir nichts draus. Aber wer sagt, dass dieser Mensch die Maschine findet? Vielleicht findest du sie? Und was, wenn wir im Jänner, nach den Feiertagen, nach Milano fahren und dort suchen? Warum sollte dieser – wie heißt er nur? – überhaupt Interesse haben, diese Rapido zu suchen, was hat er davon?"

„Er will zurück in die Firma, ganz einfach. Das neue Management ist seine neue Chance. Höpfner hat nicht mehr viel zu reden. Wenn er so eine Maschine Matters auf den Tisch stellt, wäre das nicht der schlechteste Wiedereinstieg. Und er wird sie finden, er hat die Energie dazu."

„Und du?"

„Ich habe sie nicht mehr. Wenn ich die Möglichkeit bekommen hätte, das Gesamtkonzept, du weißt schon, das mit dem Dritte-Welt-Kaffee, zu projektieren und vielleicht sogar zu realisieren, dann hätte ich auch die Kraft, eine Rapido II aufzutreiben, und sei es in Tschechien."

Suzie sah Arno kurz ausdruckslos an, dann sprang sie auf, klatschte in die Hände und rief: „Genau! In Tschechien!"

Jetzt war es an Arno, verdutzt dreinzuschauen. „Was meinst du?"

„Ich habe eine dunkle Erinnerung an so eine magische Espressomaschine in einem Vorstadtcafé. Nur, wo war das? Es wird mir schon einfallen!"

„Eine Rapido II von C. E. S. Milano?"

„Ja, könnte sein. Ich sehe das Lokal richtig vor mir. Ein sehr hoher kahler Raum und der Putz bröckelt von den Wänden. Über der Theke ist eine Konsole, da steht der Fernsehapparat drauf. Drum herum hängen ein paar Fußballwimpel. Sparta Praha und so. Oder auch von Dorfvereinen. Es gibt Samson-Bier. Ja, und auf der Theke steht so eine Maschine. Rot beleuchtet."

„Genau so eine?"

„Ich glaube schon. Oder zumindest eine sehr ähnliche. Ja, ich sehe es vor mir."

Arno stieß hörbar Luft aus.

„Ich sehe auch ständig so ein Lokal mit so einer Maschine vor mir, vor dem Einschlafen, im Aufwachen, es verfolgt mich geradezu. Aber ich komme nicht drauf, wo es ist, ja nicht einmal, wo es sein könnte. Ich glaube, es sind bloß Bilder in uns. Wir schaffen uns Lokale, in denen genau solche Espressomaschinen einfach stehen müssen. Es ist die Stimmung, das Licht, nein, die Beleuchtung unserer Kindheit, unserer Jugend. Verstehst du, was ein beleuchteter Gegenstand alles auslöst? Das ist belebt und geheimnisvoll zugleich. Und vielleicht denken wir beide, jeder für sich, an wundersame Orte, ein stiller Flirt mit fremden, silbernen Augen, ein kurzes Gespräch, in dem ein für uns ganz wichtiger Satz, nebenbei vielleicht, gefallen ist, eine Platte, Musik, berührend wie keine sonst und nie wieder gehört. Und da muss so eine Maschine gestanden haben, beleuchtet eben, wie das Innere der Welt. Espressoduft, Bier oder Martini, immer Tabak. Es sind unsere Träume. Und wir kennen alle, die an der Bar stehen und die an den Tischen sitzen. Die Gläser in den Händen. Sie sind unsere Freunde, viele sehen wir zum ersten Mal."

Suzie saß jetzt verkehrt herum auf einem Sessel, die Hände über der Lehne verschränkt und schwieg lange.

„Ich weiß, was du meinst", sagte sie zuletzt. Sie stand langsam auf und nahm ihren Mantel. In der offenen Tür, die Hand auf der Klinke, drehte sie sich noch einmal um.

„Ich kann dir nicht versprechen, dass ich die Maschine finden werde."

Zwei Tage später fuhr Suzie nach Prag, um die Festtage bei ihren Eltern zu verbringen.

Den Heiligen Abend verbrachte Arno bei Karin und Tina. Er kam früh, denn er würde auch früh wieder gehen. Die Weihnachtsfeier war sozusagen zweigeteilt. Der erste Teil mit Arno, der zweite Teil mit Karins Freund. Ein Überlappen für die Länge eines Getränks war unausgesprochen vorgesehen. Das war schon im letzten Jahr so gewesen. Karin hatte ein Buffet mit Meeresfrüchten und Lachs, verschiedenen Salaten und Vanillekipferln hergerichtet, sodass sich jeder bedienen konnte, wann er wollte, und ein eigentliches gemeinsames Essen bei Tisch vermieden war. Das war dem nächsten Tag, ohne Arno, vorbehalten. Tina war alt genug, um ohne eine formelle Bescherung auszukommen. Eine solche, und dann zu viert, hätte nur augenscheinlich werden lassen, dass weder Arno noch Karins neuer Freund die geringste Lust hatten, einander zu beschenken. Womöglich wäre aber dann doch einer von beiden mit einer Kleinigkeit aufgefahren und hätte den anderen, der mit leeren Händen dastand, düpiert. Aber selbst wenn beide ein Päckchen für den anderen zu überreichen gehabt hätten, wären, was den Inhalt angeht, Peinlichkeiten, die auch als Boshaftigkeiten aufgefasst werden konnten, gut vorstellbar gewesen, Krawatten etwa.

Arno hatte Karin ein paar CDs mit lateinamerikanischer Musik, die sie mochte, und für Tina einen Schminkkopf, der auf ihrem Wunschzettel gestanden hatte, mitgebracht. Von beiden gemeinsam erhielt er eine geometrische Blumenvase speziellen Charakters, und er freute sich wirklich sehr darüber. Jede Dekoration mit Pfiff war ihm für sein doch ziemlich spartanisch eingerichtetes Heim willkommen. Arno saß später auf der

Couch, Tina kuschelte sich zu ihm und er las ihr Weihnachts-
geschichten vor, wie jedes Jahr aus dem schon etwas abgegrif-
fenen Kinderbuch. Sie sahen sich auch die Bilder an von Rehen
mit leuchtenden Glöckchen auf dem Geweih und Zwergen, die
aus verschneiten Pilzhäusern ihre kleinen Laternchen in die
Dunkelheit des Winterwalds hielten, aus dem bald ein alles
überstrahlender Engel erscheinen würde. Tina trank Fanta und
Arno die zweite der beiden Flaschen Bier, die Karin extra für
ihn besorgt hatte.

Ihr Freund war Weintrinker, wenn er überhaupt Alkohol
trank, und so trank Arno anschließend mit ihm und Karin noch
ein Glas Bordeaux. Zuletzt, wieder auf der Couch, las er in verteilten Rollen mit Tina die Donald-Duck-Geschichte „Weihnachten in Kummersdorf" aus dem Carl-Barks-Album, das sie
so gerne mochte. Schließlich verabschiedete er sich. Tina begleitete ihn zur Tür, umarmte ihn und ihre Augen strahlten
rätselhaft nach diesem gemeinsamen Tauchgang in die tiefe
Kindheit, nicht nur in die ihre.

Als er draußen war, war ihm kurz zum Heulen zu Mute, er
wusste, wie viel er selbst verschuldet hatte, als ob es hätte anders kommen können.

Einen Häuserblock weiter zündete er sich, obwohl es nass-
kalt war, eine Zigarette an, die erste nach längerem, bei Karin
war Rauchverbot. Es war halb zehn und Weihnachtsabend. Keine gute Zeit, um allein zu sein. Franz war für ein paar Tage zu
seinen Eltern, er hatte noch welche, in die Gegend von Am-
stetten gefahren, sensationeller Weise mit seiner launischen
Freundin, die dort das letzte Mal vor mindestens drei Jahren
gewesen war. Es war nur zu hoffen, dass sie nicht unter irgendeinem Vorwand wieder abrauschte, bevor der Truthahn auf
dem Tisch stand. Als Lieferant für ihre Vorwände dieser Art
war Franz jederzeit gut, Arno würde wohl seine überfürsorg-
liche, bemühte Art auch schlecht ertragen können. Aber das
war vermutlich die Falle, in der Franz saß: War sie bei ihm,
konnte er nicht anders und verdarb damit alles.

Arno nahm ein Taxi und fuhr zur Bannmeile. An der Bar
stand in lockeren Trauben urbanes Publikum, vorwiegend in
schwarzen T-Shirts und Rollkragenpullis. Einige hatten schnit-

tige Sonnenbrillen im öligen Glanz des nach hinten gestriegelten Haars stecken. An einem Ende der langen Theke stand ein über und über mit roten Kugeln geschmückter kleiner Christbaum, und man spielte Paul McCartney. Es war verraucht und an den Tischen kein Platz.

Man war bemüht, Weihnachten nicht einmal zu ignorieren. Arno fühlte sich halbwegs aufgehoben. Er bestellte ein großes Bier und trank es frei stehend. Die meisten waren jünger als er und standen in Gruppen beisammen oder lehnten vertraut zu zweit an der Bar. Natürlich gab es auch einsame Trinker wie ihn, die in die Leere starrten und nur dann und wann an ihren Zigaretten saugten, so heftig, dass sich die Wangen mit einzogen. Aber mit denen wollte Arno nicht ins Gespräch kommen. Eigentlich wollte er nur herumstehen und später, wenn es möglich wäre, an der Bar lehnen. Einen Moment bildete er sich ein, in der Menge die Wieger mit dem Flury zu erkennen, aber es war gottlob nur eine gewisse Ähnlichkeit. Die Bannmeile war ein Lokal von der Art, wo ein Zusammentreffen mit den beiden, einzeln oder zusammen, nicht ganz unwahrscheinlich, nicht ganz ausgeschlossen war.

Aber wo war man denn vor solchen Leuten sicher? Im Jablonsky? Auch dort traten diese lackierten Typen schon auf, wohl unter dem Titel: mal ein richtig uriges Beisel.

Arno verspürte Aggressionen und er hätte diesen Leuten am liebsten ins Gesicht geschrien: „Geht doch heim zu euren Eltern und macht ihnen wenigstens einmal im Jahr eine Freude, wenigstens zu Weihnachten, singt mit ihnen Stille Nacht, setzt euch zu ihnen, schaut in die Kerzen und lasst euch von ihnen erzählen, wie es war, als ihr klein wart und noch bunte Sachen trugt."

Aber Arno wusste auch, dass er dazu kein Recht hatte, nicht nur, weil er selbst einen schwarzen Rollkragenpullover trug, nicht nur, weil seine Eltern schon tot waren.

Irgendwann ging er heim. Er war fast eine Stunde unterwegs. Taxi kam keines vorbei, jedenfalls kein freies. Es war bitterkalt und seine Schritte schienen ihm vorauszueilen. In einer dunkleren Gasse pinkelte er zwischen geparkten Autos. Sein

Strahl dampfte, ebenso sein hastiger Atem. Als er seinen Weg wieder fortsetzte, hielt er das scharfe Tempo, schon der Kälte wegen. Zwei, drei Personen zogen immer wieder wie flüchtige Kometen durch seinen Kopf, nicht festzumachen. Alkohol, natürlich.

In der Zeit zwischen Weihnachten und Silvester gelang es Arno, Tina zweimal zu Kinobesuchen zu überreden. Fast hätte er sie auch noch in die Stadthalle zum Fußballturnier locken können. Dann unternahm sie aber doch etwas mit Freundinnen und er ging allein hin, ein wenig lustlos. Die Admira, seine Lieblingsmannschaft, in der Bundesliga chronisch in den Abstiegskampf verwickelt, machte auch auf dem Parkett nicht die beste Figur.

Tagelang trank er nichts und an zwei aufeinander folgenden Tagen rauchte er auch nicht, was ihm überraschend mühelos gelang. Einer dieser Tage war Silvester. Arno blieb abends zuhause und las im Bett, bis ihm die Augen zufielen. Noch vor Mitternacht aber wachte er auf. Der Himmel leuchtete immer wieder auf, rot, grün, violett. Es krachte von nah und fern. Raketenzauber. Er stand auf, ging aufs Klo, dann in die Küche und trank Orangensaft. Schließlich stand er am Fenster und sah aus der schützenden Dunkelheit des Zimmers hinaus in die Feuerwerksnacht. Bald aber zog ihn die Müdigkeit zurück ins Bett. Kurz wachte er noch einmal auf. Das Telefon? Ein einmaliges Läuten? Ein Gruß zum Jahreswechsel? Es schien, als wäre es ganz deutlich zu hören gewesen. Sollte er Tonia anrufen, es auch nur einmal läuten lassen? Aber die Müdigkeit war stärker. Er beruhigte sich mit dem Gedanken, es habe ja gar nicht wirklich geläutet, alles nur Einbildung.

Am folgenden Samstag rief ihn Franz an. Seine Freundin sei seit Tagen verschollen. Obwohl, die Weihnachtstage wären schön und harmonisch gewesen, sie hätten auch zweimal miteinander geschlafen, alles habe nach einem Schritt vorwärts ausgesehen, endlich eine stabile Beziehung, nicht mehr diese ewige Zitterpartie, kein Hangen und Bangen. Und jetzt: ein einziges SMS vor vier Tagen: „Habe heute keine Zeit, wir sehen uns ein anderes Mal." Auf alle weiteren Kontaktnahmeversuche seitens Franz keine wie immer geartete Reaktion, entweder kein Abheben oder das Handy auf Mailbox geschaltet. Auch zwei SMS waren unbeantwortet geblieben. Wieso, wieso, wieso macht sie das nur! Franz klang verzweifelt. Und doch: immer dasselbe, seit Jahren. Ob Arno abends Zeit hätte, sie könnten ja auch in die Innenstadt gehen, es müsse nicht der Jablonsky sein. Durchaus irgendwo, wo auch was los sei, im Café Kruzenshtern etwa. Oder zuerst zum Jablonsky und dann ins Kruzenshtern. Vielleicht ergäbe sich etwas. Er wolle eigentlich sowieso längst und endlich wieder einmal wen anderen, wen ganz anderen kennen lernen. Ein echter Neuanfang, welche Erlösung das wäre!

Arno war rasch überredet, um sieben im Jablonsky. Dann beschloss er laufen zu gehen. Es war eisig kalt, aber schneefrei. Er zog sich warm an und fuhr in die Lobau. Die Fabriksschlote von Simmering, Musik aus dem Autoradio. Der Parkplatz war leer. Schwerer grauer Himmel, Nebelhauch über dem Boden und an den schwarzen Stämmen keine Menschenseele. Der Adventzauber war verflogen, kein Lachen, kein Schneeweiß, und dass es jemals wieder Frühling werden könnte, war unvorstellbar. Die Au, die Natur hielten einen Winterschlaf, der auch ein ewiger sein konnte. Es war, als würde Arno gegen die völlige Erstarrung anlaufen, einfach zum Trotz, aber Trotz hilft. Er lief eine größere Runde und er lief gut: locker, zügig und später auch mit Freude, unbeschwert.

Zehn nach sieben betrat er das Gasthaus Jablonsky, ein frisches Zigarettenpaket in der Tasche. Warmes Lampenlicht, leichte Rauchschwaden, die dunkle Täfelung, die rotkarierten Tischtücher. Franz am üblichen Tisch. Er musste schon länger da sein, denn das Lokal ging gut an diesem Abend, kaum ein freier Platz. Eine Begrüßung unter Männern, Druck auf den Oberarm, Nicken. Arno fühlte sich vom Laufen so wohl, dass er vermeinte, auch zehn Krügeln würden ihm heute nichts anhaben können, das erste war ganz rasch geleert. Kriegsberichte von der Frauenfront, bei Arno nichts Neues. Ein SMS-Wechsel mit Suzie zu Neujahr, eröffnet von Arno, erwidert von ihr, Glückwünsche, ein Schuss Warmherzigkeit dabei. Sonst herrschte Winterruhe. Auf Tonias Chemotherapie war ihm nichts eingefallen. Er verschanzte seine Unschlüssigkeit hinter der Vorgabe, dass er ihre Telefonnummer ja offiziell gar nicht haben konnte. Gar nicht haben durfte. So einfach hatte er es sich gemacht. Hätte ihn jemand gefragt, warum, und eine schnelle Antwort erwartet, hätte er Feigheit, nicht Faulheit sagen müssen. Franz fragte aber nicht, sondern begann sofort sein Herz auszuschütten, ohne nach Arnos ohnehin auf wenige Sätze beschränkten Darstellungen eine angemessene Pause verstreichen zu lassen. Seine Augen waren leicht gerötet und drohten zu tränen. Alles an ihm brannte vermutlich, die Augen, die Speiseröhre, das Herz. Franz gab solche Zustände wortlos zu erkennen. Später sagte er: „Mein Mädchen!" und war wieder den Tränen nahe.

„Sie ist eine böse Hexe", sagte Arno, und Franz konnte sich der Lust hingeben, sie zu verteidigen. Sie stritten ein wenig in paradoxer Rollenverteilung. Das Bier floss, der Kellner wechselte den Aschenbecher wiederholt.

Schließlich holte Franz sein Handy hervor und wollte sie anwählen.

„Das tust du jetzt nicht, das ist der größte Fehler, den du jetzt machen kannst!", rief Arno, und ein Gerangel um das Mobiltelefon entbrannte.

Etwas fiel zu Boden, eine Gabel.

„Warte wenigstens, bis wir gegessen haben!"

„Du meinst, sonst vergeht mir der Appetit? Der ist mir schon vergangen!" Trotzdem legte Franz das Handy jetzt zur Seite, seufzend. Arno fragte sich heimlich, wie lange es dauern würde, bis Franz letzten Endes doch anrufen würde. Anklingeln gegen eine Mauer des Schweigens. Er legte ihm die Hand auf den Unterarm und versuchte, das Thema zu wechseln. Weltpolitik, Israel, Palästina, Afghanistan. Die Zerreißprobe der deutschen Grünen. Franz stieg darauf ein, widerwillig zunächst, denn er hätte weiter in seinen Wunden wühlen wollen, dann aber war er mehr und mehr bei der Sache, die Ablenkung tat ihm doch gut und er munkelte über dem dampfenden Teller dieses und jenes über Schröder und Joschka Fischer.

Plötzlich, unvermutet, das Besteck auf dem Tellerrand, hatte Franz das Handy in der Hand, zwei Knopfdrücke und es war geschehen. Arno starrte ihn an und verspürte beim Anblick der rasch von Spannung in Enttäuschung übergleitenden Gesichtszüge Franzens eine Lust, deren er sich zugleich schämte.

„Auf Mobilbox geschaltet." Franz legte die kleine Höllenmaschine wieder auf das karierte Tischtuch, mit dem sie so scharf kontrastierte.

„Da kann man jetzt gar nichts machen. Für heute kannst du die Sache vergessen. Jetzt hast du wenigstens bis morgen früh Ruhe."

Sie plauderten weiter. Politik, Geschichte, Mutmaßungen. Irgendwann ging Arno auf die Toilette. Als er zurückkam, sah er Franz sofort an der Nase an, dass er einen erneuten Anruf getätigt hatte.

„Und?", fragte er.

„Box."

„Du kannst jede Minute anrufen und es wird den ganzen Abend die Box sein!"

Aber bei Franz war ein Damm, ein Schutzdamm gebrochen. Ein Anrufversuch folgte dem nächsten. Er war wie ein Verwirrter im Gitterbett auf einem langen, dunklen Gang im Spital, kein Mensch weit und breit und er schreit immer heftiger, je aussichtsloser es ist. Nur die Erschöpfung würde dem Spuk ein Ende bereiten können. Auf das Gespräch war Franz kaum noch erpicht, nicht über Politik jedenfalls. Nein, zwischen den Anrufen konnte er nur noch über sie reden. Sie versanken im Bier, im Rauch. Es war klar, dass sie so nicht ins Kruzenshtern gehen konnten, bald auch nicht mehr wollten. Endlich trat so etwas wie Wurstigkeit ein, Abgestumpftheit. Arno nahm sein eigenes Handy, ließ sich von Franz die Nummer sagen und rief an, so als ob er dadurch die Box öffnen könnte. Schließlich schickte Franz ein SMS, das fünfte in vier Tagen, wie er gestand. Arno wollte den Inhalt nicht wissen, irgendwie ekelte ihm davor. Obwohl er nicht ausschließen konnte, selbst zu so einem Akt der Selbsterniedrigung fähig zu sein. Jetzt erst ließ Franz von seinem Tun ab. Der Anfall hörte auf. Das SMS und die Aussicht, vielleicht doch eine Antwort darauf zu bekommen, war wie das richtige Medikament, spätestens morgen Vormittag würde die Wirkung abgeklungen sein.

Franz orderte zur nächsten Bierrunde zwei Klare. Der Absturz war damit besiegelt. Schon mit deutlich schwerem Zungenschlag kamen sie noch einmal ins Streiten, heftig sogar: Arno hielt Franz die Selbsterniedrigung vor, dass wenn jetzt noch Chancen bestanden hätten, unwahrscheinlich zwar, aber nicht gänzlich ausgeschlossen, dann hätte Franz jetzt alles verwirkt mit dieser lächerlichen Anruforgie. Franz verteidigte sich, irgendwie neunmalschlau, dass, wenn sie auf die Box geschaltet hätte, die vielen Anrufe ja gar nicht mitbekommen würde, ätsch. Ja, aber das eine SMS sei schon eines zu viel! Franz kämpfte auch dagegen an, weinerlich, aber nicht ohne Pathos: Auch Hollywoodschauspieler, etwa Warren Beatty oder Richard Burton, hätten angeblich, um ihre Angebetete zurückzugewinnen, alles nur Erdenkliche unternommen. Einer hätte zum Beispiel seine Sehnsüchte in Himmelsschrift von so einem Flugzeug schreiben lassen, alle Leute hätten das lesen können, der habe sich öffentlich zur Schau gestellt. Aber das sei es eben: zu zeigen, wie weit man denn nicht gehen würde.

„Und?", fragte Arno, „hatte einer mit so was Erfolg gehabt? Ich denke nein. Auch Warren Beatty, wenn er das wirklich war, vermutlich nicht."

Arno würde das nie verstehen, legte Franz los, er kenne wohl nur lauwarme Gefühle, alles schaumgebremst, watteverpackt, damit nur ja nichts passiere. Nur wer wirklich starke Gefühle habe, könne sich auch derart erniedrigen. Nein, widersprach Arno, das sei die Ausrede der Schwächlinge, die ihren Gefühlen völlig ausgeliefert seien, starke, überwältigende Gefühle nennen sie das dann, nur weil sie zu weich seien, ihnen zu widerstehen. Gerade wenn man eine Frau zurückerobern will, müsse man Stärke zeigen, die darin bestünde, alle, auch die unwiderstehlichsten Empfindungen, im Zaum zu halten.

Sie stritten eine Zeit lang hin und her. Arno wusste, dass er nicht unverrückbar auf seinem Standpunkt beharren durfte, denn damit traf er Franz in der Seele. So wich er also zurück und gab Franz Gelegenheit, alles zu relativieren, zwar nicht als Held, aber auch nicht als Schwächling dazustehen und mit dem Gefühl heimzufahren, dass seine Chance noch am Leben sei. Sie nahmen ein Taxi.

Arno torkelte zur Wohnungstür herein und hatte Mühe mit allem: Mantel und Schuhe ausziehen, pinkeln gehen, das Notwendige im Badezimmer. Es warf ihn fast auf sein Bett. Als er das Licht im zweiten oder dritten Versuch endlich gelöscht hatte, begann sich alles zu drehen. Ein fataler Zustand, in dem er sich trotz allem schon lange nicht mehr befunden hatte.

Schwer atmend kämpfte er gegen das Gefühl aufkommender Übelkeit an. Wenn er das Bett voll kotzte, wäre das eine traurige Premiere. Er fühlte sich beschämt, als wäre das Furchtbare schon passiert. Der Gedanke daran wurde aber immer unabweisbarer, und er wusste, dass er, so schwach er auch war, nicht mehr lange warten würde dürfen. Unter Aufbieten aller verfügbaren Kräfte taumelte er ins Klo. Der bloße Anblick der Muschel genügte und der saure Strahl schoss ihm aus dem Mund. Er traf die Muschel, aber auch die Brille, die Wand, die Klopapierrolle, Arnos Unterarme, die Hände, mit denen er sich, auf die Knie gesunken, am Rand der Muschel abstützte. Und es kam erneut und erneut. Immer begleitet von diesem brüllenden Würgen, dass sich für Arno anhörte, als wäre es nicht er. Dazwischen dieses in seiner Hast durch nichts zu beeinflussende heftige Atmen, Qual und Erleichterung zugleich.

Es roch nach Slibowitz und natürlich nach Erbrochenem. Arno steckte sich, weit vornübergebeugt noch einmal den Finger tief in den Gaumen, er wollte alles loswerden. Noch einmal kam es, dünn und unergiebig, noch einmal dieses Hecheln. Dann rann ein zäher Faden aus seinem offenen Mund in die Muschel. Auf der Stirn stand ihm kalter Schweiß. Als er sich mühsam erhob, wurde ihm schwindlig. Er schaffte es zum Bett und ließ sich darauf fallen. Es wurde ihm allmählich leichter, zugleich schwächer und erlöst zu Mute. Es war ihm sterbensübel gewesen, jetzt sah es so aus, als würde er das überleben. Die Kraft, sich waschen zu gehen, fand er nicht mehr. Das Erbrochene auf seinen Armen geriet an die Bettwäsche. Es war die letzte Stufe, bevor er richtig das Bett voll kotzen würde. Dann fühlte er seinen Atem, ruhiger und regelmäßig und merkwürdig frisch, gleich würde er einschlafen können.

Am nächsten Morgen befand sich Arno in jenem Reich, das weder die Freiheit des Schlafes noch den Bann der Aufmerksamkeit kennt. Die Flucht der Gedanken glich einer Kavalkade schriller Gespenster, die ihm aber nie ganz tiefe Angst einjagen konnten, weil sie sich, wie durch einen defekten Operngucker betrachtet, auch nie ganz scharf einstellen ließen. Da verspürte er wohl doch am Gift, das in seinem Körper zirkulierte, auch die Nähe des Todes. Kunststück nach dem gestrigen Besäufnis, sagte er sich fast ironisch und halblaut, nicht zu reden von der Beräucherung, denn zugleich hatte er Distanz zu allem. Dann aber doch der Tod, aus Haltlosigkeit. Aber Arno will nicht sterben im tränigen Selbstmitleid, vorwurfsvoll gegen Gott und die Welt, die Gesellschaft, nicht will er sterben für Shareholder Values noch für irgendwelche Fehler, begangen von ihm oder seinen Eltern bevorzugt in seiner Kindheit etwa, nein, Arno will, wenn es schon sein muss, sterben in den Armen einer Frau. Einer Femme fatale, falls ein gnädiges Schicksal eine solche in sein Restleben einbrechen ließe, einer, die ihn alles sein ließe, für kurze, ja, noch besser, ganz kurze Zeit. Alles würde er in die Waagschale werfen, gewogen und für zu leicht befunden, es wäre ihm einerlei. Ja, gewogen wollte er werden, nackt natürlich, und es sollte durchaus gespielt werden mit ihm, ausgeliefert in seiner Nacktheit und Erregung, ja, gespielt werden, auch und gerade, wenn das Urteil längst schon gefällt wäre, Katz und Maus, nur noch ein paar süße Augenblicke einer glamourösen Hoffnung müssten gewährt sein. Betörende Hoffnung und süße, qualvolle Enttäuschung, aus demselben Stoff gewebt. Das würde er mit Hingabe auskosten wollen, bis sie, diese aller Geheimnisse des Lebens und des Todes instinkthaft kundige Frau gegen jedes ihr innewohnende Mitleid, ja, vielleicht gegen ihre eigene aufkeimende Liebe oder vielmehr den Schatten einer solchen den tödlichen Biss platzierte, Gott weiß, wohin, ins Herz, um mit seinem paralysierten Fleisch das Junge zu nähren und großzuziehen, das er ihr gemacht hätte, er mit ihr, beide dabei, ganz, und darnach alles ohne Gnade, ohne Reue.

Arno lag im Dunst seines Schweißes, seines Atems, seiner Männerfantasien. Der Durchlauferhitzer wummerte sein

Kampflied, die Wohnung war stickig heiß. Zwischen Nachtmahren und boshaften Aufhockern zogen klare Gedankenfetzen wie geharnischte Racheengel vorüber.

Dann wusste Arno, dass seine Bereitschaft dazu die Bereitschaft alternder Männer war, noch einmal ihren Saft weiterzugeben, um welchen Preis auch immer. Einerlei, zu welchen Narren, zu welchem Gespött sie sich machen, solche Männer gibt es zu Hauf. Einer von ihnen zu sein, in der Kolonne der sabbernden Kettensträflinge zu trotten, vermochte seiner Lust bei diesen Gedanken keinen Abbruch zu tun. Geradezu im Gegenteil, es war berauschend, gefährlich lächerlich.

Schon um dieser Rolle willen, so erbarmungswürdig, so angreifbar, so abstoßend wie sie war, würde er noch einmal zu Kräften kommen müssen, genau all jenem, was koketterweise lieb gewonnener Selbstvernichtung entsprach, abschwören müssen, und er erkannte, dass es ein starkes Motiv war, noch einmal aufzukommen. Ein Spiel mit dem Tod, kein wirklicher Pakt mit ihm. Aber da war auch deutlich mehr.

Zwischen dem Ende durch Alkohol und Nikotin einerseits und dem Ende an einem unglücklichen Verlangen andrerseits, an dem besagte Gifte ganz am Schluss vielleicht dann doch willkommene Mithelfer wären. Dritterseits, wollte er den schmalen Streifen einer Chance für ein Überleben, zu welchem Zweck auch immer, erkennen, denn da war etwas – das konnte auch er spüren, auch jetzt, wenn auch nur für einen Moment – das jenseits allen Ausgeliefertseins lag, etwas, das roch wie ein Sprung über Gefängnismauern, ein Luftzug in der Muffigkeit.

Wie auch immer, an Laufen war aber in diesem seinem augenblicklichen Zustand nicht zu denken. Aber irgendetwas, wenigstens entfernt in dieser Richtung musste getan werden, das spürte er gerade im Strudel all dieser Zerrbilder und Gedanken. Also ging Arno plötzlich mechanisch unter die Dusche, schloss mit einem kalten Schauer ab, der ausreichend belebte, verzichtete andrerseits auf eine Rasur. Das leicht verwegene Gefühl des Unrasiertseins war der Inspiration, deren es jetzt bedurfte, durchaus dienlich. Mit aufgestelltem Mantelkragen verließ Arno das Haus. Der Schneewind hatte schon eingesetzt und hielt die Sonntagmittagsgassen leer. Suzie saß in Prag im

Dunstkreis ihrer Familie, Freunde und in der Nähe der größten Gefahr für ihr Herz fest, Tonia wahrscheinlich mit ihrer Schwiegerfamilie und Sohn am Mittagstisch, seine Exfrau studierte wohl mit ihrem neuen Freund in Bergen aufgewühlten Bettzeugs in der Wochenendbeilage einer großformatigen bürgerlichen Zeitung das Ausstellungs- und Kinoprogramm, seine Tochter lungerte mit Sicherheit mit Freundinnen vor irgendeinem Fernsehschirm, um sich Videoclips von schrillen Jugendbands einzuziehen. Er war frei, soweit man das von jemandem in diesem Zustand sagen konnte.

Sein Schritt war auf feuchtglitschigem Asphalt so sicher, wie gerade möglich, die Kälte half im Kopf. Die Richtung ergab sich von selbst: irgendwohin.

Unterwegs bekamen seine Gedanken Zusammenhänge, Abfolgen. So ging es nicht weiter. Was gestern passiert war, war kein Ausrutscher gewesen, für Franz vielleicht noch, aber nicht für ihn selbst. So viel war klar: Er brauchte fremde Hilfe.

Zunächst fiel ihm Dr. Barelli ein, der Internist. Hatte er ihm nicht Hilfe angeboten? Ein Medikament gegen das Rauchen zu schlucken würde ihm unsympathisch sein, dachte Arno, auch ein Nikotinpflaster schien ihm für sich selbst nicht der richtige Weg. Er wollte giftfrei sein, ein Bild völliger Gesundheit und Freiheit schwebte ihm vor. Es musste noch andere Wege geben.

Plötzlich hielt er im Schritt inne. Ein Gedankenblitz! Was war in Tonias Krankengeschichte gestanden? Hypnosetherapie! Ja, das war es womöglich! Er brauchte eine Hypnosetherapie! Ein doppelter Brückenschlag! Einerseits für ihn selbst, hinüber in die Freiheit, weg von seinem Laster. Andrerseits eine gemeinsame Erfahrung mit Tonia. Eine Heilungsgemeinschaft, wenngleich aus sehr unterschiedlichen Gründen. Sollte er sich Tonia diesbezüglich anvertrauen? Um Rat fragen? Sich freilich zugleich als hilfloser Schwächling outen? Andrerseits, war sie nicht Ärztin genug, um zu sehen, was wirklich mit ihm los war? Nicht mehr spielen müssen, nicht mehr den kontrollierten Mann aus der Wirtschaftswelt geben, eine Rolle, die sie ihm wahrscheinlich nie abgenommen hatte? Alle seine erbärmlichen Karten auf den Tisch legen, hatte das nicht auch Vorteile? Alle Karten, bis auf eine oder zwei vielleicht? Ja, so weit wollte er gehen, alle Karten, bis auf die ein, zwei höchsten Stecher, Tarock XVII, sagen wir mal, und Mond. Tarock wird zwar positiv nie offen gespielt, aber wir spielen ja auch nicht wirklich Tarock, musste er sich schmunzelnd, denn seine Laune war im Steigen begriffen, sagen, wenngleich vieles davon auch im wirklichen Leben anwendbar ist. Allerlei Gedanken dieser Art wälzten und mischten sich in seinem katerumwölkten Hirn. Die kaltfeuchte, frische Luft vermochte deren Arabesken immer wieder zu halbwegs gefälliger Ordnung zu verhelfen. Etwas davon schien bis zur Brauchbarkeit haften bleiben zu wollen. In wiederkehrenden Kreisen schien es in seinem Hirn an richtiger Stelle Halt und Zusammenhang zu finden. Es war ein Kater ohne Depression, ein seltenes Exemplar, vielleicht weil er dekotzt hatte. Seine Gangart entwickelte im Gegenwind der grauen Gassen Forschheit. Fast geriet er an die Grenze zum Laufschritt, so weit und menschenleer das Trottoir auch war. Die sinnlose Eile ahnte ein vages Ziel.

Verschwitzt und erschöpft kam Arno wieder zuhause an. Er war fast zwei Stunden marschiert. Aber er hatte auf diesem Streifzug Beute gemacht. Hypnosetherapie. Das genügte fürs Erste. Einen Therapeuten, einen Namen, eine Empfehlung würde er schon auftreiben. Er müsste sich umhören. Oder ins Internet gehen. Das war nichts für jetzt, nicht in seinem Zustand. Das konnte warten. Er warf seine Kleider ab und sich aufs Bett. Das lächelnde, freundlich-langsame Karussell des Restkaters zog ihn arglos in Schlummer.

Als er erwachte, war es halb fünf. Die inzwischen wohl bekannte innere Führung übernahm ihn. Alles ging jetzt erneut mechanisch. Ins Laufgewand, hinunter, ins Auto, nach Schönbrunn. Torschluss siebzehn Uhr dreißig, eine halbe Stunde ging sich aus. Der Boden war feucht, der Splitt festgetreten, ungefährlich. Schwarz die entlaubten Baumkronen, hell dagegen der frühe Nachthimmel der rundherum gut beleuchteten Großstadt. Der Atem war wieder frei, fast übernatürlich frei. Arno hatte ein nahes Ziel, verhältnismäßig. Er war schwerfällig in den Beinen und langsam, aber es ging.

Er war zwei Längen hin- und zurückgelaufen, vier Längen insgesamt. Auf der Heimfahrt im Auto überlegte er, wie er so rasch als nur möglich an Tonia herankommen könnte. Er wollte mit ihr über Hypnosetherapie reden oder besser doch nicht, oder doch? Ihren Anruf abzuwarten, tagelang, wochenlang, bedeutete die Gefahr des Rückfalls. Warten und dann rauchen und trinken schienen in einem unausweichlichen Zusammenhang zu stehen, gut zu beobachten auf Bahnhöfen und Flughäfen. Andrerseits, von jetzt an bis dahin trocken zu bleiben wäre vielleicht, den nächsten Schritt, die Therapie vor Augen, doch möglich und zugleich die Ausweisleistung seiner Ernsthaftigkeit, was eine solche Therapie betraf. Nicht ganz mit leeren Händen würde er dem Therapeuten oder der Therapeutin entgegentreten müssen. Den Anfang hätte er dann schon gemacht, aus eigener Kraft.

Aber was ist, wenn sie gar nicht mehr anruft?

Arno musste in irgendeiner Form selbst initiativ werden. Nicht mit kindischen anonymen Anrufen, er musste sich etwas anderes einfallen lassen.

Ja, und was wäre, wenn er einfach zu ihrem Hypnosetherapeuten ginge, in die Höhle des Löwen sozusagen? Vielleicht würde er ihr dann im Wartezimmer begegnen oder im Stiegenhaus. Er wäre ihr einfach näher. Arno spürte sofort, dass alle Gedanken der Peinlichkeit, des dann anfallenden Erklärungsbedarfs, warum Therapie und warum gerade da, den Reiz, der dieser Überlegung zu Grunde lag, nicht aufzuwiegen vermochten. Es war ja auch keine Schande wegen Rauch- und Alkoholentwöhnung zum Psychiater zu gehen, in Amerika ist das sogar ein soziales Muss, einen Psychiater zu haben, so liest man zumindest. Und dass es gerade derselbe wäre, wie sie ihn hatte? Na, das müsste dann einfach ein Zufall sein. Irgendwas würde ihm schon einfallen. Er konnte ihr ja nicht gut sagen, woher er seinen Namen hatte.

Ja, natürlich, sein Name. Der wollte ihm jetzt nicht mehr in Erinnerung kommen. Er parkte ein und hastete die Stiegen hinauf. Das Telefonbuch: Fachärzte für Psychiatrie und Neurologie. Er überflog die Namen. Das musste er sein: Borek, Dr. Zach. Arno las noch einmal alle Namen, es gab aber keinen anderen, der in Frage kam. Telefonnummer, Adresse, eine Seitengasse einer großen Geschäftsstraße in der Innenstadt. Das würde teuer werden. Arno ging ins Internet, Dr. Barelli etwa hatte eine Homepage. Dr. Borek hatte keine, hatte es wahrscheinlich nicht notwendig. Brauchte sich nicht marktschreierisch anzupreisen. Lebte wahrscheinlich von diskreten Weiterempfehlungen seines betuchten Klientels. Arno war irritiert. Ob er sich das würde leisten können? Ein oder zweimal sicher, das sollte ihm die Sache wert sein.

Obwohl Sonntag war, rief Arno, noch immer im Trainingsanzug, sofort an. Er erwartete sich ein Band, das die Ordinationszeiten bekannt geben würde, aber zu seiner Überraschung wurde abgehoben. Eine dunkle Männerstimme sagte: „Borek.“ Es klang leicht gereizt.

„Oh“, erwiderte Arno, „mein Name ist Ziegler. Ich wollte sie nicht stören, Herr Doktor, ich habe mit einem Anrufbeantworter gerechnet.“

„Was kann ich für Sie tun?“ Es kam trocken, professionell.

„Ja, was soll ich Ihnen sagen, ich möchte gerne einen Hypnosetermin bei Ihnen.“

„Was ist Ihr Problem?“

„Na ja, also, um es kurz zu sagen, ich rauche und trinke zu viel.“

„Was heißt zu viel?“

„Na ja, eigentlich möchte ich aufhören damit.“

„Was heißt eigentlich?“

„Ein Verlegenheitswort.“

„Warum das? Sind Sie verlegen?“

„Ja, schon. Es ist zum ersten Mal in meinem Leben, dass ich mich an einen Psychiater wende, verstehen Sie?“

„Aha, da sind Sie ja also noch kein ganz hoffnungsloser Fall. Nicht einer von denen, die alle zwei Monate den Psychiater wechseln. Mal sehen, ob ich einen Termin habe.“

„Verzeihung, Herr Doktor, aber bevor Sie mir einen Termin geben, darf ich fragen, was das so zirka kostet?“

„Nicht so viel, wie es kosten würde, wenn Sie weiter rauchen und saufen.“

„Könnten Sie mir trotzdem Ihr Honorar sagen?“

Dr. Borek nannte den Preis. Nicht wenig, kein Schmutz nicht.

„Gut", sagte Arno, „ich bin beruhigt."

„Weil ich so billig bin?"

Arno musste auflachen. „Nein, nur weil ich den Preis weiß. Ich meine, weil ich weiß, wie viel ich mitnehmen soll."

„Sie können auch mit Erlagschein zahlen. Ich kann Ihnen einen mitgeben."

„Nein, nein, ich möchte bar zahlen, wenn es ihnen recht ist. Welchen Termin hätten Sie denn frei?"

„Sind Sie noch berufstätig?"

Arno musste schlucken. Entweder klang seine Stimme schon so alt, oder Borek rechnete auf Grund seiner Erfahrung bei Patienten wie ihm mit Arbeitslosigkeit und Frührente.

„Ja", sagte Arno stockend, „ich bin noch berufstätig."

„Und was machen Sie also beruflich?"

„Ich bin in der Kaffeebranche."

„Nicht wo Sie sind, sondern was Sie machen, Herr Ziegler."

„Ich bin im Management." Aber dann besann sich Arno, auch wegen des Honorars, und fügte hinzu: „Im unteren Management, um genau zu sein."

Borek grummelte: „Das ist in der Tat eine gefährdete Gruppe." Es entstand eine Pause, Borek blätterte anscheinend in seinem Terminkalender.

„Das schaut nicht gut aus", ließ er sich vernehmen.

„Wie meinen Sie das? Mit mir?"

„Nein, nein, nicht mit Ihnen, aber mit den Terminen." Wieder eine Pause.

„Ja, da ginge es. Schon nächste Woche, zufällig. Dienstag, vier Uhr, was sagen Sie dazu?"

„Ausgezeichnet!" Arno hatte nicht mit so einem schnellen Termin gerechnet. „Das nehme ich natürlich."

„Bitte erscheinen Sie pünktlich und leise."

„Selbstverständlich." Borek legte grußlos auf. Er ließ keinen Zweifel aufkommen, wer da der Herr im Hause war. Dennoch machte sich in Arno eine Euphorie breit: Jetzt war eine neue Karte ins Spiel gekommen.

Jetzt erst bemerkte Arno, wie es in der Wohnung aussah: schmutziges Geschirr, Gläser, Teller. Zeitungen auf dem Boden, auch Unterwäsche, ein Pullover, Brösel, Rollsplitt von der Straße, drei Paar dreckige Schuhe im Vorzimmer, durcheinander gewürfelt, der Wintermantel über eine Sessellehne geworfen, ein Ärmel, der Schal auf dem verkrusteten Teppich. Die Reste des Erbrochenen. Arno blickte sich in den Spiegel: unrasiert, die Augen und die Lippen gerötet, sonst blass, die Haare wirr. Er sagte zu sich: „Höchste Zeit, dass du einen Termin beim Psychiater hast!" Dann begann er, die Wohnung aufzuräumen.

Er wusch das Klo, wechselte das Leintuch, drehte die Heizung zurück und lüftete. Was wegzuräumen war, räumte er weg, er putzte die Schuhe, ließ Geschirrspüler und Staubsauger an, legte sich eine CD auf, wischte die Tischplatten sauber.

Als er mit dem leeren Mülleimer wieder hinaufkam, hörte er noch bei geschlossener Wohnungstür, wie das Telefon anfing zu läuten. Durch die hastige, manische Arbeit und zugleich noch verkatert zitterte und klemmte der Schlüssel in seiner Hand am Schloss, er bekam es nicht gleich auf. Als er in der Wohnung war, schwieg das Telefon wieder. Es hatte dreimal geläutet, am Sonntagabend.

Die Wohnung war wieder passabel. Jetzt erst zog er den erneut verschwitzten Trainingsanzug aus und begab sich unter die Dusche, das heiße Wasser auf seiner Haut, die Schweißschichten lösten sich. Der Abfluss schlürfte die Reste eines schlimmen Abends. Der Duft des Shampoos.

Er ging die Möglichkeiten durch. Zwei oder drei Personen schienen ihm als Anrufer in Frage zu kommen. Im frischen Bademantel, die Haare tropfnass rief er Franz an. Es sei ein furchtbarer Tag gewesen, er habe sich wie gesteinigt gefühlt. Nein, angerufen habe er nicht. Nicht jetzt, auch sonst heute nicht. Er sei zu sehr mit sich selbst beschäftigt gewesen. Sie? Nein, sie habe sich nicht gerührt, auch kein SMS. Es sei wohl endgültig Schluss. Nur eine Erklärung, eine Erklärung hätte sie ihm noch geben können. Aber darüber wolle er jetzt auch noch nicht nachdenken, er habe Kopfschmerzen, das Rauchen sei schlimmer noch als der Alkohol, er rauche ja sonst kaum. Aber gestern. Ja, er müsse morgen auch wieder arbeiten, das werde schon gehen. Gleichfalls, schönen Abend noch.

Arno checkte sein Handy, keine Nachricht drauf. Trotzdem rief er Suzie am Mobiltelefon an. Eine Überraschung: Sie meldete sich sofort.

„Schön, dass du anrufst, ich habe oft an dich gedacht." Und dann: „Nein, ich habe dich nicht angerufen, aber ich wollte es, ich muss es, du hast mir etwas abgenommen." Ja, und was? „Arno, ich werde die Praktikantenstelle kündigen. Ich gehe zurück nach Tschechien. Ich komme nächste Woche nach Wien, um den Job zu beenden, meine Sachen zu holen, ein paar Freunde zu sehen, dich zu treffen. Gehen wir noch einmal laufen."

Was da geschehen sei?

„Ich will jetzt nicht darüber reden, aber ich werde dir alles erzählen, so gut ich kann und sofern es erzählbar ist, jetzt schon erzählbar ist. Derzeit ist es nur eine Chance, noch nicht mehr. Aber das Risiko ist nicht so hoch, in zwei Monaten wäre mein Praktikum ohnehin ausgelaufen, stimmt's?"

Stimmt.

„Übermorgen bin ich in Wien, Mittwoch in der Firma. Wenn du willst, dann halt dir den Samstag frei, zum Laufen und zu allem, was dazugehört."

Arno saß zurückgelehnt und hatte große Lust zu rauchen, aber er hatte keine mehr. Er lehnte in seinem Sessel: Sie geht also. Er dachte an die Läufe mit ihr in der Lobau, an die Saufereien, an ihren Körper. Sie war völlig offen zu ihm gewesen, nichts Falsches war an ihr. Sie war mutig, lustig und leidensfähig. Sie hatte klare Vorgaben und trotzdem war sie warmherzig und zärtlich. Es würde wehtun, sie noch einmal wieder zu sehen. Aber angerufen, von selbst, hatte sie nicht.

Im Meer der Möglichkeiten seines Bekanntenkreises und der Millionen anonymen Teilnehmer, von denen sich irgendeiner einfach verwählt haben konnte, gab es noch eine, von der er sich wünschte, sie sei es gewesen. Gerade deswegen war er froh, dass er noch immer keine Rufnummernanzeige hatte. Aber gerade diese eine Möglichkeit schien im jetzt fern, und es war grotesk, daran zu glauben. Suzies angekündigter Abschied hatte die Kulissen weggezogen, und hinter der Bühne erschien eine kalte Steinmauer, keine Lücke, kein Türchen darin. So war es wohl auch mit all diesen zufälligen Anrufen. So unterließ er es, Tonias Telefon zum Klingeln zu bringen.

Die Firma war zwecks Renovierung in das Ausweichquartier übersiedelt, ein Großraumbüro. Man war mit Einräumarbeiten beschäftigt. Über die Feiertage war das meiste schon vorbereitet und installiert worden. Jetzt musste sich jeder seinen Arbeitsplatz aufbereiten. Die Überwachung würde besser funktionieren, jeder sah jeden, ob beim Telefonieren, Obstessen, Tratschen oder Nägelputzen. Es herrschte Rauchverbot. Wer rauchen wollte, musste in einen Nebenraum gehen, vor den Augen aller, eine Hemmschwelle. Arno wusste, dass ihm das eigentlich willkommen sein sollte. Als Anita ihn aufforderte, ihr bei einer Zigarette Gesellschaft zu leisten, ging er trotzdem mit. Die Luft im Raucherzimmer war entsprechend. Arno hatte keine eigenen Zigaretten bei sich.

„Neujahrsvorsatz?", fragte Anita.

„Nein, nur so. Ich laufe jetzt wieder mehr."

Später schnorrte er von Anita doch eine Zigarette. „Eine noch."

Nach der Arbeit kaufte er sich ein Paket. Ein letztes vielleicht, sagte er sich, morgen hatte er ja den Termin bei Dr. Borek. Zuhause rauchte er gleich drei Zigaretten hintereinander, später, nach dem Essen noch zwei. Dann grauste ihm plötzlich davor.

Am nächsten Morgen fühlte er sich ausgeschlafen. Die offene Packung auf dem Tisch, kein weiterer Gedanke, er rauchte zum Kaffee zwei, dann jedoch, auf der Straße, warf er das noch halb volle Päckchen in einen Mistkorb. Es war ein Reflex. Das sollte es gewesen sein. In der Firma freilich ließ er sich von Anita noch zu einer weiteren überreden, was ihr keine Mühe bereitete.

Es gab wenig Verkehr in der Gasse, in der das dunkle, mächtige Gebäude, das wohl knapp vor dem ersten Weltkrieg errichtet worden war, stand. Am Eingang gab es beidseits eine fast unübersichtliche Fülle kleinerer und größerer Tafeln und Schilder. Manche waren vergilbt, oder der Lack blätterte schon ab, dazwischen funkelte eine neues, „Zona Software" stand drauf.

Dr. Boreks Schild war klein und unscheinbar. Zweite Stiege, zweiter Stock, Lift.

Im Hof gelbliches gerilltes Klunkerpflaster. II. Stiege, in römischer Schrift, vergitterter Jugendstil an den Türen, schwarze Marmorplatten an den Wänden, ein diagonal verlaufender Sprung, die Holzkabine des Aufzugs im Gitterschacht, Arno ging zu Fuß. Mezzanin, erster Stock, Firmenschilder an den meisten Türen. Im zweiten Stock nur eine Tür mit Schild, Dr. Borek, sonst stand nichts drauf. Die Tür war angelehnt.

Im Halbdunkel des Wartezimmers flohmarktmäßig zusammengekauft ein Sofa, zwei Ohrensessel, zwei, drei Korbsessel, ein schwerer Tisch, zwei Glasvitrinen mit primitiven Musikinstrumenten, ethnologischen Gegenständen. Kunstzeitschriften, manche auch in Hochglanz, eine alte Penduluhr. Arno verhielt sich leise, wie ihm geheißen worden war. Er war allein im Warteraum, legte den Mantel ab und setzte sich so, dass er jene beiden hohen Türen am Ende des länglichen Raumes, hinter denen die eigentliche Ordination zu vermuten war, im Auge hatte. Er verspürte leichtes Herzklopfen. Ganz geheuer war das nicht. Und was dazukam: Jederzeit konnte eine der stummen Türen sich öffnen und Tonia konnte heraustreten, blass, aber blendend aussehend. Mit gestrecktem Finger, mit rotlackiertem Nagel würde sie auf ihn zeigen und mit ihrer zur Schärfe fähigen Stimme rufen: „Dieser Mann spioniert mir nach!" Hinter ihr käme ein rasputinartiger Hüne zum Vorschein, der ihr beruhigend die Hand auf die Schulter legen würde mit den Worten: „Das Bürscherl knöpf ich mir gleich vor, das muss dieser Ziegler sein, die lästige Laus, die mich am Sonntag am frühen Abend angerufen hat, in meiner meditativ produktivsten Zeit."

Tonia würde lächelnd zu ihm aufsehen, „Na, da ist er jetzt bei dir an der richtigen Adresse!", und würde ihm auf den von schwarzem, drahtigen Haar eingerahmten, großen und sinnlichen Mund einen deftigen Kuss geben und dann an Arno, ohne ihn eines Blickes zu würdigen, auf roten, hochhackigen

Schuhen vorbeischreiten, kopfschüttelnd und mit einem zynischen Grinsen ein „Tzzz!" ausstoßend.

Arno blieb das Herz stehen. Die linke Tür öffnete sich tatsächlich.

Heraus trat aber ein kleiner dicklicher älterer Herr, gediegener Anzug mit Krawatte, leichtes Mondgesicht. Kurz fiel warmes Lampenlicht in das dunkle Wartezimmer. Er schloss die Tür sofort hinter sich, verbeugte sich freundlich, ja fast devot vor Arno, nahm Hut und Mantel von der Thonetgarderobe und huschte, den Mantel über dem Arm, zur Tür hinaus. Arno sah auf die Uhr: fünf vor vier. Er würde noch warten müssen.

Das glitzernde Glas der Vitrinen, die Pendeluhr, das Halbdunkel, ein Milchglasfenster, Wärme und Stille, dunkles Parkett, ein abgetretener Perserteppich. Die Musikinstrumente schwiegen, und doch wohnten so viele Töne in ihnen, auch die ausgefallensten, in allen Höhen und Tiefen. Beim Seelenarzt. Arno schreckte auf, als der warme Lichtschein aus dem Türspalt auf ihn fiel.

„Bitte, kommen Sie weiter. Herr Ziegler, nehme ich an?"

Arno betrat einen bibliotheksartigen Raum, voll gestopfte Bücherregale bis zur Decke, ein schwerer Teppich, ein massiger Schreibtisch, eine voluminöse Schreibtischlampe, die jenes warme Licht spendete. Davor ein Lehnsessel, ein teures Stück, verstellbar, die unentbehrliche Couch vermutlich.

Dr. Borek ließ Arnos Hand nicht gleich wieder aus. Er war etwas kleiner als Arno, etwas älter, hatte Glatze und Dreitagebart, eine starke Brille. Jedenfalls kein Rasputin.

„Nehmen Sie Platz, machen Sie sich's richtig bequem. Sie können sich die Schuhe ausziehen, Sie können den Hosenbund öffnen, ganz wie Sie wollen." Er wies auf den Lehnsessel, er selbst setzte sich hinter den Schreibtisch, nahm eine Mappe zur Hand, lehnte sich zurück und begann, sich Notizen zu machen, ehe noch ein Wort zur Sache gesprochen war. Endlich fragte er Arno nach persönlichen Daten, Lebensumständen, Beruflichem.

Schließlich kam er auf Arnos Rauch- und Trinkgewohnheiten zu sprechen. Wann, wo, wie viel? Begünstigende Umstände? Bei Problemen? Im Stress? Allein oder mit anderen, eine

Frage, die Arno an den Beichtstuhl zur Schulzeit erinnerte. Und warum er aufhören wolle, was dafür, was dagegen spreche. Ob er organische Probleme habe? Ob er diesbezüglich schon untersucht worden sei? Arno konnte Dr. Barelli zitieren, noch nichts Ernstes im organischen Bereich.

Während Borek seine Notizen niederschrieb, dachte Arno kurz, genau in diesem Sessel sitzt auch Tonia, genau dieselben Bücherwände, denselben Lampenschein, denselben Borek sieht sie dann vor sich.

Schließlich sprach Borek zur Hypnose. Arno hatte schon befürchtet, es würde, vor lauter Anamneseerheben, gar nicht mehr dazu kommen. Dr. Borek erklärte etwas über das Wesen, die Wirkung, dass man alles hören werde, aber wie von fern und bedeutungslos. Nichts könne geschehen, was man nicht selbst gutheiße, und wenn schon nicht mehr, so werde es für den Anfang doch eine sehr angenehme Form der Entspannung sein.

Arno könne sich jetzt zurücklehnen, den Sessel etwas nach hinten verstellen, es sich noch bequemer machen, und wenn er wolle, könne er genau von der Lage, in der er sich jetzt befände, an der Decke einen kleinen Fleck sehen. An was ihn der erinnere?

Tatsächlich befand sich knapp neben dem oberen Ende eines Bücherregals ein bräunlicher, kokardenartiger Fleck, vielleicht, weil in der Wohnung darüber einmal Wasser ausgelaufen war.

Borek redete über diesen Fleck, man könne darin ein Segelschiff sehen oder einen Baum und ob Arno etwas erkennen könne.

„Ein Mammut", sagte Arno.

Borek redete mit leiser, getragener Stimme, dass sich die Farben des Mammuts jetzt allmählich verändern könnten und dass Arno wahrscheinlich jetzt schon in den Augen ein leichtes, angenehmes Brennen verspüre und dass er sie jetzt schließen könne.

Was Borek jetzt redete, was er fragte, was Arno leise und stets mit großer Verzögerung antwortete, schien unwichtig, Arno fühlte sich schwer und leicht zugleich. Schließlich forderte ihn Borek auf, sich zu sehen, wie er sein werde, wenn er seine Gewohnheiten, wie das Rauchen und Trinken, schon abgelegt haben werde, wenn ihm, was jetzt schon im Beginn der Fall sei, das Rauchen und Trinken gleichgültig geworden seien, ohne dass er dies aber jetzt schon wissen müsse.

Arno war ein wenig erstaunt, wie rasch ein ganz konkretes Bild entstand. Es war Frühling, ein breiter, ebener Weg, links und rechts Sträucher, auch blühende, es mochte die Lobau sein, dann wieder vielleicht auch ganz woanders. Jedenfalls sah er sich in Läufershorts und ärmellosem Leibchen, beides blau, eine gute Marke, diesen Weg entlanglaufen. Er war gebräunt, schweißglänzend, die warme Sonne. Sein Atem ging frei und regelmäßig, sein Kopf war klar. Er war voll im Training, in zwei Wochen würde der Marathonlauf sein. Er sah sich gleichsam von außen, wie im Film, und dann trat er wieder in seinen Körper ein. Seine Beine trugen ihn mit Leichtigkeit, er war schlank und rank, er sah den Körper hinunter, der Bauch war flach, leicht eingesunken. Er fühlte sich unglaublich gut.

„Sehen Sie etwas?", fragte Borek nach einer Weile. Arno vermochte erst nach einer längeren Pause zu antworten. Die Pause war ein kleines Rätsel, als müsse alles erst übersetzt werden. Er schilderte, was er gesehen, was er empfunden hatte: den Läufer, zu dem er offenbar selbst werden sollte, den Frühling in den Büschen, die klare Luft, die sich erwärmte, es musste Vormittag sein, die Unebenheiten des Weges, die sein Schritt mit Leichtigkeit ausglich.

Dann wollte Borek irgendetwas wissen, wie es denn gewesen sei, dorthin zu gelangen, in diesen athletischen, austrainierten Zustand, aber Arno wollte zu diesem Weg nichts anderes einfallen als der erste und entscheidende Schritt: ab sofort nichts mehr rauchen und trinken. Im Lauftraining, konnte man sagen, war er schon, wenigstens auf niedrigem Niveau. Um in den austrainierten Zustand zu kommen, gab es kein weniger Rauchen, weniger Trinken. Er musste sofort aufhören. Zwischenstufen konnte es nicht geben.

Borek redete weiter, irgendetwas, Arno nahm es kaum wahr. Er versank tiefer in die Welt des Läufers, der den Rhythmus seines Laufs, seines Atmens und das Vorbeigleiten der Landschaft – deren Leuchten und die bunten Farben des Himmels, seinen Körper und den Grund, über den er hinwegfliegt, als seine Heimat und seine Sehnsucht zugleich empfindet – miteinander versöhnt wie noch nie.

Später sagt Borek, er solle sich in den Ordinationsraum zurückorientieren, und zählt ihm, als dies nicht gleich gelingt, auch etwas vor, von eins bis fünf oder sechs, und was er jeweils tun soll, Zehen bewegen und solche Sachen.

Schließlich ist Arno wach, klar und ziemlich leer. Alles kommt ihm selbstverständlich vor, am selbstverständlichsten ist ihm Borek, der mit Routine seine Befriedigung über die gelungene Sitzung zu neunundneunzig Prozent zu verbergen vermag.

„Wie war's für Sie?", fragt er nach einer Weile.

„Ich glaube", entgegnet Arno, „ich hab's geschafft."

Arno lächelt verlegen und hätte, wäre er selbst der Psychiater, gönnerhaft zurückgelächelt. Aber Borek fixiert ihn ausdruckslos, das Kinn in die Handfläche, den Ellbogen auf die Sessellehne und insgesamt in die Schräglage abgestützt. Keine Frage, wer hier Opfer und wer Täter ist.

Wieder verging eine kurze Pause, als ob das Ganze vorwiegend aus Pausen zu bestehen hatte.

„Kommen Sie in einer Woche wieder. Zur gleichen Zeit." Borek erhob sich ruckartig. Ob Arno mit dem Auto da sei, wollte er noch wissen, was Arno verneinte. Dann hielt er ihm einen Erlagschein hin, auf dem die Honorarsumme schon eingetragen war. Arno, selbst schon die Hand an der Brieftasche, nahm den Papierstreifen entgegen. Die Umständlichkeit, jetzt doch auf Barzahlung zu bestehen, ersparte er dem schwierigen Augenblick, der durch den jähen Wechsel vom scheinbar Vertrauten ins Fremde ohnehin schlecht zu ertragen war. Im Wartezimmer begegnete er einer sehr jungen, sehr mageren Frau. Als er im düster-großbürgerlichen, aber leicht vergammelten Stiegenhaus die Treppen abwärts mehr lief als ging, war er erleichtert, und als er auf die Straße hinaustrat, in die städtische Winterluft, noch mehr.

Er ging in ein Kaffeehaus, las die Zeitung, überflog das Kinoprogramm, erwog, sich diesen oder jenen Film anzusehen, verwarf den Plan wieder, fuhr schließlich heim, legte Musik auf, John Mayall, und begann zu bügeln. Einen Wäscheberg gab es. Rauchen wollte ihm nicht richtig in den Sinn kommen, selbst wenn, wie es den Anschein hatte, er sich versuchsweise, halb gespielt, bemühte. Irgendwie keine Lust. Arno ging zeitig zu Bett, immer noch ein bisschen leer und, wie er feststellen musste, ein bisschen traurig.

Morgen würde Suzie in die Firma kommen, um Abschied zu nehmen. Ja, auch das machte ihn traurig, jetzt, wenn er so nachdachte, sogar sehr. Ihre Beweggründe, warum sie vorzeitig aus dem Praktikum ausstieg, waren für ihn bis jetzt offen. Ein attraktives Jobangebot? Ein private Veränderung? Hatte sie sich verliebt, Hals über Kopf? Oder hatte sich ihre alte Freundin gemeldet? Er würde es wahrscheinlich noch erfahren. Oder nicht einmal das. Auf den Lauf am Samstag konnte er sich auch nicht richtig freuen. Vor allem das Nachher fürchtete er fast. Würden sie noch einmal miteinander ins Bett gehen? Sich ansaufen, wie ja schon vorgekommen? Oder etwas harmlos Unverbindliches unternehmen? Ein leeres Küsschen zum Schluss? Und er würde die ganze Zeit tapfer, tapfer, tapfer sein müssen? Einen Bier- und Zigarettenvorrat schon zuvor besorgen müssen, um seiner einsamen Heimkunft irgendetwas aufsetzen zu können, was nach aufregendem Leben roch? Einen Moment hatte Arno Lust, sofort zu rauchen, er hatte aber keine Zigaretten, und da fiel ihm auch seine Sitzung bei Borek ein, an die er die ganze Zeit nicht gedacht hatte. Und er sah den Läufer, sein Alter Ego, schlank, schwitzend, souverän den Frühlingsweg entlanglaufen. Die ganze Hypnosesitzung ließ er Revue passieren. Der ganze Nachmittag war voller Entdeckungen: Boreks Stimme, wie er was sagte, wie er sich gab, die vielen Bücher, die hohe Fülle des Raumes, die Annehmlichkeit des Lehnsessels. Hatte eine Kristallkugel auf dem Schreibtisch gestanden? Oder eine Pyramide aus grünem Stein? Und auch das Wartezimmer! Der Messinglüster, die Flöten in den Vitrinen, die Trommeln! Was machte den Zauber aus? Alles! Tonia! Es war, als könne er sie riechen. Hier war sie ein- und ausgegangen, wer weiß, wie lange! Monatelang? Jahrelang? Ob sie wohl jetzt noch in Behandlung war? Jetzt, nach der neuerlichen Chemotherapie, gut möglich.

Arno war knapp daran, aufzustehen und einen Anruf zu tätigen, einen wortlosen Gruß, es vielleicht überhaupt nur einmal läuten zu lassen. Aber wer konnte sagen, ob sie überhaupt zuhause war? Nein, keine Telefonspielchen. Wie leicht konnte doch alles, was er für Rückrufe gehalten hatte, nur Zufall, Irrtum, Hirngespinst sein. Nein, keine Anrufe mehr. War es der Umstand, dass er seit Mittag praktisch nichts geraucht hatte, dass er so nüchtern darüber denken konnte? Dass der Anrufbeantworter vielleicht nicht mehr das Zentrum seiner Wohnung sein würde? Oder war es eine neue Seite, weil er ihr in einer gewissen Weise näher gekommen war? In dieser Nähe eine gewisse Zeit bleiben konnte? Und bei jedem Besuch bei Borek auf sie stoßen konnte? Allmählich verflüchtigte sich seine merkwürdige Traurigkeit, wenn auch nicht ganz, und er schlief ein.

Um neun Uhr Vormittag erschien Suzie im Büro. Dunkelbrauner Rollkragenpullover, die Haare schwarz gefärbt, feucht glänzend, seitlich gescheitelt, kleine bunte Haarspangen, sonst ungeschminkt, anders. Sie sahen sich jenen kleinen Moment länger in die Augen, Suzie nickte dabei. Das Notwendige war rasch erledigt. Sie ging kurz durch die Abteilungen, um sich zu verabschieden. Händeschütteln im Großraumbüro, ein Küsschen da und dort. Sie hatte zum Dank für alles zwei Kuchen gebacken, man möge es sich gut schmecken lassen, sie selbst sei leider sehr in Eile. Anita erzählte sie tatsächlich etwas von einem neuen Job. Es klang so vage, dass Arno an dieser Version sofort zweifelte. Er war aber wie gelähmt, er war beinahe verwirrt darüber, wie unerträglich ihm Suzies Abschied mit einem Mal war. Sie sah blendend aus, aber sie war eben verändert. Er hatte keinen Anteil mehr an ihr. Im Vorbeigehen, noch nicht im unmittelbaren Abschied, fragte sie leise: „Samstag, zehn Uhr, wie üblich?" Arno nickte hilflos, mechanisch.

Als sie fort war, lud Anita ihn auf eine Zigarette ein, aber Arno lehnte zu ihrer und wohl auch seiner eigenen Überraschung kurz und dankend ab. Es ging leicht, er wusste selbst nicht genau, warum. Er spürte nur diese Traurigkeit, die von ihm Besitz ergriffen hatte, und er wusste, es war nicht Suzie allein.

Als Anita vom Rauchen zurückgekommen war, bemerkte sie, dass man der Vymazal ein Zeugnis schreiben müsse, Arno solle ihr was diktieren, aber er wies sie an, selbst einen Text zu verfassen, er würde es überfliegen, und dann solle das Höpfner unterschreiben. Und Simmonds vielleicht auch.

Erst nach einer Weile fiel ihm ein, Anita könnte glauben, es habe irgendeinen Krach zwischen ihm und Suzie gegeben, privater Natur womöglich, denn alles war ihr wohl nicht entgangen, und so fügte er über die Schulter hinweg hinzu: „Aber es soll natürlich ein gutes Zeugnis sein, ein sehr gutes."

„Sie war auch gut", sagte Anita, mehr zu sich als zu ihm.

Zwei Nachmittage hintereinander ging Arno laufen, eineinhalb Stunden, das zweite Mal unwesentlich kürzer. Er machte Dehnungsübungen, wie sie in dem Buch, das er sich über Lauftraining gekauft hatte, beschrieben waren. Überhaupt beschloss er, sich mehr Literatur zu kaufen, denn er war nun wirklich entschlossen, für den Stadtmarathon zu trainieren, wofür ihm noch vier Monate Zeit blieben. Das schien ihm zu reichen. Er würde seine Freizeit damit ausfüllen: laufen, stretchen, Sauna, sich massieren lassen. Gesunde Ernährung, Trainingspläne austüfteln, immer wieder lesen, sich mental auf die berühmten 42,2 Kilometer einstellen, meditieren vielleicht. Welche Zeit würde wohl erreichbar sein? Würde Tina ihn anfeuern kommen? Der Marathon begann, ihn zu beschäftigen, er hoffte, er würde ihn sogar ausfüllen. Aber dennoch, die leichte Traurigkeit begleitete ihn wie der leichte Schwips einen Spiegeltrinker.

Alkohol trank er aber keinen, ebenso wenig rauchte er. Diese kleine Traurigkeit war vielleicht der Preis für die neue Freiheit. Irgendwie wollte er es gar nicht im Detail wissen, aber es musste doch zu einem hohen Anteil der Hypnose zuzuschreiben sein. Wille war es nur in wenigen Augenblicken und dann nur in geringem Maße, das meiste war – ja, doch – eine Art Gleichgültigkeit. Er vermied es, allzu viel darüber nachzudenken, denn er befürchtete, umso eher rückfällig zu werden. Als ihn Anita fast besorgt fragte, ob er denn doch komplett zu rauchen aufgehört habe, tat er erneut so, als würde er nur einfach etwas weniger rauchen. Bei einem etwaigen Rückfall wäre die Blamage auch erträglicher. Einen Kommentar würde sie ihm freilich so oder so nicht ersparen.

Am Samstag in der Früh war das Wetter unwirtlich, um null Grad, und ein steifer, eisiger Wind und ein leichter Niederschlag, der sich nicht entscheiden konnte, ob er Schnee, Regen oder gefrierender Regen war, ließen alle Lust aufs Laufen erstarren. Der Boden war wohl zudem vereist und rutschig, gefährlich. Arno ging im Trainingsanzug hinunter und lief eine Proberunde um den Häuserblock. Es war grauslich. Also rief er Suzie an. Sie waren sich sofort einer Meinung und verabredeten sich stattdessen in einem Kaffee im siebenten Bezirk, das für sein Frühstücksbuffet bekannt war. Das Buffet war bis 15 Uhr verfügbar, also eine Angelegenheit für ausgesprochene Schlafmützen, nächtliche urbane Flaneure und Lebenskünstler. Sie trafen sich um 12.

Suzie saß schon da. Sie trug einen schwarzen Hosenanzug und eine helle Seidenbluse. Sie wirkte eleganter als sonst, vielleicht wollte sie anschließend einen Besuch im Museumsquartier anregen. Sie war sichtlich bemüht, Fassung zu bewahren, aber wer kann schon ein Strahlen verbergen? Bei Orangensaft, Ham and Eggs, Kaffee und Croissants legte sie los, ehe Arno sie richtig fragen konnte.

„Du, Arno, stell dir vor, Eva hat ihren Mann verlassen!"

„Und?!", fragte Arno ungeduldig.

„Lass mich kurz erzählen! Ich war über Weihnachten in Prag. Nach längerer Pause, wie du weißt. Ich fand einen Haufen Post. Und darin einen Brief von ihr. Mir ist das Herz stehen geblieben. Ich habe die ganze übrige Post durchgesehen, bevor ich ihren Brief geöffnet habe. Wahrscheinlich kriegt sie jetzt ein zweites Kind, dachte ich mir, und schreibt mir vielleicht zum Trost, wenn es ein Mädchen wird, nenn ich es Suzie. Oder noch viel schlimmer, sie hat ihren Mann verlassen, weil sie sich in wen anderen verliebt hat, egal, Mann oder Frau. Und damit ich nicht weiter so leide – denn sie weiß, dass ich immer noch leide – sagt sie mir das. Und schon steigt in mir hilfloser Ärger auf, verstehst du? Dutzende Szenarien habe ich durchgespielt, bevor ich diesen Brief geöffnet habe. Nur um nicht ganz ohne Fallschirm abzustürzen. Dann hab ich mir eine schöne Dose

Bier aufgemacht und eine Zigarette angezündet, um Tröster zu haben, und dann hab ich den Brief geöffnet."

Genüsslich wischte sie mit einer Semmelzehe Fett und Ei von ihrem Teller auf, das volle Leben.

„Und weiter?"

Sie fuhr fort: „Ungefähr so: Sie ist vor einiger Zeit draufgekommen, wenn sie weiter bei ihrem Mann bleibt, dann wird sie langsam ersticken. Solange sie sich so verhält, wie er und seine Familie es wollen, erstickt sie in einer Freundlichkeit, die die Belohnung dafür ist, dass sie brav ist. Und wenn sie vom gewünschten Kurs abweicht, erstickt sie an den Vorwürfen und der Kälte, die die Bestrafung dafür sind, dass sie schlimm ist. Eines Morgens ist sie aufgewacht und hat gewusst, was zu tun ist, ohne besonderen Anlass. Sie hat sich also zügig eine Wohnung gesucht, heimlich und rasch eingerichtet und dann, mit einem Schlag, ist sie ausgezogen. Mit dem Kind. Anders hätte sie es nicht geschafft. Die ersten zwei Wochen waren unglaublich schwierig, er hat Himmel und Hölle in Bewegung gesetzt. Das Kind aber wollte er dann gar nicht mehr sehen. Es muss noch gewickelt werden, es macht Mühe. Und mit einem Mal ist Ruhe. Er hatte schon lange eine Freundin, wie sich herausgestellt hat. Eva lebt jetzt allein mit dem Kind. Und schreibt mir: Versuchen wir's?"

„Und?"

„Das ist der Grund, warum ich zurückgehe nach Prag. Grund genug, oder? Ich werde nicht gleich zu ihr ziehen, auch wenn das wegen des Kindes praktischer wäre. Ich habe ja noch meine kleine Wohnung und ich werde mir einen Job suchen. Und wir werden sehen, wie es wird. Ein Risiko, ja, gut, es aber nicht zu tun, wäre das größere Risiko, findest du nicht?"

„Natürlich. Und wie ging es dann weiter?"

„Ich habe sie sofort angerufen. Das Handy war eingeschaltet, Tag und Nacht war es eingeschaltet gewesen, hat sie mir gesagt, auf diesen einen Anruf wartend. Also ziemlich lange wartend!"

Suzie lachte breit, verklärt und mit dem ganzen Zauber ihrer Wangengrübchen. Sie hatten achtlos gefrühstückt. Das Tischtuch war gezeichnet, Brösel von Semmeln und Croissants, Marmelade, abgetropftes Fett, Kaffee in der Untertasse.

„Trinken wir eine Flasche Sekt?", fragte Suzie, Arno in die offene Flanke fallend. „Eine letzte?"

Arno nickte, stand auf und ging zum Zigarettenautomaten. Er konnte jetzt nicht mehr anders.

Als er die Münzen einwerfen wollte, stand Suzie neben ihm, ergriff seine Hand und hielt sie zurück: „Oder besser nicht?"

„Warum nicht?" Arno fragte fast unwirsch.

„Wir wollten unseren Lebensstil ändern."

„Und? Hast du ihn schon geändert?"

„Ja", sagte Suzie leise, fast entschuldigend. „Und du?"

Arno seufzte. „Ich bin dabei." Es klang wie von fern.

„Komm", sagte Suzie, nahm ihn an der Hand und führte ihn zurück an den Tisch. „Wir brauchen das nicht mehr."

Arno schwieg. Seiner Gier nach einer Zigarette würde er sich nicht lange widersetzen können. Mühsam war es, weiterzufragen, denn das Ganze interessierte ihn mit einem Mal nicht mehr so richtig. Suzie hingegen sprudelte. Wie sie sofort zu Eva hingefahren sei, am Nachmittag. Das Kind sei gerade vom Mittagsschläfchen aufgewacht gewesen, und so hätten sie sich nicht gleich lieben können. Aber wie süß und qualvoll zugleich diese Verzögerung gewesen sei. Sie seien lange spazieren gegangen, in einem Park gesessen und hätten verstohlen Händchen gehalten, während das Kind im Schnee herumgepurzelt sei. In einer Konditorei hätten sie Tee getrunken, zuhause mit dem Kind gespielt, es gebadet, gefüttert und zu Bett gebracht, ihm gemeinsam eine Geschichte vorgelesen, mit verteilten Rollen. Das Kind habe lange nicht schlafen wollen, die ungewohnte Situation, also noch eine Geschichte, eine kurze nur. Und dann noch eine. Dann Musik aufgelegt, eine Flasche Wein geöffnet, wenn eine im Hause gewesen wäre, aber es war keine da, so nur einfach grünen Tee getrunken, bis das Kind endlich eingeschlafen war, all die Berührungen zuvor und jetzt plötzlich spüren, wie alle Dämme brechen, sich mitreißen lassen von der Flut, die Kleider vom Leib, weißt du, was das heißt, ineinander ertrinken?

Arno lächelte müde. „Wann fährst du wieder zurück?"

„Morgen früh."

„Ich hatte gehofft, du würdest noch einmal zu mir kommen."

Suzie sah ihn lange an, voller Wärme, derer sie übervoll war, nahm seine Hände, beugte sich weit über die Tischplatte, sodass sie fast zu ihm aufschauen musste und sagte leise: „Bist du mir böse?"

„Nein", rief Arno, „das weißt du doch, auch wenn ich ein bisschen traurig bin, ich freue mich für dich, du bist glücklich."

„Ja!", rief Suzie, dass sich die übrigen Gäste kurz umdrehten.

„Bist du mir böse, wenn ich mir jetzt doch Zigaretten kaufe?"

„Also Moment", erwiderte Suzie, „ich hab da noch welche."

Sie beugte sich zu ihrer Handtasche, die über die Sessellehne hing und fischte ein angebrochenes Paket heraus.

„Tschechische?", fragte Arno. „Und wie ist das mit dem Lebensstil?"

„Nur heimlich, nur ganz manchmal!" Suzie kicherte. „Eva darf das nicht wissen, sie ist jetzt total auf der gesunden Welle. Aber das ist super! Wenn ich mit ihr bin, habe ich kein Verlangen danach. Nur jetzt, wo sie so weit weg ist. Ach ja, es ist ein kleiner Trost, verstehst du?"

„Natürlich, wer sollte es verstehen, wenn nicht ich", sprach Arno und gab ihr und dann sich Feuer, denn ein Feuerzeug hatte er eingesteckt. Für alle Fälle.

Sie tranken Kaffee, das Wasser dazu und rauchten. Früher Nachmittag. Die Gäste wechselten. Letzte Durchmacher der vergangenen Nacht erschienen, immer noch gezeichnet. Ein Grüpplein Schwarzgekleideter, vermutlich Cineasten von einer Matinee kommend, ausgeschlafen und angeregt, ein zweites Frühstück vielleicht.

Der Ober ging mit einem Tablett leeren Kaffeegeschirrs vorbei. Suzie durchfuhr ein Ruck. „Eine Flasche Schlumberger bitte!", rief sie, knapp bevor Arno sich das erste Bier bestellte. Also doch, alles!

Sie prosteten sich zu, und für Suzie bestand aller Grund, wie Arno fand und sie natürlich auch. Noch einmal begann jene große Vertrautheit, die zwischen ihnen geherrscht hatte, wie vom Himmel herabzuschweben und ihre bunten Flügel über sie auszubreiten. Auch Arno konnte jetzt lachen, sich von Suzie mitreißen lassen, er rauchte bereits die dritte.

Eine Zeit lang war das Lokal fast leer, nun begann es sich wieder zu füllen. Sie plauderten erhitzt und tranken überstürzt. Der Ober brachte die zweite Flasche, Erinnerungen aneinander wuchsen in ihnen hoch, sie hielten sich gegenseitig an ihren Ellbogen und drückten ihre Knie unter der Tischplatte aneinander. Wie es war beim Laufen und davor, wie sie sich kennen gelernt hatten, und danach, in der Badewanne.

Schließlich flüsterte Suzie: „Ich will noch einmal deinen Schwanz."

„Gut! Aber lass uns noch austrinken!", erwiderte Arno heiser.

Sie sahen sich mit glasigen Augen an, küssten sich und bliesen sich den Rauch in die Haare. Unruhe war spürbar, auf einmal kalte Fingerspitzen.

Arno ließ das Auto stehen, denn er war ja nicht mehr nüchtern. Ein Taxi war nicht gleich aufzutreiben. Sie gingen die nasskalte Straße entlang, Suzie hatte sich eingehakt und sie schwiegen. Endlich im Taxi war der Umschwung schon deutlicher zu spüren. Suzie hielt die Arme verschränkt und sah beim Seitenfenster hinaus.

„Ist etwas?", fragte Arno

„Nein."

Vor dem Haustor, nach den Schlüsseln kramend, sah er sie an.

„Mir ist nur kalt", sagte sie.

Sie eilten hastig die Treppen hinauf, als wollten sie alles rasch hinter sich bringen. Wortlos schloss Arno die Wohnungstür auf, ging vor und warf seinen Mantel auf die Ablage. Ohne sich umzudrehen, ging er weiter ins Wohnzimmer, um die Heizung aufzudrehen. Erst jetzt, verzögert, hörte er die Wohnungstür ins Schloss fallen. Suzie stand im Vorzimmer und hatte den Mantel an. Sie war blass. Langsam ging Arno auf sie zu, mit leicht ausgebreiteten Armen, aber es war eher fragend.

„Ich kann nicht", sagte Suzie leise, „bist du mir böse?"

Arno schüttelte langsam und lange den Kopf. Seine Arme sanken herab. Nun trat sie auf ihn zu, umarmte ihn und drückte ihm einen Kuss auf den Mund.

„Danke für alles", sagte sie und ging.

Arno schnürte zunächst im Wohnzimmer auf und ab, es war länglich und dafür geeignet. Er war leer, bis auf das Wissen, dass jetzt gleich der Schmerz einsetzen würde, wie im ersten leeren Augenblick, wenn man sich mit dem Hammer wuchtig auf den Daumen getroffen hat, und er fand keine andere Möglichkeit, ohnehin schon leicht betrunken, als ruckartig den Mantel überzuwerfen und zur Tankstelle zu eilen, wo er Bierdosen und Zigaretten kaufen konnte. Er hatte für diesen Fall nicht entsprechend vorgesorgt, er hatte geglaubt, dem Absturz entrinnen zu können, was immer auch passieren würde.

Nach der zweiten Bierdose setzte die frühe, winterliche Abenddämmerung ein. Arno rief Franz an, am Handy, denn das Festnetztelefon war besetzt. Franz surfte im Internet auf Partnersuche, wie er freimütig bekannte. Er verfügte über alle möglichen Kontaktadressen. Und er konnte das stundenlang betreiben. Um sieben trafen sie sich im Jablonsky.

„Heute musst du mich trösten", eröffnete Arno das Gespräch. Das Bier rann schaumig über die Ränder der Halbliterstutzen. Die Speisekarte bot wie üblich keine Überraschungen.

Als Arno um etwa halb zwölf wieder zuhause war, hätte er nicht sagen können, worüber sie wirklich gesprochen hatten. Er hatte vier Krügel getrunken, aber man musste den Sekt und die zwei Dosen Bier vom Nachmittag hinzuzählen, es war beträchtlich. Franz, der ebenfalls nicht ganz nüchtern erschienen war, sprach beim Abschied von einem stolzen Rausch, den man mit Würde heimzutragen hätte, irgendein Zitat. Aber Arno wusste, dass er Verrat begangen hatte. An sich selbst natürlich, an Borek, irgendwie selbstverständlich auch an Tina und entfernt wahrscheinlich an Tonia, und in einer ganz bestimmten Weise an Suzie. Über die Reihenfolge hätte man streiten können, aber Arno befiel jene erlösende Schwere und jene vertraute Wurstigkeit, die das Ärgste abfangen. Er wusste, dass er den morgigen Tag abschreiben konnte. Gottlob ein Sonntag, ein freier Tag.

Am Montag nach der Arbeit ging er laufen. Von den vier Längen in Schönbrunn, die er sich vorgenommen hatte, schaffte er nur zwei. Er fühlte sich schwer und lustlos und schwitzte trotz Kälte und langsamer Gangart über alle Maßen. Er spürte, dass es genug war, und brach ab. Immerhin hatte er wenigstens das geschafft und seit dem Jablonskybesuch am Samstag war er sauber geblieben.

Dienstagnachmittag, zehn Minuten vor vier, betrat er das dunkle Haus, in dem sich Dr. Boreks Praxis befand. Er wollte wissen, wer der Patient vor ihm war, deswegen war er so zeitig. Arno setzte sich also in einen Korbsessel im Wartezimmer, wo er erwartungsgemäß der Einzige war. Die Eingangstür war, wie schon das letzte Mal, angelehnt gewesen. Diesmal brannte Licht im Wartezimmer und verlieh dem Raum etwas Fahles, sich in seiner Höhe seltsam leer Verlierendes. Dann trat der kleine, mondgesichtige Herr wieder aus dem Behandlungszimmer heraus, schloss leise die Tür, verbeugte sich und wischte ganz auf die gleiche Weise wie das letzte Mal davon. Sie würden so etwas wie eine Schicksalsgemeinschaft eingehen, wenn Arno bei diesem Dienstagtermin blieb. Was dem wohl fehlte? Der sah jedenfalls nicht so aus, als ob er das gleiche Problem wie Arno hätte. Aber er war ihm sympathisch, und wenn er am Ende der Sitzung dem mageren Mädchen begegnen würde, träfe das auch für sie zu. Arno sah sich zu dritt mit den beiden in einem offenen, weißen Cabriolet, Chevrolet 1953, eine blumen- und felsengesäumte Küstenstraße entlangfahren. Blauer Himmel, das Mädchen saß neben ihm und hatte einen durchsichtigen, lilafarbenen Schal um den Kopf gewickelt, dessen freies Ende im Fahrtwind flatterte, und trug eine Sonnenbrille. Sie sah aus wie ein Filmstar, wie Romy Schneider vielleicht. Sie lachten, und der ältere Herr, der im Fonds saß, naschte Pralinen aus einer großen Schachtel, die er immer wieder nach vorne reichte. Das Mädchen bediente sich gierig und schnalzte dabei mit der Zunge. Er und die Kleine tranken immer wieder schluckweise Champagner aus einer offenen Flasche. Arno nicht, er musste ja fahren, und Alkohol sei ihm, merkte er schelmisch an, im

Übrigen gleichgültig. Und der liebe ältere Herr lachte und sagte „So, wie mir das hier!" und wies auf ein prächtiges Gebäude im Fin-de-Siècle-Stil hinter Palmen, an dem sie vorüberflitzten, vor dem Cadillacs und Bentleys parkten und das ein Spielcasino zu sein schien. Arno musste lächeln.

„Wie ich sehe, brauche ich Sie ja gar nicht mehr zu behandeln."

Arno schreckte hoch, Borek stand vor ihm, hielt den Kopf leicht zur Seite geneigt und schmunzelte.

„Ganz im Gegenteil, Herr Doktor!", rief Arno und sprang auf. „Ich hatte einen schweren Rückfall."

„Was heißt Rückfall? Waren Sie denn etwa schon geheilt?"

„Ja, fast, ich war insgesamt vier oder fünf Tage abstinent."

„Von beidem?"

„Ja, von beidem."

„Kommen Sie weiter."

Borek fasste Arno am Ärmel und schob ihn ins Behandlungszimmer.

„Nehmen Sie Platz, Sie kennen das alles schon."

Nachdem Borek seine Aufzeichnungen in der Mappe studiert hatte, forderte er Arno auf, genau zu erzählen, wie es gewesen war. Arno schilderte also seinen Anfangserfolg und den Absturz. Er sprach über die allgemeine Traurigkeit, die ihn befallen hatte, und über den Verlust von Suzie. Indem er darüber sprach, konnte er aber auch ein Gefühl von Freude entdecken, dass sie nun ihrer Neigung gemäß glücklich werden könnte. Es war die Art, wie Borek ihn fragte, was aus ihm herauskam. Es war, als spielte der Psychiater auf ihm wie auf einem Instrument, aber es kam nichts aus ihm, was nicht bereits in ihm vorhanden gewesen wäre, wenn auch im Verborgenen, das spürte er deutlich, der Kunstgriff machte es aus und Arno ließ sich weiterführen, sich die Anweisung geben, den Blick auf die Decke zu richten, das kleine Mammut wieder in dem Fleck zu entdecken und die Augen zu schließen.

Schließlich erwähnte Borek etwas von einem inneren Heiler oder einer inneren Heilerin, der oder die jeden Menschen begleiten und welche ihm stets als Helfer zur Verfügung stünden. Ob Arno jetzt diesen oder diese, meist sei es nur eine Gestalt, schon sehen könne?

Und Arno sah tatsächlich sehr rasch etwas. Merkwürdigerweise zunächst so etwas wie einen Adventskalender, dunkelblau mit kleinen Sternen, da und dort mit Flitter überzogen, und in der Mitte stand eine engelsgleiche, wunderschöne Frauengestalt, mit einem Schwert in der einen Hand, auf das sie sich stützte. Sie erinnerte einen an Justizia, aber in der anderen Hand hielt sie keine Waage, sondern in der offenen Handfläche stand sie selbst, nur viel kleiner, mit Schwert und wiederum offener Handfläche, auf der nun dieselbe Figur ganz winzig stand und so weiter, wie eine offene, russische Puppe. Die Türchen des Adventkalenders, so es ein solcher wohl überhaupt war, waren alle verschlossen, und es schien im Augenblick auch gar nicht wichtig zu sein, was sich hinter ihnen verbarg. Arno, vom Arzt aufgefordert, begann nach einer merkwürdigen Phase eines lähmungsähnlichen Schweigens zu schildern, was er da so sah.

„Sehen Sie sich selbst auch auf diesem, wie Sie es nennen, Adventskalender?", wollte Borek nun wissen.

Ja, Arno konnte etwas wahrnehmen, in der linken unteren Ecke. Man konnte eine Bar sehen, alles war schwarz, nur die Platte des Tresens war grünlich beleuchtet. Ein Mann lehnte an ihr, wie Humphrey Bogart, beiger Trenchcoat, eng gegürtet, den Kragen hoch gestellt, einen Hut ins Gesicht gezogen, ein Bier in der Hand, rauchend, etliche leere und halb leere, vor Ekel nicht ganz ausgetrunkene Gläser vor sich, so wie sich im Aschenbecher, der überquoll, viele aus Grausen nur halb gerauchte Kippen befanden. Aber der Mann, der ganz allein und einsam in der finsteren Bar stand, konnte nicht aufhören, wie es schien.

„Und wie wäre es jetzt aber, wenn der Mann da unten in der Bar der inneren Heilerin, dieser Engelsgestalt, folgen würde?"

Da sah Arno in der rechten oberen Ecke ein großes, hell erleuchtetes Schloss mit einem offenen Tor, aus dem das Licht warm herausfloss, und einen jungen Mann davor stehen, der voller Staunen war und doch wusste, dass er nur einzutreten brauchte.

„Und der andere Mann, der im Trenchcoat?", fragte Borek.

Der war verschwunden, die Bar war leer, dunkel, man konnte nur sehen, wie alles voller schmutziger Gläser und voll gestopfter Aschenbecher war. Es war kalt und abweisend dort, ein verlassener Kerker, ein versunkenes Schiff im Eismeer.

Dann forderte der Psychiater Arno auf, die innere Heilerin, denn sie war nun eindeutig weiblich, zu fragen, was er tun müsse, um zu dem Schloss zu gelangen. Arno hielt Zwiesprache mit der Heilerin und mit Borek und wieder mit der Heilerin, versank aber tiefer und tiefer in ein großes Wohlbefinden, und als er von Borek zurückgeholt wurde, konnte er sich nur an die Wortfolge „jetzt schon" erinnern.

Nachdem sich Arno gänzlich zurückorientiert hatte, fragte ihn Borek, ob die innere Heilerin ihm außer dem Bild des Läufers, das er ja schon das letzte Mal imaginiert habe, nicht doch noch irgendetwas anderes als Hilfsmittel angeboten hätte. Offenbar hatte er ein solches Bild produziert und beschrieben. Arno erinnerte sich vage daran, dass ihm diese Frage von Borek schon in der Hypnose gestellt worden war, indessen, es wollte ihm jetzt, wie anscheinend zuvor, nichts weiteres einfallen.

Dr. Borek schien unbefriedigt, irgendetwas störte ihn, auch wenn er es sichtlich verbergen wollte. Arno konnte das spüren, die Kenntnis voneinander schien bei Arzt und Patient gegenseitig zu wachsen. Dann aber lobte der Arzt doch Arnos Bilderwelt, der Adventskalender, ein Bild aus der Kindheit, der junge Mann vor dem Schloss – ein Märchenschloss vielleicht? – alles Anzeichen eines Neubeginns, eines Neuanknüpfen an einen früheren Zeitpunkt, die Chance, aus der Sackgasse zurückzugehen, bis in die Jugend, um von dort auf einem besseren Weg weitergehen zu können. Arno kam es zuletzt vor, als habe er das alles selbst gesagt, von sparsamen, kurzen Fragen des Psychiaters begleitet. Es war einfach schwer zu sagen, wer was gesagt hatte. „Also dann, in einer Woche zur selben Zeit", sagte Dr. Borek zum Schluss.

Im Hof kam ihm das dünne Mädchen entgegen. Arno grüßte und musste sie warmherzig anlächeln, sodass sie, offenbar gegen ihre Grundstimmung und wahrscheinlich von sich selbst überrascht, zurücklächeln musste.

Arno fühlte sich beschenkt und reich, er spürte, dass er strahlte, und zwar schon daran, wie ihn die Menschen auf der Straße ansahen, vor allem die Frauen.

Er hatte sich schon lange nicht so wohl gefühlt. Erst nach einer Weile bemerkte er, dass er die ganze Zeit mit offenem Mantel gegangen war, obwohl die Temperatur wohl um den Gefrierpunkt lag.

Auch noch zwei Tage später war er wohl gelaunt, als er das Büro betrat. Anita machte ihn auf einen Zettel auf seinem Schreibtisch aufmerksam, den sie hingelegt hatte, es sei schon angerufen worden. Elf Uhr fünfzehn Termin bei Flury. Arno ging in seine Mailbox und fand das Gleiche vor, lapidar, ohne näheren Kommentar. Das verhieß nichts Gutes. Aber konkret konnte sich auch Anita nicht denken, was das heißen sollte. Sie bot ihm stattdessen an, sie ins Raucherzimmer zu begleiten, wo auch eine Kaffeemaschine aufgestellt war. Arno begann den Tag also sogleich mit einer Kaffeepause und rauchte entgegen allen vorgängigen Bemühungen. Vielleicht hatte es doch etwas mit der Idee vom Blue Nile Coffee zu tun. Wozu hätten sie sich sonst den Namen schützen lassen? Anita war nicht so blauäugig: „Nur damit ihn die Konkurrenz nicht kriegt!"

Sie gingen zurück in den Saal. Arno versuchte, sich auf seine Arbeit zu konzentrieren, telefonierte mit einem Ersatzteillieferanten, durchforstete die entsprechenden Lagerbestände, sah minutenlang auf den Monitor, bis der Bildeschirmschoner erschien und ihn kurz aus seinen Absencen riss. Der Lust, eine weitere Zigarette zu rauchen, konnte er nicht widerstehen und schnorrte Anita an, was für diese der willkommene Anlass war, selbst rauchen zu gehen. Der unangenehme Zeitpunkt wollte nicht näher rücken, es war wie vor einer Prüfung, einer Gerichtsverhandlung.

Flury residierte einen Stock höher, wo sich eine Flucht großzügiger Einzelbüros befand. Ebenso residierte Höpfner dort, auch Simmonds hatte ein solches Refugium ergattert, gerade noch. Alles war heller, ruhiger, klarer. Kein Raucherzimmer verpestete selbst bei geschlossener Tür die Luft auf den Korridor hinaus bis in die Toiletten, auf denen freilich auch heimlich, so weit sich das verheimlichen ließ, geraucht wurde. Wer im oberen Stockwerk ansässig war, rauchte üblicherweise nicht mehr. Man wurde dafür mit dem Anblick von zahlreichen Hydrokulturen belohnt. Fünf Minuten vor dem Termin begab sich Arno hinauf in dieses Reich der sauberen Kälte. Flurys Sekretärin, neu angestellt, attraktiv, freundlich, professionell, jedenfalls weit davon entfernt Antichambrierende, durch welche Geste auch immer, zu demütigen, wies ihm einen Platz an. An der Wand standen einige Sessel, dazu ein Tischchen mit Zeitschriften aus der Welt der Gastronomie. Sie saß in sicherem Abstand, mit Platz wurde hier nicht gegeizt.

Gut fünf nach elf flog plötzlich die ansonsten dezente Polstertür auf und Loimerich stürzte mit flackerndem Blick heraus, als wäre es eine schlechte Inszenierung. Als er Arno, der reflexhaft aufgesprungen war, sah, hielt er kurz inne, musterte ihn stechend von oben bis unten, schüttelte den Kopf und rannte beinahe davon. Die Tür stand offen, man sah von Arnos Position aus drinnen ein großes Fenster mit weißen Gardinen in sauberem Faltenwurf, sonst nichts. Die Sekretärin stand auf und schloss die Tür sanft, lächelte Arno viel- und nichts sagend an, begab sich wieder an ihren Schreibtisch und vertiefte sich in ihre Arbeit. Erneut vergingen gute fünf Minuten. Plötzlich hob die Sekretärin den Kopf und sagte zu Arno: „Sie können hineingehen", ohne dass erkennbar gewesen wäre, woher sie das auf einmal wusste.

Flury, am Schreibtisch sitzend, las ein Papier und sah nur flüchtig zu Arno auf: „Setzen Sie sich, Herr Ziegler." Der Stuhl, auf den er wies, stand ungünstig im Raum, ziemlich weit vom Schreibtisch entfernt, zudem hatte er keine Lehnen, schlechte Vorzeichen. Außerdem war er offenbar von Loimerich vorgewärmt.

Arno setzte sich und überschlug die Beine. Wie ein Maturant dazusitzen und sich sichtbar zu fürchten, wenigstens diesen Gefallen wollte er dem Vorgesetzten nicht machen. Er rechnete jetzt mit dem Schlimmsten, einem glatten Hinauswurf. Loimerich hatte so ausgesehen, als wäre ihm eben so was widerfahren. Wenn also Loimerich, dann erst recht Ziegler, so viel stand fest. Aber er würde nicht wie Loimerich reagieren. Freilich, dieser hatte vier Kinder, ziemlich kleine noch. Wahrscheinlich hatte er gekämpft, gebettelt und gefleht, Unglaubliches angeboten, nur um den Posten nicht zu verlieren. Und war offenbar trotzdem gefeuert worden.

„Nun", begann Flury und war weiterhin mit dem Herumkramen in den Ordnern, die auf seinem weitläufigen Schreibtisch verstreut lagen, beschäftigt.

„Ja, nun, Ziegler. Sie wissen Café Competence ist eine Tochter von Real Competence, das ist ein Global Player, und da weht schon ein etwas anderer Wind, oder? Wir haben einiges vor, und am Markt sind schon einige zum Teil sehr etablierte Mitbewerber, das brauche ich Ihnen nicht zu sagen, die Italiener und jetzt die Amerikaner. Es kommen die neuen Maschinen, der technische Bereich erfährt ein Upgrading, der Servicebereich, da gehören junge, dynamische Leute hinein. Ziegler, ich habe menschlich nicht das Geringste gegen sie, im Gegenteil, Ihr Auftritt neulich, als Sie den Entwicklungshilfekaffee, na ja, wie soll ich sagen, angepriesen haben, das war herzerfrischend naiv, also echt liebenswert, aber es hat uns gezeigt, was wir schon wussten, auf Dauer werden Sie ihrem Job nicht mehr gewachsen sein."

„Machen Sie's kurz, Herr Flury", entgegnete Arno, „heißt das jetzt, ich bin gefeuert?"

„Ja, das hieße es wohl, oder? Allerdings gäbe es noch eine Möglichkeit. Im Vorstand haben Sie, wie soll ich sagen, einen Fan. Also ich bin niemand, der herumredet. Matters möchte, dass ich Sie noch frage, ob Sie in den Außendienst wechseln wollen."

Irgendwie hatte Arno so etwas geahnt, irgendwie traf es ihn nicht völlig unvorbereitet. Es war natürlich ein schwerer Prestigeverlust und so weiter, aber irgendwie auf seltsame Weise erträglich.

„Welchen Rayon sollte ich denn da bekommen?"

„Soweit ich informiert bin, das nördliche Niederösterreich. Herr Frischenwalder wird Sie einweisen, wie Sie sich denken können."

Das nördliche Niederösterreich? Das hieß, dass sie Eigenstiller gefeuert hatten. Der soff, das wusste man seit langem, im Außendienst zwar nichts gänzlich Ungewöhnliches, aber Eigenstiller war wohl an der oberen Grenze gewesen, obwohl, als Verkäufer soll er trotzdem überdurchschnittlich gewesen sein. Aber ins neue Image der Firma passte er wohl nicht. Wie lange würde Arno passen?

„Kann ich mir das überlegen?", fragte Arno.

„Ja, bis morgen."

„Das ist nicht lange für so eine Entscheidung."

„Haben Sie so großartige Alternativen? Es ist kein schlechtes Angebot."

„Finanziell?"

„Natürlich werden Sie weniger verdienen, aber mit den Diäten doch ganz anständig. Gehen Sie ins Personalbüro, dort hat man Ihnen das aufgelistet."

„Noch eine Frage: Wer wird meine Arbeit machen?"

„Das wird umgeschichtet. Wir haben einiges vor, wie gesagt. Sie sind übrigens nicht der Einzige, der betroffen ist. Auch andere werden sich an Veränderungen gewöhnen müssen."

Arno erhob sich. Er wusste, dass er in seinem Alter keine guten Chancen auf dem Arbeitsmarkt haben würde. Er hatte sich schon jetzt entschlossen, das Angebot mit dem Außendienst anzunehmen. Noch dazu, weil immerhin Matters dahinter stand.

„Wem soll ich meine Entscheidung mitteilen? Ihnen?"

„Nicht nötig, Herr Ziegler, Sie deponieren das im Personalbüro. Sollten Sie sich tatsächlich für den Außendienst entscheiden, dann stimmen Sie sich mit Herrn Simmonds über die technischen Details Ihres Wechsels ab. Alles klar?" Flury machte keine Anstalten, Arno etwa die Hand zu reichen, schon gar nicht aufzustehen, sondern las schon wieder in irgendeinem Schriftstück, während Arno dastand und zu seinem Entsetzen bemerkte, dass so etwas wie Hilflosigkeit an ihm emporzukriechen begann. Also fragte er rasch, bevor es unerträglich wurde: „Kann ich jetzt gehen?" Flury nickte, ohne aufzusehen, und machte eine vage Handbewegung Richtung Tür.

Arno wandte sich um und wollte den Raum verlassen, der ziemlich groß war, weiß und hellgrau, dunkelgrauer Spannteppich, in einer Ecke ein riesiger Philodendron, ein stummer Repräsentant des Lebens. Natürlich, es war nur eine Zwischenlösung, deswegen so spartanisch. An einer Wand standen zwei lange schmale Tische hintereinander, und da fiel Arnos Blick auf einen koffergroßen Gegenstand, über den ein weißes Tuch geworfen war, der auf einem der Tische stand. Arno stockte der Atem, die Form, er erkannte sie sofort. Er ging auf das Ding zu, hob das weiße Tuch und konnte plötzlich nicht anders, als es mit einem Ruck von dem fatalen Requisit wegzuziehen, so, als enthülle er ein Denkmal. Und da stand sie in ihrer ganzen Pracht, rot wie der Teufel, chromglänzend eingefasst, offenbar noch fabriksneu, nach all den Jahren, eine Rapido II von C. E. S. Milano. So stand es auch in Goldbuchstaben auf dem roten Untergrund, eine höhnische Ohrfeige, schallend und heiß. Die Maschine war grauenhaft schön.

Flury war aufgesprungen, wie von der Tarantel gestochen. „Was machen sie da, Ziegler!", zischte er, und es klang, als hätte er lieber geschrien, wenn er nur gekonnt hätte.

„Ich war nur neugierig." Arno sah Flury an, der plötzlich krebsrot im Gesicht war, das zu merken schien und für der Boden zu seiner eigenen Überraschung zu schwanken begann.

„Ist sie nicht toll? Von wem haben Sie die?"

„Warum, ja doch, also so ... Warum interessiert Sie das?" Flurys Stimme wollte nicht die richtige Lage finden. Ärgerlich für einen wie ihn.

„Es war meine Idee, Herr Matters weiß das, und Sie wissen es wohl auch. Also wäre es fair, wenn Sie mir sagen, wer Ihnen diese Maschine hierher gestellt hat."

Flury fasste sich mit Daumen und Zeigefinger einer Hand beide Schläfen und rieb sich von außen nach innen die geschlossenen Augen. Es wirkte wie ein fernöstliche Technik, um wieder in den Besitz und die Verfügbarkeit seiner Kräfte zu kommen. Samurai, Zen-Buddhismus, etwas in der Richtung. Gut möglich, dass er das auf irgendeinem Self-Management-Seminar gelernt hatte. Es schien zu wirken. Sein Tonfall, neu justiert, schuf wieder mit der Waffe leicht spöttischer Distanz Ordnung.

„Aber Herr Ziegler, das müssten Sie ja selber besser wissen wie ich. Haben Sie nicht Herrn Bracht damit beauftragt, so eine Maschine aufzutreiben?"

„Und? Die hat er Ihnen also aufgetrieben, ohne mir nur das Geringste zu sagen?"

„Hätte er das tun sollen? Na, das werden Sie sich wohl mit ihm selbst ausmachen müssen, oder?"

„Wo hat er die her, die ist ja unbenützt, so schaut sie zumindest aus."

„Ja, aus Mailand kommt sie, es gab noch einen Restbestand von neuen Maschinen. Nicht schlecht, dieser Bracht, was? Der hat das aufgetrieben bei irgendwelchen Enkeln oder Neffen des ehemaligen Firmenbesitzers. Ja, mein Lieber, Bracht hat Power."

„Er hätte mich trotzdem vorher verständigen können, dass er die Maschine gefunden hat."

„Wozu, Ziegler? Sie waren nicht im Stande, Ihre eigene Idee zu Ende zu führen, Herr Bracht hat das getan. Das gefällt uns. Und jetzt sage ich Ihnen noch etwas. Wir geben ihm eine neue Chance. Auf Ihrem Posten, Ziegler, wenn Sie es genau wissen wollen, weil Sie ja so neugierig sind, oder?"

Arno war plötzlich wie paralysiert, das flaue Gefühl im Magen, der Knödel im Hals, Analflattern, die weichen Knie, alles zusammen. Flury lächelte dünn. Das war doch kein Gegner für ihn, der Ziegler, den konnte er getrost leben und laufen lassen, es war nur ein kurzes Gefecht gewesen. Er klopfte Arno auf den Rücken: „Ja, so ist es nun einmal, Ziegler. Also, Kopf hoch." Dann ging er wieder zu seinem Schreibtisch. Er hatte Wichtigeres zu tun.

Als Arno den Raum verließ, traf er auf Gartner, der den nächsten Termin bei Flury hatte und Arno nervös und fratzenhaft angrinste. Arno eilte an ihm vorbei und hinaus. Er wusste, dass auch er gezeichnet aussehen musste, ähnlich wie Loimerich zuvor. Er hatte plötzlich das Gefühl, sich übergeben zu müssen, und es war so heftig, dass er auf die Toilette eilte, rasch in eine der weißen Kabinen hineinstürzte und rasch hinter sich verriegelte. Dann aber setze er sich auf die Muschel. Endlich war er allein, endlich gab es kein Halten mehr, und statt zu erbrechen, ließ er den Tränen freien Lauf.

Es dauerte lange, bis er sich schließlich erschöpft und leer gegen die weiße Fliesenwand zurücklehnen konnte. Seit seiner Scheidung hatte er nicht mehr geweint und er war erstaunt, mit welcher Selbstverständlichkeit es jetzt geschehen war. Und mit den Tränen schien alles aus seiner Seele herausgewaschen zu sein: die vielen Jahre in der Firma, der Kampf und die Niederlage, Brachts trickreiche Gangart, Flury, der seine Kälte wohl für Professionalität hielt, und Arnos Ideen, die sie ihm abgenommen hatten wie lächelnde Straßenräuber, denen ein kleines Taschenmesser genügt hatte, um ihn in einer Hauseinfahrt gefügig zu machen.

Während der ganzen Zeit hatte niemand die Toilettenanlage betreten. Arnos Übelkeit war mit den Tränen vergangen. Er verließ die Kabine und wusch sich das Gesicht. Dann ging er ins Personalbüro und machte die Sache klar. Als er den Sachverhalt Anita mitteilt, wurde sie rot. Offenbar hatte sie alles längst gewusst. Sie war keine besonders gute Schauspielerin. Sie verhedderte sich in kleinen Widersprüchen, die sie auftischte, ohne dass Arno danach gefragt hätte. Es sollte verschleiern, aber es enthüllte. Er bohrte nicht weiter nach, vielmehr rief er Frischenwalder, den Chef des Außendienstes, an. Arno war um einen angemessenen Tonfall bemüht, und erst nachdem er den Hörer in die Gabel zurückgelegt hatte, wurde ihm bewusst, wie konsumierend dieses Gespräch für ihn gewesen war. Bevor er also Simmonds anrief, was er sich bewusst für den Schluss aufgehoben hatte, lehnte er sich weit in seinen Drehsessel zurück. Anita, die wohl so etwas wie ein schlechtes Gewissen hatte, erblickte darin die Gelegenheit, mit dem Angebot, mit ihr auf eine Zigarette zu gehen, Terrain gutzumachen. Arno widerstand nicht. Das Gespräch im Raucherzimmer blieb an der Oberfläche des Organisatorischen, auch kleine Scherzchen wollten beiden wieder gelingen. Sie standen immerhin am ziemlich abrupten Ende einer langjährigen Zusammenarbeit.

Dann rief er bei Simmonds an. Nach der üblichen Rück-
fragepause wollte ihm die Sekretärin einen Termin für die
nächste Woche geben, grotesk. Arno erklärte, er wolle Simmonds jetzt oder gar nicht sprechen. Wieder die Pause, diesmal
länger. Dann sagte sie: „Herr Simmonds empfängt sie jetzt."

Zwei Minuten später saßen sie sich gegenüber. Für Förm-
lichkeiten bestand kein Grund mehr.

„Hast du das eingefädelt?", legte Arno los. Er verwendete
das Du-Wort und hatte nicht die Absicht, davon abzurücken.

„Was meinst du da?" Auch Simmonds versuchte die
Masche der Ahnungslosigkeit, obwohl es bei ihm besonders
blöd aussah. Das scharf und direkt zugespielte Du-Wort konnte er praktisch nicht noch einmal verleugnen.

„Na, was glaubst du wohl, warum ich hier bin?"

Simmonds zögerte. Schließlich sagte er: „Ich kann nichts
dafür, das musste du mir glauben."

„Warum sollte ich? Du wolltest mich weghaben, oder vielleicht wollte es Höpfner. Diese ganze Sache mit dem Sitzungs-
protokoll, da war doch etwas nicht dicht! Vielleicht wolltet ihr
den Kompetenzlern mit irgendetwas imponieren, mit Personal-
einsparungen, klammheimlich eingefädelt."

„Das ist doch Quatsch!"

„Wir kennen uns lange genug, wir waren sogar einmal so etwas wie befreundet, kaum zu glauben, was? Aber gut, ich gehe
in den Außendienst. Das habe ich immerhin Matters zu verdanken."

„Und mir!"

„Dir? Dass ich nicht lache!"

„Doch, ich habe es Matters empfohlen. Er hat angefragt,
was wir mit dir machen könnten. Er wollte ein Angebot der
Weiterbeschäftigung für dich, und da habe ich ihm das vorgeschlagen."

„Nachdem du mich zuerst auf die Abschussliste gesetzt
hast."

„Das ließ sich nicht verhindern." Simmonds zeigte Schweißperlen auf der Stirn. „Es wird über dich geredet."

Auch Arno schwitze. Er wusste was das hieß, es wird über
jemanden geredet. Jetzt musste plötzlich er den Unwissenden

spielen. Am besten wäre es gewesen, die Bemerkung zu übergehen.

Dennoch setzte er nach: „Was meinst du damit?"

Simmonds wandte sich und seufzte. Er beugte sich über die Schreibtischplatte vor, ließ die Arme vorgleiten, als wolle er nach Arno greifen. Er suchte Vertraulichkeit, er schien sie jetzt mehr zu brauchen als Arno.

„Schau", setzte er fort, „es wird eben so geredet. Über jeden wird einmal geredet. Das kann schon passieren, ein-, zweimal im Jahr. Gut, aber bei dir wurde öfter geredet."

Arno stellte sich naiv. „Was wurde geredet?"

„Ja, was wohl, das Übliche. Kannst du dir's nicht vorstellen?"

„Nein, absolut nicht." Arno log.

„Also gut, man sagt, du hättest ein Alkoholproblem."

„Wer sagt das?"

„Man sagt das."

„Wer ist ‚man'?"

„Das werde ich dir nicht sagen. Es gibt eben Informanten."

„Denunzianten meinst du! Habe ich mir irgendetwas zu Schulden kommen lassen? Unter Alkoholeinfluss?"

„Nein, aber es hätte noch kommen können."

„Wer sagt das?"

„Ich kann dir die Namen nicht nennen. Es könnte auch von auswärts sein. Kunden vielleicht. Ich bin verpflichtet, es dir nicht zu sagen. Aber glaube mir, die Namen tun nichts zur Sache. Der Eindruck ist allgemein."

Arno dachte kurz nach. Er konnte sich nicht erinnern, in angeheitertem Zustand Kunden- oder Lieferantengespräche absolviert zu haben. In der Arbeit trank er nie, frühestens zur Happy Hour, meistens aber am Abend.

Bracht, schoss es ihm plötzlich durch den Kopf! Ein Zangenangriff: einerseits mit dem Aufspüren der Rapido Leistungsstärke beweisen, andrerseits den Konkurrenten mit einem Gerücht aushebeln. Aber Arno wusste, an dem Gerücht mit dem Alkohol war natürlich etwas dran. Und er hatte sich zwar schon für den Außendienst entschieden, aber das stand ohne Zweifel auf wackligen Beinen. Sollte er sich Simmonds und Bracht zu Feinden machen? Dann würde er wohl auch im Außendienst das nächste halbe Jahr nicht überleben. Er spürte sich heftig schwitzen, jetzt vor allem unter den Achseln. Simmonds hingegen hatte wieder an Ruhe gewonnen.

Arno atmete tief durch.

„Gut", sagte er, „ich werde dir beweisen, dass da nichts dran ist, und zwar im Außendienst, wo es am schwierigsten ist."

Simmonds schien sofort erleichtert. „Ich bin überzeugt, dass dir der Beweis gelingen wird. Ich vertraue dir ja, aber du weißt, wie die Leute sind. Und dann ist es schwer, nicht in irgendeiner Form zu reagieren. Aber du wirst es schon schaffen."

„Wann kommt Bracht?"

Eine Schrecksekunde für Simmonds. „Bracht? Wie kommst du auf den?"

„Na, der kommt doch. Statt mir."

„Äh, ja, also, nein, ich meine, woher willst du das wissen."

„Flury hat es mir gesagt."

„Flury? Ich weiß nicht, ob das, also wie soll ich sagen, schon ganz sicher ist. So genau bin ich nicht informiert."

Einer neuerlichen Aufwallung wollten beide aus dem Weg gehen, also versuchte Arno es ganz diplomatisch. „Aber wenn er kommt, wann käme er denn dann voraussichtlich, ich meine mit allem Vorbehalt."

„Mit dem ersten März."

„Da bin ich schon draußen?"

„Ja, wir machen das zügig, das ist vielleicht am besten. Vielleicht übergibst du die Agenda an mich, und ich übergebe sie an Bracht, ich meine, sofern es wirklich Bracht ist. Wäre dir das recht?"

„Absolut. Wir können gleich anfangen."

Alles ging glatt und schmerzlos. Niemand war an retardierenden Momenten interessiert. Arno blieb trocken und rauchte sehr wenig. Dem beruflichen Umbruch war es zu verdanken, dass er sich von seinem schweigenden Anrufbeantworter nicht weiter tyrannisieren ließ, jetzt war nicht die Zeit für so etwas. Ja, er hoffte, Tonia würde die nächsten Tage nicht anrufen, denn er wollte sich zuvor beruflich wieder stabilisieren, auch wenn es der Außendienst war.

Schließlich wurde es Dienstagnachmittag. Dr. Borek hieß Arno wieder im halbflach gestellten Lehnsessel Platz zu nehmen und setzte sich selbst in seinen Drehstuhl, über den eine bunte Decke geworfen war. Arno lehnte sich zurück und faltete die Hände über der Gürtelschnalle. Borek las konzentriert und zugleich regungslos in dem Protokoll, das er während der ersten beiden Sitzungen angefertigt hatte.

„Wie geht es Ihnen?", begann er. Arno verspürte den unangenehmen Druck, der von der Frage ausging. Er wollte den Arzt nicht enttäuschen, das auf keinen Fall. Noch weniger aber wollte er wie ein Musterschüler wirken, der dem Meister alles recht macht. Er nahm an, dass sich die Frage auf die ganze vergangene Woche bezog, aber dennoch wirkte sie auf ihn, als sei nur sein unmittelbar gegenwärtiges, sein augenblickliches Befinden gefragt. Von seiner Zurückstufung in der Firma wollte Arno nichts erzählen. Er spürte, dass er damit selbst fertig werden musste. Ja, damit selbst zurande zu kommen, schien ihm geradezu wie ein therapeutisches Hilfsmittel, die Lust auf Exzesse war ihm vergangen. Nein, einen Wochenbericht wollte er nicht abliefern. Wie es ihm also gehe? Arno beschloss, sich auf den Augenblick zu beziehen und sagte: „Eigenartig, wie immer, wenn ich bei Ihnen bin."

Dr. Borek nickte, als habe er diese und nur diese Antwort erwartet. Auch fing er sofort zu schreiben an. Ohne aufzusehen, stellte er, während er noch schrieb, die nächste Frage. Ob Arno geraucht habe. Ganz wenig. Borek wollte alles detailliert, unangenehm detailliert wissen. Wann, unter welchen Umständen, wie viel, wie es Arno davor, dabei, danach gegangen sei. Ob er auch getrunken habe. Arno konnte verneinen. Es wurde ihm jetzt erst bewusst, dass er praktisch eine ganze Woche nichts getrunken hatte. Borek nickte nur leicht, als wäre das selbstverständlich. Natürlich, da war das Gespräch mit Simmonds gewesen. Das hatte schon alle Alarmglocken zum Schrillen gebracht. Arno erzählte jetzt doch die Sache mit der Firma, dass er an einem Rausschmiss knapp vorbeige-

schrammt sei und jetzt trotz aller Demütigung, die damit verbunden war, froh sein musste, im Außendienst gelandet zu
sein. Angesichts dieses Ereignisses hielt Borek inne und sah
Arno lange an. Dann setzte er zielgerichtet fort: Und die Tage
jetzt also, an denen er nichts geraucht habe, wie habe er sich
da gefühlt, und am nächsten Tag, ob er jetzt schon gespürt
habe, wie frei und jung und gesund man sich erlebe, wenn
man am Morgen, nach einem abstinenten – Borek sagte: blitz-
sauberen Tag – aufwache und den freien Atem spüre, den klaren Kopf und was Arno vielleicht sonst noch gespürt habe.
Arno wusste jetzt gar nicht genau, ob er einen freien Atem, einen klaren Kopf gehabt hatte, fühlte aber irgendwie, dass es so
gewesen sein musste, und schilderte dem Arzt etwas von einem Gefühl der Leichtigkeit und Springlebendigkeit, glaubte
sich, je mehr er davon sprach, immer genauer daran erinnern
zu können und hörte, wie der Arzt – der ihn inzwischen und
ganz beiläufig aufgefordert hatte, auf den Fleck an der Zimmerdecke zu schauen, das Mammut wiederzuerkennen und
dann auch die Augen zu schließen – in einem diskret langsamer und getragener werdenden Tonfall davon sprach, dass
Arno sich jetzt schon wieder auf dieses Gefühl der Leichtigkeit
und, er wiederholte jetzt wortgetreu Arnos Schilderung, auf
das, was da sonst noch an Angenehmem gewesen war, freuen
könne, das werde immer besser genießen können und er offenbar bereits entdeckt habe, wie gleichgültig ihm Zigaretten
geworden seien und wie sehr das eine für die Gegenwart bereits bedeutungslose Frage der Vergangenheit geworden sei.
Arno könne sich jetzt einfach noch besser entspannen, als er
es mittlerweile ohnedies schon getan habe, und sich darüber
ganz einfach – Borek sagte immer wieder: ganz einfach – freu-
en, dass er die Zigaretten schon so weit hinter sich gelassen
habe.

Arno hoffte irgendwie, der Arzt würde die innere Heilerin
vom letzten Mal anklingen lassen, aber es geschah nichts in
dieser Richtung, sodass Arno selbst das Bild von dem wunderbaren Adventskalender aufzusuchen bestrebt war, aber er stieß
auf teigigen Widerstand in sich selbst und ließ es schließlich
sein, mit dem vagen Trost, es ja auch später, zuhause, nochmals

damit versuchen zu können. Boreks Worte, die Stimmung, der Raum, in dem er sich befand – Arno ließ sich von der Magie des Augenblicks forttragen. Ruhig ineinander fließende bunte Bilder, strömendes Wohlbefinden, das von einem wundervollen Ort kam und zu einem ebensolchen, vielleicht demselben, hintrug. Schließlich, unmöglich zu sagen, nach welcher Zeitspanne, wurde er aufgefordert, sich wieder zurückzuorientieren.

Irgendwann und irgendwie öffnete Arno die Augen und fühlte sich frei und leer.

Borek, der sich diesmal etwas mehr in Arnos Nähe gesetzt hatte, stand auf und ging hinter seinen mächtigen dunklen alten Schreibtisch, um aus einer Lade den Kassablock zu nehmen und die Rechnung zu schreiben. Auch Arno war aufgestanden und zum Schreibtisch hingetreten, um zu bezahlen. Ehe er aber zu schreiben begann, hatte Borek die Telefonanlage eingeschaltet, die auf einem Seitentisch rechts des Schreibtisches stand. Und kaum hatte er zu schreiben begonnen, läutete auch schon das Telefon. Borek deutete zu Arno mit der Hand, als wolle er sagen, es könne nur einen Moment dauern, und nahm das Telefonat in Empfang. Es war offenbar eine Patientin, aber irgendwie auch halbprivat, jedenfalls wandte sich Borek in seinem Drehsessel vom Schreibtisch weg zum Fenster und sprach mit eher verhaltener Stimme.

Arno ließ seinen Blick über die Schreibtischplatte wandern, eine wundersame Landschaft aus Papieren, Schreibutensilien und anderen Gegenständen, eine Landschaft, auf der sich gewissermaßen Geist und Materie ein Stelldichein gaben. Einen Brieföffner mit einem Griff aus dem Gehäuse einer Turmschnecke gab es da, eine Fachzeitschrift mit dem Namen „TranceZendenz", Leitartikel: „Autogenes Training – Versuch einer strukturstandardisierten Oberstufe", eine Holzschachtel mit etlichen gut gespitzten Bleistiften, daneben eine Schale aus rubinrotem, geschliffenem Glas mit zwei Bleistiftspitzern von ausgefallenem Design, beide offenbar aus der Werkstatt desselben Schöpfers. Arno erinnerte sich sofort an einen Schulkollegen, der die ganze Klasse mit dem Wahn des Bleistiftspitzens angesteckt hatte. Der Zeichenlehrer war verzweifelt gewesen, denn keiner der Schüler konnte länger als drei Minuten zeichnen, ohne nicht immer wieder seinen Bleistift nachzuspitzen. Der Anblick eines ungespitzten Bleistifts war unerträglich geworden, der Gebrauch eines solchen undenkbar. Ob Borek unter derartigen Zwängen litt?

Der drehte sich zu Arno und sagte: „Entschuldigen Sie mich bitte einen Augenblick!" und ging mit dem schnurlosen Hörer weitertelefonierend ins Nebenzimmer. Es musste etwas sehr Wichtiges sein, etwas im Banne der ärztlichen Verschwiegenheitspflicht, auch etwas von einer scharfen Dringlichkeit, das nicht einmal den kurzen Aufschub duldete, den es verursacht hätte, wenn Arno rasch gezahlt hätte. So stand er etwas verloren vor dem wundersamen Schreibtisch des Seelenarztes und allein gelassen, denn Borek hatte die Tür hinter sich geschlossen, so intim war das Telefonat.

Arno war schon im Begriffe, die drei, vier Schritte rückwärts zu gehen, um sich noch einmal in den Patientensessel fallen zu lassen, da fiel sein Blick auf einen Gegenstand, den er zuerst gar nicht wahrgenommen hatte, denn er gehörte zum Selbstverständnis einer Schreibtischwelt. Es war ein aufgeschlagener Buchkalender, pro Woche, wie es schien, eine Doppelseite. An den Wochentagen gab es Eintragungen, die mit geschärftem Bleistift gemacht worden waren, also doch eine Obsession, das Bleistiftspitzen, fein säuberlich. Arno konnte der Versuchung nicht widerstehen, und von einer Ahnung getrieben trat er etwas näher und verdrehte den Kopf so weit, dass er die Schrift halbwegs lesen konnte, ohne das Buch umdrehen zu müssen. Es waren Namen und Uhrzeit. Auf der Kalenderseite für den heutigen Tag stand „16 Uhr Ziegler". Davor „15 Uhr Möhrenwald." So hieß wohl der nette scheue Herr, den Arno immer im Wartezimmer traf. „17 Uhr Kainz." Das musste das dünne Mädchen sein.

Arno spürte, dass sein Herz merklich zu klopfen begann. Er überflog die Namen, Mittwoch, Donnerstag, zuletzt glitt sein Blick nach oben, Montag. Er zuckte zusammen. „16 Uhr Remhagen." Sie war also gestern da gewesen. Sie hatte einen Montagstermin. Und nächste Woche? Arno bräuchte nur umzublättern. Was aber, wenn Borek in diesem Moment wieder hereinkäme? Eine nicht auszudenkende Peinlichkeit. Arno strengte sein Gehör an. Ja, Dr. Borek telefonierte noch, das war durch die geschlossene Tür zu hören. Kein Heben der Stimme, wie gegen Ende von Telefongesprächen üblich, war zu hören, eher etwas eindringlich Erklärendes, Geduldiges. Blitzschnell blätterte Arno um, die nächste Woche, Montag, untereinander geschriebene Namen, natürlich mit dünnem spitzen Bleistift, eine saubere Männerschrift. „Elf Uhr, zwölf Uhr." Namen, einer mit Fragezeichen. Aber dann. „16 Uhr Remhagen." Kein Fragezeichen. Arno klappte die Seite blitzschnell zurück und trat vom Schreibtisch weg. Sein Herz hämmerte. Dann lauschte er wieder, Boreks Stimme, hinter der Tür, an- und abschwellend, offenbar ging er hin und her, hörbar mit Pausen, manchmal nur so etwas wie: „Ja, ja, natürlich." Oder auch „Nein, nein, natürlich nicht." So genau war das nicht auszumachen.

Arno ließ sich in den Lehnsessel plumpsen und wischte sich den Schweiß von der Stirn. Nächsten Montag, 16 Uhr, Remhagen. Er musste auf den Fleck an der Decke starren, seine Augen suchten Hilfe, Halt, Beruhigung. Er spürte aber sogleich, dass er in Trance fallen würde, das kleine Mammut entfaltete schon seine Wirkung. Mit einem Ruck rief sich Arno zurück, nein jetzt wollte er keine Reise nach innen machen, jetzt nicht, nur ruhig wollte er sein, einfach das Herzklopfen abklingen lassen. Die Stimme im Nebenraum wurde lauter, heller, abrupter. Dann ging die Tür auf. Kopfschüttelnd kam Borek wieder herein.

„Sie entschuldigen mich bitte, eine verzwickte Sache."

„Kein Problem", sagte Arno. „Nächsten Dienstag?"

„Nein", sagte Dr. Borek, „übernächsten, wenn es recht ist. Ich glaube, dass ich Sie jetzt vierzehn Tage sich selbst überlassen kann, Sie haben es weitestgehend geschafft."

„Gerne!", sagte Arno, der sich plötzlich sehr gut fühlte. Er wusste sofort, auch das war Bestandteil der Behandlung, das Intervall der Termine.

Im Wartezimmer saß schon das magere Mädchen, diesmal dezent geschminkt. Fast wäre Arno ein „Grüß Gott, Frau Kainz, Sie sehen aber heute gut aus!" herausgerutscht. Sie nickten einander zu. Diesmal war es die junge Frau, die als Erste lächelte.

Auf dem Heimweg dachte Arno, dass es schon merkwürdig war: Innerhalb von zwei Wochen hatte er eine Freundin verloren und im Beruf eine schwere Niederlage erlitten, aber statt ihn nun engmaschig zu betreuen, hatte der Psychiater offenbar ein solches Vertrauen in ihn, oder auch in sich selbst oder in sie beide, dass er das Therapieintervall vergrößerte. Normalerweise wäre doch jetzt eine Krise, um nicht zu sagen, eine Katastrophe zu erwarten. Aber Arno schien zumindest Dr. Borek etwas anderes zu vermitteln. Vielleicht war ihm selbst eine Erleichterung ins Gesicht geschrieben. Er war tatsächlich in der Firma niemand mehr, von dem sich irgendjemand eine besondere Leistung erwartete. Er war auf eine Art Altenteil abgeschoben. Er würde kaum noch enttäuschen können. Wenn er sich auf diesen Außendiensttouren nicht binnen eines Jahre arbeitsunfähig gesoffen hätte oder betrunken gegen einen Alleebaum geknallt wäre, würde man das als Achtungserfolg verbuchen. Natürlich: längere Arbeitszeit, auch um den Einkommensverlust in erträglichem Rahmen zu halten, Prestigeverlust, Bracht in der Firma, das Versagen vor der eigenen Idee, die Rapido, Anitas milder, unmerklicher Spott. Allerdings: Loimerich und Gärtner saßen auf der Straße, gut, sie waren beide etwas jünger, aber trotzdem. Lange Autofahrten, daran konnte man sich vielleicht wieder gewöhnen, die Landschaft, die bloße Freude am Fahren, gut möglich, dass das wieder kam. Unter dem Strich blieb Erleichterung. Aber da war noch etwas.

Arno schlenderte heimwärts, so unbeschwert und heiter. 16 Uhr Remhagen. Diese kleine Notiz, im Aufblitzen einer einzigen Sekunde wahrgenommen, was hieß das nun für ihn? Plötzlich eine Spur, die Fährte einer Tierart, die allem bisherigen Anschein nach bereits ausgestorben war, eine Schneeleopardin, eine Tasmanische Tigerin, und er wusste mit einem Mal, wann und wo sie aus dem Dickicht der Großstadt auftauchen würde. Wenn er wollte, brauchte er sich nur auf die Lauer zu legen.

In der Nähe von Boreks Haus jemanden auf der Straße zu treffen, um fünf am Nachmittag, nach der Therapiestunde also, in der Innenstadt unweit der feinen Geschäftsstraßen, das konnte schon einfach so passieren, das sah nicht unbedingt gestellt aus. Arno malte sich die Details aus. Sollte er in einer Hauseinfahrt schräg vis-a-vis Vorpaß halten oder gab es eine günstig gelegene Telefonzelle in der Gegend? Ein Kaffeehaus, einen Würstelstand? Er würde vielleicht ein, zwei Tage vorher noch einen Lokalaugenschein vornehmen, wo und wie er sich am besten an das edle und scheue Wild heranpirschen könnte. Er sagte sich immer wieder: „Das ist nur ein Spiel, ich kann es jederzeit abbrechen." So blieb es unverbindlich, ohne seinen Reiz zu verlieren.

Es würde natürlich auf den Augenblick der Begegnung ankommen. Chronos, die Zeit, aber Kairos, der Zeitpunkt, seine Magie. Arno fiel es in der Folge ganz leicht, nichts zu rauchen, nichts zu trinken, absolut nichts.

Wenn man sechs Tage derart enthaltsam lebt, sieht man dann äußerlich schon etwas an einem? Wirkt man frischer, jünger, dynamischer? Strahlt man was aus? Oder blasst man ab, wird langweilig und fad wie ein Paket Vollmilch im Vergleich zu einer Champagnerflasche? Nein, graue Haut, gerötete Augen, gelbliche Zähne, das konnte nicht auf jemanden wie sie positiv wirken. Humphrey Bogart und tausend Rosen. Er hatte ihr erzählt, versprochen war ja wohl zu viel gesagt, laufen zu gehen, das sollte zu erkennen sein, auf den ersten Blick.

Und Arno ging nun fast täglich laufen. Er wechselte einen schnellen Lauf in der Prater Hauptallee mit einem lockeren Jog in Schönbrunn und dann wieder einem längeren Lauf in der Lobau ab. Er aß wenig und gesund, er wollte natürlich auch schlank erscheinen. Immer wieder ging er im Geiste seine Garderobe durch, er sollte dezent, urban und sportlich wirken. Er würde sich für einen schwarzen Rollkragenpulli, einen hellgrauen Anzug und den schwarzen Trenchcoat entscheiden. Außer natürlich, der Winter fiele davor noch einmal heftig ins Land, dann natürlich der Wintermantel, der war passabel. Arno begann die Wetterprognosen zu studieren.

In der Firma war man wohl erstaunt über seine gute Laune, den Schwung, mit dem er seinen Schreibtisch, sein Büro räumte, sich im Außendienstkontor auf einem viel unscheinbareren Arbeitsplatz einzurichten begann, und auch das tägliche Briefing bei Frischenwalder, wie er es über sich ergehen ließ, was bekanntermaßen nicht zu den ausgesprochenen Annehmlichkeiten zählte, denn Frischenwalder, der zuständige Referent war auf seine Art ein Sadist. Die Begleitumstände der Außendienstmitarbeiter waren zumeist so beschaffen, dass Frischenwalder der Versuchung, sadistisch zu sein, nicht widerstehen konnte.

Für Sonntagnachmittags war es Arno gelungen, sich mit Tina ins Kino zu verabreden, nicht in einem Multiplex, sondern einem Innenstadtkino. Natürlich war das nicht absichtslos so geschehen. Er konnte das eine mit dem anderen verbinden. Also fuhr er schon eine gute Stunde vor dem ausgemachten Zeitpunkt in die City und begab sich ins Jagdrevier. Die Gasse, in der sich Boreks Haus befand bot nichts, was besonders günstig gewesen wäre, nicht einmal eine Litfaßsäule. Er würde sich in einem Haustor, ausreichend schräg vis-a-vis, unterstellen müssen. Es war die Frage, in welcher Richtung von Boreks Haus entfernt, Richtung Ring oder Richtung Stephansplatz? Wohin würde sie eher gehen? Darüber konnte man noch nachdenken. Arno überlegte, das Spiel nun abzubrechen und merkte, dass er sich das einfach nicht mehr vorstellen konnte. Den bisher geleisteten Einsatz würde er nicht mehr zurückbekommen. Eher würde er gezwungen sein, ihn noch zu erhöhen. Zu viel hatte er sich damit beschäftigt, es gab kein Zurück mehr. Dann traf er sich mit Tina, und es wurde ein schöner Kinonachmittag mit seiner Tochter, die auf faszinierende Art zwischen Nähe und Distanz zu ihm oszillierte, auf der Suche nach der Rolle ihres Vaters, zugleich auf der Suche nach sich selbst, so zumindest wollte es Arno sehen.

Montag unter Frischenwalders Regime. Arnos Außendienstrayon würde tatsächlich das nördliche Niederösterreich sein. Den bisherigen Mitarbeiter für diese Gegend, Eigenstiller also, hatte man geschasst, unter anderem doch hauptsächlich wegen Alkoholismus. Man hatte geredet über ihn, freilich schon lange. Arno, der würdige Nachfolger, genau so hatte sich Frischenwalder zu formulieren nicht zurückhalten können. Damit wusste Arno, was man von ihm hielt. Wo war die Quelle? Simmonds? Bracht? Oder wer anderer und schon viel früher? Ihr werdet noch staunen, sagte er sich, gelassen, aber mit erwachendem Kämpferherzen. Es gab etwas, das ihn hielt, vielleicht schon heute Nachmittag. Noch gab er nicht auf. Noch bis Ende der Woche würde die Tortur bei Frischenwalder anhalten. Arno kannte vieles, was Frischenwalder verzapfte, das meiste. Bis auf das Café Rokoko, das so genannte Zukunftskonzept. Dahinter würde er vermutlich nicht lange stehen können, aber es war ein Zeitgewinn. Oder würde er das alles tragen müssen auf der Ochsentour, noch Jahre lang? Denn wer würde ihn in seinem Alter noch nehmen?

Gott sei Dank war es ja vorerst nur ein Konzept, man sollte es den Kunden nur ein wenig schmackhaft machen. Arno hatte schon jetzt beschlossen, sich eher auf das konventionelle Geschäft zu beschränken, mit der Bemerkung, dass jetzt ein Global Player dahinter stünde, immerhin, vielleicht würde das eine bescheidene Wirkung zeigen im Dortfwirtshaus, im Kleinstadtcafé, an der Grenztankstelle, seinem zukünftigen Revier. Knapp nach vier war die Besprechung zu Ende. Arno warf den schwarzen Trenchcoat über den hellgrauen Anzug, unter dem er einen schwarzen Rollpulli trug. Er nahm die U-Bahn, Mobilität, wer wusste, wie der Tag noch verlaufen würde.

Es war diesig-kalt, Wintermantel wäre möglich, aber Trenchcoat war okay.

16 Uhr 40, Arno war vor Ort. Etwas zu früh? Wohl schon, aber etwas zu spät wäre schlechter. Natürlich, erfroren wollte er auch nicht wirken. Zunächst ging er flott auf und ab, vor Boreks finsterem Seelenpalast. Der Psychiater braucht Ambiente, mehr vielleicht noch als der Chirurg in seiner grünen Fliesenhölle oder der Augenarzt im Reich der auf rätselhafte Weise immer kleiner werdenden Zahlen und Buchstaben. Nervosität wie mit 17. Zigarette gefällig? Eine Trafik in Sichtweite. Nein, abermals nein.

16 Uhr 50. Eine Therapiestunde hat fünfzig Minuten. Es war Zeit, Deckung zu suchen, Arno zog sich ins Haustor zurück, für das er sich letzten Endes entschieden hatte, er ging in die Nische. Jagdfieber? Wer war Jäger, wer das Wild? Jetzt nicht

mehr denken, es dämmerte, Büchsenlicht. Arno stellte den Mantelkragen auf, ästhetisch kein Nachteil.

Die Zeit schien stillzustehen. 16 Uhr 52, 16 Uhr 54. Passanten gingen aneinander vorbei, Arbeitsschluss, Einkaufszeit, es war belebt, aber nicht so, dass man etwas übersehen konnte. Vielleicht hatte sie abgesagt, war krank geworden oder ein privater Termin, ihr Kind, ihr Mann. Wie lange würde er warten? 10 Minuten, eine Viertelstunde gar? Er spürte, dass er in diesem Falle, wenn sie ausbliebe, wenn die gesetzte Frist um wäre, schnurstracks in die nahe Trafik gehen und sie mit bereits brennender Zigarette wieder verlassen würde. Und dann ins nächste Beisel auf ein Bier. Oder zum Jablonsky, nein, besser in die Bannmeile. Die Gier nach einem solchen Abend schwoll an, er hoffte schon fast, sie würde tatsächlich ausbleiben.

16 Uhr 57. Es sah so aus. Eigentlich müsste sie längst aus dem Haus getreten sein. Waren nicht noch zwei Namen unter dem ihren gestanden? 17 Uhr, 18 Uhr? Ja, doch, Arno hatte die Seite im Kalender vor sich. Wäre er damals nicht so unter Zeitdruck gestanden, er hätte sich die Namen gemerkt. Einer war jedenfalls sehr kurz gewesen, und der zweite schien in der Erinnerung wie ein Doppelname. Also, es konnte für sie kein Open End geben. Obwohl – Borek war ja ein Kollege für sie. Smalltalk unter Ärzten? Aber hier war sie eindeutig Patientin. Konnte Kollegialität unter diesen Umständen nicht störend wirken? Halten sich Psychiater nicht auch aus therapeutischen Gründen strikt an die Sprechstundenzeit? Angeblich eine dringende Empfehlung von Sigmund Freud. Dass er sie inzwischen doch übersehen hätte? Hinter ihm öffnete sich das Haustor, eine Mutter mit Kinderwagen wollte an ihm vorbei, die Tür schwang zurück. Arno trat zur Seite und hielt die Tür, so gut er von seiner Stelle aus konnte, auf. Die Mutter nickte ihm kurz zu und trat, mit dem Kinderwagen und einer Einkaufstasche ziemlich beschäftigt, ins Freie. Arno hielt leicht dagegen, sodass das Haustor kontrolliert ins Schloss fallen konnte.

Da sah er eine Frau auf der anderen Straßenseite gehen, schon auf seiner Höhe, mit schnellem Schritt. Kurzer, grauer Mantel, den Kragen aufgestellt, so wie er. Jeans, Winterstiefel mit höheren Absätzen. Ein Kopftuch, schick geschlungen, ja, was anderes wollte ihm dazu nicht einfallen, eben wie Romy Schneider im offenen Mercedes Benz oder Fräulein Kainz geträumt im Chevrolet, eben Filmdivas, die unerkannt bleiben wollen, nicht extrem modisch, aber mit Flair. Aber warum ein Kopftuch? Chemotherapie, Haarausfall! Ja, das schoss ihm durch den Kopf. War sie das jetzt oder nicht? Er blickte zum Haustor. Da war niemand sonst, keine die in Frage kam.

Wenn er dieser Frau, die sich rasch entfernte, nachsetzte und sie es dann doch nicht war, lief er Gefahr, die wahre Tonia zu versäumen. Nein, das ist sie schon, ich will das so, sagte er sich, denn es war kein Moment zum Zaudern. Er nahm die Verfolgung auf.

Schon ist sie um die Ecke. Er dreht sich noch einmal um, aber die Gegend vor Boreks Haustor ist leer, zwei Männer mit Hüten gehen vorbei, sonst nichts. Er folgt dieser Frau, legt ein paar Laufschritte ein. Sie ist verdammt schnell. Jetzt sind sie auf einer Geschäftsstraße, die Auslagen sind hell, sie ist vor ihm, zehn Meter vielleicht, höchstens fünfzehn. Viele Menschen sind unterwegs, er muss näher aufschließen, will er sie nicht verlieren.

Plötzlich hält sie vor einer Auslage inne. Eine ziemlich große Parfümerie, irgendwie ungünstig. Trotzdem nähert sich Arno vorsichtig, jetzt sind die vielen Menschen, das ameisenhafte Treiben auf der Straße hilfreich. Aber er kann sie nur halb von der Seite sehen. Ist sie das wirklich? Aber, wie hat sie denn überhaupt ausgesehen? Kein Bild von ihr will ihm mehr auftauchen. Seine Erinnerung ist leer, wo sie war, findet sich ein blasser Fleck. Sie geht weiter, Arno ist jetzt ziemlich nahe dran, fast schon etwas zu nah. Er lässt sich leicht zurückfallen. Er möchte nicht, dass sie sich plötzlich umdreht und ihn sieht. Dann würde sie wissen, dass er sie verfolgt. Sie sind jetzt in der Fußgängerzone, das lässt ihm Spielraum. Die Dämmerung schleicht nur langsam voran, aber die Lichter spielen schon, auch auf dem nassen Asphalt, auch in den windfeuchten Augen der Menschen. Einen Moment glaubt er, sie verloren zu haben, eine Schrecksekunde. Aber da ist sie wieder. Sie sind wie Boote bei hohem Wellengang, Wellentäler verschlucken sie, Momente, in denen er nichts von ihr weiß. Steuert sie auf die U-Bahn-

Station zu, auf die Parkgarage? Das könnte kritisch werden. Doch plötzlich bleibt sie wieder stehen, wieder eine Auslage, eine Buchhandlung diesmal. Er sagt sich: jetzt, Kairos. Doch als er schon fast neben ihr steht, löst sie sich von der Auslage, öffnet die Glastür und betritt das Büchergeschäft. Warten, bis sie wieder herauskommt? Oder hineingehen? Unter welchem Vorwand, welches Buch würde er suchen? Egal, er wird sagen, er geht gerne in Büchereien, manchmal nur um ein bisschen zu stöbern, zu schmökern, irgend so etwas wird ihm schon einfallen.

Arno wartet, ein paar Sekunden nur. Dann stößt er die schwere Tür auf und sogleich schlägt ihm die helle Wärme entgegen. Im vorderen Raum befinden sich drei, vier Tische, auf denen die Bestseller gestapelt liegen. Die obersten Exemplare sind aus den Folien heraußen, man kann in ihnen herumblättern. Er sieht sie, wieder von hinten. Sie geht die Tische entlang, an denen vier, fünf andere Kunden stehen. Jetzt schwenkt sie langsam um einen der Tische, greift schließlich nach einem Buch und liest den inneren Umschlag. Und jetzt sieht er es genau: Sie ist es, etwas blass, etwas spitz und ziemlich schön.

Arnos Hand tastet wie die eines Blinden über den Büchertisch, die Stapel voller Botschaften, die glänzenden Einbände, leicht zitternd noch dazu. Da blickt sie auf und sieht ihm direkt ins Gesicht. Den Bruchteil einer Sekunde scheint es, als würde sie noch blässer, als weiteten sich ihre Augen und ihre Pupillen. Dann lässt sie das Buch sinken, und ein offenes Lächeln überströmt ihr Gesicht, und fast scheint es, ihre Wangen färbten sich.

„Sie?", fragt sie. „Was machen denn Sie hier?"

„Um ehrlich zu sein, ich habe sie auf der Straße gesehen und bin Ihnen gefolgt. Ich war mir nicht sicher, ob Sie es wirklich sind, ich wollte das genau wissen." Das Konzept vom ganz zufälligen Treffen war jetzt natürlich geschmissen, aber so war kein Wort gelogen, auch wenn es nicht die ganze Wahrheit war.

„Schön, dass ich Sie so interessiere." Ein Hauch von Ironie.

„Sie haben mich doch angerufen."

„Ja, schon, ich wollte wissen, wie es Ihnen mit dem Laufen geht, ob ich Sie dafür begeistern konnte."

„Es ist ja auch schon lange her, dass Sie mich angerufen haben. Ich konnte Sie ja nicht zurückrufen."

„Irgendwie schade, finden Sie nicht?" Sie lächelt spöttisch. Das Telefonspielchen? Also konnte es sie gewesen sein?

„Sie haben mir nicht Ihre Nummer gegeben."

„Ja, das stimmt." Sie legte das Buch achtlos zurück.

„Suchen Sie ein bestimmtes Buch?"

„Nein, ich schau nur so ein bisschen rum. Offen gestanden hat mich auch die Wärme angelockt."

„Wollen wir auf einen Kaffee gehen?"

Sie sah auf ihre Uhr, wiegte den Kopf kurz hin und her, dann sagte sie: „Na gut, aber viel Zeit habe ich nicht."

„Ich auch nicht", sagte Arno, obwohl das natürlich nicht stimmte.

Sie gingen ins nächstbeste Kaffeehaus, eigentlich ein italienisches Espresso, ziemlich voll und laut. Es gab nur einen sehr exponierten Tisch. Sie öffneten ihre Mäntel, ließen sie aber an. Auch das Kopftuch nahm sie nicht ab.

„Ja, also, erzählen Sie, wie ist das mit dem Laufen bei Ihnen?" Sie griff das gemeinsame Thema auf, was hätte sie sonst sagen sollen? Arno erzählte ihr von seinen Aktivitäten. Und vor allem, dass er den Vienna-City-Marathon laufen wolle, im Mai. Und dann, dass er beim Arzt war, sich durchuntersuchen hatte lassen, dass alles praktisch in Ordnung gewesen sei.

„Sie rauchen nicht mehr? Sie können hier ruhig rauchen, es stört mich nicht."

„Nein", sagte Arno, „ich rauche nicht mehr. Das habe ich Ihnen zu verdanken, Sie haben mich motiviert."

„Na, jetzt übertreiben Sie aber, das schafft man nur, wenn man es selber will. Was sollte ich auch für eine Motivation sein, Sie kennen mich ja gar nicht."

„‚Gar nicht' stimmt sicher nicht. Ich kenne sie nicht gut, das wohl, aber nicht ‚gar nicht'".

„Dann muss ich ja eine kleinen Eindruck auf Sie hinterlassen haben, dass Sie Ihren Lebensstil ein wenig verändert haben. Ja, Sie schauen wirklich gut aus. Ich sage Ihnen das einfach, weil es stimmt."

„Sie sehen auch gut aus." Arno sagte es und spürte, wie sich seine Stimme leicht belegte.

„Wie bitte? Ich sehe gut aus? Das meinen Sie wohl nicht im Ernst."

„Doch", sagte Arno, „Sie sehen ein wenig, wie soll ich sagen, müde aus, aber sehr schön. Ich sage das auch einfach, weil es stimmt."

„Schön ist etwas sehr Subjektives, finden Sie nicht?" Wieder das spöttische Lächeln.

„Mag sein. Natürlich kann ich nur für mich sprechen."

Sie seufzte etwas und sah auf die Tischplatte. Sie wirkte erleichtert, und im selben Moment erschien die Kellnerin und nahm die Bestellung auf. Sie hatte sich für einen Café Latte entschieden, er für einen großen Espresso. Ernst und heiter wechselten in ihren Gesichtszügen zu rasch.

„Und sie?", fragte Arno, „was macht der Laufsport bei Ihnen?"

„Ich musste pausieren, ich war, na ja, krank."

„Und?"

„Vermutlich sehe ich deswegen, wie Sie sich ausdrücken, etwas müde aus. Aber ich hoffe, jetzt ist für eine Weile zumindest Ruhe. Ja, ich denke, ich werde bald wieder zum Laufen anfangen."

Arno, der wusste, was los war, wagte nicht, weiter zu fragen. Andrerseits befürchtete er, dass das als Desinteresse ausgelegt werden könnte. So fragte er anders: „Kann ich Ihnen irgendwie behilflich sein? Ich würde es gerne tun."

Sie sah ihn erstaunt an, auch mit einer Art Wärme, die er an ihr bisher noch nie bemerkt hatte, und ihr Blick begann zu schimmern. „Nein", sagte sie schließlich, „es gibt Dinge, mit denen muss man allein fertig werden." Sie sah in die Ferne, und es wirkte ein wenig gespielt.

„Muss man wirklich?"

Sie zuckte mit den Achseln. Dann legte sie ihre Hand auf seinen Unterarm und sagte: „Lassen wir das jetzt. Wie geht es Ihnen sonst?"

„Was meinen Sie mit sonst?"

„Die Arbeit, die Frauen?"

Arno lachte. „Nicht besonders gut, wenn ich mich vorsichtig ausdrücken darf."

Der Kaffee wurde gebracht und Tonia zahlte sofort, für beide, als Ausdruck ihrer sehr begrenzten Zeit. Arno konnte gar nicht richtig reagieren, so schnell ging das.

„Danke", stammelte er.

„Also, was gibt's?", wollte sie wissen.

„Meine Firma wurde übernommen. Es gibt Personalrochaden, Kündigungen. Ich wurde versetzt, schwierig."

„Und privat? Bin ich sehr neugierig?"

„Ein bisschen, das ist schön. Gut, ich hatte eine kurze Affäre, nichts Weltbewegendes, aber wenn es aus ist, trifft es einen doch. Und Sie?"

„Sie sind auch neugierig."

„Gleiches Recht für alle."

„Bei mir gibt's nichts Neues. Weder beruflich noch privat."

Sie nahm eine kräftigen Zug, stellte die nicht ganz geleerte Tasse vor sich hin und sagte, sie müsse jetzt gehen. Arno kippte seinen Espresso und stand gleichfalls auf.

Sie hatte ihren Wagen in der Tiefgarage. Sie hätte fragen können, ob sie ihn irgendwohin mitnehmen könnte, aber die Frage unterblieb.

Beim Stiegenabgang zur Garage streckte sie ihm mit einer Art endgültiger Entschlossenheit die Hand entgegen.

„Schön, Sie getroffen zuhaben", sagte sie.

„Und?"

„Was, und?"

„Na ja, wie wär's, wenn wir einmal miteinander Abendessen gingen? Oder laufen?"

„Sind Sie mir böse, wenn ich sage, dass ich noch nicht so weit bin, was beides betrifft?"

„Wie meinen Sie das?"

„Gesundheitlich."

„Natürlich bin ich nicht böse. War nur eine Frage."

Sie ließ seine Hand los. Aber statt „Ciao!" oder Ähnliches zu sagen, blieb sie stehen und hielt mit beiden Händen den Träger ihrer Tasche fest. Sie mussten lachen. Es ermutigte Arno, noch einmal nachzusetzen.

„Und Ihre Telefonnummer wollen Sie mir wohl auch nicht geben?"

„Haben Sie die nicht schon?"

„Wie kommen Sie auf diese Idee?"

Sie biss sich schelmisch auf die Unterlippe. Dann sagte sie: „Ich dachte bloß."

„Sollte ich sie haben?"

„Vielleicht?"

„Kann mich gar nicht erinnern."

„Na gut", sagte sie, „dann gebe ich Ihnen meine Handynummer. Schicken Sie mir ab und zu ein SMS."

„Werden Sie es beantworten?"

„Vielleicht. Lassen Sie sich überraschen."

„Und wenn ich einfach anrufe?"

„Dann könnte es sein, dass Sie stören. Sie wissen doch, dass ich verheiratet bin."

„Aber es ist ja nichts zwischen uns."

„Natürlich, aber ich müsste es trotzdem erklären. Es ist ohnehin alles mühsam genug. Aber ich weiß was. Wenn sie unbedingt einmal anrufen wollen und ich habe nach dem dritten Mal Läuten nicht abgehoben, dann legen Sie auf. Dann würde es stören. Alles klar?"

Sie riss einen Zettel aus einem Notizbüchlein und schrieb eine Nummer auf. Zwischen Zeige- und Mittelfinger reichte sie ihm den Zettel.

„Danke", sagte Arno.

Sie lächelte ihn wortlos an, drehte sich um und lief locker, vielleicht auch nur gespielt locker die Treppen hinab.

Arno besah den Zettel lange, die Nummer, die Schrift, dann ging er langsam Richtung U-Bahn. War das Ganze jetzt ein Erfolg gewesen? Ein Satz klang besonders nach: Es ist ohnehin alles mühsam genug. Was hatte das zu bedeuten? Er hatte jetzt ihre Nummer, sozusagen offiziell. Wahrscheinlich würde sie nie erreichbar sein, nie abheben, nie antworten. Eine tote Nummer, an der er sich erschöpfen würde. Es war, als hätte er nach mühsamer Pirsch das Wild zwar aufgespürt, aber als einzige Trophäe wäre ihm nur die Losung geblieben. Er wurde mit der Nummer, der Art, wie sie ihm überlassen worden war, einfach nicht froh.

Gleichwohl, die Spannung ließ nun langsam nach. In die Bannmeile? Er war zunächst und mechanisch in die U-Bahn eingestiegen, und völlig mechanisch stieg er bei einem Einkaufszentrum aus, wo er wusste, dass eine Buchhandlung abends länger offen hielt. In der glitzernden Einkaufswelt war der übliche Trubel schon am Abschwellen. Wäschegeschäfte, Schmuck und Uhren. Ein Plastikkamel in der Ecke, das gegen Münzeinwurf Kindern ein Schaukelvergnügen bescherte. Er ging wie auf Magnetschienen schnurstracks zur Buchhandlung. An Atmosphäre konnte dieser Laden mit jenem der Innenstadt natürlich nicht mithalten. Er war sehr hell erleuchtet, billige Poster warben für Neuerscheinungen. Der erste Tisch zeigte Bücher über gesunde Ernährung, mediterrane Küche, Geheimnisse der Mondphasen und Feng-Shui. Es gab ein gutbestücktes Regal über Motorsport und über Lifestyle. Arno ging zur Ecke, wo sich die Belletristik befand. Er konnte sich nicht erinnern, welches Buch sie in der Hand gehalten hatte, vielleicht war es auch hier zur Einsichtnahme ausgelegt, gut möglich, die gängigen Bestseller eben, in allen Buchhandlungen der Stadt die gleichen, aber so sehr sein Blick auch über die Stapel suchend streifte, er wurde nicht fündig. Dabei wäre es interessant gewesen, wonach sie gegriffen hatte, es mochte ihm vielleicht, vielleicht etwas über sie erzählen, aber die Erinnerung hatte es ausgeblendet.

Er stand lange an dem Tisch, nahm dieses und jenes zur Hand, blätterte da und dort, ohne dass er Sekunden später hätte sagen können, was es gewesen war. Er sah über den Tisch hinweg, und obwohl die Stelle leer war, sah er immer wieder sie dort stehen, ihr Kopftuch, den aufgestellten Mantelkragen, und als sie zu lächeln begann. Es würde ihn in der nächsten Zeit oft in Buchhandlungen ziehen.

Schließlich riss er sich am Riemen und versuchte, seine ausgeschwärmten Sinne wieder einzufangen. Es gelang ihm tatsächlich, sich so weit wieder zu konzentrieren, dass er im Stande war, sich zwei Bücher auszusuchen, instinktiv, Geschichten einfach, über das Leben, nichts sehr Spezielles. Er ging zum Pult und zahlte, dann strich er noch kurze Zeit die Auslagen des Einkaufszentrums entlang. Die Lust, sich anzusaufen, war verflogen. Er fuhr rasch nachhause, bereitete sich eine Kleinigkeit zu essen, Ravioli aus der Dose und einen Gurkensalat, und begann zu lesen.

Mehr war ihm nicht geblieben, das Laufen noch, sonst ein Loch, in das er gewohnt war, Bier hineinzuschütten und Rauch hineinzublasen. Und die Nummer, ein Zettel, den er in die Lade gelegt hatte. Keine Lust, Kopien davon auch an anderen Orten aufzubewahren, falls das Original verloren gehen sollte. Aber er würde doch irgendwann einmal anrufen, das wusste er. Oder ein SMS schicken. Schon jetzt hatte er Angst vor dem Ausbleiben jeglichen Echos, was unheimlich sein würde im physikalischen wie im übertragenen Sinn. Ein Schrei ins Nichts.

Arno bemerkte, dass die Anspannung, die er seit dem Entschluss, Tonia aufzulauern, in sich aufgebaut hatte und die jetzt verflogen war, ihr Fehlen vor allem, und die tiefe Kränkung im Beruf, die er am besten in der Magengrube orten konnte, ihm nun die nächste Zeit schwer zu schaffen machen würden. Er sehnte sich schon nach den einsamen Momenten im Auto auf nordniederösterreichischen Landstraßen, von Dorfwirtshaus zu Dorfwirtshaus, nicht nach den zu betreuenden Kunden, sondern nach den Zeiträumen dazwischen. Wäre er jünger und ambitionierter gewesen, die letzten Tage im Büro hätten ihn zum Wahnsinn getrieben, ein Spießrutenlauf zwischen wirklichen und vermeintlichen hämischen Blicken, wirklichen und vermeintlichen spöttischen Bemerkungen, das Deckmäntelchen des Gutgemeinten, aber auch das Ausweichen, das Meiden, das Sichbeschränken auf das Notwendigste. Und so lange war er schon in der Firma! „Tja, das ist die freie Marktwirtschaft." So hatte er einmal zu einem anderen gesagt, in dessen damaliger Lage er sich jetzt selbst befand.

Wenn die Wehmut anklopfte, wusste er, dass sie ihm sogleich Zigaretten anbieten und ihn auf ein Bier einladen wollte, am Besten im Jablonsky. Also ließ er sie gar nicht bei der Tür herein und las in seinem neuen Buch weiter. Es dauerte nicht lange, und statt der Wehmut legte sich eine freundliche, schwere Müdigkeit über ihn.

B7, drei viertel neun Uhr Vormittag, Nieselregen, Musik aus dem Autoradio, wer jetzt unterwegs war, war es aus beruflichen Gründen, Lieferwagen, Sattelschlepper, Serviceleu-te, Handelsvertreter. Man war unter sich, fairer, zügiger Verkehr. Ab und zu hätte Arno jetzt gern geraucht, wie in seiner Anfangszeit, aber es war immer nur ein Anflug. Dann dachte er an sie. Er wollte sie wieder sehen, fit und ungeraucht. Und Borek sollte auch auf sich stolz sein dürfen. Nur diese leise Traurigkeit war nicht immer ganz abzuschütteln und hockte auf seinen Schultern, und wenn ihn jemand gekannt hätte, hätte er das auch bemerkt. So aber konnte er Luft holen, so tun, als könne er frei kommen, und setzte zu einem Überhol-manöver an. Hörbarer Regen, Scheibenwischergeräusche, nervöse Hintergrundmusik. Die entgegenkommenden Lichter wurden größer. Arno fuhr etwas riskanter als früher, das wusste er.

Er kam zu unterschiedlichen Zeiten nachhause. Wann immer es sich ausging, fuhr er laufen, nach Schönbrunn, in die Prater Hauptallee, in die Lobau. Eines Tages fand er, als er nach-hause kam, einen Brief vor. Er wusste sofort, von wem er war, denn er kam aus Tschechien und hinten trug er als Absender die Initialen S. V.

Er ließ ihn noch länger ungeöffnet auf dem Tisch liegen. Hier waren sie gesessen, hatten geraucht, gesoffen und endlos geredet. Hier hatten sie einmal telefoniert und die Schärfe des Abgewiesenwerdens zu spüren bekommen. Hier waren sie Freunde geworden, hier und an ein paar anderen Orten, in der Badewanne, im Auto auf dem Weg von der Lobau. Im Bett. Sie hatte an ihn gedacht, sie hatte ihm einen Brief geschrieben, kein Email, nein, einen richtigen Brief. Erst vor dem Schlafen-gehen öffnete er den Umschlag.

„Lieber Arno!
Jetzt gerade sitze ich in einem wunderschönen Kaffeehaus auf
der Kleinseite, das ist ein alter Stadtteil unter dem Hradschin.
Ich muss dir einfach schreiben. Ich bin zu diesem Zweck extra
hierher gefahren, weil ich das Kaffeehaus so mag, denn in
Wirklichkeit wohne ich nicht in so einem schönen Stadtteil.
Mein Abschied war wie eine Flucht und das darf nicht sein.
Dieses Gefühl sollst du nicht haben und ich auch nicht.

Du weißt, warum ich gegangen bin, und das stimmt. Jetzt ist alles sehr schwierig und das macht mich noch glücklicher, als ich schon bin: Dass wir es schaffen werden, gemeinsame Probleme. Ihre Wohnung ist zu klein für uns drei, sie, ihr Kind und ich. Wir müssen ständig improvisieren, aber wir lachen viel dabei. Wir sind auf Wohnungssuche und das macht auch Spaß. Wenn wir allerdings nur etwas mehr Geld hätten. Die schönen Sachen sind wahnsinnig teuer geworden. Aber wir werden schon was finden. Ihr Mann hat sich ja schon beruhigt, Gott sei Dank. Um das Kind kümmert er sich nicht so richtig, ich glaube, er ist mit seiner neuen Freundin zu sehr beschäftigt. Vielleicht, wenn das Kind größer wird, dann kann er, so hoffen wir, mehr mit ihm anfangen. Dann hätten wir auch mehr Zeit füreinander, Eva und ich. Aber wir sind so froh, dass wir überhaupt zusammen sind.

Dir gegenüber habe ich ein bisschen ein schlechtes Gewissen. Erst haben wir uns aufgegeilt und dann habe ich dich stehen gelassen. Bitte glaube mir: Nichts war gespielt. Aber ich hätte sie betrügen müssen. Und wenn ich es ihr gesagt hätte, wäre sie sehr traurig gewesen. Und so ist mir eben die Lust vergangen, kannst du mich verstehen, bitte?

Du hast mir in der wahrscheinlich schwierigsten Zeit meines Lebens sehr geholfen. Du warst in der Firma super zu mir, ich hatte alle Freiheiten und habe viel gelernt, auch viel, wie man es nicht machen darf, du weißt schon.

Aber ich meine vor allem die Stunden mit dir zu zweit. Du spürst sicher, was ich meine. Alles zusammen. Ich will jetzt nicht sagen, bleiben wir Freunde. Das sagen viele, wenn sie auseinander gehen. Wir werden es bleiben oder nicht, niemand weiß es jetzt. Wenn du nach Prag kommst, ich lege hier eine Visitenkarte bei, schick ein Mail oder ruf vorher an. Wenn ich nach Wien kommen sollte, werde ich es bei dir auch so versuchen. Vielleicht auch nicht, aus Angst, wir hätten uns nichts mehr zu sagen. Dann wäre es schöner, es bliebe so, wie es jetzt ist, verstehst du mich?

Ich umarme dich in Gedanken, darf ich?
Suzie"

Arno sah zur Decke und etwas schon Vermisstes füllte ihn aus. Dann dachte er lange an Tina. Und auch daran: Wie frei sein Atem, wie klar sein Kopf war.

Er war sehr zeitig schlafen gegangen, sodass es kein Wunder war, dass er noch bei tiefer Dunkelheit aufwachte. Heute, wenn der Tag angebrochen ist, am Vormittag, aus dem Waldviertel, zwischen zwei Kundenbesuchen oder beim Mittagessen in der Raststätte, irgendwann, aber heute, würde er ihr ein SMS schicken, das war plötzlich klar und einfach, er würde es nicht weiter aufschieben, obwohl er es getan hatte, um immer etwas zu haben, auf das er sich freuen konnte. Genau diese Wirkung aber würde jetzt nachlassen, falls er noch länger damit zuwartete. Auf die Antwort würde er sich weniger freuen dürfen. Wie wahrscheinlich war es, dass sie ausblieb? Und wenn eine kam, wie kühl und distanziert würde sie ausfallen, von einer Beschaffenheit, dass keine weitere Nachricht seinerseits mehr denkbar wäre? Die Tasten, die Finger, das Herz würden ihm einfrieren, beim bloßen Versuch.

Wahrscheinlich war es völlig gleichgültig, was er ihr schrieb. Dennoch formulierte er in die Dunkelheit, auf dem Rücken liegend und gegen die fahl-finstere Decke starrend, alles Mögliche. Es durfte nicht krampfhaft witzig und gewollt originell wirken, schon gar nicht aufdringlich, nach Antwort heischend, im Gegenteil, es sollte so sein, dass man sich nicht unbedingt gezwungen fühlen brauchte, zu antworten. Aber doch auch wieder so, dass man es gerne tat, wenn das nur irgendwie in Frage kam. Auf keinen Fall aber, umgekehrt, völlig harmlos und nichts sagend. Also doch etwas Freches, Draufgängerisches? Besser nicht, dafür schien sie nicht der Typ zu sein. Es machte Spaß, darüber nachzusinnen, ein Spiel nur das Ganze, aber es vertrieb jene Prise Traurigkeit zwischen halb vier und halb fünf in der Früh, deren Geschmack sich all die Tage sonst nie ganz verflüchtigen wollte.

Mit der eigentlichen Durchführung ließ er sich Zeit. Immer wieder, wenn er schon knapp daran war, schob er es auf. Dabei war er schon extra auf einen Parkplatz gefahren, nur weil er geglaubt hatte, jetzt, jetzt müsse es sein. Dann aber wollte ihm sich keiner der durchgedachten Sprüche so wirklich aufdrängen und er legte sein Handy wieder beiseite, startete den Wagen und war wieder ganz ein Kind der Landstraße. Der Regionalsender spielte Schlagermusik. Früher gab es die Sendung „Autofahrer unterwegs", davor „Vergnügt um elf". Und Lenkradschaltungen, keine Sicherheitsgurte, dafür Rallyestreifen, Elantankstellen.

Jetzt waren die Straßen breiter, die Autos vermittelten Unverwundbarkeit, und die Autoradios knarzten und knatterten nicht.

Er war Reisender in der Kaffeebranche. Wenn er kam, rief die Wirtin zu ihrem Mann, der irgendwo hinten saß: „Papa, der Kaffeevertreter ist da."

Oder man konnte die halbwüchsige Tochter in der Küche hören: „Der Kaffeetyp ist draußen." Dann kamen sie, waren mehr oder weniger mit der Maschine zufrieden, wollten mehr oder weniger einen Nachlass auf den Dosenpreis, waren mehr oder weniger einem Plausch zugeneigt.

Manchmal, wenn die Wirtin hübsch war und sich eine Zigarette ansteckte, fiel es schwer, sie nicht um eine zu bitten. Noch schwerer war es natürlich, wenn sie ihm das offene Paket hinhielt. Aber er widerstand jetzt regelhaft. Er wusste, es war immer nur ein kurzer Moment. Er hatte sich angewöhnt, das Bild von sich als Sportler – schlank und in gestrecktem Lauf, dabei locker und elastisch – zu imaginieren, wie Borek es das letzte Mal genannt hatte. Manchmal genügte auch bloß das Bild vom Mammut an der Decke oder die Vitrine im Wartezimmer oder Fräulein Kainz und Herr Möhrenwald, irgend so was, irgend so wer, die Atmosphäre des psychiatrischen Kabinetts, und schon war die Zigarette gleichgültig geworden, Boreks Stimme. Oder Tonia, irgendetwas von ihr, schwer zu sagen.

Jetzt war Freitag, vergangenen Dienstag war er bei Borek gewesen, die Resourcen reaktivieren, wie es der Psychiater genannt hatte. Aber irgendetwas war anders gewesen, als wäre das wesentliche Geheimnis bereits geknackt. Mehr Wirkung war nicht zu erwarten, das spürte Arno. Und war froh gewesen, dass ihn der Arzt nach einem kurzen Diskurs zum Thema Kurzzeittherapie und deren Wesensmerkmale wieder in den seelenärztlich ungeschützten Alltag entlassen hatte, nicht ohne die Bemerkung, ihn bei einem Rückfall sofort zu kontaktieren, er habe noch andere Pfeile im Köcher, andere Techniken.

Er hatte viel mitgenommen von dort, einen ganzen Schatz, so wollte er es belassen. Und sich dem Ganzen würdig erweisen, als Geheilter. Was ihn vor einem Rückfall unter anderem abhielt, war der Gedanke, in diesem Falle zu weiteren Sitzungen vorgeladen zu werden und dabei Tonia im Wartezimmer, im Stiegenhaus oder sei es auch nur auf der Gasse zu begegnen. Ein zweites Mal würde das mit der Zufälligkeit wohl nicht mehr ziehen. Er wäre bloßgestellt, und der inzwischen ohnehin nur noch bescheidene Zauber wäre wie weggeblasen. Das allein war ihm das Risiko nicht wert und so rauchte er lieber nichts. Dass er dann nichts trank, ergab sich fast von selbst.

Es ging schon in den Nachmittag hinein, ins Wochenende. Einen letzten Kundenbesuch hatte er noch, dann konnte er heimwärts fahren. Sonnenschein war herausgetreten und mit einem Mal heftig, die Landschaft, die Hügel, nahmen Farben an. Die Straße war schmal und mit erdigen Traktorspuren verschmiert. Auf einer kleinen Anhöhe, bei einem in zartem Ansatz gelb blühenden Strauch, stand eine angemorschte Aussichtsbank. Arno hielt den Wagen an, halb in die Wiese geneigt. Die Sitzflächen der nach Westen gewandten Bank waren trocken. Arno hatte die Beine überschlagen, ein Arm ruhte auf der Rückenlehne, Souveränität atmend, die andere Hand hielt das Handy. Die Züge der Hügel, Brauntöne überwiegend, das Grün nur eingesprenkelt, der Frühling in den Kinderschuhen, aber schon Sonnenwärme auf dem Holz.

Arno tippte ein: „Wenn ich laufe, muss ich oft an dich denken."

An dich? Sie waren ja gar nicht per du! Ging das nicht zu weit? Sonnenwärme auf seinen Schultern, auf seinem Oberkörper. Die Nummer hatte er schon vor etlichen Tagen eingespeichert, zwei, drei Knopfdrücke trennten die Worte von ihren Augen. Sie würde nicht antworten, nicht auf das hier. Die Hügel ließen die Sonne gewähren, ließen sich wärmen, rechts nach hinten zu wurden sie blau und schließlich blass. Dort lag Tschechien. Arno drückte die Tasten.

„Kurzmitteilung gesendet" stand auf dem Display zu lesen.
Arno löschte sofort den Text, er wollte ihn nicht mehr sehen.
Es war jetzt nichts mehr zu ändern. Jetzt hätte er gerne eine
geraucht, zur Belohnung für seinen Mut, für seine Dummheit.
Aber er hatte ja keine bei sich. Aber Arno fühlte sich wohl.
Morgen, spätestens übermorgen würde er wissen, dass eine
Episode zu Ende gegangen war. Dann wären er mit seinen Tagen allein: mit seinem Auto, den Landstraßen und den Kaffee-
dosen im Kofferraum. Dann und wann ein Telefonat mit Tina.
Und dann auch noch die Sporttasche mit den Laufsachen. Vielleicht. Aber jetzt, diese ein, zwei Tage, wo theoretisch, theoretisch Hoffnung auf Antwort bestand, wollte er sich wohlfüh-
len. Die Illusion, die er von Anfang an, obwohl nicht wirklich
lebensfähig, behütet und gepflegt hatte, sollte noch einmal, bevor sie endgültig starb, in seinem Herzen einen langsamen
Walzer tanzen dürfen.

Er fuhr langsam, hügelauf, hügelab. Irgendwann glitt er
über eine ganz ähnliche Anhöhe, ein gelb blühender Strauch,
eine Bank, die gleiche Landschaft ringsum. Er blickte auf das
Display des Mobiltelefons, das auf dem Beifahrersitz lag: keine
Antwort. Muss ja auch noch nicht sein, sagte er sich, kann ja
noch dauern, vielleicht erst morgen. Wenigstens eine gewisse
Zeit lang eine gewisse Spannung, wenn auch letztendlich ver-
gebens, aber ganz, ganz sicher weiß man das eben doch nicht.
Ein Spiel. Ein Zeitvertreib. Ein bisschen gute Laune.

Pöllmannsreith war ein typisches Waldviertler Angerdorf:
der Löschteich, das kleine Zeughaus, ein Kirchlein, Grasflächen,
auf denen Traktoranhänger standen. Ein Schulgebäude, gelb
und mit vergammeltem Stuck, längst geschlossen. Auf der
leichten Anhöhe, den Anger aufwärts, hellgrau, scharfkantig
und mit großen Alufenstern das Gemeindeamt; das Postamt
und der Gendarmerieposten nur noch an den blassen Umrissen
der abmontierten ovalen Schilder an der Fassade als Vergangenheit zu vermuten.

Langsam fuhr der Wagen die Dorfstraße hinauf. Die niedrigen Häuserfronten links und rechts verwaschen und keine
Menschen. Noch ein Stück weiter, hinter der flachen Anhöhe,
wo sie sich wieder zu senken begann, wichen die letzten Häu-

ser noch weiter auseinander. Durch einen kleinen Parkplatz von der Straße abgesetzt stand das Wirtshaus, immerhin, es gab noch eines, die Seele des Dorfes. Der Leuchtbalken im Fenster, ein Bieremblem. Hinter dem Wirtshaus ein umwucherter Gebäudezug, hoch und abgedunkelt Bogenfenster, eingeschlagene Glasschaukästen, ein Windfang mit gestreiften Milchglasscheiben. Abbröckelnder Putz, gerade noch zu lesen: Kinematograph, ein altes Kino. Zwei Autos auf dem Parkplatz, nur für Gäste. Arno stellte seinen Wagen sauber ab. Falls sich weitere Gäste einfinden sollten. Die Gaststube befand sich in einer Art Hochparterre und man musste einige Stufen hinaufgehen. Der Schankraum war viel zu groß für die wenigen Tische. Über der Schank befand sich ein weiterer Leuchtbalken einer Limonadenmarke, der zusammen mit dem anderen in einem der Fenster den Raum in merkwürdiges Zwielicht tauchte, denn es fiel noch genug Tageslicht herein. An der Schank standen zwei Männer mittleren Alters im Maurergewand und tranken Bier aus Flaschen. An einem der Tische saß – Stiefel, blaue Drillichhose, Joppe – ein alter Mann, den Hut auf, vor einem Seidel offenen Bieres.

Es dauerte eine Weile, bis die Bedienung kam. Die beiden Männer betrachteten ihn musternd. Arno nickte ihnen zu, sie erwiderten. Die Kaffeemaschine schien noch brauchbar zu sein, keine Leihmaschine, keine Leasingmaschine, eine Fremdmarke. Eine jüngere Frau erschien im bunten Schürzenkleid, leicht verschwitzt, was ihr gut stand. Arno erklärte, wer er war, und reichte ihr die Visitenkarte.

„Schön, dass Sie hergefunden haben! Warten Sie, ich hole alle!" sie wies ihm einen größeren Tisch in der Ecke. „Ein Bier?"

„Nein, danke, aber vielleicht ein Mineralwasser?"

„Oder ein Obi aufgespritzt?"

„Gerne." Arno setzte sich. Es erschienen und verschwanden drei oder vier Kinder im Volksschulalter oder auch jünger. Dann kamen zwei Männer in Overalls, die sich offenbar eben von Malerarbeiten getrennt hatten, schließlich noch zwei andere Frauen. Eine schien von der Berufsarbeit gekommen zu sein, vielleicht war sie bei einer Bank beschäftigt, im Business-

look, den sie gleich gegen eine Latzhose tauschen würde. Hän-
deschütteln, man setzte sich zusammen. Ja, also. Warum man
ihn hergebeten habe. Einer der beiden Männer führte das
Wort, während die junge Frau für die Runde an der Schank
Getränke auf einem Tablett zusammenstellte, Bier für die
Männer.

Das Wirtshaus war vor der Schließung. Da hatte sich die
Gruppe zusammengetan und es gepachtet, vor drei Monaten.
Hinten gab es einen Wohntrakt und sie waren eine Art Wohn-
gemeinschaft. Nicht alle hatten einen Job, aber den gleichen
Traum. Sie wollten ein Kulturzentrum aufbauen, der Kinosaal,
die große Gaststube, es gab auch ein Extrazimmer. Ein Internetcafé mit entsprechenden Kursen für die älteren Menschen,
hier in der Gegend. „Es ist wirklich in erster Linie Gegend."
„Aber eine wunderschöne!" „Ja, wirklich!"

Also: An den Wochenenden tolle Filme in Zusammenarbeit
mit einem Wiener Cineastentempel. Literaturlesungen, Work-
shops. Auch eine Art Pubkultur wie in Irland, wo jeder ein
kleiner Schriftsteller ist. Und wie in manchen Irish Pubs
Großbildfernsehen, Manchester United gegen Liverpool, da
kämen die Leute schon, ganz sicher, natürlich auch Sturm gegen Rapid.

Arno spürte die Begeisterung, in die sich die fünf redeten.
Sie wollten ihn anstecken damit, sie brauchten Geld. Arno
blickte hinaus in den Nachmittag. Wolken waren aufgezogen,
und es war, als dämmerte es schon, obwohl es natürlich noch
zu früh dafür war. Es roch nach Wirtshaus, die Zeit war hier
stehen geblieben. Und ewiges Jahr 68, hier saßen dessen En-
kelkinder mit ihm zusammen und die Augen leuchteten:
Kooperation, Solidarität, Gruppenarbeit, Experiment, Gesell-
schaftskritik.

„Kann man hier übernachten?" fragte Arno.

„Ja, wir halten zwei Gästezimmer bereit. Es gibt Fließwas-
ser, die Dusche ist am Gang. Willst du?"

Ja, Arno wollte und bestellte sich ein Bier und ein Paket
Marlboro. Nur heute, sagte er, nur als Ausnahme. Das Display
auf seinem Handy war leer. Also, wenigstens ein kleiner Ausrutscher, Borek schau weg.

Die beiden Maurer an der Theke waren gegangen. Dafür saßen an einem der Tische drei junge Leute, zwei Burschen und ein Mädchen, und tranken Cola. Aus dem Radio klang Musik, ein gängiger Hit, das wusste Arno vom Autofahren.

Nach den ersten Zügen wurde Arno schwindlig, er war es nicht mehr gewohnt. Ja, aber jetzt, was wollten sie von ihm? Ganz einfach: Ob die Kaffeefirma ein Internetkaffee sponsern könnte? Das Gasthaus hätte ja seit vielen Jahren lange schon vor der Übernahme den Kaffee von ihnen bezogen und auch jetzt werde man ihn weiter von Café Competence beziehen. Ja, freilich, die Mengen seien derzeit auf das Niveau eines größeren Haushalts geschrumpft, aber das werde wiederkommen. Man müsse daran glauben, man müsse den Menschen hier nur etwas bieten, sie würden schon kommen. Auch in den umliegenden Ortschaften gäbe es nichts Vergleichbares. Leider gäbe es bei den Gemeinden kein Geld, aber von einer EU-Förderung, Grenzlandregion, sei schon die Rede, in der Bezirkshauptmannschaft.

Arno brachte sich ein, wie sie später sagten. Café Rokoko kam hier natürlich nicht in Frage, aber Blue Nile Coffee!

Und Arno begann, die Idee zu erläutern. Jetzt konnte es auch Ethnokitsch aus Dritte-Welt-Läden sein. Hier galt das Wort Solidarität noch. Etwas von einer Hochzeit von katholischer Landjugend und Entwicklungszusammenarbeit lag in der Luft.

Der Blue Nile Coffeeshop als Internetcafé. Die Wirtsstube müsse so, wie sie war, erhalten bleiben, das ist einfach Waldviertel. Aber das Kinofoyer. Sie standen auf, um es gemeinsam zu besichtigen, um sich alles besser vorstellen zu können. Arno sollte sich ein Bild machen können. Durch eine Schwingtür seitlich der Schank, die aufgesperrt werden musste, wegen der Kinder, gelangte man in das düstere Gebäude. Bis vor achtzig Jahren sei das noch Teil eines alten Gutshofs gewesen, die Stallungen. Anderen Überlieferungen zur Folge sei das Gasthaus überhaupt einmal eine Postkutschenstation gewesen und das Gebäude habe dazu gehört, auf jeden Fall war es für die Pferde bestimmt, vielleicht war es auch eine Reithalle gewesen. Der kurze Verbindungsgang. Jetzt war alles dunkel, still und staubig, voller Wehmut. Die Kinokassa, ihr gegenüber so etwas wie ein kleines Buffet, dazwischen Gerümpel aller Art. Sie stiegen darüber hinweg und betraten den Kinosaal. Bei einem der alten Bogenfenster war die Verdunkelung hochgezogen, und durch die matten Scheiben fiel ausreichend Licht, sodass man das Wichtigste erkennen konnte. Vorne eine Bühne, in deren Tiefe die Leinwand. Geölter Holzboden im Zuschauerraum, die hölzernen Klappsesselreihen waren zum Großteil abmontiert und entlang der Seitenwände nachlässig gestapelt. An der Rückwand die kleinen Fenster des Projektionsraumes. Ja, es war einmal ein Kino gewesen, da gab es keinen Zweifel. Was wohl alles über die Leinwand geflimmert sein mochte? Arno starrte die matte Fläche im Halbdunkel des Bühnenraums an. Alle schwiegen, es war wie eine Gedenkminute.

Bevor sie wieder die Gaststube betraten, klopften sie sich den Staub von den Schuhen.

Jetzt waren sie übervoll. Papier und Bleistift wurden geholt, alte Pläne. Sie zeichneten den Grundriss nach, und ein Blue Nile Coffee Internetcafé mit postmodernem Charisma erstand in den Köpfen, auf dem Papier und in den Worten, die sie sich zuwarfen. So groß müsse der Kinosaal ja nun auch nicht sein, man könne das Café etwas hineinbauen, der Vorsprung, die Winkel, die dann entstehen würden, wären bereichernd für den Saal. Projektoren? Könne man bekommen, von anderen Kinos, die kürzlich gesperrt hätten, Opfer der Multiplexszene, man habe da schon Verbindungen geknüpft. Auch was die Computer betreffe, es wäre schon irgendwie machbar.

Ein Dritte-Welt-Laden dazu? Lach nicht! Hier haben sich viele aus der Großstadt leer stehende Häuser gekauft und renoviert. Die suchen auch Einrichtung, Wandteppiche, Vorhänge, solche Sachen, die sind offen für so was. Jeder, der hier zuzieht, ist offen. Voodoo-Zauber? Esoterik? Ja, natürlich, auch das. Eine der Frauen wiegte den Kopf, sie nahm das ernster, wie es schien. Die anderen lachten, aber nicht böse.

Noch ein Bier? Ja, freilich! Es dämmerte schon. Ob es was zu essen gäbe, Arno hatte den ganzen Tag kaum etwas gegessen. Freilich, wir haben eine Karte, sogar Schweinsbraten mit Waldviertler Knödel gibt es! Ja, den bitte, schon wegen der

Unterlage für das Bier. Die Sache lief und würde bis zum Vollrausch nicht mehr aufzuhalten sein, Arno wusste das, nur keine Reue.

Noch ein Bier und er würde so tun, als habe er Entscheidungsbefugnis in der Firma. Dass er am Rande der Kündigung stand, wusste hier niemand, auch er inzwischen nicht mehr. Längst waren sie alle per du und schwärmten von ihrer Zukunft, von dem Leben, das sie in dieses verlassene Kaff tragen wollten. Und längst glänzten ihre Gesichter und waren gerötet, die Wangen, die Augen.

Die Gaststube wurde nach Einbruch der Dunkelheit voller. Ein paar Kartenspieler, dem Anschein nach Bauern, und eine Familie, die aus einem der verlassenen Gemäuer ein Wochenendhaus gemacht hatte und sich die Dinkellaibchen bestellte und die Mohnnudeln. Die jungen Leute von vorhin waren gegangen, ein paar andere erschienen kurz auf einen Kaffee. Sie trafen sich hier, um gemeinsam in die Disko in der Nähe der Bezirksstadt zu fahren.

Dennoch, irgendwie verflüchtigte sich mit einem Mal die Stimmung, jeder hatte noch etwas zu tun, nicht nur in der Küche und an der Schank. Sie hatten sich in ihrem Überschwang verausgabt. Erschöpft machten sie sich daran, den Tag abzuschließen, jeder auf seine Art. Arno saß plötzlich allein da, betrunken, ein weiteres Glas Bier vor sich, eher schon irrtümlich.

Drei Männer um die sechzig erschienen, grüßten jovial, ließen sich am ersten Tisch nieder, breit gespreizt und aufgestützt, und begannen leise und wichtig etwas zu besprechen. Ab und zu äugten sie zu Arno hinüber, dem Fremden. Der stützte auch beide Ellenbogen auf die Tischplatte und blies den Rauch seiner Zigarette in die Höhe des Raumes, wo die gelben Lampen wohnten. Er kam sich ein bisschen wichtig, ein bisschen exotisch vor.

Einer der Männer der Wohn- und Wirtshausgemeinschaft setzte sich kurz zu ihm und trank einen Schnaps. Plötzlich wollte Arno nur noch ins Bett. Die junge Frau führte ihn zu seinem Zimmer, zunächst durch eine andere Schwingtür, auf der anderen Seite der Schank, an der offen stehenden Tür in den

Hof und Garten vorbei, eine Treppe, ein dunkler Gang, die zwei Gästezimmer, Arno durfte sich eines aussuchen und nahm irgendeines. Er bedankte sich und ließ die Frau wieder hinuntergehen. Erst dann ging auch er wieder hinunter und unter Vermeidung der Gaststube über den Hof außen herum um das Gebäude, denn er wollte nicht, dass man sah, wie betrunken er in Wirklichkeit schon war. Er holte sich aus dem Auto die Tasche, die er als Reisender für unvorhergesehene Übernachtungen stets im Kofferraum mit sich führte. Dann fiel es ihm wieder ein und er öffnete die Beifahrertüre. Da lag es, das Handy und er sah sofort, da war was auf dem Display. Eine Kurznachricht erhalten. Einen Moment musste er sich an der offenen Wagentür abstützen. Es war ihm leicht übel. „Lassen Sie mich bitte in Ruhe!" würde womöglich draufstehen. Er beschloss, erst in seinem Zimmer nachzusehen, und ging zurück. Aus den Fenstern der Gaststube fiel warmes Licht auf den Weg. Betonplatten, Brennnesseln, Kinderspielzeug aus Plastik.

Im Hinterhof traf er eine der Frauen, die noch Wäsche von der Leine geholt hatte und ihn fragend ansah. Er stammelte etwas von „Noch etwas holen müssen" und „Frische Luft schnappen wollen" und tapste die Treppe hinauf.

Er ließ sich Zeit mit dem Handy. Noch ein paar Augenblicke wollte er die Illusion am Leben erhalten. Er knipste das Nachttischlämpchen an und das große Licht aus. Er zog die Vorhänge zu und entkleidete sich. Er wusch sich und putzte die Zähne. Er zog ein Unterleibchen an, denn es war kühl und der kleine elektrische Ofen gab nicht viel her, nicht gegen die steinalten, feuchtkalten Mauern. Dann rückte er den Aschenbecher her und zündete sich eine Zigarette an. Es war ihm klar, dass die Nachricht auch von ganz jemandem anderen stammen konnte. Dann wäre er jetzt erleichtert, das wusste er. Schließlich drückte er den Knopf und die Nummer erschien, Tonias Nummer. Er hielt inne, legte das Handy aufs Bett und rauchte die Zigarette zu Ende. Er überlegte, ob er hinuntergehen und sich eine Flasche Bier holen solle. Das würde freilich nicht gut aussehen. Dann sah er aufs Display und sah wieder ihre Nummer. Mit einem Ruck zog er sich an und ging hinunter.

Nur noch die älteren Männer, zu denen sich ein vierter, etwas jüngerer gesellt hatte, saßen noch da. Sie waren von weitem hörbar, schon etwas lauter und starrten ihn unverhohlener und glasiger als zuvor an. Als Arno ihnen jetzt zunickte, als wären sie alte Bekannte, wandten sie sich sofort ab. Er hatte mit dem Gruß seine Pflicht als Fremder getan, vielleicht für sie überraschenderweise, und nicht mehr erwartet.

Hinter der Schank machte sich die junge Frau noch zu schaffen. Sie hatte sich offenbar frisch gemacht und umgezogen, sie sah schick und etwas zu modisch aus. Ganz offenbar hatte sie noch etwas vor. Ein Bier noch? Wie? Eine Flasche? Sie fragte leicht kokett, leicht provozierend.

Er bräuchte noch einen Schlaftrunk, er müsse noch etwas lesen, er wolle noch im Bett ein Bier trinken, Arno faselte etwas zusammen. Schließlich sagte er, er müsse noch telefonieren, ein längeres Gespräch.

„Ahaaa! Jetzt ist die Wahrheit heraußen!", sagte die junge Frau und lächelte ihn augenzwinkernd an. „Soll ich die Flasche gleich aufmachen?"

„Nicht nötig!", sagte Arno, denn er hatte ein Taschenmesser, nahm die Flasche und rief halb zu ihr, halb zu den Männern: „Schönen Abend noch!"

Wieder in seinem Zimmer schloss er die Tür hinter sich ab und zog sich erneut aus. Der Weg in die Gaststube hatte ihn deutlich munterer gemacht. Das war nicht angenehm jetzt, aber so war es. Er hätte zwei Flaschen Bier mitnehmen sollen. Nachdem alles wieder so war wie zuvor, das Licht, das Leibchen, und er die Flasche offen und angetrunken abgesetzt hatte, zündete er sich die nächste Zigarette an. Was hatte er ihr nur gleich geschrieben?

„Wenn ich laufe, muss ich an dich denken." Oder so ähnlich. Ja, richtig, das fehlplatzierte Du-Wort. Naiv, übermütig, distanzlos. Na gut, jetzt war es so weit. Arno drückte den Knopf. Es war eine ganz kurze Antwort: „Tu das". Ohne Satzzeichen, nur diese zwei Worte. Keine Absage, nichts Böses, nur das.

Er ließ sich nach hinten sinken, den Kopf auf das Kissen. Und blies den Rauch zur Zimmerdecke. Er wiederholte die zwei

Worte, halblaut und immer wieder. Er durfte an sie denken, sie wollte das. Und sie waren per du, sie hatte es angenommen, ganz selbstverständlich. Arno spürte etwas, das ihm lange gefehlt hatte, nicht den Alkohol und den Rauch, etwas ganz anderes.

Ganz langsam rauchte er noch eine Zigarette, ganz langsam trank er die Flasche leer. Es sollte die letzte Entgleisung dieser Art gewesen sein, er war fest entschlossen. Als er das Licht gelöscht hatte, fing sich alles zu drehen an. Er war schwer betrunken. Er versuchte sich zu vergegenwärtigen, wo das Waschbecken war, denn bis zur Toilette am Gang würde er es wohl nicht schaffen. Tief atmen, sagte er sich, es ging ohnehin ganz automatisch. Dann fielen ihm wieder die zwei Worte ein, wie ein fester Punkt in dem Strudel, „Tu das", und der Brechreiz ließ nach.

Dann setzte die Drehung ganz allmählich wieder ein, das Karussell, aber langsamer, und der ganze Tag drehte sich mit, die Menschen hier, das Kino, die Bank auf dem Hügel und wieder: „Tu das". Du.

Irgendwann musste er eingeschlafen sein. Das Waschbecken war sauber geblieben. Auch das Bett, der Boden. Arno lag in der verkaterten Zwischenwelt, nicht wach, nicht schlafend, nicht tot. „Das war das letzte Mal", sagte er sich, nicht zum ersten Mal. Und ab und zu dieses „Tu das", ohne Satzzeichen. Hätte sie ein Rufzeichen angefügt, wäre es mehr gewesen, mit einem Punkt aber viel weniger. Blitzklare Gedankeninseln tauchten im Meer der Stumpfheit auf und versanken gleich wieder. Schließlich fand Arno, geduscht und rasiert, den Weg in die Wirtsstube. Er war der einzige Gast.

Dort, wo er gestern gesessen hatte, war frühstücksmäßig gedeckt: ein kleines Tischdeckchen mit gestickten Hirschen, Tasse, Teller, Besteck, ein Körbchen mit zwei Semmeln, Butter, Marmelade, ein Glasteller mit drei Scheiben Wurst und zwei Scheiben Käse. Arno blickte sich um. Im Hof traf er eine der Frauen, die jetzt mit dem Wäscheaufhängen beschäftigt war. Sie ließ sofort alles liegen und schob ihn mütterlich, obwohl sie jünger sein mochte als er, vor sich her und in die Gaststube zurück. Tee oder Kaffee? Ein weiches Ei vielleicht?

Arno nahm Kaffee und Orangensaft. Und ob er eine oder zwei der Essiggurken haben könnte, fragte Arno und zeigt auf das Glas, das man durch die offene Küchentür erspähen konnte. Die Frau hob wissend die Augenbrauen: „Natürlich!", sagte sie und brachte sie fächerförmig aufgeschnitten auf einem kleinen Teller. Wo denn die anderen wären, wollte Arno wissen.

„Ach, da und dort, ausgeflogen, einkaufen, was weiß ich, ist alles nicht so leicht hier. Aber es passt."

Noch während er frühstückte, verlangte Arno die Rechnung. Nach irgendeinem Gespräch über das Internetcafé oder Ähnlichem war ihm nicht zu Mute, nicht im Moment. Er war im Grunde nur damit beschäftigt, seine Sinne zusammenzuhalten. Er würde wiederkommen, er würde mit seinem Chef, wer immer das war, reden. Er würde nachdenken über das Projekt und wie man Geld locker machen könnte. Und überhaupt, wie nett es hier gewesen sei. Sie tauschten Telefonnummern aus. Die Frau begleitete ihn zum Auto. Sie war klein und etwas stämmig und trug ihr leicht gewelltes, grau durchzogenes dunkles Haar zu einem Rossschwanz gebunden. Obwohl sie abgearbeitet wirkte, musste sie wohl einmal sehr hübsch gewesen sein. Nein, sie war es eigentlich noch immer. Sie begleitete Arno zum Auto. Wenn er ihnen helfen könne, wäre das schön. Es gehe ihnen nicht so gut, vor allem finanziell. Sie blickte Arno ernst an, sie hoffte scheu auf ihn, seine Hilfe, das sah er. Zum Abschied gab sie ihm einen Kuss auf die Wange. „Komm gut heim, fahr vorsichtig, du hast getrunken gestern!" Als er losfuhr, winkte sie.

Arno rollte die B3 hinunter, die vertraute B3. Samstag, später Vormittag, reger Verkehr um die Einkaufszentren. Arno überholte wenig. Er hatte durch sein wahrscheinlich prahlerisches, besoffenes Gerede Hoffnungen und Vertrauen geweckt. Die Wirtshausleute glaubten womöglich, er sei weiß Gott wer in der Firma. Heute Abend würden sie zusammensitzen und die vermeintliche überraschende Wende zum Guten feiern. Und die Kinder! Irgendetwas würde er tun müssen, ein gewisses Unbehagen beschlich ihn. Dann musste er wieder an das SMS, an die zwei Worte denken. Dann wieder sah er den Läufer, so wie er sich selbst erschienen war, in Hypnose bei Borek, schlank, stark, ausdauernd, er hörte seinen regelmäßigen Atem, und wie der Kies unter seinen Füßen knirschte. Ein Entgegenkommender blinkte ihn an, irgendwie war er zu weit nach links geraten. Bei der nächsten größeren Tankstelle ging er auf einen Espresso.

Zuhause angekommen, war er erschöpft. Zu essen gab es nichts Rechtes. Also ging er zur Tankstelle und kaufte sich eine Tiefkühlpizza und eine Samstagszeitung. Bis die Pizza fertig war, hatte er fast eine ganze Flasche Mineralwasser ausgetrunken. Eigentlich müsste er Dr. Borek anrufen, nicht jetzt, aber am Montag. Was er geliefert hatte, war ein veritabler Rückfall gewesen. Aber er empfand das eher als die letzte Zwischenlandung vor dem großen Überseeflug in die Freiheit. Und dann gab es dieses SMS. Er fühlte eine zuvor nicht gekannte Motivation, genau das, was Tonia initiiert hatte, auszuführen: den Stadtmarathon zu laufen. Sein Trainingszustand war trotz der letzten Nacht gut und darauf konnte aufgebaut werden, noch mehr als zwei Monate Zeit stand zur Verfügung. Arno hatte ja schon Bücher, Trainingspläne, Ernährungspläne. Jetzt, in dem verkaterten, erschöpften Zustand konnte er nicht laufen gehen, aber morgen würde er den letzten, großen Trainingsabschnitt in Angriff nehmen. Er begann, in der Laufliteratur zu schmökern, und bemerkte, wie das bloße Lesen schon stimulierend wirkte. Ja, er würde Tonia beweisen, das er sich geändert hatte, dank ihrer Inspiration. Er wollte den Lauf ihr widmen. Er würde ihr erzählen, wie schlecht und selbstzerstörerisch er gelebt hatte. Sie hatte das wohl erkannt und in ihm die Wende bewirkt. Sie, die mit dem Krebs kämpfte. Oder gekämpft hatte, ja, hoffentlich gehörte das bereits der Vergangenheit an. Arno bekam ein Beklemmungsgefühl. Er musste völlig innehalten. Ja, er wollte den Marathon laufen, nicht nur für sich, auch für sie. Es sollte ihr selbst Mut machen, ihr Lebenslust geben. Sie sollte das zurückbekommen, doppelt und dreifach, wenn sie ihn nur ließe! Welche Nachricht würde er ihr als Nächstes senden? Für einen direkten Anruf schien es noch zu früh. Auch bis zum nächsten SMS sollten einige Tage verstreichen. Das konnte er genießen, sich einfach in Ruhe einen Text ausdenken. Und dann, ganz spontan, einen völlig anderen, eine Eingebung vom Himmel schicken, so wie zuletzt.

Er ging mit dem ganzen Stapel Laufliteratur sehr zeitig zu Bett. Eigentlich war es erst später Nachmittag. Nach einer Weile legte er sich zurück, starrte auf die Decke, und es erschien ein kleiner Fleck. Das Mammut. Er hörte Boreks tiefe Stimme, er sah wieder sich als Läufer, eine blühende Kastanienallee, seine schweißglänzende Haut, Short und Shirt, schick, professionell und stimulierend, dieses Bild kam jetzt immer leichter. Er freute sich auf den morgigen Tag, ja, ein langer schöner Lauf würde ihn erwarten.

Um zwei in der Nacht wachte er auf. Das Licht brannte noch. Er musste pinkeln gehen. Jetzt erinnerte er sich, die Bilder, die Stimme, er war einfach eingeschlafen. Zurück vom Klo sank er rasch wieder in die Arme eines noch tieferen, befreienden Schlafs.

Sonntagvormittag und der Himmel verhangen. Im Autoradio liefen Nachrichten und anschließend das Wetter: 9 Grad. Ab und zu Regentropfen auf der Windschutzscheibe, diesmal eine andere Route. Der Verkehr auf der Südosttangente war rege aber flüssig. Nach der Autobahnbrücke ließ Arno den Wagen in die fallende Kurve der Ausfahrt Ölhafen gleiten. Längs des Hubertusdammes waren nur wenige Autos unterwegs. Pappeln im Spalier, dann und wann ein Ausflugslokal oder eine Imbissstube, die Fensterläden zumeist dicht. Hinter einer Zeile von Gesträuch die Schleppbahn, Tankwaggons auf Abstellgleisen, alles schon etwas vertraut, Astwerk mit knospendem Blattgrün. Richtung Tanklager abgebogen, die Brücke über die Bahn und noch eine Abzweigung, der Parkplatz lag noch immer etwas versteckt. Hier war er mit Suzie gewesen, und es gab ihm einen Moment einen leichten Stich, als er den Wagen anhielt. Zugleich wunderte er sich, dass er nicht öfter an sie dachte. Er fand das jetzt in Ordnung. Nur 2 oder 3 Autos waren da, alles wirkte sehr verschlafen. Es war aber auch erst halb zehn und Mitte März, kein Grund also, dass sich hier mehr Leute hätten einfinden müssen.

Arno rennt einfach los, wie üblich zu Beginn ein wenig steif, ein wenig trippelnd, die Tanklagerstraße entlang. Es könnte auch in Texas sein. Ein Straßenstück für ein Road Movie, die riesigen Öltanks, einer nach dem anderen, gebündelte Rohrstränge auf Stahltraversen. Pumpstationen, Handräder, Armaturen, schweigende Löschkanonen, da und dort entweicht Dampf. Ein Tankwagen rollt ihm entgegen, der Fahrer zieht den Sattelschlepper nach links. Arno hebt dankend die Hand.

Die Runde kennt er schon: Nach dem Tanklager in einer S-Kurve über den Damm, rechter Hand der Ölhafen, das große Wasserbecken von grüner Böschung gesäumt, Stege mit Rohrleitungen, ein rumänisches Tankschiff, weiter vorne noch eines, Flaggen, zwei Fahrräder an Bord, eine Wäscheleine, Sonntagsruhe. Das asphaltierte Band zieht nach links, an der hinteren Begrenzung des Tanklagers entlang, dann die scharfe Biegung nach rechts und jetzt endlos den Damm entlang, links der alte Auwald, rechts das schon saftige Gras der Dammböschung, dahinter hohe Baumkronen und der Himmel eines launischen Vorfrühlings. Die Eintönigkeit lässt nur den einen, ganz bestimmten Rhythmus, nur das eine Tempo zu, kein Abweichen, kein Schneller oder Langsamer sind jetzt möglich. Die Gedanken können nicht eingreifen, nur fließen.

Im Auwald tut sich ein großer Teich auf, ein Altarm, der Wasserspiegel steht hoch, Frühling, in den Bergen ist die Schneeschmelze im Gange, graublond steht das Schilf weit in das grün-schwarze Wasser, in dem riesige Fische und uralte Donausagen wohnen.

Flugzeuge im Anflug auf Schwechat, immer wieder eines, die Räder schon ausgefahren, schweben so nahe, dass die bunten Fluglinienzeichen auf den Leitwerken gut erkennbar sind, über die Auwälder. Eine Welt, in der Flugzeuge landen, Sträucher blühen, Menschen laufen, und alles voll Erwartung, auch die Vögel, die Fische, die Radfahrer. Arno hat das Gefühl zu etwas dazuzugehören, auch er voller Erwartung, es läuft ihn, es atmet ihn, es ist in ihm und er will das. Auf der Dammkrone steht, nach einer guten Weile, ein Häuschen. Hier zweigt die blaue Markierung ab, tief in die Au, bald ist sie Wald, bald Gebüsch, bald trockene Wiese mit knorrigem, abgestorbenem Gehölz. Spuren von Forstwirtschaft, gestapeltes Holz in Laufmetern am Wegrand, feucht vom Regen entfaltet es seinen Geruch, von Leben und Tod und von viel Kindheit. Bald schon, wenn der Frühling vorrückt, kriechen Schnecken und krabbeln Käfer über die mannshoch geschichteten Scheiter. An Arnos Lauf fliegt die hölzerne Wand nur so vorbei. Er muss an Telegrafenmasten denken, die früher die Bahnstrecken begleitet haben, an denen vorbei die Rauchwolken über die Felder zogen, das leise, hastige Keuchen vorne. Sein Atem geht sauber und regelmäßig, der vorletzte Abend ist verziehen. „Tu das", und es gilt!

Hier ist er mit Suzie gelaufen, ihr längster gemeinsamer Lauf. Er findet das Weglein, das zu dem Steg führt, der die Furt umgeht. In der Furt steht das Wasser satt, Schilfwerk und Gebüsch säumt sie hoch, es könnte in Afrika sein, gleich wird ein Landrover im Zebrakostüm das Wasser pflügen.

In Schlangenlinien zieht der Fahrweg durch den Wald, dann wird er zu einer geraden, offenen Allee. Felder, die aufgehende Saat darauf noch niedrig, Kastanienbäume, nicht lange und sie werden ihre blühenden Kerzen tragen. Vor dem Wirtshaus geht es links durch eine Senke, auch eine Furt, aber eine alte, nur ein paar Pfützen und Gatsch, zwei Zickzacksprünge, und doch mit einem Fuß halb eingesunken, naja, „Künstlerpech", sagt sich Arno, muss lächeln, läuft locker weiter und fühlt sich wohl, auch wenn die Feuchtigkeit in die Socken dringt.

Auf der breiteren Naturstraße, die jetzt durch den dichten, hohen Wald führt, kommt ihm ein verdrossenes Ehepaar entgegen, vielleicht zwanzig Meter dahinter ein etwa zehnjähriges Kind mit gesenktem Kopf, dem Arno am liebsten etwas von seiner guten Laune schenken würde. Wie von selbst ruft er ihm zu: „Tu das!" Das Kind sieht erstaunt auf. Arno ist schon vorbei und dreht sich um: Auch das Kind, ein Bub, sieht ihm nach. Sie müssen sich anlachen, kurz nur, denn Arno muss auf den Weg achten, er ist ziemlich schnell unterwegs, aber er hebt noch den Arm zum Gruß, der Bub wird es gesehen haben.

Nicht die Abzweigung mit der gelben Markierung verpassen! Ah, da haben wir sie ja schon! Arno legt sich kühn in die

Kurve, er wäre jetzt gern ein Clown, der dem traurigen Buben ein paar Kunststücke zum Lachen gezeigt hätte, kurz breitet er die Arme aus als wäre er ein Flieger. Ja, und er fliegt jetzt auch wirklich eher, als dass er läuft.

„Super!", muss er zu sich sagen, ein wundervoller Lauf. Wald und Felder wechseln, jetzt sieht er schon die Forstsiedlung, bald ist er durch, auch die Öltanks sieht man wieder, nur noch über das einsame Gleis, durch ein Nadelwäldchen, dann den Waldrand entlang, hier kann man zum Endspurt ansetzen, wenn man will, so wie damals mit Suzie und er beschleunigt. Tack!, tack!, tack! fliegen die Sohlen über den Kies, stoßweise der Atem dazu, alles passt, auch im verschärften Tempo, Arno hat fast das Gefühl, nicht aufhören zu wollen. Als aber dann der Parkplatz auftaucht, ist er doch froh. Froh und stolz. Auf den letzten hundert Metern läuft er aus und geht das allerletzte Stück. Geschafft! Es ist wunderbar gewesen.

An einem liegenden Baumstamm konnte man Dehnungsübungen machen. Anfänglich waren sie ihm lästig gewesen, doch hatte sich Arno längst an sie gewöhnt, er spürte ihren Nutzen. Gleichzeitig kamen Puls und Atem wieder langsam zur Ruhe. Er spürte Schweiß unter der Wäsche über seine Brust rinnen. Suzie war wieder gegenwärtig und er beschloss, ihr einen Antwortbrief zu schreiben. Heute noch. Doch während er anfing, ihn im Geiste zu entwerfen, bekam er plötzlich unwiderstehliche Lust, Tonia ein SMS zu schicken. Jetzt war es so weit. Imperativ. Er konnte gar nicht mehr zu Ende dehnen, sondern eilte zum Auto, holte das Handy hervor und, den vorangegangenen Wortwechsel im Kopf „Ich denke an dich – Tu das", schrieb er: „Und du?" Ohne die Botschaft weiter zu überdenken, sandte er sie ab. Sie war nicht mehr rückgängig zu machen.

Arno war erleichtert, den Schritt getan zu haben. Jetzt gab es wieder etwas Spannendes in seinem Leben. Er hoffte auf Antwort, zugleich hoffte er aber auch, dass sie sich Zeit lassen würde. Sein Bangen, sie könnte nicht oder abweisend antworten, war jetzt etwas geringer, aber natürlich immer noch vorhanden, aber er befand sich in einem herrlichen Zustand nach diesem gelungenen Lauf, nach diesem, wie er meinte, treffenden SMS. Treffend und provokant: Sie war eingeladen, einen Schritt weiter zu gehen.

Arno rollte heimwärts, das Autoradio spielte Musik aus den Sechzigern und Siebzigern, vieles konnte Arno mitsummen. Er ließ sich mit allem Zeit: mit der Heimfahrt, dem Duschen und Rasieren, einem Kaffee. Dann fuhr er mit der Briefpapiermappe, die er erst suchen musste – so lange hatte er keinen privaten Brief mehr geschrieben – ins Café Kruzenshtern.

Es gab noch das Frühstücksbuffet, das dort an Sonntagen üblich war. Es war nicht weit von jenem Kaffeehaus, in dem das letzte Treffen mit Suzie stattgefunden hatte, ja, richtig, ebenfalls bei einem Frühstücksbuffet. Dorthin wollte er aber nicht gehen, er spürte, dass ihm das jetzt doch wehtäte, also mied er es, zunächst eher instinktiv, bevor ihm der Grund, und zwar genau beim Anblick des Frühstücksbuffets, bewusst wurde. Er fand einen angenehmen Tisch, bediente sich am Buffet, trank Orangensaft und reichlich Mineralwasser, denn er war durstig nach dem Laufen. Auch eine Sonntagszeitung blätterte er durch, etwas unkonzentriert. Auf dem Tisch lag das empfangsbereite Handy, aber es schwieg und das Display blieb leer.

Dann, nachdem er sich auf der Toilette die Hände gewaschen hatte, öffnete er die Mappe und begann zu schreiben:

„Liebe Suzie!
Danke für deinen Brief. Heute war ich in der Lobau laufen. Die lange Strecke, du weißt schon. Der Frühling kündigt sich gerade an, und obwohl es eher kühl war, war es doch wunderschön. Ich bin nicht schlecht in Form.
Ich will dir nur sagen, dass ich immer wieder an dich denken muss, an dich und an unsere gemeinsame Zeit. Es ist schön, dass ihr, du und deine Freundin, einen Weg zueinander gefunden habt, und ich wünsche euch viel Glück. Ich hoffe, wieder von dir zu hören. Schon eine kurze Nachricht, ein Lebenszeichen wird mich froh machen! Immer, wenn du bei mir warst, hatte ich einen Engel zu Besuch. Ich küsse dich! Und grüße mir deine Freundin!
Arno"

Auf ihrer Visitenkarte stand eine Adresse, die schrieb er auf das Kuvert, eine andere hatte er ja nicht. Ob es ihre gegenwärtige Privatadresse war oder was immer, konnte man nicht sagen. Nachdem er gezahlt hatte, fuhr er zum Bahnhofspostamt und gab den Brief auf. Sein Handy schwieg beharrlich. Aber er wollte weder ungeduldig noch unbescheiden sein.

Zuhause legte er sich ein wenig hin, schloss die Augen und schon, ganz automatisch, erschien ihm der Läufer, sein anderes Ich mit dem er langsam deckungsgleich zu werden schien, der Läufer, schlank, schwitzend, aber nicht schweißtriefend, der mit unglaublicher Leichtigkeit und Eleganz den Auwald entlanglief. Die Bäume flogen vorüber, die Holzstapel, die Telegrafenstangen, die Felder, der Rauch. Arno, auf dem Bett liegend, atmete mit, dem Rhythmus des Läufers eins zu zwei folgend, und schlief dann für ein Stündchen oder zwei ein.

Erst am nächsten Abend piepste es. Eine Kurzmitteilung erhalten. Arno kannte das Gefühl schon. Aber diesmal zögerte er nicht, er wollte es sofort wissen.

„Sollte ich etwa auch an dich denken?" stand zu lesen.

Arno musste schmunzeln. Spröder Scharm. Es war nicht eine von den Antworten, die er sich in seiner Fantasie erhofft hatte, aber es war eine Antwort, mit der man den Dialog weiterspinnen konnte, das war schon etwas. Nein, das war sogar viel! Eine Frage allein ist schon etwas. Sie will eine Antwort, sie will, dass es weitergeht. Es passte zu dem gelungenen Tag, Arno wollte sich das SMS nicht durch unbescheidene Grübeleien vermiesen. Es war so leicht und luftig, wie sein Lauf gewesen war, sein Atem, die kühle Frühlingsbrise.

Er würde sich mit der Antwort ein wenig Zeit lassen. Was ihn die nächsten Tage beschäftigte, ja bedrückte, war die Sache mit der Wirtshauskooperative, oder wie man das nennen sollte, in Pöllmannsreith.

Er hatte sich in ein Schwärmen über ein kaufmännisch völlig hoffnungsloses Projekt hineinziehen lassen. Natürlich könnte er jetzt in einem Brief kurz sein Bedauern äußern. Er, besser würde klingen „man" sei nach einigem Nachdenken, besser: Nachrechnen, darauf gekommen, dass eine Unterstützung seitens Café Competence zum gegenwärtigen Zeitpunkt nicht oder vielleicht „noch nicht" Sinn mache. Ja, Sinn machen, würde er schreiben, nicht Sinn haben, aus mehreren Gründen. So ein Brief und er bräuchte an die Althippiekommune keine weiteren Gedanken mehr zu verschwenden.

Aber als er den Brief im Geiste in allen wesentlichen Details schon fertig hatte, kam in ihm ein mieses Gefühl hoch. Er wusste nicht, warum, denn er war ja niemandem zu etwas verpflichtet. Und dennoch. Sollte er sich so einfach aus der Affäre ziehen? Oder sollte er mit Frischenwalder über die Sache sprechen? Nein, Frischenwalder hatte weder die Kompetenz noch die nötige Fantasie, um so etwas auch nur im Entferntesten wenigstens als Szenario durchzuspielen. Mehr als „Spinnen Sie, Ziegler?" würde ihm zu der Sache nicht einfallen.

Also dann Flury? Der würde sagen: „Wenden Sie sich an Ihren unmittelbaren Vorgesetzten." Und das war Frischenwalder.

Simmonds ins Vertrauen ziehen? Das Freundschaftliche, das es einmal gegeben haben mochte, war zerbrochen. Umso weniger würde der sich gegen Frischenwalder, noch dazu wegen so einer naiven Idee, ausspielen lassen wollen, und genau danach würde es aussehen. Theoretisch gab es auch noch Bracht. Der war seit ersten März wieder da. Aber der Zufall hatte es bisher vermieden, Arno mit ihm zusammentreffen zu lassen. Auf einen ohnehin längst fälligen Begrüßungskaffee könnte Arno ja bei Bracht an einem der nächsten Tage, an denen er nicht unterwegs, sondern im Innendienst war, hineinschneien. Und die Lage sondieren. Aber hatte ihm Bracht nicht schon die Sache mit der Rapido II, was auch immer daraus weiter werden sollte, weggeschnappt? Wenn er ihm von der Blue-Nile-Coffee-Idee erzählten würde, was fiele Bracht in den Sinn? Wiewohl diese Idee ja von Matters unter Verschluss genommen worden war. Aber andrerseits, vorfühlen konnte man, unverbindlich. Es würde sich ja sowieso irgendwann nicht verhindern lassen, auf Bracht zu stoßen, unangenehm, demütigend in jedem Falle, vor allem die erste Wiederbegegnung in der Firma. Also wozu dieses Ereignis noch aufschieben?

Zwei Tage später war es so weit. Er rief in seinem alten und Brachts neuem Büro an, und wie nicht anders zu erwarten, meldete sich Anita. Kurzer Wortwechsel, auch nicht frei von Peinlichkeiten. Wie es ihr gehe? Und ihm? Fragen wie „Vermissen Sie mich?" vermieden beide. Was blieb, war ausgesprochener Smalltalk. Schließlich fragte er, ob Bracht zu sprechen sei. Offenbar fragte sie nach, eine überraschend lange Gesprächspause entstand. Schließlich meldete sie sich wieder, er könne gleich kommen, wenn er wolle.

Bracht begrüßte ihn hemdsärmelig, schulterklopfend, jovial und im Zustand einsetzender Transpiration. Ganz wohl war ihm anscheinend nicht in seiner Haut. Wahrscheinlich deswegen hatte er Arno gleich zu sich vorgelassen: um die Sache so schnell wie möglich hinter sich zu bekommen. Fast hätten sie einander umarmt wie die Staats- und Parteichefs früherer Ostblockstaaten, vor Erleichterung, dass auch der andere denselben kontrollierten Widerwillen vor dieser Situation hatte.

Das stiftete ja eine gewisse Gemeinsamkeit.

„Nimm Platz, nimm Platz!" Geschubse um einen Drehsessel.

„Kaffee? Oder vielleicht ein Cognac?"

„Ich trinke derzeit nichts."

„Toll!" Dieses Beifalls aus Brachts Mund hätte es nicht bedurft, Arno schluckte tapfer. Das Gespräch sprudelte, aber es war trotzdem völlig oberflächlich. Arno merkte, dass an die Waldviertler Sache und den Blue Nile Coffee einfach nicht zu denken war. Um so etwas zu besprechen, hätten sie Tacheles reden müssen, und genau das vermieden sie beide wie der Teufel das Weihwasser. Bracht hatte wohl ein schlechtes Gewissen und Arno fühlte sich in seiner Position zu schwach, um zu attackieren, und das hätte er wohl müssen. Nach weniger als einer Viertelstunde verließ er sein ehemaliges, nunmehr Brachtens Büro, nickte Anita zu, der ebenfalls Schweißperlen auf der Stirn zu stehen schienen, und flüchtete an seinen unscheinbaren Schreibtisch im Außendienstmitarbeiter-Stützpunkt.

Am Abend traf sich Arno mit Franz. Sie hatten sich gegenseitig am Telefon versichert, einschneidende Veränderungen, ihren Lebensstil betreffend, vorgenommen zu haben, und so gingen sie zu einem ziemlich nüchternen, hellen Italiener –

Boden und Wände gekachelt und mit ein paar Fischernetzen, Langusten und Chiantiflaschen dekoriert, sonst eher kahl, wo sie zu passablen Spaghetti Mineralwasser tranken. Franz rauchte dann zwei ultraleichte Zigaretten, denen Arno sowieso nichts hätte abgewinnen können. Mit dem ersten Schluck Wasser war der entfernte Gedanke, doch ein Bier zu trinken und dann vielleicht zu rauchen, hinuntergespült. Auch an sein Läufer-Ich dachte Arno kurz.

Sie sprachen über Autos, Wohnung, Berufliches, über Fußball. Schließlich auch über Frauen. Franzens alte Freundin, die für zwei Wochen wieder aufgetaucht war, hatte ihm anlässlich eines kurzen läppischen Disputs – Streit konnte man das eigentlich nicht nennen – den Satz an den Kopf geworfen, es gäbe zwischen ihnen keine Gemeinsamkeiten, und war auf eine Art von Nimmerwiedersehen gegangen. Aber zum ersten Mal in dieser Situation wirkte Franz erleichtert. Seine neue Freundin hatte das alles marginal mitbekommen, war entsprechend verschnupft, aber Franz war zuversichtlich, sich ihr nun mit ganzer Kraft widmen zu können. Im Stillen war sich Arno da nicht ganz sicher, die alte Freundin würde wohl nur mit dem kleinen Finger winken müssen, aber nach außen hin bestärkte er Franz in der gewonnenen Haltung, denn es war eine Chance, das Tal der Tränen zu verlassen, und gebe Gott, ohne Wiederkehr.

Über sich sprach Arno kaum. Genauso wie er auch Suzie über den sporadischen, dünnen SMS-Verkehr mit Tonia einfach nichts hatte schreiben können, konnte er auch Franz nichts darüber erzählen. Es hatte ja fast den Charakter einer Fata Morgana und er würde sich wohl ein wenig schämen, wenn er eingestehen müsste, dass ihn diese windige Sache doch so sehr beschäftigte. Also erzählte er lieber nichts.

Arno konnte sich, wieder zuhause, nicht erinnern, wann er jemals mit Franz Abendessen gegangen war, ohne etwas zu trinken, ja, er hätte das früher überhaupt nicht für möglich gehalten. Jetzt aber war der Fall eingetreten und das hieß, dass es durchführbar war und auch in Zukunft sein würde. Sie hatten eine Schwelle überschritten. Arno konnte es kaum erwarten, am nächsten Tag laufen zu gehen.

Die Tage vergingen, und was sie ihm außer Arbeit übrig ließen, füllte er mit Laufen und dem Aufwand davor und danach aus, den er mehr und mehr zu kultivieren begann. Es schuf einfach eine Identität mit dem Sport: die Wahl der Kleidung – Arno hatte inzwischen Zukäufe getätigt –, die äußerliche Anwendung eines Tonikums, dessen ihn lange begleitender Duft, gelegentlich auch sündteure Kraftriegel, Vitamingetränke, immer häufiger Dehnungsübungen, was eben alles so dazugehörte.

Irgendwann, ganz spontan, rief Arno Tonias letzte Botschaft „Sollte ich etwa auch an dich denken?" ab und drückte auf „Antworten".

Ohne großes Nachdenken tippte er ein: „Ja, tu das!" und schickte das ab. Nicht besonders originell, musste er sich sagen, eigentlich eine Kopie ihrer vorletzten Botschaft. Das Wesentliche und zugleich der Unterschied war das Rufzeichen. Aber was würde sie antworten können? Arno fiel auf Anhieb wenig ein. Hatte er dem Dialog jetzt die Leichtfüßigkeit genommen? Hier konnte man ihn abreißen lassen, wenn man seiner überdrüssig war. Arno fühlte sich unbefriedigt. Aber was sonst? Originell sein wollen um jeden Preis? Konnte nicht die bloße Botschaft genügen, mit untergeordneter Bedeutung des Inhalts?

Arno lief sich das Missbehagen von der Seele. Den Termin bei Dr. Borek hatte er verschoben. Er hatte zu einem Zeitpunkt angerufen, an dem er die Anwesenheit des Psychiaters nicht erwartete, und dessen Anrufbeantworter beansprucht: Es gehe ihm gut, hatte er draufgesprochen, was ja nicht falsch war, er ginge schließlich viel laufen, und wolle sich mit der nächsten Sitzung noch etwas Zeit lassen. Er würde zu einem späteren Zeitpunkt mit der Bitte um einen Termin nochmals anrufen.

Es vergingen einige Tage, bis eine Antwort von Tonia eintraf. Arno hatte mit der Frage kämpfen müssen, ob er sich in Hoffnung wiegen oder jetzt schon das Ertragen der Enttäuschung einstudieren sollte. Aber es gab eine Antwort. Sie abzufragen, ließ er sich diesmal wieder etwas mehr Zeit. Auch um sich selbst zu beobachten. Das unangenehme Herzklopfen! Und warum kam dann immer auch dieser leicht metallische Geschmack im Mund dazu? Und doch ließ Arno die kurze, unbestimmte, stille Zeit verstreichen, ehe er die Abfrage drückte.

„Es lässt sich fast nicht mehr verhindern!" stand da zu lesen. Mit Rufzeichen! Und Arno beschloss, sogleich laufen zu gehen. Sein Herz hüpfte! Was für eine Botschaft, die beste von allen! Jetzt nichts überstürzen. Arno wollte sich einfach darüber freuen und sich mit seiner Antwort wiederum Zeit lassen. Mochten die Abstände zwischen den einzelnen Nachrichten länger werden, das sagte nichts über ihre Bedeutung aus. Zwei Tage verstreichen zu lassen, war er gerade in der Lage.

Aber dann konnte Arno nicht an sich halten und rief sie an. Kein SMS, nein, er rief sie wirklich an. Es war früher Nachmittag und er saß auf einer Bank am Stadtplatz von Drosendorf, einer hübschen Kleinstadt, die zu seinem Rayon gehörte. Den ganzen Tag hatte er gekämpft, den Anruf hinauszuzögern, und bald gewusst, dass er den Kampf verlieren würde. Der Entschluss, es zu tun, war in Wahrheit wohl schon früh gefallen, bald ging es nur noch um den Zeitpunkt. Er wusste nicht, wann ihre Arbeitszeit endete, noch, ob sie vielleicht Nachtdienst hatte. Als er aber über den parkartigen, lang gezogenen Platz fuhr, wusste er, dass ihm das jetzt alles egal war.

Aber das Telefon war auf die Box geschaltet. Am liebsten hätte Arno jetzt eine geraucht, ja, das Verlangen war so stark wie seit vielen Tagen nicht.

Es war so lächerlich, er war einer unerträglichen Spannung ausgesetzt als wäre er siebzehn. Wegen so was! Das konnte doch nicht wahr sein! Aber es gab nur zwei Möglichkeiten: Entweder würde er auf der Stelle drei Zigaretten hintereinander rauchen oder ihr etwas auf die Mailbox sprechen. Rasch! Arno entschied sich für die Mailbox, er war wie ferngesteuert.

Als der Piepston erklang, sprach er, und seine Stimme hatte etwas Belegtes, was ärgerlich war: „Hallo Tonia, hier ist Arno! Nur eine simple Frage: Möchtest du mit mir irgendwann, also ich meine in der nächsten Zeit, auf einen Kaffee gehen? Ja, oder überhaupt einmal abendessen? Das wäre doch nett, oder? Ja, also, ruf mich zurück. Oder schick mir eine Nachricht!"

Arno fühlte sich sogleich ausgelaugt und wie gerädert. Jetzt hätte er erst recht rauchen wollen. Es gab schräg gegenüber ein Gasthaus. Er hätte hineingehen können, sicher war dort ein Zigarettenautomat. Er stöberte in seiner Geldbörse nach Münzen, aber er hatte zu wenig, er würde einen Schein wechseln müssen. Und er merkte, dass ihm das zu mühsam sein würde. Ein gutes Zeichen? Er schritt zum Auto, noch schwankend, ob nicht doch, sperrte aber schon auf und fuhr wie von selbst los. Mit einem Mal war die schier unerträgliche Gier nach der Zigarette verflogen. Er war irgendwie losgefahren und erst nach einer Weile bemerkte er, dass er in die falsche Richtung fuhr. Er drehte nicht um, sondern nahm einen Umweg in Kauf. Das Handy schaltete er ab, denn er besaß keine Freisprechanlage und wollte nicht ein durch irgendwelche äußeren Umstände gestörtes Gespräch führen müssen, für den Fall, dass sie jetzt schon zurückriefe.

Später, gegen Abend und schon auf dem Heimweg, sah er nach, aber die Sprachbox war leer. An der Haustür spürte er zum ersten Mal seit langem das Blinken des Anrufbeantworters und seine Ahnung täuschte ihn nicht. Er warf seine Tasche und den leichten Trenchcoat auf die Sitzbank ab, setzte sich vor das Gerät und drückte die Taste.

„Hallo, das ist Tonia. Ich habe heute Nachtdienst im Spital und probiere es später noch einmal. Ciao." Ihre Stimme klang enttäuschend sachlich.

Der Anruf war vor einer guten Stunde erfolgt. Das war unangenehm, Arno wusste, dass er jetzt im Banne des Telefons stehen und ununterbrochen auf ihren Anruf warten würde. Zugleich hatte er das Gefühl, sich nicht wirklich darauf freuen zu dürfen. Eine Situation, wie geschaffen zum Rauchen. Aber Arno hielt tapfer dagegen.

Er musste nicht allzu lange warten. Gegen sieben läutete es.

„Störe ich?", begann sie. Arno verneinte.

„Na gut", sagte sie. „Möchtest du dich wirklich mit mir treffen?"

„Ja, natürlich, sonst hätte ich nicht gefragt."

„Wann ist der Marathonlauf?"

„In ungefähr sechs Wochen."

„Hast du dich schon angemeldet."

„Nein, aber ich sollte es bald tun."

„Treffen wir uns, wenn der Marathon vorbei ist?"

„Also erst nach sechs Wochen?" Arno gelang es offenbar nicht, seine Enttäuschung zu verbergen.

„Es wäre mir lieber, ich fühle mich noch nicht so hundertprozentig."

„Was fehlt dir denn?"

Arno war wohl gezwungen, den Ahnungslosen zu spielen.

„Dieses und jenes, nicht so wichtig."

„Willst du nicht darüber reden?"

„Nein, lieber nicht."

„Also, wir sehen uns erst nach dem Marathon?"

„Ja, wenn es dir nichts ausmacht." Ihre Stimme klang tonlos.

Arno schwieg, dann fragte er leise: „Ist es wegen deinem Mann?"

„Mein Mann? Wegen dem?" Sie machte eine kurze Pause. „Na ja, das spielt vielleicht auch eine Rolle. Genau weiß ich es nicht."

Sie hatte Arno nicht ganz freiwillig einen ganz kurzen Blick auf das Rätsel einer langjährigen Ehe gewährt.

„Ach so", erwiderte Arno, „ich wollte nicht stören."

„Nein", sagte sie, und ihre Stimme hatte zugleich den Anklang von heftig und sanft, „du störst nicht. Ich würde es dir schon sagen, wenn es so wäre."

Arno konnte nur irgendetwas murmeln. Sie setzte fort:

„Wenn es mir irgendwie ausgeht, komme ich zum Marathon und feuere dich an. Natürlich nur, wenn du das willst, einverstanden?"

„Und? Du glaubst, dass es dir ausgeht?"

„Versprechen kann ich es nicht, aber ich werde sehen."

„Na gut. Ich würde mich freuen." Er war im Begriff, das Gespräch zu beenden, mit leichtem Ärger im Blut, von dem er nicht hätte sagen können, gegen wen er gerichtet war.

„Mit wem wirst du denn den Lauf nachher feiern gehen?"

Die Frage kam überraschend.

„Ich weiß nicht", erwiderte Arno. „Vielleicht mit meiner Tochter, aber ich fürchte, sie wird kaum Zeit haben. Eher mit einem Freund. Ich weiß es nicht. Vielleicht werde ich allein sein wollen. Aber wenn du wirklich an der Strecke stehen willst, wo wirst du denn stehen? Kennst du den Kurs?" Arno ertrug es nicht, dass die Gegenfrage, ob nicht sie selbst mit ihm feiern wollte, so schutzlos in der Luft lag, daher der Wechsel.

„Ja, ungefähr", antwortete sie. „Also, wie wäre es beim Hotel Imperial auf der Ringstraße? Das ist schon ziemlich in Zielnähe, aber es sind dort sicher nicht so viele Leute wie im Ziel. Dann können wir uns leichter erkennen."

„Das ist wahrscheinlich eine gute Idee. Also bis dann."

„Moment mal", warf sie noch ein, „schickst du mir weiter ab und zu ein SMS?"

„Wenn du das willst?"

„Ja", sagte sie, „ich freue mich immer!"

„Gut", sagte Arno, „also bis dann."

„Bis dann und alles Gute!" Klick, das Gespräch war zu Ende. Arno fühlte sich völlig erschöpft. Von dem Zauber, den er sich eingebildet hatte, war wenig übrig geblieben, nur Kleinzeug, Höflichkeiten.

Länger als einen Moment glaubte er unbedingt, Zigaretten zu brauchen, aber das verging. Er klammerte sich an sein Alter Ego, den schlanken Läufer aus Boreks Seelenwerkstatt, das half inzwischen fast zuverlässig. Er ging in der Wohnung auf und ab, begann so zu tun, als räume er das Zimmer auf, nestelte da und dort herum, trug Zeitschriftenstapel von einem Platz zu einem beliebigen anderen und benötigte beträchtliche Zeit, um halbwegs wieder zu sich selbst zu finden. Immer wieder kommemorierte er Bruchstücke des Gesprächs mit Tonia, dachte darüber nach, welche Bedeutung einzelne Sätze, einzelne Wörter gehabt haben mochten, sann über deren Betonung nach, über die Pausen und darüber, was er selbst gesagt hatte, was er falsch gemacht haben mochte, ärgerte sich über manches, zu wenig cool, zu wenig gelassen, die üblichen Fehler, von ihr spielerisch aufgeblättert. Und wie ein

Paternoster ratterte das alles in einer Endlosschleife und wiederkehrend durch sein Hirn, als wäre es durch nichts zu beeinflussen.

Aber dann kam doch plötzlich der Riss, und es fiel ihm ein, dass er sich für den Marathonlauf anmelden sollte. Und mit einem Mal saß er vor seinem Laptop und stieg ins Internet ein, wo man die Anmeldung durchführen konnte. Der Weg, den er eingeschlagen hatte, war mühsam, aber er wollte ihn weitergehen, weiterlaufen.

Mit der Anmeldung wurde die Sache ernst. Arno lief inzwischen regelmäßig viermal in der Woche, davon einen langen Lauf in der Lobau, einen kurzen schnellen Lauf in der Prater Hauptallee, dem Läufermekka der Stadt. Die Nähe des Ernst-Happel-Stadions, die zahlreichen anderen Sportplätze gaben der Prater Hauptallee das Flair einer ernst zu nehmendem Sportstätte, nicht zuletzt, weil sie selbst Bestandteil der eigentlichen Marathonstrecke war, wenn nicht sogar, wie da und dort zu lesen stand, die Schlüsselstelle. Es war Boden auf dem, wenigstens theoretisch, Weltrekord gelaufen werden konnte, jetzt aber unter blühenden Kastanienbäumen ein lang gezogener Korso der Bewegungsfreude: Läufer, Radfahrer, Inline-Skater, Schnellgeher und bedächtige Spaziergänger, auf den angrenzenden Wiesen zur einen Hand eine Fußball spielende, bunte Gesellschaft, auf den eingezäunten Sportanlagen zur anderen Landhockey spielende Mädchen in schicken Dressen und Tennis spielende Pensionisten.

Die weiter abseits, in der Parklandschaft versteckten Leichtathletikklubs sandten auch augenscheinliche Spitzenathleten in die Allee, die an den Amateuren vorbeiflogen, als wollten sie mit den gelegentlich unter der für den Pferdesport bestimmten Bahn mit dahinziehenden Sulkies und Reitern mithalten, sodass die Hobbysportler heimlich und bewundernd Maß nehmen konnten. Sehen, was möglich wäre, nicht Resignation, sondern Ansporn.

Arno gab sich mehr und mehr einer ansatzweisen Professionalität hin, er ordnete sein Leben über weite Strecken dem einen Ziel unter: den Marathon zu laufen. Die Absicht hatte sein Leben wirklich geordnet, in seinem Kalender einen immer detaillierteren Trainingsplan eingetragen, sie führte ihn und ertrug es schlecht, wenn er einmal einen geplanten Lauf, was ohnehin selten vorkam, auslassen musste. Er spürte all das, was sooft beschrieben wird: Leichtigkeit, klare Sinne, Leistungsfähigkeit, Gelassenheit. Nur tief in ihm lag eine Schwermut – Traurigkeit wäre zu viel gesagt, die aber seinen Willen, die Sache durchzuziehen, mit einer Art Trotz nährte. Für viele Tage war er jetzt außer Stande, Tonia ein SMS zu schicken. Zu tief war seine Enttäuschung über das letzte Telefonat, zu vage, zu ausweichend schien ihm alles, was sie in allzu ferne Aussicht gestellt hatte. Und doch verging die Zeit.

Dann aber erlebte er im Dunkel, dass er aus wildem Antrieb spontan Matters, jawohl, Matters, ein Email geschickt hatte, das folgenden Inhalts war:

„Sehr geehrter Herr Matters!
Sicher erinnern Sie sich noch an mich. Zunächst möchte ich mich bei Ihnen bedanken, denn wie es scheint, haben Sie meine Kündigung verhindert und mir eine Chance im Außendienst gewährt. Ich bemühe mich nach Kräften, Ihr Vertrauen zu rechtfertigen.

Bei einer meiner Dienstfahrten habe ich nun in einem kleinen Dorf im nördlichen Niederösterreich ein Gasthaus kennen gelernt, einen alten Komplex, dem auch ein stillgelegter Kinosaal angeschlossen ist. Das Ganze wird von einer Gruppe alternativ denkender Menschen mit großem Idealismus betrieben. Genau diesen Betrieb könnte ich mir gut als ersten versuchsweisen Standort für einen Blue-Nile-Coffeeshop, vielleicht in Form eines Internetcafés, vorstellen.

Sie selbst schienen mir ja von dieser Idee eines Dritte-Welt-orientierten Kaffeehauses angetan und, wie ich bemerkt habe, haben Sie das inzwischen auch markenrechtlich schützen lassen.

Ich weiß, dass ein wesentliches Moment fehlt: die Urbanität. Aber gerade in dieser Gegend lassen sich immer mehr Menschen aus der Großstadt in Zweitwohnsitzen, z. B. in alten Bauernhäusern nieder, sodass ein gewisses Publikum zusätzlich zur bodenständigen Bevölkerung vorhanden wäre.

Einen großen kommerziellen Erfolg kann man sich wahrscheinlich nicht erwarten, wiewohl vorstellbar wäre, dass gewisse öffentliche Förderungsmittel dafür mobilisiert werden könnten.

Bitte lassen Sie mich wissen, was Sie von dieser Überlegung halten.

Mit freundlichen Grüßen
Hochachtungsvoll
Arno Ziegler"

Und schon am nächsten – oder war es am selben Tag gewesen? – stand in seiner Mailbox:

„Erwarten sie meine Antwort auf dem Postweg. E. Matters."

Und da saß er nun in dem stickigen Außendienstkontor, wo die billigen Schreibtische Stoß an Stoß standen und Frischenwalder rauchend, ja doch, rauchend, Hektik verbreitete, als Anita – wieso eigentlich Anita? – hereinwehte, mit einem Kuvert herumwackelte und etwas maliziös rief: „Ein Einschreibbrief für einen gewissen Arno Ziegler!" Und nicht ohne viel sagend auf Frischenwalder zu blicken, hinzufügte: „Aus Zürich, von der Konzernleitung!"

Frischenwalder konnte nicht anders, als stirnrunzelnd über die wüste Schreibtischlandschaft hinweg Arno zu fixieren, als dieser das Kuvert öffnete. Ein beschriebener Bogen mit Matters' Briefkopf und noch etwas war drinnen. Arno las zuerst den Bogen.

„Werter Herr Ziegler!" stand da zu lesen.
„In Beantwortung Ihrer elektronischen Nachricht möchte ich Ihnen mitteilen, dass ich mich dem Faszinosum Ihrer Idee weder entziehen kann noch möchte. Dass es sich um ein Unterfangen handelt, welches kommerziell, gelinde gesagt, unvernünftig ist, darüber sind wir gewiss einer Meinung. Man wird aber argumentieren können, dass ein Konzern wie der unsrige sich Experimente leisten kann und, ich betone, auch muss, zumal es gilt, eine ganz gewisse, zweifelsfrei aber Kaffee

trinkende gesellschaftliche Szene zu bedienen. Das ist ein Ar-
gument, nicht mein persönlicher Antrieb, denn meine Sympa-
thie gehört der Idee. ,Seien wir Realisten, denken wir das
Unmögliche.' Hat das nicht Ihre Generation so apostrophiert?
Che Guevara, habe ich Recht?

Um es kurz zu machen: Ich möchte die Sache gerne mit
Ihnen persönlich besprechen und darf sie daher einladen, nach
Zürich zu kommen, auch um ein verlängertes Wochenende,
gern in Ihrer geschätzten Begleitung, was aber selbstverständ-
lich Ihnen freisteht, zu verbringen.

In der Anlage finden Sie den vorgeschlagenen Zeitplan so-
wie zwei Flugtickets. Ich habe mir erlaubt, ein Doppelzimmer
reservieren zu lassen. Selbstverständlich erwachsen Ihnen kei-
ne Spesen. Das Büro von Herrn Flury werde ich unprätentiös
in Kenntnis setzen lassen, sobald Sie mir elektronisch und
formlos ihr Kommen, dem ich mit Freude entgegensehe, zu-
sagen.

Mit freundlichen Grüßen
E. Matters"

Arno war paff. Aus dem Kuvert rutschten die Tickets und ein
weiterer Bogen.

„Zeitplan für Herrn Ziegler, Datum.

- *Ankunft Zürich Kloten.*
- *Einchecken Hotel Baur Au Lac.*
- *Besprechung in der Firmenleitung.*
- *Gemeinsames Mittagessen, Restaurant wird noch bekannt*
  gegeben.
- *Nachmittag zur freien Verfügung.*
- *Schauspielhaus Zürich, ggfs. in Begleitung.*
- *Gemeinsames Abendessen, ggfs. in Begleitung, Restaurant*
  wird noch bekannt gegeben.
- *Abschließende Besprechung in der Firmenleitung.*
- *Restlicher Tag sowie Sonntag zur freien Verfügung.*
- *Abflug Zürich Kloten.*

Wir bitten Herrn Ziegler, anfallende Rechnungen nach seiner Rückkunft bei seiner Heimatdienststelle zwecks Rückerstattung der Kosten einreichen zu wollen.

Gez. Gittershausen, ChSekr."

Arno konnte sich noch erinnern, dass Frischenwalder, der inzwischen schon halb hinter ihn getreten war und den Hals reckte, sagte: „Na, was haben wir denn da?" Dann sah Arno auf die fahl von der Straße her beleuchtete Zimmerdecke. Sein erste Gedanke war: Er würde Tonia fragen, ob sie mitfliegen wollte. Welches Datum? Doch, das war der Freitag nach dem Marathon! Wunderbar! Ja, er würde mit Tonia hinfliegen! Sie würde sich freinehmen, er war sich ganz sicher! Alles würde neu werden, alles. Für ihn, für sie, für die Menschen aus Pöllmannsreith. Und für Matters.

Für Matters?

Wieder die Zimmerdecke, das Muster, geworfen aus Schlagschatten, das Fensterkreuz, die Vorhänge. Hatte er fantasiert, war es ein Traum gewesen? Und wieder Tonia, die – wie hieß das? – die Begleitung! So lange es noch ging, gab sich Arno der Illusion hin, und es ging noch eine erstaunliche Weile, in Wellen.

Dann war er mit einem Mal putzwach. Und mit einem Mal stand er im Wohnzimmer, knipste das Licht an, denn draußen war noch Nacht, und sah in seinen Kalender. Wann konnte er wieder in Pöllmannsreith sein?

Zum Wochenende wollte er nicht hinfahren, auch nicht am Freitag. Zu groß war die Gefahr, dort zu versumpern. Das konnte, wollte er sich nicht leisten, nicht jetzt, nicht vier Wochen vor dem Marathon! Also wann dann? Nächsten Dienstag, da lag die Tour irgendwie auf dem Weg. Er musste mit den Leuten reden. Er ging wieder zu Bett. Er konnte nicht mehr einschlafen. Was hatte er getan, vielmehr, was hatte er unterlassen? Hoffnungen geweckt und alles wieder verschlafen! Ein Wink des Schicksals! Ja, er würde es genauso tun wie im Traum! Und alles würde wieder genauso sein! Er würde Matters das Mail schicken. Und Matters würde genauso reagieren.

Auch, als Detail, Frischenwalder! Alle! Und Tonia! Bis Dienstag warten? Doch! Das würde es aushalten! So ein Hinweis würde das aushalten. Arno spürte ein Glücksgefühl. Ja, so würde es sein.

Er sah auf die Decke. Das Fensterkreuz. Siehst du die Schrift dort an der Wand? Ja er sah sie. Alles wird neu werden!

Sein Training blieb ungebrochen, nein, es wurde besser, viel besser. Er wusste genau, was er zu tun hatte. Es beflügelte ihn. Jetzt noch kein SMS, es war noch zu früh, aber er würde wieder eines senden. Den Gedanken, dass sie selbst aktiv werden könnte, aber unterließ, verdrängte er jetzt besser als zuvor. Vielleicht war sie sich noch zu unsicher. Hatte sie nicht Brustkrebs gehabt? Na also, es lag an ihm, die Sache wieder aufzunehmen, in Schwung zu halten. Am Dienstag. Dann.

Die Zeit verstrich und es wurde Dienstag. Nachmittag, nicht zu spät. Arno rollte über dieselbe Strecke. Die Anhöhe, die Bank. Die Versuchung von dort, genau von dort wieder ein SMS zu schicken. Ein Tag im April, nicht zu warm, nicht zu kalt. Wolken, aber kein Regen. Sonne, aber sie strahlte nicht. Alles war in brauchbarer Mittellage.

Er erreichte Pöllmannsreith, die Ortstafel. Kinder auf der Straße, die Kinder von Pöllmannsreith, es gab noch welche. Und drei, vier Gänse, auch solche gab es noch. Hier, in Pöllmannsreith. Bald würde es Blue Nile Coffee geben, auch hier. Gerade hier. Und es würde passen. In Pöllmannsreith.

Der Wagen kroch die Anhöhe hinauf. Arno war zu faul, in die Zweite zu schalten. War ja auch ein Diesel. Handelsvertreter fuhren schon immer so was.

Längst noch keine Dämmerung, schon Sommerzeit. Keine Lichter. Auch nicht im Wirtshaus. Auch nicht im Wirtshaus? Jetzt doch die Zweite. Arno schwenkte zum Parkplatz. Das Wirtshaus dunkel? Auch drinnen. Arno stieg aus. Ruhetag?

Die Türe, die Fenster geschlossen. Die Bierreklame blind. Von weitem sah er den Zettel an der Tür. Siehst du die Schrift dort an der Wand? Kennst du das in der Magengrube? Arno ging hin.

„Der Gastbetrieb ist geschlossen. Wir haben aufgegeben, denn es war nicht mehr wirtschaftlich zu führen, und danken unseren treuen Gästen." Intellektuell, irgendwie.

Arno sah verzweifelt durch ein Fenster. Dunkel und leer. Selbst Tische und Sessel schienen zu fehlen. Die Schank, schemenhaft, aber tot. Er ging ums Haus, alles verrammelt. Auch kein Kinderspielzeug, nur ein zertretener Plastiksieb, ein Sandspielzeug, blau, lag im Gras. Selbst die Wäscheleine fehlte. Mit Mann und Ross und Wagen. Und alles so schnell.

Arno probierte Türen. Alle zugesperrt. Er trat zurück, vielleicht noch ein offenes Fenster? Nein, nur ein zerbrochenes. Weißt du, was trostlos heißt?

Arno ging langsam ums Haus, zum Parkplatz zurück. Weißt du, was weiche Knie sind?

Jetzt dunkelte es leicht. Waren das finstere Wolkengebirge oder war es schon der Abend? Er gewahrte das Gebäude weit vis-a-vis, jenseits des Parkplatzes, jenseits der Straße. Die großen Alufenster. Ja, das Gemeindeamt. Es brannte Licht. Jetzt schon. Natürlich, es dunkelte ja auch. Arno drehte sich noch einmal um, hier sollten die Lichter brennen, die lockenden, die Lichter eines Dorfwirtshauses, die Seele des Dorfes. Und die Lichter des Blue Nile Coffee. Alles verschlafen?

Arno ging auf das Alufenster zu, ging hinein ins Gemeindeamt. Hemdsärmelig ein stark behaarter junger Mann. Er war freundlich, wenn auch sichtbar beschäftigt.

„Ja?" Er sah von der Arbeit auf. „Das Wirtshaus? Ja, leider. Die haben es auch nicht geschafft. Na, einfach von heute auf morgen. Na ja, komisch waren die schon ein bisschen. Aber in Ordnung. Vor allem die Preise. Aber das ist ja das Problem. Verstehen Sie? Billig sein wollen, gut sein wollen, man kann es nicht allen recht machen. Es fehlt halt der Background, verstehen Sie. Wir bemühen uns. Aber Sie sehen ja, was hier los ist. Nichts ist hier los. Glauben Sie, ich will hier alt werden? Das sage ich aber nur, weil der Bürgermeister schon fort ist. Er kommt eh nur zweimal in der Woche. Wozu auch.

Adresse? Hab ich schon eine. Aber keine Angst, die kommen nicht mehr wieder. In alle Winde, sollen ja auch viel gestritten haben. Ich sag Ihnen einmal etwas, im Vertrauen: Ganz ins Dorf haben die nicht gepasst. Gibt genug, die auch froh sind, dass die wieder weg sind. Schon. Man muss sich halt auch anpassen können. Bissel wenigstens. Na, andrerseits, waren da auch zwei, die Anwärter werden wollten, bei der Feuerwehr. Na ja, wär vielleicht gegangen, brauchen ja Leute, schon auch wegen dem Bier. Aber was können die schon ausgeben, auch als Wirtsleute? Haben ja selber nichts gehabt. Und dann ein Wirtshaus führen. Hat halt nicht zusammengepasst. Wollen sie die Adresse?"

Arno zögerte. „Nein, danke." Er verabschiedete sich. Im Gehen dachte er an die Frau, die war hübsch gewesen. Am Treppenabsatz zögerte er. Dann schlurfte er langsam zum Wagen, der vor den dunklen Fensterhöhlen des Wirtshauses auf dem kleinen Parkplatz wartete. Eine rostige Blechtafel, kreisrund: Fanta. Und: Nur für Gäste.

Arno setzte sich ins Auto, konnte aber längere Zeit nicht wegfahren. Er musste die Wagentür offen lassen und saß im Fahrersitz, kalt und feinperlig schwitzend, es war ihm leicht übel. Die beleuchteten Fenster des Gemeindeamtes jenseits der Straße, die leicht abfiel, das Dorf, das sich ins Tal hinunterduckte, die kälter werdende Luft, das rostige Fantaschild. Im Rücken wusste er das tote Gasthaus, das er noch vor einigen Wochen hell erleuchtet erlebt hatte, dessen Gerüche er wahrgenommen hatte, nach Bier und warmer Küche, nach Rauch und schwer arbeitenden Menschen und unter dessen Dach er Tonias Nachricht „Tu das!" erhalten hatte, eine Nachricht, die jetzt nur Wehmut auslöste, denn sie schien längst überkommen.

Aber genau das war es ja: Er war mit sich, immerzu mit sich beschäftigt, seinen Gefühlen, Süchten und Sehnsüchten, seinen Obsessionen und Befindlichkeiten und hatte einfach verdrängt, dass es da jemanden gegeben hatte, dem er hätte helfen können. Hätte er können? Er hätte es versuchen und sich dementsprechend vor Matters und dann unvermeidlicherweise in der ganzen Firma bis auf die Knochen blamieren können. Blamieren? Wieso eigentlich? Die Blue-Nile-Coffee-Idee hatte er ja schon bei jener Sitzung, als noch Suzie da war, geäußert. Sie wussten alle, das er solche Ideen hatte, er war schon abgestempelt, er hätte nur gewinnen können. „Wenigstens konsequent ist er", hätten sie gesagt, Anita zu Frischenwalder zum Beispiel.

So aber? Arno blickte in den Rückspiegel, sah das dunkle Gebäude hinter sich und konnte dessen Nähe mit einem Mal nicht mehr ertragen. Von irgendwo drang der Geruch nach Erde zu ihm, als er die Wagentür zuschlug. Er startete, und die feuchten Steine knirschten, als er, ohne sich umzusehen, den Parkplatz verließ.

Für die nächsten Tage war ihm die Freude am Laufen ziemlich abhanden gekommen. Hätte er nicht seinen Plan im Kalender Tag für Tag im Voraus und bis zum Marathonstag genau eingetragen gehabt, hätte es leicht sein können, dass er alles hingeschmissen hätte. So aber hatte er einen Leitfaden, der ihm irgendwie half, zu streng jedenfalls, um übergangen zu werden. Auch sein Läuferbild im Geiste beschwor er, was jetzt mühsamer als sonst war, aber dann meistens doch gelang. Während dieser zähen Tage traf er sich mit Franz und erzählte ihm die ganze Geschichte, einschließlich des Traumes, der ihn veranlasst hatte hinzufahren, nach Pöllmannsreith, um dort entsetzt vor den vollendeten Tatsachen zu stehen. Er redete und redete und sein Freund hörte lange zu. Dann sagte Franz: „Wenigstens hast du noch Illusionen."

Sie tranken Mineralwasser und rauchten beide nicht. Franz fügte hinzu: „Der Marathonlauf wird keine Illusion bleiben, der wird Wirklichkeit werden."

„Ja, das möchte ich!", sagte Arno.

Zwei Tage später erhielt er ein SMS von Tonia. Der Text war, wie anscheinend immer bei ihr, sehr kurz. „Wie läuft's?" stand da geschrieben. Aber für Arno, der von Tag zu Tag matter und lustloser gelaufen war, bedeutete diese Nachricht den neuen Impuls, den er so dringend benötigte. Nur zwei Worte, aber es lief wieder bei ihm, und so konnte er wahrheitsgemäß drei Tage später – so viel Zeit ließ er sich – antworten: „Wenn ich weiß, dass du an mich denkst, läuft es gut!"

Hatte er da nicht schon wieder zu viel von sich hergegeben? So viel, dass die Spannung, die wenigstens für ihn und, wenn auch nicht zwangsläufig, vielleicht auch für sie in der Luft lag, wieder zusammenbrechen musste?

Es gelang ihm, sich mehr und mehr in einen Zustand des Gleichmutes zu begeben, in dem ihn solche Überlegungen, die dem Wesen nach Taktik waren, nicht mehr irritieren konnten. Er wusste inzwischen, was positives Denken, Selbstmotivation und wohlmeinende Autosuggestion vermochten, Sport und sein mentaler Hintergrund. Er hatte Artikel über den Kick und den Flow gelesen. All die Bestseller, die zum Thema Laufen, Fitness und Wellness in den letzten Jahren erschienen waren, konnten mit seiner Kenntnis rechnen, wenigstens vom Durchblättern in Buchhandlungen her, Gelegenheiten, die er freilich auch suchte, um sich in süßer Grausamkeit einem scharfen Gemisch aus echter Ferne und geträumter Nähe zu Tonia zu versetzen. Damals, im Winter, in Boreks Bannmeile, über die Büchertische hinweg, wie sie aufsah, ihr Lächeln.

Seine Arbeit erledigte er mit flüssiger Routine. Der im Basisgeschäft so wichtige Tratsch- und Plauderton freilich kam ihm nicht mehr so leicht wie früher über die Lippen. Dann und wann aber traf er auf jene gewissen Menschen, leicht gebräunt, etwas hohlwangig und hellwach mit leuchtenden Augen, und wie eine eigene Spezies unter Fremden erkannten sie sich als dem Laufsport Verschriebene und konnten, wenn es sich fügte, mit Hingabe über ihre Erfahrungen reden, am Buffet einer Tankstelle oder im Mief einer Werksküche. Öfter geschah es dann, dass sich Arno ausgesprochen überstürzt aus der Fachsimpelei verabschieden musste, weil er um ein Haar den nächsten Termin sonst verplaudert hätte.

Wenn nicht gerade ein langer Lauf in der Lobau oder ein schneller in der Praterhauptallee auf dem Programm standen, lief er meistens im Schlosspark von Schönbrunn. Die schon in ziemlich dichtes Grün gefassten, französisch geschnittenen Alleen, die steinernen Figuren aus langsam der Vergessenheit anheim fallenden Sagen der Antike, die lachenden, bunten japanischen Touristinnen, die alten Herren, die mit auf dem Rücken verschränkten Armen vor weitläufigen Blumenbeeten ihren Gedanken nachhingen, der wilde Geruch und das Brüllen der Tiere aus dem alten Zoo, Liebespaare in allen Stadien der ersten Annäherung, Kinder in ihren ersten, nicht immer von Tränen verschonten Gehversuchen. Und immer wieder Läuferinnen und Läufer, sich überholend, sich begegnend. Tonia begegnete er nie, aber er wusste, dass es sein konnte, und das allein trug seinen Lauf über den Boden wie auf keiner anderen Strecke sonst.

Arno befand sich nicht nur immer öfter, wenn er lief, in einem Zustand, den man gut als Trance beschreiben könnte, nein, auch die restliche Zeit fühlte er sich zunehmend abgehoben. Er konnte jetzt an die 30 Kilometer in wenig mehr als zweieinhalb Stunden laufen, was eine Marathonzeit von dreidreiviertel Stunden erwarten ließ. Das Ziel, unter vier Stunden zu bleiben, schien durchaus realistisch zu sein. Den Empfehlungen in der Literatur, im Training keinesfalls mehr als 30 Kilometer zu laufen, entsprach er. Die letzten 12 Kilometer sollten dem großen Tag vorbehalten bleiben. Durchtrainiert sein, ein Bewusstsein, das ihn mehr und mehr zu durchdringen begann und ihm eine Leichtigkeit und ein Leuchten vermittelte, das ihm nicht nur von anderen bestätigt wurde, sondern auch tief nach innen strahlte. Es machte ihn immun, nicht nur gegen den landesüblichen Unbill von außen, sondern auch gegen die Gefährlichkeit und Unberechenbarkeit seiner eigenen Gefühle. Ja, er fühlte sich abgehoben und dankbar.

Dass Tonia sich nicht rührte, nicht mehr auf sein letztes SMS hin, vermochte ihm nichts mehr anhaben zu können. Er empfand es vielmehr als eine geheime, verschwörerische Abmachung zwischen ihr und ihm, dass jetzt, in den letzten Wochen vor dem Marathon, keine Botschaften mehr ausgetauscht wurden. Er war sich gewiss, am Tag davor würde er von ihr die wichtige, unmittelbare, entscheidende Nachricht bekommen, den Angriffsbefehl gewissermaßen, und dass er sich sicher sein konnte, sie würde hinkommen und mit ihm feiern, die Schranken, alle würden sie fallen. Jetzt verlieh das Schweigen dem Kommenden die nötigen Kräfte. Arno glaubte das manchmal in einer Intensität zu spüren, die fast schmerzhaft war.

Seine Sinne, seine Sensibilität überhaupt waren gesteigert, seine Empfänglichkeit, seine Offenheit für Spiritualität. Oder war es bloß seine Einbildungskraft? Aber auf welchen Pfeilern sonst stand sein Leben, Familie, Partnerschaft, Erfolg im Beruf, Vermögenswerte? Wenn sich also Spiritualität in seinem Leben breit machte, musste sie dann nicht höchst willkommen sein, musste er ihr nicht sogleich tragende Funktion zuweisen? Und es gab ausreichend Beispiele, wo er sie mehr und mehr erleben konnte, Situationen, in denen er sie noch vor Monaten übersehen hätte.

Auf wenig frequentierter Strecke etwa das Begegnen eines anderen Läufers, die Hand zum Gruß heben, die Erwiderung, und Arno hatte öfter das Gefühl, es würde Energie von einem zum anderen strömen, und zwar in der Weise, dass es mehr wird, anders als bei materiell gebundener Energie, wo es immer auch zu Verlusten kommt. Als würde sich die spirituelle Energie im Austausch vermehren, weil sie sich erst richtig entfaltet und zwar durch den simplen Gruß, und wie durch etwas Göttliches verstärkt, eben dann, wenn sie sich einem anderen widmet. Wie in der Bibel, *„wo zwei oder drei in meinem Namen beisammen sind, bin ich mitten unter ihnen"*. Jedenfalls empfand er manchmal, bei solchen Begegnungen, wenn sich die Blicke zweier Läufer trafen, ein Gefühl von intensiver Wärme und Verbundenheit. Freilich gab es auch genau das Gegenteil, Läufer, die seinen Gruß ignorierten oder mit einer Geste erwiderten, die deutlich zu erkennen gab, wie lästig ihnen das Grüßen war. Eine Ausstrahlung von Kälte, die Arno stets als Entweihung einer höheren Sache, der mystischen Seite des Laufsports nämlich, empfand und die ihn minutenlang spürbar unrund weiterlaufen ließen.

Und ehe er es sich versah, war die letzte Woche vor dem Marathon angebrochen. Arno verhielt sich den üblichen Empfehlungen entsprechend und nahm sein Laufpensum stark zurück. War er im letzten Monat um die siebzig Kilometer pro Woche gelaufen, so lief er jetzt nur noch jeden zweiten Tag und dann höchstens eine Stunde lang. Er merkte, wie das Ereignis nun immer stärker von ihm Besitz ergriff und das Entgegenfiebern und Entgegenzittern immer spürbarer wurden. Widerstandslos ließ er sich in den Bann der Sache ziehen, die unausweichlich Stunde um Stunde näher kam. Er bemerkte auch, wie in ihm nach Wochen der Funkstille, was Tonia betraf, die Sehnsucht nach der ultimativen Botschaft anschwoll und er nun immer häufiger sein Handy aus der Brusttasche hervorzog, um sich zu vergewissern, ob er nicht doch etwa eine Nachricht oder einen Anruf versäumt hätte, obwohl das üb-

licherweise so gut wie nie vorkam. Sein Gefühl, was den Anrufbeantworter zuhause betraf, verließ ihn in diesen Tagen zur
Gänze. Er konnte nun nicht mehr an der Wohnungstür sagen,
ob da eine Nachricht gespeichert war oder nicht, zu sehr vib-
rierte es in ihm, wenn er sie aufsperrte in seiner immer unerträglicher werdenden Erwartung. Dann musste er sich immer
wieder selbst beruhigen: Es ist ja erst Dienstag, es ist ja erst
Mittwoch.

Freitag beendete er seine Außendiensttour schon zu Mittag
und fuhr zum Messegelände, wo in einer der Hallen die Startnummernausgabe bereits in vollem Gange war. Es gab auch
eine Ausstellung, Stände mit Sportartikel, Laufschuhen, Ac-
cessoires, alle wichtigen Marken waren vertreten. Ein Radio-
sender spielte Musik und machte Interviews. An einigen Ständen luden Reiseveranstalter zu anderen Läufen in allen Teilen
der Welt ein, es wurde für den New-York-City- und den Ber-
linmarathon geworben. Auch Venedig war vertreten. Da und
dort, bei Ständen, wo es Gratismüsliriegel und Kostproben von
isotonen Sportgetränken gab, herrschte leichtes Gedränge. Viele führten die weißen Plastiksäcke mit sich herum, die man bei
der Startnummernausgabe bekam. Manche trugen schon Trai-
ningsanzüge und Laufschuhe, so als ob es gleich und nicht erst
in zwei Tagen losginge. Das erinnerte Arno an die Zeit der
Schulschikurse, als manche Mitschüler schon am Bahnhof im
Schidress und die Schibrille auf dem Kopf erschienen, auch um
dieselbe dann bei geöffnetem Waggonfenster im Fahrtwind des
Zuges auszuprobieren.

Auch Arno hatte sich seine Startnummer und so einen Plastiksack besorgt, der nicht nur Informationen, kleine Werbe-
geschenke und Gratisnummern von Sportmagazinen enthielt,
sondern auch für das Aufbewahren der Straßenkleidung vorgesehen war, die am Start abgegeben und am Ziel wieder abgeholt werden konnte. Er hatte sich an dem Schalter angestellt,
wo die Computerchips gegen Kaution und Leihgebühr ausge-
geben wurden, die man sich, einem ausgestellten Muster entsprechend, am Laufschuh befestigen sollte, was für die Zeit-
nehmung unerlässlich war. Dann schlenderte er zwischen den
Kojen der Schausteller, trank einen Vitaminsaft, ließ sich den

Blutdruck messen und blätterte in Büchern über die schönsten Marathonstrecken der Welt und richtige Ernährung für Ausdauersportler. Die Stimmung war heiter, aber zugleich doch von einer gewissen Ehrfurcht getragen, das merkte man. Arno ließ sie willig in seine geöffnete Seele einströmen, er wollte alles richtig machen. Nur ab und zu sah er auf sein Handy, überflüssig, denn es war hier nicht so laut, dass er das Signal hätte überhören können.

Als er gerade die Halle verlassen wollte, läutete es. Es war Tina. Sie war gerade im Begriff, mit Karin und deren Freund in die Steiermark zu fahren. Jener besaß dort ein Wochenendhaus und es sei ja schönes Wetter angesagt, wie Karin betont habe, kein Grund, in der vom Marathon paralysierten Stadt zu bleiben.

„Was heißt eigentlich paralysiert?", wollte Tina dann doch auch wissen, obwohl sie ja ihre Mutter zitiert hatte.

„Gelähmt, glaube ich", antwortete Arno. Ja, Tina tat es Leid, sie wäre gerne dageblieben und hätte ihn angefeuert. Aber sie durfte eine Freundin mitnehmen in die Steiermark, und dort sei es wirklich sehr, sehr schön. Aber nächstes Jahr dann, sicher wird er nächstes Jahr wieder laufen. Aber für jetzt alles, alles Gute, „Pass auf dich auf, Vati, ich brauch dich!"

Wenn sie so etwas sagte, stiegen ihm sofort Tränen auf und er musste schlucken.

Arno fuhr mit seinem Plastiksack nachhause. Er las die Anweisungen und Empfehlungen für den Lauf, richtete seine Sachen her, keine frischen Socken, die gut eingelaufenen Schuhe, Short und Leiberl. Morgen Samstag wollte er noch einen Lockerungslauf machen, zwanzig Minuten in Schönbrunn, mehr nicht, mit denselben Socken natürlich. Am späten Nachmittag würde dann die so genannte Kaiserschmarrenparty im Rathaus steigen, anderenorts auch Pastaparty genannt, das wusste er aus der Literatur, die Kohlenhydratbeladung, das Auffüllen der Glykogenspeicher, damit dem Organismus so lange wie möglich diese günstigste Form der Energiebereitstellung zu Verfügung stünde, Arno hätte inzwischen darüber ein Kurzreferat halten können. Er legte die Startnummer sorgfältig auf den Tisch, daneben die Sicherheitsnadeln, mit denen sie befestigt werden sollte, alles in dem Plastiksack zu finden. Er überlegte, ob er sich Pflaster für die Brustwarzen zurechtlegen sollte, wie es empfohlen wurde. Da er aber derartige Beschwerden nur ansatzweise kannte, glaubte er darauf verzichten zu können. Auch für die Füße brauchte er nichts dergleichen, denn gottlob bekam er auch auf langen Strecken längst keine Blasen mehr. Auch seine Haut war sozusagen trainiert. Zum Frühstück, übermorgen, würde er ein Honigweckerl und vielleicht einen der gehaltvollen Ernergieriegel, von denen er auf der Ausstellung einige als Kostprobe erworben hatte, zu sich nehmen.

Es hielt ihn nicht zuhause, zu unruhig war er. Natürlich konnte er sie anrufen, ihr ein SMS schicken. Aber war nicht sie dran? Nein, morgen würde sie sich rühren, morgen, am Tag vor dem Lauf. Am späten Vormittag, das war die Zeit, die sich für so etwas anbieten würde.

Arno fuhr in die Stadt, flanierte ziellos umher, um schließlich an einem Tischchen vor einem gut besuchten Kaffeehaus zu landen. Es war warm und man konnte schon Frauen in leichten Sommerkleidern sehen. Arno trank einen Apfelsaft und studierte das Kinoprogramm. Kein Film wollte ihn so richtig anlachen. Aber hier, in dem Straßencafé, wo die wiegenden Hüften in kurzen Röcken und die nackten Beine in schicken Schuhen ins Auge sprangen, aber nichts, nicht das Geringste, wie er merkte, mit ihm zu tun hatten, wollte er auch nicht bleiben, und so entschied er sich für einen moderaten Actionfilm, Hollywood Mainstream, und das Kino, wo man den Film gab, war in der Nähe, die Vorstellung begann bald. Wenn sie vorbei wäre, würde es dunkel sein und er konnte nachhause fahren. Dann würde er sich niederlegen und lesen, bis ihm die Augen zufielen. Den nächsten Abend, den letzten vor dem Lauf, würde er besser zubringen, er hätte dann schon ihre Nachricht und würde sich auf den folgenden Tag freuen können. Er sah sich am Start, er konnte sich alles gut vorstellen, und dann auf der Strecke, er würde alles genießen, die Wienzeile, die Mariahilferstraße, den Weg den Donaukanal entlang, den Prater, schließlich die Hauptallee. Und immer wieder würde er sich freuen können. Einen Kilometer vor dem Ziel war das Hotel

Imperial, dort würde sie stehen, er würde sie schon von weitem sehen. Und mit beiden Armen würde sie winken: „Hopp, Arno, hopp!" Und sie würden sich anlachen, anstrahlen, und es würden ihm alle Mühen wie nichts vorkommen.

„In einer Stunde im Café Kruzenshtern!", würde er ihr zurufen.

„Ja", würde sie lachend zurückrufen, „lass mich nicht zu lange warten!"

„Ich eile!", und sein Lauf wäre bis ins Ziel getragen wie auf Engelsschwingen. Wie oft hatte er sich das schon mit Hingabe vorgestellt, immer wieder an Details feilend. Immer wieder gegen die Angst ankämpfend, es könnte nicht so kommen. Der Platz beim Hotel Imperial wäre leer. Dann würde sie vielleicht an der Oper, am Burgkino, an der Bellaria stehen. Erschöpft, aber ruhelos würde sein Auge die Zuschauerreihen absuchen.

Und wenn sie nicht da wäre? Nein, ins Ziel würde er es schon schaffen. In sein Glück über den Erfolg würde sich freilich eine große Traurigkeit mischen. Er wollte es sich nicht vorstellen, aber er wusste, dann würde er wohl allein ins Kruzensthern gehen, auf ein Bier, oder dann wohl auch auf mehrere. Immer noch darauf hoffend, sie würde kommen, vorausgesetzt, sie würde morgen anrufen und sie könnten sich das so ausmachen, das Kruzenshtern. Wenn sie aber morgen anriefe, um ihm zu sagen, dass sie nicht käme? Ob er den Marathon überhaupt würde laufen wollen? Endlich wurde es dunkel und der Film begann. Er hatte es geschafft und würde den Tag ohne groben Fehler beenden können.

Samstagmorgen, der letzte Tag vor dem Marathon. Arno war zeitig aufgewacht und versuchte, nichts zu denken, was ihn irgendwie aus dem Gleichgewicht hätte bringen können. Als das nicht ganz gelingen wollte, knipste er das Licht an, denn es war noch halbdunkel. Er griff nach dem Buch, das er gestern vor dem Einschlafen gelesen hatte. Immer wieder musste er Absätze, ja ganze Seiten ein zweites Mal lesen, denn es wollte oft nichts hängen bleiben, und er verlor immer wieder den Faden. Erst nach einer Weile wollte sich die Geschichte, wie das beim Lesen so sein soll, von selbst erzählen. Arno las bei gutem

Wind über die Seiten segelnd bis in den frühen Vormittag hinein.

Dann frühstückte er und zog sein vorbereitetes Laufdress an. Mobil- und Festnetz, beide Verbindungslinien zur Außenwelt, waren stumm geblieben. Aber es war ja noch Zeit genug. Arno fuhr nach Schönbrunn. Es würde ein warmer Tag werden, auch morgen, man würde viel trinken müssen. In den alten Parkalleen glitzerten die Sonnenstrahlen auf dem sandigen Boden im Schattenspiel von leichter Brise und dichtem Blattwerk. Es waren etliche Läuferinnen und Läufer unterwegs, die meisten wohl in der gleichen Absicht wie Arno: einen kurzen, leichten Lockerungslauf zu absolvieren. Man sah sich an, man lächelte sich leise zu, es gab ein unausgesprochenes Gemeinsames an einer verschwommenen Grenze von Ernst und Heiterkeit. Arno benutzte wie immer dieselbe Parkbank in der Nähe des Palmenhauses für Dehnungsübungen, die er diesmal besonders zelebrierte. Dann fuhr er nachhause. Auf seinem Handy, das auf dem Tisch neben der Startnummer lag, war ein Anruf registriert. Ein kurzes Hitzegefühl. Als er sah, dass es Franz gewesen war, war er nicht nur etwas enttäuscht, sondern auch erleichtert: noch war die Spannung vorhanden, noch konnte er sich auf der süßen Seite der Unruhe aufhalten. Er rief Franz zurück. Franz war aufgeräumt und aufgeregt. Ja, er würde selbstverständlich an der Strecke stehen, er habe sich den Plan schon angesehen und würde sich im Bereich der Prater Hauptallee aufhalten, wo man die Läufer ja mehrmals zu sehen bekäme und also auch anfeuern könne. Seine neue Freundin werde mitkommen, sie freue sich auch schon. Ja, sie sei ganz anders. Gott sei Dank. Und nachher auf ein Bier? Arno zögerte.

„Da kommt vielleicht auch noch jemand, kannst du dir vorstellen ...“

„Lass mich raten, die Anästhesistin, von der du immer so ganz vage sprichst?“

„Ja, das heißt, ich weiß noch nicht genau, ob sie kommt, sie ist verheiratet ...“

„Aber wenn sie kommt, wärst du gerne nachher mit ihr zu zweit, stimmt’s?“

„Na ja, so kann man das sagen, ja …"

„Wer sollte das nicht verstehen! Aber kein Problem, ruf mich nachher einfach an. Wenn sie nicht kommt, dann feierst du eben mit uns, einverstanden?"

„Wenn es was zu feiern gibt!"

„Wieso sollte es nichts zu feiern geben?"

„Wenn ich es nicht schaffe?"

„Du wirst es schaffen, und erst recht mit unserer Unterstützung!"

„Na gut", sagte Arno, „dein Wort in Gottes Ohr!"

Bevor Arno den Laufdress ablegte, um zu duschen, trat er vor den Spiegel. So würde sie ihn sehen, nicht übel sah er aus. Er drehte sich zur Seite, um sich zu bestätigen, dass er ziemlich schlank geworden war. Er stellte das spiegelwärts gewandte Bein auf die Zehenspitzen und ließ die Muskelzüge spielen. Nein, es war nicht schlecht, und besser würde es nicht mehr werden. Er wollte zufrieden sein. Jetzt kam es darauf an, einfach nichts mehr in Frage zu stellen, jetzt war nichts mehr zu ändern, so würde er den Lauf aufnehmen. Arno legte sein Gewand, das kaum verschwitzt war, dennoch sorgfältig zum Trocknen über die Sessellehnen. Alles war gewissermaßen eingelaufen.

Dann legte er sich für eine kurze Weile aufs Bett, schloss die Augen und versuchte, das Mammut, den Läufer zu imaginieren. Das wollte nicht recht gelingen, ständig lauschte er, ob das Handy, das Telefon, beide im Wohnzimmer, nicht läuteten. Er ging einen Schritt weiter und stellte sich Boreks Stimme vor, nicht einmal genau, was er sagte, bloß seine Stimme, jetzt klappte es, und Arno verfiel in jenen wunderbaren Zustand der Schwerelosigkeit. Er war nur noch staunender Genießer seiner eigenen Atemzüge, nur das.

Irgendwann schlug er die Augen wieder auf, und erst nach einer Weile merkte er, dass ihm leicht kalt war, nackt, wie er auf dem Bett lag. Er ging ins Badezimmer, rasierte und duschte sich. Er trug den teuersten Duft auf, den er hatte, dann fiel ihm ein, dass er die Bettwäsche wechseln wollte, für den Fall, dass sie morgen nachher zu ihm käme. Wenn er eine Nacht darin gelegen wäre, würde es nicht so nach Absicht, nach Berechnung aussehen. Er zog die schwarzen Hosen eines leichten Sommeranzugs an, ein weißes Hemd, die Jacke warf er über die Schultern. Auch als er die Wohnung verließ, war das Display auf dem Handy immer noch leer.

Kein Grund zur Panik, sagte er sich, obwohl es auf Mittag zuging. Dass er es zuhause nicht aushalten würde, war klar. Aber wohin sollte er gehen? Andrerseits wollte er auch niemanden anrufen, niemanden um Begleitung, um Gesellschaft bitten, es würde ihm die ganze Zeit ein Knödel im Hals stecken und sein Hirn wäre beherrscht von einer oszillierenden Leere. Er selbst wäre niemand, mit dem man jetzt spazieren gehen oder in einem Straßencafé sitzen wollte.

Er fuhr zum Messegelände und überantwortete sich dem Treiben in der Halle, wo noch einige Spätentschlossene am Anmeldeschalter ihre Nachnennungen abgaben. Er schlurfte lustlos zwischen den Ständen von Runners World und Adidas. Die Luft war stickig. Man merkte, dass die Vorbereitungszeit ausgereizt war. Es wollte in ihm keine entsprechende Stimmung mehr aufkommen, und er verließ den Ort wieder. Das Schweigen des Mobiltelefons in der Brusttasche seiner Jacke begann ihm zuzusetzen, ob er wollte oder nicht. Er ging hinüber zur Praterhauptallee, dort waren schon große Tafeln aufgestellt, die die Kilometer anzeigen sollten, 29 km, 30 km. Er traf auf viele, die noch ihren Lockerungslauf machten, vielleicht auch auf solche, die fälschlicherweise glaubten, durch einen schärferen Lauf an ihrer Form für morgen etwas verbessern zu können.

Ein wenig Stimmung kam in ihm doch wieder auf, jetzt, wo er an der unmittelbaren Strecke entlangspazierte. Hinter lauschigen Lauben wartete eine Straßenbahn. Er fuhr in die Stadt und setzte sich in ein Straßencafé unter zumeist junge, ausgelassene Leute. Obwohl er keinen Hunger hatte, wurde, anscheinend auf seine Bestellung hin, ein Tunfischsalat vor ihn auf die Tischplatte geschoben. Mit hilflos bemühter Teilnahme las er die Samstagblätter. Das schweigende Handy lag vor ihm und sah ihn an, als wolle es mit den Achseln zucken.

Er las die ausführlichen Artikel über den Marathon im Lokal- ebenso wie im Sportteil. Die Verkehrsumleitungen, die

Musikbands und wo an der Strecke sie spielen würden. Auch Cheer Leaders, schrill und sexy, würde es geben, eine Trachtenkapelle aus dem Lungau und eine Hare-Krishna-Gruppe mit dumpfer Trommel. Er las den Artikel über die Favoriten, zwei Kenianer, ein Mann aus Dschibuti, ein Pole, bei den Frauen vor allem eine Russin. Und welche Zeiten angepeilt würden. Schrittmacher, die man Hasen nannte und die nach der halben Strecke aussteigen würden. Oder auch nicht, falls sie einen guten Tag erwischt hatten. So was war schon vorgekommen. Ob unter 2:09 möglich wäre. Zu heiß, sagten die einen. Vielleicht doch, die anderen. Ein wirklicher Klasseläufer sei nicht am Start, so wieder die einen. Vielleicht sei gerade das eine Chance, meinten die anderen. Die Zeilen verschwammen vor Arnos Augen. Es war inzwischen gegen zwei, früher Nachmittag. Sie würde sich nicht mehr rühren. Er hatte sich völlig verschätzt. Sie dachte wahrscheinlich gar nicht mehr daran. Lag vielleicht gerade kurzurlaubend mit ihrem Mann auf einem Strand irgendwo in Italien, ihr Sohn inzwischen gut aufgehoben bei den Schwiegereltern, sie aber einen zweiten, dritten, vierten Frühling ihrer Ehe genießend. Und er? Wie hatte er nur seinen besten Freund Franz in Warteposition abschieben können, Franz, den Einzigen, der wirklich an dem Ereignis Anteil nahm? Aber Franz war so ein guter Freund, dass er auch das zu verstehen bereit war. Arno spürte dieses lästige Kratzen im Hals und dass er schlucken musste.

Arno zahlte und fuhr nachhause. Natürlich hätte er den Anrufbeantworter auch mit dem Handy abfragen können, aber er hatte ja Zeit und wollte ihn blinken sehen, das verheißende Blinken. Er könnte sich ein wenig niederlegen und dann schön langsam zur Kaiserschmarrenparty fahren. Vielleicht noch einmal ins Kino gehen. Sich irgendwie ablenken. Franz anrufen, dessen neue Freundin kennen lernen. Nein, einfach bei der Kaiserschmarrenparty Leute kennen lernen. Sich von erfahrenen Marathonläufern Tipps geben lassen. Einen kleinen Bummel durch den lauen Abend machen, die blühenden Sträucher in den Parks, Frühlingsfieber, Marathonfieber, ohne viel zu denken, die Atmosphäre auf sich einwirken lassen. Aber Arno war zu nervös, um all diesen ruhigen Möglichkeiten etwas abgewinnen zu können. Je stiller es war, umso heftiger dröhnte der Herzschlag, Arno konnte keine Wahl treffen.

An der Wohnungstür spürte er seit langem deutlich: Es wird ihn kein Blinken empfangen. Und so war es auch. Der Anrufbeantworter war tot, mausetot. Jetzt spürte er, wie sehr er gehofft hatte. Und etwas Panikartiges befiel ihn. Er legte sich kurz hin, um sogleich wieder aufzustehen. Er trank ein Glas Orangensaft, und hätte nicht sagen können, wonach es schmeckte. Er öffnete und schloss Küchenfächer, um zu sehen, ob es irgendetwas gab, was er essen wollte, aber er wollte gar nicht essen.

Er konnte nicht in der Wohnung bleiben. Noch zwei Stunden oder so bis zur Kaiserschmarrenparty. Das musste er jetzt hinbiegen.

Sie hätte ihm ja wenigstens absagen können, das wäre fair gewesen. Auch ohne Begründung, sie schuldete ihm ja keine. Nur, damit er wusste, woran er war.

Er ging ruhlos durch die grauen Gassen. Samstagnachmittag. Es war warm, sehr warm. Es gab viele freie Parkplätze und wenige Menschen auf der Straße. Vielleicht ging es ihr schlecht? Gesundheitlich? Seelisch? Aber dann hätte sie ihn ja erst recht anrufen können!

Vielleicht bräuchte sie ihn, seine Nähe, und brachte es nicht zu Wege, ihn anzurufen?

Der Gedanke breitete sich flutartig in ihm aus, dass sie seiner bedurfte und er borniert, narzistisch, kleinkariert schwieg, und er hatte nichts mehr, um dagegen standzuhalten, gegen diese Vorstellung, die wie ein Trojanisches Pferd nichts als den Wunsch, ihre Stimme zu hören, transportierte. Keine Coolness. Mitten in der schäbigen Pflasterschlucht, schon unweit des Mariahilfergürtels, blieb er stehen und zog das Handy hervor. Ihm war jetzt alles egal. So wollte er sich nicht weiter durch den Tag bangen. Er drückte die Tasten, wählte ihren eingespeicherten Namen. Tonia. Einen Moment zögerte er, nicht weil er es sich noch einmal hätte überlegen wollen, nein, nur um ihren Namen geschrieben vor sich zu sehen. Dann betätigte er die Anruftaste.

Sogleich wurde klar: Die Nummer war auf die Box geschaltet, die mechanische Stimme der Zentrale war zu hören.

Arno legte auf, ehe die Stimme fertig war. Sie sollte nicht wissen, dass er einen Anrufversuch gemacht hatte. Oder doch? Sollte er nochmals anrufen und eine Nachricht auf das Band sprechen? „Hallo Tonia, hier ist Arno, rühr dich bitte!" oder so ähnlich?

Er könnte auch ein SMS schicken, ähnlichen Inhalts. Und dann weiter warten, weiter bangen.

Er überquerte den Gürtel. Im Rhythmus der Ampeln schwoll der Verkehr an und ab, insgesamt nicht übermäßig, Samstagnachmittag, sonnig und warm. Vor dem serbischen Grilllokal standen ein paar Jugendliche und ein älterer aufgemotzter BMW. Sie hatten die Haare ölig zurückgekämmt und trugen glänzende T-Shirts. Auf einer Parkbank saßen zwei Sandler, in Arnos Alter, und tranken billigen Wein aus Pappeboxen. Der Pornoshop hatte geöffnet, auch das Blumengeschäft. Aus einem vorbeifahrenden Golf in Métalliséfarbe hämmerte Technomusik. Arno bog ab. Erneut nahm ihn eine graue Gasse auf. Der Gehsteig war gepflastert, und Arno fragte sich, ob das Dahinschleichen durch die Stadt seine Füße nicht übermäßig ermüden würde, so knapp vor dem Marathon.

Es war schon nach vier, allmählich konnte er zum Rathaus fahren, sich vielleicht in den Park davor setzen, bei einem der Brunnen, ins Wasser starren, an Borek und seine Zaubertricks denken, dann einen Kaiserschmarren essen und sich dabei Videos vom vorjährigen Marathon auf einem Großbildschirm ansehen. Dazwischen immer wieder aufs Handy sehen.

Ein toter Punkt. Vielleicht war das ganz normal vor so einem Lauf, vielleicht hatte das jeder.

Er ahnte, dass er nicht ohne eine bestimmte Richtung ging. Erst leugnete er es vor sich, dann sagte er sich, es ist nur ein Spiel. Ein Spiel mit dem Feuer. Aber überhaupt nicht ernst zu nehmen. Zwischendurch vergaß er es, wenn er so die Mauern der hohen Häuser, die vor widerborstigem, schwärzlichem Stuck starrten, in den engen Gassen entlangschlich. Zwei Kinder, die ihren Hund Gassi führten, kamen ihm entgegen. Jedenfalls stand er plötzlich vor dem Jablonsky.

Es standen Tische und Stühle heraußen. An einem der Tische saß ein Paar. Sie tranken anscheinend gespritzten Weißwein und studierten einen Stadtplan, Touristen, wie es sie selten in diese Gegend verschlug. Wer weiß? Vielleicht hatten sie einen Reiseführer, in dem der Jablonsky als Geheimtipp empfohlen wurde. Als typisches Wiener Beisel. Die junge Kellnerin, die Arno schon öfter hier gesehen hatte, lehnte in der Tür und grüßte Arno zögernd. Sie war sich nicht ganz sicher. Er war ja auch schon lange nicht mehr hier gewesen. Sie war nicht besonders hübsch, aber ganz freundlich und hatte einen süßen Arsch.

Arno setzte sich an einen der Tische. Sie brachte die Karte. „Was zu trinken?"

Ein kurzer Augenblick.

„Ein kleines Bier", sagte Arno. Er wusste, dass er sich jetzt an die Kippe begab. Das Spiel mit dem Feuer. „Es wird mich beruhigen, nur ein Seidel", sagte er sich. Er studierte die Speisekarte. Es kam ohnehin nur etwas Leichtes in Frage. Mozzarella mit Basilikum. Anschließend würde er zur Kaiserschmarrenparty fahren. Das Handy legte er auf den Tisch.

Als das Bier kam, bestellte er das Essen.

Das Glas war teils beschlagen, teils glitzerte es. Im Inneren sah man in einer Säule Bläschen aufsteigen, die die Schaumkrone nährten. Das Glas war kalt in der Hand, der berühmte erste Schluck. Arno setzte das Glas ab. Dann nahm er das Handy, einen Versuch noch, er hielt es einfach nicht aus und drückte die Wiederholungstaste. Ihre Nummer erschien, der Rufaufbau lief ab. Arno spürte sein Herz klopfen. Das Signal und sogleich die Stimme der Zentrale, man könne eine Nachricht hinterlassen.

Wieder drückte Arno rechtzeitig ab, ehe sein Anruf fixiert werden konnte, wenigstens das. Sie war für ihn unerreichbar. Und zugleich rührte sie sich selbst nicht. Spätestens bis Mittag hätte sie sich melden müssen. Jetzt wurde es bald Abend.

Er spürte, wie der Damm zu brechen begann, und er wollte es. Er leerte das Glas in einem Zug und winkte der Kellnerin. Bis sie das Essen brachte, wollte er nicht mehr warten.

„Ein Krügel Bier und ein Paket Marlboro. Und Zünder, bitte." Dann schaltete er sein Handy ab und steckte es ein. Jetzt würde er nicht mehr angerufen werden wollen.

Als Arno nachhause kam, war es halb elf, eigentlich noch gar nicht so spät. Noch beim zweiten Krügel und nach vier Zigaretten war er der Ansicht gewesen, den Marathon laufen zu können.

„Erst recht!" – das war die Stimmung, in die er sich versetzt hatte. Aber es war längst zu spät gewesen. Sein Körper, den Giften entwöhnt, sog das Angebotene auf und versetzte Arno rasch in den entsprechenden Zustand. Erst fühlte er sich stark, dann trotzig als Mann, dann wie ein trotziges Kind, das alle anderen mit seinem Verhalten bestrafen möchte, dann versank sein Schifflein endgültig im Meer des Selbstmitleids. Nichts von alldem war Arno neu. Hinzu kam aber eine Art Erleichterung, den Marathon nicht laufen zu können. Er hatte sechs große Bier getrunken, genau sechs zu viel. Und er hatte inzwischen das zweite Zigarettenpaket angebrochen, und so sehr ihn inzwischen davor grauste, rauchte er, zuhause angekommen, nochmals mehrere hintereinander. Er öffnete auch die Flasche Rotwein, die er in überbordender Fantasie gekauft hatte, um mit Tonia, falls sie zu ihm käme, auf alles, was es dann gegeben hätte, anzustoßen.

Und trank ein Glas davon, schon schwer über die Tischplatte gebeugt. Die vorbereitete Laufkleidung, die Startnummer hatte er in den Plastiksack gestopft und denselben hatte er in den Abstellraum getragen. Das zweite Glas konnte er nicht zur Gänze leeren. Er war einfach zu betrunken. Als er sich zu Bett schleppte, wusste er, dass er sich schämen würde, aber im Augenblick nicht die Kraft dazu hatte.

Als er aufwachte, hatte er dumpfe Kopfschmerzen, unangenehmes Herzklopfen und einen deutlich vernehmbaren Druck auf der Brust. Mehrmals überrollten ihn heftige Hustenanfälle. Er fühlte sich schmutzig, mit einer Art Schmutz, der haftet, außen und innen. Und auch ganz drinnen. Er sah auf die Uhr. Es wäre noch möglich gewesen, zum Start zu fahren. Die U-Bahn war dafür vorgesehen, vom Veranstalter empfohlen. Es wäre ihm lieber gewesen, der Lauf hätte schon begonnen. So aber verspürte er seine Unfähigkeit, daran teilzunehmen, besonders bedrückend. Denn von der Tageszeit her wäre es ja noch möglich gewesen.

Dann fiel ihm ein, dass er Franz würde anrufen müssen, damit der nicht umsonst an der Strecke stünde und vergeblich auf ihn warten würde. Das war deprimierend, aber er musste es tun. Das war er seinem Freund schuldig. Also kroch er aus dem Bett. Als er das Handy hervorholte, flehte er innerlich, sie möge nicht etwa doch angerufen haben. Ihr geradezu zuverlässiges Schweigen war die einzige, dünne Rechtfertigung für seinen Absturz gewesen, die er vor sich hatte. Er ließ das Handy abgeschaltet und rief Franz am Festnetz an.

Und er erzählte ihm alles. Ja, im Jablonsky. Ihr Schweigen habe er nicht mehr ertragen können. Er bitte um Verzeihung. Dass er sie alle so enttäuscht habe! Er habe nur einen Wunsch, dass es das allerletzte Mal gewesen sei. Ja, dass sei eine gute Idee, wieder zum Dr. Borek zu gehen. Wahrscheinlich würde jetzt mehr an Therapie vonnöten sein.

Franz sprach Arno Mut zu. Waren sie nicht oft genug einander Saufkumpanen gewesen? Na also, wer frei von Schuld sei, der werfe den ersten Stein! Franz wollte sich mit seiner Freundin trotzdem unter die Zuschauermassen mischen, um Eindrücke zu sammeln, ein Erlebnis einfach. Auch die Spitzenläufer wollte man sich ansehen. Und dann? Vielleicht hätte Arno am frühen Nachmittag Lust, mit ihnen ein bisschen spazieren zu gehen oder so was? Franz versprach, Arno anzurufen. Er solle sich inzwischen ausschlafen. Und nicht den Kopf hängen lassen!

Franz hatte Arno einen Spiegel vors Gesicht gehalten, in den er sich noch schauen konnte. Er mochte Franz, und wie!

Und wie würde er Tina das erklären? Welche Kommentare würde Karin dazu abgeben? Arno wollte gar nicht daran denken. Er verspürte Lust, mehr noch, Gier nach Kaffee und Zigaretten, so paradox es war. Der Tag war ja verloren. Dann aber, ab morgen würde er nicht mehr rauchen. Oder war das jetzt nicht scheißegal? Bis der Kaffee fertig war, trank Arno eine Aspirin-C-Brause. Die Zigarette, die er sich jetzt anzündete, hatte etwas ganz Bestimmtes, das Stigma der Schwachen, der Verlierer, deren Trost. Er beobachtete die Rauchkringel und wie es im Hals kratzte. Sechs, sieben Zigaretten mochten noch in dem Päckchen sein. Es war gestern bereits das zweite gewesen. Die würde er rauchen. Das schon. Dann würde er endgültig aufhören, ein neues, ein wirklich neues Leben beginnen. Und

Tonia vergessen. Bei der zweiten Tasse Kaffee, bei der zweiten Zigarette schaltete er das Handy ein. Doch. Und hoffte zum ersten Mal, dass das Display leer wäre.

Aber da war eine Nachricht auf der Mailbox. Eine gesprochene Nachricht. Und es war ihre Nummer. Arno stockte der Atem. Er checkte die Uhrzeit: Gestern, 18 Uhr 22. Eineinhalb, zwei Stunden, nachdem er sich hatte fallen lassen. Er konnte sich nur noch wünschen, sie hätte abgesagt. Bei ihrem langen, vorangegangenen Schweigen war das auch das Wahrscheinlichste. Doch es konnte sich sowieso nur um ihre Absage handeln. Arno rief die Nachricht ab.

„Hallo Arno, hier ist Tonia." Ihre Stimme klang vergnügt und lebendig. „Schade, dass du dein Handy abgeschaltet hast. Na, vielleicht willst du jetzt einfach Ruhe haben vor dem morgigen Lauf. Ich werde beim Hotel Imperial auf dich warten. Schick mir nur einfach ein simples SMS mit der Zeit, wann du schätzungsweise frühestens dort sein wirst. Ich freue mich schon, dir zuzuwinken! Und wenn du dich nach dem Zieleinlauf erholt hast, ruf mich bitte an, wie es dir so ergangen ist. Und wenn du sonst niemanden findest, dann würde ich gerne mit dir deinen Lauf feiern. Ich werde Zeit haben. Natürlich nur, wenn es dir keine Umstände macht. Also, alles Gute, ich drück dir die Daumen. Ciao!"

Das hatte er nicht erwartet. Er hatte alles verpatzt! Wäre die Botschaft doch zwei Stunden früher eingetroffen! Wäre er doch zur Kaiserschmarrenparty und nicht zum Jablonsky gegangen!

Die Startzeit rückte näher. Irgendetwas musste er tun. Sie anrufen? Etwas herumstammeln? Dass er erkrankt sei. Das war nicht ganz falsch und doch eine Lüge. Und anlügen wollte er sie nicht. Er ließ in seinem Kopf, soweit der das zuließ, alle möglichen Formulierungen Revue passieren, keine gefiel ihm. Da gab es auch nichts, was gefallen konnte. Aber einfach nichts tun, konnte er auch nicht. Obwohl: Hatte sie nicht auch die ganze Zeit geschwiegen? Sollte sie doch auch wissen, wie das ist, wenn man permanent angeschwiegen und im Unklaren gelassen wird.

Nein, das war kindisch. Hatte er nicht selbst die lange Funkstille für eine stille Übereinkunft zwischen ihnen gehalten, für etwas, das dem Ganzen ein geheimnisvolles Gewicht gegeben hatte? Ein Gewicht, dem er dann aber letzten Endes nicht gewachsen gewesen war. Er hatte alles zerstört. Jetzt war es wurscht, die nächste Tasse Kaffee, die nächste Zigarette.

Aber sie wartete jetzt auf Nachricht, er musste reagieren.

Es kam, so wie er beisammen war, nur ein SMS in Frage. Arno tippte mit zittrigen Fingern, musste mehrmals korrigieren und brauchte endlos lange, bis die Botschaft fertig war.

„Gestern habe ich mich leider versoffen, ich weiß nicht, warum. Ich kann heute nicht laufen. Sei mir nicht böse. Arno"

Etwas Besseres war ihm nicht eingefallen. Das sandte er ab. Dann musste er sich hinlegen, auf die Couch im Wohnzimmer. Er schwitzte, und als er sich auf die Stirn tupfte, spürte er, dass sie kalt war. Er überstreckte den Kopf und konnte zum Fenster hinaus den Himmel sehen. Der war blau mit kleinen Wölkchen, gute Bedingungen. Dann schloss er die Augen und wollte sich nur noch in sich verkriechen. Immer, wenn er glaubte, einschlafen zu können, machten ihn die Substanzen, die er so schleusenlos in seinen Körper hatte einströmen lassen, rebellisch. Müdigkeit und Unruhe fochten ihre Kämpfe miteinander, Gedankenfetzen mischten sich dazwischen. Gerade als er dachte, sie wird sich nie mehr rühren, jetzt schon überhaupt nie mehr, läutete das Telefon. Das konnte sie nicht sein. Er rappelte sich auf, schlurfte hin und hob ab.

„Ziegler", meldete er sich.

„Hallo, ich bin's, Tonia! Was ist los mit dir? Geht's dir nicht gut?"

„Tonia! Das ist schön, dass du anrufst. Nein, es geht mir nicht gut. Ich weiß nicht, was gestern los war mit mir. Es war plötzlich so eine Art Panikstimmung. Und es hat mich ins Wirtshaus gezogen. Nach vielen Wochen zum ersten Mal. Ich bin so blöd, ich habe mich so gut vorbereitet und jetzt habe ich alles vermasselt." Sie hatte die Fähigkeit, bei ihm schnörkelfreie Bekenntnisse auszulösen, so war es schon in der Buchhandlung gewesen.

„Das ist aber wirklich schade."

„Ja, ich weiß."

Es entstand eine lange Pause.

Dann sagte sie: „Bist du allein zuhause?"

„Ja", erwiderte er.

Wieder eine Pause.

„Ich komm zu dir!"

„Wie bitte?"

„Ich komm zu dir. Ich weiß, wo du wohnst. Ich habe ja noch deine Visitenkarte. Ist das okay für dich? Ich könnte in zwanzig Minuten bei dir sein, ja?"

„Wenn du das wirklich willst? Ja, gerne. Aber wirst du nicht erschrecken, wenn du mich siehst."

„Nein, sicher nicht. Ich komme also." Und schon legte sie auf.

Arno schoss hoch, riss die Fenster auf, kippte den Aschenbecher ins Klo, sauste ins Badezimmer, musste sich beim Rasieren hundert Mal sagen „Ruhig Blut, ruhig Blut!", um sich nicht mit fahriger Hand zu schneiden. Dann duschte er zügig. Wie kurz zwanzig Minuten sein können. Was war das nur, was da jetzt in Gang kam? War er jetzt das Objekt ihres ärztlichen Mitleids, ihres Verantwortungsgefühls für einen Gestrauchelten, einen Gefährdeten? So wie er jetzt dastand, war es ziemlich das Schlimmste, was hatte passieren können. Schon in frischer Kleidung, fegte er durch die Wohnung und versuchte, wenigstens oberflächlich alle Spuren, die auf Verwahrlosung hätten schließen können, zu beseitigen. Dann hielt er inne. Er wollte sie nicht auch noch schwitzend empfangen. Also setzte er sich. Wenigstens die Weinflasche war weggeräumt.

Es hatte dann doch eine gute halbe Stunde gedauert, bis es läutete.

Gleich an der Wohnungstür, nicht unten am Haustor, das anscheinend aus irgendeinem Grund offen gewesen war. Widerstandslos, mühelos hatte sie bis an seine letzte Barriere vordringen können, das passte zu ihr. Arno stürzte zur Tür und öffnete.

Sie lehnte am Türstock, die Arme verschränkt, den Kopf übertrieben schief gehalten und sagte mit spöttisch geschürztem Mund: „Na, wie geht's uns denn heute?", ganz die Frau Doktor.

„Sieht man das nicht?", fragte Arno, sich seiner schweren Zeichnung gewiss.

„Nur wenn man genau hinschaut. Darf ich reinkommen?"

„Natürlich, kommen Sie rein."

„Waren wir nicht schon per du?"

„Ja, aber ich war mir nicht sicher, ob dir das jetzt noch recht ist."

„Warum denn nicht? Ich wäre nicht darauf eingestiegen, wenn ich das nicht gewollt hätte."

Sie stand schon im Wohnzimmer, trug schwarze Jeans und eine weinrote Bluse, war dezent geschminkt, trug Ohrringe mit langen spitzen Vogelfedern und duftete verwirrend fremd. Natürlich trug sie kein Kopftuch mehr, aber ihre Haare waren noch immer kurz, ein bisschen krause und grau durchwirkt, was ihr blendend stand. Ja, er kannte das Geheimnis.

„Bitte nimm Platz", sagte Arno, „wo du willst!"

Sie sah sich um, ließ sich Zeit. Endlich saßen sie auf dem Sofa, jeder in einer Ecke, einander seitlich gegenüber.

„Etwas zu trinken?"

„Nein, danke. Nun, was ist passiert?"

Und Arno erzählte. Im Schwall, mühsam gebremst. Sein Alkoholproblem, ja, er hätte eines, das heißt, gehabt, wie er bis gestern geglaubt hatte. Aber dann. Wie ein Gespenst sei es aus der Gruft hervorgekrochen und habe ihn angesprungen. Viele Wochen lang sei er trocken gewesen. Auch geraucht habe er in der Zeit nichts. Er sei nämlich bei einem Therapeuten gewesen, Arno sagte Therapeut, denn hätte er Arzt, gar Psychiater gesagt, würde sie ihn vielleicht noch nach dem Namen fragen. So aber hörte sie tatsächlich bloß schweigend zu, und er konnte, ohne dass Boreks Name fiel, weiter sprudelnd sein Herz vor ihr entleeren. Wie leicht sie ihm das machte, durch ihre bloße Anwesenheit.

Er sprach über seine Trainingsgewohnheiten, dann wohl auch kurz über die Therapie, aber nur vage und in einer Kürze, aus der sie einen Wunsch nach Diskretion erkennen sollte. Und dass er sich aus dem Würgegriff seiner Süchte, dieses Wort vermied er jetzt nicht, hatte befreien können, und welche Rolle das Laufen dabei gespielt und wie er sich wohl und wohler gefühlt hatte und dass er das alles ihr zu verdanken habe, ihrer Anregung, damals im Zug, im Speisewagen.

„Ich erinnere mich gut", sagte sie.

Und dass er viel gelesen habe, über das Laufen, den Ausdauersport, auch über die ihm eigenen Rauschzustände, Endorphine und Trancen, den Flow.

Sie nickte, sie schien Bescheid zu wissen.

Er wusste, dass er über sein Training, seine Erfahrungen in dieser Sportart deswegen so atemlos erzählte, weil er ihr irgendwie beweisen wollte, dass er wirklich trainiert hatte, und zwar gut, denn er wollte vor ihren Augen den Verdacht, er habe in Wirklichkeit nichts getan, nur gesoffen, so gering wie möglich halten. Sie aber sah ihn an, unentwegt, stellte dann und wann eine kleine, pointierte Zwischenfrage, nickte immer wieder, lächelte, wo es möglich war, hatte die Schuhe schon abgestreift und ein Bein angewinkelt aufs Sofa gezogen. Ihre Hose spannte, und er konnte ihr in den Schritt sehen. Er kam auf seine Laufstrecken zu sprechen, Schönbrunn, wo er immer auf der Suche nach ihr gewesen war, die Lobau, die langen Strecken, die Prater Hauptallee, wo die Bäume beinahe Startnummern trugen, und was er sonst noch gelaufen war, Augarten, Schwarzenbergpark, das Geheimnis, das jede Strecke in sich trägt und dem Läufer mal zögernd, mal bereitwillig preisgibt, wenn er nur ihren und seinen Rhythmus gefunden hat, den gemeinsamen Rhythmus, den Läufer und Strecke haben, und der, ist er gefunden, den guten Lauf ausmacht.

„Ich verstehe genau, was du meinst", sagte sie. Sie habe jetzt auch wieder mit dem Laufen angefangen und entdecke all diese Dinge aufs Neue.

„Wie einfach es ist und doch wie tiefgründig. Oder soll man besser sagen, wie weitläufig?"

Jetzt nickte Arno. Sie sei krank gewesen, ziemlich krank. Nein, keine Details, nur so viel: Das Laufen helfe ihr, das Leben, seine Landschaft, die Höhen und Tiefen, wieder zurückzubesiedeln.

„Wie soll ich sagen, in Abwandlung, stammt aber nicht von mir: Die normative Kraft der Bewegung. Sie bahnt Wege und lässt gewisse Dinge einfach nicht zu."

„Ich verstehe dich", sagte Arno. Jetzt wollte sie doch etwas trinken, einen Tee. Er setzte Wasser auf. Als er mit den Schalen zurückkam, stand sie vor dem Regal mit den Büchern, und ihre Hand strich eher gedankenverloren über deren staubige Rücken. Sie sahen sich an. Es war wie damals, im Winter, im Buchladen. Unmöglich, nicht daran zu denken. Sie lächelte ihn an. Dann nahm sie ihm eine Tasse ab und sie setzten sich wieder.

„Hast du einen Stadtplan?", fragte sie jäh.

„Einen Stadtplan? Ja, sicher, wieso das?"

„Warte. Und hast du einen Zirkel? Und ein Lineal?"

„Irgendwo sicher. Aber warum?"

„Bring mir das. Ich sage dir dann, warum."

Arno kramte in den Laden, die in Frage kamen. Plötzlich lag in der Luft, was einen Plan ausmacht, oder einen Aufbruch. Er wurde fündig, die Sachen aus der Schulzeit, unter einem Stapel alter Schularbeitshefte fand er ein Geodreieck und das schwarze Etui mit dem Reißzeug.

„Ein Stechzirkel!", rief sie. „Ideal!"

Der Stadtplan war im Auto, und Arno musste hinunterlaufen, um ihn zu holen. Für einige Minuten war sie allein in seiner Wohnung.

Als er zurückkam, stand sie wieder, die Arme in die Hüften gestemmt, die Beine leicht gespreizt, jetzt an dem Fenster, von dem aus eine Dächerschneise den Blick in eine diesige Ferne bot.

„Also", sagte sie und „Komm!"

Sie setzten sich an den Tisch. Von hier aus hatte er mit ihr schon einmal telefoniert. Sie blätterte kurz im Stadtplan, bis sie die Seite gefunden hatte. Er schob seinen Sessel neben sie und sah, dass es die Lobau war.

„Was war die längste Strecke, die du hier gelaufen bist, zeig es mir!"

„Also das war so: Das Auto habe ich bei der Steinspornbrücke abgestellt." Er zeigte mit einem Bleistift die Stelle im Plan. „Dann bin ich auf dem Hubertusdamm gelaufen, bis hierher, die Abzweigung zum Tanklager. Durchs Tanklager durch und dann diese S-Kurve und hier weiter, den Damm entlang. Und dann hier, die rote Markierung, in den eigentlichen Wald hinein, hier steht Kühwörterwasser, hier durch, ja, und dann beim Forsthaus vorbei, das Symbol mit dem Geweih, das muss es sein. Ja, und dann hier weiter. Was steht hier? Ja, Mühlleitner Furt, hier vorbei und dann kommt man schon zu diesem Gasthaus, siehst du, Uferhaus steht hier. Und dann die grüne Markierung entlang, immer entlang bis zum Napoleonstein. Ja, hier waren die Franzosen, 1809, weißt du das?"

„Ja, natürlich, die Schlacht bei Aspern, die erste, die Napoleon verloren hat. Ich war ganz gut in Geschichte."

„Sicher nicht nur in Geschichte", rutschte es aus Arno mit zweideutigem Unterton heraus.

„Wer weiß, wo noch", sagte sie, und sie mussten lachen. „Und wie geht's weiter?"

„Einfach hier." Arno zeigte mit einem Bleistift die Route weiter. „Das Grundwasserwerk und dann zur Panozzalacke, hier ist noch Wasser eingezeichnet, aber es ist ausgetrocknet, eine trockene Furt, Schilf steht noch dort, aber kaum Wasser. Und dann hier, bei der Dechantslacke vorbei, beim kalorischen Kraftwerk, der Rote Hiasl, und die Runde ist fertig."

Tonia begann, mit dem Stechzirkel und dem Geodreieck die Strecke auszumessen. Arno musste ihr ein Blatt Papier vorlegen und sie trug Abschnitt für Abschnitt ein, 17 Millimeter, 24 Millimeter. Als sie fertig war, addierte sie alles, sah nach dem Maßstab des Planes und rechnete aus: Gesamtstreckenlänge 28 Kilometer. Dann sagte sie: „Auf den Marathon fehlen 14 Kilometer. Die holen wir uns von der Donauinsel."

Und wieder maß sie nach, von der Steinspornbrücke auf dem Hubertusdamm zum Unteren Wehr, zurück auf der Donauinsel, dort bis zur Ostbahnbrücke und zurück zur Steinspornbrücke.

„Genau 42 Kilometer", sagte sie stolz.

„Und? Was soll das jetzt?"

Sie lehnte sich mit Betonung zurück, und auch Arno konnte da nicht anders, als dem Beispiel dieser Bewegung zu folgen. Sie sah ihm in die Augen mit einem Strahlen, das er bei ihr zum ersten Mal wahrnahm.

„Du hast heute deinen Marathon versäumt, kann ja vorkommen, oder? Aber möchtest du ihn nicht nachholen? Sagen wir, heute in 2 Wochen?"

„Du meinst, ich soll das da laufen, diese Strecke da, auf der Donauinsel und dann meine übliche Route?"

„Ja, ganz genau! Und ich betreue dich! Nun, wie wär's?"
Sie sah ihn an und so etwas wie Triumph war ihr ins Gesicht
geschrieben. Sie wusste, dass er ihr nicht würde widerstehen
können, mochte er auch noch so herumstammeln und nach
Ausreden suchen.

„Ich? Du? Diese Strecke? In 2 Wochen?" Und was er sonst
noch, wohl nur um in der Überraschung etwas nach Luft zu
schnappen, an Wörtern und Bruchstücken hervorbrachte.

Dann aber brach fast Begeisterung aus, bei beiden. Sie würde
ihn abholen, in der Früh, je nach Wetterbericht, bei Schönwet-
ter zeitig, um den Badenden und den Wanderern auszuweichen,
vielleicht schon um sechs? Bei Schlechtwetter später, und im
Prinzip bei jedem Wetter. Ihr Mann? Nein, das sei ihre Sorge.
Sie werde schon eine Erklärung finden, er mache auch oft genug, was er wolle. Aber weiter. Das Auto würden sie hier ab-
stellen, bei der Steinspornbrücke. Ja, ihr Auto, er müsse ja
schließlich laufen. Und dann, hier würde sie stehen, das erste
Mal, mit Wasser? Oder mit was anderem? Nein, Wasser, kühles
Wasser. Sie werde Thermosflaschen mitnehmen. Keine Umstand, nein, so was mache Spaß. Und dann wieder hier, da wäre
sie zum zweiten Mal und dann würde sie mit dem Auto die
Tanklagerstraße vorfahren, die dritte Labestation. Natürlich, sooft wie möglich. Alle fünf Kilometer, wie beim Stadtmarathon
ginge sich sowieso nicht aus, aber sie würden das schon so halbwegs schaffen. Und dann hier, beim Uferhaus. Sie würde mit
dem Auto hindüsen. Ja, locker ginge sich das aus, er sei ja nicht
der Nurmi. Oder der Zatopek. Sie sahen sich an bei diesem Namen, sie strahlten sich an. Kurz huschte Suzie durch Arnos
Kopf.

Aber schon tauchten sie wieder in den Plan ein, der sie ge-
packt hatte, als wäre er ein Kommandounternehmen unter
Wüstensternen, von dem alles abhing. Ja, also. Sie konnte dann
noch die Allee Richtung Großenzersdorf hinauffahren und
dann das Stück hier in den Wald hineingehen, dann könne sie
ihm nochmals zu trinken geben. Bei der Pumpstation wäre
dann sowieso noch eine Wasserstelle, die öffentliche. Und dann,
bis zum Ziel, das ginge sich aus!

„Und das willst du wirklich?", fragte Arno.

„Du nicht?", fragte sie.

Sie vereinbarten in Anlehnung an das bisherige, allerdings unabgesprochene Regime, die nächsten vierzehn Tage Funkstille zu halten. Sie wollten es nicht zerreden. Kein SMS, keine lieblichen Texte, keine gequälten Sätze, keine Witzeleien, das passte alles irgendwie jetzt nicht. Sie mussten sich das nicht lange erklären, jeder wusste, was gemeint war. Nur am Abend davor, am Samstag, würde sie ihm ein SMS schicken, spartanisch nur die Uhrzeit mitteilen, wann sie ihn abholen würde. Das sollte ihnen genügen. Sie würde erneut versuchen, sich so weit freizunehmen, dass sie dann wirklich miteinander seinen Marathonlauf, seinen ganz privaten, anschließend feiern konnten. Er würde gelingen. Sie atmeten durch.

„Gut", sagte dann Tonia, „danke für den Tee." Es schien, als wäre plötzlich ein dichter Schleier gefallen und hätte allen Glanz ausgelöscht, als hätte nie ein solcher das Zimmer beherrscht. Sie war aufgestanden, hatte ihre Tasche am Riemen geschultert und reichte ihm ausgestreckt, schon wieder abweisend ausgestreckt, die Hand.

„Also, bis dann!"

„Bis dann!", erwiderte Arno. Ein kurzer Händedruck und die Tür fiel hinter ihr ins Schloss. So rasch war das alles und sie auf einmal gegangen.

Mit gemischten Gefühlen nahm Arno die Trainingsarbeit wieder auf. Es brauchte drei Tage, bis er das Gefühl hatte, den Einbruch wieder ausgebügelt zu haben. Tonia hatte ihm beides gegeben, den Abgrund und den Handlauf, an dem er sich festhalten konnte. Am liebsten hätte er jetzt mit Suzie darüber gesprochen, aber er vermutete sie in einem Glückszustand, der sie für seine Ängste unzugänglich machen würde, bei aller Mühe, die sie aufzubringen versuchen würde. Für Franz mochte im Augenblick Ähnliches gelten.

So fuhr er Morgen für Morgen in die Provinz, den Kofferraum voller Gastrodosen mit gemahlenem und ungemahlenem Kaffee, in Originalpackungen eingeschweißten Ersatzteilen und Stapeln von Prospekten.

„Ein Cognac? Ach, Sie trinken ja nichts!" waren Worte, die er immer öfter zu hören bekam und auf die er stolz war. Hinfallen, sagte er sich, kann passieren, liegen bleiben darfst du nicht!

Er lief ein Pensum, das er sich rasch zurechtgeplant hatte, um seine physischen Bedingungen in diesen zwei Wochen zu optimieren. Keinesfalls durfte übertrieben werden, aber er hatte ein Augenmaß dafür, das wusste er. Dennoch freute er sich nicht richtig auf diesen einen Tag.

Er rätselte über die möglichen Motive, die sie veranlassen konnten, diesen Vorschlag vom Privatmarathon zu machen, den er da laufen sollte, und keines schien plausibler als die Vorstellung, sie wolle einfach nur mit ihm spielen, auf ihre Art. Sie warf keinen Handschuh in eine von Raubkatzen bevölkerte Arena, den er zurückbringen sollte, sie forderte kein Edelweiß aus der Eigernordwand, noch sollte er ihr einen Mercedes Benz kaufen, nein, sie wollte ihn einfach laufen sehen, 42 Kilometer, die berühmte Distanz. Und zugleich konnte sie sich als Ärztin zugute halten, einen Mann vor dem Absturz gerettet zu haben, indem sie ihn der Laufszene zugeführt hatte, ein Drogenersatzprogramm. Er stellte sich vor, wie sie sich vor ihren Kollegen, ihren Freundinnen, ihrem Mann gar oder, warum nicht, vor ihrem Geliebten damit schmückte. Er war die Trophäe der seltsamen Paarung ihres ärztlichen Verantwortungsbewusstseins mit ihren weiblichen Machtansprüchen.

Arno dachte öfter daran, sich dieser Allianz zu verweigern, ihr eine Niederlage zuzufügen, ihr ihre Grenzen aufzuzeigen und sich am Tag davor erneut zu besaufen.

Dann aber flüchtete er aus dieser schattenreichen Annahme und neigte einer anderen, immerhin möglichen Vorstellung zu, dass nämlich die Rolle als sein Coach für sie der schlichte Ausdruck von Sympathie war, in ihrer Art und ihrem Ausmaß gerade das, was sie sich als verheiratete Frau eben noch erlaubte. Und das war mehr, als er sich je hätte erwarten dürfen.

Niemand zwang ihn, hier mitzumachen; es nicht zu tun, erschien ihm indessen trostlos.

Auch die quengeligen Gedankenkinder seiner ewigen Neigung zur Skepsis, nämlich dass sie knapp vor dem Ereignis doch noch abspringen oder untertauchen würde, hatten an Schrecken eingebüßt, denn Arno war nun entschlossen, diesen Lauf zu absolvieren, mit oder ohne sie, bei gutem oder schlechtem Wetter.

Falls allein gelassen, würde er sein Auto an der Steinspornbrücke so parken, dass er, von der Runde am Entlastungsgerinne an den Hubertusdammm zurückgekehrt, einem mitgeführten und im Wagen deponierten Wasservorrat würde zusprechen können. Außerdem würde er sich etwas Geld einstecken, um sich im Gasthaus Uferhaus ein Mineralwasser kaufen zu können.Die entstehenden Unterbrechungen wollte er, ohne aufzustrampfen, hinnehmen. Er lief nicht um eine bestimmte Zeit, sondern nur auf Durchkommen. Er dachte es durch, aber so war es ihm lieber, als, etwa in einer umgegürteten Flasche den Wasservorrat wie eine Dampflokomotive mitzuführen.

In diesen Tagen hatte ihn Tina angerufen, denn sie wollte wissen, wie es ihm beim Stadtmarathon ergangen war, und er hatte sich ja nicht gerührt. Sie hatte sich sogar schon Sorgen gemacht, dass ihm etwas zugestoßen wäre. Arno brachte es nicht fertig, seiner Tochter die reine Wahrheit zu sagen. Er erzählte ihr stattdessen, er sei krank geworden, eine Sommergrippe, mit Durchfällen und Fieber, und so hätte er also nicht antreten können. Jetzt gehe es ihm schon wieder besser. Ja, es sei schade! Da könne man sich vorstellen, wie es einem Spitzensportler ergehe, der sich vielleicht jahrelang auf einen bestimmten Bewerb, die Olympiade etwa, vorbereit habe und dann erkranke. Mit derlei schmückenden Details versuchte Arno, den wahren Grund seines Nichtantretens, nämlich einen banalen Rausch, zu verschleiern. Er schämte sich einfach vor seiner Tochter dafür, mehr als vor jeder anderen. Und gerade während des Telefonats mit ihr, während sie ihn zu trösten versuchte, wurde ihm bewusst, dass er diesen Ersatzlauf, auch wenn das Tonias und nicht seine eigene Idee gewesen war, unter allen Umständen laufen musste. Er wollte ihr nicht ein Vaterbild hinterlassen, das eine Verachtung hervorrief, gegen die sie sich nicht würde zur Wehr setzen können.

Er rief sie am nächsten Tag an und holte nach, was er also zunächst unterlassen hatte, er erzählte ihr von dem geplanten Lauf. Ein Bekannte, so sagte er, habe ihn dazu animiert und wolle ihn dabei unterstützen. Und Tina entflammte sofort und erklärte ihm, dass sie ohnehin mit zwei Freundinnen eine Radtour für diesen Sonntag geplant habe, sie diese Radtour in diese Gegend verlegen könnte und er ihr sagen sollte, wo und wann sie an der Strecke sein und ihn ebenfalls unterstützen könnte.

Also trafen sie sich, bei ihm, nicht bei Karin, und er erklärte ihr den Streckenverlauf und nannte ihr die Pumpstation, schon gegen Ende des Laufs, dort wäre es schön, wenn sie ihn erwarte. Und auf seine Schilderung versprach sie sofort, einen Becher mitzunehmen, um ihm Wasser zu reichen aus der dortigen Entnahmestelle, die einen federnden Druckknopf aufwies und so niedrig angebracht war, dass sie Läufern keineswegs entgegenkam. Ihre Freundinnen wäre sicher dabei. Wie weit war es von dort zum Ziel, noch 2 Kilometer? Dann könnten sie ihn ja begleiten, anfeuern, umjubeln. Arno musste lachen, natürlich, wenn sie das wollten, aber es würde genügen, wenn sie bei der Wasserstelle wären, die letzten 2 Kilometer würde er schon alleine schaffen. Überhaupt, was sie und ihre Freundinnen beträfe, alles nur, wenn es leicht ginge, keine Umstände bereite, eben auch mit Rücksicht auf ihre Freundinnen.

Sie vereinbarten, dass er sie am Morgen, wenn er wüsste, wann er starten würde und also auch ungefähr abschätzen konnte, wann er den Treffpunkt an der Pumpstation passieren würde, anrufen sollte.

Er hatte also auf jeden Fall jemanden, die ihn unterstützen würde, seine Tochter. Das war sehr viel, er wusste, dass er kein Recht hatte, sich nach mehr zu sehnen. Nur für nachher müsste er sich noch eine Strategie zurechtlegen. Er würde vielleicht Suzie anrufen, ein SMS oder ein Email schicken, irgend so was. Auf Franz hatte er jetzt merkwürdigerweise keine große Lust. Aber das konnte sich ja ändern, sobald er es geschafft hatte. Vielleicht würde er dann auch die neue Freundin kennen lernen wollen.

Aber nicht nur das unmittelbare Nachher bereitete ihm Nachdenken, mehr noch überlegte er, wie er die folgenden Tage und Wochen ausfüllen würde, wenn dieses Ziel, auf das er sich so lange vorbereitet hatte, mit einem Male erreicht war. Jeder, auch er, kennt das Gefühl nach einer schweren Prüfung, nach einer langen Reise, diese Leere, diese durchdringende, leise Traurigkeit, und er wusste, dass er sich dafür würde rüsten müssen. So ließ er sich einen Termin bei Dr. Borek geben, mehr war ihm fürs Erste nicht eingefallen, aber immerhin. Dienstagnachmittag, wie üblich. Ob noch seine beiden heimlichen Freunde, Herr Vollmond und Fräulein Magerstern, noch in Behandlung waren? Arno versuchte sich, schon aus Solidarität zu den beiden auf diesen Termin zu freuen. Immerhin würde er im Vergleich zum Zeitpunkt des Therapiebeginns etwas vorzuweisen haben. Und Borek würde sich darüber freuen sollen, ein Therapieerfolg, das stand ganz außer Zweifel. Und Borek war sicher nicht ganz frei von Eitelkeit. Er war ja auch ein Mensch, geradezu von Berufs wegen.

Arno hielt seine Stimmung, als wäre es Absicht, auf dem Neutralpunkt. Aber es war wohl mehr instinktiv.

Nein, es war schon klar, Borek allein war nicht das Fortsetzungsprogramm. Das Primitivste, Naheliegendste war einfach weiterzulaufen. Und es war anders, er hatte nicht mehr das Gefühl, von sich weg, sondern zu sich hin zu laufen. Er würde nicht mehr aufhören können zu laufen.

Ab und zu hatte er Lust zu rauchen. Nach Alkohol hatte er kein Bedürfnis. Aber hätte er zu rauchen angefangen, würde sich auch der Wunsch danach wieder einstellen, ein Damm könnte brechen, das wusste er. Er wusste aber auch, dass es nur Augenblicke waren, die, blieben sie ungehört, wieder verstreichen würden, für ausreichend lange Zeit spurlos. Seine Krücken schien er abgelegt zu haben, er konnte alleine fortkommen, mitunter noch etwas hölzern, aber alleine. Tonias Initialidee, Boreks Imaginationen, sie wirkten noch am Rande mit, und wer ihn noch begleitet hatte, Suzie, die mit ihm gemeinsam aus einer finsteren Schlucht gelaufen war, sie ins Glück, er wenigstens in eine kleine Freiheit, Franz, immer da, wortreich oder schweigend, je nachdem, und natürlich Tina, mit einer Großherzigkeit, die er sich noch würde verdienen müssen.

Natürlich blickte er immer wieder nach seinen Telefonen, Handy und Festnetz, ob sie, Tonia, nicht doch entgegen der

Abmachung eine Botschaft auf die Reise geschickt hätte. Aber nichts dergleichen. Sie musste doch wissen, wie sehr er sich darüber freuen würde, welch Ansporn ihm das wäre! Aber nein. Na eben, sagte er sich.

Als es Samstag geworden war, absolvierte Arno genau wie vor zwei Wochen einen kurzen Lockerungslauf. Heute gegen Abend würde es keine Kaiserschmarrenparty im Rathaus geben. Er war vermutlich überhaupt der einzige Mensch in der Stadt, der morgen einen Marathon zu laufen beabsichtigte. Und auch wenn er 2:05 liefe, wäre es für alle anderen ohne jede Bedeutung. Es gab ja überhaupt nur zwei Menschen, die davon wussten, das heißt, eventuell würde man noch Tinas Freundinnen dazu rechnen müssen.

Am Nachmittag machte er einen kleinen Spaziergang in der Innenstadt, ziellos, er ließ sich treiben. Nur einen Ort in der Stadt gab es, um den er bewusst einen großen Bogen machte: den Jablonsky. Merkwürdig, genau der Ort, zu dem es ihn vor 2 Wochen so magnetisch hingezogen hatte, reizte ihn jetzt so gar nicht. Irgendwann im Laufe des Nachmittags erhielt er einen Anruf von Tina: Ob es morgen dabei bliebe, obwohl kühles Wetter, eventuell auch Strichregen angesagt waren. Natürlich bliebe es dabei, konnte Arno vermelden, und ob sie käme? Ja, sie würde kommen, mit 2 Freundinnen, alle auf Rädern. Später würden sie dann den Donauradweg flussabwärts radeln, zu einem Fischrestaurant. Zum Baden werde es ja wohl zu kalt sein, macht aber nichts. Arno versprach, sie anzurufen, sobald er eine Richtzeit angeben würde können. Nicht vor elf Uhr, so viel konnte er jetzt schon sagen.

„Das kommt unserem Langschlafbedürfnis halbwegs entgegen!", rief Tina gut gelaunt. „Also tschüss, bis morgen."

Arno flüchtete sich in eine Nachmittagsvorstellung ins Bellariakino, vorsatzlos, wo er zwischen Cineasten und alten Tanten eine Film mit Paula Wessely zu Gesicht bekam, in flimmerndem Schwarzweiß.

Als er nach der Vorstellung auf die Straße trat, war es noch hell. Er schaltete das Handy wieder ein, und nach wenigen Sekunden piepste es. Eine Kurzmitteilung erhalten. Jetzt merkte er doch, dass sein Atem stockte. Er wechselte die Straßenseite hinüber zur Rückfront des Volkstheaters, wo es ruhiger war. Dann schaltete er weiter. Die Nachricht war von ihr Er holte tief Luft und drückte weiter.

„Ich hole dich morgen um 7.30 ab. OK?" Nur das. Genau wie ausgemacht. Unverschnörkelt, kein Wort zu viel. Und dennoch hätte Arno die nächstbeste Tante mit Kugelhut, den nächstbesten Cineasten mit Dreitagebart, die da noch unentschlossen vor dem Kino herumstreunten und überlegten, ob sie sich nicht auch noch den nächsten Film ansehen sollten, umarmen und herzen, ja gar auf offener – und abschüssiger – Straße mit ihnen ein Tänzchen wagen können.

Sie hatte nicht vergessen! Sie hielt sich an alles! Und wenn sie schon ein Spielchen spielte, dann offenbar eines mit Regeln, immerhin!

Ja, Arno würde mitspielen! Das bedeutete, dass er das nächstbeste Gasthaus aufsuchte und einen Kaiserschmarren mit Apfelsaft bestellte. Die Kohlenhydratspeicher wollten beladen werden.

„OK!", funkte er zurück. Eine weitere Rückmeldung erhielt er nicht mehr.

Er fuhr heim und ging, nachdem er die nötigen Vorbereitungen getroffen hatte, zu Bett.

Und es wollte morgen werden. Um 7.32 läutete es.

„Ich komme!", rief er durch die Gegensprechanlage. Natürlich war er bereit, sein Laufdress, die Schuhe. Er war geduscht, aber nicht rasiert. Nur eine Trainingsbluse warf er über. Die Wohnungsschlüssel würde er ihr geben. In das kleine Innentäschchen der Laufhose steckte er einen Geldschein, für alle Fälle. Dann sandte er noch schnell ein SMS an Tina: „Ab 11.30 bei der Pumpstation. Vati." Dann zögerte er kurz und besserte auf 11.20 aus, nur für alle Fälle. Kurzmitteilung gesendet.

Er hatte mit einem Alfa oder einem Audi gerechnet, aber sie fuhr einen Skoda. Kurz musste er an Suzie denken. Tonia trug haargenau dasselbe wie vor zwei Wochen. Und sie sah blendend aus. Schon wieder.

„Ausgeschlafen?", fragte sie.

„Ja, ich bin ganz zeitig schlafen gegangen. Und du?"

„Nein", lachte sie, „ich habe schlecht geschlafen, ich war zu aufgeregt."

„Aufgeregt? Du?"

„Natürlich! Was glaubst du?"

„Du meinst, ich hätte wieder versagen können?"

„Nein, ich wusste, dass ich mich auf dich verlassen kann. Aber trotzdem. Darf ich nicht aufgeregt sein?"

„Doch, natürlich." Und nach einer kurzen Pause: „Weißt du, dass das schön ist?"

„Was?"

„Dass du aufgeregt bist."

Sie lachte. „Ich wusste, dass dir das gefallen wird. Aber ich kann es dir eben nicht verheimlichen."

„Warum solltest du?"

„Es wäre besser."

„Für wen?"

„Für mich natürlich!"

„Wieso?"

„Bist du aber neugierig!"

Sie mussten lachen und sahen sich an, die Ampel war gerade rot. Arno streckte die Beine, die Arme.

„Und wir machen das alles so wie besprochen?"

„Natürlich, alles."

„Ich meine, mit dem Wasser und so?"

„Ja, genau, wie besprochen, oder?"

„Und wir feiern das nachher?" Arno merkte, wie sich bei dieser Frage eine leichte Heiserkeit in seine Stimme mischte.

„Natürlich nur, wenn du willst. Ich habe Zeit."

Da wusste Arno, dass er nicht nur sicher sondern auch ziemlich schnell laufen würde, nicht gerade 2:05, aber immerhin.

Sie plauderten über das Laufen, die Schuhe, die Socken („Sie sind nicht frisch, riecht man das etwa?"), das Wetter („Ideal, nur der Wind, na ja."), die Zeit („Unter vier Stunden wäre schön.") und was es so alles zu beschwatzen gab.

Die Steinspornbrücke? Er wies sie ein. Sie hatte eine Karte bei sich. Sie markierten darauf die Punkte. Kaum Leute, grauer Himmel, Wolkenfetzen auf der Wanderung. Durchaus Wind.

Trainingsjacke, ja oder nein? Wenigstens für den Anfang? Eher nein. Arno machte sich fertig. Die Schuhe.

Und dann lief er los. Jetzt war er allein. Er drehte sich nicht um, er lief. Den Damm auf der Krone entlang. Das Wasser im Entlastungsgerinne kräuselte sich in scharf begrenzten Flächen, Böen, die sich verrieten.

Nur nicht zu schnell am Anfang, das stand in allen schlauen Büchern, oft fettgedruckt. Das südliche Wehr wollte nicht näher kommen. Arno spürte eine innere Unruhe, sagte sich aber, dass sich das schon legen würde. Endlich, die Rampe aufs Wehr und hinüber aufs andere Ufer. Jetzt war er endgültig mit sich, mit seinem gefundenen Rhythmus, es lief. Borek tauchte auf und verschwand. Er würde stets willkommen sein, er und seine Bilder.

Jetzt ging es zügig. Sein Auge suchte das andere Ufer ab, die Steinspornbrücke kam wieder näher. Und da stand sie, wirklich! Und winkte und klatschte, sie ganz allein. Da und dort Radfahrer, sonst nur sie!

Er lief die Schleife zur Stadlauerbrücke. Ein blau-weißer Schnellbahnzug ratterte drüber, in der Gegenrichtung kam ein Güterzug, kurz, aber mit zwei roten Lokomotiven.

Arno lief die Wende, zurück zur Steinspornbrücke. Eine Stunde zehn, er lag gut in der Zeit. Und schwitzte wenig – der Wind. Aber gut, den gab es eben. Er erreichte erneut die Steinspornbrücke, die Runde, die für die Streckenlänge notwendig war, hatte er absolviert, jetzt lag die eigentliche Strecke, seine Stammstrecke vor ihm. Er querte die Brücke und da stand sie, einen Becher in der Hand.

„Du bist super, weißt du das?!", rief sie und reichte ihm, halb mitlaufend, den Becher. Er war aus Plastik. „Du kannst ihn einfach wegwerfen!", rief sie. Also trank er im Laufen, so wie es beim Stadtmarathon gemacht wird.

„Gut, ich mach's professionell!", rief er zurück. Das Wasser schwappte ihm auf die Brust, als er trank. Als er den Becher wegwarf, dreht er sich kurz um. Er sah ihr Lachen blitzen.

Dann schwenkte er wieder auf den Damm. Wenig später gewahrte er ihren Wagen auf der Straße unten vorbeifahren. Er glaubte sie winken zu sehen. Irgendwie störte das jetzt fast, die kleine Unsicherheit.

Die Abzweigung, die Brücke über die Schleppbahn, durch das Tanklager, alles war vertraut. Suzie. Und seine einsamen Läufe. Seine vielen Gedanken. An Tonia, gerade an sie. Vorne, wo die Straße endete, sah er den Wagen geparkt, von Weitem. Wie hätte er je daran zweifeln können!

Und sie stand wieder da! Wieder mit einem Becher in der Hand.

„Super!", rief sie wieder. Arno wurde ganz heiß. Es trug ihn, ihre Stimme, alles an ihr.

Dann, nach der S-Kurve, war er wieder mit sich. Der grasbewachsene Damm zur Rechten, links der uralte Auwald mit seinen stillen Gewässern, stilles pulsierendes Leben. Dann und wann Radfahrer, Spaziergänger. Arno lief. Beim Uferhaus, in einer guten Stunde würde er sie wiedersehen. Und dann, später, Tina. Er hatte etwas, worauf er sich freuen konnte. Das hat nicht jeder.

Die blaue Markierung zweigte ab, die Läufe mit Suzie … Aber er war weiter. Er würde ihr Nachricht geben. Weiter den Damm entlang. Die rote Markierung. Arno schwenkte nach links. Die wundervolle Passage zwischen Kühwörter- und Mittelwasser. Nieselregen setzte ein. Schwitzte er, in kleinen Perlen? Oder war es der leise Regen? Er fuhr sich mit der Hand über die Stirn. Irgendwo nach dem Forsthaus trat er zur Seite. Als er seinen Schwanz in der Hand hielt, musste er an sie denken, als der Strahl kam. Nur so.

An der Mühlleitner Furt vorbei, die Kastanienallee. Das Uferhaus lag plötzlich in Reichweite. Er wurde schneller. Sollte er drosseln? Nein, sagte er sich, es lief ja. Er war schon deutlich über der Hälfte. Er würde es schaffen. Dann aber spürte er es: Der kritische Punkt näherte sich. Er sollte besser haushalten mit seinen Kräften. Er kam auf die Gerade, die zum Uferhaus führt, und wirklich, er sah sie wieder, von Weitem.

Er kam sich vor wie ein junger Hirsch. Alles war wie weggeblasen, so locker ging es wieder, je näher sie kam. Sie streckte ihm den Becher in der Hand entgegen und rief: „Unglaublich!" Und wieder: „Super!" Und: „Du hast es bald geschafft!"

Er konnte nur lächeln. Er nahm den Becher entgegen und als er merkte, dass er nichts mehr sagen konnte, wurde ihm bewusst, dass er in den sagenumwobenen, schlimmen Bereich kam. Noch gute zehn Kilometer.

Als er den Becher wegwarf, spürte er alles, die Schwere, die Mühe und dass er es doch nicht schaffen könnte. Das Wissen um den Streckenverlauf war eine Hilfe. Und auch nicht. Die grüne Markierung. Er lief maschinenhaft. Hatte er zu wenig getrunken? Hätte er stehen bleiben und einen zweiten Becher nehmen sollen? Solche Gedanken beschäftigten ihn jetzt.

Er spürte seine Beine, seine Knie, auch ein Stechen in der Brust. Den Wunsch, ein Stück zu gehen. Aber das verwarf er, wenn er zu gehen anfangen würde, könnte er nie mehr wieder ins Laufen zurückfinden. Überhaupt aufhören. Die Strecke zog sich und zog sich. Gerade, weil er sie kannte. Und immer wieder der Gedanke, aufzuhören. Und dann? Er war ja mitten in der Wildnis. Was also dann? Er lief weiter, mechanisch. Irgendwann kam der Napoleonstein. Er blickte auf die Uhr. 11.37. Nicht so schlecht. In wenigen Minuten wäre er bei der Pumpstation. Tina? Irgendwie wurde er schneller. Vielleicht nicht wirklich schneller, aber runder. Es lief wieder. Auf einmal kam das Ziel näher. Pappeln säumten den Weg, ihre Höhe ließ ihn schneller werden, oder?

Und da lagen Fahrräder am Wegrand. Und da stand sie, sein Töchterlein. Und zwei andere Mädchen. Und schrieen auf und fuchtelten mit den Armen!

„Hoppauf, hoppauf!" Tina rannte ihm mit einem Wasserbecher entgegen und einem nassen Handtuch, lief dann neben ihm, wischte ihm die Stirn ab und schrie aus Leibeskräften. „Vati, Vati, super!"

Arno winkte zurück mit beiden Armen, obwohl er sie kaum heben konnte. Und lächelte.

„Alles okay?", schrie ihn Tina an. Ganz kurz hielt er inne, kippte den Becher mit dem köstlichen Nass, gab ihr, verschwitzt wie er war, einen schmatzenden Kuss und sagte: „Alles okay, ihr seid super, und danke, danke." Dann lief er weiter, wie es Marathonläufer eben tun. Bei der Wegbiegung drehte er sich noch einmal um und sie winkten sich noch einmal heftig zu.

Aber ehe er noch die Senke zur trockenen Furt der alten Panozzalacke erreicht hatte, surrte es aufgeregt hinter ihm und er hörte die jubelnden Schreie der drei Mädchen. Sie zischten an ihm auf ihren Rädern vorbei und nach der Biegung hinter der Furt standen sie schon wieder Spalier, soweit drei Personen ein Spalier bilden können, und drei Mädchen können das, klatschten und schrieen und an Aufhören war nicht mehr zu denken.

Arno lief die restliche Strecke wie in Trance. Einmal waren sie vor, dann hinter, dann neben ihm, auf ihren flinken Rädern. Immer wieder erwischte Tina ihn mit ihrem feuchten Handtuch. Es verfehlte die erfrischende Wirkung nicht. Er wusste nicht, woher die Reserven kamen, aber er lief wie ein Glöckerl, nein, er flog wie der Arlbergexpress dahin.

Dann, schon auf der Straße, merkte er die stampfende Schwere, die ihm nun in der Nähe des Zieles das Geleistete voll bewusst werden ließ. Aber diese Schwere war gutartig, sie würde ihn tragen, bis es ausgestanden war.

Sie bogen in die Hauptstraße ein, die zum Damm, zur Steinspornbrücke führte. Beim Bahnübergang sah er Tonia stehen, von Weitem. Sie winkte mit beiden Armen. Arno lief eskortiert von den Mädchen auf ihren Rädern. Alle waren von einem Rausch erfasst. Jetzt war auch die Schwere wieder verflogen. Endspurt, was für ein Wort, was für eine Kraft, was für ein Moment!

Mit seitlich weggestreckter Hand klatschte Arno an den Schienen der Schleppbahn Tonia in die offene Handfläche, lief vorbei, über die kurze Rampe hinauf zum Damm, sie jetzt neben ihm, alle riefen sie wie aus einer Kehle, es war ein Fest!

Auf dem Parkplatz blieb er nun endlich, endlich stehen, die Arme in die Hüften gestemmt. Alle küssten sich, umarmten sich. Die Mädchen stellten sich vor, außer Atem, Martina, Petra. Tonia sagte: „Ich heiße Tonia." Arno war außer Stande, irgendetwas zu erklären. Das war auch nicht notwendig. Er musste sich hinlegen. Irgendjemand reichte ihm einen Becher mit Wasser, nein, es war Tonia, Arno konnte nur wenige

Schlucke trinken. Es war ihm leicht übel, aber nicht unangenehm.

Tonia saß auf einem der großen Steine, die es dort gab und lächelte ihn an. Die Mädchen hockten um ihn herum, die Räder lagen verstreut.

Arno merkte, dass er bei sich war. Er war im Stande, genau das zu sagen, was er sagen wollte.

„Ich danke euch. Ich danke euch allen. Ohne euch hätte ich es nicht geschafft."

Dann sah er auf die Uhr. Er musste nachdenken, aber es ging nicht recht.

Er sah sich wieder um und traf Tonias Blick.

„Ja", sagte sie, „es stimmt schon. drei Stunden 42. Ganz toll."

Arno sah zum Himmel, der immer noch grau war, und doch ganz anders.

„Unter vier Stunden", murmelte er.

„Weit unter vier Stunden!", schrie Tina, kniete sich zu ihm und küsste ihn herzhaft.

„Und wenn ich es nicht geschafft hätte?", fragte Arno, und merkte sofort, wie spießig diese Frage war.

„Dann hätte ich dich genauso lieb!", sagte Tina. Sie hockte jetzt ganz eng neben ihm und sagte: „Weißt du, ich hab mir Sorgen um dich gemacht! Was treibt jemanden dazu, so was Verrücktes zu machen? Was ist da alles in dir vorgegangen? Ich habe mich gefragt, wie wenig kenne ich dich?"

„Wie wenig habe ich dich gekannt?", sagte Arno leise, und nach einer Pause: „Holen wir das nach?"

„Ja!", rief Tina und umarmte ihn heftig. „Jetzt lassen wir euch aber allein!", sagte sie und blickte zuerst zu Tonia und dann zu ihren Freundinnen. Die nickten eifrig, beugten sich zu ihm und er bekam Küsschen auf die schweißkalten Wangen. Dann verabschiedeten sich die Mädchen, man konnte sagen artig, von Tonia, schwangen sich auf ihre Räder und waren voll von Abenteuerlust dahin.

Arno richtete den Oberkörper auf.

„Eine süße Tochter hast du", sagte Tonia.

„Du hast sicher auch einen süßen Sohn", erwiderte Arno.

„Ja, habe ich." Und nach einer Pause meinte sie: „Sie hat sicher auch eine nette Mutter."

„Stimmt. Dein Sohn hat sicher auch einen netten Vater."

„Stimmt auch."

Sie sahen sich lange an und schwiegen. Dann rappelte sich Arno auf.

„Möchtest du noch was trinken?", fragte sie.

„Ja, bitte. Aber ich bringe es nur schluckweise runter."

„Macht nichts. Wir haben ja Zeit, oder?"

„Ja", sagte Arno, „wir haben Zeit."

Sie gingen langsam zum Auto. Vor der offenen Tür sagte Arno mit Blick auf das in Wirklichkeit nicht ganz saubere Interieur des Wagens: „Ich bin ganz verschwitzt."

Tonia, die sich schon hinter das Lenkrad gesetzt hatte, schüttelte lachend den Kopf: „Du kannst natürlich auch nach Hause laufen, wenn du noch nicht genug hast!"

Arno musste lachen und ließ sich in den Sitz fallen.

„Feiern wir jetzt?", fragte er.

„Das war doch so ausgemacht, oder?"

„Ich hatte Angst, du würdest deine Meinung ändern."

„Du kennst mich noch nicht."

„Holen wir das nach?"

Sie sahen sich lange an, obwohl die Ampel grün war.

„Ich muss auf jeden Fall noch duschen", sagte Arno.

„Musst du nicht", antwortete Tonia.

Arno legte seine Hand auf ihren Schenkel, er konnte jetzt nicht mehr anders.

Nach einer Weile sagte sie: „Wird es dich stören, dass ich nur eine Brust habe?"

„Nein", sagte er, „das weiß ich schon lange."

Sie wandte ihren Kopf zu ihm, ließ ihre Sonnenbrille etwas hinuntergleiten, sah ihn über deren Ränder an, grinste plötzlich spitzbübisch und sagte: „Das hab ich mir gedacht." Sie mussten lachen. Befreit lachen.

Arno, erschöpft wie er war, lehnte den Kopf in die Nackenstütze und dachte wie gut zu kennen er sie glaubte: Das lange Schweigen, gerade deswegen, die spärlichen Nachrichten, und er hatte das Gefühl, sich nicht, nicht im Geringsten, verstellen zu müssen. Und so rutschte ihm, fernab jeder Taktik, fernab jedes Spielchens, die Frage heraus:

„Und deine Lebenssituation? Dein Mann?"

„Wir finden einen Weg!", sagte sie und legte jetzt ihre Hand auf seinen Schenkel.

Arno: „Wie denn?"

Tonia: „Indem wir ihn gehen. Oder laufen."

Der emanzipierte Mann
Wolfgang Kirmann

Die Geschichten in diesem amüsanten und kurzweiligen Buch sind fast durchwegs „Berichte aus dem Alltag" – Tatsachenberichte von gravierenden Ereignissen aus dem abenteuerlichen Leben des Autors. Für den Leser ist es ein humorvolles Vergnügen, den mühevollen Einsatz gegen die Scherereien des Alltags, die Auseinandersetzungen mit der Tücke der Haushaltsgeräte oder dem Computer mitzuerleben. Ja, selbst die kleinen und größeren Widrigkeiten, die das Leben oder das Alter mit sich bringt, wie Grippe, Zahnarzt, Bandscheibenvorfall und Spitalsaufenthalte, werden so lange gedreht, bis die versöhnliche, komische Seite sichtbar wird.

ISBN 978-3-900693-86-2 · Format 13,5 x 21,5 cm · 332 Seiten
€ (A) 18,90 · € (D) 18,40 · sFr 33,40

novum
VERLAG

Tödlicher Kurschatten
Hermann Schadler

Egon Lorber wird nach 26 Ehejahren von seiner Frau Vera geschieden und wegen seines dementsprechend lädierten Ner-
venkostüms nach Bad Radlerberg zur Kur geschickt.
Als Kurgast treibt ihn seine nächstenliebende Natur in die
Arme gleich mehrerer Frauen. Nach einigen emotionalen
Wechselbädern kommt es wie es kommen muss. Makaber
verworrene, menschliche Beziehungen führen zu Mord.

ISBN 978-3-902514-42-4 · Format 13,5 x 21,5 cm · 172 Seiten
€ (A) 15,90 · € (D) 15,50 · sFr 28,50

novum
VERLAG

Printed in Poland
by Amazon Fulfillment
Poland Sp. z o.o., Wrocław

17260322R00208